WOLFGANG THON

Verratene Ehre

Buch

Eik und Valerian sind Halbbrüder, doch in den Wirren des 30-jährigen Krieges stehen sie auf unterschiedlichen Seiten. In der Schlacht von Magdeburg hatten sie sich beinahe gegenseitig umgebracht. Nur in ihrer Liebe zu Augusta – des einen Schwester, des anderen Geliebte – haben sie noch eine Gemeinsamkeit. Doch jetzt ist Augusta von Eik schwanger, und der verwundete Valerian gerät schier außer sich. Aber bevor er irgendetwas Unbedachtes tun kann, befiehlt ihm der Kaiser, nach Prag zu reisen. Dort soll er Wallenstein überzeugen, erneut den Befehl über ein Heer zu übernehmen. Der Feldmarschall ist ein Mann, dem beide Brüder dienen können. Bis zu jenem schicksalshaften Tag, an dem Wallenstein im Moment seines größten Triumphs des Verrats am Kaiser bezichtigt wird. Nun muss jeder der beiden Brüder für sich entscheiden, wem seine Treue gilt …

Autor

Wolfgang Thon wurde am 17.07.1954 in Mönchengladbach geboren. Nach dem Abitur studierte er Sprachwissenschaft, Germanistik und Philosophie in Berlin und Hamburg. Heute ist er als Übersetzer und Autor für verschiedene Verlage tätig. Er ist Vater von drei mittlerweile erwachsenen Kindern und lebt, schreibt, übersetzt, reitet und tanzt (Argentinischen Tango) in Hamburg.

Wolfgang Thon

Verratene Ehre

Roman

blanvalet

Dieses Buch ist auch als E-Book erhältlich.

MIX
Papier aus verantwortungsvollen Quellen
FSC® C014496
FSC www.fsc.org

Verlagsgruppe Random House FSC® N001967

1. Auflage

Redaktion: Peter Thannisch
© Johannes Frick unter Verwendung von Motiven
von Shutterstock.com (© Improvisor, © n_astya,
© Maryna Stamatova, © prapann, © 13Imagery, © Eky Studio)
HK · Herstellung: sam
Satz: Buch-Werkstatt GmbH, Bad Aibling
Druck und Bindung: GGP Media GmbH, Pößneck
Printed in Germany
ISBN 978-3-7341-0504-3

www.blanvalet.de

Für Margarethe.

TEIL EINS

Der Löwe aus Mitternacht

1. KAPITEL

Wiener Hofburg

Die Absätze von auf Hochglanz polierten Reitstiefeln knallten laut auf dem Marmor der langen Korridore in der prachtvollen Residenz des Kaisers. Das schnelle Stakkato verriet, dass es der Träger dieser Stiefel eilig hatte.

Graf Tuchy näherte sich den hohen Flügeltüren der Ratskammer, vor denen zwei Gardisten der Trabantenleibgarde mit ihren Hellebarden Wache hielten. Er verlangsamte seine Schritte und versuchte, seine Atmung zu kontrollieren. Aber es gelang ihm nicht, sein Keuchen zu unterdrücken.

Die beiden Wachen kannten den Grafen, und als der mit dem zusammengerollten Pergament in seiner linken Hand winkte, trat eine der Wachen vor und öffnete die äußere Flügeltür. Sodann wollte der Soldat in den kleinen Raum treten, um die innere Tür zur Ratskammer für den Grafen aufzumachen, aber der scheuchte den Mann beiseite.

»Schon gut, bleib er auf seinem Posten, Kerl.«

Der Gardist zögerte, zog dann jedoch die Hand zurück, salutierte und trat wieder hinaus.

Tuchy legte seine behandschuhte Rechte auf die vergoldete Klinke, atmete tief durch und warf einen kurzen Blick auf das Pergament in seiner anderen Hand. Der Inhalt dieser Botschaft würde weder seinem Herrn gefallen, dem Kurfürsten Maximilian von Bayern, noch dem Kaiser, aber sie war so brisant, dass er sie ihnen augenblicklich überbringen musste, selbst auf die Gefahr hin, dass er sich wegen dieser Störung den Unmut des Kaisers zuzog.

Tuchy straffte sich und drückte die Klinke nach unten. Die Tür schwang auf, und ihm schlug erregtes Stimmengewirr entgegen.

»... selbst gesagt, Euer Majestät. Niemand konnte damit rechnen, dass ...«

»Wir wissen sehr wohl, was wir gesagt haben, verehrter Kurfürst!«, schnitt ihm der Kaiser scharf das Wort ab. »Aus dem einen Feinderl mehr ist Uns ein ernst zu nehmender Gegner erwachsen! Was Wir von Euch wissen wollen, ist, wie Ihr gedenkt, den Schweden aufzuhalten! Wie ich höre, zieht er völlig ungehindert durch den Norden des Reiches, und seine Armee wächst dabei von Tag zu Tag!«

Tuchy blieb in der geöffneten Tür stehen und wartete darauf, dass ihn der Kaiser oder einer der anderen hohen Herrn wahrnahm und hereinbat. Aber weder Maximilian von Bayern noch einer der Kriegsräte, die an dem langen schweren Tisch in der Mitte des Saales saßen, hatten das Öffnen der Tür bemerkt. Alle hatten nur Augen für den Kaiser, der es vor lauter Erregung nicht mehr auf seinem thronartigen Stuhl ausgehalten hatte.

Ferdinand II. stand mit vor dem Bauch verschränkten Händen an dem hohen Fenster des Saales und starrte hinaus auf den Ballhausplatz. Dabei wandte er den Männern am Tisch den Rücken zu.

»Ich bin mir sicher, Euer Majestät, dass ihm unser verehrter Tilly Einhalt gebieten wird, sobald er die Truppen Eurer Majestät und der Liga um sich gesammelt hat …«

»Und wann wird das sein?« Der Kaiser fuhr herum. »Wenn der Schwede in Prag steht?« Er richtete seinen Blick auf Maximilian von Bayern, der mit finsterem Gesicht am Tisch saß und den Kopf gesenkt hatte. »Oder in München? Oder Uns gar hier in Wien einen unerwünschten Besuch abstattet?« Er schüttelte den Kopf. »Und das Letzte, was Wir von Eurem Tilly gehört haben, war seine Bitte um Geld, um zu verhindern, dass ihm seine Söldner weglaufen. Das entspricht wahrhaftig nicht Unserer Vorstellung von einem erfolgreichen Feldherrn!«

Endlich blickte Herzog Maximilian auf. »Euer Majestät, falls Ihr auf diesen Friedländer anspielen solltet, bitte ich Euch, nicht zu vergessen, aus welchem Grund Ihr ihn vom Generalat entbunden habt! Er hat …«

»*Ihr* habt!«, zischte der Kaiser ergrimmt, »Ihr habt Uns nachdrücklich daran erinnert, dass Wir Eure Stimme brauchten, um Unseren Sohn Erzherzog Ferdinand zum römischen König krönen zu lassen. Und der Preis für Eure Stimme war die Entlassung Wallensteins! Nun, das haben Wir getan!« Ferdinand II. schlug mit der Faust auf den Tisch. »Und wozu hat es geführt? Wozu, frage ich Euch!«

Tuchy hielt unwillkürlich die Luft an. Er hatte noch nie erlebt, dass sich Ferdinand II. so offen gegen Maximilian stellte.

»Majestät«, mischte sich der Beichtvater von Ferdinand ein, der Jesuit Wilhelm Lamormaini. »Es war richtig, Wallenstein abzusetzen. Er hat mit den Protestanten konspiriert und hätte Magdeburg kampflos aufgegeben! Generallieutenant Tilly hat ...«

»Erinnert mich nicht an Magdeburg, Pater!« Der Kaiser richtete sich auf, sah seinen Beichtvater an und schüttelte den Kopf. »Der Sieg, den Tilly dort errungen hat, ist Uns weit teurer zu stehen gekommen als Wallensteins unverfrorene Kritik an Unserem Restitutionsedikt! Wallenstein hatte recht, die Protestanten lagen schon am Boden. Nach der Auslöschung von Magdeburg haben sie sich wieder erhoben, und jetzt schließen sie sich in Scharen dem Schweden an! Er hat es sogar gewagt, in Mecklenburg die protestantischen Herzöge wieder einzusetzen, und sogar der Kurfürst von Sachsen hat sich mit Gustav Adolf verbündet!« Er fuhr sich mit der Hand übers Gesicht. »Wir hatten Unsere Dispute mit Wallenstein, aber zumindest hat er die Protestanten und auch die Dänen geschlagen.« Er sah Maximilian an. »Glaubt Ihr wirklich, Kurfürst, dass es Tilly gelingt, den Schweden aufzuhalten?«

Maximilian antwortete nicht sofort, sondern wich dem Blick des Kaisers aus. Dabei bemerkte er Tuchy, der immer noch neben der geöffneten Tür wartete. Seine Miene verfinsterte sich, aber als er das Gesicht des Grafen und das zusammengerollte Pergament in seiner Hand sah, winkte er seinen Berater zu sich.

»Mit Verlaub, Majestät«, sagte er dabei zu Ferdinand. »Vielleicht machen wir uns umsonst Sorgen. Ich glaube, Graf Tuchy hat dringende Nachrichten für uns. Wenn Ihr gestattet, würde ich ihn gern an unseren Tisch bitten, um sie uns mitzuteilen.«

Tuchy verneigte sich tief, als Ferdinand ihn ansah

und nickte. »Majestät, Euer Gnaden«, er streifte Maximilian mit einem kurzen Blick, »Edle Herren.« Er ballte die Hände, damit die Anwesenden nicht sahen, wie ihm die Hände zitterten. Dabei zerdrückte er die Pergamentrolle. Als er das bemerkte, erbleichte er.

Ferdinand musterte ihn kühl. Tuchy wusste, dass der Kaiser ihn nicht sonderlich mochte, weil er als Sonderbeauftragter Maximilians von Bayern häufig mit Aufträgen betraut wurde, die Ferdinand suspekt waren. Und meist zu Recht. Aber falls der Kaiser glaubte, dass Tuchy seinetwegen blass geworden war, irrte er.

Maximilian dagegen kannte seinen Vertrauten gut genug, um zu ahnen, dass die Nachricht, die er brachte, alles andere als erfreulich war. Und das war noch gelinde ausgedrückt.

»Ich habe Nachricht von Generallieutenant Tilly. Er hat sich Gustav Adolfs Heer in Werben bei Havelberg entgegengestellt.« Tuchy zögerte einen Herzschlag lang.

»Nun rede Er schon!«, fuhr ihn Ferdinand an. »Hat er den Schweden zurückgeschlagen?« Er trat an den Tisch neben seinen Stuhl und stützte sich mit beiden Händen auf der Platte ab. »Hat er ihn besiegt?«

Tuchy spürte die scharfen Blicke der Anwesenden auf sich ruhen und merkte, wie ihm der Schweiß auf die Stirn trat. »Leider nicht, Majestät. Seinem Schreiben zufolge«, er hob das Pergament und legte es dann auf den Tisch, »musste er sich der Übermacht aus Schweden, Protestanten und Sachsen geschlagen geben.«

Sein Blick zuckte zu Maximilian, dessen Miene sich verfinstert hatte und bei den letzten Worten Anzeichen von Panik hatte erkennen lassen.

Ferdinand stöhnte auf und ließ sich auf seinen Stuhl sinken. »Wir haben schon vor Wochen gesagt, dass es ein Fehler war, Wallenstein zu entlassen!« Sein Blick zuckte zu seinem Beichtvater. »Er hat Uns vor dem Schweden gewarnt. Und wie sich gezeigt hat, war diese Warnung mehr als nur begründet!«

»Majestät, es mag sein, dass der Friedländer recht hatte, aber er hat Euer Restitutionsedikt in aller Öffentlichkeit kritisiert …«, begann Pater Lamormaini, aber Ferdinand hob die Hand und unterbrach ihn.

»Gewiss, das war unerhört und musste bestraft werden. Aber es ändert nichts daran, dass Wir Wallenstein und seine Fähigkeiten als Feldherr benötigen, wenn Wir in diesem Krieg bestehen wollen!« Er biss sich auf die Lippe und sah Maximilian an. »Wir haben ihm bereits vor etlichen Wochen einen Brief geschrieben, in dem Wir ihn ersucht haben, erneut den Oberbefehl über Unsere Truppen zu übernehmen. Ich nehme an, verehrter Kurfürst, Ihr seht mittlerweile ebenfalls die Notwendigkeit eines solchen Vorgehens ein?«

Maximilian warf Tuchy einen fast schon vorwurfsvollen Blick zu, so als wäre er verantwortlich für den Inhalt der Nachricht, die er überbracht hatte. Dann wandte er sich an den Kaiser.

»Darf ich fragen, Majestät, was Wallenstein auf Euer … Ersuchen geantwortet hat?« Die kurze Pause, die der Kurfürst machte, war fast beleidigend, und allen Anwesenden war klar, dass er eigentlich etwas anderes, weniger Schmeichelhaftes hatte sagen wollen.

»Er hat gar nicht geantwortet!«, erwiderte Ferdinand. »Und Wir können nicht umhin festzustellen, dass Wir es ihm auch nicht verdenken können! So, wie die Versammlung der Kurfürsten gegen ihn intrigiert hat, ist es kaum verwunderlich, dass der Herzog zögert.«

Maximilian presste die Lippen aufeinander. »Meine Bedenken gegen Wallenstein haben nach wie vor Bestand, Euer Majestät.« Der Kurfürst und Herzog von Bayern verbeugte sich in Richtung des Kaisers. »Aber ich bin bereit, diese hintanzustellen und mich Eurer Bitte ... Eurem Ersuchen«, verbesserte er sich rasch, als er Ferdinands Blick bemerkte, »anzuschließen.« Das letzte Wort presste er förmlich zwischen den Zähnen hervor. Keinem der Anwesenden konnte verborgen geblieben sein, wie viel Überwindung ihn dieses Zugeständnis gekostet hatte. »Allerdings bezweifle ich, dass dies unserer Sache bei einem überheblichen Menschen wie Wallenstein dienlich sein dürfte.«

»Auf jeden Fall müssen Wir es versuchen, wenn Wir nicht wollen, dass sich der Schwede des ganzen Reiches bemächtigt! Nachdem er Tilly geschlagen hat, sehen Wir niemanden sonst, der sich Gustav Adolf entgegenstellen könnte.« Ferdinand nickte. »Ich denke, damit ist alles gesagt. Wir werden sofort eine Nachricht an Wallenstein verfassen und ihn darüber in Kenntnis setzen, dass er sich Unserer Unterstützung und auch der des Geheimen Rates sicher sein kann, sollte er sich bereit erklären, den Oberbefehl wieder zu übernehmen.« Er wartete einen Moment, ob einer der Anwesenden einen Einwand erheben wollte, und nickte erneut, als allgemeines Schweigen antwortete. Dann nahm er die Nachricht von Tilly an sich und schob sie in sein Wams.

»Pater«, wandte er sich an den Jesuiten, »Ihr begleitet mich. Ich will Gottes Beistand für dieses Unterfangen erflehen.« Ohne abzuwarten, bis sich die Kriegsräte und

Maximilian von ihren Stühlen erhoben hatten, um ihm ihren Respekt zu erweisen, drehte Ferdinand sich um und verließ mit langen Schritten den Raum.

Tuchy verbeugte sich tief, als Ferdinand an ihm vorbeiging, aber der Kaiser schenkte ihm keinerlei Beachtung. Als er sich wieder aufrichtete, begegnete er dem Blick von Maximilian von Bayern.

In den dunklen Augen des Kurfürsten loderte blanke Wut. Dennoch schwieg er, bis die Kriegsräte und Fürsten das Ratszimmer verlassen hatten und er mit Tuchy allein war.

»Großartig, Graf!«, zischte Maximilian, als sich die Flügeltür hinter Hofkriegsrat von Questenberg schloss, einem glühenden Fürsprecher Wallensteins. »Nicht nur, dass der Kaiser die Macht der Reichsstände immer mehr beschränkt, jetzt muss ich auch noch vor meinem ärgsten Widersacher zu Kreuze kriechen!« Sein Gesicht verzog sich vor Grimm. »Ich will verflucht sein, wenn ich diesen Parvenü anflehe, uns zu helfen! Diesen Triumph gönne ich ihm nicht!« Er schüttelte den Kopf. »Aber wenn Tilly es nicht schafft, den Schweden aufzuhalten, wird mir am Ende nichts anderes übrig bleiben, fürchte ich.« Er sah den Grafen an. »Diese Niederlage hätte zu keinem ungünstigeren Zeitpunkt kommen können!«

Tuchy nickte. »Aber noch ist nicht alles verloren, Euer Gnaden. In seiner Nachricht schreibt Tilly, dass er mit seinen restlichen Truppen gegen Leipzig marschieren und die Pleißenburg einnehmen will. Dann will er dort sein Lager beziehen und weitere Truppen der Liga und der Kaiserlichen an sich ziehen.« Er zuckte mit den Schultern. »Jedenfalls kann Gustav Adolf ihn nicht einfach ignorieren und zulassen, dass Tilly ihm im Rücken steht, während er selbst nach Süden marschiert.«

Maximilian nickte. »Ihr meint, Tilly kann Gustav Adolf zu einer weiteren Schlacht zwingen?«

»Jedenfalls hat er das vor, wie er schreibt.«

»Und wenn er diese Schlacht ebenfalls verliert?« Maximilians Miene verriet auf einmal Furcht. »Der Kaiser hat recht. Wer soll sich ihm dann noch entgegenstellen? Falls Tilly ein weiteres Mal geschlagen wird, liegt Deutschland für den Schweden völlig offen da, schutzlos.« Er schüttelte den Kopf. »Nein, ich fürchte, wir können uns der Schmach nicht entziehen, als Bittsteller vor der Schwelle des Friedländers aufzutauchen.«

»Vielleicht doch, Euer Gnaden.«

Maximilian hob ruckartig den Kopf und sah Tuchy scharf an. »Wie meint Ihr das, Graf? Heraus damit!«

»Die Worte Seiner Majestät haben mich auf eine Idee gebracht, Euer Gnaden«, erwiderte der Graf gedehnt. »Ich meine, was er über Mecklenburg gesagt hat.«

Maximilian runzelte die Stirn. »Mecklenburg? Ihr meint, dass Gustav Adolf die beiden Herzöge wieder in ihre angestammten Positionen eingesetzt hat?« Er schnaubte. »Jedenfalls hat er damit weit mehr Fingerspitzengefühl bewiesen als Seine Majestät, als sie diesem Parvenü einfach dieses Herzogtum ...« Er unterbrach sich, und seine Augen verengten sich zu Schlitzen. »Ah! Ihr meint ...«

Tuchy lächelte. »Ich meine, dass es vielleicht gar nicht nötig ist, den Friedländer anzuflehen, sich an die Spitze unserer Armee gegen Gustav Adolf zu stellen. Ihr könntet ihm stattdessen unsere Armee anbieten, damit er sich dagegen wehren kann, dass ihm der Schwede auch noch seine anderen Besitztümer abnimmt, Friedland zum Beispiel.«

»Ihr seid wahrlich ein gerissener Ratgeber, mein lieber Graf«, erwiderte Maximilian. »Trotzdem, wenn ich ihm einen Brief schreibe, in dem ich ihn bitte zurückzukehren, wäre das nicht unglaubwürdig?« Er lachte bitter. »Schließlich wurde Wallenstein auf mein Betreiben hin seines Amtes enthoben, und er weiß ganz genau, dass ich seinem Machtstreben zutiefst misstraue.«

»Natürlich müssten wir diesen Vorschlag in ein demütiges Ersuchen und vielleicht so etwas wie eine Entschuldigung kleiden, damit er sein Gesicht wahren kann. Immerhin hat er ja offenbar die Unverfrorenheit gehabt, die Bitte Seiner Majestät des Kaisers schlichtweg zu ignorieren.«

»Solange Ihr nicht von mir verlangt, selbst nach Canossa zu reiten und mich vor diesem Emporkömmling zu demütigen, soll mir das recht sein.«

»Nein, Euer Gnaden, selbstverständlich verlange ich das nicht. Wir sollten Euer Ersuchen sowie den Bettelbrief des Kaisers von jemandem überbringen lassen, dem Wallenstein vertraut, damit es ihm schwerfällt, rundheraus abzulehnen.« Tuchy klopfte mit einem Finger gegen sein Kinn und lächelte dann plötzlich. »Und ich weiß auch genau die richtige Person für diese Aufgabe.«

Maximilian hob eine Braue. »Tatsächlich? Kenne ich ihn?«

Tuchy nickte. »Allerdings, Euer Gnaden. Und Ihr werdet mit mir übereinstimmen, dass er für diese Aufgabe geradezu ideal ist.«

2. KAPITEL

Sachsen, Nähe Torgau

»Dort drüben, Herr Rittmeister!«

Valerian hob müde den Kopf und wischte sich mit dem Ärmel seiner Uniform den Schweiß von der Stirn. Dann beugte er sich vor und kniff die Augen zusammen.

Der Kornett seiner kleinen Abteilung Kürassiere deutete mit ausgestrecktem Arm auf eine bewaldete Hügelkuppe, hinter der eine Rauchsäule in den blauen Septemberhimmel emporstieg. »Sieht fast so aus, als würden dort Bauern ihre Stoppeläcker abbrennen.«

Valerian runzelte die Stirn. »Das sind keine Herbstfeuer, nicht so früh im Jahr.« *Wenn doch, würde das bedeuten, dass diese Bauern ihre Ernte bereits eingefahren haben. Auf so viel Glück wage ich gar nicht zu hoffen.* »Außerdem wäre es dumm von ihnen, ihre Felder abzubrennen. Das würde jeden Plünderer im Umkreis von fünfzig Meilen anziehen.«

Er sah seinen Unteroffizier an. Dessen Miene verriet, dass er ebenfalls nicht so recht an das, was der Kornett vermutet hatte, glauben mochte. Sie waren bereits seit sechs Tagen unterwegs und saßen wie an allen Tagen zuvor seit den frühen Morgenstunden im Sattel. Die Männer waren müde, hungrig und gereizt. *Und sind sicherlich auch ziemlich wundgeritten, wenn ich an meinen eigenen Hintern denke,* dachte Valerian. Außerdem waren sie sichtlich frustriert, weil ihre Strapazen bislang umsonst gewesen waren. Und es wäre unglaubliches Glück gewesen, wenn ihre Suche nach Nahrungsmitteln für das Regiment ausgerechnet jetzt, auf dem Rückweg zum Lager, Erfolg haben sollte.

Andererseits, etwas Glück käme vielleicht ganz recht. Seit sie in Sachsen lagen, war es immer schwieriger geworden, Proviant für Tillys Heer zu organisieren. Das Land war vollkommen ausgeplündert, zunächst durch die Protestanten, dann durch die Liga und die Kaiserlichen, und jetzt standen auch noch die Schweden im Land. *Ich frage mich wirklich, wie lange Tilly die Leute noch bei der Stange halten kann.*

Dass der Generallieutenant des Kaisers seine erste größere Schlacht bei Werben am Havelberg gegen Gustav Adolf verloren hatte, trug auch nicht gerade zur Moral der Söldner bei. Tilly und seine Stabsoffiziere wussten natürlich, wie launisch das Kriegsglück war und dass die Söldner je nach Lage der Dinge nicht zögerten, die Seiten zu wechseln, sowohl hüben wie drüben. Wurde der Proviant nun noch knapper und blieb dann auch noch der Sold aus, konnte es schnell zu einer Massenflucht von den Fahnen kommen. *Dann hat unser Oberkommandierender ein noch größeres Problem.*

Valerian schüttelte den Kopf. *Eins nach dem anderen,* dachte er. *Jetzt geht es erst einmal darum, etwas Essbares aufzutreiben. Und zwar schnell.*

Ihre mitgenommenen Vorräte hatten sie bereits vor zwei Tagen aufgebraucht und ernährten sich vorwiegend von Waldfrüchten und dem ein oder anderen Kaninchen. Valerian war klar, dass sich seine Leute zusammenrissen, weil ihr Rittmeister und Kommandierender Offizier mit ihnen ritt. Dennoch, die Stimmung war auf dem Tiefpunkt, und es brauchte nicht viel, um das Pulverfass zur Explosion zu bringen. Glücklicherweise hatten sie bisher keine Gelegenheit gehabt, ihrem Frust und ihrer Wut freien Lauf zu lassen, aber Valerian wusste, dass das nicht so bleiben würde, sollten sie unverrichteter Dinge ins Lager zurückkehren.

»Die Leute und das Land hier haben einfach nichts mehr zu geben, Herr Rittmeister«, hatte sein Fourier Istvan Strellitz erst gestern festgestellt, als sie in eine kleine Siedlung etliche Meilen südlich von Torgau geritten waren. Es war bereits die dritte Siedlung gewesen, auf die sie an diesem Tag gestoßen waren und wo es nichts Lebendes gab außer Ratten und Krähen, die sich an den Leichen gütlich taten. »Außerdem sind die Protestanten offensichtlich mal wieder vor uns da gewesen.« Der Mann hatte angewidert den Kopf geschüttelt und sich ein schmutzig graues Taschentuch vor Nase und Mund gebunden, um den Leichengeruch zumindest ein bisschen erträglicher zu machen.

Die Protestanten oder die Schweden, dachte Valerian jetzt, *oder, Gott behüte, unsere eigenen Leute.*

Letztere waren ein Grund dafür gewesen, dass sich Valerian kurzerhand und sehr zum Erstaunen seiner Offizierskameraden an die Spitze der Männer gesetzt hatte, die von dem Befehlshaber ihres Kürassierregiments zum Fouragieren ausgeschickt worden waren.

Wenn du ehrlich bist, sagte sich Valerian jetzt, während er den Hut abnahm und sich das feuchte Haar aus der Stirn schob, *ist eben dieser Vorgesetzte ein weiterer Grund für deine Entscheidung gewesen.* Doch es war nicht der rechte Zeitpunkt, darüber nachzudenken. Außerdem würde alles Nachdenken nichts an der gegenwärtigen Situation ändern.

Seufzend setzte Valerian den Hut wieder auf, erhob sich in den Steigbügeln seines Pferdes und verzog kurz die Lippen, als seine Gesäß- und Schenkelmuskeln schmerzhaft protestierten. Dann drehte er sich langsam um und musterte die Gesichter seiner Männer. Sie hatten den Rauch ebenfalls gesehen, und die unverhoffte Aussicht auf Beute, Nahrung oder Frauen hatte ihre Lethargie schlagartig vertrieben. Aber der plötzliche Eifer und die Gier auf den Gesichtern der Männer wirkten ebenso nachvollziehbar wie abstoßend auf Valerian.

»Also gut, Kornett«, wies er den Mann an. »Wir sammeln uns und reiten in geschlossener Kolonne, und zwar leise, ohne Gebrüll oder Säbelrasseln! Und ohne Hornsignale!«

Er sah Bogdanow in die Augen, und der Kornett nickte verstehend. Das war eine Vorsichtsmaßnahme für den Fall, dass diese Feuer keine Herbstfeuer waren und die Leute, die sie entzündet hatten, keine Bauern.

Der Mann wendete sein Pferd, ritt zu den drei Korporalen ihrer Abteilung zurück und gab den Befehl des Rittmeisters weiter.

Valerian sah zu, wie sich die Männer formierten, und als alle bereit waren, gab er das Zeichen zum Vorrücken.

Nach ihrer ersten Begegnung mit Marodeuren oder vielmehr dem, was diese Bestien zurückgelassen hatten, war er froh gewesen, dass er sich entschieden hatte, mit seiner Abteilung zu reiten.

Es war entsetzlich gewesen, und die Bilder davon hatten ihn noch lange verfolgt. All die zerstörten Hütten, die aufgedunsenen Leichen von Frauen und Kindern, Alten und Gebrechlichen, die vor den niedergebrannten Häusern auf den Straßen lagen, da, wo sie auch gestorben waren ... Offenbar hatte es niemanden gegeben, der ihnen ein christliches Begräbnis hätte geben oder sie wenigstens hatte verscharren können oder wollen. Ein Blick auf die Leichen hatte genügt, um sich vorzustellen, was die Söldner mit ihren wehrlosen Opfern angestellt hatten. Solche Gräueltaten würde er bei seinen Männern auf keinen Fall dulden. Jedenfalls nicht, wenn er es verhindern konnte.

Sie ritten über eine freie Weide auf ein Waldstück zu; es säumte den Fuß des sanft ansteigenden Hügels, hinter dem der Rauch aufstieg. Die Fichten und Tannen des Nadelgehölzes standen weit genug auseinander, dass sie mit ihren Pferden mühelos hindurchreiten konnten. Der von Nadeln übersäte Waldboden dämpfte zudem die Schläge der Hufe. Daher würde, wer auch immer auf der anderen Seite der Kuppe warten mochte, sie erst hören, wenn es zu spät war.

Plötzlich verhielt der Kornett sein Pferd und hob die Hand. Valerian tat es ihm gleich, und binnen Kurzem kam die gesamte Abteilung, etwa vierzig Mann, zum Stehen. Einige Pferde schnaubten leise, aber die Geräusche, die über den Hügelkamm zu ihnen herunterdrangen, waren trotzdem nicht zu überhören.

Valerian und Bogdanow warfen sich einen kurzen Blick zu. Worte waren überflüssig.

Es waren Schreie, schrille, spitze Schreie, und dazwischen Gebrüll und Gelächter aus männlichen Kehlen.

Plünderer. Und ihre Opfer. Valerian drehte sich zu seinen Männern herum, die ihn ohne Ausnahme ansahen.

»Arkebusen und Partisanen fertig machen! Wir teilen uns auf! Der Kornett übernimmt eine Gruppe und reitet von rechts heran, die anderen folgen mir. Auf der Kuppe verhaltet ihr und wartet auf meinen ausdrücklichen Befehl zum Angriff, verstanden?«

Einige Söldner nickten kurz, während sie ihre Waffen bereit machten. Die Gier auf den Gesichtern der Männer war der Erregung vor einem bevorstehenden Kampf gewichen, und bei einigen zeichnete sich auch Furcht ab.

Er wartete, bis alle bereit zu sein schienen, dann ließ er sich wieder in den Sattel sinken, blickte nach vorn und trieb sein Pferd an.

»Halt!« Valerian hob die Hand, als er die Hügelkuppe erreicht hatte, und seine Abteilung kam in einer lang gezogenen Reihe hinter ihm zum Stehen. Er machte sich nicht die Mühe, seine Stimme zu dämpfen, denn dazu gab es keinen Grund. Außerdem hätten seine Männer ihn ansonsten bei dem Gebrüll der Söldner und den Schreien der Gequälten oder Sterbenden nicht gehört.

Ebenso wenig schien es nötig zu sein, sich zu verstecken oder heimlich zu nähern. Denn dort unten in dem Dorf hatte keiner einen Blick für irgendwelche Reiter, die aus dem Wald kamen. Selbst wenn jemand die Reiter durch den Rauch, der aus den brennenden Hütten quoll, hätte sehen können. Die Menschen, die sich dort unten anbrüllten, anflehten oder miteinander kämpften, waren vollkommen damit beschäftigt, entweder ihr eigenes Leben zu retten oder es jemand anders zu nehmen, je nachdem.

Und wie es aussieht, gewinnen Letztere gerade die Oberhand!

Valerian konnte vom Hügel aus nicht erkennen, um was für Söldner es sich handelte, aber das spielte auch keine Rolle. Denn er sah sehr genau, was dieses menschliche Vieh dort unten veranstaltete. Wahrscheinlich wäre sein Entsetzen noch größer gewesen, hätte er solche Bilder in den letzten sechs Tagen nicht schon mehrfach zu Gesicht bekommen. *Möglicherweise handelt es sich sogar um dieselben Plünderer,* dachte Valerian und biss die Zähne zusammen. *Aber wenigstens damit ist jetzt Schluss.*

Er drehte sich zu Korporal Strellitz um. »Istvan, wir reiten in einer lang gezogenen Reihe hinunter, Arkebusen feuerbereit und Partisanen im Anschlag. Angegriffen wird erst auf mein Kommando hin, verstanden? Denkt daran, wir wollen fouragieren, nicht morden und brandschatzen.«

»Verstanden, Herr Rittmeister.« Istvan Strellitz musterte Valerian, den er das erste Mal auf Schloss Villesen getroffen hatte, vor einer Ewigkeit, wie es Valerian schien, und der ihm seitdem zuverlässig diente. Dann warf er einen kurzen Blick auf das Dorf. »Mit Verlaub, Herr, es sieht aus, als kämen wir für Letzteres ohnehin zu spät.«

Valerian fletschte die Zähne. »Führ einfach meinen Befehl aus, Istvan!«, schnauzte er seinen Unteroffizier an, schärfer, als er eigentlich beabsichtigt hatte.

Der Mann zuckte kurz zusammen, und seine Miene verfinsterte sich. Aber er hütete sich, noch etwas zu sagen, sondern salutierte und gab den Befehl an die Leute weiter.

Was ist mit dir los?, dachte Valerian. *Du hast doch schon so viele Gräueltaten erlebt, wieso also bist du so gereizt? Dein Korporal hat nur gesagt, was alle denken, einschließlich deiner selbst.*

Sein Blick glitt wieder zu dem Dorf hinab, und er verzog das Gesicht, als er beobachtete, wie zwei Männer eine Frau ergriffen und ihr die Kleider vom Leib rissen. Sie war bereits blutüberströmt und schrie wie ein gequältes Tier, als sie unter den beiden Männern verschwand.

Wenn du dich nicht an den Anblick brutaler Gewalt gegen Wehrlose gewöhnen kannst, solltest du nicht länger in diesem Krieg kämpfen!, dachte er. Doch für den Moment schob er dieses Problem beiseite, sondern blickte nach rechts, wo im selben Moment, wie angeordnet, Kornett Bogdanow mit den restlichen Männern auftauchte.

Vielleicht gelingt es uns ja jetzt zur Abwechslung mal, etwas Nützliches zu tun und ein paar verdammte Seelen zu retten! Er zog seinen Säbel aus der Scheide und schwang ihn einmal im Kreis über seinen Kopf. *Wofür auch immer das gut sein mag.*

Dann verstummte sein innerer Monolog, und der Soldat in ihm übernahm das Kommando. Er ließ ein letztes Mal den Blick durch das Dorf streifen, *keine Pferde zu sehen, gut,* und spürte, wie er innerlich kalt und ruhig wurde. Den Blick seiner blauen Augen richtete er fest auf das Ziel unterhalb von sich, eine kleine Gruppe von Plünderern, denen offenbar aufgefallen war, dass sie ungebetenen Besuch bekommen hatten. Es waren vielleicht zehn Männer, die gegen seine Abteilung gepanzerter Kürassiere niemals bestehen konnten. Offenbar sahen sie das genauso, denn als Valerian seinen Säbel ein zweites Mal schwang, rannten die Marodeure schon zu einem kleinen Brunnen etwa in der Mitte der Häuser, wo zwei weitere Söldner auf sie warteten. Hastig hoben sie Beutel und Tücher vom Boden auf und wandten sich zur Flucht, weg von den Kürassieren.

»Angriff!«, schrie Valerian und trieb sein Pferd an. »Wehe, wenn einer entkommt! Aber ich will sie möglichst lebend!«

Die letzten Worte gingen im lauten Gebrüll seiner Männer unter, als sie ihren Pferden die Sporen gaben und den Hang hinuntergaloppierten.

Die Plünderer waren offenbar zu Fuß unterwegs gewesen, denn sie machten keine Anstalten, ihre Beute fallen zu lassen, um vielleicht schneller ihre Pferde zu erreichen. Aber selbst wenn sie welche im Wald versteckt hätten, wäre ihr Versuch zum Scheitern verurteilt gewesen, da ihnen sämtliche Fluchtwege abgeschnitten waren.

Valerian und seine Abteilung hatten bereits den Rand der Siedlung erreicht und zogen ihre Linie in die Länge, um möglichen Pistolenschützen einen Treffer zu erschweren, und sei es auch nur ein Zufallstreffer. Durch den Rauch, der sich durch die Siedlung wälzte, sah er auf der anderen Seite Bogdanow mit seinen Männern in einer weit auseinandergezogenen Reihe heranreiten.

Gut, dachte er. *Falls sich nicht noch einer dieser Hundesöhne in einem Haus versteckt hat, dürften wir sie jetzt alle zwischen uns haben.*

Die Plünderer drängten sich zusammen und sahen

sich hastig um, als sie das Trommeln der Hufe hörten. Die Männer, etwa ein Dutzend, hatten ausnahmslos ihre Waffen gezogen, und Valerian sah etliche Pistolen und sogar zwei Arkebusen.

Er kniff die Augen zusammen und wünschte sich fast, einer der Plünderer hätte seine Waffe angelegt und ihm so einen Vorwand geliefert, selbst den Befehl zum Feuern zu geben.

Warum gibst du ihn nicht trotzdem?, meldete sich eine wütende Stimme in seinem Kopf, als sein Blick auf eine kleine Gruppe von blutbefleckten Frauen in zerrissenen Kleidern fiel, die ihre Kinder an sich zerrten und die Neuankömmlinge mit furchtsam aufgerissenen Augen anstarrten. Aber Valerian kannte die Antwort. *Weil du nicht so sein willst wie sie. Wie dieses Vieh.*

Dann sah er, wie einer der Plünderer einem Mann mit einer Arkebuse die Hand auf die Schulter legte, etwas zu ihm sagte und in seine, Valerians, Richtung deutete. Der Arkebusier zögerte kurz, zuckte dann mit den Schultern und ließ seine Waffe sinken.

Etwas in Valerians Hinterkopf regte sich, als er dies beobachtete, aber er verfolgte den Gedanken nicht weiter. Seine Gruppe hatte sich mittlerweile bis auf zwanzig Schritt den Plünderern genähert, und er hob die Hand zum Zeichen für seine Leute anzuhalten.

Die Kürassiere kamen in einer gewaltigen Staubwolke zum Stehen, und in dem ganzen Rauch und Staub waren die Gestalten vor dem Brunnen für einen Moment nur noch schemenhaft zu erkennen.

»Kornett!«, schrie Valerian.

»In Position, Rittmeister!«, ertönte Bogdanows tiefe Stimme von der anderen Seite des Brunnens her, und im nächsten Moment tauchte seine Abteilung im langsamen Schritt aus dem Nebel auf. Valerian sah, dass alle ihre Arkebusen angelegt hatten. Die Waffen waren mit Radschlössern ausgestattet, sodass man nicht erst umständlich Lunten entzünden musste, um sie abzufeuern.

»Waffen runter!«, blaffte Valerian die Plünderer an. »Sofort! Seid ihr vollzählig, oder haben sich noch ein paar von euch Hundsfotten hier irgendwo verkrochen?«

»Villesen?«

»Ich rate euch, meine Geduld nicht allzu sehr auf die Probe zu stellen, Gesindel!« Valerian spürte Wut in sich aufsteigen, als er sah, dass einer der Plünderer krampfhaft ein dürres, vor Angst zitterndes Mädchen vor sich hielt, dessen schmutziges Gesicht tränen- und blutverschmiert war. Offenbar hatte der Mann das Mädchen gerade vergewaltigt und war noch nicht dazu gekommen, seine Hose ordentlich hochzuziehen. Er benutzte das Mädchen, um seine Blöße zu bedecken.

»Ich verlange auf der Stelle eine Antwort! Und du da …!« Er deutete auf den Plünderer mit dem Mädchen. »Lass das Kind los, und zwar sofort!«

»Von Villesen? Seid Ihr das?«

Valerian fixierte den Mann mit dem Mädchen mit zornigem Blick, hatte seine Pistole gezogen und den Hahn gespannt. Er war bereit, dem Mann eine Kugel in den Schädel zu jagen, wenn er nicht sofort gehorchte; der Söldner war groß und fett und bot hinter dem dürren Mädchen ein ausreichend gutes Ziel.

Als Valerian das erste Mal seinen Namen gehört hatte, war er nicht darauf eingegangen, und auch jetzt glaubte er fast, seine Einbildung hätte ihm einen Streich gespielt.

Als der fette Söldner das Mädchen losließ, das ein paar Schritte von ihm wegtaumelte und dann zu Boden stürzte, sah Valerian aus den Augenwinkeln, dass seine Vermutung richtig gewesen war. Der Mann nestelte hastig an seiner Hose herum.

Aber Valerians Blick hatte sich bereits auf den Mann gerichtet, der ihn mit Namen angesprochen hatte.

»Du kennst mich, Kerl?« Mit einem leichten Schenkeldruck trieb er sein Schlachtross auf den Plünderer zu und sah befriedigt, dass der unwillkürlich einen Schritt zurückwich. Aber sein schmutziges, bärtiges Gesicht zeigte weniger Angst als vielmehr Selbstgefälligkeit.

»So wie Ihr mich, Herr von Villesen!« Der Mann schob seine Pistole in den Gürtel und verbeugte sich mit spöttischer Ehrerbietung. In Anbetracht seiner Lage eine sehr kühne Reaktion.

Valerian runzelte die Stirn. Er hatte nicht die geringste Lust, Ratespiele mit einem Plünderer und Marodeur zu spielen, aber irgendetwas an dem Mann kam ihm tatsächlich bekannt vor. Und plötzlich wusste er, um wen es sich handelte, noch bevor der Mann sich wieder aufgerichtet und seinen arg mitgenommenen, von Dreck starrenden Hut gelüftet hatte, dessen Federn nicht erahnen ließen, von welcher Art Federvieh sie stammten.

»Hufner, Freiherr von Villesen.« Der Mann nickte, als er das Erkennen in Valerians Gesicht bemerkte. »Eberhard Hufner, der Schmied aus Bruchhausen, zu Euren Diensten.«

Valerian starrte den Mann einen Moment wortlos an. *Warst du nicht bei den Ligistischen, Kerl? Hast wohl wieder die Seiten gewechselt, weil du dir beim Schwe-*

den mehr Fortune erhoffst? Offenbar bereiteten sein Schweigen und sein scharfer Blick dem Schmied Unbehagen, denn er straffte sich und redete hastig weiter.

»Kein Grund für Feindseligkeiten, Herr.« Er deutete auf die kleine Gruppe von Plünderern, die den Wortwechsel aufmerksam verfolgten und offenbar Hoffnung schöpften, als sie begriffen, dass Eberhard, der wohl so etwas wie der Anführer der Gruppe war, und der Befehlshaber der Kürassiere sich kannten. Jedenfalls schienen sie sich zu entspannen, ließen die Waffen sinken, auch wenn sie sie nicht wegsteckten, und traten langsam näher.

»Noch einen Schritt, ihr Halunken, dann schießen meine Leute euch die Beine weg und lassen euch hier im Dreck liegen!«, tönte Bogdanows tiefe Stimme von hinten. »Ich kann mir gut vorstellen, was die Bewohner dieser Siedlung dann mit euch machen. Jedenfalls die, die ihr am Leben gelassen habt!«

Hufner wurde blass und hob hastig die Hände zum Zeichen, dass er unbewaffnet war und keine feindlichen Absichten hegte. »Wie gesagt, Herr …«

»Es heißt Rittmeister, Kerl!«, mischte sich Korporal Strellitz ein, der sein Pferd neben Valerians Ross getrieben hatte. Dann sah er Valerian kurz an. »Sieht aus, als wären das alle, Herr Rittmeister.«

Valerian nickte kurz, ohne den Blick von Hufner zu nehmen.

»Wie gesagt, Herr Rittmeister«, der Schmied hütete sich, den militärischen Rang spöttisch zu betonen, aber trotzdem spürte Valerian die Verachtung in der Stimme des Mannes, »es gibt keinen Grund für Feindseligkeiten. Wir haben genug erbeutet, um zu teilen, und was die Frauen angeht … Tut Euch gern gütlich an ihnen.« Er grinste spöttisch. »Wir hatten in den letzten Tagen mehr als genug von ihnen und geben gern etwas ab. Und was die Lebensmittel betrifft – unsere Pferdewagen stehen nicht weit von hier im Wald. Mein Bruder bewacht sie, den kennt Ihr ja auch, hab ich recht, Herr? Gerulf.« Er straffte sich, als Valerian weiterhin schwieg, und missverstand offenbar dieses Schweigen als Aufforderung zum Weitersprechen. »Seit unserer letzten Begegnung hat sich unser Schicksal gewendet, Herr.« Er deutete mit einem seiner dicken Daumen auf sich. »Ich bin jetzt kein Schmied mehr, sondern Korporal in der Kompanie von Hauptmann Machinskij im ligistischen Regiment von Obrist von Grimberg.« Seine Stimme klang stolz, als er mit einem Nicken auf die Fahne deutete, die der Fähnrich der kleinen Abteilung hielt. »Mein Lieutenant hat mich zum Fouragieren geschickt, und wir waren recht erfolgreich. Wir sind auf derselben Seite, Herr Rittmeister, deshalb biete ich Euch gern einen Teil unserer Beute an, denn offensichtlich hattet Ihr nicht so viel Erfolg …« Jetzt klang seine Stimme unverhohlen selbstgefällig.

Valerians Blick streifte kurz die Fahne, dann blickte er wieder auf den Schmied oder vielmehr den frischgebackenen Korporal. *Es macht keinen Unterschied,* dachte er. *Er ist ein Plünderer und Mordbrenner, so oder so.*

»O Hufner, das würde ich nicht sagen.« Er blickte kurz zu Bogdanow hinüber, dessen Leute ihre Arkebusen hatten sinken lassen, und gab ihm ein kurzes Handzeichen. Der Kornett verstand und wies seine Männer mit einem leisen Befehl an, die Waffen weiter im Anschlag zu halten. »Denn der Auftrag meines Obristlieutenants lautete, zu fouragieren und den Plünderern und Mordbrennern Einhalt zu gebieten, die hier herumstreifen und Gehöfte, Siedlungen und Felder niederbrennen.« Er schüttelte den Kopf. »Ich frage mich, ob diese Mordbrenner wohl begreifen, dass irgendwann niemand mehr da sein wird, der die Äcker bestellt und das Getreide und Gemüse erntet, wenn alle Bewohner der Siedlungen und Dörfer niedergemetzelt sind.« Er legte den Kopf auf die Seite und sah Hufner an. »Was meinst du, Hufner, kannst du mir da vielleicht zu einer Antwort verhelfen?«

Der Korporal blinzelte verwirrt, weil er offenbar die Ironie dieser Worte nicht begriff. Aber das musste er auch nicht. Valerians feindseliger Ton war ihm keineswegs entgangen.

»Was wollt Ihr tun, Rittmeister? Uns unsere mühsam gesammelte Beute wegnehmen? Ich werde bei Hauptmann Machinskij Meldung machen, falls Ihr auf diese Idee kommt, und außerdem wird Euch das auch nur über meine Leiche gelingen!« Die Vorstellung, diese »Beute« zu verlieren, schien Hufner so wütend zu machen, dass er sowohl jede Vorsicht beiseiteschob als auch seine Angst vergaß und einen Schritt auf Valerian zu machte. »Ihr könnt Euch sicher sein, dass sich Obrist von Grimberg bei Eurem Regimentskommandeur …«

»Mühsam gesammelte Beute?« Valerians Stimme klang so schneidend, dass Hufner unvermittelt den Mund zuklappte. »Du meinst wohl, brandschatzend und mordend zusammengeraffte Beute, du Hund von einem Plünderer?« Das Blut rauschte in Valerians Ohren, und rote Punkte tanzten vor seinen Augen. Er musste sich zusammenreißen, um den Mann nicht einfach niederzureiten.

Aber Hufner ließ sich von seinem Zorn mitreißen. »Und Ihr? Edler Freiherr und Rittmeister?« Er deutete mit der Hand auf die Siedlung, die Frauen, die sich immer noch zitternd aneinanderdrängten, dann auf das Mädchen, das im Dreck lag und dessen Schultern beim Weinen zuckten, und auf den fetten Söldner, der endlich seine Hose zugeknöpft hatte. »Ihr wollt mir sagen, Ihr seid nur hier, um der Gerechtigkeit Genüge zu tun? Um diese arme Bevölkerung zu retten und höflich zu fragen, ob sie vielleicht so nett wären, Euch ein Fässchen Bier oder einen Scheffel Getreide zu geben?« Er lachte verächtlich und spuckte aus. »Wären wir es nicht gewesen, wären die Protestanten gekommen und hätten die Dörfer hier geplündert. Und wir sind uns doch wohl einig, dass es besser ist, wenn die kaiserlichen Söldner zu fressen kriegen als die Union oder der Schwede? Ihr seid doch nur wütend, weil Ihr zu spät gekommen seid und jetzt mit leeren Händen zu Eurer Kompanie zurückkehren müsst!«

Valerian blähte die Nasenflügel, als er tief einatmete, um sich zu beruhigen. Trotz seiner Wut konnte er nicht leugnen, dass in den Worten des Mannes eine gewisse Logik lag. »Mit leeren Händen? Wohl kaum!« Er presste die Worte zwischen den Zähnen hervor, und um dem anderen Mann klarzumachen, wie ernst es ihm war, legte er seine Hand auf den Knauf seiner Reiterpistole.

»Ganz gewiss mit leeren Händen!«, zischte Hufner. »Ich nehme mein Angebot, mit Euch zu teilen, zurück, Freiherr Rittmeister von Villesen!« Der Schmied packte den Griff seines Säbels. »Ihr bekommt gar nichts von uns, und vergesst ja nicht, dass wir unter dem gleichen Herrn dienen. Wenn Ihr uns ...!«

»Wir haben nichts mit Mordbrennern gemein!«, rief Korporal Strellitz und zog seine Reiterpistole, spannte den Hahn und richtete sie auf Hufner.

»Istvan, nicht!«, rief Valerian, als auch schon ein Schuss fiel.

»Verflucht, was ...!«, schrie Hufner gleichzeitig und riss seinen Säbel aus der Scheide. »Nein!«, brüllte er. »Gerulf, nein!«

»Feuer!«, ertönte auf der anderen Seite des Brunnens die Stimme von Kornett Bogdanow.

Während die Arkebusen-Salve knallte, die verwundeten Plünderer aufschrien und die verängstigten Frauen zu kreischen begannen, blickte Valerian verblüfft auf seinen Korporal. Es dauerte einen Moment, bis er begriff, dass es nicht sein Untergebener gewesen war, der den Schuss abgegeben hatte. Im Gegenteil, ganz offenbar hatte Korporal Istvan Strellitz eine Kugel abbekommen, die sonst möglicherweise ihn, Valerian, getroffen hätte.

Valerian starrte immer noch wie gebannt seinen Korporal an, als dieser seitlich aus dem Sattel kippte. Kopf und Oberkörper trafen auf den Boden, während ein Stiefel im Steigbügel hängen blieb. Valerian konnte einen kurzen Blick auf die Seite seines Schädels werfen, die nur noch eine blutige Masse war, offenbar zerschmettert von einer Musketenkugel. Dann scheute das reiterlose Pferd vor dem Lärm und dem Gewicht im Steigbügel und brach aus.

Valerian blickte in die Richtung, aus der der Schuss gekommen sein musste, und sah, dass drei Männer am

Rand des Dorfes standen, die ihre Musketen auf die Gabeln gelegt hatten und zielten. »Musketenfeuer!«, schrie Valerian und deutete mit dem Degen. »Achtung!«

Seine Leute waren gut ausgebildet. Die lang gezogene Reihe aus Reitern schwenkte sofort um und galoppierte auf die drei Schützen zu. Zwei der Reiter hatten ihre Arkebusen bereits in Anschlag gebracht und schossen, drei andere waren noch damit beschäftigt, die Radschlösser zu spannen, und zwei weitere legten ihre Partisanen an, die kurzen, knapp zwei Schritt langen Reiterspieße, während sie die Schützen angriffen.

Das muss Gerulf sein, dachte Valerian, als sein Blick auf den Söldner fiel, der den Schuss abgefeuert hatte. Offenbar hatte er seinen Bruder in Gefahr gewähnt und versucht, ihm das Leben zu retten. Sein Schuss hatte jedoch eine Kette von Gewalt ausgelöst, die auch Valerian nicht mehr aufhalten konnte.

Er sah zu, wie seine Reiter auf die Schützen zustürmten, die vor Nervosität nicht mehr rechtzeitig anlegen konnten. Die Reiter feuerten ihre Arkebusen ab, und einer der Schützen stürzte zu Boden. Sekunden später hatten die anderen Reiter den zweiten erreicht und ihn mit ihren Partisanen durchbohrt. Gerulf hatte gar nicht erst versucht, seine Muskete weiterzuladen, sondern hatte sich umgedreht und war davongelaufen. Zwei Reiter verfolgten ihn.

Valerian drehte sich wieder zu der Gruppe von Plünderern herum, die zusammengedrängt am Brunnen standen. Zwei seiner Männer waren bei ihm als Leibgarde geblieben, aber er sah sofort, dass er keines Schutzes mehr bedurfte.

Kornett Bogdanows Leute hatten ganze Arbeit geleistet.

Die meisten Plünderer lagen am Boden, wälzten sich blutend im Dreck oder rührten sich nicht mehr. Zwei standen noch auf den Beinen, von denen einer sich mit schmerzverzerrtem Gesicht den Arm hielt. Keiner von ihnen dachte daran, von seiner Waffe Gebrauch zu machen.

Hufner lag mit ausgebreiteten Armen und Beinen vor ihm auf dem Rücken im Dreck. Einer von Valerians Reitern hatte ihm eine Kugel ins Auge geschossen, und ein anderer hatte ihn offenbar in die Brust getroffen, denn auf dem schmutzigen Wams breitete sich rasch ein dunkler Fleck aus. Es bestand kein Zweifel, dass der ehemalige Schmied tot war.

Es sind Plünderer, gewiss, aber es sind auch Kameraden! Du kannst sie doch nicht einfach so abschlachten! Noch während er überlegte, was er mit den restlichen Männern tun sollte, ritten Bogdanow und seine Leute an dem Brunnen vorbei und erreichten die Plünderer.

Wie erstarrt sah Valerian zu, wie sein Kornett mit einem mächtigen Schlag seines Säbels einem der Plünderer fast den Schädel vom Kopf trennte. Der Mann fiel zu Boden, und der Schädel, nur noch an Haut und Sehnen mit der Leiche verbunden, rollte hin und her wie ein Pendel.

Dann beobachtete Valerian, ohne sich zu rühren, wie einer von Bogdanows Männern dem letzten Plünderer, der die Hände hob, um sich zu ergeben, seine Partisane durch den Rücken rammte. Die Spitze kam am Brustbein wieder heraus, und ein Sprühnebel aus Blut spritzte aus der Wunde. Der Mann taumelte ein paar Schritte vorwärts und fiel auf die Knie, während dunkles Blut aus seinem Mund quoll. Dann sackte er tot zur Seite.

»Das wäre das, Herr Rittmeister«, sagte Bogdanow

und zügelte sein Pferd neben Valerian. »Aber was ist mit unserem Freund Istvan?«

Der Kornett deutete grimmig auf den Korporal, den sein Pferd zwanzig Schritt weit mitgeschleift hatte, bevor sein Fuß schließlich aus dem Stiefel gerutscht und er im Dreck liegen geblieben war.

»Er ist tot«, sagte Valerian tonlos. »Ich wüsste nicht, dass ich befohlen hätte ...«

»Nein, Herr Rittmeister«, fiel ihm Bogdanow ins Wort und wischte sich mit seiner behandschuhten Rechten den Schweiß aus dem Gesicht. Der Kornett musterte Valerian aufmerksam. »Für solche wenig ruhmreichen Taten habt Ihr Eure treuen Untergebenen, Herr.« Sein Blick glitt noch einmal zu dem Korporal, und er bedeutete einem seiner Leute mit einer Handbewegung, den Toten zu holen. »Die nicht davor zurückscheuen, ihr Leben für Euch zu opfern.«

Er wartete, aber Valerian sah ihn nur schweigend an.

Bogdanow nickte. »Ganz recht. Und jetzt sollten wir uns ansehen, welche Beute der da«, er deutete verächtlich auf Eberhard Hufner, »so ungern mit uns teilen wollte, dass er sie uns nur über seine Leiche überlassen hat.« Er wendete sein Pferd und sah dann zu Valerian zurück. »Einverstanden, Herr Rittmeister?«

»Sicher, Kornett. Tut ...«, Valerian räusperte sich, »tut alles, was nötig ist.«

Er fühlte sich wie betäubt, als der größte Teil seiner Abteilung den beiden Reitern folgte, die sich an die Verfolgung des flüchtigen Schmiedes gemacht hatten, und im Wald hinter dem Dorf verschwanden.

Sein Blick streifte die toten Plünderer und dann die anderen Leichen, die vor den Häusern oder auf der

Straße lagen. Wie in allen anderen von Plünderern heimgesuchten Dörfern befanden sich auch hier so gut wie keine Männer unter den Opfern. Wenn doch, waren es zumeist Alte und Gebrechliche, die nicht mehr in der Lage gewesen waren, eine Pike zu halten oder eine Muskete abzufeuern.

Dann fiel sein Blick auf die drei Frauen und die Kinder, die sich zitternd am Brunnen zusammendrängten. Eine der Frauen hatte während der Kämpfe das schluchzende Mädchen von der Stelle weggeholt, wo es zuvor gelegen hatte, und presste es jetzt fest an sich, während sie Valerian mit einem Blick betrachtete, der ihm das Blut in den Adern erstarren ließ.

Es war ein Blick von abgrundtiefer Verzweiflung und blankem, glühendem Hass.

Ich bin nicht wie die anderen!, hätte er ihr gern zugerufen, hätte sie gern beruhigt, hätte alles getan, um so etwas wie Erleichterung oder Dankbarkeit in ihrem Gesicht zu sehen.

Aber das konnte er nicht. *Es wäre gelogen.* Plötzlich hatte er einen bitteren Geschmack im Mund, als er sein Pferd wendete, um seinen Männern zu folgen. Dann überlegte er es sich noch einmal anders. Er zog am Zügel und trieb sein Pferd langsam auf die Frauen am Brunnen zu.

Die wichen weiter vor ihm zurück, bis sie sich mit dem Rücken an die Steinfassung des Brunnens pressten, und eine der Frauen wimmerte leise, während die Kinder, alles Mädchen, wie Valerian sah, ihn mit bebenden Lippen und riesigen Augen anstarrten.

Er griff an seinen Gürtel, und die Frau, die das Mädchen umklammert hielt, zuckte zusammen.

»Keine Angst«, murmelte er. Er wusste nicht, ob sie ihn gehört hatte, aber das spielte auch keine Rolle. Bloße Worte würden ihr Entsetzen sicherlich nicht lindern. Er zog zwei Silbergulden aus der Tasche in seinem Gürtel und hielt sie hoch, damit die Frauen sie sehen konnten. Dann warf er sie in den Staub zu ihren Füßen.

»Herr Rittmeister, wir haben gefunden, was wir suchten!«, ertönte Bogdanows Stimme vom Rand des Dorfs. »Kommt und seht selbst! Ein schöner Fang, das muss ich schon sagen!«

Valerian blickte zu seinem Kornett hinüber und nickte. Aber er zögerte noch einen Moment und sah die Frauen am Brunnen an.

»Für euch!«, rief er und deutete auf die Münzen, die schwach im Staub funkelten.

Er hatte keine Dankbarkeit oder gar Freude erwartet, aber immerhin hatte er versucht, das Leid dieser Frauen ein wenig zu mindern.

Doch als die Frau, die das Mädchen von der Straße gezogen hatte, aufstand und sich aufrichtete, ohne darauf zu achten, dass ihre schlaffen Brüste aus dem zerrissenen Kleid heraushingen, wurde Valerian klar, dass er nicht den Frauen hatte helfen wollen.

Er sah unbeweglich zu, wie die Frau zu den Münzen ging, ohne ihn dabei aus den Augen zu lassen. Ihr Blick schien sich in seinen zu brennen, und ihre dunklen Augen waren hasserfüllt, als sie sich bückte, und … auf die Münzen spuckte. Dann erst hob sie sie vom Boden auf, drehte sich um, ohne Valerian eines weiteren Blickes zu würdigen, und ging zu den anderen Frauen am Brunnen zurück.

Dir selber hast du helfen wollen, dachte er. *Dein Gewissen wolltest du erleichtern! Mit zwei Silberstücken.* Er riss seinen Blick von der kleinen Gruppe am Brunnen los und wendete sein Pferd. *Und jetzt fühlst du dich, als wären es nicht zwei, sondern dreißig Silberlinge gewesen.*

3. KAPITEL

Zu den Waffen!

»Hab ich mir doch gedacht, dass ich dich hier finde, Kerl!«

Eik blickte von dem Teller mit Lamm und Gemüse hoch, der dampfend vor ihm stand. Er hatte den Mund voller Fleisch, das gar nicht übel schmeckte, und deutete mit dem Messer in der Hand auf einen Hocker an seinem Tisch.

»Hätte ich mir ja denken können, dass du genau rechtzeitig kommst, um mir in die Suppe zu spucken, Obristlieutenant«, nuschelte Eik und grinste den hochgewachsenen Mann spöttisch an, der sich vor ihm aufgebaut hatte. »Aber setz dich wenigstens hin, so viel Zeit wirst du ja wohl haben.«

Hans De Vries zögerte einen kurzen Moment, dann nahm er seinen breitkrempigen schwarzen Hut ab und drehte sich zum dicht umlagerten Tresen um. »Heda, Wirt!« Seine tiefe Stimme übertönte mühelos den Lärm in der Gaststube. »Ein Krug von dieser Brühe, die du Bier nennst, aber pronto!«

Er wartete, bis der Schankwirt seinen Blick erwiderte und nickte, dann zog er mit dem Fuß den Schemel unter dem Tisch heraus und setzte sich. »Und, wie schmeckt das Lamm?«

»Nach uraltem Hammel«, erwiderte Eik und lachte, weil er gewusst hatte, dass De Vries sich auch von dieser Bemerkung nicht abhalten lassen würde, seinen Dolch zu ziehen und sich ein Stück von der Keule abzuschneiden. Er spießte es auf und schob es sich in den Mund. Dann verdrehte er genüsslich die Augen.

»Das ist der zarteste alte Hammel, den ich je zwischen die Zähne bekommen habe«, brummte er. Er drehte sich wieder zum Tresen herum und hob gebieterisch die Hand. Der Wirt sah zu ihm hinüber. »Und die gleiche Portion wie mein Lieutenant hier!«, rief er. Diesmal wartete er nicht ab, bis der Wirt die Bestellung bestätigt hatte, sondern drehte sich wieder zu Eik herum. »Lieber alten Hammel als alten Gaul«, sagte er. »Wer weiß, wann wir wieder so etwas Köstliches vorgesetzt bekommen.«

Eik hörte auf zu kauen und sah seinen Vorgesetzten und Kameraden scharf an. *Nicht nur Kamerad, sondern Freund,* dachte er, während er das tiefgebräunte und vom Feuer gezeichnete Gesicht des anderen Mannes musterte. »Das heißt, du bist nicht zufällig hier oder weil dein Magen dich hierhergeführt hat.«

Das war keine Frage, sondern eine Feststellung. Vor knapp einem Monat hatten sie mit ihrem protestantischen Kontingent und den Schweden unter dem Befehl von Gustav Adolf die Kaiserlichen unter Tilly vor der Stadt Werben geschlagen, dann hatte sich die Leibkompanie ihres Obristen Hans Caspar von Klitzing nach Leipzig zurückgezogen, um die Festung Pleißenburg in Leipzig zu verteidigen. Die Gerüchte wollten wissen, dass Tilly vorhatte, die Festung zu erstürmen, um damit Leipzig in die Hand zu bekommen, wo die protestantischen Reichsstände erst vor wenigen Monaten ihren Bund gegen die Reichsgewalt geschlossen hatten.

Bis jetzt jedoch war von Tilly nichts zu sehen, und so logierten sie seit einer guten Woche hier. Außerdem hatte Eik es sich zur Gewohnheit gemacht, im *Goldenen Lamm* zu essen. Das war einer der Vorteile, die seine neue Position als Lieutenant im kursächsischen Dragonerregiment mit sich brachte. Regelmäßige und nicht zu knappe Soldzahlung, für die vor allem die Kasse Gustav Adolfs von Schweden sorgte. Er konnte sich ordentliches Essen leisten, genauso wie die bescheidene Unterkunft unter dem Dachboden ebendieser Herberge.

Und seit den letzten Briefen von Augusta zog es ihn abends auch nicht mehr in die Vergnügungsviertel oder zu den Dirnen. De Vries hatte ihn deswegen schon aufgezogen, doch Eik hatte freundlich, aber entschieden jede Einladung abgelehnt.

»Als Familienvater trage ich Verantwortung, nicht nur für meine Frau und das Kind, sondern auch für meine leibliche Gesundheit«, hatte er De Vries am ersten Abend nach zwei Krügen Bier hier in der Schänke gestanden. »Schließlich will ich die Mutter meiner Kinder nicht mit der Soldatenseuche infizieren.«

De Vries hatte genickt und dann breit gegrinst. »Nun, umso mehr Dirnen bleiben für mich übrig«, hatte er gemeint, aber Eik wusste, dass er das nur im Scherz sagte. Seit einer Weile gab es eine junge Frau im Tross der Schweden, die De Vries offenbar so sehr erfüllte, dass er gar nicht mehr auf den Gedanken kam, seine Lust woanders zu befriedigen.

Jedenfalls wusste De Vries, wo er Eik finden konnte,

aber dass er um diese Stunde hier auftauchte, sagte Eik, dass er einen ganz besonderen Grund haben musste.

Und Eik konnte sich nur einen einzigen Grund für einen Soldaten vorstellen, auf die zärtlichen Umarmungen seiner Geliebten zu verzichten. De Vries' nächste Worte bestätigten seine Vermutung.

»Wir reiten übermorgen früh. Der Kurfürst hat unser Regiment Gustav Adolf unterstellt«, erklärte De Vries. »Johan Banér hat den Befehl über einen Teil der Reiterei bekommen. Und damit auch über uns arme Dragoner. Der größte Teil des Regiments ist bereits abgerückt, und unsere Leibkompanie reitet morgen mit dem Obristen hinterher.« Er lehnte sich zurück, als das Schankmädchen kam und den Bierhumpen vor ihm auf den Tisch stellte. Die dralle Magd warf dem Obristen, der trotz seiner Entstellung recht eindrucksvoll war, einen anzüglichen Blick zu, aber der Offizier achtete nicht auf sie.

Was Eik ein knappes Lächeln entlockte. *Diese Schwedin muss wirklich etwas an sich haben,* dachte er, *wenn er so gar nicht mehr auf weibliche Reize anderer Frauen reagiert.* Sein Blick streifte die prallen Brüste des Schankmädchens, aber dann schob sich das Gesicht einer dunkelhaarigen Frau vor seine Augen, und sein Lächeln verstärkte sich. *Aber geht es mir anders?*

Er griff nach seinem Bier und prostete De Vries zu. »Ich habe mich schon gefragt, wie lange der Löwe warten will, um Tilly den Rest zu geben.«

Sie tranken, dann setzte De Vries den Humpen wieder auf den Tisch und wischte sich den Schaum vom Mund. »Das würde Gustav Adolf sicher lieber heute als morgen tun, aber ich glaube, dass der alte Haudegen T'Serclaes da auch noch ein Wörtchen mitzureden hat.« Er strich sich über den Knorpelrest, der einmal sein rechtes Ohr gewesen war, eine unbewusste Geste, die Eik schon an seinem Vorgesetzten und Freund kannte. Das machte De Vries immer, wenn er ins Grübeln geriet. »Wenn die Gerüchte stimmen, hat er vor, die Pleißenburg zu stürmen.« Er grinste. »Ein kühnes Unterfangen, vor allem nach seiner Niederlage gegen Gustav Adolf vor einem Monat.«

Eik zuckte mit den Schultern. »Ich vermute, Tilly hat genug damit zu tun, seine Wunden zu lecken«, sagte er nicht ohne Stolz. »Wir haben ihm in Werben ganz schön zugesetzt. Ich glaube nicht, dass er es wirklich wagen würde, gegen Leipzig zu marschieren, und wenn doch, was interessiert es uns? Wir sind spätestens morgen Abend weg!«

»Ein Glück, sage ich!«

Eik hatte sich nicht die Mühe gemacht, seine Stimme zu senken, in der Gewissheit, dass er hier in Leipzig in einer der protestantischen Hochburgen war. Immerhin hatten die Protestanten in dieser Stadt vor nicht einmal einem halben Jahr ihren Bund gegen die Reichsgewalt geschlossen. Aber ganz offensichtlich gab es auch hier Menschen, die nicht gut auf Söldner und Soldaten zu sprechen waren, seien es nun protestantische, schwedische oder kaiserliche.

Eik drehte sich in die Richtung, aus der die Stimme gekommen war, und starrte finster in die dämmerige Schänke.

»Lass gut sein«, brummte De Vries, nachdem er einen tiefen Zug aus seinem Humpen genommen hatte. »Das Bier ist gut, und es wäre schade, es wegen so eines Schwachkopfs schal werden zu lassen.«

»Wer hat das gesagt?«, fragte Eik und schüttelte die Hand von De Vries ab, die der beruhigend auf seinen Arm gelegt hatte.

»Das war ich.« Ein vierschrötiger Mann stieß sich vom Schanktisch ab und drehte sich zu Eik herum. Zwei andere, ebenfalls kräftige Männer folgten ihm, dann noch drei weitere. Sie traten in die Mitte des Schankraums, zwischen Eik und De Vries auf der einen und die Tür auf der anderen Seite, kamen aber nicht näher. »Und ich sage, ein Glück, dass ihr Gesindel aus der Stadt verschwindet. Hat euch ein Magdeburg noch nicht gereicht? Wollt ihr Tilly dazu bringen, Leipzig auch noch zu magdeburgisieren?«

»Wir werden ...!«, begann Eik und wollte aufstehen.

»... nichts dergleichen tun!«, mischte sich De Vries ein. Seine Hand auf Eiks Arm wirkte plötzlich wie eine stählerne Klammer, aus der sich der junge Lieutenant nicht befreien konnte. »Und damit ist die Diskussion auch beendet, Kerl!«

De Vries stand auf, nahm den Hut ab und warf ihn auf den Tisch. Eik sah, dass der Sprecher unwillkürlich die Luft zwischen den Zähnen einsog, als er das entstellte Gesicht des Obristlieutenants sah.

Aber der Mann hatte offenbar keine Lust, vor seinen Gefährten klein beizugeben. »Das hier ist zu Ende, wenn ich es ...«

De Vries schüttelte den Kopf und legte mit aufreizender Lässigkeit seinen Unterarm auf den Korbgriff seines Säbels. »Falsch. Es ist jetzt zu Ende, oder aber mit dir ist es zu Ende. Falls du nicht verstehst, Kerl, was ich meine, will ich es dir gern erklären. Ich bin Obristlieutenant, und draußen wartet meine Leibgarde aus kampferprobten, wilden und mordgierigen Dragonern, die schon viel zu lange kein Blut mehr gesehen haben und sich teuflisch darüber freuen würden, ihre Säbel und Dolche an dir und deinen Spießgesellen blank zu wetzen.«

Eiks Zorn war ebenso schnell verraucht, wie er aufgeflammt war, und er verkniff sich ein Grinsen, als er das Gesicht des Sprechers sah. Der Mann war plötzlich blass geworden. Die ganze Sache war noch amüsanter, weil er genau wusste, dass De Vries allein unterwegs war, denn es war nicht seine Art, die eigenen Leute vor einer Schänke warten zu lassen, während er sich drinnen ein Bier genehmigte.

Der Sprecher zögerte und sah sich zu seinen Gefährten um, die ebenfalls unschlüssig zu sein schienen. Schließlich wandte sich einer davon zum Tresen um und murmelte »Verfluchtes Söldnerpack!«, aber so leise, dass De Vries die Möglichkeit hatte, so zu tun, als hätte er die Worte nicht gehört. Zwei weitere folgten ihm, sodass schließlich nur noch der Sprecher und die beiden Männer in der Mitte des Raumes standen, die ihm als Erste gefolgt waren.

»Hast du nichts Sinnvolleres zu tun, Kerl, als dich mit den Leuten anzulegen, die deine Stadt und deine Familie verteidigen?«, fragte De Vries jetzt in freundlicherem Ton.

»Schöne Verteidiger!«, stieß der Mann hervor. »Ihr habt doch selbst gerade gesagt, dass Ihr morgen abrückt! Und was machen wir, wenn Tilly kommt?«

Jetzt heißt es schon wieder »Ihr«, dachte Eik, der neugierig war, was De Vries auf diese nicht ganz unberechtigte Frage antworten würde.

»Wir haben Tilly erst vor einem Monat geschlagen«, erwiderte De Vries gelassen. »Wenn ihr ihm genauso entschlossen gegenübertretet wie mir, dann braucht euch nicht bange zu sein.« Er machte eine verächtliche Handbewegung. »Aber ich verwette mein gesundes Ohr, dass es dazu gar nicht erst kommen wird. Tilly wird sich hüten ...«

Die Tür flog auf, und zwei Soldaten betraten hastig den Schankraum.

Eik sah De Vries an, der seine Aufmerksamkeit augenblicklich auf die beiden Männer richtete, die, wie Eik bemerkte, Unteroffiziere ihrer Kompanie waren.

»Fähnrich Schmachfeld, Herr Obristlieutenant! Obrist von Klitzing befiehlt alle Stabsoffiziere und Offiziere in sein Quartier! Befehlsausgabe!«

De Vries stieß einen Fluch aus, als er sah, dass sich das Schankmädchen ihm mit dem bestellten Lammbraten näherte. Dann sah er Eik an, bevor er den Blick wieder auf die beiden Unteroffiziere richtete. »Ich nehme an, die Sache kann nicht so lange warten, bis ich meinen Lammbraten verzehrt habe?«

Der Fähnrich sah seinen Kameraden an, ließ dann den Blick kurz durch die Schänke schweifen und zuckte mit den Schultern. »Der Herr Obrist hat gesagt, unverzüglich, Herr Obristlieutenant«, erwiderte er. »Der Stab rückt noch heute Abend ab.«

Daraufhin war De Vries tatsächlich überrascht. »Was? Heute Abend? Warum die Eile?«

Bevor der Fähnrich antworten konnte, flog die Tür erneut auf, und ein Mann stürmte herein. Er trug ein Wams mit einem Bandelier quer über der Brust, einen weichen Hut und einen Stoßdegen an seinem breiten Gürtel; er war ein Angehöriger der Stadtwache. »Tilly ...!«, keuchte der Mann und hielt sich dann mit schmerzverzerrtem Gesicht die Seite, als wäre er eine weite Strecke gelaufen. »Tilly steht vor Leipzig! Alle Mann zu den Waffen!«

4. KAPITEL

Feldlager Tillys vor Leipzig

»Wir werden blutige Vergeltung üben! Die Männer dürsten nach Rache, das darf ich dem Herrn Generallieutenant versichern.«

Valerians Blick zuckte zu dem Sprecher, aber er hütete sich, etwas zu sagen. Wohl wissend, dass dessen Worte selbst in einem Gespräch unter vier Augen nicht wohlwollend aufgenommen worden wären, geschweige denn hier im Besprechungszimmer des Oberbefehlshabers der Kaiserlichen und der Ligatruppen. Obristwachtmeister Feldbrück merkte nichts von Valerians Irritation, sondern fuhr fort, gepackt von seinen eigenen Worten.

»Dieses Mal werden wir Gustav Adolf zweifellos in seine Schranken weisen, Herr Generallieutenant, und ihn dorthin zurückschicken, woher er gekommen ist!«

»Sicher, Feldbrück, sicher!« Generallieutenant T'Serclaes Graf Tilly beugte sich über die ausgebreitete Karte auf dem Tisch und tippte mit dem Finger auf eine Stelle, auf der durch rechteckige Holzstücke die Position der schwedischen Truppen markiert war. »Aber wenn mir Eure Zuversicht mehr Männer und ein paar zusätzliche Geschütze einbringen würde, wäre mir, ehrlich gesagt, mehr gedient.« Er hob den Blick von der Karte und sah zu General Pappenheim, der Tilly gegenüber am Kartentisch stand. »Ich brauche Eure Reiter, Pappenheim.« Er tippte wieder auf die Stelle. »Die Schweden haben sich dort massiert. Wir müssen verhindern, dass sie mit ihren verdammten leichten Begleitgeschützen unserer Infanterie noch einmal so zusetzen wie bei Havelberg!«

Valerian kniff die Augen zusammen und blickte auf die Karte. Die Kundschafter hatten ihnen einen vagen Überblick über die Stellung der Schweden gegeben, daher wussten sie, dass die Truppen des Kurfürsten von Sachsen die linke Flanke der schwedischen Schlachtformation bildeten. *Und sie sind ihre schwache Seite. Sie sind schlechter ausgerüstet und vielleicht auch weniger kampfeswillig.*

»... seid nicht meiner Meinung, Herr Rittmeister?«

Die scharfe, spöttische Stimme riss Valerian aus seinen Gedanken. Als er von der Karte aufsah, begegnete er Tillys durchdringendem Blick.

»Ich habe nur gerade gedacht ...«, begann er, hielt aber inne, als er ein scharfes Zischen hörte.

»Jemand, der seine eigenen Kameraden massakriert hat, sollte das Denken besser seinen Vorgesetzten überlassen und die ihm gegebenen Befehle ausführen!«

Obristwachtmeister Feldbrück war offenbar erbost darüber, dass sein Untergebener es wagte, die Meinung des Oberkommandierenden in Zweifel zu ziehen. Außerdem hatte Feldbrück Valerian immer noch nicht vergeben, dass er die Plünderungen durch die Ligistischen des Obristen von Grimberg nicht nur unterbunden, sondern die Männer dabei auch noch getötet hatte.

Grimberg hatte energisch bei Tilly protestiert, wenn

auch vergeblich. Aber den Blicken nach zu urteilen, die der altgediente Infanterieobrist Valerian jetzt quer über den Kartentisch zuwarf, schien das Thema für ihn noch lange nicht beendet zu sein.

Bevor Feldbrück fortfahren konnte, schlug Tilly seine Offiziershandschuhe klatschend auf den Tisch.

»Wenn ich einen meiner Offiziere um seine Meinung frage, will ich sie auch hören, Herr Obristwachtmeister.« Tilly schnaubte. »Ich nehme an, dass Ihr mir das gestattet?« Ohne Feldbrücks Reaktion abzuwarten, forderte er Valerian mit einem Wink auf fortzufahren.

Feldbrück errötete und stammelte eine Entschuldigung, während er Valerian einen hasserfüllten Blick zuwarf.

Noch eine Kerbe im Holz, dachte Valerian und achtete darauf, keine Regung zu zeigen.

»Ich denke, Herr Generallieutenant, dass der linke Flügel der Schweden der vermutlich schwächere sein dürfte. Die Sachsen ...«

»Wie kommt Ihr ...?« Obrist Grimberg, der laut Schlachtordnung mit seinen Infanteristen ebendiesen rechten Flügel angreifen sollte, meldete sich empört zu Wort, offenbar weil er glaubte, dass Valerian unterstellte, er und seine Soldaten hätten eine vermeintlich leichte Aufgabe zu erfüllen. Auf Tillys scharfen Blick hin verstummte er jedoch schlagartig.

»Die Sachsen«, fuhr Valerian nach einem aufmunternden Nicken Tillys fort, »sind erheblich schlechter ausgerüstet als die Schweden, und ich glaube, dass sie längst nicht so begeistert in diese Schlacht gehen werden wie Gustav Adolfs Truppen.« Er zuckte mit den Schultern, als Tilly schwieg. »Immerhin hat der

Schwede den Kurfürsten mehr oder weniger gezwungen, sich ihm anzuschließen.« *Genau genommen war es der Kaiser selbst, der mit seinem brutalen Vorgehen gegen die Protestanten dafür gesorgt hat,* dachte er, hütete sich aber, in Tillys Gegenwart so etwas zu äußern.

Der Generallieutenant mochte seine eigene Einschätzung des kaiserlichen Verhalten haben, aber er hätte keinerlei Kritik an Ferdinand II. geduldet, und erst recht keine Unbotmäßigkeit ihm gegenüber.

»Das glaube ich auch«, erklärte Tilly, was von Grimberg sehr überraschte und Feldbrück in Rage brachte. »Aus diesem Grund habe ich auch eine besondere Aufgabe für Eure Esquadron.« Sein anerkennender Blick streifte Valerian, bevor er ihn auf Obrist Markus von Corpes, den Befehlshaber des Kürassierregiments, und dann auf Feldbrück, den Obristwachtmeister der Esquadron Valerians richtete. »Ihr werdet mit Eurer Esquadron Panzerreitern hinter Obrist von Grimberg Stellung beziehen. Während Ihr, Obrist von Corpes, mit Euren restlichen Esquadronen als Reserve bei mir verbleibt. Eure Gewalthaufen werden die Sachsen zurücktreiben, während General Pappenheim die Schweden daran hindern wird, ihren Verbündeten zu Hilfe zu eilen. Und in diesem Moment schlägt Eure Stunde, Feldbrück.«

Valerian registrierte, wie zweifellos alle anderen an diesem Tisch ebenfalls, dass der Generallieutenant zum wiederholten Mal darauf verzichtete, den Titel des Obristwachtmeisters zu nennen. Er musste sich ein Grinsen verkneifen, weil er sehr genau wusste, wie sehr diesen ehrgeizigen Mann das wurmen musste.

»Euer Gnaden?« Feldbrück verbesserte sich sofort, als er seinen Fehler bemerkte. »Herr Generallieutenant?«

Aber auch die richtige Ansprache konnte nicht wettmachen, dass er ganz offenbar nicht wusste, worauf Tilly hinauswollte. Damit war er allerdings nicht der Einzige in der Runde.

Nur Valerian nickte, als er begriff.

»Wie ich sehe, stimmt Ihr meinem Plan zu, Herr Rittmeister?« Diesmal mischte sich eindeutig so etwas wie Respekt in die spöttische Stimme des Oberkommandierenden des kaiserlichen und ligistischen Heeres.

Valerian konnte nicht verhindern, dass ihm die Röte in die Wangen stieg. Sosehr er sich auch über das Lob und den Respekt freute, den Tilly ihm entgegenbrachte, so sehr bezweifelte er, dass er ihm damit einen Gefallen tat. Tilly brachte nur die anderen Offiziere gegen ihn auf, weil er nicht zum ersten Mal diesen einfachen Rittmeister mit seiner Gunstbezeigung bevorzugte. *Andererseits hast du diesen Beruf nicht gewählt, um dir Freunde zu machen,* sagte sich Valerian.

»Wir stoßen in die Lücke und fallen dann dem ersten Treffen der Schweden in den Rücken!«, erklärte Valerian, der erraten hatte, worauf Tilly hinauswollte. »Mit etwas Glück und unter der mutigen Führung unseres Esquadron-Kommandeurs«, er hütete sich, zu Feldbrück hinüberzublicken, damit der nicht auf die Idee kam, seine Worte so ironisch zu verstehen, wie sie gemeint waren, »gelingt es uns vielleicht sogar, die Geschützstellungen der schweren Artillerie der Schweden anzugreifen und sie außer Gefecht zu setzen!« Er sah Tilly an. »Vorausgesetzt natürlich, Gustav Adolf lässt seine schweren Stücke wieder bei der Reserve, wie er es den Berichten zufolge in Havelberg getan hat.«

»Ganz recht.« Tilly hustete. »Und er hat uns damit

ordentlich das Fell gegerbt, das muss ich ihm lassen!« Er schüttelte den Kopf. »Also, meine Herren, der Schlachtplan ist klar. Wir werden morgen in aller Frühe aufbrechen und unsere Stellungen beziehen. Die Artillerie mit ihren schweren Stücken habe ich bereits unter dem Schutz von zwei Infanterieregimentern und einer Esquadron Kürassiere vorausgeschickt.« Er nickte und sah die Männer ernst an. »Diese Schlacht wird eine Entscheidung bringen, meine Herren! Und es wird alles andere als ein leichter Gang werden, das ist wohl allen Anwesenden klar.« Er sah Feldbrück an. »Ich hoffe nur, Herr Obristwachtmeister, dass Eure Männer tatsächlich so rachedurstig sind, wie Ihr sagt. Immerhin wart Ihr in Havelberg nicht dabei.«

Feldbrück straffte sich und legte die Faust auf sein Herz. »Wie gesagt, Herr Generallieutenant …«

»Ja, schon gut, Feldbrück.« Tilly blickte zu von Corpes. »Ich hoffe sehr, dass Eure Esquadron diese heikle Aufgabe zu meiner Zufriedenheit erfüllen kann, Herr Obrist. Sie spielt eine entscheidende Rolle für das Gelingen des Schlachtplans. Aber ich will nicht verhehlen, dass es sehr gut möglich ist, dass Eure Kürassiere von den Schweden abgefangen und im schlimmsten Fall eingekesselt werden. Dann …«, sein Blick glitt zu Valerian, nicht zu Feldbrück, was Letzterer mit einem hörbaren Luftholen kommentierte, »… sind Eure Leute auf sich allein gestellt.« Er blickte kurz auf die Karte. »Und in einer wenig beneidenswerten Lage.«

Feldbrück holte Luft, aber sein Kommandierender Offizier kam ihm zuvor.

»Ich bin mir sicher, dass die Esquadron dieser Aufgabe gewachsen ist, Herr Generallieutenant. Ich werde mich noch heute Abend mit Obristwachtmeister Feldbrück beraten.«

Tilly nickte. »Tut das, Herr Obrist.« Er drehte sich um und nahm seinen Hut vom Tisch. »Das wäre alles, meine Herren«, sagte er und setzte sich den Hut auf den Kopf. »Sie können wegtreten und die notwendigen Vorbereitungen treffen.«

Valerian salutierte und wandte sich zur Tür, um Obrist von Corpes und den anderen Offizieren des Kürassierregiments zu folgen. Im nächsten Moment fand er sich Angesicht zu Angesicht mit Feldbrück.

»Glaubt nicht, dass ich oder Obrist von Grimberg die Sache mit den Fouragierern vergessen hätten, Rittmeister!«, zischte er. »Der Generallieutenant mag Euch aus unerfindlichen Gründen gewogen sein, aber ich bin Euer Vorgesetzter, und ich werde keinerlei Unbotmäßigkeiten dulden, schon gar nicht morgen in der Schlacht! Liefert mir einen Vorwand, den kleinsten Vorwand, und ich lasse Euch ...!«

»Feldbrück!«

Der Obristwachtmeister verstummte schlagartig und lief rot an, als er von Corpes' gereizte Stimme hörte.

»Ihr seid gewarnt!«, zischte er, bevor er auf dem Absatz herumfuhr und den Raum verließ.

Als wenn es dieser Warnung bedurft hätte, dachte Valerian. Aber er machte sich weit weniger Sorgen über den Groll, den sein Vorgesetzter gegen ihn hegte, als vielmehr darüber, ob Feldbrück der Aufgabe, die seiner Esquadron zugefallen war, tatsächlich gewachsen war. Denn so wie Tilly es formuliert hatte, konnte man nur zu einem Schluss kommen:

Tilly selbst betrachtete diesen taktischen Schachzug

als ein höchst gewagtes Spiel mit nur geringer Aussicht auf Erfolg. *Kurz gesagt, ein selbstmörderischer Angriff,* dachte Valerian und grinste. *Genau nach meinem Geschmack. Aber ich glaube kaum, dass Obristwachtmeister Feldbrück denselben Geschmack hat wie ich.*

Er verließ das Beratungszimmer und trat in den Flur. Von Feldbrück und von Corpes war nichts mehr zu sehen, ebenso wenig von den anderen Offizieren.

Und ich glaube, ich kenne noch jemanden, der nicht begeistert sein wird, wenn er erfährt, was morgen auf uns zukommt.

Bossel schnitzte mit einem Messer ein Stück Holz zu Spänen, ohne Anstalten zu machen, irgendetwas Erkennbares daraus zu fertigen. Er hob den Kopf, als Valerian durch die Zeltklappe trat.

»Junger Herr!« Die Stimme des Ordonanzoffiziers, ehemals Burghauptmann der von Villesens, klang mürrisch und passte damit genau zu seinem finsteren Blick.

Valerian unterdrückte ein Stöhnen. *Nicht jetzt, Bossel,* dachte er. *Es war schon anstrengend genug, diesen aufgeblasenen Feldbrück zu ertragen ... Jetzt noch eine Litanei von dir, dass ich überflüssigerweise in einem überflüssigen Krieg mein Leben mal wieder für eine überflüssige Heldentat riskiere – das ist etwas, das ich im Moment überhaupt nicht brauchen kann.*

»Wie oft habe ich es dir schon gesagt, Bossel? Es heißt Herr Rittmeister!«, zischte er seinen väterlichen Freund, als den er Bossel betrachtete, schärfer als beabsichtigt an.

»Selbstverständlich, junger Herr ... Rittmeister«, antwortete Bossel und stand von seinem Hocker auf, um

Valerian zu helfen, die Schaftstiefel auszuziehen. Er musterte Valerian und verzog dann das Gesicht. »Und darf ich fragen, junger Herr Rittmeister, ob der Herr Generallieutenant ...?«

»Darfst du nicht, Bossel.« Valerian seufzte und setzte sich auf die Truhe, die in einer Ecke seines Zeltes stand und seine Wäsche enthielt. Und die Briefe. Er hob ein Bein und wartete, bis sich Bossel vor ihn gestellt und den Stiefel unter der Hacke gepackt hatte. Valerian grinste, als er seinen anderen Fuß gegen den breiten, in einer schmutzigen Lederhose steckenden Hintern seiner Ordonnanz stemmte und kräftig zutrat. *Tut irgendwie gut,* dachte er und hatte im selben Moment ein schlechtes Gewissen. Bossel neigte zwar dazu, ihn zu bemuttern, aber er tat es aus wirklicher Sorge um den »jungen Herrn«, wie er Valerian seit dessen frühester Kindheit nannte. »Aber um deine unerlaubte Frage zu beantworten: Er hat.«

Valerian knurrte und bewegte die Zehen, um wieder etwas Gefühl hineinzubekommen. Den ganzen Tag in diesen Stiefeln herumzulaufen verursachte Schweißfüße, und seine Zehen schmerzten und juckten. *Ein Bad wäre jetzt genau das Richtige,* dachte er und seufzte erneut, diesmal aus Frust. Natürlich war an so etwas hier im Lager nicht zu denken. Sein Blick fiel durch die offene Zeltklappe auf die Mauern der Pleißenburg, in deren Schatten sie ihr Lager aufgeschlagen hatten. Tilly hatte sie erst am Vortag ohne nennenswerten Widerstand eingenommen. Valerian runzelte die Stirn. Ohnehin hatten die Bewohner von Leipzig nicht viel unternommen, um die kaiserlichen und die ligistischen Truppen daran zu hindern, sich in der Stadt auszubreiten. Allerdings hatte das wenige genügt, dass ein ganzes Regiment von Dragonern die Stadt heimlich durch die Hintertür verlassen konnte, während Tilly die Erstürmung der Burg befahl. Nach einer Weile stellten sie fest, dass sich ihnen niemand in den Weg stellen würde, und kurz darauf erfuhren sie von der Flucht der Dragoner durch das gegenüberliegende Stadttor.

Ich würde einen Goldtaler darauf verwetten, dass sie geradewegs zu Gustav Adolf geritten sind, dachte Valerian. Dass der Schwedenkönig mit einer großen Streitmacht nur wenige Meilen von Leipzig entfernt stand, war vermutlich auch der Grund, dass die Bewohner so friedlich blieben. Sie wollten Tilly nicht provozieren, weil sie kein zweites Magdeburg wollten, und überließen es lieber dem Schweden und den Protestanten, den kaiserlichen Generallieutenant in seine Schranken zu weisen.

Aber das wird nicht passieren, wenn ich ein Wörtchen mitzureden habe, dachte Valerian. *Die Frage ist nur, ob dieser aufgeblasene Narr Feldbrück imstande ist, die Aufgabe zu bewältigen, die Tilly unserer Esquadron übertragen hat.*

»Das heißt, wir stellen uns den Schweden?« Bossel hatte den anderen Stiefel gepackt und keuchte, während er ihn mit Valerians tatkräftiger Hilfe vom Fuß zog. »In einer offenen Feldschlacht? Und zweifellos hatte er wieder eine besonders heikle Aufgabe für unser Regiment.«

Offenbar hat er gelernt, Gedanken zu lesen, dachte Valerian. Er verzog das Gesicht. »Diesmal nicht, Bossel.« Er wartete, bis sich sein Bursche zu ihm umdrehte und ihn anblickte.

»Nicht? Solltet Ihr vielleicht tatsächlich Vernunft angenommen ...?«

»Diesmal ist es noch viel besser. Er hat unserem glorreichen Anführer, Obristwachtmeister Feldbrück, und seiner Kompanie eine Aufgabe gestellt, die heikel zu nennen eine maßlose Beschönigung darstellen würde.«

Bossel stand einfach nur da, die Stiefel in der Hand, und starrte Valerian an. Der hob die Hände und erläuterte mit wenigen Worten den Schlachtplan, den Tilly entworfen hatte.

Bossel machte ein ungläubiges Gesicht. »Aber das ist reiner Wahnsinn! Wir werden von den Schweden zermalmt werden, falls sie uns nicht schon vorher mit ihren Stücken in Fetzen schießen! Und Ihr glaubt doch nicht wirklich, junger Herr Rittmeister, dass unser Kompaniekommandeur diese Aufgabe ...«

»Was ich glaube, Bossel, spielt keine Rolle. Letztendlich ... haben wir den Befehl bekommen, die Schlacht zu Gunsten des Kaisers zu entscheiden, etwas, das strategisches Geschick, äußersten Mut und einen scharfen Verstand erfordert. Alles Gaben, über die Obristwachtmeister Feldbrück ...« Er spürte die Veränderung, die mit Bossel vorging, mehr als er sie sah, und im nächsten Moment hörte er auch die leisen Schritte, die sich dem Zelteingang näherten. Es hätte Bossels warnender Miene nicht bedurft, um Valerian klarzumachen, um wen es sich bei ihrem Besucher handelte. »... in reichlichem Maße verfügt. Er wird diesen Befehl erfolgreich ausführen, daran besteht kein Zweifel.« *Ebenso wenig daran, dass Feldbrück wahrscheinlich der Einzige sein wird, der diesen Krieg überlebt, weil er sich ohnehin beim ersten Anzeichen einer Niederlage den Schweden oder den Protestanten ergeben wird.* Und er wusste, dass Bossel das genauso sah.

Die Schritte verstummten, aber Valerian drehte sich nicht um, als er die scharfen Atemzüge der Person hörte, die in der Zeltklappe stehen geblieben war.

»Herr Obristwachtmeister«, sagte Bossel und nahm Haltung an, was sonderbar aussah, da er die beiden Stiefel noch in Händen hielt. Valerian stieß sich von der Truhe ab und drehte sich um. »Herr Obristwachtmeister, wir haben gerade über den Auftrag gesprochen, mit dem der Generallieutenant Euch geehrt hat.«

Feldbrück starrte Valerian mit aufeinandergepressten Lippen an, als suchte er in seinem Gesicht nach einem verräterischen Zucken oder einem spöttischen Funkeln in den Augen, was ihm erlaubt hätte, die letzten Worte des Rittmeisters, die er zweifellos gehört hatte, als Spott zu verstehen. Aber Valerian hatte seine Mimik vollkommen im Griff. Daher blieb Feldbrück nur übrig, entweder so zu tun, als hätte er nichts gehört, oder die Worte trotz seines berechtigten Misstrauens für bare Münze zu nehmen.

Feldbrück war zwar kein guter Offizier im Feld und als Vorgesetzter eine Zumutung, aber wenn es um Intrigen und Karriere ging, war er ebenso erfahren wie geschickt und rücksichtslos. Er gab sich keine Blöße.

»Tatsächlich?« Er sah sich in dem einfachen Zelt um und rümpfte die Nase, weil es nach Moder und Schweiß roch. »Nun, das hat er wahrhaftig, nicht wahr, Rittmeister?« Sein Blick glitt ausdruckslos über Bossel hinweg, bevor er wieder bei Valerian landete. »Ich habe eine Neuigkeit für Euch, die Euch zweifellos gefallen wird.«

Er machte eine Pause und strich sich bedächtig über den Schnurrbart, während er Valerian mit einem kalten Blick musterte. Der reagierte jedoch nicht, sondern blieb einfach nur abwartend und ruhig stehen, während er den Blick gleichmütig erwiderte.

Schließlich stieß Feldbrück die Luft durch die Nase aus und verschränkte seine Hände auf dem Rücken. »Ohne Zweifel hat Seine Gnaden, der Herr Generallieutenant, mit mir den richtigen Offizier für diese Aufgabe ausgewählt, angesichts meines Mutes, meines strategischen Geschicks und meiner Klugheit.« Er fletschte die Zähne zu einem humorlosen Lächeln. »Aber eben wegen dieser außergewöhnlichen Fähigkeiten bin ich bei der bevorstehenden Schlacht für unseren Regimentskommandeur als einer seiner Stellvertreter unabkömmlich.«

Valerian runzelte die Stirn. *Worauf willst du hinaus?*, fragte er sich, während ihn ein ungutes Gefühl beschlich, eine Art düstere Vorahnung. Feldbrück wirkte viel zu selbstgefällig und gut gelaunt für Valerians Geschmack. Für gewöhnlich bedeutete das für ihn, Valerian, nichts Gutes. Und die nächsten Worte seines Vorgesetzten bestätigten seine Vermutung.

»Aus diesem Grund haben ich und Obrist von Corpes …«

Valerian riss sich zusammen, um über die Respektlosigkeit des Offiziers nicht den Kopf zu schütteln, und er war viel zu neugierig darauf zu erfahren, was so wichtig war, dass sich der Obristwachtmeister dazu herabließ, ihm die Neuigkeit persönlich zu überbringen.

»… Seine Gnaden, Generallieutenant Tilly, davon überzeugt, Euch die Gelegenheit zu geben, nicht nur am Kartentisch, sondern auch im Felde Eure herausragenden Fähigkeiten unter Beweis zu stellen.«

Feldbrück machte wieder eine Pause und starrte Valerian mit kaum verhohlenem Triumph an.

Dessen düstere Vorahnung wurde zu einer ebenso düsteren Gewissheit, als er dem grinsenden Offizier ins Gesicht blickte. Er wusste, was Feldbrück mit seinen Worten meinte, aber er wollte ihm nicht die Genugtuung geben, dieses alberne Spiel mitzuspielen.

»Ich danke Euch für das Vertrauen, das Ihr in mich setzt, Herr Obristwachtmeister«, erwiderte Valerian ruhig. Er hütete sich, zu Bossel hinüberzublicken, der offenbar ebenfalls ahnte, worauf ihr Vorgesetzter hinauswollte, und leise stöhnte.

Der Laut irritierte Feldbrück, und er richtete seinen finsteren Blick auf die Ordonnanz.

»Etwas ist ihm auf den Magen geschlagen, Herr Obristwachtmeister«, ergriff Valerian rasch Partei für Bossel. »Diese Kost für die einfachen Söldner ist manchmal schwer verdaulich.« Mit gespielter Gleichgültigkeit zuckte er die Schultern. »Falls sie überhaupt etwas zu essen bekommen.«

»Nun, zum Glück seid Ihr ja nicht mehr für das Fouragieren zuständig, Herr Rittmeister«, erwiderte Feldbrück in schneidendem Ton. »Und bei der Gelegenheit darf ich vielleicht noch erwähnen, dass sich Obrist von Grimberg ebenfalls für mein Anliegen … für das Anliegen von Obrist von Corpes und mir eingesetzt hat.«

Valerian schossen wieder die Bilder von den aufgeblähten Leichen und misshandelten Weibern und Kindern in den Siedlungen durch den Kopf. *Ganz sicher hat er das, wenn dieses Anliegen bedeutet, dass ich meinen*

Hals riskieren muss. Seit diesem Vorfall in der Siedlung, wo von Grimbergs Marodeure getötet worden waren, hatte Feldbrück in dem Obristen einen neuen Gefährten in seinem erbitterten Kampf gegen Valerian gefunden.

Mit einem verächtlichen Blick maß Feldbrück Bossel noch einmal von Kopf bis Fuß, bevor er wieder Valerian ansah. »Was nun diese Neuigkeit angeht ... Ich bin, wie gesagt, unabkömmlich als Stellvertreter von Obrist von Corpes. Deshalb wird Generallieutenant Graf Tilly Euch den Befehl über die Esquadron bei unserem morgigen Angriff übertragen.« Er schnüffelte herablassend. »Ihr habt ja bei der Befehlsbesprechung deutlich gemacht, dass Ihr die Strategie unseres Feldherrn verstanden habt. Ich erwarte, dass Ihr sie unter allen Umständen umsetzt, Rittmeister!«

Valerian nickte. *Das kann ich mir denken,* dachte er. »Selbstverständlich, Herr Obristwachtmeister!«

Feldbrück kniff die Augen zusammen und trat dichter an ihn heran. »Solltet Ihr versagen und es nicht schaffen, die schwedischen Kanonen unschädlich zu machen, werdet Ihr unter den Schweden so viel Schaden anrichten, wie Ihr könnt, und uns die notwendige Zeit verschaffen, die Schweden in die Zange zu nehmen.«

Das war nicht die Strategie, du Narr!, dachte Valerian, schwieg aber.

Feldbrück hatte auch keine Antwort erwartet. »Ihr werdet bis zum letzten Mann kämpfen, von Villesen!« Er trat noch dichter an Valerian heran, und jetzt ließ er seinem Hass auf den jungen Adligen freien Lauf. »Und dieser letzte Mann werdet Ihr sein, Freiherr von Villesen«, flüsterte er. »Und dann bin ich Euch endlich los!«

Valerian wurde blass, was Feldbrück ein triumphierendes Grinsen entlockte. Aber der Obristwachtmeister missverstand den Grund für Valerians Erschrecken. Es war nicht etwa Angst, sondern Fassungslosigkeit über die Engstirnigkeit und Dummheit seines Vorgesetzten, die Valerian so erschütterte.

Und ich dachte, wir stünden auf derselben Seite und kämpften für den Kaiser und das Reich. Aber nein, noch während ihm dieser Gedanken durch den Kopf fuhr, wurde ihm klar, dass Feldbrück nur eine Seite kannte, seine eigene.

Bevor Valerian die Gelegenheit zu einer Erwiderung bekam, straffte sich der Obristwachtmeister und wandte sich zum Gehen. In der Zeltöffnung blieb er noch einmal stehen und drehte sich um. Es schien darauf zu warten, dass Valerian etwas entgegnete, ihn vielleicht beleidigte, ihm einen Vorwand gab, ihn zu bestrafen, aber als der junge Freiherr einfach nur schweigend dastand, verzog der Offizier verächtlich den Mund. Seine Kiefer mahlten, als wollte er noch etwas sagen, dann fuhr er herum und marschierte davon.

»Glückwunsch, Herr Rittmeister«, knurrte Bossel, als er sich sicher war, dass Feldbrück ihn nicht mehr hören konnte. »Ihr könnt über den Obristwachtmeister sagen, was Ihr wollt, aber der Mann ist wenigstens intelligent genug, um sich vor einer Aufgabe zu drücken, die nur damit enden kann, dass man sein Leben verliert!«

»Jeder Soldat muss jederzeit bereit sein, sein Leben zu opfern, wenn er in die Schlacht zieht und Befehle befolgt, Bossel. Das ist wohl überflüssig zu erwähnen«, erwiderte Valerian verärgert.

»Ja, Herr Rittmeister«, gab Bossel zurück. »Aber nicht jeder Soldat schreit ständig nach solchen selbstmörderischen Aufgaben. Und es hilft auch nicht, seine Vorgesetzten ständig zu provozieren.«

»Provozieren?« Valerian sah seinen Offiziersburschen erstaunt an. »Ich wüsste nicht, womit ich Feldbrück …«

»Und von Grimberg, nicht zu vergessen.« Bossel schüttelte den Kopf. »Ihr solltet fouragieren und nicht ein Feldgericht abhalten. Kein Wunder, dass Obrist von Grimberg wütend auf Euch ist. Und wie es scheint, lasst Ihr keine Gelegenheit aus, allen Stabsoffizieren vorzuführen, dass Feldbrück als Offizier nichts taugt. Wie kann es Euch da wundern, dass er diese Gelegenheit nutzt, um es Euch heimzuzahlen und Euch für immer loszuwerden?«

Valerian wollte schon erwidern, dass er sich keineswegs wunderte, aber das hätte nicht der Wahrheit entsprochen. Trotzdem, selbst wenn Bossel mit seinen Worten recht hatte, hätte er es beim nächsten Mal wieder genauso gemacht.

Erneut dachte er an die verbrannten Leichen, an die abgrundtiefe Verachtung und Verzweiflung im Gesicht der Frau, die auf seine Münzen gespuckt hatte. Er wollte nicht so werden wie diese Mordbrenner, sondern klammerte sich an seine Ehre. Er hatte nicht vor, sich Bossel gegenüber zu rechtfertigen, aber dieses Gefühl von Ehre und die Überzeugung, dass er nicht nur das Richtige tat, sondern es auch richtig tat, waren das Einzige, was ihn nach der schrecklichen Vernichtung von Magdeburg weiterkämpfen ließ.

Der entsetzliche Brand der Stadt hatte auch etwas in

ihm zerstört, nämlich den Glauben, dass dieser Krieg in irgendeiner Weise gerecht sein könnte. Doch wenn der Krieg schon nicht gerecht war, musste man doch zumindest selbst gerecht bleiben.

Er sah seinen Offiziersburschen an. Bossels rundes, offenes Gesicht verriet nur Sorge um den »jungen Herrn«, und Valerian wusste, dass sein Bursche diese Probleme nicht verstehen würde. Für Bossel gab es nur ein einziges Ziel in diesem Krieg: zu überleben.

Und das kann ich ihm auch nicht verdenken. Letztendlich wollen wir das alle.

Jetzt ging es nur noch darum, diesen Krieg so schnell wie möglich zu Ende zu bringen. Und so ehrenvoll wie möglich. Vielleicht hörten wenigstens dann die Albträume auf, die ihn Nacht für Nacht mit Bildern der Verstümmelten und Geschändeten heimsuchten.

Valerian schüttelte den Kopf, um diese Gedanken zu vertreiben, und ging zu der Truhe, um ein frisches Hemd für den morgigen Tag herauszuholen.

»Das hier hat ein Botenreiter gebracht, junger Herr.«

Valerian drehte sich um und warf einen Blick auf den gelblichen Umschlag, den Bossel in der Hand hielt. Er brauchte nicht auf das Siegel zu blicken, um zu wissen, von wem dieser Brief kam.

»Danke, Bossel.«

Er nahm seinem Burschen den Brief aus der Hand und hielt ihn sich an die Nase. Er erinnerte sich an den Duft nach Lavendel, der Augustas Briefen normalerweise anhaftete. Aber der hier roch nach Leder, Pferdeschweiß und Rauch.

Valerian biss die Zähne zusammen, war versucht, eine Ausnahme zu machen und diesen Brief zu öffnen.

Immerhin bestand die Möglichkeit, dass er den morgigen Tag nicht überlebte.

Bossel dachte wohl dasselbe, denn er räusperte sich und sagte dann: »Vielleicht wäre es klug, junger Herr, herauszufinden, was Eure Schwester …«

»Wie du schon richtig gesagt hast, wäre es klug, Bossel, aber das bin ich nicht.« Er drehte sich zu seinem Burschen herum. »Sonst würde ich ja morgen nicht mit unserer Esquadron in den sicheren Tod reiten, war das nicht so?«

»Ich wollte mir keine Freiheiten erlauben, junger Herr. Aber …« Bossel klang tatsächlich zerknirscht, und Valerian legte ihm die Hand auf die Schulter.

»Das weiß ich, Bossel, und ich nehme es dir auch nicht krumm. Außerdem weiß ich ja, was meine Schwester mir schreibt.« Er zuckte mit den Schultern und wog den Brief erneut in der Hand. »Aber es gibt keine Worte, die rechtfertigen könnten, was sie getan hat.« Er schüttelte den Kopf. »Was *sie* getan haben. Und was sie möglicherweise immer noch tun.«

Er erinnerte sich an den Zorn, der ihn überkommen hatte, als er von der Affäre erfuhr, auf die sich Augusta eingelassen hatte. Und an ihr Gespräch in jener Schänke in Magdeburg, als sie es ihm gestanden hatte. An seine Empörung!

Nicht darüber, dass sie ihren Mann, diesen aufgeblasenen, widerlichen Cousin ihres Vaters, Albert de Montfine, betrog. Es war nur allzu verständlich, dass sie einen Mann, der so viel älter war als sie, nicht liebte, einen Mann, der sie zu dieser Heirat erpresst hatte, damit er ihr und ihrer Familie half, also auch ihm, Valerian selbst. Und der Valerians Schwester als Zuchtstute für seine Pläne, einen Erben für seinen Namen und Titel in die Welt zu setzen, benutzen wollte. Es überlief Valerian kalt, wenn er auch nur daran dachte.

Aber schlimmer als das war, dass Augusta eine Affäre mit einem Mann hatte, der ihr Halbbruder war. *Ihr Halbbruder!* Der Ekel, den Valerian bei dieser Vorstellung empfand, schnürte ihm förmlich die Kehle zu.

Und Eik ist um kein bisschen besser!, dachte er. *Er weiß es ebenfalls, und dennoch lässt er nicht von ihr ab …*

»Aber vielleicht ist der junge Schmalens ja längst …«, ergriff Bossel wieder das Wort.

»Ich will nichts mehr davon hören!«, unterbrach ihn Valerian entschieden. »Ich habe ihm vor Magdeburg das Leben geschenkt. Nicht zuletzt wegen unserer Freundschaft und wegen Augusta.«

Hätte ich damals, in Tillys Lager, gewusst, wie es um die Beziehung zwischen Eik und Augusta bestellt war und sie nicht vorhatten, ihr inzestuöses Treiben zu beenden, hätte ich Eik vielleicht nicht vor Tillys Schergen beschützt, dachte er.

Der uneheliche Sohn von Valerians Vater, Freiherr Tanno von Villesen, hatte versucht, das Lager Tillys auszuspionieren und vielleicht sogar den General zu töten, während dieser Magedeburg belagert hatte. Doch Eik und seine Gefährten waren gefangen genommen worden, und nur durch Zufall war Eik nicht in die Hände der Kaiserlichen gefallen, sondern in die von Valerian. Der hatte seinen ehemaligen Freund und mittlerweile verhassten Halbbruder und Feind gerettet, nicht zuletzt wegen Augustas Zuneigung zu ihm und Valerians schlechtem Gewissen ihm gegenüber. *Immerhin habe ich tatenlos zugesehen, wie seine Mutter und sein Stiefvater getötet wurden.* Später hatte er Eik sogar laufen lassen, als Magdeburg brannte und bereits rettungslos verloren war.

Valerian erinnerte sich an den fassungslosen Ausdruck auf Eiks Gesicht, als Valerian ihn befreit hatte, statt ihn zu exekutieren. *Was ich besser hätte tun sollen, allein schon, um die Ehre meiner Familie zu retten. So hätte ich zwei Fliegen mit einer Klappe geschlagen. Ich hätte meine Pflicht erfüllt und Augustas und Eiks sittenlosem Verhalten ein Ende gesetzt.*

»Aber zu hören, dass sich Eik anschließend auf Schloss Villesen eingenistet hat«, fuhr er grimmig fort, »und Augusta ihn nicht nur mit offenen Armen empfangen, sondern ihn auch noch in ihr Bett geholt hat … das hat mich meine Entscheidung mehr als einmal bedauern lassen, Bossel. So etwas können Worte nicht ungeschehen machen, Kerl! Mit dem eigenen Bruder!«

Der kurze Moment des Zögerns, die Neugier, was Augusta ihm wohl geschrieben hatte, die Sehnsucht, ihre schöne, geschwungene Handschrift zu sehen und ihre Worte zu lesen, verflog bei der Vorstellung, wie sie ihm in dieser Handschrift Worte schrieb, die ihr gotteslästerliches Verhalten erklären, die ihr Tun beschönigen sollten. Vielleicht wollte sie ihn sogar um Verzeihung oder gar um Verständnis bitten.

Nein, das will ich nicht lesen!, sagte sich Valerian. *Es ist schon schlimm genug, ihr zu grollen und sie zu verachten, aber ich will sie nicht auch noch hassen müssen. Und das werde ich, wenn sie versucht, für ihr Verhalten mit scheinheiligen Argumenten um Verständnis zu werben.*

Er trat an die Truhe, klappte sie auf und holte ein in gewachstes Leder gewickeltes Päckchen heraus. Er schlug die Klappen auseinander und legte den Brief zu dem etwa ein Dutzend anderen Briefen, deren Adresse dieselbe Handschrift zierte und deren Siegel ebenso ungebrochen war wie das an diesem letzten Brief seiner Schwester.

Dann verstaute er das Päckchen wieder unten in der Truhe und nahm ein frisches Leinenhemd und Unterzeug heraus.

»Und jetzt genug von solchen Dingen, Bossel. Mach dich fertig für morgen früh. Ich will, dass du in meinem Zelt bleibst, wenn wir …«, er hob die Hand, als Bossel protestieren wollte, »wenn wir losreiten.« Er deutete auf die Truhe. »Sollte ich nicht wiederkommen, musst du entscheiden, ob du die Briefe öffnen und lesen willst. Du wirst in der Truhe genug Silber finden, um nach Villesen zurückzukehren.« Er klappte den schweren Deckel zu und legte das Leinenhemd und das Unterzeug darauf.

»Und jetzt hol mir heißes Wasser. Ich will mich waschen. Dieser Schwede soll nicht denken, dass er es mit einem Haufen von schmutzigen, undisziplinierten und ehrlosen Söldnern zu tun hat, wenn er morgen in die Schlacht zieht.«

Er hätte fast gelächelt, als er daran dachte, wie ähnlich er darin seiner Schwester war. Augusta hätte es mit Sicherheit zu schätzen gewusst, hätte sie erfahren, dass er selbst im Angesicht des Todes Haltung bewahrt hatte.

Doch um Augusta konnte er sich kümmern, wenn dieser Krieg endlich zu Ende war. Dann würde er ihr unmissverständlich klarmachen, dass er diese inzestuöse Liaison mit Eik Schmalens auf keinen Fall duldete – falls dieser Müllersbursche, den er einmal seinen Freund genannt hatte, und er selbst diesen Krieg überhaupt überlebten. Es war schon schlimm genug, dass sie sich überhaupt darauf eingelassen hatte, aber es war nicht auszudenken, wie viel Schande sie noch auf die Familie und den Namen Villesen häufen würde, wenn die beiden ihre unchristliche Beziehung fortsetzten. Und so weit würde er es niemals kommen lassen!

Er runzelte die Stirn, verdrängte alle Gedanken an seine Schwester und versuchte, sich auf die Aufgabe zu konzentrieren, die morgen auf ihn wartete.

5. KAPITEL

Schloss Villesen

»Mehr heißes Wasser, Lisette, rasch!« Maria von Villesen winkte ungeduldig mit der Hand. »Und sauberes Leinen! Beeil dich!«

Während die Kammerzofe aus dem Zimmer eilte, gellten die Schreie ihrer jungen Herrin durch die leeren Korridore von Schloss Villesen, bis sie nach einer Weile verebbten und einem gequälten Stöhnen und schließlich einem dumpfen Gurgeln wichen.

Die Freifrau packte die glühende, schweißnasse Hand ihrer Tochter, die sich auf dem großen Himmelbett hin und her wälzte, und redete beruhigend auf sie ein. »Alles wird gut, alles wird gut, du musst kurz und schnell atmen, dann wird alles gut. Gleich hast du es geschafft!«

»Das ... behauptest du jetzt schon ... seit zehn ... Ahhh!« Augusta riss Mund und Augen weit auf, als die nächste Wehe sie packte, und stöhnte.

»Du sollst nicht sprechen, sondern atmen!«, befahl ihr Maria energisch. »Schön flach atmen, hecheln, und wenn die nächste Wehe kommt, pressen ...«

Augustas Miene war verzerrt vor Anstrengung und Schmerz, aber ihre grünen Augen funkelten, als sie ihre Mutter anblickte. »Was glaubst du denn ... was ich die ganze Zeit ... tue ...!« Wieder kam eine Wehe, die sie aufstöhnen ließ.

»Pressen!«, sagte Maria.

»Das heiße Wasser, Madame!«, sagte Lisette, die mit einer großen Blechschüssel wieder in das Zimmer getreten war. »Wohin ...?«

»Hecheln!«, befahl die Hebamme, die mit der Zofe in den Raum getreten war und mit einem raschen Blick die Lage erfasste.

»Auf den Hocker neben dem Bett!«, wies Maria von Villesen die Zofe an.

»Mach ... ich ... ja!«, stöhnte Augusta. »Ich ...« Mit einem lauten Schrei packte sie die Hand ihrer Mutter so fest, dass Maria von Villesen einen leisen Schmerzensschrei ausstieß. Augusta bäumte sich auf dem Bett auf und schrie, als läge sie auf der Folterbank. Dann holte sie tief Luft und presste die Lippen fest zusammen. Sie blies die Backen auf, dass die Adern auf ihrer Stirn hervortraten, und die Augen schienen aus ihren Höhlen zu quellen.

»Und ausatmen!« Die Hebamme klang besorgt. »Atmet aus, gnädiges Fräulein!«

»Ausatmen, hörst du nicht?«, befahl Maria von Villesen besorgt.

»Mon Dieu, sie stirbt, sie stirbt!« Lisette rang verzweifelt die Hände und achtete nicht auf das gereizte Zischen, mit dem Maria von Villesen sie zum Schweigen bringen wollte.

Augusta hatte ohnehin keinen Blick für die drei Frauen und hörte auch nicht, was sie sagten. Sie presste weiter, bis sie fast das Bewusstsein verlor, dann stieß sie knurrend die Luft aus und holte keuchend Luft.

Schließlich schrie sie lang und laut, fast wie ein Tier, ohne die Augen zu öffnen. *Ich kann nicht mehr, es geht nicht mehr! Und ich will auch nicht mehr!*

Sie stöhnte, aber dann schien sich etwas in ihr zu lösen, ein Gefühl von unendlicher Erleichterung überkam sie, und im nächsten Moment drang ein leises Wimmern an ihre Ohren.

Einen Augenblick lang glaubte sie, sie selbst würde diese Laute von sich geben. Doch dann hörte sie eine Stimme, eine vertraute Stimme. Die Stimme ihrer Mutter.

»Du hast es geschafft, Augusta! Du hast es geschafft! Es ist ... ein Mädchen.«

»Oh, wie schön! Ich wusste es, ich wusste, dass alles gut gehen würde!« Lisette lachte erleichtert auf und wischte sich dabei die Tränen aus den Augen.

Augusta brauchte einen Moment, bis ihr die Bedeutung dieser Worte bewusst wurde. Sie achtete nicht auf die winzige Pause, die ihre Mutter mitten im Satz gemacht hatte, sondern schlug die Augen auf. Die Hebamme stand zwischen ihren gespreizten Beinen und wickelte gerade ein schimmerndes, blutiges Etwas in ein Tuch.

Ihre Mutter wandte den Kopf von dem Kind weg und sah ihre Tochter an. Ihr Blick zeigte Erleichterung und Stolz.

»Es ist ein Mädchen, ein wunderbares, gesundes Mädchen.«

Augusta wusste, dass ihre Mutter natürlich auf einen Erben gehofft hatte, aber sie sah an dem Strahlen ihrer Augen, wie glücklich Maria von Villesen über ihr Enkelkind war.

Doch das war nichts im Vergleich zu dem Gefühl, das

Augusta durchströmte, als die Hebamme ihr mit einem sanften Lächeln das Tuch mit dem Kind in die Arme legte.

Meine Tochter. Mein Kind. Sie lächelte. *Unser Kind.* Sie wusste, wie glücklich Eik sein würde, wenn er von ihrer glücklichen Niederkunft erfuhr. In den fünf Monaten, die er jetzt schon im Feld war, hatte sie ihn brieflich über den Fortgang ihrer Schwangerschaft informiert, und in seinen beiden Antwortschreiben hatte Eik keinen Zweifel daran gelassen, dass es ihm ganz gleich war, ob er Vater eines Jungen oder eines Mädchens wurde. Er hatte Augusta nur darum gebeten, sich zu schonen und Vorsicht walten zu lassen, damit ihr und ihrem Kind nichts zustieß.

Während sie daran dachte, erinnerte sie sich an das schreckliche Schicksal von Leona, ihrer einstigen Konkurrentin. Doch Augusta empfand nur noch Traurigkeit über das, was der jungen jüdischen Bankierstochter widerfahren war. Sie hatte ebenfalls ein Kind von Eik unter dem Herzen getragen, etwas, was Augusta bei ihrer gemeinsamen Kutschfahrt von Hamburg nach Magdeburg bemerkt hatte.

Augusta hatte die Bankierstochter in Hamburg kennengelernt und durch ihren Gemahl Marquis de Berny engeren Kontakt mit Leonas Vater, dem Bankier Jakob de Lemos, geknüpft. Da beide Frauen um Eiks Liebe gekämpft hatten, war natürlich keine Freundschaft zwischen ihnen möglich gewesen, aber Augusta hatte den Mut und den Stolz der jungen Frau respektiert. Und ganz gewiss hatte sie ihr nicht den Tod gewünscht, schon gar nicht einen so tragischen.

Denn als Augusta während der Belagerung von Magdeburg aus der Stadt geflüchtet war, hatte sie Leona und ihren Vater in ihrer Kutsche mitgenommen. Dann aber hatte Leona geglaubt, Eik unter den Soldaten zu sehen, und sie hatte, gefolgt von ihrem Vater, die Kutsche verlassen, trotz Augustas fast flehentlichen Bitten, es nicht zu tun.

Und Augustas Angst hatte sich auf schreckliche Weise bestätigt. Leona und ihr ungeborenes Kind waren von den marodierenden Soldaten getötet worden, und nach Augustas Wiedersehen mit Eik hatte der ihr berichtet, dass auch Jakob de Lemos nach der Belagerung gestorben war, in seinen Armen.

Diese Erlebnisse erklärten wohl Eiks Furcht davor, dass Augusta etwas Ähnliches widerfahren könnte, so unbegründet diese Sorge auch sein mochte. Denn hier, auf Schloss Villesen, war sie in Sicherheit. Zumindest war sie so sicher, wie man es in diesem wahnwitzigen Krieg nur irgendwo sein konnte.

Das Kind in ihren Armen regte sich und stieß einen leisen Schrei aus.

»Oh, hat es Hunger?« Lisette beugte sich neugierig vor, um einen Blick auf das Baby zu erhaschen.

Augusta sah die Hebamme an, die ihr aufmunternd zunickte. »Legt es nur an Euren Busen«, sagte sie. »Es wird schon …«

»Sie«, unterbrach Augusta die Hebamme nicht unfreundlich, aber bestimmt. »Es ist ein Mädchen, eine Sie.«

»Gewiss.« Die Hebamme hob die Brauen, war aber nicht sonderlich beeindruckt. »Legt sie ruhig an. Sie wird nicht sofort trinken, sondern nach den Strapazen dieser Geburt wahrscheinlich erst ein wenig schlafen.«

Das würde ich auch gerne, dachte Augusta, während

sie vorsichtig die Decke und ihr Kittelhemd so weit zur Seite schob, dass sie das noch ein wenig blutverschmierte Kind an ihren Busen und auf ihren Bauch legen konnte. Aber sie wusste, dass sie trotz ihrer Erschöpfung kein Auge zutun würde, so faszinierte sie dieses kleine Wunder in ihren Armen. Sie lächelte erneut und hob den Blick zu ihrer Mutter, die das Neugeborene ebenfalls mit einem Lächeln betrachtete.

»Ich muss etwas trinken«, sagte Augusta leise, um ihre Tochter nicht zu erschrecken.

»Ich lasse dir verdünnten Wein bringen«, bot Maria an und warf Lisette einen gebieterischen Blick zu. Die ging rasch zur Tür und öffnete sie, brauchte aber nicht nach einem Dienstmädchen zu rufen. Draußen hatten sich etliche Angehörige des Gesindes versammelt, neugierig zu erfahren, wie die Geburt verlaufen war.

Maria von Villesen scheuchte die Dienerschaft mit freundlichen, aber energischen Worten weg und ließ sie nur wissen, dass Mutter und Kind wohlauf waren, aber Ruhe brauchten. Wenige Augenblicke später kam Lisette mit einer kleinen Karaffe und einem Becher in das Zimmer zurück.

Die Hebamme hatte Augusta mittlerweile ein Kissen in den Rücken gestopft, sodass die junge Mutter trinken konnte, ohne dass man ihr dabei helfen musste.

Dann lehnte sie sich mit einem zufriedenen Seufzen zurück.

»Und weißt du schon …?«

»Adele«, erwiderte Augusta mit geschlossenen Augen. »Adele …« Sie schlug die Augen wieder auf und sah ihre Mutter an. »Maria Anneke Freifräulein von Villesen.«

Maria nickte lächelnd, sichtlich glücklich über die Wahl der Namen. Nicht nur, dass Augusta ihre Tochter nach ihr, der Großmutter, benennen wollte, sondern auch nach Anneke Schmalens, der Mutter von Eik, die bei der Vernichtung von Bruchhausen so grausam ermordet worden war.

Ein Schatten flog über Marias Gesicht, als sie daran dachte und auch an die Rolle, die Valerian, ihr Sohn, dabei gespielt hatte. Sie hatte versucht, mit Eik Schmalens über dieses Thema zu reden, als der eine Zeitlang auf Villesen weilte. Aber bei diesem Thema hatte der Müllerssohn stets mit Verbitterung reagiert und sich auf keine Beschwichtigungen eingelassen, und das, obwohl ihm Valerian in Magdeburg das Leben gerettet hatte.

Augusta beobachtete ihre Mutter und wusste, dass sie an ihren Sohn dachte.

»Ich bin mir sicher, dass er meine Briefe gelesen hat«, sagte sie. »Er ist nur zu stolz, sie zu beantworten …«

Maria schüttelte den Kopf. »Das glaube ich nicht, Kind.« Sie sah zu Lisette, die nur Augen für das Baby hatte. »Bitte, Lisette, lass uns allein.« Als die Kammerzofe nach einem tränenfeuchten Blick auf Augusta die Kammer verlassen hatte, setzte sich Maria von Villesen auf den Hocker neben das Bett. »Ich kenne meinen Sohn. Er hält es für Unrecht, was ihr tut, für eine Gotteslästerung, und er wird sich nicht mit ein paar Briefen vom Gegenteil überzeugen lassen. Zweifellos plant er, nach Ende des Krieges hierher zurückzukommen und dich zur Rede zu stellen.« Sie schüttelte wieder den Kopf. »Aber dann könnte es zu spät sein.«

Augusta gähnte, und ihre Aufmerksamkeit wandte

sich wieder ihrer Tochter zu, die bei dieser plötzlichen Bewegung wach geworden war und leise wimmerte. Mit ihren winzigen Händen fuhr sie über Augustas Brust und machte mit dem Mund sonderbar suchende Bewegungen.

Maria lächelte. »Aber damit musst du dich im Moment nicht belasten. Wir reden später darüber, wenn du dich ausgeruht hast. Jetzt«, sie deutete auf die kleine Adele, »verlangt jemand anders deine Aufmerksamkeit.«

Augusta schluckte. Zwar hatte sie oft genug gesehen, wie die Ammen im Schloss Säuglinge nährten, aber es war etwas anderes, das nur zu beobachten, als selbst das erste Mal sein eigenes Kind an die Brust zu nehmen.

»Keine Sorge«, sagte Maria, die Augustas Zögern bemerkt hatte. »Vertrau der Natur und«, sie lachte leise, »dem gesunden Appetit der von Villesens.«

Augusta nickte und hielt dem kleinen Mädchen ihre schwere, große Brust hin. Es dauerte eine Weile, bis der kleine Mund die große Warze fand, dann drückte Adele ihr Gesicht an den weichen Busen ihrer Mutter und biss mit ihren zahnlosen Kiefern fest zu.

Augusta stieß mehr vor Überraschung als vor Schmerz einen leisen Schrei aus, dann jedoch lachte sie glücklich, als Adele zu saugen begann.

»Ich lasse euch jetzt allein«, sagte Maria von Villesen und erhob sich. »Ich sehe später wieder nach euch. Elsi wird vor der Tür Wache halten. Ruf einfach, wenn du etwas brauchst. Es ist an der Zeit für mich, einige Vorbereitungen zu treffen.«

Sie wartete darauf, dass Augusta nachfragen würde,

und lächelte dann, als ihr klar wurde, dass ihre Tochter weder Ohren noch Augen für ihre Umgebung hatte und sich ausschließlich auf das kleine Wesen an ihrem Busen konzentrierte. So sollte es auch sein, und außerdem war es Maria von Villesen ganz lieb, dass Augusta sie nicht fragte. Denn sie ahnte, dass ihre Tochter heftige Einwände erheben würde, wenn sie erfuhr, was Maria plante.

Augusta wurde von den Geräuschen im Innenhof des Schlosses geweckt, die durch das offene Fenster zu ihr drangen. Es waren laute Stimmen, das Schnauben von Pferden und das Knarren von Lederriemen.

Doch zunächst nahm etwas anderes ihre Aufmerksamkeit gefangen. Ein leises Schmatzen an ihrer Brust und etwas Nasses, das über ihre Haut lief.

Augusta lächelte, noch bevor sie die Augen aufschlug. Es war hell im Zimmer, die Sonne musste schon vor einiger Zeit aufgegangen sein. Sie erinnerte sich daran, wie sie gestern Nacht eingeschlafen war, völlig erschöpft durch die Strapazen der Geburt, aber zutiefst glücklich.

Die Erschöpfung war gewichen, aber ein warmes Glücksgefühl durchströmte sie immer noch. Sie schlug die Augen auf und betrachtete ihre kleine Tochter, die an ihrem Busen lag, eingewickelt in ein warmes Wolltuch.

»Sie hat ein wenig gewimmert, Euer Gnaden, deshalb habe ich sie zu Euch gelegt. Ich hoffe, das war recht so?«

Augusta sah die Hebamme an – Anna hieß sie, daran erinnerte sie sich jetzt wieder – und nickte. »Selbstverständlich …« Sie räusperte sich, weil sie so krächzte, dass ihre Worte kaum zu verstehen waren. »Selbstverständlich«, wiederholte sie etwas deutlicher. »Wasser«, bat sie dann.

Die Hebamme drehte sich um und trat an ein kleines Tischchen, auf dem ein Tonkrug stand. Sie goss etwas Wasser in einen Becher und kehrte damit ans Bett zurück.

Nachdem sich Augusta aufgesetzt hatte, trank sie gierig und ließ sich den Becher dann erneut füllen, während sie Adele wieder anlegte und darauf achtete, dass das Kind nicht die Brustwarze aus dem Mund verlor, an der sie sich mit ihrem kleinen Gaumen festsaugte.

Beeindruckend, wie viel Kraft ein so kleines Wesen bereits in seinen Kiefern hat, dachte Augusta. *Andererseits will es ja auch überleben, und das mobilisiert wohl in uns allen ungeahnte Kräfte.*

Sie schnüffelte, als sie den scharfen, metallischen Geruch wahrnahm, der im Zimmer hing, obwohl die Fenster offen standen.

»Wurde das Leinen gewechselt?«

Die Hebamme hob die Hände. »Das wollten wir tun, aber wir konnten nur ein frisches Laken unterlegen. Ihr wart zu erschöpft, um mehr zuzulassen, und seid währenddessen eingeschlafen.« Sie lächelte. »Und selbst im Schlaf wolltet Ihr Euch nicht von Eurer Tochter trennen.«

Augusta sah auf das Baby und dann auf die kleine Wiege in der Ecke des Zimmers. »Sie hat die ganze Nacht bei mir geschlafen?«

Die Hebamme nickte. »Ja, und sie hat sich durch nichts und niemanden stören lassen.« Sie deutete zum

Fenster. »Nicht einmal von Eurer Frau Mutter, die in aller Früh gekommen ist, um nach Euch zu sehen und sich von Euch zu verabschieden.«

Augusta sah die Frau einen Herzschlag lang verständnislos an, dann drangen ihr erneut die Geräusche vom Hof an die Ohren, und da begriff sie auch, was sie da hörte.

Eine Kutsche. Sie machen eine Kutsche reisefertig. Sie runzelte die Stirn. *Aber wer …?* Sie erinnerte sich an die Worte ihrer Mutter vom Abend zuvor. *»Es ist an der Zeit für mich, einige Vorbereitungen zu treffen«,* hatte Maria Freifrau von Villesen gesagt. *Vorbereitungen? Vorbereitungen wozu?*

Augustas Miene wurde noch finsterer. Was für Vorbereitungen es auch sein mochten, wenn eine Kutsche dabei eine Rolle spielte, konnte das nichts Gutes zu bedeuten haben.

»Die Kleine ist satt«, erklärte Augusta mit einem kurzen Blick auf Adele, die aufgehört hatte, an ihrer Brust zu saugen, und der ein wenig Muttermilch aus einem Mundwinkel lief. »Mach sie sauber und leg sie in ihr Bett. Und sag Elsi, sie soll mir frische Wäsche bringen und meinen Hausmantel und meine Stiefel.«

»Aber edles Fräulein … Euer Gnaden!« Die Hebamme war sichtlich verwirrt, weil sie nicht recht wusste, wie sie Augusta anreden sollte. Schließlich hatte sie gerade ein Kind zur Welt gebracht, also erschien ihr der Titel Fräulein wohl eher unpassend. Sie wusste auch nicht, dass Augusta und Eik sich schon vor etlichen Monaten in einer kleinen Zeremonie in der Schlosskapelle vermählt hatten. »Ihr könnt auf keinen Fall aufstehen …«

»Ich kann sehr wohl aufstehen«, erwiderte Augusta

scharf. »Nimm das Kind, und tu, was ich dir sage. Ich nehme an, meine Mutter ist noch da?«

Anna nickte, sichtlich überfordert von der Situation. »Wäre es nicht besser, erst Egbert zu rufen? Er kann …«

»Er kann mich ebenso wenig daran hindern aufzustehen wie du!« Augusta wartete ungeduldig, bis die Hebamme vorsichtig Adele hochgenommen hatte und sich auf die Schulter legte, die sie vorher mit einem Leinenwickel bedeckt hatte. Sie klopfte dem Baby sanft auf den Rücken, das daraufhin einen feuchten Rülpser von sich gab und einen Teil der Muttermilch wieder ausspuckte.

Zufrieden, dass es ihrer Tochter gut ging, schlug Augusta die Laken zurück und verzog das Gesicht, als ihr der Geruch von Schweiß und getrocknetem Blut in die Nase stieg. Offenbar hatte man sie zwar gesäubert, aber in der Nacht hatte sie wohl noch etwas geblutet. Ein kurzer Blick versicherte ihr, dass es keinen Grund zur Beunruhigung gab. Die Blutung hatte schon lange aufgehört.

Die Tür ihrer Kammer wurde geöffnet, und Elsi trat ein.

»Euer Gnaden …«, begann das Dienstmädchen, aber Augusta ließ sie nicht ausreden.

»Bring mir frische Wäsche und meinen Morgenmantel! Und Stiefel! Und dann schick mir Lisette! Wo ist meine Mutter?«

»Aber …«

»Hast du mich nicht verstanden?«, fuhr Augusta sie an, so laut, dass Adele ein leises Wimmern ausstieß. Die junge Mutter verdrehte die Augen, als die Hebamme sie vorwurfsvoll anblickte. »Daran muss sie sich gewöhnen«, sagte Augusta mit gedämpfter Stimme. Dann drehte sie sich wieder zu Elsi herum. »Also ... hast du mich jetzt verstanden?«

»Das hat sie ganz gewiss, Augusta«, sagte ihre Mutter, während sie aus dem Flur in das Zimmer trat. »Schließlich habe ich es ebenfalls getan, und ich war unten im Salon, um mit Egbert noch ein paar Einzelheiten zu klären.« Sie bedeutete Elsi mit einem Wink, das Zimmer zu verlassen.

»Soll ich dem gnädigen Fräulein den Mantel und die Stiefel ...?« Das Dienstmädchen sah die Freifrau an.

»Ja!«, erklärte Augusta empört.

»Das dürfte nicht nötig sein«, sagte Maria im selben Moment mit ruhiger Stimme. »Wir brauchen dich nicht länger, Elsi.« Sie wartete, bis das Dienstmädchen verschwunden war, dann sah sie ihre Tochter an.

»Wieso ...?«

»Du wolltest mit mir reden, nehme ich an.« Maria hob eine ihrer dunklen Brauen, in die sich noch kein Grau geschlichen hatte, obwohl es bereits in breiten Strähnen ihr Haupthaar durchzog. »Nun, ich bin da. Du brauchst dafür nirgendwo hinzugehen.«

Augusta kniff die Augen zusammen. Erst als Maria ihre eleganten Handschuhe von den Fingern zog, fiel ihr auf, dass ihre Mutter ihr Reisekostüm aus feinem grauem Kalbsleder trug.

»Wenn ich deinen Aufzug richtig deute«, sagte Augusta, »ist es ein Glück, dass du noch hier bist. Darf ich fragen, wohin du reisen willst, ausgerechnet jetzt?«

»Ich wüsste nicht, seit wann ich dir ...«

»Mutter!« Augustas Augen funkelten. »Versuch nicht, mir auszuweichen! Ich kann mir denken, was du vorhast, und du kannst dir denken, was ich davon halte!«

Sie erinnerte sich sehr gut an ihre Gespräche in den letzten Wochen vor ihrer Niederkunft. Darin war es nur um zwei Dinge gegangen: um die Geburt und um Valerians Schweigen. Augusta war sich ziemlich sicher, dass Maria von Villesen beabsichtigte, ihre wahnwitzige Idee, die sie verschiedentlich geäußert hatte, in die Tat umzusetzen.

»Gewiss.« Maria seufzte. »Und das ist der Grund, warum ich darauf verzichten wollte, dich vorher ...«

»Du wolltest dich heimlich davonschleichen?«, fuhr Augusta ihre Mutter empört an. »Du wolltest mich und deine Enkelin einfach im Stich lassen und dich ...«

»Sprich nicht so mit mir, Kind!« Maria hatte ihre Stimme nicht erhoben, aber ihr Blick und ihr Tonfall genügten, dass Augusta den Mund unwillkürlich zuklappte. »Du bist meine Tochter, nicht meine Gouvernante. Und außerdem ...«

»Ich meine doch nur, dass du uns beide nicht hier alleinlassen kannst.« Augusta deutete auf die Wiege, in der Adele satt und zufrieden schlummerte. »Und außerdem kannst du unmöglich eine so gefahrvolle Reise allein unternehmen. Du weißt doch nicht einmal, wo Valerian sich aufhält!«

Maria von Villesen zog die Brauen zusammen und straffte sich. »Du bist schwerlich allein auf Schloss Villesen.« Sie blickte zur Wiege. »Du hast jetzt eine Tochter, für die du verantwortlich bist.« Dann sah sie Augusta an. »Und du bist hier in guten Händen. Aber Valerian ist mein Kind, und es ist meine Schuld, dass es zwischen euch zu diesem schrecklichen Zerwürfnis gekommen ist. Wer weiß, wann er seinen Groll gegen dich aufgibt und deine Briefe öffnet. Ich will, dass sich diese

Angelegenheit endlich aufklärt. Es ist meine Aufgabe, dafür zu sorgen, dass er endlich die Wahrheit erfährt. Und ich will ihn um Verzeihung bitten, weil ich ihn so lange im Unklaren gelassen habe.« Sie fuhr sich mit der Hand über die Augen. »Es ist umso weniger recht, weil Eik weiß, dass sein Vater, der Müller Pieter Schmalens, auch der Vater von Valerian ist und nicht etwa dein Vater der von Eik.« Sie sah Augusta reumütig an. »Valerian war schon als Kind stolz und hatte ein starkes Ehrgefühl. Diese Eigenschaften sind nicht schwächer geworden, je älter er wurde, und das erklärt vielleicht meine Angst davor, ihm die Wahrheit zu gestehen, weil sie mich in seinen Augen herabsetzen wird.« Sie seufzte. »Die Eitelkeit einer Mutter, die von ihrem Sohn geliebt werden will, und die Angst einer Mutter, für ihr Fehlverhalten verachtet zu werden.«

»Aber es war kein Fehlverhalten, Mutter!«, rief Augusta aus. »Jedenfalls nicht für Vater und dich. Ihr habt doch darüber gesprochen und beide die Entscheidung getroffen, dass dieser Ehebruch ... dieser Schritt die einzige Möglichkeit war, um Villesen einen männlichen Erben ...«

Maria von Villesen fuhr entschlossen mit der Hand durch die Luft und schnitt ihrer Tochter damit das Wort ab. »Es mag sein, dass dein Vater und ich uns in diesem Punkt einig waren. Aber trotzdem könnte man mein Verhalten als verwerflich ansehen. Und ich bin sicher, dass Valerian so empfinden wird. Jedenfalls der Art und Weise nach zu urteilen, wie er jetzt auf Eik und dich reagiert.« Sie schüttelte den Kopf. »Doch es wird Zeit, deinem Bruder die Wahrheit ...«

»Meinem Halbbruder«, warf Augusta ein.

Maria von Villesen zuckte zusammen. »Jedenfalls war, was ich getan habe, nicht richtig, und niemand weiß, wie lange ich noch die Gelegenheit habe, meinen Fehler wiedergutzumachen.«

»Aber wie willst du ihn finden? Willst du einfach Tillys Heer hinterherfahren, kreuz und quer durch diesen blutigen Krieg? Und was willst du tun, wenn du ihn gefunden hast? Willst du einfach in das Söldnerlager reiten und darauf hoffen, dass keiner dieser Mordbuben dir etwas antut? Du weißt doch, wie diese Söldner sind! Oder hast du schon vergessen, was hier geschehen ist? In Bruchhausen, mit Eiks Eltern?«

Maria runzelte die Stirn. »Natürlich habe ich das nicht vergessen. Und ebenso wenig muss ich der Spur aus verbrannter Erde folgen, die diese Söldner hinterlassen.« Sie presste die Lippen zusammen und sah Augusta abschätzend an. »Tatsächlich weiß ich sehr genau, wo ich Valerian finden kann.« Sie zögerte.

Augusta musterte sie verblüfft. »Du weißt es genau? Wieso? Woher? Wo ist er?« *Und hast du auch etwas von Eik gehört?*, hätte sie fast hinzugefügt, besann sich aber gerade noch eines Besseren.

»Eigentlich wollte ich es dir ja nicht sagen, um dich in deiner jetzigen Situation nicht zu beunruhigen ...«

»Mich beunruhigen?« Augustas Stimme stieg am Ende ihrer Frage deutlich an. »Wie meinst du das? Ist etwas passiert?«

Offensichtlich hatte ihre Mutter genau das Gegenteil von dem erreicht, was sie gewollt hatte.

»Beruhige dich.« Maria streckte beschwichtigend beide Hände aus. »Ich habe einen Brief bekommen, von Bossel ...«

»Von Bossel? Wieso hast du mir das nicht schon vorher gesagt? Was schreibt er? Und warum schreibt Valerian nicht selbst? Ist ihm etwas zugestoßen?«

Maria seufzte und schüttelte den Kopf. »Ich bin wohl keine besonders gute Diplomatin«, gestand sie zerknirscht. »Ja, ihm ist etwas zugestoßen, aber nichts Schlimmes.« Sie seufzte. »Jedenfalls nichts besonders Schlimmes. Aber was Bossel geschrieben hat, ist für mich Grund genug, diese Reise zu unternehmen.«

»Nichts *besonders* Schlimmes?« Augustas Stimme klang hoch und furchtsam. »Was hat er denn geschrieben? Und was ist mit ihm passiert? Nun red doch endlich, Mutter!«

Maria von Villesen seufzte erneut und griff in die Jacke ihres Reitkleides, zog ein zusammengefaltetes Stück Pergament hervor und gab es Augusta. »Du hättest es früher oder später ohnehin erfahren, also warum nicht jetzt. Valerian wurde verletzt ...«

»Verletzt?«, schrie Augusta fast und riss ihrer Mutter das Pergament aus der Hand. »Wo? Wie? Schwer? Mein Gott ...«

»Nicht schwer, nein«, sagte Maria, während Augusta das Pergament auffaltete und hastig die wenigen, ungelenken Zeilen überflog, die ihr ehemaliger Burghauptmann und Valerians jetziger Offiziersbursche geschrieben hatte. »Aber er kann zurzeit nicht kämpfen und befindet sich in Leipzig offenbar in der Pflege eines Medicus.«

Augusta hörte fast das *Gott sei Dank,* das ihre Mutter an diese Aussage anhängte.

»... ist nicht gut ausgegangen für uns«, las sie laut vor. »Den Herrn hat sein Ross abgeworfen, und sein Bein ist entzwei.« Augusta sah ihre Mutter an. *»Entzwei?«* Das klang fast panisch. »Was meint er mit *entzwei*?« Das Bild eines verkrüppelten Bruders, der auf einem Bein mit Krücken über den Schlosshof von Villesen humpelte, stieg vor ihr geistiges Auge.

»Auch das ist ein Grund für mich, nach Leipzig zu fahren«, erklärte Maria. »Aber es wird schon nicht so schlimm sein«, fügte sie hinzu, als sie Augustas entsetztes Gesicht sah. »Bossel kann sich eben nicht so genau ausdrücken, das ist alles.« Sie zuckte mit den Schultern, aber Augusta spürte, dass auch ihre Mutter Angst hatte. »Ich nehme an, dass er sich das Bein gebrochen hat. Wenigstens kann er damit eine Weile nicht mehr kämpfen und ist vor diesem blutigen Krieg erst einmal in Sicherheit.« Sie sah ihre Tochter ernst an. »Verstehst du jetzt, warum ich zu ihm fahren muss?«

Augusta schüttelte den Kopf. »Es ist trotzdem viel zu gefährlich«, beharrte sie.

»Es mag gefährlich sein, aber es ist meine Pflicht«, entgegnete Maria. »Und eine bessere Gelegenheit bekomme ich vielleicht nicht mehr.«

Sie musste nicht näher ausführen, was sie damit meinte.

Wenn er wirklich bei dieser Schlacht mit einem gebrochenen Bein davongekommen ist, war das wohl eher Glück für ihn. Ein Glück, das ihm das nächste Mal vielleicht nicht mehr hold ist.

»Und wo willst du ihn in Leipzig finden?«, fragte Augusta. »Bei welchem Medicus ist er? Schreibt Bossel das?«

»Er schreibt, dass er selbst häufig in einem Gasthaus namens *Das Goldene Lamm* anzutreffen sei«, antwortete ihre Mutter. »Dort werde ich Unterkunft nehmen und auf ihn warten.«

»Und wenn man Valerian in der Zwischenzeit trotz seiner Verwundung irgendwo anders hingebracht hat? Wenn er sich gar nicht mehr in Leipzig aufhält?«

»Bossel hat den Brief erst vor wenigen Tagen geschrieben. Aber falls sich Valerian trotzdem nicht mehr in Leipzig befindet, habe ich …« Sie stockte, dann sprach sie weiter: »Ich habe alles, was ich ihm zu beichten habe, in einem Brief niedergelegt, den ich bei mir tragen werde, an meinem Herzen. Dort steht alles über Eik, über dessen Herkunft, über … meine Versäumnisse und Fehler. Sollte ich Valerian in Leipzig nicht mehr antreffen – wovon ich jedoch nicht ausgehe –, werde ich einen Weg finden, ihm dieses Schreiben zukommen zu lassen.«

Als ihre Mutter sich von ihr verabschiedete und sie fest umschlang, spürte Augusta die Tränen auf den Wangen Maria von Villesens. Doch da musste sie sich beschämt eingestehen, dass ihre Gedanken nicht mehr bei ihrem verletzten Bruder oder bei der gefährlichen Reise ihrer Mutter weilten.

Sie dachte an den Vater ihres Kindes und betete flehentlich zu Gott, nicht nur Valerian zu behüten, sondern seine schützende Hand auch über Eik Schmalens zu halten, ihren geliebten Gemahl und erbitterten Feind ihres Bruders.

Wenn du gnädig bist, Herr, dann verhindere, dass die beiden im Feld aufeinandertreffen.

Sie trat ans Fenster und blickte in den Hof hinab, wo Maria von Villesen in die zweispännige Kutsche stieg. Auf dem Bock saßen ihr Kutscher Bert und ein Bewaffneter. Zwei Männer der Burgwache waren ebenfalls aufgesessen und ritten hinter der Kutsche her, als sie den Burghof verließ. Etwas schnürte Augusta die Kehle zu, und sie schloss hastig ihre Mutter in das Gebet mit ein.

Maria von Villesen schob noch einmal den Kopf aus dem Fenster des Kutschenschlags, sah zu ihrer Tochter hoch und winkte ihr ein letztes Mal zu, bevor die Kutsche durch den Torbogen fuhr und verschwand.

6. KAPITEL

Breitenfeld, Nähe Leipzig
Einige Tage zuvor

»Vorwärts!«, brüllte Valerian, schwang seinen Säbel und deutete damit nach vorn. Sein Streitross bäumte sich wiehernd auf, als sich unmittelbar neben ihm eine Kanonenkugel in den Boden bohrte und eine Fontäne aus Erde und Steinen in die Luft schleuderte. »Vorwärts!«, wiederholte er, packte die Zügel fester, presste seine Schenkel gegen die Flanken seines Tieres und gab ihm die Sporen, als er es wieder in Richtung des Feindes gewendet hatte. Oder vielmehr in die Richtung, in der er den Feind vermutete.

»Das sieht nicht gut aus, Herr Rittmeister!«, schrie Bogdanow, der sein Pferd neben das seines Vorgesetzten gelenkt hatte. Das Tier hatte die Augen weit aufgerissen, als eine weitere Salve dicht neben ihnen einschlug. Diesmal waren es jedoch keine Kugeln, sondern Kartätschen, und laute Schreie bewiesen, dass etliche Kürassiere von den Ladungen aus Nägeln, Eisenkugeln und Schrott getroffen worden waren.

»Wir müssen sofort weg von hier, Bogdanow!«, antwortete Valerian, ebenfalls schreiend. »Sonst schießen diese verfluchten Schweden uns noch in Stücke!«

Der Kornett schüttelte den Kopf und fletschte die

Zähne. »Dabei hat es so gut angefangen!«, knurrte er und winkte dem Trompeter, damit der das Signal zum Sammeln blies.

Das hat es in der Tat, stimmte Valerian ihm stumm zu, *aber es war abzusehen, dass unser Glück nicht anhalten würde.* Tillys Schlachtplan, demzufolge Obrist von Grimberg mit seinem Infanterieregiment den linken Flügel der Schweden, auf dem die Kursachsen unter Johann Georg I. kämpften, zurückdrängen sollte, schien aufgegangen zu sein. Sie waren den Infanteristen gefolgt, und als sich der Kurfürst mit seinen schlecht ausgerüsteten Truppen nach Eilenburg zurückzog, waren sie wie geplant vor von Grimberg in die Lücke gestoßen, um im Rücken der Schweden wieder aufzutauchen und der Infanterie des Obristen den Weg zu bahnen.

Von wegen Weg bahnen!, dachte Valerian. *Wie es aussieht, hat Gustav Adolf die richtige Antwort auf dieses Manöver gefunden!* Valerian schüttelte grimmig den Kopf. *Und keiner hat damit gerechnet, dass diese verdammte schwedische Artillerie so wirkungsvoll ist!*

Unwillkürlich zog er den Kopf ein, als eine weitere Salve aus schwedischen Kanonen heranpfiff. Die Kartätschen zerfetzten gleichermaßen Pferde und Menschen um ihn herum, und Valerian stieß einen derben Fluch aus.

»Bogdanow! Dort hinüber!« Er deutete mit dem Säbel auf ein Wäldchen etwa eine halbe Meile von ihnen entfernt. »Wir müssen aus der Schusslinie!« Er sah sich um. In dem Durcheinander aus Gefallenen, Pferdekadavern und flüchtenden oder angreifenden Söldnern – nicht einmal das konnte er genau erkennen – hatten seine Kürassiere jedwede Schlachtordnung längst aufgegeben. Aber wenn die Panzerreiter, die er sehen konnte, alles waren, was von seiner Kompanie übrig geblieben war, musste wenigstens die Hälfte seiner Männer gefallen sein. Und er würde alles tun, um zumindest den Rest zu retten.

Er kniff die Augen zusammen, weil der Schweiß, der ihm über das Gesicht lief, seine Sicht behinderte, und glaubte etwas zu sehen, nämlich die Fahne einer Infanteriekompanie des Regiments von Grimbergs. Noch während er überlegte, ob es vielleicht klüger wäre, dorthin zu reiten und sich hinter der Mauer aus Musketieren und Pikenieren neu zu formieren, sah er, wie die Infanteristen ihre Musketen anlegten.

Valerian blinzelte verblüfft, weil die Gewehrschützen offenbar ihre schweren Waffen nicht auf Gabeln abstützen mussten, um sie abzufeuern, sondern sie einfach an die Schulter legten. Die Erklärung dafür lieferte ihm Kornett Bogdanow, der mit seinem schweißgebadeten Pferd neben ihm auftauchte.

»Verflucht! Das sind Schweden unter General Horn!«, schrie der Kornett und deutete auf eine Fahne, die jetzt erst im Pulverdampf sichtbar wurde. »Sie haben leichtere Musketen als wir und sind damit auch beweglicher! Und außerdem haben sie tragbare Begleitgeschütze ...«

Auch Valerian fluchte, als sich Bogdanows Worte im selben Moment bestätigten. Denn neben der Reihe aus Musketieren, die ihre Gewehre abfeuerten, tauchten plötzlich mehrere Gruppen von Söldnern auf, die kleine, tragbare Geschütze aufstellten und ...

»Rückzug!«, brüllte Valerian. Er konnte nicht verhindern, dass seine Stimme fast panisch klang. »Zu dem Wäldchen ...!«

»Keine gute Idee, Rittmeister!«, schrie Bogdanow und deutete mit dem Säbel auf die Baumreihe. »Das da sind keine von uns!«

Valerian starrte angestrengt dorthin und sah dann auch, was Bogdanow meinte. *Verflucht! Dragoner! Und wahrscheinlich folgen ihnen mehrere Kompanien Infanterie! Aber wohin sollen wir uns wenden? Ich weiß nicht einmal genau, wo wir eigentlich sind, doch es sieht so aus, als wären wir vollkommen von Schweden umzingelt! Wo steckt nur von Grimbergs Infanterie?*

»Wir müssen zu den Stellungen von Grimbergs Kompanien zurück!«, schrie Bogdanow, der offenbar denselben Gedanken hatte.

»Nichts lieber als das!«, erwiderte Valerian. »Wenn ich nur wüsste, wo …«

Seine Worte wurden von Kanonendonner übertönt, als die Begleitgeschütze der schwedischen Infanterie feuerten. Da die kleinen Einpfünder keine große Reichweite oder Durchschlagskraft hatten, luden die Kanoniere sie für gewöhnlich mit Kartätschen oder Metallschrott. Die Wirkung war verheerend, jedenfalls auf kurze Distanz.

Valerian sah ungläubig, wie Bogdanows Oberkörper und Kopf in einem Nebel aus Fleischbrocken und Blut verschwanden, als er von einer vollen Ladung getroffen wurde. Blut spritzte Valerian auf Gesicht und Uniform, und einen Augenblick saß er wie erstarrt da, während Bogdanows Leichnam aus dem Sattel rutschte und sein Pferd auf der Hinterhand einbrach und umkippte. Er registrierte kaum, dass die Ladung aus der Kanone dem Tier die Hinterhand zerfetzt hatte.

»… Herr Rittmeister, sofort!«

Durch das Rauschen und Dröhnen in seinen Ohren drang eine schrille, von Panik verzerrte Stimme.

Er riss den Blick von Bogdanows Leichnam und starrte den Sprecher an. Der Mann kam ihm irgendwie bekannt vor, aber sein Gesicht unter dem hochgeklappten Visier seines Helms war von Schmutz, Schweiß und Blut überzogen.

»Herr Rittmeister?«

Valerian riss sich zusammen und schüttelte den Schock über den grausigen und plötzlichen Tod seines Kornetts ab.

Dann fiel ihm auch der Name des Kürassiers wieder ein. »Lieutenant Declaes …«

»Sofort!«, schrie Declaes und deutete an Valerian vorbei. »Sie rücken vor und werden gleich wieder feuern! Wir sind so gut wie umzingelt, und aus dem Wäldchen da drüben kommen Dragoner …«

Valerian drehte sich im Sattel und blickte wieder zu den Infanteristen hinüber, die er irrtümlich für von Grimbergs Söldner gehalten hatte. Sein Stellvertreter hatte recht, die Schweden waren stehen geblieben und legten erneut ihre Musketen an.

Sein Blick zuckte zu dem Wäldchen hinüber, in das er seine Esquadron ursprünglich hatte führen wollen. Die Zahl der schwedischen Dragoner war erheblich größer geworden, und er sah zwischen den weit auseinanderstehenden Bäumen noch mehr schwedische Fahnen, zweifellos von Infanterieregimentern.

»Lassen Sie zum Rückzug blasen!«, schrie Valerian.

Sein Lieutenant starrte ihn verblüfft an. »Das Signal wurde schon zweimal gegeben, Herr Rittmeister.« Sein Blick machte deutlich, dass er sich fragte, ob Valerian noch wusste, was er tat. »Die Esquadron folgt Euch.« Er sah sich hastig um. »Vorausgesetzt, Ihr wisst, wohin wir uns wenden können!« Er zuckte mit den Schultern. »Ich sehe nur Schweden, aber keine …«

Erneut donnerten Kanonen und übertönten seine Worte. Valerian zuckte zusammen, aber diesmal feuerten nicht die Begleitgeschütze der Infanteristen, sondern die Artillerie der Schweden, die offenbar von Grimbergs Söldner unter Beschuss nahm. Kugeln zischten über sie hinweg und schlugen gut tausend Schritt hinter ihnen ein.

Valerian fletschte die Zähne. *Gut, wenigstens wissen die Schweden, wo die Unseren stehen!* »Dorthin!«, befahl er und deutete mit dem Säbel in die Richtung, in die die Schweden geschossen hatten.

Declaes starrte ihn einen Moment fassungslos an, doch dann begriff er und nickte. »Gott sei mit uns!«, stieß er hervor.

Das wäre mal eine segensreiche Abwechslung, dachte Valerian, nickte und trieb sein Pferd an. Er sah, wie der Rest der Esquadron, *ein verdammt kläglicher Rest,* dachte er, dem Lieutenant folgte. Declaes galoppierte tief über den Rumpf seines Pferdes gebeugt in eine kleine Senke, um so gut wie möglich vor den Geschützen und Musketen der Schweden geschützt zu sein. Die Kürassiere folgten ihm in einer unordentlichen Reihe, und Valerian wartete nicht, bis die letzten Reiter an ihm vorbei waren. Er wollte seinem Streitross gerade die Sporen geben, als er aus einem Instinkt heraus den Kopf wendete.

Er hatte zwar gesehen, wie die schwedischen Musketiere anlegten, hatte jedoch keine Gewehrsalve gehört.

Er hatte sich noch nicht ganz umgedreht, als das scharfe Knattern der Musketensalve an seine Ohren drang. Im selben Moment spürte er einige heftige Schläge gegen den Leib seines Pferdes und hörte ein dumpfes Klatschen, dem im nächsten Moment ein schrilles Wiehern folgte.

Es kam Valerian vor, als würde die Zeit plötzlich langsamer verstreichen. Er sah überdeutlich, wie der Boden langsam auf ihn zukam, wie das Blut aus dem Hals und dem Leib seines Pferdes spritzte, wie er in aufgewühlter Erde, auf Baumwurzeln und Steinen landete, das rechte Bein unter dem Pferd eingeklemmt. Er sah förmlich den Schmerz, bevor er ihn spürte.

Er brüllte, als sein Schienbein unter der Last des Tieres brach. Sein behelmter Kopf schlug gegen einen Stein, und ihm wurde schwarz vor Augen, aber sein Überlebenswille verhinderte, dass er das Bewusstsein verlor. Er versuchte, das Bein zu befreien, zerrte und stieß an dem Pferd, das schrill schnaubte – fast klang es wie ein Wimmern – und schwach mit den Hufen schlug, bevor es schließlich regungslos liegen blieb.

Da sah Valerian über den Hals des Tieres hinweg die Reiter aus dem Gehölz herauskommen und direkt auf ihn zudonnern.

Wenn sie mich so hilflos finden, werden sie mich töten und ausplündern, dachte er und verdoppelte seine Bemühungen freizukommen. Vergeblich. Das Pferd war einfach zu schwer.

Wieder zuckte sein Blick zu den heranstürmenden Dragonern, die vielleicht noch fünfhundert Schritt entfernt waren. Doch plötzlich ertönte ein Trompetensignal, und sie schwenkten ab.

Im selben Moment verdunkelte ein Schatten sein Blickfeld.

»Rasch, Rittmeister!« Lieutenant Declaes sprang von seinem Pferd, und vier weitere Kürassiere in seiner Begleitung saßen ebenfalls ab. Zusammen hoben sie das tote Pferd so weit hoch, dass Declaes Valerian darunter hervorziehen konnte.

»Könnt Ihr ... Nein, könnt Ihr nicht«, knurrte der Lieutenant, als Valerian laut aufschrie.

Nachdem das Bein befreit war, schoss plötzlich glühender Schmerz durch den Unterschenkel, so scharf, dass ihm die Tränen in die Augen traten.

»Ihr müsst ... weiter!«, keuchte Valerian, klammerte sich aber an den Arm des Lieutenants, um das Gleichgewicht nicht zu verlieren. »Wenn die Dragoner ...«

Declaes drehte den Kopf und sah sich um. Die Esquadron Dragoner donnerte gut fünfhundert Schritt entfernt an ihnen vorbei, die Arkebusen im Reiten angelegt und feuernd.

»Verdammt gute Reiter, diese Schweden!«, sagte er und runzelte dann die Stirn. »Ah, das erklärt alles!«

»Was?« Valerian konnte sich die Frage nicht verkneifen, trotz seiner Schmerzen und ihrer gefährlichen Lage.

Declaes sah ihn wieder an und grinste. »Es sind weder Schweden noch Sachsen, sondern eine Esquadron der Protestantischen Union! Und wie es aussieht, haben sie sich ein lohnenderes Ziel ausgesucht als ein paar übel zugerichtete Kürassiere Seiner Majestät.«

Valerian spähte durch die Tränen in seinen Augen in die Richtung, in die der niederländische Lieutenant deutete.

Und dort, hinter der Senke, in die sie hatten flüchten wollen, sah er die Schlachtreihen der Infanteristen von Obrist von Grimberg. Oder vielmehr das, was das pausenlose Kanonenfeuer der Schweden davon übrig gelassen hatte.

Die Dragoner donnerten in gestrecktem Galopp auf sie zu, ohne auf Valerian zu achten. An der Spitze der Esquadron sah er einen dunkelhaarigen und einen blonden Offizier, die beide ihre Säbel gezückt hatten und sie hoch über ihren Köpfen schwangen.

Ein absonderlicher Gedanke schoss ihm durch den Kopf, aber noch bevor er ihn als absurd abtun konnte, forderten Schmerz und Erschöpfung ihren Tribut, und Valerian wurde ohnmächtig.

»Ein Meldereiter, Herr Obristlieutenant.«

Der Dragoner duckte sich unwillkürlich, als eine weitere Kanonensalve donnerte und die Kugeln über die Köpfe der Männer hinwegpfiffen, um nicht allzu weit von ihnen entfernt auf der anderen Seite eines kleinen Gehölzes einzuschlagen. Aufgeregte Trompetensignale verrieten ihnen, dass die Kanoniere offensichtlich gut gezielt hatten, denn die Soldaten dort bliesen anscheinend zum Rückzug.

»Neue Befehle von General von Horn, Herr Obristlieutenant!« Der Kurierreiter war von seinem schweißnassen Pferd abgesprungen und salutierte flüchtig vor De Vries, bevor er ihm einen kleinen Umschlag in die Hand drückte. »Der Sachse zieht sich weiter nach Eilenburg zurück und …«

»Als wenn wir das nicht selbst gemerkt hätten!«, knurrte De Vries den Mann an, während er hastig das

Pergament auffaltete. »Und wer feuert da auf uns, verdammt?«

Wieder donnerte es, und eine weitere Salve zischte über sie hinweg. Es schien De Vries nicht sonderlich zu beruhigen, dass die Kugeln wieder deutlich über ihre Köpfe hinwegsausten und erneut irgendwelche feindlichen Stellungen hinter dem Wald trafen.

Eik trat neben De Vries und warf einen kurzen Blick auf die Notiz des Anführers des Zweiten Treffens der Schweden, dem sie mit ihrer Esquadron Dragoner zugeteilt worden waren.

Eik runzelte die Stirn, als er den Namen las. »Was will denn General Horn von uns?«

De Vries hatte die kurze Notiz überflogen und sah jetzt den Meldereiter an. »Gibt es außerdem noch mündliche Befehle, Kerl?«

Der Schwede zuckte zusammen, als eine weitere Salve donnerte und einige Kugeln unmittelbar in dem Wäldchen einschlugen, neben dem De Vries und seine Kompanie Dragoner Stellung bezogen hatten. Er riss wütend am Zügel seines Pferdes, das nervös wieherte und sich aufbäumte. Als es sich beruhigt hatte, nickte er.

»Ihr sollt mit Eurer Kompanie dafür sorgen, dass keine kaiserlichen Kürassiere in den Rücken von Gustav Adolf gelangen«, sagte er. »Und dann sollt Ihr das Infanterieregiment angreifen, das sich auf unsere Flanke zubewegt.« Er zeigte auf das Pergament. »Alles andere steht da drin, hat der General gesagt.«

Ohne auf eine Antwort zu warten, stellte er seinen Fuß in den Steigbügel. Doch als er sich gerade in den Sattel ziehen wollte, ertönte die nächste Kanonensalve, und sein Pferd wieherte schrill und tänzelte nervös im

Kreis. Der Mann fluchte, verlor den Halt und wurde von seinem Tier auf die zerwühlte Erde geschleudert.

Eik streckte gedankenschnell die Hand aus und erwischte den Zügel des Pferdes, den der Mann losgelassen hatte.

»Kürassiere?« Er nickte beiläufig, als der Schwede, der hastig aufgesprungen war, Eik die Zügel mit einem grimmigen Dank für seine Geistesgegenwart und einem geknurrten Fluch in Richtung seines Pferdes aus der Hand riss.

Er zuckte die Schultern. »Mehr weiß ich auch nicht, Herr Lieutenant«, sagte er. »Jedenfalls würde ich aufsitzen lassen.« Er deutete auf die Männer der Kompanie, die es sich im Gras bequem gemacht hatten oder neben ihren Pferden standen und aßen, was sie an Vorräten in ihren Satteltaschen dabeihatten. Einige von ihnen tranken Wasser aus Feldflaschen, die sie in dem kleinen Bach, der über diese Wiese lief, aufgefüllt hatten. »Die Kaiserlichen dürften bald hier sein.« Wieder ertönte eine Salve, und der Mann schwang sich hastig in den Sattel seines Pferdes. »Auch wenn Torstenson sich alle Mühe gibt, sie daran zu hindern.«

Bevor Eik oder De Vries den Mann weiter befragen konnten, hatte er sein Pferd gewendet und trieb es an. Der Obristlieutenant sah dem schwedischen Meldereiter mürrisch nach.

»Er hat es verdammt eilig, hier wegzukommen«, bemerkte Eik und deutete dann auf das Pergament. »Steht da auch drin, woher so plötzlich kaiserliche Kürassiere kommen sollen?« Er sah De Vries fragend an. »Ich dachte, Pappenheim wäre mit seinen Reitern auf unserem rechten Flügel.«

De Vries nickte und gab Eik das Pergament. »Das stimmt auch. Wir stehen von Grimberg und seiner Infanterie gegenüber, wenn ich das hier richtig verstehe.« Die Kanonen donnerten, und De Vries grinste schief. »Aber offensichtlich befürchtet General Horn, dass Tilly noch eine kleine Überraschung in der Hinterhand hat«, sagte er.

»Zuzutrauen wäre es ihm«, erwiderte Eik, während er die Befehle überflog. »Ich hoffe nicht, dass es wirklich Kürassiere sind.« Sein Blick glitt zu den Männern ihres Dragonerregiments, denen die Ankunft des Meldereiters natürlich nicht verborgen geblieben war und die ihre beiden Kommandierenden Offiziere aufmerksam beobachteten. »Mit unserer leichten Panzerung und Bewaffnung könnte das ein harter Kampf werden, wenn wir auf uns allein gestellt sind und nicht von Infanteristen mit Begleitgeschützen unterstützt werden.«

De Vries warf seinem Stellvertreter einen spöttischen Blick zu. »Also genau die Art Scharmützel, die dir gefällt, hab ich recht?«

Eik zeigte ein etwas angestrengt wirkendes Grinsen. Nicht, dass er etwa Angst vor einem Kampf gegen einen überlegenen Feind gehabt hätte. Die hatte er nicht, was er schon häufig genug unter Beweis gestellt hatte. Nein, es war ein anderer Gedanke, der ihm Unbehagen bereitete. Und gleichzeitig ärgerte es ihn. *Was macht es schon, wenn ich tatsächlich auf ihn treffen sollte?*, sagte er sich. *Magdeburg ist lange her, und seine Schuld ist längst nicht beglichen, auch wenn er mich hat laufen lassen. Er hat untätig zugesehen, wie meine Eltern ermordet wurden, mein Vater … und auch der seine.*

Er erinnerte sich noch sehr genau an diesen schrecklichen Anblick vor der brennenden Herberge seiner Eltern in Bruchhausen, an die Söldner der Katholischen Liga, an den Rittmeister, der seine Mutter bereits getötet hatte und seinen Vater verhörte und ihn peinigte, um Informationen über De Vries, De Lemos und die anderen zu erlangen, die Eik gerettet hatte. Und vor allem erinnerte er sich an das wie versteinert wirkende Gesicht von Valerian von Villesen, dem Mann, den er für seinen Freund gehalten hatte. Er hatte in jener Nacht neben dem Rittmeister gestanden und zugesehen, wie der den Müller und seine Frau ermordete.

Ob Valerian anders gehandelt hätte, hätte er gewusst, dass Pieter Schmalens nicht nur Eiks leiblicher Vater gewesen war, sondern auch sein eigener? Es war eine müßige Frage. Valerian hatte es nicht gewusst, sondern geglaubt, dass Tanno von Villesen Eiks Vater wäre, was nach den Worten seiner Mutter María von Villesen etwas von dem Zorn auf Eik erklärte, der in Valerians Verhalten immer wieder aufflammte. Ein Zorn, wie seine Mutter es erklärt hatte, der sich eigentlich gegen seinen Vater, den Freiherrn von Villesen, richtete, den er für diesen Fehltritt verantwortlich machte. Dabei hätte Valerian nicht weiter von der Wahrheit entfernt sein können.

Doch das alles änderte nichts an seiner Schuld. Jedenfalls nicht nach Eiks Rechnung. Trotzdem, Valerian war Augustas Bruder, und sofern Gott ihnen gnädig war, würde er auch der Onkel ihres Kindes sein.

Dieser Gedanke war es, der das Verlangen nach Vergeltung in Eik weniger heiß brennen ließ. Er wünschte, dass Gott seine früheren Gebete vergessen hatte und die beiden Brüder nicht aufeinandertreffen ließ, zumindest nicht in der Feldschlacht, wo es hieß: töten oder getötet werden. *Ein frommer Wunsch,* dachte er. *Wahrscheinlich interessiert Gott weder mein Wunsch nach Rache noch mein Wunsch nach Verzicht darauf.*

Wieder zogen die Bilder des brennenden Magdeburgs vor seinem inneren Auge vorbei, wie der alte Jakob de Lemos aus dem Dom gestolpert kam und ihn wegen des Todes von Leona verflucht hatte. Und er fragte sich, ob Gott sich überhaupt für irgendetwas interessierte, das hier unten auf der Erde geschah.

»Ja, stimmt«, antwortete er etwas spät auf die Frage von De Vries, aber der Hauptmann hatte sich nach einem prüfenden Blick auf seinen Lieutenant bereits umgedreht und den Kornett zu sich gewinkt.

»Sag dem Trompeter, er soll das Signal zum Aufsitzen geben«, befahl De Vries und ließ sich dann von seinem Burschen sein Pferd bringen.

Eik schüttelte den Kopf, um seine düsteren Gedanken zu vertreiben. *Das ist jetzt nicht der richtige Moment für irgendwelche Bedenken,* sagte er sich. *Das Beste ist, ich halte es so wie bisher: Ich nehme, was kommt, und versuche zu überleben.* Er ging zu seinem Pferd, das von einem Dragoner gehalten wurde, nickte dem Mann zu und ließ sich die Zügel geben. Dann setzte er den Fuß in den Steigbügel und zog sich in den Sattel. *So, wie wir alle,* dachte er den Gedanken zu Ende, während er sich zurechtsetzte und sich dann von dem Soldaten die Arkebuse reichen ließ. Ein Dragoneroffizier trug für gewöhnlich kein Gewehr, aber das leichtere Modell der Schweden hatte es Eik angetan, und bislang hatten sie ihm gute Dienste geleistet. *Kein Grund, darauf zu verzichten, erst recht nicht, wenn wir es wirklich mit Kürassieren zu tun bekommen sollten.* Und irgendetwas in seinem Hinterkopf sagte ihm, dass Gott in seiner unbegreiflichen Weisheit schon dafür sorgen würde, dass genau dies geschah.

»Dort links, in der Senke!«, schrie Eik, als sie aus dem Gehölz brachen und über den brachliegenden Acker galoppierten, auf dem zahlreiche, teilweise fürchterlich verunstaltete Pferdekadaver und Leichen von gepanzerten Kürassieren lagen. *Offensichtlich haben die Kanoniere von Torstenson ganze Arbeit geleistet.*

Unwillkürlich suchte er nach einem Feldzeichen, nach der Leiche eines Offiziers. Aber es war schwierig, in vollem Galopp jemand am Boden Liegenden zu erkennen, erst recht, da die meisten Toten verstümmelt oder übel zugerichtet waren. Außerdem hatten viele ihre Visiere heruntergeklappt.

Konzentrier dich lieber auf deine Aufgabe, dachte Eik, *sonst liegst du selbst bald dort unten in deinem Blut.*

Er streckte die Hand aus und deutete auf die Fahnen der kaiserlichen Infanterie, die mittlerweile weiter vorgerückt war, als General Horn vermutet hatte. »Das sind von Grimbergs Männer!«

»Ich sehe sie!« Wegen des Donnerns der Kanonen musste De Vries brüllen, um sich verständlich zu machen. »Um die Kürassiere brauchen wir uns wohl keine Sorgen mehr zu machen!«

Eik nickte. Dann wies er nach rechts, wo eine Abteilung schwedischer Infanteristen ihre leichten Musketen anlegte und feuerte. »Hoffentlich halten uns die Schweden nicht aus Versehen für Kaiserliche!«

De Vries kniff die Augen zusammen, als er das Ziel suchte, auf das die Soldaten schossen. Die Infanteristen von Grimbergs konnten es jedenfalls nicht sein, denn die waren viel zu weit weg. Dann sah er eine Bewegung in einer von einigen Sträuchern und Bäumen geschützten Mulde. Pferde. Drei, nein, vier Kürassiere, die einen Mann unter einem Pferd herauszogen.

»Da drüben sind noch ein paar!«

Eik blickte in die Richtung, in die De Vries deutete. Er kniff die Augen zusammen, als er die kleine Gruppe von Männern betrachtete, die sich um einen Kameraden bemühten, der verletzt zu sein schien. Dem Helmbusch nach zu urteilen war es ein Offizier.

»Sollen wir sie erledigen?«, schlug De Vries vor.

Eik schnürte es die Kehle zu. Aus dieser Entfernung konnte er die Männer nicht erkennen, aber sein Instinkt sagte ihm, um wen es sich dort handelte. Ohne lange nachzudenken, traf er eine Entscheidung.

»Überlassen wir sie den Musketieren!«, erwiderte Eik. »Kümmern wir uns lieber um die Infanterie! Die Kanonen haben ihnen ganz schön zugesetzt, und wir sollten nicht abwarten, bis sie sich wieder neu formiert haben!«

De Vries sah von Eik zu den Kürassieren in der Senke.

Dann sah er wieder zu Eik zurück und hob die Wulst über seinem rechten Auge, wo statt der dunklen Braue nur eine hässliche Brandnarbe war. »Wie Ihr meint, Lieutenant Schmalens.«

Eik wusste, dass sein Freund und Vorgesetzter ihn durchschaut hatte und den Grund ahnte, warum er die Kürassiere verschonen wollte. *Überlassen wir es Gott oder dem Schicksal, ob sie entkommen oder nicht,* dachte Eik. Dann verdrängte er jeden Gedanken an diese Männer. Mit einem Mal pulsierte die Erregung des bevorstehenden Kampfes durch seinen Körper und seinen Geist, als sein Obristlieutenant die Hand hob und dem Trompeter das Zeichen gab, zum Angriff zu blasen.

7. KAPITEL

Landstraße etliche Meilen vor Celle
Einige Tage später

Maria von Villesen schrak aus dem Dämmerschlaf hoch, in den das ruhige Schaukeln der Kutsche sie versetzt hatte. Einen Moment wusste sie nicht, wo sie war, dann setzte die Erinnerung ein, und sie hörte die aufgeregten Stimmen, durch die sie in ihrer Ruhe gestört worden war. Dafür hatten das Schaukeln der Kutsche, die Fahrgeräusche sowie das Trappeln der Pferdehufe aufgehört. Sie standen.

Sie streckte die Hand aus, um den Vorhang am Fenster des Kutschenschlags zurückzuziehen. Der bewaffnete Dienstmann auf der Bank ihr gegenüber hatte bereits aus dem Fenster geblickt und dann den Kopf rasch wieder zurückgezogen. Jetzt packte er Marias Handgelenk, bevor sie den Vorhang ergreifen konnte.

»Verzeiht, Herrin, das solltet Ihr besser nicht tun!«

»Was sagst du da? Warum sollte ich nicht nachsehen, was draußen vor sich geht, Steffen?« Ihr Blick glitt zu der jungen Zofe. Die saß, die Augen weit aufgerissen und leise wimmernd, neben dem Bewaffneten und klammerte sich an seinen Arm. »Was ist denn los? Sind wir etwa schon in Celle?« Das sollte die erste Station ihrer Reise sein.

Die Zofe antwortete nicht, sondern schüttelte nur ängstlich den Kopf. Maria runzelte die Stirn. Klapperten der jungen Frau tatsächlich die Zähne? »Reiß dich zusammen, Lena, ich habe dich etwas gefragt!«, forderte die Freifrau in bestimmtem, aber nicht unfreundlichem Ton die Zofe auf. Die junge Frau hatte die Brandschatzung von Bruchhausen nur mit viel Glück überlebt und mit angesehen, wie die Wirtsleute Schmalens, bei denen sie gearbeitet hatte, ermordet worden waren. Seit sie bei den Villesens in Dienst stand, hatte sich ihre Schreckhaftigkeit zwar gebessert, aber sie zuckte immer noch zusammen, wenn jemand, vor allem ein Mann, die Stimme erhob, und vor Feuer hatte sie eine geradezu panische Furcht.

»Ich fürchte, wir werden überfallen, Herrin«, antwortete der bewaffnete Dienstmann, an den sich Lena klammerte.

»Überfallen?« Maria warf dem Mann einen scharfen Blick zu, der daraufhin errötete und seine Hand von ihrem Handgelenk nahm. »Sagte Egbert nicht, die Straßen von Verden nach Celle seien sicher? Bestimmt handelt es sich nur um ein paar gewöhnliche Strauchdiebe oder hungrige Bauern, die wir mit ein paar Münzen zufriedenstellen können.«

»Ich weiß es nicht, Herrin«, erwiderte der Bedienstete, der bleich geworden war. »Aber Bert verhandelt wohl mit dem Anführer. Und wenn es keine Strauchdiebe, sondern Söldner sind, solltet Ihr Euch nur zeigen, wenn es unbedingt sein muss, und Lena sollten die Männer erst recht nicht zu Gesicht bekommen.«

Maria von Villesen straffte sich und streckte die Hand nach dem Türgriff aus. »Ja, falls es Söldner sind, was ich aber nicht glaube. In dem Fall wären längst Schüsse gefallen! Diese Mordbrenner verhandeln nicht lange. Ich will mir das selbst ansehen!«

Das Wimmern der Zofe wurde lauter, als Maria den Griff des Kutschenschlags drückte und die Tür nach außen aufstieß.

»Was ist los, Bert?«, fragte sie, während sie mit dem Fuß die kleine Treppe hinunterklappte, die ihr erlaubte, würdevoll die Kutsche zu verlassen. »Warum halten wir?«

»Nun, wen haben wir denn da?«, antwortete ihr eine spöttische Stimme. »Was für eine vornehme Dame! Damit hat sich das Wegegeld gerade verdoppelt!«

Maria musterte das Bild vor sich und nahm sich zusammen, um keine Gefühlsregung zu zeigen. Das hier waren keine verzweifelten, hungrigen Bauern, die die Not dazu trieb, Reisende zu überfallen, so viel erkannte sie bereits mit einem flüchtigen Blick. Aber als sie das etwa halbe Dutzend Männer genauer betrachtete, das sich in einem Halbkreis vor der abgehackten Krone eines Baumes aufgebaut hatte, wurde ihr klar, dass dies hier gut bewaffnete und zu allem entschlossene Wegelagerer waren. Offenbar hatten sie Ausschau nach Opfern gehalten und die Baumkrone rasch über die Straße gezogen, als sich die Kutsche näherte. Die Stelle war für diesen Überfall gut gewählt, denn ein tiefer Graben vor dem Waldrand auf der einen Seite der Straße und ein felsiger Hang auf der anderen ließen der Kutsche keine Ausweichmöglichkeit. Trotz allem, es waren wenigstens keine Söldner, und für gewöhnlich ließen solche Gesellen Reisende ziehen, nachdem sie sie gründlich ausgeraubt hatten.

Auf so etwas war Maria vorbereitet. In der Kutsche waren mehrere Geheimfächer eingebaut, in denen sie unterschiedliche Münzen und Schmuckstücke, deren Verlust sie noch so gerade verschmerzen konnte, für ebensolche Vorfälle verborgen hatte.

»Ich würde sagen, verdreifacht!«, mischte sich ein anderer Strauchdieb ein und fuchtelte mit einer Pistole herum. »Und dabei wissen wir noch nicht einmal, wer sich noch alles in der Kutsche versteckt hält, hab ich recht?« Grinsend trat er auf Maria zu.

»Wage es nicht, Hand an sie zu legen, Kerl …!«, knurrte Bert vom Kutschbock herunter.

»Sonst passiert was?«, fauchte der Wegelagerer und zog mit der Linken einen langen Dolch aus der Scheide an seinem Gürtel. »Wenn du noch ein Wort sagst, schneide ich dir die Zunge raus und nagele sie dir an die Stirn, damit du in Zukunft erst mal nachdenkst, bevor du den Mund aufmachst. Als Gruß von unserem Anführer, was, Hans?«

Der angesprochene Wegelagerer nickte und zeigte ein breites Grinsen. »Eine gute Idee. Ich finde, wir sollten das ohnehin tun, weil der Bursche so unverschämt ist. Und dann können wir uns in Ruhe ansehen, was für Schätze noch in der Kutsche …«

»Wir haben keine Schätze bei uns … Herr Hans«, wandte sich Maria an den Mann mit dem breitkrempigen Schlapphut und der langen Pfauenfeder daran, offenbar der Anführer dieser Banditen. »Aber wir bezahlen den Wegzoll, wenn Ihr uns sagt, wie hoch er ist.«

»Keine Schätze?« Der Anführer hakte die Daumen seiner schwieligen, völlig verdreckten Hände in den breiten Gürtel über seinem Wams, in dem ein Dolch und eine Pistole steckten; außerdem war sein Säbel daran befestigt. Quer über die Brust trug er zwei Bandelieren, in denen Papierpatronen für die Pistole steckten und die Arkebuse, die er in der Hand hielt. Und die er wahrscheinlich einem gefallenen Söldner abgenommen hatte. »Das ist aber bedauerlich, Frau!« Er legte den Kopf auf die Seite und musterte sie mit spöttischer Aufmerksamkeit. »Aber so eine Kutsche an sich ist ja schon ein ziemlicher Schatz, meinst du nicht auch?«

In dem Moment ertönte ein Schrei aus der Kutsche, und Maria fuhr herum. »Was ... Was macht Ihr denn da?«, fuhr sie die Männer an, die, von ihr unbemerkt, an die Kutsche herangetreten waren. Offenbar gehörten zu der Bande mehr als die sechs, die vor der Krone standen. Es war ein gut organisierter Hinterhalt, das musste Maria zugeben. Diese Männer waren keine Dummköpfe, sie verstanden ihr Handwerk. Wieder regte sich der Gedanke in ihrem Hinterkopf, aber sie konnte ihn nicht deutlich fassen. Mittlerweile hatten zwei Männer den Kutschenschlag geöffnet und waren in die Kutsche gesprungen. Der Bewaffnete, der darin saß, war für sie kein Problem gewesen. Einer von ihnen zerrte Lena heraus, die mit weit aufgerissenen Augen schreiend um sich schlug.

»Lasst das Mädchen in Ruhe!«, verlangte Maria gebieterisch, aber der Strauchdieb lachte nur über ihren vergeblichen Versuch, Autorität walten zu lassen.

Er umschlang Lena von hinten fest mit beiden Armen und hob sie vom Boden hoch. Als das panisch um sich tretende Dienstmädchen ihn mit dem Absatz ihres Schuhs am Schienbein traf, fluchte er und schleuderte sie zu Boden.

»Du Miststück!«, stieß er hervor. »Ich werde dich lehren, mich zu treten wie eine eigensinnige Stute! Du musst wohl zum Hengst, was?«

»Ja, Karl, zeig es ihr, aber lass noch was für uns übrig!«, rief der Halunke, der gedroht hatte, Bert die Zunge herauszuschneiden.

»Tut das nicht, Ihr Herren! Wir bezahlen ja, was Ihr wollt!«, rief Maria. »Ihr seid doch keine Marodeure und blutrünstigen Söldner, die unschuldige Mädchen vergewaltigen und …«

»Unschuldig?«, rief der Strauchdieb, der sich mittlerweile auf die zappelnde Lena gesetzt hatte und sie mit seinem Gewicht auf dem Boden hielt. »Das wird ja immer besser!« Er grinste breit und beugte sich zu dem Mädchen hinunter, um es zu küssen. Lena schrie, zappelte immer noch und spuckte den Mann an.

»Verflucht!« Er holte aus und schlug ihr mit der behandschuhten Faust ins Gesicht.

Die Schreie brachen schlagartig ab.

»Du Hund, du hast sie umgebracht …!«, rief Bert grimmig und machte Anstalten, trotz der auf ihn gerichteten Arkebuse eines der Wegelagerer vom Kutschbock zu springen.

»Wenn du dich rührst, brenne ich dir ein Loch in den Pelz, alter Mann!«, drohte der Bandit mit der Arkebuse und setzte sie sich an die Schulter, um besser zielen zu können.

»Tu's nicht, Bert!«, rief Maria, trat unwillkürlich einen Schritt vor und hob warnend die Hand. »Sie werden uns nichts tun!« Jedenfalls hoffte sie das sehr, allerdings mehr aus Furcht als aus Überzeugung.

»Du solltest auf deine Herrin hören, Kerl«, zischte

der Strauchdieb mit den beiden Bandelieren vor der Brust. »Und du, Madame, wirst schon noch bezahlen.« Er grinste verschlagen. »Aber warum sollten die Männer nicht vorher noch ein bisschen Spaß haben?«

Maria überlegte noch krampfhaft, wie sie die drohende Vergewaltigung ihrer Zofe verhindern konnte, als sie plötzlich eine Veränderung bei dem vermeintlichen Anführer der Männer bemerkte. Er packte seine Arkebuse fester, trat einen Schritt von ihr zurück, und auf seiner Miene zeichnete sich so etwas wie Respekt ab.

Maria hörte Schritte hinter sich, drehte sich aber nicht um, auch wenn es sie Überwindung kostete. Wenn sie den Gesichtsausdruck des Strauchdiebs vor ihr richtig beurteilte, näherte sich hinter ihr der Mann, der in Wirklichkeit in dieser Bande das Sagen hatte. Schlauerweise hatte er sich nicht von Anfang an gezeigt, sondern abgewartet, wie die Dinge sich entwickelten, damit er nicht etwa eine verirrte Kugel abbekam.

Ihre Nackenhaare sträubten sich, als der Mann so dicht an sie herantrat, dass sie seinen Atem spüren konnte. Dann hörte sie ein zufriedenes Grollen, fast wie von einem Raubtier, als der Anführer der Wegelagerer um sie herumtrat und sich in zwei Schritt Entfernung vor ihr aufbaute.

Maria hatte die Augen kurz geschlossen, um sich zu wappnen, denn sie wusste, noch bevor sie sie wieder aufschlug, um wen es sich bei dem Kopf der Wegelagerer handelte. Es waren keine Söldner, das nicht, aber trotzdem hätte es für sie nicht viel schlimmer kommen können.

»Veit.« Sie öffnete die Augen und nickte. »Ich habe schon lange damit gerechnet, dir zu begegnen.«

Der Räuberhauptmann legte den Kopf ein wenig schief und hob eine struppige Braue, als wollte er sagen: Tatsächlich?

Marias Gedanken überschlugen sich. In Wahrheit hatte sie keinen Moment geglaubt, den berüchtigten Räuberhauptmann wiederzusehen, der schon so lange die Gegend um Villesen unsicher machte. Und entsprechend hatte sie auch nicht darüber nachgedacht, was sie ihm sagen würde, sollte sie ihm jemals wieder begegnen. Doch dafür sprudelten ihr jetzt die Worte recht flüssig aus dem Mund.

»Ich weiß, dass du einen Groll gegen mich hegst, gegen uns, unsere Familie, und ich gebe zu, dass du allen Grund dafür hast.«

Veit legte den Kopf langsam auf die andere Seite, ohne etwas zu erwidern, und sah sie nur aufmerksam an. Seiner Miene war nicht zu entnehmen, was er dachte.

»Mein Ehemann hat nicht recht gehandelt, als er dich …«, sie schluckte, »als er dich entehrt und bestraft hat«, fuhr sie dann fort. »Aber jetzt …«

Maria schrie auf, als Veit einen gewaltigen Satz machte und unmittelbar vor ihr stand. Er riss den Mund auf und stieß sonderbare, nasale Laute aus. *Bestraft? Verstümmelt!,* sollte das wohl heißen, obwohl die Worte vollkommen unverständlich waren. Kein Wunder, fehlte dem Mann doch die Zunge. *Und wer war daran schuld?*

Maria verstand sehr genau, was Veit meinte, auch wenn sein Stammeln nur ein aufgeregtes Lallen war. Sie erinnerte sich noch sehr genau daran, wie ihr Gemahl Tanno von Villesen diesem dänischen Söldner befohlen hatte, dem Bader seine Zunge herauszuschneiden. Sicher, Veit hatte in seiner Tätigkeit als Bader von Bruchhausen und Verwalter der Villesens den Reitunfall von Tanno von Villesen mitbekommen und wusste, dass der Freiherr nicht mehr in der Lage gewesen war, Kinder zu zeugen. Als Maria dann schwanger geworden war, hatte sich der Bader schnell einen Reim auf die häufigen Besuche des Müllers bei der Freifrau gemacht.

Maria hatte vergeblich versucht, ihren Ehemann von dieser brutalen Maßnahme abzuhalten, vor allem, weil Veit nicht im Geringsten Anstalten gemacht hatte, irgendjemandem sein Wissen zu verraten. Aber Tanno hatte nicht hören wollen. Er hatte dieses für ihn beschämende Geheimnis unbedingt bewahren wollen und bereits sämtliche Dienstboten weggeschickt, die davon hatten wissen können. Nur seinen Kammerdiener Egbert hatte er behalten, weil er dem Mann bedingungslos vertraut hatte. Maria hatte ihrem Mann damals gesagt, dass sie es fast für gnädiger hielte, Veit zu töten. Das hatte Tanno jedoch strikt von sich gewiesen, weil er keine Seelenschuld auf sein Gewissen hatte laden wollen.

Jetzt wäre es ihr lieber gewesen, ihr Gemahl hätte damals auf sie gehört. Doch im selben Moment schämte sich Maria für diesen Gedanken.

»Ich kann nur wiederholen, dass es mir leidtut, Veit. Aber jetzt ist nicht der richtige Zeitpunkt für Rache. Ich weiß, dass ich dir deine Sprache nicht zurückgeben kann, aber ich kann dir Gold geben, wenn du mich passieren …«

Veit spuckte vor ihr auf den Boden, und Maria wurde blass. Wieder stieß er eine Reihe von Lauten aus, und diesmal glaubte Maria Verzweiflung und Bitterkeit in seinen Augen zu erkennen. *Gold? Das nehme ich mir selbst!*

Sie schluckte, als Veit in seine Jacke griff, ein Büchlein herauszog, es aufschlug und ihr hinhielt. Sie brauchte einen Moment, bis sie begriff, was es war. Eine Art Tagebuch, in ungelenker, sperriger Schrift, aber die Buchstaben, Worte und Sätze waren durchaus lesbar.

»Du kannst schreiben?«, entfuhr es ihr ungewollt.

Veit starrte sie an, bis Verstehen in ihrem Blick aufleuchtete. Der Räuberhauptmann hatte Lesen und Schreiben lernen müssen, um sich mit seinen Mitmenschen auszutauschen, und seine bescheidenen Fähigkeiten hatten genügt, es bis zum Räuberhauptmann zu schaffen. Sie sah sich kurz um und fragte sich, ob auch noch andere Strauchdiebe seiner Bande des Lesens und Schreibens mächtig waren.

Veit hielt ihr das Buch hin, und Maria schüttelte den Kopf, während ihr Tränen in die Augen stiegen. »Was willst du?«

Der Räuber sah sie einen Moment kalt an, dann holte er ein dünnes Stück Kohle aus der Tasche. Er kritzelte etwas in das Buch und hielt es ihr dann erneut hin.

»Genugtuung«, las Maria laut. Sie rang nach Luft, als sich eine eiserne Klammer um ihre Brust zu legen schien. »Aber wie …?«

Sie fuhr herum, als ein schriller Schrei hinter ihr ertönte.

Der Wegelagerer, der immer noch auf Lena hockte, hatte angefangen, mit Gewalt ihr Wams und ihr Mieder zu öffnen, als die Dienstmagd wieder zu Bewusstsein kam. Sie schrie und wehrte sich verzweifelt gegen den Mann.

»Lass sie in Ruhe!«, schrie Maria und wollte zu ihm laufen. Aber Veit packte sie am Arm und riss sie grob zurück. »Nein!«, schrie die Freifrau, als das Mädchen in seiner Verzweiflung nach der Radschlosspistole des Mannes griff, die in seinem Gürtel steckte. Der fluchte, weil er gerade damit beschäftigt war, ihre Brüste freizulegen, und schlug ihr mit der flachen Hand ins Gesicht.

Lena schrie weiter und zerrte an der Waffe, ohne sie jedoch aus dem Gürtel ziehen zu können. Der Mann schlug ihre Hand weg, aber das Mädchen gab nicht auf. Es versuchte erneut, die Waffe zu ergreifen.

»Hör endlich auf, dich zu wehren, du Hure!«, fluchte der Mann. »Ich will dich nicht umbringen, aber es macht mir auch nichts aus, das kann ich dir … Verflucht, lass das gefälligst!«

Maria schrie, als es Lena tatsächlich gelang, die Pistole aus dem Gürtel zu ziehen, und machte erneut einen Schritt auf das Mädchen und den Mann zu, die jetzt miteinander rangen. Aber Veit riss Maria wieder zurück.

Obwohl der größere und schwerere Wegelagerer dem Mädchen überlegen war, verlieh die Panik Lena ungeahnte Kräfte. Sie fasste den Griff der Pistole fester, doch der Bandit drückte ihren Arm zu Boden und hämmerte ihr mit voller Wucht seine Faust gegen den Kopf.

Maria schrie entsetzt auf, als sie das Knacken hörte, mit dem das Genick des jungen Mädchens brach. Es gab einen Knall, und sie schrie noch einmal auf, schien von einer gewaltigen Faust getroffen zu werden. Sie prallte mit voller Wucht gegen Veit und brachte den Mann zum Taumeln. Zusammen fielen sie zu Boden. Sie hörte nicht, wie Bert auf dem Kutschbock vor Entsetzen aufschrie und hinuntersprang, um ihr zu Hilfe zu eilen. Er kam nur zwei Schritte weit, dann streckten die Kugeln aus zwei Arkebusen ihn nieder.

Ein Gefühl von Taubheit breitete sich in ihrer Brust aus, und sie fragte sich, woher dieser Schlag wohl gekommen war und wer ihn geführt hatte. Als sie die Hand auf ihre Brust legte, um ihr Wams zu öffnen und sich Luft zu verschaffen, spürte sie Feuchtigkeit. Sie hob die Hand vor die Augen. Sie war rot von Blut.

Ihr Blick glitt zu Veit, der sich aufrichtete und sie sanft ins Gras gleiten ließ. Mit unbewegter Miene sah er auf sie hinab.

Maria spürte, wie Kälte sie durchrieselte, angefangen von der Brust, wo sie sonderbarerweise keinerlei Schmerzen fühlte, und dann ihren Körper hinab, in Arme und Beine. Ihr Verstand schien langsamer zu arbeiten, aber sie begriff, dass der Schlag, den sie bekommen hatte, von der Kugel aus der Pistole stammte, die Lena offenbar noch im Tod abgefeuert hatte.

Dann füllte Veits Gesicht ihr Blickfeld aus.

»Ist das deine Genugtuung?«, flüsterte sie.

Der Mann beobachtete sie einen Herzschlag lang, dann nickte er bedächtig.

Maria atmete tief ein, und es kam ihr vor, als würde ihre Lunge voller Wasser laufen. Sie wusste, dass ihr nicht mehr viel Zeit blieb.

»Ich möchte dich um etwas bitten«, flüsterte sie. »Im Namen der Jungfrau Maria, meiner Namensgeberin. Gewähre einer Sterbenden einen letzten Wunsch.« Sie tastete nach dem Beutel an ihrer Taille und zog ein Lederetui heraus. »Mein Sohn … verwundet, in Leipzig.« Sie holte rasselnd Luft und spürte, wie etwas Warmes aus ihrem Mund quoll. Es schmeckte nach Metall. Blut. »Er weiß nichts … von unserem Geheimnis …« Sie suchte den Blick des Mannes und hob mühsam die Hand mit dem Brief. »Hier … darin befindet sich ein … Brief. Ich … habe … alles aufgeschrieben …« Sie schloss die Augen, als die Kälte ihren ganzen Körper zu lähmen drohte. Dann nahm sie alle Kraft zusammen und sah den Räuberhauptmann an. »Such Bossel … im *Goldenen Lamm*. Er wird dich führen …« Sie hustete, und wieder lief ihr Blut über die Lippen.

Veit starrte immer noch unbeweglich und mit versteinerter Miene auf sie hinab.

Wieder hob Maria den Brief, so hoch sie konnte, und sah den Räuberhauptmann flehentlich an. »Gib mir … dein Wort …«

Veit hob eine Braue und verzerrte das Gesicht zu einer Grimasse, bevor er seinen Mund weit aufriss und unverständliche Töne ausspuckte.

Maria hatte keine Kraft mehr. Die Tränen ließen alles vor ihren Augen verschwimmen, und zudem schien es immer dunkler zu werden. Sie wollte den Arm sinken lassen, als sie merkte, dass jemand ihre Hand festhielt. Ein letztes Mal öffnete sie die Augen.

Veit starrte sie an, nahm ihr den Brief ab und nickte.

Maria hätte ihm gern gedankt, hätte ihn gern um Verzeihung gebeten, aber sie konnte nichts mehr dergleichen tun. Als die Kälte sie vollkommen erfüllte, dachte sie noch einmal an Valerian, dann stieg ein Bild ihrer Enkelin vor ihr inneres Auge. Sie spürte nicht mehr, dass sie lächelte, als ein Schwall von Blut aus ihrem Mund quoll und ihr Herz aufhörte zu schlagen.

8. KAPITEL

Paris, Louvre
Einige Tage zuvor

»Seine Eminenz erwartet Euch, bitte folgt mir.« Der Lakai verbeugte sich knapp, drehte sich um und ging voraus.

»Natürlich tut er das«, knurrte Albert de Montfine, Marquis de Berny und, seit seiner erfolgreichen Mission in Hamburg, Ritter des Ordens von Saint-Michel. Eine allerdings sehr zweifelhafte Ehre für einen Adligen, wie Albert de Montfine fand, aber niemals laut äußern würde. Schließlich war es das erklärte Ziel dieses Ordens, die Macht des Königs zulasten des Adels zu stärken.

Während er dem Lakaien durch den langen Saal folgte, an dessen Ende das Arbeitszimmer des mächtigsten Mannes Frankreichs lag, fragte sich Albert erneut, aus welchem Grund Richelieu ihn wohl aus seiner behaglichen Stadtvilla im Jardin du Luxembourg, direkt neben dem Palais, herbestellt hatte, wo er sich doch gerade seiner frisch angetrauten jungen Gemahlin gewidmet hatte.

Montfine verzog die Lippen. Nicht, dass diese sonderlich traurig gewesen wäre, dass der Hof ihn rief. Sie war nur verärgert darüber, dass er sich diesmal strikt geweigert hatte, sie in den Louvre mitzunehmen.

Seine Grübelei wurde abrupt unterbrochen, als der

Lakai stehen blieb und den beiden Musketieren, die dort Wache hielten, mit einem Nicken bedeutete, die Flügeltür zu öffnen.

Montfine bekam den herablassenden Blick der beiden Kardinalswachen mit, den sie dem Lakaien zuwarfen, und spürte ihren leisen Spott, als sie ihn musterten.

Er presste die Lippen aufeinander. So war das eben, wenn sich ein alter Mann eine junge Frau nahm, um den Fortbestand der Blutlinie zu sichern. Spötter und Neider waren ebenso allgegenwärtig wie potentielle Nebenbuhler. Gegen Erstere half ihm seine Gleichgültigkeit Menschen gegenüber, sein beißender Zynismus, seine Titel und vor allem sein Reichtum. Und gegen Letztere hatte er höchst wirkungsvolle Maßnahmen ergriffen, denn seine letzte Ehe mit einer entfernten Großnichte war ihm eine Lehre gewesen.

Dennoch überkam ihn von Zeit zu Zeit ein Anflug des Bedauerns, dass seine mehr oder weniger erzwungene Ehe mit Augusta von Villesen nicht lange gehalten hatte. Die Tochter seines entfernten Cousins war ungebärdig gewesen, gewiss, und nicht zu zähmen, halsstarrig und vorlaut. Aber ebenso schön, selbstbewusst und intelligent. Montfine verbot es sich, darüber nachzudenken, was für prächtige Kinder aus ihrer Vereinigung hätten hervorgehen können. Kinder, die dem Namen Montfine zweifellos alle Ehre gemacht hätten.

Ihm blieb auch keine Zeit, sich in bitteren Erinnerungen an Augusta von Villesen zu ergehen, weil einer der Kardinalswachen bereits die Tür aufzog. Der Lakai marschierte hindurch, gefolgt von Montfine. Er sah, wie Richelieu von seinem Schreibtisch aus aufblickte und aufstand, als er den Marquis erkannte, um ihm entgegenzugehen.

Ein höchst sonderbares Gebaren, wie Montfine fand. Für gewöhnlich ließ der Kardinal seine Besucher eine Weile neben seinem Schreibtisch warten, während er in wichtigen Dokumenten las oder wenigstens so tat, als würde er darin lesen. Das Unbehagen, das er damit seinen Gästen verursachte, verschaffte ihm eine gewisse Überlegenheit ihnen gegenüber, wie er glaubte. Was vielleicht auch stimmte. Doch Montfine war das gleichgültig. Über solche Spielchen war er längst hinweg.

Dieses ausgesprochen höfliche Gebaren des Kardinals bedeutete wahrscheinlich nur, dass der Lenker von Frankreich eine höchst unangenehme Aufgabe für den alten Marquis hatte. Montfine hätte sich geschmeichelt fühlen sollen, dass man ihm bei Hofe so vertraute. Aber er selbst hätte es bei weitem vorgezogen, in aller Ruhe seine Versuche fortsetzen zu dürfen, endlich seine Frau zu schwängern. Es war schon mühsam genug, sie immer besteigen zu müssen, wenn sie angeblich empfänglich war.

»Verehrter Marquis!« Mit ausgestreckter Hand kam Kardinal Richelieu auf den Adligen zu. »Ich freue mich, Euch bei bester Gesundheit zu sehen, wie ich hoffe.«

Montfine unterdrückte seinen Widerwillen, den er insgeheim gegen diesen ehrgeizigen Mann hegte, und zwang sich zu einem gequälten Lächeln. »Eure Gebete für mein Wohl scheinen Wirkung zu zeigen, Euer Eminenz.« Montfine senkte den Kopf, damit der Kardinal nicht in seinen Augen lesen konnte. Sie wussten beide, dass sich der Kardinal nicht im Geringsten für die Gesundheit seiner Untergebenen und Emissäre interessierte, es sei denn, er verlangte einen Dienst von ihnen. *Vermutlich einen unangenehmen Dienst,* dachte Montfine.

»Gewiss, gewiss haben sie das, verehrter Marquis.« Richelieu entzog dem Mann rasch seine Hand, so als würde jeder Kontakt mit dieser welken Haut ihm Ekel bereiten, und packte ihn am Ellbogen. Dann führte er ihn zu einem gepolsterten Lehnstuhl vor dem Schreibtisch.

Noch ein Anzeichen für eine unangenehme Mission, sagte sich Albert, als er sich ächzend auf das Polster niederließ. Denn für gewöhnlich wurden die Besucher des Kardinals bei einer Audienz nicht zum Sitzen aufgefordert, und falls doch, nahmen sie auf unbequemen Holzstühlen Platz.

»Und Euer Vorhaben, den Namen Eures Geschlechts fortzuschreiben, machen Fortschritte, wie ich hörte?«

Diesmal musterte der Kardinal Montfine genauer, und der Marquis musste sich zusammenreißen, um nicht verächtlich das Gesicht zu verziehen. Natürlich wollte Richelieu wissen, wie es um den Zustand der jungen Gemahlin des Marquis stand – immerhin war Madame Colombine du Plessis über etliche Ecken mit Jean Armond du Plessis verwandt, dem ehemaligen Bischof von Lucon und jetzigen Staatslenker von Frankreich, eben Kardinal Richelieu.

»Gewiss, Eminenz«, erwiderte Albert de Montfine ausweichend. »Die Empfängnis ist zwar noch nicht erfolgt, aber wir bemühen uns redlich! Mit Gottes Hilfe …« Er hob die Hände zu einer frömmelnden Geste.

Die Augen des Kardinals verengten sich kurz, und er presste die Lippen zusammen.

Montfine unterdrückte ein Gefühl der Genugtuung,

als er die Reaktion des mächtigen Mannes bemerkte. Das war zweifellos nicht die Art Antwort gewesen, die Richelieu hatte hören wollen, aber der Marquis hatte es satt, ständig nur mühsam verhohlenen Spott oder versteckte Anspielungen und Vermutungen über seine Manneskraft ertragen zu müssen. Und Richelieu war intelligent genug, um der Antwort des Marquis genau das zu entnehmen.

»Aber natürlich haben Eure Eminenz mich nicht zu sich gebeten, um sich mit mir über die Fruchtbarkeit seiner entfernten Cousine zu unterhalten, nehme ich an?« Er machte eine winzige Pause. »So liebenswürdig Eure Anteilnahme auch ist«, setzte er hinzu.

Der Kardinal schwieg einen Moment, während er sich neben den gepolsterten Stuhl des alten Mannes stellte und auf den Marquis herabblickte.

Der widerstand dem Impuls, zurückzuzucken oder auch nur den Kopf zu heben, um den Kardinal anzusehen. Auch wenn er das Gefühl hatte, dass sich dessen Blick in seinen Schädel brannte.

»Ganz recht, Marquis.« Richelieu warf dem Adligen noch einen letzten scharfen Blick zu, dann drehte er sich um und trat wieder hinter seinen Schreibtisch. Als er sich auf seinen schweren, mit Gold verzierten Sessel setzte, wirkte er wieder ganz wie der eiskalte, unerbittliche Lenker und Staatsmann, als den Montfine ihn kannte. Der Marquis war fast erleichtert über diese Veränderung. Ein jovialer und anteilnehmender Richelieu war ihm noch unheimlicher als der undurchsichtige und unberechenbare Berater des Königs, als der er sich sonst gab. Wenn man überhaupt von einem Berater sprechen konnte. Was Richelieu sagte, war Gesetz, daran konnte nicht einmal die Mutter des Königs etwas ändern.

»Ganz recht«, wiederholte Richelieu. »Ganz recht.« Einen Moment wirkte er zerstreut, als redete er mit sich selber und hätte Montfines Anwesenheit vergessen. Er schob einige Papiere auf seinem Schreibtisch hin und her, und seine Miene hellte sich auf, als er das Dokument fand, das er offensichtlich gesucht hatte. »Wie Ihr wisst, hat der Habsburger im Moment große Schwierigkeiten, seine Macht im Heiligen Römischen Reich aufrechtzuerhalten.« Er lächelte humorlos. »Und nachdem Christian IV. bedauerlicherweise unsere Erwartungen nicht erfüllen konnte, hat sich der Schwedenkönig als eine weit lohnendere Investition herausgestellt.« Er wedelte mit der Hand. »Gustav Adolf scheucht die Katholiken nach Belieben vor sich her, und der Kaiser hat darüber hinaus auch noch seinen fähigsten Feldherrn entlassen, Wallenstein. Seine Dummheit gereicht uns zum Vorteil. Der Einfluss Habsburgs an unserer Ostgrenze dürfte damit immer schwächer werden.« Richelieu legte die Stirn in Falten. »Natürlich dürfen wir nicht zulassen, dass der Schwede zu mächtig wird, aber darum kümmern wir uns, wenn der Kaiser endgültig besiegt ist.«

Albert beobachtete den Kardinal argwöhnisch. Richelieu seinerseits wich seinem Blick aus und betrachtete beiläufig das Dokument, das er in der Hand hielt. Der Marquis musste sich zusammenreißen, um nicht die Stirn zu runzeln.

Es war eine königliche Vollmacht, die den Besitzer zu einem Sonderbotschafter des Königs machte und ihm erlaubte, im Namen des Königs und des Kardinals

Verhandlungen zu führen. Der Adlige hatte nach den Ausführungen Richelieus fast damit gerechnet, erneut als Geldbote für den Kardinal nach Deutschland reisen zu müssen. Er hatte es bereits einmal gemacht, als er ursprünglich Christian IV. von Dänemark Gelder für seinen Feldzug gegen den Kaiser hatte überbringen sollen. Damals war er jedoch erst in Deutschland eingetroffen, als Wallenstein Christian bereits besiegt und nach Dänemark zurückgetrieben hatte. Die Gelder hatte stattdessen Graf von Horn erhalten, der sie im Namen von Gustav Adolf von Schweden entgegengenommen hatte.

Ihn überkam eine böse Vorahnung, aber er hütete sich, etwas zu sagen.

»Doch das muss Euch nicht kümmern«, sagte Richelieu. »Diesmal überlassen wir es einem anderen, sich in das blutende Deutschland zu begeben und Gustav Adolfs Kriegskasse aufzubessern.« Er lächelte. »Übrigens ein alter Bekannter von Euch, wenn ich recht gehe.« Er hob eine Braue. »Obrist Ducroix. Ich meine mich zu erinnern, dass Ihr nicht allzu viel von dem Chevalier gehalten habt, oder irre ich mich?«

Richelieus Worte waren eine maßlose Untertreibung. Der Chevalier, der Montfine damals auf der Reise begleitet hatte, war ein überheblicher, selbstgefälliger Schwachkopf, dem sich selbst ein armseliger Müllersbursche überlegen gezeigt hatte. Statt seine Aufgabe zu erfüllen, den Bankier de Lemos sicher zu Christian IV. zu geleiten, hatte sich Ducroix beinahe von den Katholiken fangen und töten lassen. Dass Montfine und der Bankier letztendlich doch sicher nach Hamburg gelangt waren, war letztendlich diesem Schmalens zu verdanken. Der dem Marquis bei dieser Gelegenheit auch gleich die Frau ausgespannt hatte.

Bei dieser Erinnerung verfinsterte sich Montfines Miene, aber er hatte sich rasch wieder unter Kontrolle. Er dachte gar nicht daran, auf das Spiel Richelieus einzugehen oder die Behauptung zu bestätigen. Er schwieg und sah den Kardinal weiterhin ruhig an.

Richelieu fuhr nach einer kleinen Pause ungerührt fort. »Jedenfalls hat sich der gute Chevalier von seiner Verletzung erholt und war geradezu begeistert von der Möglichkeit, nicht nur dem Feind des Kaisers zu helfen, sondern selbst auch noch eine offene Rechnung mit den kaiserlichen Truppen begleichen zu können.« Er griff nach einem anderen Pergament und überflog es beiläufig, obwohl Montfine sich sicher war, dass er jedes Wort auswendig kannte. »Obrist Ducroix wird an der Spitze eines französischen Kontingents Trier einnehmen. Es wird Zeit, nicht nur mit Geld, sondern auch mit Soldaten Gottes gerechter Sache zu dienen, meint Ihr nicht auch, Marquis?«

Albert de Montfine wählte seine Antwort mit Bedacht. »Zweifellos, Eminenz. Zudem dürfte der Zeitpunkt günstig gewählt sein.« Er hob die Hände. »Der Kaiser ist schwach, und es wäre eine Schande, dem Schweden das ganze Reich zu überlassen.« Er verzichtete darauf zu erwähnen, dass Gustav Adolf protestantisch war, Ferdinand II. und die von Frankreich bekämpften Truppen dagegen katholisch, so wie die Franzosen selbst. Von gerechter Sache konnte da wohl kaum die Rede sein, und was Gott von diesem Krieg hielt, darüber wollte Montfine besser nicht nachdenken.

»Da Ihr bereits beim letzten Mal ein ebenso untadeliger wie nützlicher Emissär wart, hoffe ich, dass Ihr mich auch diesmal nicht enttäuscht. Wie Ihr vielleicht wisst, hat der Kaiser seine Ansprüche auf Mantua aufgegeben. Erzwungenermaßen, möchte ich hinzufügen.«

Wieder machte Richelieu eine Pause und wartete auf eine Reaktion des Marquis, und wieder wurde er enttäuscht. Wenn der alte Mann in seiner Zeit am Hofe und in Diensten des Königs und des Kardinals etwas gelernt hatte, dann das Spiel der Diplomatie. Er verzog keine Miene.

»Ihr werdet nach Cherasco reisen und dort das Vertragswerk unterzeichnen, das Frankreich die Herrschaft über Mantua garantiert.« Er sah Montfine fast spöttisch an. »Ich nehme an, dass Ihr Eure Gemahlin auf dieser Reise mitnehmen wollt.« Das war keine Frage gewesen, aus diesem Grund verzichtete Montfine auch auf eine Antwort. »Zweifellos wird Madame de Berny unbedingt Prag besuchen wollen«, fuhr Richelieu fort. »Sie hat dort teure Verwandte und würde gerne erfahren, wie es ihnen geht.« Seine Miene verfinsterte sich. »Bedauerlicherweise haben sie sich geweigert, nach Frankreich zurückzukehren, zumindest für die Dauer dieses unberechenbaren Krieges.« Er schüttelte den Kopf. »Dickköpfig, die ganze Sippe, aber das muss ich Euch ja nicht sagen. Schließlich habt Ihr die Eigensinnigste von allen ja zur Gemahlin genommen.«

»Gewiss, Eminenz.« Montfine gelang es nur mit Mühe, den Zorn in seiner Stimme zu unterdrücken. Er konnte Richelieu in diesem Punkt nur aus ganzem Herzen beipflichten. Aber er würde Madame de Berny zur Rede stellen, sobald er wieder in seinem Stadtpalais war. Was hatte sie sich dabei gedacht, hinter seinem Rücken mit ihrem Großonkel, dem Kardinal, zu konferieren, statt ihre Reisewünsche mit ihm zu besprechen? Prag? Ausgerechnet Prag! Die Stadt war eine Hochburg der Katholiken, und selbst dieser Wallenstein hatte dort ein prachtvolles Palais. Für einen Emissär des französischen Königs, der unverhohlen die Protestanten unterstützte, nicht unbedingt der beste Ort für einen Familienbesuch.

»Und wenn Ihr einmal in Prag seid, könntet Ihr dort noch etwas für mich tun.« Richelieu reichte dem Marquis einen Brief, den er aus einer Schublade genommen hatte. »Öffnet ihn erst, wenn Ihr in Prag seid.« Er lächelte. »Und keine Sorge, ich vermute, dass Prag nicht mehr allzu lange in der Hand der Habsburger sein wird, sodass Euch die Erfüllung meiner Bitte, die Ihr in dem Brief finden werdet, keine allzu große Mühe abverlangen dürfte.«

Montfine sah den Kardinal überrascht an. »Euer Eminenz?«

Richelieu zögerte, dann zuckte er mit den Schultern. »Meine Agenten haben mir berichtet, dass der Kurfürst von Sachsen schon seit Längerem plant, die Stadt in seine Gewalt zu bringen. Und jetzt, nach Magdeburg und nachdem der Kaiser ihn mit seinem Restitutionsedikt brüskiert und sich Johann Georg I. mit Gustav Adolf verbündet hat, dürfte ihm der Moment günstig erscheinen, seine Pläne in die Tat umzusetzen.«

Montfine runzelte die Stirn. Ihm war es eigentlich gleich, ob es protestantische oder katholische Musketen waren, die auf ihn und die hoffentlich baldige Mutter seines Erben feuerten. Aber er hütete sich, Richelieu zu widersprechen. Er würde erst ins Palais zurückfahren und mit seiner Frau ein ernstes Wort reden. Dann würden sie weitersehen. Prag! Er schüttelte den Kopf. Was für eine verrückte Idee!

Richelieu faltete das Pergament, das die Sondervollmachten für den Marquis enthielt, zusammen und legte es in eine lederne Mappe, die er sorgfältig verschloss. Dann reichte er sie Montfine. »Ich denke, das wäre alles, Marquis«, sagte er. »Seid versichert, dass ich Eure Bemühungen zu schätzen weiß. Nach Eurer Rückkehr werde ich mich in gleicher Weise erkenntlich zeigen wie nach Eurer letzten Unternehmung.«

Noch ein weiterer bedeutungsloser Titel eines unwichtigen Ordens? Dennoch lächelte Montfine und verbeugte sich leicht. »Seid Eurerseits versichert, Euer Eminenz, dass ich die Ehre, Euer Vertrauen zu genießen, weit höher schätze als irgendwelche Titel, mit denen Ihr mich zu ehren beliebt.« Montfine machte sich keinerlei Illusionen. Richelieu vertraute ihm genauso wenig, wie er selbst dem Kardinal vertraute. In diplomatischen und politischen Kreisen nannte man das wohl eine fruchtbare Verbindung.

Richelieu stand auf, um den Marquis zu verabschieden, als die Tür zu seinem Arbeitszimmer geöffnet wurde und ein Lakai erschien. »Euer Eminenz ...?«

Der Kardinal sah verärgert zu dem Mann hinüber. »Was gibt es, Kerl?«

»Der ...« Der Lakai unterbrach sich, als er den scharfen Blick des Kardinals bemerkte. »Euer Besucher wartet im Vorzimmer, Euer Eminenz.« Er schluckte. »Sehr ungeduldig, wenn ich das hinzufügen darf.«

»Er soll warten«, erklärte Richelieu. »Also gut, Marquis. Ich verlasse mich auf Euch«, er deutete auf den Brief, den Albert de Montfine immer noch in der Hand hielt, »und auf Eure sprichwörtliche Diskretion.«

»Ich bin davon überzeugt, dass ich Euch nicht enttäuschen werde, Eminenz.«

»Natürlich nicht«, antwortete Richelieu, und sein Tonfall machte klar, dass das auch besser so wäre.

»... genug gewartet, Kerl! Seine Eminenz hat mich wegen einer wichtigen Angelegenheit zu sich rufen lassen, nicht wegen irgendeiner albernen diplomatischen Mission, die jeder senile alte Bock ausführen könnte ...!«, hallte eine Stimme durch die geöffnete Tür hinter dem Lakaien durch das Vorzimmer.

Montfine verzog die Lippen, als er sah, wie sich die Miene des Kardinals verfinsterte. Als Diplomat war dieser ebenso dumme wie überhebliche Parvenü wirklich nicht geeignet, sagte er sich. Aber für Diplomatie mit dem Schwert in der Hand war er genau der Richtige.

Offenbar sah Richelieu das genauso, denn er machte eine Geste, die Marquis de Berny als einen Versuch wertete, um Nachsicht für diesen hitzköpfigen jungen Mann zu bitten.

»Ist er denn schon wieder zu seiner ...?« Ducroix verstummte schlagartig, als er durch die Tür trat und sich Montfine gegenübersah.

»Ist er nicht, Chevalier«, erklärte der Kardinal kalt und legte Montfine die Hand auf die Schulter. »Aber er ist im Begriff, das zu tun. Au revoir, Seigneur.«

»Euer Eminenz.« Montfine verneigte sich vor dem Kardinal und streifte den Chevalier mit einem einstudiert gleichgültigen Blick, während er grußlos an ihm vorbei zur Tür ging.

»Grüßt Eure Gemahlin von mir, Marquis!«, knurrte Ducroix ihm zu, als er an ihm vorbeikam.

Montfine würdigte ihn keiner Antwort. Er hoffte nur, dass Ducroix, wenn er diesmal auf kaiserliche Kürassiere traf, keinen Schutzengel wie diesen verdammten Müllersburschen hatte, der ihm selbst und wohl auch dem Chevalier damals das Leben gerettet hatte.

Nachdem er ihm, Marquis de Berny, seine Frau gestohlen hatte. Aber das würde ihm nicht noch einmal passieren. Diesmal würde er Madame de Berny nicht aus den Augen oder unbewacht lassen, bis sie ihm endlich den ersehnten Nachfolger geboren hatte. Und wenn er sie dafür bis nach Prag mitschleppen musste, dann sollte das eben so sein.

TEIL ZWEI

Geheime Verhandlungen

9. KAPITEL

Leipzig, Haus Familie Claasen

»Wie geht es Euch, Edler Herr?«

Valerian erwachte aus seinem Traum und brummte irgendetwas Unverständliches. In dem Traum hatte Augusta ihn an der Hand gehalten und versucht, ihn mit sich fortzuziehen, an einen geheimen Ort, den nur sie beide kannten. Sie wollte ihm dort etwas zeigen, etwas Schönes, wie sie sagte, aber Valerian hatte plötzlich Angst bekommen und sich geweigert, auch nur einen Schritt weiterzugehen. Die Furcht war Wut gewichen, als plötzlich Eik aufgetaucht war, aber nicht der Eik, den er aus seiner Jugend kannte, sondern ein anderer, ein härterer Eik, der zudem einen Harnisch trug und ein Schwert in der Hand hielt. Nein, es war kein Schwert, sondern ein Pallasch, ein kurzer Dragonersäbel.

»Herr Rittmeister?«

Valerian schlug die Augen auf. Das Zimmer erschien ihm fremd, und er überlegte, wieso er wohl hier war. *Was ist passiert?* Sein Blick fiel auf die junge Frau, die sich behutsam seinem Bett näherte. Irgendwie kam sie ihm bekannt vor, so als hätte er sie schon einmal gesehen, aber er wusste nicht, wo.

»Die Wirkung des Mohnsafts lässt bald nach«, sagte

sie beschwichtigend, als wäre das der Grund für seine Verwirrung.

Vielleicht stimmte das ja auch. Valerian runzelte die Stirn. Mohnsaft verabreichte man für gewöhnlich jemandem, der Schmerzen hatte, sehr starke Schmerzen. Aber er fühlte nichts dergleichen ... Er versuchte sich aufzurichten und schrie auf, als ein scharfer Schmerz durch sein Bein zuckte.

»Was, verdammt ...?« Sein Blick glitt zu dem Bein, das geschient und mit einem festen Verband umwickelt war. Im selben Moment fiel ihm alles wieder ein.

Die Schlacht, die Kanonensalven, der Sturz und der Moment der Gewissheit, dass dies das Ende war. Er erinnerte sich daran, wie er auf dem Boden gelegen und die feindlichen Dragoner hatte heranreiten sehen. Und daran, wie sein Lieutenant ihm zu Hilfe gekommen war und ihn unter dem Pferd hervorgezogen hatte.

Valerian runzelte die Stirn. Sie wären trotzdem verloren gewesen, hätten die Dragoner nicht im letzten Moment die Richtung geändert, um Grimbergs Infanteristen anzugreifen, statt die kleine Schar von Kürassieren. Aber auch so war es verdammt knapp gewesen. Nachdem sie Valerian mit Mühe auf ein Pferd gehievt hatten, waren sie nur mit knapper Not den heranstürmenden schwedischen Infanteristen von General Horn entkommen. Es hatte außer Frage gestanden, dass sie mit Valerian zum Rest der Armee Tillys zurückkehrten. Erstens war der Rittmeister verletzt, zum anderen war von den kaiserlichen und ligistischen Truppen Tillys nicht mehr allzu viel übrig gewesen. Wer nicht gefallen war, lag schwer verletzt auf dem Schlachtfeld und erwartete den Tod, wenn sich nicht die Sieger vorzeitig seiner erbarmten. Wer nicht verwundet war und noch laufen konnte, schloss sich zumeist den siegreichen Schweden an.

Aber wann war das gewesen? Valerian war immer noch leicht benommen von der Wirkung des Mohnsaftes und hätte nicht einmal sagen können, welcher Tag war.

»Was für ein Tag ist heute?«, wandte er sich an die junge Frau. »Seit wann bin ich hier? Und …« – er kam sich ein wenig albern vor, als er die Frage stellte, aber er wusste es tatsächlich nicht – »… wo bin ich eigentlich?«

Valerian wusste nur noch, dass sein Lieutenant ihn durch das äußere Ranstädter Tor und dann durch das Thomaspförtchen in das protestantische Leipzig geschmuggelt hatte. Danach verließ ihn die Erinnerung.

Die junge Frau hatte mittlerweile die Vorhänge von den Fenstern gezogen und stieß jetzt die Fensterläden auf. Sonne flutete herein und erhellte das Zimmer.

»Wir schreiben heute den 19. September, Herr Rittmeister.« Das Dienstmädchen knickste höflich. »Ihr seid seit vorgestern Nacht hier, seit Euch mein Cousin hierhergeschafft hat.« Sie lächelte, als sie Valerians immer noch verständnislose Miene sah. »Lieutenant Jan Declaes, er ist mein Cousin. Unsere Familien leben schon lange hier in Leipzig. Allerdings sind wir beide nicht hier geboren, und Jan ist mit seiner Mutter später als ich hierhergekommen.« Sie sah Valerian an, als müsste ihm das alles bekannt sein. »Nachdem sein Vater in der Schlacht am Weißen Berg getötet worden ist.«

»Ah!« Valerian nickte. *Also ist sie gar kein Dienstmädchen, sondern wohl eher die Tochter des Hauses.*

»Es tut mir leid, wenn ich Euch Ungelegenheiten bereitet habe.« Er versuchte erneut, sich aufzurichten. Wieder hielt der Schmerz in seinem Bein ihn davon ab.

»Tut das nicht, Herr Rittmeister.« Sie trat hastig an sein Bett und legte eine Hand auf sein Bein. Dann errötete sie ob dieser kühnen Geste. »Die Verletzung ist nicht so schlimm ... sagt Vater«, setzte sie hastig hinzu. »Wir haben das Bein geschient. Der Knochen ist aber offensichtlich nicht gebrochen.« Sie blickte ihn ernst an. »Dennoch bedarf das Bein der Ruhe, um richtig heilen zu können. Es wäre doch schade, wenn ein so stolzer Mann ...« Verlegen hielt sie inne. »Wenn Ihr, Herr Rittmeister, humpeln müsstet, statt zu schreiten, nur weil Ihr Euch nicht geduldet habt. Vater wird Euch sicherlich Genaueres sagen können. Ich bin nur seine Gehilfin ...«

»Gehilfin?« Valerian sah sie fragend an. »Euer Vater ist ... ein Bader?«

»Ein Bader?« Ihre Augen funkelten vor Empörung. Dann musste sie fast lachen über Valerians Ahnungslosigkeit. »Aber nein! Er ist Chirurgicus und lehrt an der hiesigen Universität die Kunst der Medizin. Wenn er nicht gerade gebrochene Beine oder irgendwelche Krankheiten heilt.«

Die Empörung stand ihr entzückend, und Valerian stellte fest, dass er noch nicht einmal den Namen der jungen Frau kannte, geschweige denn den ihres Vaters oder ihrer Familie. Also fragte er sie danach.

»Sofia, Herr Rittmeister. Sofia Claasen.«

»Und Euer Vater ...?«

»Kurfürst Johann Georg I. hat ihn persönlich von Antwerpen nach Leipzig geholt«, antwortete Sofia, und in ihrer Stimme schwang unverkennbar Stolz mit. »Um hier den Lehrstuhl für Medizin zu übernehmen.« Sie zuckte mit den Schultern. »Für uns Frauen ist das Studium ja verboten. Aber manchmal darf ich Vater helfen, sodass ich trotzdem etwas lernen kann.« Plötzlich trat ein Ausdruck von Erschrecken auf ihr hübsches Gesicht. »Aber verratet mich nicht!« Sie klang flehentlich. »Wenn die Honoratioren das erfahren, dann ...«

»Keine Sorge«, sagte Valerian beruhigend und betrachtete sein Bein, das bis auf den Verband und die Schienen nackt war. Er musste nicht unter das Laken blicken, um zu wissen, dass auch sein anderes Bein nackt war. Er trug nur ein dünnes Leinenhemd, das war alles. »Und Ihr habt mich entkleidet und mein Bein geschient?«

»O ja.« Sofia nickte eifrig, dann errötete sie bis unter die Haarwurzeln. »Ich meine, ich habe Euer Bein geschient, und das natürlich unter strenger Aufsicht meines Vaters, der ...«

»Der es nicht für förderlich hält, wenn seine Tochter unseren Patienten, statt ihm seine dringend gebotene Ruhe zu gönnen, mit ihren vorlauten Geschichten in Aufregung versetzt.«

Valerian blickte auf den Sprecher, der gerade eingetreten war, und musterte ihn aufmerksam. Die Ähnlichkeit mit der jungen Frau war unübersehbar. »Oh, das tut sie keineswegs, edler Herr.« Valerian deutete mit der Hand auf sein Bein. »Im Gegenteil. Tatsächlich verhält es sich eher so, dass Eure Tochter den Heilungsprozess beschleunigt.« Er sah, dass Sofia verlegen zu Boden blickte, dann aber aufsah und ihm ein keckes Lächeln zuwarf. Doch als er die finstere Miene des

Chirurgicus bemerkte, wurde er wieder ernst. »Verzeiht, Herr Chirurgicus Claasen, ich wollte mir keine Freiheiten herausnehmen. Zumal ich tief in Eurer Schuld stehe. Eure Tochter hat mir gesagt, dass Ihr Euch trotz Eurer vermutlich mannigfachen anderen Pflichten meiner Verletzung angenommen habt.«

Der Arzt nickte kurz, aber seine Miene hellte sich nicht auf. Er sah seine Tochter an und blickte dann zur Tür. Die junge Frau verstand und verschwand, nicht ohne noch einmal verstohlen zu Valerian zu blicken.

»Das ist wahr, Herr Rittmeister von Villesen.« Als der Arzt Valerians überraschte Miene sah, zeigte sich erstmals ein Lächeln auf seinem strengen Gesicht. »Euer Bursche war recht auskunftsfreudig. Und auch ausgesprochen hartnäckig. Es fehlte nicht viel, und ich hätte ihn gewaltsam von Eurem Krankenbett entfernen lassen müssen, weil er nicht hinausgehen wollte, bevor Ihr nicht das Bewusstsein wiedererlangt hattet. Er wollte sichergehen, dass Ihr bis auf das verletzte Bein keinen weiteren Schaden davongetragen habt.« Er hob eine Braue. »Was ja ganz offensichtlich der Fall ist, wenn ich Eure Konversation mit meiner Tochter richtig verstanden habe.« Seine Augen blitzten. »Ich muss Euch sicherlich nicht sagen, dass ich nicht wünsche, dass Ihr meiner Tochter den Hof macht – Ihr oder irgendein anderer Söldner oder Offizier, der in diesem grausamen Krieg Menschen tötet.«

Valerians Miene verfinsterte sich, aber er nickte knapp. »Selbstverständlich, Herr Chirurgicus.« Alle Herzlichkeit war aus seiner Stimme gewichen, aber andererseits musste er zugeben, dass er den Mann verstehen konnte. Das Verhalten der Söldner in diesem Krieg, ganz gleich auf welcher Seite, schuf nicht gerade Vertrauen in den Eltern von Töchtern.

»Aber offenbar scheint Ihr als Offizier etwas zu taugen, da Ihr so treue und ergebene Männer unter Euch habt.«

Valerian gab darauf keine Antwort, und der Arzt erwartete wohl auch keine. Stattdessen machte er sich wortlos an die Untersuchung des geschienten Beins und nickte dann beifällig.

»Anscheinend hat meine Tochter trotz ihrer Begeisterung über die Anwesenheit eines Rittmeisters in unserem Haus ihre Pflichten erfüllt.« Er sah Valerian an. »Vielleicht sogar gerade deswegen.« Er rümpfte kurz die Nase. »Wie dem auch sei, ich will ihr diese Schwärmerei nachsehen, denn damit wird es jetzt ein Ende haben.« Er betrachtete wieder die Schiene und die Bandage um Valerians Bein und schüttelte dann den Kopf. »Vom Standpunkt des Medicus aus habe ich starke Bedenken dagegen, dass Ihr Euch bewegt, denn Euer Bein braucht Ruhe und darf nicht belastet werden. Aber als Vater und überzeugter Protestant bin ich recht froh, wenn Ihr uns so schnell wie möglich wieder verlasst.«

»Selbstverständlich, Herr Chirurgicus«, sagte Valerian. *Wäre ja auch zu schön gewesen, wenn ich wenigstens ein paar Tage hätte verschnaufen können.* »Wann, glaubt Ihr, kann ich mit meinem gebrochenen Bein wieder reiten?«

»Es ist nicht gebrochen, Herr Rittmeister. Ihr habt Glück im Unglück gehabt. Soweit ich das feststellen konnte, sind Eure Gelenke nur stark überdehnt worden, was auch das angeschwollene Knie- und Fußgelenk erklärt. Gebrochen scheint mir nichts. Aber reiten …« Er schüttelte den Kopf. »Ihr könnt Euch vorsichtig bewegen, auf Krücken, und Ihr könnt in einer Kutsche fahren. Achtet nur darauf, Euer Bein so oft und so lange wie möglich waagerecht zu positionieren und still zu halten.«

Valerian erinnerte sich noch an das Geräusch bei seinem Sturz, an den Schmerz. Er war davon überzeugt gewesen, dass sein Bein an mehr als einer Stelle gebrochen war, und hatte sogar bei dem schmerzhaften Transport gefürchtet, dass dadurch der Schaden noch größer wurde, als er ohnehin schon war, und er sein Bein vielleicht sogar verlieren könnte. Aber die Alternative wäre gewesen, sich von den Schweden gefangen nehmen zu lassen. Und darauf hatte Valerian gerne verzichtet. »Das sind ganz ausgezeichnete Nachrichten, Herr Chirurgicus Claasen«, antwortete er. »Ich stehe mehr in Eurer Schuld, als ich Euch jemals zurückzahlen könnte.«

»Das mag sein, Herr Rittmeister«, gab der Medicus zurück. »Aber ich gebe mich damit zufrieden, dass Ihr uns verlasst.«

»Gewiss.« Valerian nickte. »Sobald Ihr der Meinung seid, dass ich reisefähig bin …«

»Ich fürchte, so lange können wir nicht warten, Herr von Villesen.«

»Ihr meint …?«

Der Arzt hob die Hand, als er Valerians bestürztes Gesicht sah. »Keine Sorge, ich bin kein Unmensch. Ich werde Euch nicht einfach aus meinem Haus werfen und Eurem Schicksal überlassen, nachdem meine Tochter und ich uns so viel Mühe mit Eurem Bein gemacht haben.«

Valerian hob die Hände und sah den Arzt verständnislos an. »Wie soll ich denn ...?«

»Und außerdem«, unterbrach der Arzt seinen Einwand, »liegt es auch in Eurem eigenen Interesse, die Stadt so rasch wie möglich zu verlassen. Sollten die Schweden oder die Söldner der Protestantischen Union Euch hier finden, wären nicht nur mein Leben und das meiner Tochter in Gefahr, sondern vor allem Euer eigenes.«

»Die Schweden?« Valerian verfluchte sich, weil er anscheinend zu nichts anderem in der Lage war, als sonderbare Fragen zu stellen.

»Gewiss, die Schweden.« Medicus Claasen sah ihn an, als fragte er sich, ob bei dem Sturz möglicherweise nicht nur Valerians Bein, sondern auch sein Kopf etwas abbekommen hatte.

»Ihr müsst verzeihen, Herr Medicus, aber ich weiß nur noch, dass meine Freunde mich vom Schlachtfeld weggeschafft haben. Nachdem wir durch das Stadttor von Leipzig gekommen sind, muss ich wohl das Bewusstsein verloren haben. Jedenfalls kann ich mich an nichts weiter erinnern und bin erst hier in Eurem gastfreundlichen Haus wieder zu mir gekommen.« Er räusperte sich. »Wenn ich Euch oder Eurer Familie Ungelegenheiten bereitet haben sollte ...«

»Wie gesagt, Herr Rittmeister, ich bin erst beruhigt, wenn Ihr unser Haus verlassen habt.«

Valerian war sich im Klaren darüber, dass nicht nur das Nahen der Schweden Grund für die Sorge des Mannes war, sondern dass sie wohl auch dem Wohl, vielmehr der Tugend seiner Tochter galt. Er hätte dem Mann gern versichert, dass er sich wegen Letzterem keine

Gedanken zu machen brauchte, aber im Moment beschäftigte ihn etwas anderes.

»Woher wisst Ihr, mit Verlaub gefragt, dass die Schweden nach Leipzig kommen? Immerhin steht Generallieutenant Tilly mit seinem Heer noch zwischen Gustav Adolf und der Stadt.« Jedenfalls hoffte Valerian das, aber der verächtliche Ausdruck auf dem Gesicht des Medicus ließ ihn Böses ahnen. Und seine Worte bestätigten Valerians Befürchtungen.

»Tilly? Und sein Heer?« Claasen stieß ein freudloses Lachen aus. »Von Eurem kaiserlich-ligistischen Heer ist nicht mehr allzu viel übrig, Herr Rittmeister. Wer nicht in der Schlacht gefallen ist oder so schwer verletzt wurde, dass er früher oder später verreckte, ist entweder geflüchtet oder zu den Schweden übergelaufen.« Er zuckte mit den Schultern. »Ich bin Reformist, deshalb habe ich nicht viel für Euch Kaiserliche übrig, aber ich bin auch Medicus, und noch mehr als Religionsstreit verabscheue ich den Krieg.« Er seufzte. »Jedenfalls habe ich gehört, dass Gustav Adolfs Heer jetzt noch größer ist als zu Beginn dieser Schlacht und dass er hierher unterwegs ist, um Leipzig einzunehmen.« Er sah Valerian vielsagend an. »Ich bezweifle, dass die Stadt dem Schwedenkönig den Zutritt verwehren wird. Wahrscheinlicher ist, dass er einen triumphalen Einzug hält. Und deshalb solltet Ihr so schnell wie möglich Leipzig verlassen. Und was Euren Tilly angeht …« Er machte eine wegwerfende Handbewegung. »Nach allem, was ich gehört habe, ist Euer Feldherr mit nicht einmal tausend Mann nach Halle geflüchtet.«

Valerian wurde leichenblass. *Das ist doch unmöglich!*

Wir waren den Schweden doch zahlenmäßig weit überlegen! Wie kann das sein?

Claasen sah Valerians Entsetzen. »Immerhin hat er überlebt. Und Euer General Pappenheim wohl ebenfalls. Ihr müsst Euch also keine Sorgen machen, plötzlich Euer Handwerk nicht mehr ausüben zu können. Aber im Moment solltet Ihr Euch vom Schlachtfeld fernhalten.«

»Und mein Offiziersbursche? Und Euer Neffe?« Valerian bemerkte den verständnislosen Blick des Medicus. »Eure Tochter hat mir gesagt, dass mein Lieutenant mit Euch verwandt ist.«

Claasen drehte sich zur Tür herum, hinter der eben seine Tochter verschwunden war, und murmelte etwas auf Holländisch, bevor er sich wieder Valerian zuwandte. »Die beiden warten mit zwei weiteren Offizieren in einer Herberge um die Ecke.« Er hob die Schultern. »Ich habe mit Engelszungen auf Jan eingeredet, aber er wollte unbedingt auf Euch warten, um dann mit Euch weiterzureisen.« Er schüttelte den Kopf. »Dieser dumme Junge. Das Einzige, was er in Euren Diensten zu erwarten hat, ist der Tod, so sehe ich das.« Er warf Valerian einen trotzigen Blick zu. »Nichts für ungut, Rittmeister.«

Darauf wusste Valerian nichts zu erwidern, was nicht unhöflich oder undankbar geklungen hätte. Also beschloss er, lieber das Thema zu wechseln. »Ich verstehe, dass ich eine bedenkliche Last für Euch darstelle, Medicus.« Der Arzt ließ sich nicht anmerken, ob ihm die Kälte in Valerians Worten aufgefallen war. Aber das war Valerian auch egal. Er konnte den Arzt zwar verstehen, aber es musste ihm ja nicht gefallen, was der

Medicus von ihm verlangte. »Wenn Ihr die Freundlichkeit hättet, nach meinem Burschen und den anderen zu schicken, finden wir gewiss eine Möglichkeit, mich zu transportieren, ohne die Genesung meines Beines zu sehr zu gefährden …«

»Wie gesagt, Rittmeister«, die Miene des Arztes zeigte keine Regung, und seine Stimme klang ebenso kühl wie die von Valerian, »ich bin kein Unmensch, sondern Medicus. Ich würde nicht von Euch verlangen, mein Haus zu verlassen, wenn ich nicht eine Möglichkeit wüsste, Euch aus meinem Haus und aus der Stadt zu transportieren.«

Auch um die Arbeit und Mühe Eurer Tochter nicht zu verschwenden, dachte Valerian, sprach den Gedanken aber nicht laut aus. Er war überzeugt, dass sich hauptsächlich Sofia Claasen um sein Bein gekümmert hatte.

»Eine Möglichkeit?«, fragte er. »Und welche wäre das?«

»Offenbar seid Ihr nicht nur beliebt bei Euren Untergebenen, sondern auch ein wichtiger Mann. Jedenfalls nach dem Emblem auf dem Wappenrock des Kutschers zu urteilen, der bereits seit gestern in meiner Stube darauf wartet, dass Ihr wieder ansprechbar seid.«

»Ein Kutscher?« Valerian sah den Medicus verblüfft an. »Und was für ein Emblem soll das sein?« Er konnte sich wirklich nicht vorstellen, wovon der Arzt sprach.

»Es ist das Wappen eines bayerischen Adelsgeschlechts, jedenfalls hat das der Mann behauptet.« Claasen erhob sich. »Er wollte mir nicht verraten, welcher Adlige dieses Wappen führt, aber letztlich interessiert es mich auch nicht. Mir genügt es zu wissen, dass der Mann offensichtlich den Auftrag hat, Euch im Namen seines Herrn aus Leipzig wegzubringen. Wohin, weiß ich nicht, um Eurer Frage vorzugreifen«, fügte er hinzu, als er Valerians Miene sah. »Und ich kann auch keine weiteren Fragen zu diesem Thema beantworten.«

Er ging zur Zimmertür und öffnete sie. Dann sprach er leise auf Holländisch mit einer Person im Flur, und im nächsten Moment hörte Valerian, wie sich eilige Schritte entfernten.

Claasen drehte sich wieder herum. »Das ist auch nicht nötig, denn alle Fragen, die Ihr habt, wird Euch dieser Kutscher zweifellos beantworten können. Ich habe gerade nach ihm geschickt.« Er griff in seine Jacke und zog ein kleines weißes Billett heraus. »Das hier soll ich Euch geben, sobald Ihr das Bewusstsein wiedererlangt habt.« Er hielt Valerian den rechteckigen Umschlag mit zwei spitzen Fingern hin. »Vielleicht genügt das ja, um Eure Neugier zu befriedigen, bis der Lakai hier ist.«

»Danke.« Valerian beugte sich vor und unterdrückte ein Stöhnen, als ein stechender Schmerz durch sein verletztes Bein zuckte.

Claasen hatte es bemerkt und runzelte die Stirn. »Wie gesagt, Herr Rittmeister, Ihr solltet das Bein schonen. Jedenfalls wenn Ihr beabsichtigt, in Eurem Leben noch einmal auf ein Pferd zu steigen und in eine Schlacht zu reiten. Andernfalls empfehle ich Euch einen kräftigen Gehstock.«

Er wartete auf eine Antwort, aber Valerian achtete schon nicht mehr auf ihn und bemerkte auch nicht, wie der Medicus mit einem leichten Kopfschütteln das Zimmer verließ.

Valerians Aufmerksamkeit war vollkommen von dem eingeprägten Wappen auf dem Billett in Anspruch genommen. Er kannte das Wappen, und als er das Wachssiegel des kleinen Umschlags brach, ihn öffnete und die darin befindliche Karte herauszog, beschlich ihn ein ungutes Gefühl. Das letzte Mal hatte ihn der Absender dieses Billetts in eine schwierige Lage gebracht, als er von ihm verlangt hatte, die seinem Feldherrn geschuldete Loyalität zu verraten. Valerian hatte sich geschworen, sich nie wieder in eine solche Situation bringen zu lassen. Er überflog die kurze Notiz auf der Karte, die aus gelblichem Papier bestand und in die ein Name eingeprägt war.

Verehrter Rittmeister von Villesen, Ihr könnt meinem Kutscher vertrauen. Er wird Euch mein Ersuchen übermitteln, und ich bitte Euch sehr, ihm zu folgen. Das Wohl des Reiches und des Kaisers liegen in Euren Händen, und Ihr könnt Euch der Dankbarkeit meines Herrn sicher sein.

Dankbarkeit meines Herrn?, dachte Valerian, während er die Karte umdrehte. Auf der Rückseite stand in schwungvoller Schrift: *Benedikt Eusebius Graf von Tuchy.*

Valerian seufzte und ließ sich in das Kissen zurücksinken. Was, um alles in der Welt, wollte der Graf denn jetzt wieder von ihm, und mit welchem Verrat würde er sich diesmal die Dankbarkeit des Kurfürsten Maximilian I. von Bayern verdienen müssen?

»Prag? Das hat der Graf tatsächlich gesagt?« Valerian sah den Mann, der gelassen am Fußende seines Bettes stand und auf eine Antwort wartete, ungläubig an.

»Ja, Herr.« Der Kutscher des Grafen Tuchy verbeugte sich höflich. »Das hat mein Herr mir aufgetragen, Euch auszurichten. Und er hat hinzugefügt …«

»Aber warum ausgerechnet Prag?«

»… dass diese Angelegenheit so wichtig ist, dass sie keinen Aufschub duldet.« Er räusperte sich. »Vorausgesetzt natürlich, dass Ihr diese Reise antreten könnt.«

Valerian runzelte die Stirn. »Dein Herr hat dir also nicht gesagt, worum es geht, sondern nur, dass ich mich nach Prag begeben muss?«

Der Kutscher nickte erneut. »Dort wird er Euch empfangen und Euch sein Anliegen persönlich vortragen. Er hat mir nur aufgetragen, Euch eindringlich klarzumachen, dass Eure Reise nach Prag keinerlei Aufschub …«

»Ja, sie duldet keinen Aufschub, das habe ich bereits verstanden!«, fuhr Valerian verärgert dazwischen. »Aber woher weiß der Graf von meiner Verletzung?«

Der Mann wirkte verwirrt. »Das weiß er nicht, Herr.«

»Wozu dann die Kutsche?«

»Ich nehme an, dass Graf Tuchy davon ausgegangen ist, dass die Reise in einer Kutsche mit dem Wappen eines kaiserlichen Hofkriegsrates einfacher und schneller vonstattengeht, als wenn Ihr gezwungen wäret, unterwegs zu nächtigen und die Pferde zu wechseln.«

Valerian hob eine Braue. »Du willst damit sagen, dass wir …?«

Der Mann schwieg.

»Dass wir ohne Pause bis nach Prag durchfahren?«

Der Kutscher nickte zustimmend. »Die Kutsche wird von acht Pferden gezogen, Herr, und Graf Tuchy hat dafür gesorgt, dass wir auf unserer Strecke genügend Tiere zum Wechseln vorfinden.«

Valerian war beeindruckt. »Aber was ist mit der Eskorte?«

»Eskorte?« Der Kutscher hob die Hände. »Wir sind zu dritt, Herr, das ist alles. Wir werden uns abwechseln, und jeweils zwei von uns …«

»Das meine ich nicht«, unterbrach Valerian den Kutscher. »Ich meine die Kürassiere in meiner Begleitung und meinen Offiziersburschen. Ich glaube kaum, dass sie in der Lage sein werden, die ganze Nacht durchzureiten, selbst wenn sie ihre Pferde wechseln könnten. Und ich habe nicht vor, ohne meine …«

»Und wir hätten Euch auch nicht allein diese Reise antreten lassen, Herr Rittmeister, mit Verlaub!«

Beim Klang der Stimme sah Valerian zur Tür, wo Jan Declaes den niedrigen Rahmen vollkommen ausfüllte. Er musste sogar den Kopf einziehen, um hindurchzupassen. Hinter ihm im Korridor drängten sich weitere Gestalten. Valerian erkannte seinen Offiziersburschen Bossel und zwei der vier Kürassiere, die ihn vom Schlachtfeld weggeholt hatten. Hinter ihnen sah er die hochgewachsene Gestalt von Medicus Claasen, und er glaubte sogar den blonden Haarschopf von Sofia Claasen in dem Dämmerlicht auszumachen.

»Declaes!« Die Erleichterung in Valerians Stimme war unüberhörbar. Aber er riss sich zusammen, als Bossel sich an dem Lieutenant vorbeidrängte und hastig an das Bett seines Herrn trat.

»Herr von Villesen!« Die Stimme des Mannes klang belegt. »Ich …«

»Schon gut, Bossel!« Valerian war das ganze Gewese um seine Person unangenehm. Selbst wenn er froh war, seine Männer wieder um sich zu haben.

Er wandte sich an den Kutscher. »Wie du siehst, sind wir nicht zu viert, sondern …«

»Der Auftrag des Herrn Grafen lautete …«

»Entweder machen wir es so, wie ich es dir sage, oder du kannst deinem Herrn vermelden, dass ich bedauerlicherweise nicht reisefähig bin.«

Bossel sah Valerian ebenso verblüfft an wie der Lieutenant. »Darf ich fragen, Herr …?«

»Wovon redet der Mann?«, wollte Lieutenant Declaes gleichzeitig wissen. »Wir haben uns schon Sorgen gemacht, als die junge Sofia in unsere Herberge kam und uns ausgerichtet hat, Ihr hättet nach uns gefragt.« Der hochgewachsene Offizier sah sich um und musterte den Medicus von oben bis unten. »Mein Onkel hat mir nur gesagt, dass wir Leipzig verlassen müssen, weil die Schweden hierher unterwegs sind.«

»Stimmt das tatsächlich, Lieutenant?«, wollte Valerian wissen.

»Selbstverständlich!«, begehrte Medicus Claasen auf.

»Man hört schon das Trommeln und Pfeifen«, mischte sich Bossel ein, »und die ersten Freibauern kommen von ihren Gehöften in die Stadt geströmt, um hier Schutz zu suchen.«

Jan Declaes zuckte mit den Schultern. »Wird schon stimmen«, sagte er mit einem scharfen Blick in Richtung Claasen. »Mein Onkel hier hält zwar nicht viel von Uniformen und Söldnern, vielleicht zu Recht, aber er ist der ehrlichste Mensch, den ich kenne.« Er lächelte und streckte die Hand aus, um Sofia ins Zimmer zu ziehen. »Abgesehen natürlich von meiner Cousine.« Er sah zwischen der widerstrebenden jungen Frau und Valerian hin und her. »Ich habe gehört, dass sich Sofia aufopferungsvoll um Euch gekümmert hat, Herr Rittmeister.«

Valerian bemerkte erneut die Verlegenheit der jungen Frau und versuchte, sie aus ihrer peinlichen Lage zu befreien. »Gewiss, aber selbstverständlich nur auf Geheiß ihres Vaters.«

»Selbstverständlich«, echote Declaes, aber Valerian sah an seiner Miene, dass er seine Zweifel daran hatte.

»Also, Mann … Wie heißt du eigentlich?«, wollte Valerian von dem Kutscher wissen.

»Ferdinand«, antwortete der Lakai des Grafen Tuchy.

»Also, Ferdinand«, fuhr Valerian fort, »ist deine Kutsche groß genug, um uns sieben zu transportieren?«

»Nein, Herr«, erwiderte der Kutscher mit großen Augen. »Es passen höchstens vier oder im besten Fall fünf Personen hinein. Und selbst dann wird es eng, da Ihr ja Platz für zwei braucht, um Euer verletztes Bein auszustrecken.« Er zuckte mit den Schultern. »Und eine zweite Kutsche in der Kürze der Zeit aufzutreiben …«

»Ich lasse Euch auf keinen Fall allein, Herr«, mischte sich Bossel ein.

»Und wir kommen ebenfalls mit, Herr Rittmeister«, erklärte einer der Kürassiere, Esteban, ein Portugiese und Kornett in seiner Esquadron, wie Valerian sich erinnerte.

»Eine zweite Kutsche dürfte auch nicht notwendig sein«, sagte Lieutenant Jan Declaes. »Wir besorgen uns frische Pferde und ein paar Ersatzpferde für jeden von uns und reiten und fahren abwechselnd in der Kutsche. Dann können die, die gefahren werden, schlafen. Wenn die Kutschpferde ausgetauscht werden, können wir auch unsere Tiere wechseln.«

Der Kutscher war nicht sonderlich erfreut über diese Aussicht, aber weder Lieutenant Declaes noch Valerian ließen einen Zweifel daran, dass die Sache hiermit beschlossen war.

»Wann brechen wir auf?«, erkundigte sich Valerian schließlich.

»Am besten wäre, noch heute Abend, Herr«, erwiderte der Kutscher mürrisch.

Valerian hörte, wie jemand an der Tür scharf die Luft einsog, und sah, dass Sofia Claasen den Kutscher fast entsetzt ansah. Dann zuckte ihr Blick zu ihrem Vater und anschließend zu Valerian. Erneut errötete sie.

»Das scheint mir ein wenig überstürzt«, sagte der Medicus, dem die Reaktion seiner Tochter offenbar entgangen war. »Ich möchte noch einmal den Verband kontrollieren und sichergehen, dass das Bein des Rittmeisters diese strapaziöse Reise übersteht.«

Der Kutscher sah sich um, fand aber niemanden, der seinen Wunsch unterstützte, sofort aufzubrechen. Er zuckte mit den Schultern. »So Gott will, machen sich die Schweden erst morgen von ihrem Feldlager aus auf den Weg hierher. Bestimmt sind sie noch nicht fertig mit dem Ausplündern der Gefallenen. Aber dann in aller Frühe, Herr. Wenn wir ihnen in die Hände fallen, hilft uns gewiss auch das Wappen des Grafen nichts.«

Vermutlich würde eher das Gegenteil der Fall sein, dachte Valerian, behielt das aber für sich und nickte nur. »Gut«, meinte er. »Dann also morgen bei Tagesanbruch.« Er sah Bossel und den Lieutenant an. »Schafft ihr es, genug Pferde für euch aufzutreiben? Wenn es an Geld mangelt ...«

Bossel schüttelte den Kopf. »Ich habe genug im Sack.«

»Mein Bruder hat einen kleinen Hof direkt vor den Toren der Stadt, Herr Rittmeister«, sagte Jan Declaes. »Ich bin davon überzeugt, dass er mir einen guten Preis für seine Tiere machen wird.«

Sie verabschiedeten sich, verließen die Stube und gingen durch den Korridor zur Treppe. Valerian lauschte darauf, wie die Stiefel die ausgetretenen Stufen hinunterpolterten.

»Ihr solltet jetzt schlafen, Herr Rittmeister«, sagte Medicus Claasen. »Meine Tochter wird dafür sorgen, dass Eure Uniform und Eure anderen Habseligkeiten morgen früh bereitliegen.« Er schien noch etwas sagen zu wollen, kniff dann aber die Lippen zusammen und verließ das Zimmer.

Valerian fing Sofia Claasens Blick auf, bevor sie die Tür schloss.

Ein leises Knarren weckte Valerian aus seinem leichten Schlummer. Als er die Augen aufschlug, war es noch stockfinster im Raum. Unwillkürlich tastete er nach dem Dolch, der im Feldlager stets in Griffweite an seiner Pritsche hing. Dann fiel ihm ein, wo er war, und er unterdrückte einen Fluch.

Wer kann das sein? Er lauschte angestrengt und hörte die leisen, schnellen Atemzüge der Person, die, offensichtlich mit nackten Füßen, über die blanken Bodendielen schlich. *Ein gedungener Mörder?* Er runzelte die Stirn. *Sei nicht albern! Wer weiß schon, dass du hier bist, und wer sollte ein Interesse daran haben, dich zu töten?*

Die Atemzüge und die leisen Schritte kamen immer näher. Valerian kniff die Augen zu Schlitzen zusammen und versuchte in der Dunkelheit etwas zu erkennen. Die Gestalt war klein und trug irgendetwas Helles, ein … *ein Nachtgewand?* In diesem Moment rissen die dichten Wolken auf, die den Himmel bedeckten, und im Licht der Sterne erkannte Valerian, um wen es sich handelte.

Die Claasen-Tochter? Sofia Claasen? Was hat sie vor?

Seine Verwirrung rang mit seiner Neugier, und dann mischte sich noch ein ganz anderes Gefühl hinein.

Mittlerweile hatte die junge Frau sein Bett erreicht und streckte eine Hand aus.

Instinktiv griff Valerian nach ihrem Arm und packte ihn.

Sofia Claasen stieß einen erstickten Schrei aus, hatte sich aber erstaunlich schnell wieder in der Gewalt.

»Verzeiht, Herr Rittmeister!« Sie flüsterte. »Ich wollte Euch nicht erschrecken.«

»Das habt Ihr auch nicht«, erwiderte Valerian ebenso leise. »Aber weswegen seid Ihr hier?«

»Ich …« Die junge Frau stammelte. »Ich dachte, ich sehe nach Eurem Bein …«

»Da müsst Ihr aber ausgezeichnete Augen haben«, erwiderte Valerian, der seine Belustigung kaum unterdrücken konnte. Die Haut der jungen Frau glühte unter seinen Fingern, und er ahnte den Grund für ihr Kommen.

Sie wich weder zurück, noch schien sie sich entmutigen lassen zu wollen. »Ich habe einen sehr guten Tastsinn, Herr Rittmeister.«

Das glaube ich gerne, dachte Valerian. Er spürte, wie die Nähe und Wärme der jungen Frau ihn erregten. *Schluss mit den Spielchen,* dachte er. »Wenn Euer Vater wüsste, dass Ihr mich um diese Zeit untersuchen wollt, was würde er da wohl denken?«

»Ich ...« Sofia holte tief Luft. »Eigentlich will ich Euch gar nicht untersuchen.«

»Das habe ich auch nicht angenommen«, antwortete Valerian. »Aber ist das, was Ihr wollt, nicht genau das, wovor Euer Vater so große Angst hat?«

Sofia hob trotzig den Kopf. »Offenbar hat er keine Angst davor, dass die schwedischen oder protestantischen Söldner dasselbe mit mir tun, nur ohne meine Einwilligung. Er wird mich kaum davor schützen können, wenn Gustav Adolf die Stadt einnimmt. Nicht einmal, indem er mich die ganze Zeit einsperrt.« Sie schüttelte sich unwillkürlich. »Ich habe gehört, was die Soldaten mit jungen Frauen machen.«

Valerian sah Tränen in den Augen von Sofia Claasen schimmern. »Das muss nicht notwendigerweise ...«

»Ich will nicht, dass mein erster Mann ein betrunkener Söldner ist, der mich vergewaltigt!«

Valerian war von der Entschiedenheit beeindruckt, mit der Sofia das sagte. »Und da habt Ihr Euch gedacht ...?«

»Ich habe ...« Die Stimme der jungen Frau klang erstickt vor Verlegenheit und Scham. »Denkt nicht schlecht von mir, Herr Rittmeister. Ich bin nicht leichtfertig. Aber ich dachte mir, Ihr wäret ein vornehmer und edler Herr und würdet mich nicht demütigen, indem Ihr mich abweist. Und dass Ihr ein Mann seid, der eine Frau mit Respekt behandelt.« Die letzten Worte waren kaum noch zu verstehen, so leise sprach sie. »Wenn sie sich Euch schenkt.«

Valerian hatte einen Kloß im Hals und schluckte. »Seid Ihr Euch wirklich sicher, dass Ihr mir dieses Geschenk machen wollt?«

Er spürte unter der dünnen Decke, dass er seinerseits mehr als bereit war, dieses Geschenk anzunehmen.

»Das bin ich, Herr ...«

»Valerian«, unterbrach er sie und schlug die Decke zurück. »Und ich nehme dein Geschenk mit Freuden an, Sofia.«

10. KAPITEL

Schloss Villesen

»Herrin, kommt schnell! O mein Gott, kommt schnell!«

Augusta blickte hoch und verzog zornig das Gesicht, als Lisette in das Zimmer gestürmt kam, in dem sie gerade ihre kleine Tochter stillte. Adele zuckte bei der schrillen Stimme der Zofe zusammen, öffnete den Mund, mit dem sie gerade noch an der Brust ihrer Mutter gesaugt hatte, und ließ ein hohes, wimmerndes Klagen hören.

»Wie oft habe ich dir schon gesagt, dass ich nicht gestört werden will, wenn ich mit meiner Tochter …«, begann Augusta.

»Verzeiht, Madame, aber Ihr müsst sofort herunterkommen!« Lisette rang völlig aufgelöst die Hände, und ihre Stimme drohte sich zu überschlagen.

Nach einem Blick in das Gesicht ihrer Zofe verkniff Augusta sich einen Tadel. So außer Fassung hatte sie die junge Französin noch nie erlebt. »Was ist denn los?«, fragte sie, während sie versuchte, Adele zu helfen, die Warze wiederzufinden. Aber das kleine Mädchen fuhr nur mit seinem Kopf hin und her. Offenbar war es bereits satt.

»Es ist besser, wenn Ihr Euch das selbst anseht, Madame!« Die Zofe stieß ein Schluchzen hervor und presste ihre Hände auf die Wangen. »Es ist so schrecklich, so schrecklich!« Dann verfiel sie ins Französische und nuschelte irgendetwas kaum Verständliches. Augusta bekam nur die Worte mit: *Ich hatte ... so ein Gefühl* und *Möge Gott ... Seele gnädig sein.*

»Schick mir die Kinderfrau!«, befahl sie der Zofe und gab der herbeieilenden Amme vorsichtig ihre Tochter. Lisettes Verwirrung und Erregung beunruhigten sie, und sie spürte, wie sich ihr der Hals zuschnürte. Ihr erster Gedanke galt Eik, ihrem Gemahl. *Lieber Gott, nicht er! Lass nicht zu, dass unser Kind seinen Vater niemals kennenlernt!* Das war ihre größte Angst seit Adeles Geburt, und es verging kaum ein Tag, an dem sie nicht für Eik betete und sich nach einer Nachricht, irgendeinem Lebenszeichen von ihm verzehrte. Der letzte Brief ihres Mannes war vor mehr als zwei Monaten gekommen. Darin hatte er nur geschrieben, sie würden den Siegeszug von Gustav Adolf fortsetzen und nach Süden ziehen, Richtung Nürnberg.

Selbst Bossel, der so große Schwierigkeiten mit dem Schreiben und Lesen hatte, schrieb ihr öfter, jedenfalls kam ihr das so vor. Wenigstens blieb sie durch den ehemaligen Burghauptmann der Villesens auf dem Laufenden, was Valerian anging. Sie wünschte sich, Eik hätte ebenfalls einen so treuen Burschen, der sie über das Befinden ihres Gatten und Vaters ihrer Tochter informierte. Ihre Sorge um Eik war noch gestiegen, nachdem sie auch von anderer Seite von der schrecklichen Schlacht bei Breitenfeld gehört hatte. Erst seit dem Eintreffen von Eiks letztem Brief hatte sie Gewissheit, dass er zumindest dieses blutige Gemetzel überlebt hatte. Sie bat ihn in ihren Briefen stets, ihr doch häufiger zu schreiben, und sei es auch nur eine Zeile, aber sie konnte sich nicht sicher sein, dass er ihre Briefe überhaupt alle erhielt. Jedenfalls hatte sie das seinen Schreiben entnommen, in denen er oft gar keinen oder viel später erst Bezug auf ihre Briefe nahm.

Adele hatte sich wieder beruhigt und stieß heftig auf, nachdem die Amme sie in die Arme gehoben und sich ihr Köpfchen auf die Schulter gelegt hatte. Dann seufzte die Kleine und schloss sofort die Augen.

Ein Glück, dass du so ein Schatz bist, dachte Augusta, während sie aus dem weichen Sessel aufstand und ihr Mieder richtete. »Worum geht es denn, Lisette? Gibt es Nachricht von ... meinem Gatten? Oder ist Valerian ...?«

Ihre Besorgnis wurde zu ausgewachsener Angst, als Lisette nur den Kopf schüttelte, sich hastig umwandte und das Zimmer verließ. Als Augusta in den Flur trat, stürmte die Zofe bereits die breite Treppe in die Eingangshalle hinab.

Augusta folgte ihr zögernd, während sich die schrecklichsten Gedanken in ihrem Kopf überschlugen. *Wenn Eik oder Valerian etwas passiert wäre, dann hätte Lisette doch sicher etwas gesagt ...*

Als sie den Fuß der Treppe erreichte, sah sie, dass sich ihre sämtlichen Bediensteten unter dem Portikus des Eingangsportals versammelt hatten. Sie runzelte die Stirn und trat durch die Tür. Die Bediensteten gruppierten sich, ohne von ihrer Herrin Notiz zu nehmen, alle um ein Pferdefuhrwerk, das vor dem Eingang gehalten hatte. Randolf, der älteste ihrer Pferdeknechte, stand neben dem ziemlich mager aussehenden Klepper, der in das Geschirr gespannt war. Augusta kannte weder das Tier noch den Karren, aber sie dachte nicht lange darüber nach, weil ihre Aufmerksamkeit von dem Knecht in Anspruch genommen wurde.

Der Mann hatte die Mütze abgenommen. Sein Gesicht war eingefallen und bleich, und er hielt den Kopf gesenkt, um Augusta nicht in die Augen sehen zu müssen.

»Was geht hier vor?«, fragte sie barsch, sowohl aus Ärger über diesen unerhörten Aufruhr, als auch um ihre Ängste im Zaum zu halten. Ängste, die sich noch weiter verstärkten, als keiner ihrer Bediensteten sich dazu aufraffen konnte, ihr zu antworten. Stattdessen hörte sie das ein oder andere Schluchzen von den Frauen und ein verlegenes Räuspern und Husten seitens der Männer. Einige traten unbeholfen von einem Fuß auf den anderen, und alle hatten ihre Mützen und Kopfbedeckungen abgenommen.

»Will mir jetzt vielleicht jemand sagen, was …?«

Augusta blieben die Worte im Halse stecken, als ihr Blick auf die Ladefläche des Karrens fiel. Sie hatte das Gefühl, als würde sich eine eisige Klammer um ihr Herz legen, und ihr Mund wurde schlagartig trocken. Hätte sie die Person unter dem fadenscheinigen, schmutzigen Tuch nicht schon an ihrer zierlichen Größe und Gestalt erkannt, hätten die Kleidung, die hier und dort unter dem Tuch hervorlugte, und die Reisetasche aus schwerem Teppichstoff, die neben dem Leichnam lag, ihr verraten, um wen es sich handelte.

Tränen liefen Augusta über die Wangen, als sie dichter an das Fuhrwerk herantrat. *Und ich habe dich noch vor dieser Reise gewarnt, Mutter,* dachte sie. Trauer legte sich ihr wie eine schwere Last auf die Schultern, als sie unmittelbar neben der Toten stand. Sie bedeutete einem ihrer Knechte, das Tuch wegzuziehen. Bisher hatte keiner ihrer Bediensteten gewagt, sich dem Karren auch nur auf Armeslänge zu nähern. Ob aus Angst oder Respekt, wusste Augusta nicht. Und auch Randolf schien sich in seiner Haut nicht wohl zu fühlen und machte den Eindruck, als wenn er lieber woanders wäre als ausgerechnet hier.

Das Schluchzen der Frauen schlug in ein lautes Jammern und leise Entsetzensschreie um, als der Lakai das Tuch von dem Leichnam zog. Einige Männer stießen unwillkürlich Flüche aus oder bekreuzigten sich und riefen Gott um Gnade an.

Augusta riss entsetzt die Augen auf und fühlte sich, als bohrte ihr jemand seine Faust in den Magen.

Es war Maria, die einst so schöne und stolze Freifrau von Villesen!

Mein Gott, dachte Augusta erschüttert, *wer hat dir das angetan, Mutter?*

»Das hier lag auf dem Kutschbock, Herrin«, sagte ein Bewaffneter. Er hatte den Helm unter den Arm geklemmt und kam zögernd näher. Sie erkannte den neuen Burghauptmann Etzel, der die Position von Bossel übernommen hatte. Er hielt ihr ein mit dunklen Flecken übersätes, zusammengefaltetes Blatt Papier hin.

Augusta runzelte die Stirn. »Was soll das sein?«, erkundigte sie sich, während sie das Papier entgegennahm. »Und wo ist der Kutscher geblieben?«

Der Burghauptmann räusperte sich verlegen. »Wir haben das Fuhrwerk im Wald gefunden, Herrin. Nicht weit von der Zufahrt zur Brücke entfernt.« Er zuckte mit den Schultern. »Es war niemand dort außer ...« Sein Blick glitt zu der Leiche der Freifrau auf der Pritsche, und er schluckte. »Es war niemand dort. Das da«, er deutete auf das zusammengefaltete Papier, »lag auf dem Kutschbock und war mit dem da beschwert.«

Er deutete auf einen Beutel, der neben der Leiche lag. Augusta stieß einen leisen Schrei aus, als er ihn öffnete und eine Pistole und eine menschliche Hand herauszog, die den Griff der Waffe umklammert hielt. Es war eine weibliche Hand, und Augustas Blick zuckte unwillkürlich zum Leichnam ihrer Mutter. Trotz ihrer Trauer verspürte sie Erleichterung, als sie feststellte, dass Maria von Villesen noch beide Hände hatte.

»Was hat das zu bedeuten?«, fragte sie den Hauptmann.

Der Mann legte Pistole und Hand hastig zurück auf die Pritsche, sichtlich froh, sie nicht länger berühren zu müssen. Dann hob er die Hände. »Ich weiß es nicht, Herrin …«

»Der Stille Veit.«

Augusta fuhr zu dem Sprecher herum. Es war der alte Pferdeknecht, der immer noch neben dem Klepper stand und dem dürren Tier sanft über die Schnauze strich.

»Veit? Was hat der damit zu tun?«

Der Mann deutete mit einem Nicken auf die Pistole. »So macht er es immer, wenn er jemanden bestrafen will. Er schneidet ihm den Körperteil ab, mit dem er gegen die Befehle verstoßen hat.« Er warf Augusta einen undurchdringlichen Blick zu. »Wohl aus Rache für das, was man ihm selbst einmal angetan hat.«

Rache? Augustas Blick zuckte wieder zu der Leiche Maria von Villesens. *Hat Veit meine Mutter ermordet?* Dann fiel ihr ein, dass sie möglicherweise die Antwort auf diese Frage in der Hand hielt, und entfaltete den Zettel.

Ich bin gerecht und erfülle mein Versprechen.

Statt einer Unterschrift trug der Zettel einen blutigen Daumenabdruck.

»Gerecht? Was meint er damit? Oder will er sagen, gerächt? Und was für ein Versprechen?« Augusta war sich erst bewusst, dass sie laut gesprochen hatte, als der alte Pferdeknecht antwortete.

»So unterzeichnet Veit immer seine Nachrichten«, sagte er. Augusta schoss der Gedanke durch den Kopf, dass sie den Mann bei Gelegenheit fragen sollte, woher er die Gepflogenheiten des Stillen Veit so gut kannte. »Er meint sicherlich …«

»Ich weiß, was er meint!« In Augustas Trauer mischte sich zunehmend blanke Wut. »Er meint, dass er mit dem Mord an meiner Mutter das Unrecht gesühnt hat, das mein Vater an ihm begangen hat!« *Als wenn so etwas möglich wäre!,* dachte sie. »Aber von was für einem Versprechen schreibt er da?«

Randolf senkte zwar den Kopf, ließ sich aber ansonsten nicht weiter von Augustas Zorn einschüchtern. »Ich glaube nicht, Herrin, dass Veit Eure Mutter getötet hat.« Er deutete auf die Pistole. »Dann hätte er das da nicht dazugelegt. Wer auch immer geschossen hat, hat seine Hand …«

»Lena!« Ein junger Lakai drängte sich vor und starrte auf die Frauenhand. »Das …« Er konnte kaum sprechen und würgte die Worte förmlich heraus. »Das ist Lenas Hand!« Tränen traten ihm in die Augen, und er wirkte todunglücklich, als er fortfuhr. »Seht Ihr die kleine Narbe, Herrin, dort zwischen Daumen und Zeigefinger?

Sie hat sich …« Die Trauer raubte ihm die Sprache, und er musste husten, bevor er weitersprechen konnte. »Sie hat sich einmal beim Brotschneiden dort mit dem Messer verletzt.«

»Sicher, Kurt.« Augusta versuchte, den aufgewühlten jungen Mann zu beschwichtigen, während ihre Gedanken sich überschlugen. *Lenas Hand an der Pistole? Aber warum sollte Lena meine Mutter erschießen? Das ist völlig absurd! Sie konnte doch nicht einmal mit einer Waffe umgehen!*

Offenbar hatte der junge Lakai ihre Gedanken erraten. »Sie konnte schießen, Herrin.« Er errötete. »Sie war sehr stolz darauf. Sie hat … Sie hat heimlich …«

»Lena konnte eine solche Waffe abfeuern?« Augusta war vollkommen verblüfft. Sie hätte niemals erwartet, dass ihre Zofen heimlich den Umgang mit Waffen übten. *Und außerdem, wo und mit wem hätte sie das üben …?*

Kurts und Augustas Blick richteten sich auf den neuen Burghauptmann.

Etzel räusperte sich vernehmlich und warf dem jungen Kurt einen strafenden Blick zu, bevor er vortrat und den Kopf senkte.

»Es ist meine Schuld, Herrin. Lena hatte mich gebeten, ihr den Umgang mit Pistolen zu zeigen.« Er zuckte mit den Schultern, und seine Miene spiegelte seinen Kummer. »Nach ihren Erlebnissen mit diesen Söldnern auf dem Feld und der Zerstörung von Bruchhausen … hat sie sich danach wohl sicherer gefühlt, denn sie glaubte, sich jetzt gegen Söldner und dergleichen verteidigen zu können.« Er sah Augusta fast schon verzweifelt an. »Ich hatte keine Ahnung, dass das zu einem so schrecklichen Ende führen könnte …«

Augusta konnte trotz ihrer Trauer dem Mann keine Vorwürfe machen. Ebenso wenig wie Lena. Sie glaubte nicht, dass die junge Zofe ihre Mutter absichtlich erschossen hatte, falls sie das überhaupt getan hatte. Es konnte auch eine List des Stillen Veit sein. Aber es war sinnlos, sich darüber den Kopf zu zerbrechen. Die Wahrheit konnte sie nur von Veit oder einem der Männer erfahren, die bei ihm gewesen waren, und das war mehr als unwahrscheinlich. »Und was ist mit Bert, Steffen und dem anderen Bewaffneten, Arnfried, die meine Mutter begleitet haben? Habt ihr eine Spur von ihnen entdeckt?«

Augusta schluckte gegen einen Kloß in ihrem Hals an, als sie die Mienen der Männer sah und das Kopfschütteln, mit dem der Burghauptmann ihre Frage beantwortete. »Nein, Herrin, bis jetzt nicht. Aber vielleicht konnten sie den Wegelagerern ja entkommen …«

»Vielleicht, ja«, gab Augusta zurück. Der Ton des Mannes verriet, dass er nicht wirklich an eine solche Möglichkeit glaubte, und sie selbst sah die Sache genauso. Außerdem hätte Bert Maria niemals im Stich gelassen, sondern sie bis zu seinem letzten Blutstropfen verteidigt.

Aber daran konnte sie jetzt nichts mehr ändern, ebenso wenig wie sie ihre Mutter lebendig machen konnte.

»Du scheinst sehr viel über den Stillen Veit zu wissen«, wendete sie sich an Randolf, der immer noch den Klepper festhielt.

Der Pferdeknecht zog den Kopf ein.

»Nur das, was die Menschen so munkeln, Herrin«, erwiderte er unterwürfig. Es war ihm sichtlich unangenehm, die Aufmerksamkeit seiner Herrin erregt zu haben, und er wand sich unter ihrem scharfen Blick.

»Ich frage mich«, sagte sie gedehnt und durchbohrte Randolf förmlich mit ihrem Blick, »ob die Leute auch darüber gemunkelt haben, was Veit meint, wenn er davon spricht, sein Versprechen zu erfüllen?«

Randolf schien nicht gewillt, ihre Frage zu beantworten. Doch so leicht wollte Augusta ihn nicht davonkommen lassen. »Sollte ich vielleicht Etzel bitten, dich ein bisschen nachdrücklicher darüber zu befragen, wieso du so viel über den Stillen Veit weißt?«

Etzel trat vor, sichtlich begierig darauf, seinen Fehler mit Lena bei seiner Herrin wiedergutzumachen. »Nun sprich schon, Randolf!«, fuhr er den Pferdeknecht an und legte ihm die Hand auf die Schulter. »Du weißt, dass ich …«

Der Pferdeknecht packte die Hand des Burghauptmanns und schob sie von seiner Schulter weg. Dann straffte er sich. »Nur weil man jemandem ohne Grund die Zunge herausgeschnitten hat, heißt das noch lange nicht, dass er ehrlos ist …«

»Nein, dazu hat er sich selbst gemacht, durch seine verbrecherischen Taten!«, fuhr der Burghauptmann ihn an.

»… und was er getan hat«, fuhr der Pferdeknecht ungeachtet der Worte des Burghauptmanns fort, »ist längst nicht so schlimm wie das, was diese marodierenden Bestien in ihren bunten Lumpen uns allen antun!« Er trat einen Schritt zurück und starrte Augusta anklagend an. »Jedenfalls hat er Ihre Gnaden die Freifrau nicht ermordet, ganz bestimmt nicht!« Er schüttelte den Kopf, wie um seinen Worten Nachdruck zu verleihen.

»Und woher weißt du das, Kerl? Bist du vielleicht dabei gewesen?« Der Burghauptmann trat drohend auf Randolf zu, aber Augusta hob rasch die Hand, auch wenn sie die Antwort auf diese Frage wirklich gerne gewusst hätte.

»Nicht, Etzel!« Sie ging selbst zu Randolf. »Ich verspreche dir, dass dir nichts geschieht und niemand dir etwas tut, wenn du die Wahrheit sagst, Randolf. Woher kennst du Veit?«

Der Pferdeknecht schluckte. »Er hat mir geholfen, uns allen«, fuhr er fort und ließ seinen Blick über die Lakaien gleiten, die immer noch um das Fuhrwerk herumstanden. Die meisten sahen betreten zu Boden, aber einige erwiderten seinen Blick, und ein oder zwei nickten sogar. »Als Ihr weggegangen seid, nach Frankreich, habt Ihr uns hier zurückgelassen, damit wir uns um das Schloss kümmerten. Das war keine einfache Zeit für uns, Herrin. Wir haben Veit und seinen Männern Gemüse und Brot gegeben und weggesehen, wenn er sich ein Lamm oder ein Huhn oder ab und zu ein Reh aus Eurem Wald geholt hat.« Er sah den Burghauptmann trotzig an. »Und du hast ebenfalls beide Augen zugedrückt.«

Etzel lief rot an, aber Augusta hob erneut die Hand, als der Burghauptmann Anstalten machte, etwas zu sagen. Sie wollte die Geschichte zu Ende hören. Und Randolf war ausgesprochen begierig darauf, sie zu erzählen.

»Im Gegenzug hat er dafür gesorgt, dass keiner der marodierenden Söldner, die hier durchgezogen sind, Schaden angerichtet hat.« Er zuckte mit den Schultern. »Und er hat immer Wort gehalten, wenn er etwas versprochen hat. Also, er konnte ja nicht sprechen, aber …«

»Ich verstehe«, sagte Augusta leise. »Und ich kann euch nicht verdenken, was ihr getan habt. Ihr habt getan, was ihr tun musstet, um zu überleben.« Sie blickte wieder auf den Leichnam ihrer Mutter. *Wie wir alle,* fügte sie in Gedanken hinzu. »Aber jetzt sag mir, ob du etwas über diese Sache hier weißt.« Sie hob den blutbefleckten Zettel hoch. »Was meint Veit damit, wenn er sagt, dass er sein Versprechen hält?«

Randolf zuckte mit den Schultern. »Das weiß ich wirklich nicht, Herrin.«

Augusta wollte bei seinen Worten schon resignieren, aber als sie sein Zögern bemerkte, trat sie noch einen Schritt auf ihn zu. »Aber?«

Randolfs Blick zuckte zu Etzel und glitt dann über die anderen Bediensteten. »Er hat nie schlecht über Eure Mutter geredet, Herrin«, sagte er dann. »Sein Zorn galt Eurem Vater, den er dafür verantwortlich gemacht hat, diesen Dänen …«

»Du vergisst dich, Kerl!«, fuhr ihn der Burghauptmann an. »Was fällt dir ein, so mit deiner Herrschaft zu reden?«

»Ich weiß, was mein Vater getan hat, Randolf«, sagte Augusta beschwichtigend. Eigentlich durfte sie dem Knecht seine Offenheit tatsächlich nicht durchgehen lassen, aber sie wollte unbedingt wissen, was er wusste oder vermutete. »Er hat es zum Schutz seiner Familie getan, so wie du dich zum Schutz deiner Familie mit einem Strauchdieb, Wegelagerer und Mörder eingelassen hast. Aber niemand will dich oder euch dafür bestrafen.« Sie sah sich rasch unter ihren Bediensteten um, die dem Gespräch aufmerksam folgten. »Du musst mir sagen, was du hierüber weißt!« Sie hob erneut das schmuddelige Papier hoch.

»Ich weiß nichts Genaues, wirklich nicht, Herrin«, erwiderte Randolf. Er zögerte wieder. »Aber vielleicht hat der Stille Veit bedauert, dass Eure Mutter getötet wurde ...«

Der Burghauptmann lachte verächtlich. »Als wenn dieser Mörder so etwas wie Bedauern empfinden könnte!«

Augusta runzelte die Stirn und warf Etzel einen tadelnden Blick zu. Dann wandte sie sich wieder Randolf zu. »Was willst du damit sagen?«

»Wenn es wirklich ein Versehen war, hat Veit vielleicht Eurer Mutter vor ihrem Tod etwas versprochen.« Er zuckte mit den Schultern. »Veit ist gerecht, das hat er selbst geschrieben.« Er deutete auf den Zettel. »Und was auch immer er Eurer Mutter versprochen hat, er wird es sicher tun.«

Gerecht?, dachte Augusta. Ihr Blick fiel wieder auf den Zettel, den sie immer noch in der Hand hielt. Dann wurde ihr klar, dass sich der Stille Veit möglicherweise nicht verschrieben und nicht Rache gemeint hatte, wie sie angenommen hatte, sondern dass er sich tatsächlich für gerecht hielt. *Was auch immer das bedeuten mag*, dachte sie. *Aber wenn es ein Unfall war, welches Versprechen hätte er meiner Mutter dann geben können? Jedenfalls nicht, bei mir für ihren Tod um Verzeihung zu bitten oder ihn mir zu erklären*. Ihr Blick fiel auf das Pferdefuhrwerk. *Stattdessen hat er sie mir einfach auf die Schwelle gelegt, fast so, wie eine Katze Mäuse als Geschenke bringt.*

Sie runzelte die Stirn und drehte sich zu dem Burghauptmann herum. »War noch irgendetwas anderes auf dem Fuhrwerk, Etzel? Vielleicht ein Brief meiner Mutter an meinen Bruder?«

Der Mann schüttelte den Kopf und kratzte sich am Hals. »Nein, Herrin. Das war alles, was auf dem Fuhrwerk lag. Ich meine ... ich wollte nicht ...«

»Schon gut, Etzel.« Augusta machte eine abwehrende Handbewegung. *Aber das kann doch nicht sein! Veit würde sich niemals meiner Mutter wegen auf den Weg nach Prag machen. Es sei denn natürlich ...*

Es überlief sie kalt, als ihr eine andere Möglichkeit in den Sinn kam, warum Veit Maria von Villesen möglicherweise versprochen hatte, die Reise an ihrer Stelle fortzusetzen und den Brief an Valerian zu überbringen.

Er hat geschrieben, er wäre gerecht. Aber er ist noch nicht gerächt, dachte sie. *Vielleicht hat er ja vor, seine Rache nachzuholen, wenn er Gelegenheit hat, Valerian von Angesicht zu Angesicht gegenüberzustehen.*

»Ist Euch nicht wohl, Herrin?«, erkundigte sich der Burghauptmann und näherte sich ihr mit besorgter Miene. »Ihr seid plötzlich leichenblass.«

»Ja ... Nein, schon gut, Etzel. Es ist nur ...« Sie fuhr sich mit der Hand über die Stirn. »Ihr ... Schafft den Leichnam meiner Mutter ins Haus. Wir müssen ihn waschen und für die Bestattung vorbereiten. Und holt einen Priester. Ich muss ... Ich muss etwas anderes erledigen.«

Sie drehte sich um und ging ins Haus zurück. Dem verwirrten Etzel blieb es überlassen, sich um die Leiche Maria von Villesens zu kümmern.

Lisette sah einen Moment lang zwischen dem Fuhrwerk, dem Burghauptmann und ihrer Herrin hin und her, bis sie dann hinter Augusta her ins Haus lief.

»Herrin, was habt Ihr vor? Was ist denn passiert? Was hat Veit Eurer Mutter versprochen?«

Augusta ging zielstrebig in ihr Schlafgemach und trat an ihren kleinen Schreibtisch. »Ich weiß es nicht genau, Lisette, aber ich fürchte, er hat ihr ein Versprechen gegeben, um sich dann umso grausamer an unserer Familie rächen zu können. Ich muss unbedingt Valerian warnen.«

»Vor dem Stillen Veit?«

Augusta nickte zerstreut. »Ja, ich glaube, Veit will ihm eine Nachricht von meiner Mutter überbringen und ihn dann ermorden.«

Lisette schlug sich die Hand vor den Mund. »Welche Nachricht? Und ihn ermorden? Das ist ja schrecklich! Aber wie ...!«

»Meine Mutter wollte Valerian endlich die Wahrheit gestehen«, erwiderte Augusta. »Und Veit kennt diese Wahrheit. Meine Mutter war, genau genommen, der Grund dafür, dass mein Vater ...« Sie zuckte mit den Schultern. »Dass mein Vater getan hat, was er getan hat.«

»Ihr meint, Herrin, dass er Veit hat verstümmeln lassen?«

»Ja.«

»Und dafür will er Valerian ermorden?«

»Ich vermute, ja.« Augusta zog einen Bogen Briefpapier aus der Schublade des Tischchens. »Jedenfalls glaube ich das. Dann hat er seine doppelte Rache. Er hat Valerian unser Geheimnis verraten und bringt ihn dann um. Er weiß genau, dass er mich damit weit besser trifft, als wenn er sich an mir selbst rächt.« Sie deutete zum Fenster. »Falls er nicht doch meine Mutter ermordet hat, nachdem er von ihrer Absicht erfahren hatte, Valerian aufzusuchen.« Sie zuckte mit den Schultern. »Aber all das weiß ich nicht. Ich weiß nur, dass ich meinen Bruder vor ihm warnen muss.«

»Aber wie wollt Ihr das anstellen, Herrin?« Lisette hob die Schultern. »Euer Bruder hat doch bisher auf keinen Eurer Briefe reagiert. Ihr wisst ja nicht einmal, ob er sie überhaupt gelesen hat!«

Das stimmt, dachte Augusta. *Aber ich muss es trotzdem versuchen. Eine andere Möglichkeit habe ich nicht. Und außerdem muss ich auch Eik vom Tod meiner Mutter in Kenntnis setzen.*

Bei dem Gedanken an ihren Ehemann schnürte sich ihr die Kehle zu. Eiks Gegenwart hätte sie beruhigt und getröstet, und ganz sicher hätte er auch gewusst, was zu tun war, um Veit an seinem Vorhaben zu hindern. *Ich wünschte so sehr, du wärst bei mir, bei mir und unserer Tochter. Wir sind ganz auf uns allein gestellt. Ach Eik!* Sie seufzte leise. *Ich brauche dich so sehr! Wo steckst du nur?*

11. KAPITEL

Rain am Lech

»Hier also hast du dich vergraben.« De Vries nahm seinen Hut ab und wischte sich den Schweiß von der Stirn und aus dem Gesicht. Seine graumelierten Haare waren feucht davon und klebten ihm am Schädel, was die schreckliche Narbe in seinem Gesicht noch deutlicher hervortreten ließ. »Wieso versteckst du dich?«

»Ich verstecke mich nicht«, erwiderte Eik, ohne den Blick von der Stadt zu nehmen, die sich unter dem Hügel vor ihnen malerisch ausbreitete. »Ich wollte nur einen Moment Ruhe haben.« Er faltete das Blatt Papier, das er in der Hand hielt, zusammen, schob es in sein Wams und knöpfte es zu. »Aber ich hätte mir ja denken können, dass das zu viel verlangt ist«, sagte er, während er den Lederharnisch überstreifte, der neben ihm im Gras lag.

»Jedenfalls ist es ungewöhnlich, sich von den Männern zu entfernen und Ruhe zu suchen, wo uns gleich die ersten Trompetensignale auffordern werden, unsere Positionen einzunehmen.«

Eik nickte und betrachtete den Fluss, der sich in schmalen Windungen an der kleinen Stadt vorbeischlängelte, Rain am Lech. Die Idylle wurde von dem Gewimmel aus Soldaten, Pferden und Kanonen gestört, das sich an den Ufern des Flusses ausbreitete. Ein wenig rechts von ihrem Standpunkt aus hatte Gustav Adolf mit seinem Heer Aufstellung bezogen, und General Graf Horn stand mit seinen Dragonern und Infanteristen auf dem linken Flügel der Schweden. Dort, wo auch De Vries und Eik mit ihrer Kompanie stehen würden.

»Danke, dass du nach mir gesucht hast«, sagte er, stand auf, nahm den Helm vom Boden und setzte ihn auf. »Ich bin so weit.«

Der Obristlieutenant musterte seinen Untergebenen und Freund einen Moment lang und deutete dann mit einem Nicken auf Eiks Brust. »Ein Brief von Augusta?«

Eik antwortete erst, als er den Riemen des Helms festgeschnallt hatte. »Ja.«

De Vries runzelte die Stirn. Normalerweise war sein Freund erheblich gesprächiger, wenn er etwas von seiner heiß geliebten Augusta zu lesen bekam. Wenn sie abends beim Wein zusammensaßen, war Augusta so ziemlich das einzige Thema, für das Eik sich erwärmen und über das er stundenlang reden konnte. Das und die Strategie von Gustav Adolf. De Vries war es lieber, wenn Eik über Augusta sprach und über seine neugeborene Tochter. Bei dem anderen Thema hörten für seinen Geschmack zu viele mit, denen er nicht traute. Jedenfalls war es ungewöhnlich, dass Eik nichts weitererzählte.

»Schlechte Nachrichten?« De Vries' Gesichtszüge wurden für einen Moment weicher. »Irgendetwas mit deiner Tochter oder Augusta?«

Eik schüttelte den Kopf. Dann zuckte er mit den Schultern. »Wie man es nimmt. Jedenfalls erinnern mich die Briefe von Augusta und ihre Schilderungen von Adeles Fortschritten daran, dass mein Kind immer älter wird und ich es bisher nicht einmal in die Arme habe nehmen können. Ich frage mich, ob ich das jemals tun werde.«

»Natürlich wirst du das tun.« De Vries klang zuversichtlich. »Sobald dieser Krieg vorbei ist, was hoffentlich nicht mehr allzu lange dauert. Gab es auch schlechte Nachrichten?«

»Maria von Villesen ...«

»Deine Schwiegermutter, richtig?«

De Vries hatte es Eik immer noch nicht verziehen, dass der heimlich geheiratet hatte, ohne ihn, De Vries, als Trauzeugen dazuzubitten oder zumindest einzuladen.

Eik nickte. »Sie ist tot.«

»Oh.« De Vries hob seine Brauen, legte Eik eine Hand auf die Schulter und drückte sie kurz. »Das tut mir leid.«

Eik mahlte mit den Kiefern. »Sie wurde ermordet.«

»Was sagst du da?«

Trompetensignale ertönten unter ihnen, und De Vries' Blick zuckte kurz den Hang hinab zur Stellung der Schweden. »Sie sammeln sich. Uns bleibt nicht mehr viel Zeit.« Er sah Eik eindringlich an. »Wie ist das passiert? Und wie geht es Augusta? Wurde Villesen etwa ...?«

»Nein. Augusta und Adele sind wohlauf.« Er seufzte. »Offenbar wollte Maria Valerian aufsuchen, um ihm endlich reinen Wein einzuschenken, was seine Herkunft betrifft. Dabei ist sie von Wegelagerern überfallen worden.« Er machte eine kleine Pause. »Von einem bekannten Wegelagerer – dem Stillen Veit.«

De Vries hob eine Braue. »Aber woher wusste deine

Schwiegermutter denn, wo Valerian sich aufhält? Abgesehen davon, dass es Wahnsinn ist, in diesen Zeiten als Frau eine solche Reise überhaupt zu unternehmen, selbst mit einem Haufen Bewaffneter.«

Eik presste die Lippen zusammen, als ein zweites Hornsignal unter ihnen ertönte. Er beobachtete, wie sich die Truppen des Schwedenkönigs langsam aufstellten, und seine Stimme klang seltsam leidenschaftslos, als er antwortete.

»Offenbar wurde Valerian verletzt. Bei Breitenfeld.« Er sah kurz seinen Freund an, der ebenfalls das Regiment von General Horn beobachtete und es vermied, den Blick seines Freundes zu erwidern.

»Ist er nicht ein Kürassier?« An dem Tonfall merkte Eik, dass sich De Vries sehr genau an die Szene am Waldrand erinnerte, als Eik darauf verzichtet hatte, die kleine Gruppe von Kürassieren zu erledigen, die sich um einen gestürzten Kameraden bemüht hatten. Vielleicht war sein Instinkt richtig gewesen, und es war Valerian, der dort unter dem Pferd gelegen hatte.

»Jedenfalls war er das mal. Offenbar hat er eine ernsthafte Verletzung am Bein davongetragen und wurde nach Prag gebracht.«

»Nach Prag?«, fragte De Vries verblüfft und riss seinen Blick von der Aufstellung der Kaiserlichen los, die ein ganzes Stück entfernt von den Schweden standen. »Was will er denn in Prag?«

Eik zuckte mit den Schultern. »Woher soll ich das wissen?« Er machte eine kleine Pause. »Ist es nicht so, dass Wallenstein dort ein Palais hat?«

De Vries kniff die Augen zusammen. »Hat dir deine Augusta das geschrieben?«

Eik schüttelte den Kopf. »Aber ich bin mir sicher, dass er diesen Weg niemals auf sich nehmen würde, wenn er nicht einen sehr gewichtigen Grund hätte.«

De Vries schürzte die Lippen. »Es gibt ja schon seit Längerem Gerüchte, dass der Kaiser bedauert, auf Maximilian gehört und Wallenstein weggejagt zu haben.« Er lachte kurz. »Man munkelt sogar, dass Maximilian selbst seine so erfolgreiche Intrige bereut.«

Eik machte eine wegwerfende Handbewegung. »Das wundert mich nicht, angesichts dessen, wie wenig Tilly gegen den Schweden auszurichten vermag.« Er machte eine winzige Pause. »Wir können von Glück sagen, dass wir ihn nicht zum Gegner haben.«

De Vries musterte seinen Freund erneut scharf. »Wenn ich dich so reden höre, habe ich immer den Eindruck, dass du Wallenstein weit höher schätzt als Gustav Adolf.« Er sah sich hastig um, aber es war niemand in der Nähe. »Jedenfalls solltest du mit derartigen Bemerkungen vorsichtig sein. Hast du schon den neuesten Spruch über den Löwen aus Mitternacht gehört?«

Eik spuckte aus. »Nein, aber du wirst sicherlich nicht so nett sein, mich damit zu verschonen.«

De Vries lachte. »Ganz bestimmt werde ich das nicht. Irgendein Pfaffe hat es gedichtet, und die Schweden und Protestanten sind gleichermaßen ganz aus dem Häuschen. Willst du ihn hören?« De Vries gab Eik gar nicht erst die Gelegenheit, seine Frage zu beantworten, sondern sprach im selben Atemzug weiter, wobei er sich in eine deklamierende Pose warf und seinen rechten Arm mit gespieltem Pathos gen Himmel streckte.

»Glaubensfreiheit für die Welt, rettete bei Breitenfeld, Gustav Adolf, Christ und Held.«

»So was kann auch nur ein Pfaffe gedichtet haben«, knurrte Eik. »Oder glaubst du tatsächlich immer noch, dass es Gustav Adolf um die Verteidigung der Glaubensfreiheit geht?«

»Jedenfalls würde ich das jedem antworten, der mir diese Frage stellt. Außer dir vielleicht. Aber zumindest kannst du Gustav Adolf nicht nachsagen, dass er zögert und zaudert wie der von dir so verehrte Wallenstein.« De Vries deutete auf die beiden Heere unter ihnen und dann auf die kleine Stadt. »Breitenfeld ist nicht einmal ein halbes Jahr her, und jetzt stehen wir mitten in Bayern, nicht weit von München entfernt. Wenn wir heute siegen, liegt ganz Deutschland offen vor Gustav Adolf. Und das bedeutet vielleicht auch, dass du endlich deine Augusta und dein süßes Kind in die Arme schließen kannst.« Er zuckte mit den Schultern. »Ich wüsste jedenfalls nicht, wer den Schweden noch aufhalten sollte, falls wir Tilly heute schlagen.«

»Nein, das weiß ich auch nicht«, pflichtete Eik seinem Freund bei. *Und genau das ist es ja, was mir Sorgen macht.* »Die Frage ist, ob Gustav Adolf in München haltmacht. Denn wer sollte ihn daran hindern, gleich nach Wien weiterzumarschieren und sich die Kaiserkrone zu holen?« Er lachte. »Ich hätte ja nie geglaubt, dass ich so etwas einmal sagen würde, aber ich habe den Eindruck, dass Wallenstein recht gehabt hat, als er versuchte, den Kaiser zum Frieden zu bewegen. Wäre die Sache mit Magdeburg nicht passiert …«

De Vries runzelte die Stirn. »Pass auf, was du sagst, mein Freund«, warnte er. »Respekt vor dem strategischen Können eines Feldherrn ist eine Sache, aber offene Bewunderung für seine politische Haltung ist ziemlich gefährlich, wenn man sich auf der Seite seiner Widersacher befindet.«

Eik seufzte, als zum dritten Mal ein Trompetensignal ertönte. Er drehte sich um und ging zu seinem Pferd, das er ein Stück weiter an einer verfallenen Hütte angebunden hatte. De Vries begleitete ihn.

»Aber siehst du das nicht ebenso? Es muss Frieden geben, und zwar so schnell wie möglich.« Eik schüttelte den Kopf. »Es dürfte der Protestantischen Union und den Kurfürsten genauso wenig gefallen wie dem Kaiser, wenn Gustav Adolf sein Reich von der Nordgrenze Schwedens bis zur Donau ausdehnt.«

»Bis zur Donau ist es noch ein gutes Stück, und zwischen hier und dort liegt noch der Lech«, sagte De Vries. »Lass uns erst mal sehen, ob wir den alten Fuchs Tilly dazu zwingen können, sich den Arsch nass zu machen, wenn wir ihn über den Fluss zurücktreiben. Ob wir dann über die Isar und bis zur Donau marschieren, werden wir sehen. Bis dahin läuft noch viel Wasser alle möglichen Flüsse hinunter.« Er warf Eik einen scharfen Seitenblick zu. »Und wenn mich unsere Gefühle nicht trügen, was deinen Halbbruder und seine Reise nach Prag angeht, könnte Gustav Adolf schon bald einen altbekannten Widersacher vor sich haben, der ihm bei weitem größere Schwierigkeiten machen dürfte als der alte Haudegen Tilly. Nicht, dass ich mich danach sehnen würde, wohlgemerkt! Gegen Tilly ist es uns bislang weit besser ergangen als gegen den gerissenen Friedländer. Und mir steht keineswegs der Sinn danach, mein Kriegsglück über Gebühr zu strapazieren.«

Mittlerweile waren die beiden Männer aufgesessen, und De Vries wendete sein Streitross in Richtung des Hangs, an dessen Fuß seine Kompanie Aufstellung nahm.

»Aber jetzt schlag dir alle Gedanken an Frau und Kind und Frieden aus dem Kopf«, sagte De Vries, »und konzentriere dich aufs Handwerk. Jetzt wird nicht gedacht, sondern gehackt, gehauen und gemetzelt.«

Eik dachte an Augustas letzten Brief, den er unter seinem Harnisch über seinem Herzen verwahrte. *O ja, aber ich kann nur hoffen, dass es damit sehr bald ein Ende hat!* Dann drückte er sich den Helm fester auf den Kopf und trieb sein Pferd an.

Eine halbe Stunde später hatten die beiden ihre Positionen an der Spitze ihrer Kompanie eingenommen. Als der erste Kanonendonner über den Lech hallte, vergaß Eik Augusta und Adele und versank im Blutrausch der Schlacht. Und während ihm die Kugeln um die Ohren pfiffen, von allen Seiten Schreie und Gebrüll ertönten, Geschütze donnerten und Musketen knallten, dachte er nur noch an eins: *Du musst am Leben bleiben! Du musst am Leben bleiben!*

Je blutiger die Schlacht wurde und je mehr er um sich schlug, Köpfe zertrümmerte, Gliedmaßen abhackte und mit seiner Arkebuse einen katholischen Widersacher nach dem anderen tötete, desto weniger konnte er sich daran erinnern, weshalb er sich überhaupt so sehr an dieses Leben klammerte.

Schließlich verschwammen alle Überlegungen in einem blutroten Nebel, als die Schlachtenbestie ihn überkam, und die ganze Welt schien nur noch aus dem nächsten Feind zu bestehen, den es mit Arkebuse, Pistole, Säbel oder Partisane vom Leben in den Tod zu befördern galt.

»Herr Obristlieutenant.« Der schwedische Posten salutierte zackig, als De Vries in Begleitung einiger anderer hoher Offiziere und Eik vor dem Kommandozelt auftauchte. Bevor De Vries etwas sagen konnte, trat der Mann zur Seite und salutierte noch einmal.

De Vries warf Eik einen vielsagenden Blick zu und trat dann in das Zelt.

»Ah, die Herren werden bereits erwartet.« Der schwedische Obrist Lennart Torstenson kam ihnen entgegen und lachte, als De Vries salutieren wollte. Er packte seine Hand und schüttelte sie kräftig.

»Kein Platz für große Förmlichkeiten, Obristlieutenant«, brummte der Kommandeur der schwedischen Artillerie. »Schon gar nicht, nachdem Ihr Euch so trefflich mit Eurer Kompanie geschlagen habt.« Sein Blick fiel auf Eik und den Verband an seiner linken Hand. »Ich hoffe, Ihr habt Euch bei Eurer waghalsigen Attacke keine ernsthafte Verletzung zugezogen.« Bei diesen Worten schlug er Eik mit seiner Linken auf die Schulter der verletzten Hand, der daraufhin mit Mühe ein Stöhnen unterdrückte.

Die Seite schmerzte nach dem Sturz immer noch, aber Torstenson schien gar keine Antwort auf seine Frage zu erwarten, denn er überging Eiks gemurmelte Erwiderung und malträtierte stattdessen De Vries' Schulter.

»Ich will nicht gleich behaupten, dass Eure Dragoner die Schlacht entschieden hätten«, sagte er und sah sich grinsend in dem Kommandozelt um, in dem hohe Offiziere der Schweden und einige Anführer der Protestanten dicht gedrängt herumstanden. »Schon gar nicht hier. Schließlich will ich nicht selbst in den Genuss des Schwedentrunks kommen, den wir ersonnen haben.« Er zwinkerte, ohne zu bemerken, dass Eik blass wurde, als er diese schreckliche Foltermethode erwähnte. Damit versuchten die schwedischen Plünderer, aus den ohnehin schon geknechteten und verzweifelten Bewohnern von Städten und Dörfern Informationen über ihre Verstecke herauszubekommen. Manchmal wendeten sie die Methode auch einfach nur aus bloßer Bösartigkeit an.

Eik hatte gesehen, wie schwedische Söldner sie in einem Dorf an einem Bauern ausprobiert hatten, den sie verdächtigten, sein Gold und Silber irgendwo auf dem Hof vergraben zu haben. Zuerst hatten sie dem armen Mann mit einem Trichter Jauche eingeflößt, bis sein Bauch schrecklich angeschwollen war, dann hatten sie ein Brett darübergelegt und waren daraufgesprungen. Eik hatte nicht abgewartet, bis der Mann elendig und unter unsäglichen Schmerzen verreckt war, aber er war davon überzeugt, dass er vor lauter Qualen den Schweden nicht einmal das Versteck hätte verraten können, wenn er eins gehabt hätte.

Jedenfalls hatte dieser Vorfall nicht gerade dazu beigetragen, Eik Vertrauen in Gustav Adolf und seine Söldner einzuflößen.

»Aber ich bin mir sicher, dass der König Euch dafür belohnen wird, De Vries.« Torstenson deutete mit einem Nicken auf Eik. »Und Ihr, Herr Lieutenant, dürft Euch sicher auch des einen oder anderen Gunststrahls Seiner Majestät erfreuen.« Er zwinkerte noch einmal. »Immerhin habt Ihr Seine Majestät vergessen machen, wie feige die Sachsen unter ihrem Kurfürsten vor Breitenfeld gewesen sind.« Er spuckte aus. »Und von Tilly dürften wir so schnell nicht wieder hören.« Er rieb sich die Hände.

Die Schweden haben ja wirklich ausgesprochen gute Laune, dachte Eik. *Allerdings ist das auch kein Wunder, würde ich meinen.* Er warf De Vries einen kurzen Seitenblick zu. *Tilly wird sich von diesem Schlag sicherlich nicht so schnell erholen.*

»Wie ich hörte, sind die Gesandten aus dem Münchner Rathaus zurückgekehrt. Ich weiß zwar nicht, mit welcher Kunde, aber ich glaube …«

Der gesprächige Torstenson verstummte schlagartig, als ein hoher Offizier hinter einem Vorhang hervortrat, vor dem ein prachtvoller Lehnstuhl mit golddurchwirktem Polster und in Form von Löwentatzen geschnitzten Armlehnen stand.

»Seine Majestät, König Gustav Adolf von Schweden!«, verkündete der Mann, »Herrscher der …«

»Schon gut, Bornholt!«, unterbrach ihn der so angekündigte Monarch, der ihm unmittelbar auf dem Fuße folgte. »Alle hier wissen, wer Wir sind und worüber Wir herrschen, und Wir denken. Wir sind viel mehr daran interessiert, welche Länder Wir für unser Nordreich noch erobern werden, als bis zum Überdruss zu hören, welche Wir schon besitzen!«

Eik musterte den »Löwen aus Mitternacht« neugierig. Es war das dritte Mal, dass er den König aus nächster Nähe sah, aber noch nie hatte Gustav Adolf so leutselig gewirkt. Was zweifellos an dem glänzenden Sieg lag, den er vor zwei Tagen über Tilly davongetragen hatte.

Und jetzt München. Eik riss sich zusammen, als er De Vries' missbilligendes Brummen neben sich hörte, und versuchte, sich seine finsteren Gedanken nicht ansehen zu lassen. Er zweifelte nicht daran, dass sich die

Stadt dem Schweden ergeben würde. Er hatte ihnen ein Angebot zur Brandschatzung gemacht, das die Stadtoberen mit Sicherheit annehmen würden. Zwar mussten sie dann in den sauren Apfel beißen und mit ihrem Gold herausrücken, aber auf diese Weise ersparten sie ihrer Stadt wenigstens eine schwedische Belagerung. Außerdem gab es keinen Grund, sich den Schweden mit Gewalt zu widersetzen. Maximilian I. von Bayern war schon längst aus München geflohen und hatte sich nach Braunau am Inn zurückgezogen.

Sosehr Eik es auch begrüßte, dass Gustav Adolf diesem bayerischen Intriganten, für den er Maximilian zweifelsfrei hielt, seine Grenzen aufgezeigt hatte, so sehr beunruhigte ihn die Tatsache, dass der König mittlerweile ganz offen von seinem »Nordreich« sprach. Dann bemerkte er, dass der König in seine und De Vries' Richtung blickte, und konzentrierte sich hastig auf das, was Gustav Adolf sagte.

»... Dragonerregiment, das den Übergang über den Lech erzwungen, Tilly eine schwere Verletzung zugefügt und uns damit einen schnellen Sieg ermöglicht hat.«

De Vries sank auf ein Knie und verneigte sich tief. Eik, der nicht genau wusste, was der König zuvor gesagt hatte, senkte hastig den Kopf und folgte dem Beispiel seines Vorgesetzten.

»Nun, junger Lieutenant, zu dir kommen Wir noch! Aber erst einmal wollen Wir deinen Obristlieutenant auszeichnen. Oder vielmehr deinen neuen Kommandeur, Obrist Hans De Vries!«

Daraufhin gab es zustimmendes Gemurmel im Zelt, aber auch einiges Räuspern und, wie Eik mit einem verstohlenen Blick feststellte, scheele Blicke in Richtung des neu ernannten Obristen. De Vries jedoch schien das nicht zu stören, denn er strahlte über beide Backen, seine gesunde und seine verbrannte.

»Ihre Majestät sind zu großzügig«, murmelte De Vries, während der Monarch auf ihn zutrat und ihm einen prachtvollen Dolch hinhielt. »Ich habe nur meine Pflicht erfüllt.«

»Aber mit Kühnheit und großer Übersicht, Herr Obrist!«, erwiderte Gustav Adolf. »Etwas, woran es Unseren protestantischen Verbündeten, den Kursachsen, bedauerlicherweise gänzlich gemangelt hat.« Er warf einen Blick auf einen anderen Obristen mit seinem Gefolge, der etwas abseits im Zelt stand und dessen säuerliche Miene verriet, dass die Anspielung ganz offensichtlich ihm gegolten hatte.

Eik kannte ihn. Der Mann hatte in der Schlacht von Breitenfeld neben der Kompanie von Eik und De Vries gekämpft, und er war einer der wenigen sächsischen Befehlshaber gewesen, die sich nicht der allgemeinen Flucht der sächsischen Truppen unter Johann Georg I. angeschlossen hatten.

»Euer Majestät.« De Vries senkte den Kopf, als ihm Gustav Adolf die Hand auf die Schulter legte.

»Ihr werdet Euer Kommando behalten, Herr Obrist. Bis Wir eine neue Aufgabe für Euch finden.« Dann drehte er sich zu Eik herum. »Und da Ihr schon mal kniet, Lieutenant, müssen Wir Uns wohl auch eine Beförderung für Euch ausdenken, um Euch die Peinlichkeit zu ersparen, Euch angesprochen zu fühlen, obwohl Ihr gar nicht gemeint wart.«

Der König lachte, als Eik bis unter die Haarwurzeln

errötete. »Schon gut, Lieutenant. Man hat Uns berichtet, wie Ihr die Attacke am Lech-Übergang angeführt habt.« Er hielt inne und schien einen Moment nachzudenken. »Unerschrocken, voller Verachtung für die Gefahr und mit dem Mut eines Löwen.« Er legte den Kopf auf die Seite. »Das waren doch Eure Worte, General Banér, wenn ich mich richtig erinnere.«

Er blickte zu dem Infanteriegeneral, der am Rand des Zeltes stand, neben General Graf Horn.

»In der Tat, Majestät.« Johan Banér trat einen Schritt vor und verneigte sich. »Allerdings hat er es meinen Infanteristen zu verdanken, dass er sich heute Eurer Gunst erfreuen darf. Wären sie ihm nicht bei seiner Attacke gefolgt, dann hätten Tillys Männer ...«

»Haben sie aber nicht, Herr General.« Der König machte eine wegwerfende Handbewegung. »Und wie Obrist De Vries bereits sagte, sind Wir heute viel zu großzügig, um auf solche Kleinigkeiten einzugehen.«

»Selbstverständlich, Majestät.« Johan Banér verneigte sich erneut und trat wieder zurück neben General Graf Horn. Als er sich wieder aufrichtete, zeigte seine Miene keine Regung, aber Eik glaubte ein Funkeln in seinen Augen zu bemerken, von dem er nicht wusste, ob es böse oder belustigt war. Aber er kam nicht dazu, lange darüber nachzudenken, denn der König war noch nicht fertig mit ihm.

»Wie dem auch sei, Herr Lieutenant, Eure Kühnheit und Loyalität müssen belohnt werden, wenn schon nicht Euer taktisches Geschick.« Er nickte, als hätte er einen Gedanken, der ihn befriedigte. »Deshalb werden Wir Euch mit sofortiger Wirkung zu Unserer persönlichen Leibwache in Unsere *Gelbe Brigade* versetzen.

Dort werdet Ihr die Stelle eines Unserer Adjutanten einnehmen, der das Pech hatte, von einer Kugel getroffen zu werden, die Uns galt. Von Euch erwarte ich nichts weniger als dieselbe Hingabe. Euer neuer Befehlshaber wird dafür sorgen, dass Ihr die gelbe Uniform des Königlichen Regiments bekommt.« Er sah sich um, und ein Offizier trat vor und salutierte. In dem Moment ertönten Schritte, dann fuhr der König fort: »Was will Er?«

»Selbstverständlich, Majestät«, erwiderte Eik, der dachte, der König hätte ihn gemeint. Er hob jedoch nicht den Kopf, sondern blickte weiter auf die Stiefel des Königs, deren Leder frisch gebürstet und geölt zu sein schien. »Ich danke Euch für Eure Großzügigkeit«, setzte er hastig hinzu, als er die anhaltende Stille im Raum bemerkte.

Neben den Stiefeln des Königs waren zwei weitere Stiefel aufgetaucht, und daraufhin hob Eik doch den Blick, neugierig, was da vor ihm passierte, und besorgt, dass er möglicherweise etwas falsch gemacht haben könnte.

Aber der Monarch schien Eik bereits vergessen zu haben. Er lauschte dem Adjutanten, der ihm etwas zuflüsterte, dann klatschte er in die Hände und wandte sich dem Thronsessel zu. Mit wenigen Schritten hatte er ihn erreicht, drehte sich um und setzte sich.

»Wir haben bereits heute Mittag Nachricht aus München erhalten. Die Stadträte haben Unser großzügiges Angebot der Brandschatzung akzeptiert«, verkündete er. »Das erspart München eine Menge Blutvergießen und Wehklagen und gibt Uns die Möglichkeit, Unser Heer und das Unserer Verbündeten für die nächste Herausforderung zu rüsten.«

»Du kannst aufstehen, Gelbkittel«, knurrte De Vries Eik leise zu. »Da bist du ja fein raus. Darfst den König bei seinen Ausritten begleiten und dafür sorgen, dass er sich nicht verirrt, kurzsichtig, wie er ist.«

Eik war immer noch verblüfft von dieser »Beförderung«. »Ich habe nicht darum gebeten, Herr Obrist!«, flüsterte er. »Gibt es vielleicht eine Möglichkeit …?«

»Ganz gewiss nicht«, murmelte De Vries. »Und Achtung, ich glaube, dein neuer Vorgesetzter kommt gerade auf dich zu. Er scheint von deiner ›Beförderung‹ ebenso wenig begeistert zu sein wie du.«

Eik musterte mit regungsloser Miene den Obristen in der gelben Uniform, der mit steif durchgedrücktem Rücken und einem Gesichtsausdruck, als hätte er Schwarzpulver im Mund, auf ihn zukam.

Doch bevor der Mann ihn erreicht hatte, fuhr Eiks Kopf wieder in Richtung Gustav Adolf herum, als dessen Worte in sein Bewusstsein drangen.

»… wie Wir gehört haben, hat dieser Narr von einem Kaiser diesmal eine Entscheidung getroffen, die Wir ernst zu nehmen haben. Er hat noch vor Tillys Niederlage vor drei Tagen einen neuen Oberbefehlshaber für seine Armeen ernannt. Es ist ein alter Bekannter, wie es scheint, und er ist bereits hierher unterwegs.«

Erwartungsvolle Stille machte sich in dem Zelt breit, aber Eik wusste, um wen es sich handelte, noch bevor der König den Namen aussprach. Und er fragte sich, ob Valerian hinter dieser Angelegenheit steckte.

»Es ist der Herzog von Friedland und ehemals auch von Mecklenburg und Brandenburg, bevor Wir die rechtmäßigen Fürsten dort wieder eingesetzt haben.«

Eik musste schlucken, weil ihm vor Aufregung der

Mund trocken wurde. Jetzt, da Gustav Adolf es mit einem gleichwertigen Gegner zu tun bekam, musste er, Eik, bei einem Haufen schlecht ausgebildeter und albern gekleideter Leibgardisten Dienst tun. Er sah den Obristen an, der mittlerweile vor ihm stand und ihn übertrieben hochmütig von Kopf bis Fuß musterte.

»Lieutenant. Folgt mir.«

Eik salutierte, und während sich der Mann auf dem Absatz herumdrehte und losmarschierte, ohne auf seinen neuen Lieutenant zu warten, warf der seinem Freund De Vries einen vielsagenden Blick zu.

Wallenstein, formte er mit den Lippen.

De Vries hob die vom Feuer verbrannte Wulst, die einmal seine Braue gewesen war, und nickte, während er denselben Namen lautlos aussprach.

Wallenstein.

12. KAPITEL

*Dezember 1631, Gitschin, Friedland,
Residenz Wallensteins*

Während die Kutsche Valerian seinem Ziel, Gitschin, immer näher trug, wurde er von dem Schaukeln der gefederten Kalesche eingelullt. Womöglich lag das auch an dem Mohnsamensaft, von dem Claasen ihm für die Reise ein Fläschchen mitgegeben hatte; dadurch waren die Schmerzen in seinem Bein, das er hochgelegt hatte, während der rumpelnden, holprigen Fahrt einigermaßen erträglich.

Die Erinnerung an seinen wenn auch kurzen Aufenthalt in Prag und das Gespräch mit dem Grafen ging ihm wieder durch den Kopf. Und er musste zugeben, dass er neugierig darauf war, wie die herzogliche Residenz hier in Gitschin wohl aussehen würde.

Er hatte nicht schlecht gestaunt, als er das Prager Palais Wallensteins gesehen hatte. Es lag malerisch vor der Prager Burg, und seine Größe und Pracht hatten Valerian sehr beeindruckt. Als er sich bei Tuchy erkundigt hatte, ob er Wallenstein hier treffen würde, hatte der Graf jedoch bedauernd den Kopf geschüttelt.

»Unglücklicherweise ist Eure Reise hier noch nicht zu Ende, verehrter Rittmeister«, hatte Tuchy erklärt, als sie das Anwesen in der Kutsche des Grafen passierten.

»Unser früherer und hoffentlich auch zukünftiger Generalissimus hat sich bereits gestern auf den Weg nach Gitschin gemacht.« Er hob die Hände. »Wenigstens ist es keine so lange Fahrt wie von Leipzig hierher. Gitschin liegt etwa elf bayerische Meilen, also gut zwei Tagesritte, von Prag entfernt.« Nach einem kurzen Blick auf Valerians verletztes Bein hatte er hinzugefügt: »Da Ihr es von Leipzig hierher so rasch geschafft habt, dürfte Euch dieser kurze Weg keine allzu große Mühe bereiten.«

Jedenfalls nicht, was die Entfernung betrifft, hatte Valerian gedacht. Nur was die Strapazen anging, die er auf sich nehmen musste, um seinen Auftrag zu erledigen, den ihm der Graf auf ihrer Fahrt erläuterte, hegte Valerian Bedenken.

»Und Ihr sagt, dass sowohl der Kaiser als auch Seine Gnaden der Kurfürst sich bereits vergeblich bemüht haben, Wallenstein dazu zu bringen, erneut das Oberkommando über die kaiserlich-ligistische Armee zu übernehmen?«

»Bedauerlicherweise ja«, erwiderte Tuchy.

»Bedauerlicherweise?« Valerian hatte aus seiner Verwunderung keinen Hehl gemacht. »Ich kann mich erinnern, dass gerade Euer Herr, Seine Gnaden Kurfürst Maximilian, einer der erbittertsten Gegner des Herzogs gewesen ist.« Es war Valerian nicht entgangen, dass bei diesen Worten in seiner Stimme eine gewisse Bitterkeit mitgeschwungen hatte. »Ich würde sogar so weit gehen zu sagen, dass er derjenige war, der Wallenstein gestürzt hat, obwohl der gerade ...«

Der Graf zuckte mit den Schultern. »Verehrter Freiherr, so ist es halt in der Politik. Sinnlos, sich über die sonderbaren Wege des Schicksals aufzuregen. Die Gewalt des Stromes reißt uns ohnehin mit. Dagegen anzuschwimmen würde nur unsere Kräfte erschöpfen und uns schwächen.« Er seufzte. »Der Argwohn gegen den Herzog von Friedland hat sich nicht verflüchtigt, aber unsere Lage ist verzweifelt.« Er beugte sich verschwörerisch vor und legte Valerian die Hand auf den Arm. »Natürlich werden wir das Wallenstein nicht verraten, denn wenn es uns nicht gelingt, ihn erneut zum Oberbefehlshaber zu machen, so fürchte ich, ist die Sache der Katholiken und des Kaisers verloren.«

Und welche Sache mag das wohl sein?, dachte Valerian. *Etwa die Verteidigung des wahren Glaubens?*

»Wir sind der festen Überzeugung, dass wir nur mit Wallensteins Hilfe den wahren Glauben verteidigen können!«, erklärte der Graf in dem Moment auch tatsächlich und mit einer Inbrunst, die er sicherlich nicht aufgebracht hätte, wenn er Valerians Gedanken hätte lesen können. »So wie der Schwedenkönig von den Protestanten als Retter gefeiert wird, so wird Wallenstein geehrt werden, sobald er diese Gefahr für Kaiser und Reich abgewendet hat.«

Valerian konnte sich ein Lachen gerade noch verkneifen, während der Graf weitersprach.

»Der Herzog hegt nach seiner ... unglücklichen Demission einen erklärlichen Groll gegen den Kaiser und meinen Kurfürsten. Das mag verständlich sein, entbehrt aber jeder Grundlage. Denn die Entscheidung, den Herzog vom Generalat abzulösen, hatte keineswegs persönliche Gründe, sondern war allein der Notwendigkeit geschuldet.«

»Aber wenn Seine Majestät und sogar Seine Gnaden

der Kurfürst bereits vergeblich versucht haben, den Herzog umzustimmen, wie soll ich da …?«

Valerian musste sich Mühe geben, seine Zweifel nicht zu deutlich zu zeigen. *Es kann doch nicht sein, dass der Graf das wirklich ernst meint,* dachte er. Aber er kam nicht dazu, weiter darüber nachzudenken, denn Tuchy schien von seinen eigenen Argumenten wahrlich beseelt.

»Wir glauben, der Herzog hat längst begriffen, dass er nicht umhinkommt, Partei zu ergreifen, und ich meine damit Partei für den Kaiser.« Tuchy hob seine dichten Brauen. »Vorausgesetzt natürlich, dass er weiterhin Herzog von Friedland bleiben möchte.«

»Ihr meint …?« Valerian zog die Augen zu schmalen Schlitzen zusammen. »Der Kaiser will Wallenstein sein Herzogtum wegnehmen, wenn er nicht …?«

Tuchy fuhr zurück und sah Valerian verblüfft an. »Zugegebenermaßen ein interessanter Gedanke, verehrter Freiherr, auf den selbst ich noch nicht gekommen bin.« Er schüttelte den Kopf. »Aber nein.« Nach einer Pause fuhr er fort: »Nein, das dürfte selbst Seiner Majestät zu heikel sein. Tatsächlich geht es darum, dem Herzog klarzumachen, dass Gustav Adolf nicht davor zurückschrecken wird, auch Friedland seinem Reich einzuverleiben, wenn er erst einmal das restliche Deutschland besiegt hat.« Erneut zuckte er mit den Schultern. »Immerhin hat er Wallenstein bereits Mecklenburg und Brandenburg weggenommen, ein Verlust, der den Herzog sicherlich schmerzt.«

Valerian nickte. Das war ein Terrain, auf dem er sich sicher fühlte. Vor allem, weil das Argument des Grafen stichhaltig war. *Natürlich wird Gustav Adolf sich nicht mit dem begnügen, was er schon hat,* dachte er. *Warum auch? Die protestantischen Kurfürsten und selbst katholische Adlige laufen in Scharen zu ihm über …*

»Und Seine Majestät ist besorgt, dass der Schwedenkönig sich möglicherweise nicht nur damit bescheidet, den protestantischen Glauben in Norddeutschland zu verteidigen«, führte Tuchy aus, »sondern dass er auf die Idee kommen könnte, seinen Einfluss bis nach München oder Wien auszudehnen, sollte ihm nicht Einhalt geboten werden.«

»Gewiss, aber all das habt Ihr, wenn ich Euch richtig verstanden habe, Wallenstein ja bereits mitgeteilt. Und trotzdem hat er sich bislang geweigert …«

»Wir glauben, dass der Herzog sich bitten lässt, um seine Revanche zu genießen, schließlich hat man ihn vor einiger Zeit von seinem Generalat entbunden.« Tuchy sah Valerian durchdringend an. »Das wissen wir von einem ihm nahestehenden Vertrauten, einem Mann, den Ihr ebenfalls kennt.«

Valerian sah den Grafen abwartend an. Er hatte keine Lust zu spekulieren, um wen es sich dabei wohl handeln könnte, weil er die Spielchen von Tuchy kannte. Der Graf versuchte immer, Informationen zu sammeln und herauszufinden, wie viel sein Gegenüber wusste. Der Freiherr machte sich keine Illusionen darüber, dass die Freundlichkeit des Grafen ihm gegenüber ausschließlich darauf beruhte, als wie nützlich er und sein Herr, Maximilian von Bayern, Valerian ansahen. Gleichzeitig war der Graf jemand, der grundsätzlich jedem anderen Menschen gegenüber argwöhnisch war. Eine Eigenschaft, die er zweifellos mit Wallenstein teilte. Anders als der Herzog jedoch war Tuchy nur einem einzigen Menschen gegenüber loyal, nämlich seinem Herrn Maximilian von Bayern. *Wenn überhaupt,* dachte Valerian. *So freundlich er auch sein mag, sei auf der Hut.*

»Ich meine General Rudolf von Tiefenbach«, sagte Tuchy schließlich.

Valerian hatte das bereits vermutet. Er erinnerte sich noch sehr gut an die Worte des Feldmarschalls in Memmingen, als der sich nach Wallensteins Demission an ihn, Valerian, gewendet hatte. *»Lasst Euch nicht erschießen, Herr Lieutenant«,* hatte Tiefenbach gesagt, als er ihm geraten hatte, sein Glück bei Tilly zu versuchen. *»Es könnte sein, dass Wallenstein und ich Euch bald wieder benötigen, und zwar früher, als Ihr denkt.«*

»Und Ihr meint, Herr Graf, dass ich der Richtige bin, um Wallenstein umzustimmen?«

»Wir«, sagte Tuchy mit deutlicher Betonung, »meinen, dass Wallenstein nur noch einen kleinen Anstoß braucht, um das Generalat ohne Gesichtsverlust wieder annehmen zu können. Bislang wurde er vom Kaiser und dem Kurfürsten darum gebeten, zwei Männern, denen er …«, er suchte nach dem passenden Wort, »… sagen wir, nicht sonderlich wohlwollend gegenübersteht.«

»Aber mir …?«

»Ihr seid ein Soldat, Ihr wart an Wallensteins Seite, und der Herzog hat durchaus große Stücke auf Euch gehalten, wie Tiefenbach berichtet hat.« Er lächelte Valerian an. »Angeblich hat er sogar bedauert, dass sein Feldmarschall Euch überredet hat, aus dem Leibregiment des Herzogs auszuscheiden, um unter Tilly weiterzudienen.« Er hob die Brauen. »Dadurch seid Ihr allerdings anderen mächtigen Männern aufgefallen«, fuhr er verschwörerisch fort.

Valerian musste insgeheim das Verhandlungsgeschick dieses Mannes bewundern. Hätte er nicht genau gewusst, wie berechnend Tuchy war, hätte er sich vielleicht tatsächlich geschmeichelt gefühlt. Aber ihm war klar, dass er für den Grafen nur ein Werkzeug war, das dieser Mann sofort wieder fallen lassen würde, wenn es sich als untauglich oder entbehrlich erwies.

Dennoch überraschten ihn die nächsten Worte des Grafen, denn sie zeigten, dass Tuchy und diesen mächtigen Männern hinter ihm offenbar tatsächlich sehr viel am Erfolg dieser Mission gelegen war. Valerian vermutete, dass es sich bei diesen Männern vermutlich um Maximilian und den Kaiser handelte, deren Lage der Graf vorhin noch als verzweifelt beschrieben hatte.

»Selbstverständlich werden sich Eure Bemühungen für Euch ebenfalls auszahlen, Herr Rittmeister. Wie Ihr vielleicht wisst, ist Obrist von Corpes bei Breitenfeld schwer verwundet worden und musste seinen Dienst quittieren. Das Regiment hat einen neuen Befehlshaber bekommen.«

»Etwa Feldbrück?« Die Worte entschlüpften Valerian ungewollt. Er konnte einfach nicht glauben, dass jemand diesen völlig unfähigen Offizier tatsächlich an die Spitze eines ganzen Regimentes stellen würde.

»Nein, obwohl sich Obristlieutenant Feldbrück bei verschiedenen Stellen nachdrücklich für diese Position angedient hatte.« Der Graf lächelte. »Feldbrück darf man nicht unterschätzen, Herr von Villesen. Die Fähigkeiten dieses Mannes auf dem Schlachtfeld mögen begrenzt sein, aber seine Geschicklichkeit in Hofintrigen und Politik ist bemerkenswert.«

»Das ist mir klar, Herr Graf. Dennoch …«

»Feldbrück wurde in den Generalstab zurückversetzt. Dort kann er, ohne sein kostbares Leben in Gefahr zu bringen – und das von anderen, möchte ich hinzufügen – seinem Kaiser am besten dienen.« Tuchy machte eine kleine Pause. »Nein, Euer Kürassierregiment wurde von General von Tiefenbach übernommen, und er hat Euch als seinen Stellvertreter und neuen Befehlshaber Eurer Esquadron vorgeschlagen.« Der Graf lächelte. »Im Range eines Obristlieutenants, versteht sich.« Er wartete auf Valerians Reaktion, und als er das Leuchten in den Augen des Rittmeisters sah, nickte er zufrieden. »Aber vergesst nicht, Herr Rittmeister, das alles wartet auf Euch unter einer Bedingung: Ihr müsst den Herzog dazu bewegen, das Ersuchen Seiner Majestät zu akzeptieren und sich an die Spitze der kaiserlichen Armeen zu stellen. Aber ich bin mir sicher, dass Euch das gelingen wird.«

Valerian schreckte aus seinem Tagtraum hoch, als das Echo der Hufschläge auf dem gepflasterten Platz von den Mauern der umliegenden Häuser zurückgeworfen und verstärkt wurde. Sie hatten Gitschin erreicht, ohne dass er es bemerkt hatte, und bereits das Valdice-Tor durchfahren, hinter dem sie von uniformierten Bewaffneten erwartet wurden.

»Euer Bote scheint vom Herzog wohlwollend empfangen worden zu sein«, erklärte Jan Declaes und streckte den Arm aus.

Valerian blickte in die Richtung, in die er zeigte. Der junge Kürassier, den er mit der Nachricht von seiner

Ankunft und dem Ersuchen um ein Gespräch mit Wallenstein vorausgeschickt hatte, stand unter dem Torbogen vor dem Eingang des Schlosses. Offenbar wartete er bereits ungeduldig auf seinen Offizier.

Kaum hatte die Kutsche angehalten, stürmte der Soldat mit langen Schritten auf sie zu und riss den Schlag auf, noch bevor der Gehilfe des Kutschers hatte vom Bock heruntersteigen können.

»Der Herzog …« Er unterbrach sich, als ein hochgewachsener, bärtiger Mann in einer dunklen Livree neben ihn trat.

»Freiherr von Villesen.« Als Valerian zustimmend nickte, machte der Mann eine knappe Verbeugung. »Ich darf Euch in Eure Gemächer führen, Herr Rittmeister. Nach dieser strapaziösen Reise wollt Ihr Euch sicher ausruhen.«

Valerian hatte sich vom Polster hochgestemmt und versuchte, so gut es eben ging, mit seinem geschienten Bein, die Kutsche zu verlassen. *Hauptsache, ich falle nicht auf die Nase!,* dachte er. Davor fürchtete er sich weniger aus Angst um seine Gesundheit, als vielmehr deshalb, weil er sich nicht gleich als Erstes bei diesem delikaten Auftrag zum Narren machen wollte.

Als der Bedienstete die Schienen unter dem aufgeschnittenen Hosenbein sah, runzelte er die Stirn. »Soll ich Euch einen Tragestuhl holen lassen, edler Herr? Wir wussten nicht, dass Ihr … verletzt seid.«

Valerian machte eine abwehrende Handbewegung. »Nein danke, es geht auch so.« *Das fehlt gerade noch, dass man mich wie einen Invaliden vor Wallenstein schleppt.* Aber ein leises Stöhnen konnte er doch nicht unterdrücken, als er das verletzte Bein belastete. Trotzdem, der Chirurgicus hatte wohl recht gehabt, es war tatsächlich nicht gebrochen. Offenbar verstand Claasen sein Handwerk.

»Moment, Herr Rittmeister, ich helfe Euch.«

»Das ist nicht nötig, Herr Lieutenant, das erledige ich schon!« Bossel war hastig neben Valerian getreten, und es hätte nicht viel gefehlt, und sein Bursche hätte die hilfreiche Hand von Lieutenant Declaes zur Seite geschoben.

Valerian verdrehte die Augen. Seit seiner Verletzung hatte sich Bossel, der ohnehin stets um ihn besorgt war, in eine richtige Glucke verwandelt. »Schon gut, Bossel.« Er straffte sich. »Gib mir einfach meinen Gehstock, dann geht es schon.«

»Aber junger Herr ...«

Valerian brachte seinen Offiziersburschen mit einem eisigen Blick zum Schweigen. *Bossel muss wirklich lernen, meinen Befehlen ohne Widerspruch zu gehorchen, vor allem unter solchen Umständen wie jetzt und hier. Wenn mein Bursche mich schon nicht respektiert, wie kann ich das dann von einem Herzog und altgedienten Soldaten erwarten?*

Er musterte Wallensteins Bediensteten, aber in der Miene des Mannes zeigte sich lediglich einstudierte Langeweile.

Ich frage mich, ob er wohl lange hat üben müssen, um diesen blasierten Ausdruck so perfekt hinzubekommen, oder ob er ihm in die Wiege gelegt worden ist.

»Kümmere dich um mein Gepäck«, befahl er Bossel. Er hoffte allerdings, dass sein Bursche sich Zeit dabei ließ, denn sonderlich viel Gepäck hatten er und seine Reisegefährten nicht dabei.

Wenigstens hatten sie sich in Prag durch Vermittlung des Grafen Tuchy mit frischem Unterzeug und sauberer Garderobe versehen können. Der größte Teil seiner Habseligkeiten war in seinem Zelt geblieben und nach der Niederlage von Breitenfeld an Plünderer gefallen.

Er verglich unwillkürlich dieses prachtvolle herzogliche Schloss vor ihm mit dem Palais Wallensteins in Prag. Und er musste zugeben, dass sich Wallenstein alle Mühe gegeben hatte, seinen Herzogsitz dem Palais in nichts nachstehen zu lassen.

Als Valerian, begleitet von Bossel, Declaes und den anderen Kürassieren aus seiner Eskorte, hinter der kleinen Schar von Lakaien herging, die ihn in sein Quartier führten, kamen ihm leichte Zweifel, ob er seiner Aufgabe tatsächlich gewachsen war. Diese Residenz hier kündete von Macht und Reichtum, und er wusste nicht, womit er den Besitzer dieses Prunks zu einer Aufgabe verlocken sollte, bei der er möglicherweise mehr verlieren als gewinnen konnte. Das brachte ihn auf einen anderen Gedanken.

All diese Pracht wird der Herzog verlieren, sollte Gustav Adolfs Siegeszug nicht bald gestoppt werden, dachte er. *Der Kaiser und Maximilian sind nicht die einzigen Machthaber, für die viel auf dem Spiel steht. Und Friedland selbst ist von protestantischen Kurfürsten umringt, die allesamt auf der Seite des Schweden stehen.*

Seine Zuversicht, was den Ausgang des bevorstehenden Gesprächs mit dem ehemaligen Generalissimus und seinem früheren Kommandeur anging, stieg, je prachtvoller die Räume wurden, durch die man ihn führte.

Tuchy hatte recht, dachte Valerian. *Wallenstein hat genauso viel zu verlieren wie der Kurfürst oder der Kaiser, wenn es Gustav Adolf gelingt, die kaiserlichen und ligistischen Heere zu besiegen. Aber im Unterschied zu den beiden anderen kann er verhindern, dass das passiert. Wenn es mir gelingt, ihn dazu zu bringen, seinen Groll über die demütigende Demission zu begraben, kann ich ihn vielleicht auch davon überzeugen, dass er sich derselben Bedrohung gegenübersieht wie der Kaiser. Und dass es nur eine Möglichkeit gibt, sich dieser Bedrohung zu stellen. Nämlich sie zu beseitigen.*

Als Valerian schließlich seine Gemächer betrat, war jeder Zweifel verschwunden, und mit der neuen Zuversicht durchströmte ihn auch neue Energie.

Er blieb vor dem mannshohen Spiegel in seinem Gemach stehen und musterte den Mann, der ihm daraus entgegenblickte.

Obristlieutenant von Villesen, zu Euren Diensten.

»Willkommen, Herr Rittmeister. Unsere letzte Begegnung ist lange her, fast eine halbe Ewigkeit, wie mir scheint.«

Valerian verneigte sich respektvoll und verharrte einen Moment länger in dieser Haltung, als nötig gewesen wäre. Aber er wollte nicht riskieren, dass das Erschrecken, das ihn beim Anblick von Wallenstein durchzuckt hatte, ihm noch anzusehen war, wenn er sich wieder aufrichtete.

Der Herzog von Friedland und ehemalige Generalissimus des Kaisers wirkte wie ein Schatten seiner selbst. Sein Gesicht war teigig, und die Haut hatte einen ungesunden gelblichen Schimmer. Er saß gekrümmt in seinem gepolsterten Lehnstuhl dicht neben dem Kamin des Salons, in dem ein Feuer loderte und eine stickige Wärme verbreitete. Wallenstein hatte die Lippen verzogen und die Augen zugekniffen, als hätte er Schmerzen. Selbst seine Stimme klang anders, als Valerian sie in Erinnerung hatte. Nicht mehr so kraftvoll und entschlossen, sondern müde und gepresst.

Ist das wirklich der Mann, den Kaiser und Kurfürst an der Spitze ihrer Armeen sehen wollen?, dachte Valerian unwillkürlich, während er den Herzog musterte. *Sollte dieser Mann in der Lage sein, Gustav Adolf zu schlagen?*

Natürlich sprach er nichts dergleichen aus. »Ja, Euer Gnaden«, antwortete er. »Ich fühle mich geschmeichelt, dass Ihr Euch noch an mich erinnert.«

Wallenstein deutete matt auf einen Sessel, der seinem geschnitzten Thronstuhl in gebührender Entfernung gegenüberstand. Er wartete, bis Valerian sich gesetzt hatte. »Mein verehrter Freund Tiefenbach hat mir Eure Ankunft bereits avisiert und mir Euch und Euer Anliegen wärmstens empfohlen.« Der Herzog hob den Kopf und starrte Valerian prüfend an.

Der spürte etwas von jener Unnachgiebigkeit und Härte im Blick des Generalissimus, die ihn zu einem so erfolgreichen Feldherrn gemacht hatten. Im Verbund mit seinem Scharfsinn und seinem unbändigen Ehrgeiz. *Den andere Leute vielleicht auch Gier nennen würden,* dachte Valerian. Eine Eigenschaft, die, wie er hoffte, Wallenstein immer noch auszeichnete. Denn es war genau dieser Charakterzug, den er anzusprechen gedachte.

»Feldmarschall von Tiefenbach hatte mir bereits bei Eurer Demission …«, begann Valerian.

»Ihr meint wohl meinen Rauswurf durch diese verdammte Intrige meiner verfluchten Neider bei Hofe. Gegen die sich der Kaiser offenbar nicht durchsetzen wollte.« Wallenstein wedelte mit der Hand. »Oder konnte. Was vielleicht noch schlimmer ist.«

Valerian war von der Schärfe in Wallensteins Stimme ein wenig überrascht. Er hatte zwar erwartet, dass sich der Groll des Herzogs noch nicht gänzlich gelegt hatte, aber diese Worte schienen ihm direkt aus dem Herzen zu kommen. Der Mann war immer noch gekränkt und beleidigt. Was erklärte, warum er auf die Briefe des Kaisers nicht reagiert hatte. Briefe, die, wenn er Tuchy glauben durfte, schon fast Bettelbriefe gewesen waren. *Aber wenn die Wunde wirklich noch so tief sitzt, macht das meine Aufgabe nicht gerade einfacher,* dachte Valerian.

»Das kann ich nicht beurteilen, Euer Gnaden. Aber wie Feldmarschall von Tiefenbach …«

»Feldmarschall von Tiefenbach ist mittlerweile Privatier von Tiefenbach, Herr Rittmeister.« Wallenstein musterte Valerian unter gesenkten Lidern. »Er hat versucht, dem Kaiser Prag zu retten.« Er schnaubte verächtlich. »Vergeblich, wie ich hörte.«

Valerian starrte Wallenstein aufrichtig verblüfft an. »Prag? Ich komme aus Prag. Man munkelte, dass die Sachsen …«

»Nun, es freut mich, dass ich Euch aufklären kann. Dieses Gemunkel«, Wallenstein betonte das Wort höhnisch, »scheint wohl eine der Lieblingsbeschäftigungen der kaiserlichen Strategen zu sein. Vielleicht wollen sie damit vermeiden, laut zugeben zu müssen, wie unfähig sie sind. Jedenfalls haben die sächsischen Truppen unter Georg von Arnim Tiefenbachs kaiserliche Truppen vor Nimburg geschlagen.« Er schüttelte den Kopf. »Daher dürfte es nur eine Frage der Zeit sein, bis Arnim Prag einnimmt«, knurrte er. »Falls er es nicht schon längst getan hat. Ich kann von Glück sagen, dass ich mich hierher zurückgezogen habe, nach Gitschin.« Für einen Moment versank Wallenstein in Gedanken und schien Valerians Gegenwart völlig vergessen zu haben. »Vielleicht auch nicht«, murmelte er. »Wäre ich in Prag geblieben, wäre es vielleicht anders gekommen.«

Valerian hielten Respekt vor dem Herzog und eine gewisse Scheu davor zurück, etwas zu erwidern, obwohl ihm eine Entgegnung auf der Zunge lag. Das war genau die Eröffnung für seine Rede, die er brauchte. Er holte Luft, um doch eine Bemerkung zu machen, aber in dem Moment hob Wallenstein wieder den Blick und sah ihn an.

»Ich nehme an, Ihr seid nicht hergekommen, um mir etwas zu berichten, das mir meine Kundschafter wesentlich schneller zu melden wussten, Herr Rittmeister.« Er hob zwei Finger seiner Hand, die auf dem geschnitzten Löwenkopf der Armlehnen gelegen hatte. »Fahrt fort und tragt Euer Anliegen ruhig vor. Ich kann mir schon denken, worum es geht.« Er deutete auf ein zusammengerolltes Pergament, das auf einem kleinen Tischchen in Griffweite neben dem Lehnstuhl lag. »Wie gesagt, Tiefenbach hat mich vorgewarnt.«

»Vorgewarnt?« Valerian suchte hastig nach einer schlagfertigen Erwiderung, die dem Gespräch eine für ihn günstigere Richtung geben konnte und ein bisschen

Schärfe herausnahm. »Ich glaube nicht, dass man Euer Gnaden vor mir warnen muss …«

»Oh, das sehe ich durchaus anders.« Wallenstein lachte und hustete dann lange und heftig. Als er sich schließlich beruhigt hatte, keuchte er und tupfte sich die Lippen mit einem Taschentuch ab. »Tiefenbach weiß, dass ich Euch für einen fähigen Offizier halte, wie Ihr in meinen Diensten ja zur Genüge unter Beweis gestellt habt, von Villesen.« Wallenstein hatte sich wieder gefasst und schob jetzt fast kämpferisch das Kinn vor. »Und ich bin sehr gespannt, ob Ihr als Diplomat und intriganter Höfling ebenso fähig seid. Ich nehme an«, er hob die Hand, als Valerian etwas sagen wollte, »dass entweder Maximilian oder dieser hinterhältige Tuchy Euch hergeschickt haben. Im Namen des Kaisers selbstverständlich.« Er machte eine Pause und sah Valerian abwartend an.

Der wusste zwar, dass er gerade geprüft wurde, nur leider wusste er nicht, mit welcher Antwort er diese Prüfung bestehen konnte. Kurzerhand entschloss er sich, einfach die Wahrheit zu sagen. Auch wenn er damit seinen so raffiniert geschmiedeten Plan über den Haufen warf.

»Ihr habt recht, Euer Gnaden.«

»Ah!« Wallenstein lehnte sich zurück und schlug ein Bein über das andere. Dann trommelte er mit den Fingern auf die Stuhllehne. »Und?«

Valerian biss die Zähne zusammen. Das Gespräch lief ganz und gar nicht so, wie er es sich vorgestellt hatte. Aber nachdem er einmal angefangen hatte zu improvisieren, konnte er auch ruhig weitermachen. Viel zu verlieren gab es ohnehin nicht mehr.

»In Wien ist man verzweifelt, Euer Gnaden, weil …«

»Das kann ich mir gut vorstellen!«, unterbrach Wallenstein ihn bissig. »Vielleicht ist das diesen Intriganten am Hofe mal eine Lehre!«

Valerian senkte den Kopf. »Ganz gewiss, Euer Gnaden. Jedenfalls ist man verzweifelt, weil Ihr auf die Briefe Seiner Majestät …«

»Und weil ich mich nicht begeistert einer Politik und einer Strategie verschreiben will, die ich für falsch halte, hat man Euch geschickt, in der Hoffnung, Ihr könntet mich umstimmen?« Er ließ Valerian keine Zeit zu antworten. »In dem Fall müssen der Kaiser und Seine Gnaden Kurfürst Maximilian tatsächlich sehr verzweifelt sein. Ich schätze Euch als Soldat, von Villesen, aber als Handlanger des Kaisers …«

»Ich bin auch als Soldat hier, Euer Gnaden!«, unterbrach Valerian den Herzog. Es hatte keinen Sinn, auf freundliches Parlieren zu setzen. Wallenstein war ihm ebenso wie Tuchy weit überlegen, wenn es um diplomatisches Geschick ging, das war Valerian in den letzten Minuten klar geworden. Er konnte diesen kriegsmüden und kranken Mann vor sich nur dazu bringen, erneut dieses ebenso ehrenvolle wie mühsame Amt anzunehmen, wenn er schlicht und ergreifend die Wahrheit sagte. *Die Wahrheit, so wie ich sie sehe? Oder so, wie Wallenstein sie sieht?*

»Als Soldat?« Der Herzog beugte sich vor. »Tatsächlich?«

»Ja, Euer Gnaden.« Valerians Gedanken überschlugen sich. Dann hob er den Kopf. »Nicht nur der Kaiser und der Kurfürst sind verzweifelt, ganz Deutschland ist es. Die Lage ist, gelinde gesagt, katastrophal. Der Schwede …«

»Wenn ich mich recht entsinne, hat Seine Majestät den Schwedenkönig als ein unbedeutendes Problem bezeichnet, das man schon bald beseitigt haben würde.« Wallenstein lachte hämisch.

»Eine Fehleinschätzung Seiner Majestät, die der Kaiser zutiefst bedauert. Ebenso wie Eure Entlassung. Aber …«

»Nun, hinterher ist man immer klüger«, knurrte Wallenstein. »Aber bis jetzt habe ich noch nichts aus Eurem Munde gehört, verehrter Herr Rittmeister, was einen anderen Klang hätte als die Schmeicheleien in den Briefen Seiner Majestät.«

»Verzeiht, Euer Gnaden.« Valerian verneigte sich kurz und setzte dann erneut an. »Es ist Euch sicherlich nicht entgangen, dass es Gustav Adolf keineswegs nur um den Schutz des protestantischen Glaubens geht. Ohne Zweifel ist er darauf aus, seinen Einfluss auf ganz Deutschland auszudehnen und ein Nordreich unter schwedischer Krone zu errichten.« Valerian machte eine kleine Pause, um seinen nächsten Worten Nachdruck zu verleihen. »Dass er in Euren ehemaligen Herzogtümern Mecklenburg und Brandenburg die alten protestantischen Herrscher wieder eingesetzt hat, ist nur ein Schritt auf dem Weg dorthin.« Er sah, wie sich Wallensteins Miene verfinsterte, weil er an den Verlust seiner Herzogtümer dachte, und wusste, dass er den richtigen Ton getroffen hatte. »Zweifellos wird er auch vor Eurem Friedland nicht haltmachen.« Er deutete um sich. »Gitschin wird dann irgendwann von einem Gouverneur regiert werden, und Ihr wisst ebenso gut wie ich, dass das ganz gewiss nicht Ihr sein werdet. Es sei denn natürlich, Ihr beabsichtigt, Euch dem Schweden zu unterwerfen.«

»Natürlich nicht, von Villesen!«, zischte Wallenstein. »Worauf wollt Ihr hinaus?«

»Darauf, dass nur ein Mann dem Schwedenkönig auf seinem erfolgreichen Feldzug entgegentreten kann, der über genug militärisches Geschick und die Mittel verfügt, ihn wieder dorthin zurückzuschicken, wo er hingehört, nach Schweden. Und dieser Mann seid Ihr, Euer Gnaden. Ob es dem Kaiser oder Euch nun gefällt oder nicht. Ich appelliere nicht deshalb an Euch, die Entschuldigung des Kaisers und sein Angebot anzunehmen, weil ich glaube, dass es das Beste für den Kaiser ist.« Er machte eine Pause. Würde Wallenstein anbeißen?

Er biss an.

»Sondern?«, erkundigte sich der Herzog, als das Schweigen sich dehnte.

»Ich glaube, dass es das Beste für Deutschland ist. Vor allem aber die einzig vernünftige Entscheidung in Eurem eigenen Interesse.«

Daraufhin schwieg Wallenstein eine Weile. »Und wieso sollte das so sein?«, fragte er schließlich.

Valerian spürte, dass der Herzog sehr genau wusste, worauf er hinauswollte, es aber einfach nur aus seinem Mund hören wollte. Also tat er dem Feldherrn den Gefallen.

»Gustav Adolf wird sich nicht mit Mecklenburg und Brandenburg begnügen. Er wird Euch auch Friedland nehmen. Ihr seid zu einflussreich für ihn, als dass er Euch einfach in Ruhe lassen könnte.« Valerian beobachtete Wallenstein scharf, während er das sagte, und studierte die Wirkung seiner Worte.

Wallensteins Augen blitzten, und er nickte grimmig. »Sprecht weiter«, forderte er Valerian auf.

»Ihr müsst eine Armee aufstellen und gegen Gustav Adolf ins Feld ziehen, wenn Ihr Euer Hab und Gut verteidigen wollt. Niemand sonst wird das bewerkstelligen können. Jedenfalls nicht Graf Tilly. Seine Niederlage bei Breitenfeld hat mehr als deutlich gezeigt, dass er Gustav Adolf als Stratege wie auch von seiner Truppenstärke her unterlegen ist. Und je mehr Erfolge der Schwedenkönig erzielt, desto mehr Fürsten und Kurfürsten werden zu seinen Fahnen überlaufen.« Er sah Wallenstein eindringlich an. »Derzeit unterstützen die Franzosen den Schweden mit Geld, aber es wird nicht mehr lange dauern, dann wird Richelieu auch Truppen nach Deutschland schicken. Wenn das geschieht, ist es vielleicht schon zu spät, um den Kaiser in Wien noch zu retten. Aber ganz sicher ist es dann zu spät für Euch, Eure Herzogtümer zu erhalten. Falls Ihr aber den Oberbefehl über die Armeen des Kaisers akzeptiert, befehligt Ihr nicht nur Eure eigenen Truppen, sondern auch kaiserliche und ligistische Regimenter. Mit dieser Streitmacht wäret ihr Gustav Adolf zumindest ebenbürtig, wenn nicht sogar überlegen.«

Valerian spürte, dass Wallensteins ablehnende Haltung immer mehr ins Wanken geriet. *Er weiß, dass ich recht habe, aber er ist noch zu stolz, seinen Widerstand und Groll gegen den Kaiser und die Kurfürsten aufzugeben. Doch es fehlt nicht mehr viel. Und mir bleibt noch ein letztes Argument.*

»Möglicherweise habt Ihr recht, Herr Rittmeister«, räumte Wallenstein ein. »Aber …«

»Verzeiht, Euer Gnaden«, unterbrach Valerian den Herzog. Er wollte nicht, dass Wallenstein erneut seine ungerechte Demission ins Feld führte, um das Ansinnen des Kaisers doch noch zurückzuweisen, weil Valerian genau diese als sein letztes Argument verwenden wollte. »Es gibt nämlich noch einen letzten, erheblichen Vorteil, wenn Ihr auf die Bitte des Kaisers eingeht.«

Wallenstein hatte die Stirn gerunzelt, als Valerian ihm einfach ins Wort fiel, aber seine Neugier war größer als sein Stolz. »Und der wäre?«

»Ihr würdet als Retter des Reiches und des Kaisers dastehen. Dieselben Kurfürsten, die Euch so ungerecht behandelt haben, wären dann gezwungen, vor Euch niederzuknien, um dem Retter Deutschlands zu huldigen. Folgt Ihr dem Ersuchen des Kaisers und nehmt dieses neue Generalat an, könnt Ihr alle Bedingungen stellen, die Euch genehm sind. Der Kaiser und die Kurfürsten werden darauf eingehen, denn sie haben keine andere Wahl. Ihr werdet Euch dieselben Männer zu Dankbarkeit verpflichten, die Euch zuvor so ungerecht behandelt haben.«

Wallenstein schnaubte verächtlich. »Und was nützt mir die Dankbarkeit von Männern, die ihre Loyalität ebenso oft und rasch wechseln wie ihren Mantel?«

»Da mögt Ihr recht haben, Euer Gnaden. Aber Eure Position dem Kaiser und den Kurfürsten gegenüber wird niemals stärker sein als jetzt. Wenn Ihr sie klug nutzt, werdet Ihr mehr Macht haben als je zuvor. Dann seid Ihr auf die Dankbarkeit dieser Höflinge nicht mehr angewiesen.«

Auch wenn ich nicht weiß, ob das wirklich eine gute Sache ist, dachte Valerian, während er das sagte.

»Angenommen, ich besiege den Schweden … Was dann, Herr Rittmeister?« Wallenstein klang mürrisch, aber Valerian wusste, dass er gewonnen hatte. »Ihr habt das alles ja bereits sehr gut durchdacht, falls das wirklich Eure eigenen Gedanken sind. Wie, glaubt Ihr also, geht es dann weiter?«

Valerian war zu erleichtert, um sich von dem Seitenhieb provozieren zu lassen. Zudem war seine Antwort auf diese Frage etwas, woran er wirklich glaubte und was er inständig hoffte. »Falls Ihr Gustav Adolf besiegt, woran ich nicht zweifle, Herr Generalissimus, könnt Ihr das machen, was Euch – und auch mir, das dürft Ihr mir glauben – am meisten am Herzen liegt.«

»Und was wäre das, Herr von Villesen?«

»Ihr könnt Euch daranmachen, zwischen Protestanten und Katholiken Frieden zu schließen«, erklärte Valerian aus ganzem Herzen. »Ihr habt selbst gesagt, dass dieser Krieg ein Ende nehmen muss. Werdet wieder Oberbefehlshaber der kaiserlich-ligistischen Truppen, besiegt Gustav Adolf und vertreibt die Schweden aus Deutschland, dann stehen Euch zweifellos sowohl in Wien als auch in Regensburg alle Türen offen.«

Für einen Moment herrschte Stille, und nur das Prasseln der Flammen im Kamin war zu hören.

»So leicht wird das nicht werden, Herr Rittmeister.« Wallenstein sprach so leise, dass sich Valerian anstrengen musste, um ihn zu verstehen. »Ihr vergesst die Spanier und die Franzosen. Richelieu unterstützt Gustav Adolf nicht aus religiösen Gründen, immerhin ist Frankreich katholisch. Nein, er will die Habsburger schwächen, und dafür ist ihm fast jedes Mittel recht.«

Valerian nickte. »Das stimmt, Euer Gnaden. Aber wenn es keinen Schwedenkönig mit einem Heer in Deutschland mehr gibt und die protestantischen Kurfürsten ebenfalls Frieden wollen, dann steht Frankreich ziemlich allein da.«

»Die Protestanten werden keinen Frieden schließen, solange der Kaiser sein Restitutionsedikt nicht aufgibt! Das habe ich schon vor meiner Demission gesagt, und ich werde nicht aufhören, es zu sagen, selbst wenn ich mich entschließen sollte, das Generalat zu akzeptieren.«

»Aber so, wie ich das sehe, wäre das der zweite Schritt«, entgegnete Valerian. »Und zudem einer, über den wir uns alle nicht den Kopf zu zerbrechen brauchen, sollten wir Gustav Adolf nicht Einhalt gebieten können.«

Wallenstein seufzte. »Ihr seid nicht nur ein ausgezeichneter Soldat, von Villesen, sondern ein weit besserer Unterhändler, als dieser Tuchy und der Kaiser verdient haben.«

»Heißt das ...?«

»Das heißt, dass ich mich wohl daranmachen muss, eine Armee auf die Beine zu stellen. Obwohl ich geschworen habe, diesem verfluchten Krieg endgültig den Rücken zu kehren.«

Valerian triumphierte innerlich, ließ sich aber nichts anmerken. »Ihr werdet es nicht bereuen, Euer Gnaden. Und ich bin mir sicher, dass der Kaiser und die Kurfürsten Eure Entscheidung diesmal respektieren und honorieren werden.«

»Seid Ihr das?« Wallenstein richtete seinen durchdringenden Blick auf Valerian. »Wir werden sehen, wie der Kaiser und seine Schranzen reagieren, wenn sie meine Bedingungen lesen.« Er grinste bösartig. »Die ihnen zu überbringen Ihr das Vergnügen haben werdet.«

Er hob die Hand, als Valerian etwas erwidern wollte. »Ihr müsst ja nicht bis nach Wien reisen. Es genügt sicherlich, sie dem Grafen Tuchy in Prag zu übergeben. Er dürfte wohl noch dort sein, selbst wenn Arnim die Stadt mittlerweile eingenommen hat.« Er zog die Augen zu Schlitzen zusammen. »Außerdem möchtet Ihr doch sicher Eure Belohnung vom Grafen abholen, weil Ihr seinen Auftrag so erfolgreich zu Ende gebracht habt, oder irre ich mich?«

Valerian wollte schon energisch widersprechen, aber der Blick des Herzogs belehrte ihn eines Besseren. *Du bist bislang mit der Wahrheit gut gefahren,* dachte er. *Besser, du hältst es diesem Mann gegenüber weiter so.*

Als er nicht gleich antwortete, fügte Wallenstein hinzu: »Ich will nicht den Eindruck erwecken, neugierig zu sein, aber es würde mich dennoch interessieren, welche Belohnung Euch Tuchy in Aussicht gestellt hat.«

»Eine Stelle als Obristlieutenant in dem Kürassierregiment, das Feldmarschall von Tiefenbach …« Valerian unterbrach sich, als ihm klar wurde, dass es dieses Regiment nicht gab, zumindest nicht unter einem Kommandeur Rudolf von Tiefenbach, falls Wallenstein die Wahrheit gesagt hatte und von Tiefenbach nach seiner Niederlage in Nimburg aus dem Militärdienst ausgeschieden war. Und Valerian wusste, dass Wallenstein ihn in diesem Punkt niemals belogen hätte.

»Ganz recht, Herr Rittmeister.« Wallenstein hatte Valerians Verstummen richtig gedeutet. »Ihr werdet nicht unter Rudolf von Tiefenbach dienen, sosehr ich das auch bedauere. Ich fürchte, aus Eurer Belohnung wird nichts.« Er lächelte spöttisch. »Graf Tuchy wird sicherlich froh sein, so billig davongekommen zu sein, und Euch auf das nächste Mal vertrösten. Darin ist der Graf gut.«

»Das mag sein, Euer Gnaden«, erwiderte Valerian und ließ sich die Enttäuschung nicht anmerken. »Aber selbst wenn, bin ich trotzdem stolz darauf und froh, Euch umgestimmt zu haben. Es ist mir Ehre und Belohnung genug, als Rittmeister unter Eurem Oberbefehl zu dienen.« Während Valerian das sagte, merkte er zu seiner eigenen Verwunderung, dass er es wirklich ehrlich meinte.

»Wohl gesprochen, Herr Rittmeister. Ich fürchte nur, auch daraus wird nichts.«

Valerian war ehrlich verwirrt. »Ich verstehe nicht, Euer Gnaden ...«

Wallenstein erhob sich mühsam aus seinem Stuhl und stützte sich auf seinen Gehstock mit verziertem silbernem Knauf. »Da gibt es nicht viel zu verstehen, Herr Rittmeister. Ihr glaubt doch etwa nicht, dass ich einen so loyalen und fähigen Offizier, wie Ihr es seid, einfach ziehen lasse und anderen das Vergnügen überlasse, von Euren Talenten zu profitieren?«

»Aber ...« Auch Valerian war aufgestanden, und das wegen seines geschienten Beines kaum weniger mühevoll als Wallenstein.

»Kein Aber, Herr Rittmeister«, unterbrach der ihn. »Ihr habt mich dazu gebracht, diese verantwortungsvolle Bürde des Generalats erneut zu übernehmen. Da halte ich es nur für gerecht, wenn ich Euch ebenfalls eine schwere Bürde auferlege. Aber zunächst einmal werdet Ihr Euer verletztes Bein auskurieren, und zwar hier in Gitschin.«

»Aber Eure Antwort an den Kaiser ...«

»Seine Majestät wartet jetzt bereits mehrere Monate auf meine Antwort, da machen zwei oder drei Wochen mehr auch keinen Unterschied. Es ist ja schließlich nicht so, als hätte er noch andere geeignete Kandidaten für diese Position, hab ich recht?«

Valerian klappte den Mund wieder zu, bevor er seinen Widerspruch formulieren konnte.

»Sehr gut.« Wallenstein nickte. »Ich möchte mich Eurer Hilfe bedienen, während ich meine Armee aushebe. Und dafür brauche ich einen Mann mit zwei gesunden Beinen.«

Bevor Valerian etwas erwidern konnte, ertönte ein nachdrückliches Klopfen an der Tür. Wallenstein fuhr herum, und seine Miene verfinsterte sich. »Was gibt es?«

Der Adjutant, der Valerian und seine Gefährten vor dem Schloss von Gitschin empfangen hatte, trat ein und streifte Valerian mit einem kühlen Blick. Dann wandte er sich seinem Herrn zu. »Verzeiht, Euer Gnaden.«

»Ich hatte doch gesagt, ich will nicht gestört werden, Heinsen. Also, was gibt es so Wichtiges?«

Der Mann sah zu Valerian hinüber, bevor er den Blick fragend auf seinen Herrn richtete.

»Sprecht ruhig«, forderte Wallenstein seinen Adjutanten auf. »Er ist zwar ein Kaiserlicher, aber dennoch vertrauenswürdig.«

Diese Bemerkung grenzte fast an Majestätsbeleidigung, und erneut kamen Valerian Zweifel, ob es wirklich so klug gewesen war, diesem Mann einen Posten anzutragen, der ihm eine solche Machtfülle verlieh.

»Ein Reiter mit einer Nachricht aus Prag ist soeben eingetroffen, Euer Gnaden.« Wieder sah der Mann zu

Valerian. »Wie es scheint, hat Georg von Arnim mit sächsischen Truppen unter schwedischen Fahnen die Stadt eingenommen.« Er reichte Wallenstein einen länglichen, ledernen Zylinder, in dem sich vermutlich das Pergament mit der Nachricht befand.

Wallenstein warf Valerian einen vielsagenden Blick zu. »Habe ich es Euch nicht gesagt?« Dann wandte er sich an seinen Adjutanten. »Danke, Heinsen. Habt Ihr den Boten versorgt?« Als der Adjutant nickte, schickte Wallenstein ihn mit einem Wink aus dem Raum.

Dann ging er zum Stuhl zurück und ließ sich hineinfallen. Er öffnete den Zylinder, zog das Pergament heraus und überflog es rasch.

Valerian, der nicht wusste, ob er bereits entlassen war, räusperte sich, verbeugte sich vor Wallenstein und ging dann rückwärts einen Schritt zur Tür. »Ich muss diese Nachricht mit meinen Kameraden besprechen, Euer Gnaden, und lasse Euch jetzt ...«

»Nein, von Villesen, das werdet Ihr nicht. Vielmehr setzt Ihr Euch dorthin und hört Euch an, was ich zu sagen habe.«

Valerian senkte kurz den Kopf und tat, wie ihm geheißen worden war.

»Anders als Graf Tuchy stelle ich keine Belohnungen für Wohlverhalten oder Erfolg in Aussicht, Herr von Villesen, sondern ich belohne, wenn jemand sich einer Belohnung als würdig erwiesen hat.«

»Euer Gnaden, ich hatte keineswegs ...«

»Ich weiß, ich weiß.« Wallenstein wedelte mit der Hand. »Und ich glaube Euch. Ebenso wie ich Euch glaube, dass Ihr mir auch als Rittmeister dienen wollt. Aber wie ich schon sagte, damit bin ich nicht einverstanden.«

Valerian sah den Herzog aufmerksam und ein wenig ratlos an.

Wallenstein schlug mit dem Handrücken gegen das Pergament. »Von Arnim hat Prag tatsächlich eingenommen. Die kaiserlichen Truppen sind abgezogen, sofern sie nicht gefallen oder übergelaufen sind.« Er presste die Lippen aufeinander. »Und wie es scheint, ist Euer Freund, der Graf, als mehr oder weniger unfreiwilliger Gast des Herrn von Arnim in meinem Palais einquartiert worden. Unter Bewachung, versteht sich.«

Valerian dachte nach. »Dann sollte ich vielleicht so schnell wie möglich mit Eurer Antwort an den Kaiser nach Regensburg fahren ...«

»Mit Eurem verletzten Bein?« Wallenstein schüttelte den Kopf und klopfte auf seine Knie. »Mich plagt die Gicht, Herr von Villesen, und ich weiß, wie mühsam und schmerzhaft eine solch weite Reise ist. So etwas würde ich nicht von Euch verlangen.«

»Meinem Bein geht es schon viel besser, Euer Gnaden ...«

»Viel besser genügt nicht, Herr von Villesen. Ich brauche Euch gesund, wenn Ihr mir Prag zurückerobern sollt! Ich werde es nicht dulden, dass es sich irgendwelche kaiserlichen Höflinge in meinem wunderschönen Palais gut gehen lassen, meine Speisekammern plündern und mein Personal behelligen! Und noch weniger werde ich dulden, dass die Sachsen meine schöne Stadt verwüsten.«

Valerian öffnete den Mund, wusste aber nicht, was er sagen sollte. »Ich verstehe nicht, Euer Gnaden«, sagte er schließlich. Und das war die Wahrheit.

»Was gibt es da zu verstehen, Herr von Villesen? Ihr

habt mir ein schweres Amt aufgebürdet, jetzt werde ich mich revanchieren. Ihr seid ein loyaler Mann, und ich will, dass Ihr mir Eure Loyalität erweist. Werdet Ihr das tun?«

Ich habe dem Kaiser die Treue geschworen, wollte Valerian antworten. *Ich kann nicht noch jemandem die Treue schwören.* Aber irgendetwas hielt ihn davon ab, dem Herzog in diesem Moment diese Antwort zu geben.

»Solange meine Treue zum Reich nicht infrage gestellt wird, Euer Gnaden, könnt Ihr Euch meiner Loyalität sicher sein.«

Wallenstein musterte Valerian scharf. »Eine ehrliche Antwort eines aufrichtigen Mannes«, sagte er und nickte. »Also gut, von Villesen. Was haltet Ihr davon, Prag an der Spitze einer Armee aus zwei Infanterieregimentern samt Dragonern und einem Kürassierregiment von den Sachsen zu befreien? Natürlich erst, wenn Euer Bein wieder gesund ist!«

Valerian schluckte. Damit hatte er wahrhaftig nicht gerechnet. »Das wäre eine … Ich weiß nicht, ob ich Euer Vertrauen …« Er stammelte, konnte aber nicht verhindern, dass sich ein Strahlen auf seinem Gesicht ausbreitete.

»Ihr werdet verstehen, dass Ihr mir in dieser Funktion unmöglich als Rittmeister dienen könnt«, fuhr Wallenstein fort. »Und Ihr versteht sicher auch, dass ich mich wohl schwerlich von einem Grafen Tuchy übertrumpfen lassen möchte.«

»Euer Gnaden, ich würde niemals …«

»Haltet den Mund, hört mir zu und nutzt die Gunst der Stunde!«, unterbrach ihn Wallenstein. »Und akzeptiert meine Großzügigkeit. Ich versichere Euch, sie ist ebenso selten wie in Eurem Fall eigennützig.« Er lächelte. »Ich will, dass Ihr meine Regimenter als Obrist nach Prag führt, die Stadt von den Sachsen befreit und dann mit einem Infanterieregiment und den Kürassieren zu mir stoßt, sobald ich meine Armee gesammelt habe. Dann ziehen wir dem Schweden hinterher, und Ihr könnt mit eigenen Augen sehen, ob sich Euer Einsatz gelohnt hat und es eine gute Idee gewesen ist, Seiner Majestät zu helfen, den alten Wallenstein zur Rückkehr zu bewegen.«

Obrist unter Wallenstein? Mit einem eigenen Kommando? Seine Begeisterung und sein Stolz über diese unerwartete Beförderung sowie das Vertrauen, das dieser charismatische und mächtige Mann in ihn setzte, brachten sämtliche zweifelnden Stimmen, die sich bislang hartnäckig in seinem Hinterkopf gehalten hatten, zum Verstummen.

»Euer Gnaden«, Valerian verbeugte sich, »Ihr ehrt mich über alle Maßen. Ich versichere Euch, dass Ihr Euch meiner Loyalität absolut sicher sein könnt. Ich werde zu Euch stehen, ganz gleich, was geschieht, das gelobe ich.«

Wallenstein sah Valerian einen Moment nachdenklich an, dann legte er ihm die Hand auf die Schulter. »Wohlan denn, Herr Obrist von Villesen. Aber bedenkt, dass Ihr möglicherweise schon sehr bald an Euer Wort erinnert werden könntet.«

Valerian stand auf und sah dem Feldherrn in die Augen. Wieder hatte er das Gefühl, an einem Scheideweg zu stehen, wie damals in Memmingen, als Wallenstein abgelöst worden war, nicht zuletzt durch Valerians eigenes Zutun und Tuchys Ränke. Aber diesmal war er davon überzeugt, den richtigen Weg einzuschlagen. »Ich werde zu meinem Wort stehen, Euer Gnaden, bei meiner Ehre.«

13. KAPITEL

Villesen, November 1631

Der kleine Pulk Reiter verhielt die Pferde am Waldrand. Einer von ihnen, ihr Anführer, den Federn auf seinem Hut, dem stolzen Ross und dem Respekt nach zu urteilen, mit dem die anderen Reiter ihm Platz machten, ritt nach vorn an die Spitze der Gruppe.

»Ist es das, Capitain?«, fragte einer der bewaffneten Männer. Er sprach französisch. Unter seinem dicken Wollmantel schimmerte dunkel ein eiserner Kürass, genau wie bei den anderen Reitern neben ihm.

Der Reiter mit den Schmuckfedern am Hut spähte durch den dichten Regen, der die Sicht in der aufziehenden Dämmerung noch schwieriger machte, dorthin, wohin der Mann mit ausgestrecktem Arm deutete.

Hinter den diesigen Regenschleiern waren die Umrisse eines großen Gebäudes zu erkennen, eine Art Schloss mit Türmchen und diversen Stockwerken.

»Ich vermute es«, erwiderte der Offizier. »Denn ich kann mir nicht vorstellen, dass es noch mehr Schlösser hier in unmittelbarer Nachbarschaft gibt.« Er warf einen mürrischen Blick in den Himmel und wendete dann sein Pferd. »Wartet hier. Ich hole den Obristen.« Er galoppierte zurück durch den Wald zu der Stelle, wo das Gros der Dragoner Warteposition bezogen hatte. Neben einer vierspännigen Kutsche zügelte er sein Pferd und klopfte mit der Faust gegen das Holz. Dabei warf er dem Kutscher einen fragenden Blick zu. Der Mann zuckte mit den Schultern und verzog das Gesicht.

»Wir haben unser Ziel erreicht, Seigneur Obrist«, meldete er. »In dem dämmrigen Licht ist nicht viel zu erkennen, aber es handelt sich zweifellos um ein Schloss oder zumindest ein Herrenhaus.«

»Ja und?«, erkundigte sich eine barsche Stimme aus dem Inneren der Kutsche. »Worauf wartest du noch? Schick ein paar Leute, die sich umsehen sollen, ob es dort so etwas wie eine Besatzung gibt.«

Der Offizier wartete einen Moment, aber der Sprecher machte keine Anstalten, den Vorhang vor dem Kutschenschlag wegzuziehen und seinen Untergebenen auch nur eines Blickes zu würdigen. Als klar wurde, dass er auch nicht vorhatte weiterzusprechen, räusperte sich der Offizier. »Und wenn, sollen wir dann …?«

Ein dumpfes Geräusch ertönte aus der Kutsche, dem im nächsten Moment ein derber Fluch folgte. Der Vorhang wurde zur Seite gerissen, und ein wutverzerrtes, rot angelaufenes Gesicht tauchte in der Öffnung auf. »Merde, Capitain! Muss ich Euch wirklich Euer Handwerk lehren, verflucht? Ich hätte Euch in diesem verdammten Ehrenbreitstein lassen und die Aufsicht über die Reparatur der Befestigungen übergeben sollen!«

Der Capitain erwiderte nichts darauf, aber seine Miene ließ darauf schließen, dass er nicht unglücklich darüber gewesen wäre, dort und nicht hier zu sein.

Aber er hütete sich, etwas zu erwidern, sondern wartete darauf, dass sein Vorgesetzter weitersprach.

»Wenn es irgendwelche bewaffneten Bauernburschen im Schloss gibt, metzelt Ihr sie nieder, was sonst? Schließlich sind wir im Krieg, schon vergessen? Da passiert so etwas ständig! Nehmt Euch dreißig Mann und erledigt diese Aufgabe. Schickt einen Reiter zurück, wenn Ihr fertig seid. Und noch etwas ...« Der Mann in der Kutsche umklammerte mit den Fingern einer Hand den Rand des Fensters und deutete mit der anderen auf den Offizier. »Solltet Ihr den Herrn des Schlosses oder die Herrin antreffen, will ich nicht, dass ihnen auch nur ein Haar gekrümmt wird!« Er grinste. »Das überlasst Ihr gefälligst mir.«

Der Capitain wusste, dass sein Obrist diesen »Abstecher«, wie er diese Reise von Ehrenbreitstein hierher genannt hatte, nur unternahm, um »eine alte Rechnung zu begleichen«. Und er vermutete auch, dass es eine ziemlich hohe Rechnung war. Immerhin hatte sein Obrist nicht nur den Befehl erhalten, die Feste Ehrenbreitstein zu besetzen, sondern auch, sie zu halten. Und zwar von Richelieu persönlich, soweit der Capitain gehört hatte. Die Eroberung des Kastells war überraschend schnell gegangen, denn die Besatzung war vollkommen vom Auftauchen der französischen Truppen überrumpelt gewesen. Aber schon am nächsten Morgen hatte sein Obrist das Kommando seinem Obristlieutenant übergeben und war mit einer ganzen Kompanie leichter Reiter aufgebrochen. Offiziell, um im Hinterland nach feindlichen Truppenbewegungen Ausschau zu halten. Das jedenfalls hatte er seinem Stellvertreter gesagt, als der einwandte, dass der Obrist die Besatzung von Ehrenbreitstein damit gefährlich schwächte. Aber der Kommandeur hatte sich in seiner gewohnt barschen Art über den Einwand seines Stellvertreters hinweggesetzt.

Der Capitain hatte seine Meinung für sich behalten, auch als der Obrist sehr zielstrebig nach Nordosten geritten war. Er hatte die vorsichtigen Fragen seines Capitains diesbezüglich mürrisch abgeschmettert.

Dem war sehr bald klar geworden, dass sein Obrist ganz genau wusste, wohin er wollte. Und gestern, am Abend des vierten Tages ihrer Reise, hatte der ihn in der Schänke eines kleinen Dorfes, trunken nach ein paar Flaschen Wein und mit einer Schankmagd auf den Knien, in seine Pläne eingeweiht.

»Ich habe noch eine Rechnung mit einem verfluchten Bauern offen!«, hatte der Offizier gelallt und dann sein nicht allzu sauberes Rüschenhemd an der Brust geöffnet. »Der hinterlistige Kerl hat mir diese Wunde hier zugefügt und sich dann aus dem Staub gemacht! Hat mich für tot gehalten, der Mistkerl! Sein Pech, dass ich es nicht bin.«

Die Schankmagd hatte die Wunde gelassen gemustert. Offenbar hatte sie schon ganz andere Verletzungen bei den Männern gesehen, denen sie zu Diensten gewesen war. Sie hatte gegrinst, dem Obristen etwas ins Ohr geflüstert und war dann mit ihrer Hand zwischen seine Beine gefahren. Aber dem Mann war bei der Erinnerung an die Wunde und denjenigen, der sie ihm zugefügt hatte, offenbar die Lust vergangen. Mit einem derben Fluch hatte er sie von seinen Knien gestoßen, woraufhin sie hart auf dem Boden gelandet war und sich laut beschwert hatte.

»Halt's Maul, Hure!«, hatte der Obrist geflucht und nach ihr geschlagen. Betrunken, wie er war, hatte er die

Frau jedoch verfehlt und wäre fast vom Stuhl gefallen, hätte sein Capitain ihn nicht im letzten Moment an der Schulter gepackt.

»Finger weg!« Einen Moment lang hatte der Obrist den Eindruck gemacht, als würde er nach dem Dolch greifen wollen, der an seinem Gürtel hing. Dann jedoch überlegte er es sich anders. Vor allem wohl deshalb, weil die Gäste in der Schänke über seine Grobheit gegenüber der Schankmagd murrten.

Der Capitain hatte sich abgewendet, weil er sich von seinem betrunkenen Vorgesetzten nicht demütigen lassen wollte. Stattdessen hatten er und die französischen Dragoner, die in der Schänke waren, dafür gesorgt, dass keiner der Gäste auf die dumme Idee kam, den Obristen anzugreifen.

Immerhin kannte er nun den Grund für die Entscheidung seines Vorgesetzten. Und auch wenn es ihm überhaupt nicht gefiel, auf einem privaten Rachefeldzug unterwegs zu sein, war das immer noch besser, als weiter über die Motive seines Obristen rätseln zu müssen.

»Gewiss, Seigneur Obrist«, erwiderte der Capitain jetzt, wendete sein Pferd und winkte einen Korporal zu sich.

»Denkt daran, den Herrschaften darf nichts geschehen. Und kommt nicht auf die Idee, dieses verfluchte Schloss niederzubrennen, bevor ich es Euch befehle!«

Der Capitain öffnete schon den Mund, um etwas zu erwidern, nickte dann aber nur und gab dem Unteroffizier einige Befehle.

Kurz darauf galoppierte er an der Spitze von etwa dreißig Dragonern davon, ohne der Kutsche seines Kommandeurs auch nur einen einzigen Blick zu gönnen.

... und sei ihrer Seele gnädig, Herr.

Augusta kniete noch einen Moment auf der kleinen, gepolsterten Kirchenbank vor dem winzigen Altar der Schlosskapelle, nachdem sie ihre Gebete beendet hatte. Es war schon einen Monat her, dass ihre Mutter, Maria Freifrau von Villesen, in der Familiengruft beigesetzt worden war, aber Augusta glaubte immer noch, den Weihrauch riechen und die tränenüberströmten Gesichter der Schlossbediensteten und der wenigen Nachbarn und Freunde sehen zu können, die den Weg hierher nicht gescheut hatten.

Wie sehr ich dich vermisse, Mutter! Augusta spürte erneut Tränen auf ihren Wangen, aber sie machte keine Anstalten, sie zurückzuhalten, sondern tupfte sie einfach nur mit ihrem Spitzentaschentuch weg. Dieser Monat nach dem Tod Maria von Villesens war besonders schwer für sie gewesen. Nicht nur, dass sie ihre Mutter und Vertraute verloren hatte, sie war auch als Schlossherrin vollkommen auf sich allein gestellt, was in diesen unberechenbaren Zeiten zusätzlich zu ihrer Mutterschaft eine große Verantwortung bedeutete. Außerdem vergrößerte der gewaltsame Tod ihrer Mutter noch ihre Angst um Bruder und Ehemann.

Zwar hatte sie unverzüglich einen Brief an Bossel geschrieben, aber sie hatte keine Ahnung, ob das Schreiben Valerians Offiziersburschen überhaupt erreicht hatte. Noch am selben Tag hatte sie einen zweiten Brief geschrieben, diesen an Eik, in dem sie ihn über den Tod ihrer Mutter informierte und ihn bat, sich zu melden oder zu ihr zurückzukehren, wenn es ihm nur irgend möglich wäre. *Aber auch von ihm habe ich noch nichts gehört,* dachte sie. In ihren Albträumen, die sie nachts heimsuchten, waren sowohl Valerian als auch Eik längst in diesem verfluchten Krieg gefallen, sodass sie mit Adele ganz allein dastand.

Das wäre wirklich das Schlimmste, was mir geschehen könnte, dachte sie, als sie sich von der Kirchenbank erhob.

»Madame!« Lisette kam in die Kapelle gestürmt.

Augusta zuckte zusammen. Sie erinnerte sich an die letzten Gelegenheiten, bei denen Lisette so aufgelöst bei ihr erschienen war. Jedes Mal war etwas Schlimmes passiert.

Was ist es wohl jetzt?, dachte Augusta unwillkürlich. Vor ihrem inneren Auge tauchte ein Bote mit einer Todesnachricht von Valerian oder – schlimmer noch – von Eik auf. Unfähig, etwas zu sagen, starrte sie ihre Zofe an.

»Reiter!«, stieß Lisette mit weit aufgerissenen Augen hervor, in denen sich blanke Angst spiegelte. »Franzosen! Söldner!«

»Franzosen? Aber das …!« *Ganz sicher hat Lisette sich geirrt,* sagte sie sich. *Was sollten Franzosen hier auf Villesen wollen? Und seit wann …?*

»Sie haben unsere Burgwachen zusammengetrieben und etliche von ihnen getötet. Etzel …« Der Zofe versagte die Stimme, und sie schluchzte, während ihr Tränen aus den Augen schossen.

»Was?« Augusta durchfuhr es eiskalt. *Was machen denn Franzosen hier? Und wieso töten sie meine Leute? In wessen Auftrag?* Verwirrung und Furcht drohten sie zu überwältigen, aber sie wusste, dass sie schon um ihrer Bediensteten willen nicht in Panik geraten durfte. »Schon gut, Lisette!«, versuchte sie die Zofe zu beschwichtigen. »Das ist sicher ein Missverständnis! Du wirst schon sehen, wenn ich mit ihrem Anführer rede, wird sich alles aufklären!« Aber eine innere Stimme sagte ihr, dass dies nur ein frommer Wunsch war.

Sie fand ihre Sorge bestätigt, als sie die Kapelle verließ und durch den schmalen Korridor hinter Lisette auf den Schlosshof trat. Derbe Stimmen, das Schnauben von Pferden und das Weinen von Frauen schlugen ihr entgegen. Die einsetzende Dunkelheit tauchte den Hof in das bläuliche Zwielicht, das die Fackeln in den Händen der Reiter kaum zu erhellen vermochten.

Aber sie sah auch so genug. Augusta streifte die dunklen, auf dem Boden liegenden Gestalten mit einem flüchtigen Blick und schluckte. Sie erkannte einige Bewaffnete der Schlosswache, aber auch zwei Pferdeknechte. Sie straffte sich unwillkürlich, als sie sich den Reitern näherte. Der Anführer der Männer, den sie an den langen Federn an seinem Hut ausmachen konnte, hatte eine Schlinge – *nein, eine Peitsche,* verbesserte sich Augusta – um Etzels Hals geschlungen und hielt den Mann dicht an sein Pferd gepresst. Etzels Gesicht war blutüberströmt, sein rechter Arm hing schlaff an seinem Körper herab, und Blut tropfte aus dem Ärmel seines Wamses.

»Was geht hier vor?«, fragte sie und verwünschte sich gleichzeitig, weil ihre Stimme heiser und belegt klang. In dem Lärm, der auf dem Hof herrschte, war sie kaum zu verstehen. Aber der Zorn über das, was sie da sah, und über sich selbst vertrieb etwas von ihrer Angst. Sie hob den Kopf und trat einen Schritt näher an den Anführer heran. Der hatte sich zu einem seiner Männer umgedreht, der gerade mit seinem Pferd Ferdinand bedrängte und mit seinem Stoßdegen ausholte, um den jungen Pferdeknecht niederzustrecken. Der Anführer der Truppe stieß einen Befehl auf Französisch hervor, und der Söldner gehorchte fluchend, schob seinen Degen wieder in die Scheide, nachdem er Ferdinand mit dem Fuß zu Boden gestoßen hatte.

»Was geht hier vor?«, verlangte Augusta auf Französisch zu wissen. Sie war überrascht, wie laut und klar ihre Stimme jetzt klang.

Der Anführer drehte sich um und starrte sie einen Moment im Schein der Fackeln an. Dann grinste er und tippte mit der Hand, mit der er die Zügel seines Pferdes hielt, an seinen breitkrempigen Hut.

»Ah, Madame!«, antwortete er in derselben Sprache. »Sehr erfreut, Eure Bekanntschaft zu machen!«

»Bedauerlicherweise kann ich das von mir nicht behaupten, Seigneur!«

Der Mann nickte. »Das kann ich Euch nicht verübeln, Madame.« Er zog an der Peitsche, und Etzel stöhnte. »Ich nehme an, das hier ist der Befehlshaber Eures kleinen Bauernhaufens, der diesen Palast bewacht.« Er deutete mit einem Nicken auf das Schloss. »Allerdings tut er dies nicht besonders wirkungsvoll, möchte ich hinzufügen.«

»Jedenfalls tut er sein Bestes, Seigneur!«, erwiderte Augusta so gefasst wie möglich. »Aber niemand erwartet von ihm, uns gegen eine ganze Armee zu verteidigen.« Sie machte noch einen Schritt auf den Reiter zu. »Wie Ihr seht, ist er keine Gefahr mehr für Euch. Ich bitte Euch in aller Höflichkeit, ihn freizugeben. Es ist nicht nötig, ihn noch länger zu quälen.«

Der Anführer warf einen Blick auf Etzel, der immer

noch vergeblich versuchte, die Schlinge der Peitsche um seinen Hals zu lockern; dabei rang dieser laut rasselnd nach Luft. Dann sah der Franzose wieder zu Augusta zurück.

»Ich verstehe Eure Besorgnis, Madame, aber Ihr habt mich noch nicht überzeugt.« Er deutete auf den Schlosshof. »Wie Ihr seht, haben wir Eure tapferen Krieger«, er betonte das Wort spöttisch, »bereits unschädlich gemacht. Aber bevor ich meinen Kommandeur hole, will ich wissen, ob noch mehr von Euren Bauernburschen auf der Lauer liegen und möglicherweise eine Dummheit begehen könnten.« Er musterte Augusta von Kopf bis Fuß. »Ich kann Euch versichern, Madame, dass Ihr gut daran tätet, mir die Wahrheit zu sagen. Mein Kommandeur ...« Er schüttelte den Kopf. »Nun, es genügt vielleicht zu sagen, dass mit ihm nicht zu spaßen ist.«

Sein Kommandeur?, dachte Augusta. Ihr Blick glitt über die Reiter, und jetzt sah sie auch die Kürasse unter den Wollmänteln und Pelzen. *Kürassiere oder Dragoner,* dachte sie. Dann fiel ihr Blick erneut auf den Anführer, und sie sah das in den Kürass geprägte französische Kreuz. *Sind das Musketiere? Oder etwa gar Kardinalswachen?* Sie erinnerte sich an ihre Zeit in Paris mit ihrem ehemaligen Gemahl, Marquis de Berny. Plötzlich überkam sie ein unbehagliches Gefühl. Konnte es sein, dass der Marquis dieser unangekündigte Besucher war? *Aber was sollte er hier wollen?*

»Ich bin ebenfalls nicht zum Spaßen aufgelegt, Seigneur!«, erwiderte Augusta kühl. Sie deutete auf die Gestalten am Boden. »Immerhin habt Ihr meine Bediensteten völlig grundlos abgeschlachtet ...«

»Völlig grundlos wohl kaum, Madame«, fiel ihr der

Anführer der Musketiere ins Wort. Er lächelte, als er ihre stolze Haltung und ihre funkelnden Augen bemerkte. Dann nahm er den Knauf der Peitsche in die linke Hand, und Augusta hob verblüfft eine Braue, als er den Hut abnahm und in einer fast galanten Geste schwenkte. »Aber trotz der blutigen Überraschung, die wir Euch bereitet haben, darf ich mich vielleicht vorstellen. Capitain d'Arthane von den Kardinalswachen Seiner Eminenz Kardinal Richelieu.«

Augusta senkte fast unmerklich den Kopf. »Ich weiß Eure Höflichkeit zu schätzen, aber ich kann dennoch nicht behaupten, dass ich mich freue, Euch kennenzulernen, Capitain.«

Der Offizier setzte den Hut wieder auf und rückte ihn zurecht, bevor er die Hand auf den Rist seines Pferdes sinken ließ. »Ich weiß Eure Ehrlichkeit zu schätzen, Madame, aber ich kann Euch versprechen, dass Ihr Euch noch weniger freuen werdet, meinen Kommandeur kennenzulernen.«

Augusta registrierte fast so etwas wie Mitgefühl in der Stimme des Mannes. »Ich nehme an, Euer Auftauchen hier ist nicht zufälliger Natur?«

Der Capitain zögerte, dann schüttelte er den Kopf. »Es ist kein ›Freundschaftsbesuch‹, wie mein Vorgesetzter es ausdrückte.« Er zögerte wieder. »Ist Euer ... Gemahl zu Hause?«

Augusta überlegte, worauf der Mann mit dieser Frage wohl hinauswollte. *Will er wissen, ob er leichtes Spiel mit mir hat?* Ihr Blick glitt zu den Reitern. *Nein, selbst wenn Eik hier wäre, könnten wir es nicht mit ihnen allen aufnehmen. Oder fragt er im Auftrag seines Herrn?* Wieder beschlich sie das ungute Gefühl, dass sie den

Vorgesetzten dieses Offiziers kannte. *Aber was für einen Grund sollte der Marquis für sein unerwartetes Auftauchen haben? Sicherlich hat ihn keine verwandtschaftliche Fürsorge hergetrieben.* Ihr Blick glitt über die Leichen ihrer Bediensteten, und sie schluckte.

»Nein, ich bin allein hier.«

»Verstehe.« Der Capitain nickte kurz. »Umso besser«, sagte er so leise, dass nur Augusta ihn verstehen konnte.

»Mit meiner kleinen Tochter.« Sie wusste nicht genau, warum sie Adele erwähnte. Es würde ohnehin kein Geheimnis bleiben, dass sie ein Baby hatte. Vielleicht sagte sie es, weil sie spürte, dass dieser Mann kein gewissenloser Mörder oder Marodeur war und sich vielleicht davon erweichen ließ, dass sie ein kleines Kind hatte. Andererseits ...

Sie erinnerte sich an die Gräuel, derer sie in Magdeburg Zeugin geworden war und die Männer begangen hatten, die angeblich für den Erhalt des wahren Glaubens kämpften. Sie unterdrückte ein Frösteln.

»Eure Tochter?« Der Offizier runzelte die Stirn und sah sich um. »Wo ist sie?«

Als Augusta das Gesicht des Mannes sah, überfiel sie sofort wieder ihre Furcht. »Oben in ihrem Zimmer mit ihrer Amme«, erwiderte sie hastig.

In dem Moment hörten sie beide die polternden Räder einer Kutsche, die auf den Schlosshof rollte.

»Ihr tut vielleicht gut daran, Madame, Eure Tochter zu verschweigen.« Der Capitain machte eine kleine Pause, in der er offensichtlich überlegte, wie er Augusta gegenüber diese Warnung begründen sollte, ohne seinen Herrn zu verraten. »Ich glaube, mein Vorgesetzter hat nicht viel für Kinder übrig. Jedenfalls nicht für

Eure«, setzte er hinzu, bevor er sich von Augusta ab- und der Kutsche zuwandte.

Augustas Herz schlug ihr bis zum Hals, während sie die Kutsche anstarrte und zu erkennen versuchte, wer darin saß. Ohne Erfolg, weil im Innenraum des Gefährts keine Lampen brannten und der Vorhang vor dem Fenster des Kutschenschlags zugezogen war. Ihr Mund wurde trocken bei der Vorstellung, dass der Marquis aus der Kutsche steigen könnte. Plötzlich überkam sie die absurde Angst, er könnte ihr einfach Adele wegnehmen, weil seine Bemühungen, einen eigenen Erben zu zeugen, erfolglos geblieben waren. Hastig winkte sie Lisette zu sich. »Geh hoch zu Elsi und sag ihr, sie soll sich um Adele wie um ihr eigenes Kind kümmern!«

Lisette, die das Gespräch zwischen Augusta und dem Capitain nicht mitgehört hatte, sah ihre Herrin verständnislos an. »Aber das tut sie doch, Herrin. Sie ist doch Eure Kinderfrau …«

»Ich meine, wie ihr *eigenes* Kind, falls jemand fragt!«, zischte Augusta und deutete mit einem Nicken auf die Kutsche.

Lisette brauchte noch ein paar Herzschläge, bis sie begriff, worauf Augusta hinauswollte.

»Sicherlich, Madame. Ich verstehe. Ich gehe sofort … Oh, mon dieu!«

Mein Gott!, dachte auch Augusta, als ihr Blick auf den geöffneten Kutschenschlag fiel. Sie erkannte den Mann, der in der Öffnung stand, selbst im gedämpften Licht der spärlichen Fackeln, die die Reiter hielten. Es war keineswegs der Marquis de Berny, Albert de Montfine, ihr entfernter Verwandter und ehemaliger Gemahl, der gekommen war, um sich für ihre Treulosigkeit zu rächen und ihr die Tochter wegzunehmen, die er als sein eigenes Kind aufziehen wollte. Nein, es war viel schlimmer.

Der Mann stand in dem offenen Kutschenschlag und musterte sie mit hasserfülltem Blick. Und er würde ihr nicht nur ihre Tochter wegnehmen, um sich zu rächen, sondern seinen Hass auf Eik auch an ihr auslassen …

Augusta wurde eiskalt, als sich das Gesicht des Mannes bei ihrem Anblick zu einer höhnischen Fratze verzog. Er wirkte ein wenig unsicher, als er von der Kutsche hinab auf den gepflasterten Innenhof stieg, und wehrte wütend die ausgestreckte Hand des Capitains ab, während er leicht schwankend auf Augusta zuging.

»Madame!« Er verbeugte sich übertrieben höflich und wäre dabei fast gestürzt, richtete sich jedoch rasch wieder auf und stützte sich auf seinen Degen, den er nicht am Gürtel trug, sondern in der Hand hielt.

Augusta rümpfte unwillkürlich die Nase, als ihr der nach Wein und Fäulnis stinkende Atem des Mannes ins Gesicht schlug.

»Ah, wie ich sehe, sind wir immer noch so arrogant und dünkelhaft wie eh und je, Madame von Villesen!«, sagte der Mann auf Französisch. »Ich verspreche Euch, Madame, dass Ihr diese Hoffart sehr bald ablegen werdet, wenn wir beide uns erst ein bisschen besser bekannt gemacht haben!« Er fuchtelte mit dem Degen durch die Luft. »Allez!«, schrie er die Bediensteten an, die ihn mit großen Augen anstarrten. »An die Arbeit, ihr Gesindel! Ihr habt einiges vorzubereiten, denn eure Madame wird heute Abend mit mir speisen!« Er starrte Augusta an. »Also, wollt Ihr mich nicht angemessen begrüßen, Frau Müllerin?« Er lachte etwas zu laut über seinen Scherz und machte noch einen Schritt auf Augusta zu. Dann packte er ihren Arm, sowohl um sie einzuschüchtern, als auch um Halt zu finden. »Nun?«, zischte er.

»Ihr tut mir weh, Seigneur Chevalier!«, fauchte Augusta, hob aber trotzig ihr Kinn und wich nicht von der Stelle. »Außerdem seid Ihr betrunken. Ich pflege nicht mit Gästen zu dinieren, die schon vor dem Aperitif ...!«

»Ah, Ihr erkennt mich also!« Ducroix grinste zufrieden. Dann verfinsterte sich seine Miene schlagartig. »Was Ihr zu tun pflegt oder nicht, interessiert mich nicht im Geringsten, Weib!«, fuhr er sie an und umklammerte ihren Arm so fest, dass Augusta unwillkürlich aufschrie. »Und betrachtet das hier als einen Vorgeschmack auf das, was ich Euch noch an Schmerzen zuzufügen beabsichtige. Und macht Euch keine Hoffnungen, was meinen Zustand angeht.« Er drückte seinen Kopf gegen ihr Haar und zog sie ruckartig ganz nah an sich heran, als Augusta angewidert zurückweichen wollte. »Je betrunkener ich werde, schöne Müllerin, desto einfallsreicher werden die Finessen, mit denen ich Euch beglücken werde! Und jetzt geht voran! Ich will ein Bad nehmen und meine Kleidung wechseln. Schließlich will ich nicht mit beschmutzter Reisekleidung mit Euch dinieren. Und macht Euch keine Umstände wegen einer Zofe. Ich begnüge mich im Bad auch mit Eurer Hilfe!«

»Ich fürchte, ich habe in diesem Punkt nicht genügend Erfahrung, um Euch zu erfreuen, Chevalier!«, erwiderte Augusta. Ihre Stimme zitterte nur ein klein wenig, worauf sie stolz war, aber innerlich musste sie ihre ganze Kraft aufbringen, um sich nicht von ihrer Angst überwältigen zu lassen.

»Dann werdet Ihr sie eben machen, diese Erfahrung, Weib!«, fauchte Ducroix sie an. »Und Ihr solltet Euch besser gelehrig anstellen, denn ich habe nur wenig Geduld mit unfähigen Lakaien. Und noch weniger mit den Huren von Männern, die mir das hier zugefügt haben!« Er riss sein Rüschenhemd auseinander und entblößte die Narbe auf seiner Brust. »Solltet Ihr nicht tun, was ich von Euch verlange, wird Euer Gemahl jedes Mal an diese Narbe erinnert werden, wenn er Euch ins Gesicht sieht!« Die letzten Worte hatte er in einem hasserfüllten Flüstern gezischt. »Habe ich mich klar ausgedrückt, Madame?«

»Das habt Ihr, Chevalier. Eure Worte mögen nicht besonders geistreich gewesen sein, aber dafür unmissverständlich.«

Augusta konnte nichts dagegen tun, dass sie mittlerweile am ganzen Körper zitterte, während Ducroix zufrieden knurrte und sie mit sich zum Eingang des Schlosses zog, ohne seinen harten Griff um ihren Arm zu lockern.

Ihr wurde klar, dass von ihren Bediensteten keine Hilfe zu erwarten war. Die Kardinalswachen standen überall im Hof verteilt und waren offenbar auch schon in das Schloss eingedrungen, denn sie hörte wütende, französisch sprechende Stimmen aus dem Foyer.

Dann fiel ihr Blick auf den Capitain, der seinem Herrn und ihr in zwei Schritten Abstand folgte. Der Mann erwiderte ihren Blick und presste die Lippen aufeinander, dann schüttelte er unmerklich den Kopf, als wollte er ihr raten, sich nicht zu wehren, um ihre Lage nicht noch schlimmer zu machen.

Sonderbarerweise beruhigte Augusta dieses Zeichen von Mitgefühl, so klein es auch sein mochte, und ihr Verstand überwand die Angst, die sie zu lähmen drohte, als der Chevalier sie in das Innere des Schlosses zerrte.

Er hat recht, wehr dich nicht und warte auf die passende Gelegenheit, sagte sie sich. Und sie betete, dass es eine solche Gelegenheit geben würde, bevor Ducroix entdeckte, dass sie ein Kind von Eik hatte. Denn so, wie der Chevalier sich bisher aufgeführt hatte, zweifelte sie nicht daran, dass alles, was Marquis de Berny mit Adele gemacht hätte, barmherzig gewesen wäre im Vergleich zu dem, was dieser hasserfüllte und betrunkene Mann ihr und ihrer Tochter antun würde.

»Mehr Wein, verflucht!«

Augusta zuckte zusammen, als ein lautes Klirren ertönte und der kostbare Trinkpokal aus Kristallglas auf dem Boden zerschellte.

»Und ein sauberes Glas, und zwar schnell!«

»Ich mach das schon, Herrin!« Lisette lief zu Augusta und bückte sich, um die Scherben aufzusammeln.

»Habe ich dir das erlaubt?« Auf die wütenden Worte folgten ein lautes Platschen und ein Aufschrei, als das Stück Seife, das der Chevalier durch die Luft geschleudert hatte, die Zofe am Hals traf.

Augusta warf dem Mann einen wütenden Blick zu, bückte sich dann rasch und schob die Zofe zur Seite. »Schon gut, Lisette, ich mache das.«

»Aber Herrin …!«

»Schon gut, hab ich gesagt. Geh hinaus!«

»Tu gefälligst, was deine Herrin dir befiehlt!«, rief Ducroix aus der Messingwanne in der Mitte des Baderaums. »Denn deine Herrin und ich wollen ungestört sein, ist es nicht so, schöne Müllerin?«

Lisette sah Augusta fassungslos an.

»Geh schon«, sagte Augusta. »Keine Sorge, ich komme hier zurecht.«

Die junge Frau sah ihre Herrin zweifelnd an, fügte sich aber, als sie mit der Hand Richtung Tür winkte. Nachdem die Zofe sich entfernt hatte, schob Augusta die Scherben des Kristallglases zusammen und legte sie in Ermangelung eines Gefäßes in ein kleines Handtuch.

»Und jetzt kommt her, Madame!« Ducroix' Stimme klang verändert, als er mit Augusta allein war, aber nicht zum Besseren. Ihr lief ein Schauer über den Rücken, als sie auf den betrunkenen, nackten Chevalier in der Wanne blickte. Er hatte den Kopf gegen den Rand gelehnt und musterte sie anzüglich grinsend aus schmalen Augenschlitzen.

Sie behielt das Handtuch mit dem Glas in der Hand, als sie sich der Wanne näherte.

»Was wollt Ihr von mir, Chevalier?« Augusta stellte diese Frage, obwohl alles an dem Mann laut herausschrie, was er von ihr wollte. *Aber das wirst du nicht bekommen, niemals, eher sterbe ich!*

»Ich will, dass du mir den Rücken schrubbst, Müllerin!«, knurrte Ducroix. »Und wenn du damit fertig bist, kannst du vorn weitermachen.« Er fuhr sich mit der Zunge über die Lippen. »Aber vorher solltest du dich ausziehen, damit dein hübsches Gewand nicht nass wird!«

Augusta überlief es eiskalt, und ihre Gliedmaßen

schienen wie gelähmt. Sie wollte zurückweichen, weg von diesem Mann, aber sie war nicht in der Lage, sich zu bewegen.

»Das werde ich ganz gewiss nicht tun, Chevalier!« Sie hatte die freie Hand zur Faust geballt und umklammerte mit der anderen das Handtuch mit den Scherben.

»O doch, das wirst du!« Der Chevalier wirkte plötzlich weit weniger betrunken als zuvor. Er klammerte sich an den Rand der Wanne und stand auf. »Und wenn du nicht freiwillig kommst, werde ich dich holen!« Er grinste, als Augusta beim Anblick seines nackten Körpers die Röte bis unter die Haarwurzeln stieg. Sie bemühte sich, nicht auf seine Erektion zu blicken, und starrte ihm stattdessen in die Augen. »Aber das wird dir noch weniger gefallen, das kann ich dir versprechen! Also komm her und zwing mich nicht dazu, aus dieser verfluchten Wanne zu steigen!«

Er wartete in dieser provozierenden Haltung, während sich Augusta langsam wie eine Schlafwandlerin auf ihn zubewegte. Schritt für Schritt näherte sie sich der Wanne, den Blick starr auf Ducroix' höhnisch grinsendes Gesicht gerichtet. Dabei umklammerte sie das Handtuch immer fester und spürte dabei, wie das scharfe Glas der Scherben in ihre Handfläche schnitt.

»So ist es recht!«, spottete Ducroix, als Augusta nur noch eine Armlänge von ihm entfernt vor der Wanne stand. »Und jetzt zieh dich aus! Ich glaube«, er fasste an seine Erektion, »wir verzichten auf die Reinigung des Rückens und kümmern uns lieber gleich um etwas, das uns beiden weit mehr Spaß bereiten wird, hab ich recht?«

Augusta schnürte sich die Kehle zusammen, und sie

hätte kein Wort herausbringen können, selbst wenn sie gewollt hätte.

Ducroix nahm ihr Schweigen nicht gut auf. »Ob ich recht habe, will ich wissen, du verfluchtes Flittchen! Glaubst du etwa, dass dich die paar Tropfen blauen Bluts in deinen Adern vor meinem Zorn bewahren? Dein verdammter Ehemann hat mir das hier angetan!« Er deutete auf seine Narbe, und plötzlich zuckte die Hand vor, mit der er eben noch seinen Schwanz gepackt hatte. Augusta schrie auf, als er seine Finger in ihr Haar grub und sie an sich riss. »Dafür wirst du bezahlen, das schwöre ich dir. Und zwar so lange, bis du deinen eigenen Anblick im Spiegel nicht mehr ertragen kannst! Und auch dein verfluchter Ehemann wird froh sein, wenn er dich nicht mehr sehen muss! Und weißt du, warum? Weil ihn dein Anblick immer an das erinnern wird, was er mir … Verfluchtes Miststück!«

Augusta hatte sich gegen seinen Griff gewehrt und war trotz der Schmerzen, die er ihr bereitete, einen Schritt zurückgewichen. Ducroix hatte während seiner Tirade nicht mit dieser Reaktion gerechnet und verlor das Gleichgewicht.

Er schrie auf, kippte über den Wannenrand und fiel auf Augusta. Die schrie ebenfalls, als das Gewicht des nackten Mannes auf ihr landete, und schlug unwillkürlich um sich.

»Was fällt dir ein, du Miststück!« Ducroix holte aus und gab Augusta eine schallende Ohrfeige. Dann riss er an dem Mieder ihres Kleides. »Ich hatte dir doch befohlen, dich auszuziehen!«

Augusta wehrte sich und schlug auf den Mann ein, als der Anstalten machte, sich rittlings auf sie zu setzen.

Geh runter von mir, sofort! Aber ihr fehlte die Kraft, die Worte auszustoßen.

»Hör sofort auf, verflucht, du ...!« Ein lautes Brüllen beendete seinen Satz, und Augusta, die die Augen geschlossen hatte, spürte plötzlich etwas Warmes auf ihrem Gesicht. Dann spürte sie seine Erektion auf ihrem Bauch, und ihr stieg die Galle in den Mund. *Ich will das nicht, ich will das nicht, geh runter von mir, du Schwein!* Sie unterdrückte ein Schluchzen und schlug dabei immer weiter mit beiden Fäusten auf den Mann ein, der auf ihr lag. Dessen Geschrei wurde immer lauter, und dann hörte sie unvermittelt auf, auf ihren Peiniger einzuschlagen. Die feuchte Wärme auf ihrem Gesicht und auf ihrem Kleid war viel zu klebrig, um Badewasser zu sein, wie sie zuerst vermutet hatte. Sie öffnete die Augen.

Ducroix saß immer noch auf ihr, hatte die Hände aber auf seinen Hals gelegt und Augen und Mund fast schon komisch weit aufgerissen. Zwischen seinen Fingern sickerte Blut hervor.

»Du hast mich geschnitten, du Miststück!«, stieß er keuchend hervor. »Dafür wirst du bezahlen! Wo ist mein Degen?« Er schwankte und sah sich suchend in dem Baderaum um.

Durch den Nebel ihrer Verwirrung hindurch begriff Augusta, dass sie den Chevalier offenbar mit den Glasscherben in ihrem Handtuch getroffen hatte. Sie musste ihn ernsthaft verletzt haben, wenn auch nicht schwer genug, um ihn daran zu hindern, sie zu töten, falls er seinen Degen erreichte. Ihr Blick glitt in den Winkel des Raums, wo auf einem Hocker die abgelegte Kleidung und die Waffen des Mannes lagen. Daneben stand eine

Reisetasche aus Teppichstoff, in der vermutlich seine frische Wäsche verstaut war.

Der Chevalier sah den Hocker und seinen Degen ebenfalls und machte Anstalten, von Augusta herunterzurutschen. Deren Blick wurde erneut von dem Blut angezogen, das zwischen seinen Fingern herausquoll.

Wenn er seine Waffe erreicht, bin ich tot! Das darf ich nicht zulassen! Adele braucht mich! Und Eik ... Sie ließ das Handtuch mit den Scherben auf den Boden sinken, während der Chevalier sich stöhnend von ihr herabsinken ließ und ungelenk auf einer Hand und beiden Knien anfing, über den Boden zu kriechen. Die andere Hand presste er auf die Wunde an seinem Hals.

»Das wirst du bereuen, du verfluchte Hure! Du und dein gleichfalls verfluchter Mann! Wenn ich mit dir fertig bin, werde ich mich um diesen verdammten Müllersburschen kümmern, das schwöre ich dir!«

Augusta hatte das Handtuch fallen lassen, als sie sich aufsetzte, und es hatte sich geöffnet. Ducroix bemerkte nichts davon, weil er sich vollkommen darauf konzentrierte, den Hocker zu erreichen. Dabei fluchte er unablässig auf Französisch vor sich hin und drohte ihr die schlimmsten Qualen an.

Augustas Blick fiel auf die Scherben. Der Kelch des Glases war abgebrochen. Sie packte den Stiel mit ihrer blutigen Hand und stand auf. Einen Moment war ihr schwindlig, aber sie biss die Zähne zusammen. *Du darfst jetzt nicht schwach werden!*, ermahnte sie sich. *Jetzt nicht. Sonst ist dein Leben verwirkt!*

Sie drehte sich zu dem Chevalier herum. Sein nackter, über den Boden kriechender Körper wirkte irgendwie lächerlich, aber als sie sich an seine Worte erinnerte, verschwand dieses Gefühl von Verachtung und wich blanker Wut. Sie rappelte sich hoch und erreichte mit drei Schritten den Chevalier, als der gerade die Hand nach dem Degen auf dem Hocker ausstreckte. »Ich werde dich lehren, mich anzutasten, du verfluchtes Miststück …!«, knurrte er. Doch dann schien er ihr angestrengtes Keuchen zu hören und wandte ihr das Gesicht zu. Es war eine wütende Fratze, auf der sich Schmerz, Hass und auch Triumph abzeichneten, als sich seine Hand um den Griff des Degens schloss. Doch bevor er die Waffe aus der Scheide ziehen konnte, fiel sein Blick auf Augustas erhobene rechte Faust.

»Was …?« Aller Hass in der Miene des Chevaliers war wie weggewischt, und Angst trat an seine Stelle. Sie verzerrte das Gesicht des Mannes, und er hob abwehrend die blutige Hand, die er an seinen Hals gepresst hatte. »Nein! Ich habe nicht …!«

Der Rest des Satzes ging in einem animalischen Schrei unter, als Augusta ihre Faust nach unten sausen ließ und sich der spitze Glasstiel in das weit aufgerissene Auge Ducroix' bohrte.

Er kippte zurück, wobei der Glasstiel, den Augusta noch immer umklammerte, mit einem grässlichen schmatzenden Laut aus seinem nicht mehr existierenden Auge gezogen wurde. Ohne zu wissen, was sie tat, rammte sie ihn Ducroix im nächsten Moment in die Kehle – einmal, zweimal, dreimal, viermal … Sie hätte hinterher nicht zu sagen vermocht, wie oft. Sie hörte erst auf, als Ducroix nicht mehr schrie, nicht mehr röchelte, nicht mehr zuckte …

Dann sank sie erschöpft neben den Körper des Chevaliers zu Boden, mitten in das Blut, das eine rasch größer werdende Lache auf den Steinen der Badekammer bildete. Sie zitterte am ganzen Körper, und es gelang ihr erst nach mehreren Versuchen, ihre verkrampfte Faust so weit zu öffnen, dass der Kristallglasstiel herausfiel und klirrend auf dem Boden landete. Der Chevalier lag da mit weit aufgerissenem Mund, aus dem das Blut quoll, ebenso wie aus der leeren Augenhöhle und aus seiner Kehle, die aussah, als hätte ein Wolf sie zerfetzt. Aber es pumpte nicht mehr wie noch vor wenigen Augenblicken, sondern sickerte nur noch schwach.

Es konnte keinen Zweifel geben: Obrist Jacques Chevalier Ducroix war tot.

»Ihr müsst sofort von hier verschwinden, Madame!«

Wie durch einen Nebel hörte Augusta die Stimme, aber sie begriff nicht, was sie von ihr wollte. »Verschwinden? Wohin?«

Jemand rüttelte sie unsanft an der Schulter. »Habt Ihr mich verstanden?«

Augusta schüttelte den Kopf, aber weniger aus eigenem Zutun als vielmehr als Reaktion auf das Rütteln an ihrer Schulter. »Wieso verschwinden?« Es gelang ihr, den Blick auf das ernste Gesicht vor ihr zu fokussieren, und sie runzelte die Stirn. »Ich kenne Euch. Ihr seid ...« Sie brach ab und schüttelte erneut den Kopf.

»Wir haben keine Zeit für Höflichkeiten, Madame.« Die Stimme des Mannes klang streng, verärgert, aber nicht drohend oder gefährlich. »Ich habe Eurer Kammerzofe befohlen, das Nötigste für unterwegs zu packen. Ich hoffe, Ihr habt irgendwo Familie, zu der Ihr reisen könnt.«

»Familie?« Augusta hätte fast gelacht, als ihr aus irgendeinem Grund der Marquis einfiel. »Ihr meint meinen Exmann, Marquis de Berny?«

Das Gesicht des Mannes entfernte sich aus ihrem Blickfeld, und Augusta brauchte einen Moment, bis sie begriff, dass er sich aufgerichtet hatte. Langsam wurde ihr bewusst, wo sie sich befand. In ihrem Bad. Und sie saß in einer klebrigen Pfütze. Sie hob die Hand. Sie war rot.

Blut? Woher kommt all das Blut? Als sie sich umsah, sah sie Ducroix' grausig zugerichtete Leiche, und im selben Moment setzte die Erinnerung wieder ein. Sie fuhr mit einem entsetzten Aufschrei zurück, krabbelte auf Füßen und Händen weg von der Leiche, bis sie mit dem Rücken an die Wand stieß. »Das ist …?«

»Das war mein Kommandeur, Obrist Jacques Ducroix.«

»Capitain. Ihr seid Capitain d'Arthane.« Ihr Blick zuckte zurück zu dem toten Ducroix und dann wieder zu dem Offizier. Sie hob ängstlich die Hände. »Ich kann alles erklären!«

Der Mann nickte. »Das glaube ich Euch, aber ich fürchte, das wird Euch nicht viel nützen.« Er deutete mit dem Daumen zur Tür. »Bis jetzt haben die Männer des Obristen – meine Männer, darf ich jetzt ja wohl sagen – noch nicht mitbekommen, dass ihr Befehlshaber bei dem Versuch ermordet wurde, einer Frau Gewalt anzutun.«

»Woher …?«

»Eins Eurer Dienstmädchen ist zu mir gekommen und hat mich um Hilfe gebeten«, erwiderte der Capitain. »Bedauerlicherweise zu spät.« Er warf einen nachdenklichen Blick auf Ducroix' blutüberströmte Leiche. »Ich weiß, dass der Chevalier hierhergekommen ist, um sich an Eurem Mann zu rächen«, fuhr er fort. »Dagegen ist nichts einzuwenden, sofern diese Rache ehrenvoll vollzogen wird, zum Beispiel in einem Duell.« Er verzog verächtlich das Gesicht. »Betrunken und voller Hass die Frau seines Widersachers zu vergewaltigen und zu demütigen, ist nicht die Art von Genugtuung, die wir Franzosen goutieren. Doch dieser Mann stammt aus Flandern, das erklärt vielleicht so einiges.« Er sah wieder zu Augusta zurück. »Versteht mich nicht falsch, ich kann als Capitain der Kardinalswache auf keinen Fall billigen, dass Ihr meinen Obristen getötet habt, sei es auch nur, um Euer eigenes Leben zu verteidigen.« Er deutete auf sein Hemd. »Aber wie Ihr seht, trage ich im Moment keinen Wappenrock. Und als Mann bezeuge ich Euch meinen Respekt für Euren Mut. Obwohl der Obrist betrunken war, dürfte es Tapferkeit und Kraft erfordert haben, sich gegen ihn zur Wehr zu setzen. Aus diesem Grund werde ich erst morgen früh meinen Vorgesetzten suchen und finden.« D'Arthane warf Augusta einen vielsagenden Blick zu. »Und erst dann werde ich mich mit meinen Leuten auf die Suche nach der offenbar verschwundenen Freifrau von Villesen machen.« Er zuckte mit den Schultern. »Es dürfte sich schnell herumsprechen, dass er versucht hat, Euch Gewalt anzutun, und Ihr ihn getötet habt. Für meine Männer, die zum größten Teil von ihm handverlesene und ihm ergebene Söldner sind, wiegt eine einfache Vergewaltigung weit weniger schwer als der Mord an einem französischen Offizier. Auch deshalb, weil sie selbst nicht vor Vergewaltigung zurückschrecken.«

Augusta starrte den Mann an, während der trübe Schleier des Schocks, der sich über ihren Verstand gelegt hatte, sich allmählich lüftete und der Sinn seiner Worte in ihr Bewusstsein drang.

»Ihr dürft nur Eure Tochter und Eure Zofe sowie die allernotwendigsten Habseligkeiten mitnehmen, Madame. Ich hoffe, Ihr könnt mit einem Einspänner umgehen. Alles, was größer ist, würde sofort Verdacht erregen, wenn es das Schloss verließe.«

»Ich nehme meine Zofe und die Kinderfrau mit«, erwiderte Augusta. »Ich selbst kann auf meiner Stute reiten.«

Der Capitain schien widersprechen zu wollen, überlegte es sich dann aber anders. »Wie Ihr wollt, Madame. Hauptsache, es geschieht schnell.« Er warf einen Blick auf die Leiche. »Und sorgt dafür, dass Eure Bediensteten auf keinen Fall das Bad betreten. Sie würden sich verraten, und wenn meine Männer den Chevalier zu früh entdecken, kann ich nichts mehr für Euch tun.«

»Ich danke Euch, Capitain.«

»Ich kann nicht behaupten, dass ich das gern tue, Madame, aber obwohl ich schon so lange in diesem Krieg kämpfe, habe ich meine Prinzipien noch nicht völlig vergessen. Ich war bei La Rochelle dabei.« Er schüttelte den Kopf. »Mein Bedarf an Gräueln, Grausamkeiten und Massakern ist für dieses und für das nächste Leben gedeckt.«

»Dann habt Ihr möglicherweise die falsche Profession gewählt, Capitain.«

Der Mann nickte. »Ihr glaubt nicht, Madame, wie oft ich mir das schon selbst gesagt habe. Bedauerlicherweise ist es das einzige Handwerk, das ich beherrsche. Und ich beherrsche es ganz ausgezeichnet. Doch nun sagt mir, wohin Ihr Euch wenden wollt.« Er lächelte, als er Augustas erschrockenes Gesicht sah. »Damit ich in dieser Richtung nicht als Erstes suche.«

Augusta schluckte. »Ehrlich gesagt weiß ich es nicht. Meine einzigen Verwandten leben in Frankreich, in Paris, genauer gesagt.«

Der Capitain kniff die Augen zusammen. »Ihr habt eben den Marquis de Berny erwähnt. Er war Euer Ehemann?«

Augusta nickte. »Ja, aber nur sehr kurz.«

Der Offizier sah sie nachdenklich an. »Kurz genug, dass er keinen tief sitzenden Groll gegen Euch hegt?«

»So kurz, dass er ganz sicher einen Groll gegen mich hegt. Er wollte einen Erben von mir.«

»Eure Tochter?«

Augusta schüttelte den Kopf. »Nein. Sie ist …«

»Verstehe. Nun, falls es Euch etwas nützt: Wir sind dem Marquis de Berny auf dem Weg hierher begegnet. Er kam von Cherasco, wo er einen Vertrag zwischen Frankreich und Eurem Kaiser unterzeichnet hat, wie er sagte. Es ging um Mantua.« Er fuhr mit der Hand durch die Luft. »Wie dem auch sei, jedenfalls hat der Marquis von Neuem geehelicht, eine junge Frau, die er eifersüchtig bewacht.« Er lächelte spöttisch. »Woran er auch ganz gut tut. Jedenfalls ist die Marquise schwanger, wie er meinem Obristen …« Er verbesserte sich. »Meinem ehemaligen Obristen stolz erzählt hat. Und er war unterwegs nach Hamburg, wohl um sich dort mit einem Vertreter von Gustav Adolf zu treffen. Und dann wollte er nach Prag weiterreisen, um die Familie seiner Frau zu besuchen.« Jetzt grinste er. »Offenbar ein Reiseziel, das dem Marquis ganz und gar nicht behagte.«

Augusta sah ihn verblüfft an. »Nach Hamburg?«

Der Capitain nickte. »Wenn Ihr Euch beeilt, Madame, trefft Ihr ihn mit etwas Glück dort vielleicht noch an. Ich empfehle Euch, den …«

»… den schwedischen Residenten aufzusuchen, Johan Adler Salvius.«

Der Capitain hob die Brauen und senkte anerkennend den Kopf. »Ihr kennt ihn?«

»Ich hatte bereits einmal das Vergnügen, damals noch als Ehefrau des Marquis.«

Der Capitain musterte Augusta prüfend. »Nun, ich weiß nicht, was der schwedische Resident dazu sagt, wenn unter seinem Dach die aktuelle *und* die verflossene Gemahlin seines Ehrengastes Einkehr halten, aber zumindest könnt Ihr dort Zuflucht suchen. Ich nehme nicht an, dass der Marquis noch so wütend auf Euch ist, dass er Euch und Eure Tochter einfach dem Schicksal überlässt.« Er zuckte mit den Schultern. »Vor allem, wenn dieses Schicksal den sicheren Tod bedeutet.«

»Und von Hamburg aus wollte er nach Prag weiterreisen, sagt Ihr?«, erkundigte sich Augusta.

»Ja, um die Familie seiner Frau zu besuchen. Warum fragt Ihr?«

Augusta schüttelte leicht den Kopf. »Einfach nur aus Neugier«, antwortete sie ausweichend. Sie bemerkte den prüfenden Blick des Offiziers, erklärte sich aber nicht weiter.

Valerian ist in Prag, dachte sie. *Vielleicht schaffe ich es ja, mich dorthin durchzuschlagen. Falls ich Albert de Montfine überzeugen kann, mich mitzunehmen.*

Dieser Gedanke verlieh ihr Kraft, und sie stand langsam auf. »Ich glaube«, sagte sie und blickte an sich herab, »als Erstes sollte ich mich vielleicht säubern.«

Der Capitain nickte und warf einen Blick auf die Leiche des Chevaliers. »Ja, Madame. Ich schicke Euch ...«

»Nein«, wehrte Augusta ab. »Ich schaffe das allein, Capitain. Ihr tut schon genug für mich, Seigneur d'Arthane. Ich stehe tief in Eurer Schuld.«

Der Offizier verbeugte sich. »Jeder Mann, der den Titel Seigneur zu Recht trägt, Madame, würde dasselbe für Euch tun.« Er drehte sich um und ging zur Tür. »In einer halben Stunde müsst Ihr reisefertig sein, Madame. Soll ich Eurer Zofe befehlen, Eure Habseligkeiten zusammenzupacken?«

Augusta überlegte kurz. »Ich beeile mich mit dem Waschen und mache das dann selbst. Lisette und das Kindermädchen sollen alles zusammenpacken, was sie auf dieser Reise für sich selbst und meine Tochter benötigen. Meinen Schmuck und andere Wertsachen packe ich ebenfalls selbst.« Sie zögerte. »Der Rest und meine Bediensteten ...« Ihr traten die Tränen in die Augen.

Der Capitain verstand, was sie sagen wollte. »Ich kann Euch nichts versprechen, Madame, aber ich werde, so gut ich kann, dafür sorgen, dass meine Männer ihre Wut über den Tod ihres Kommandeurs nicht an Euren unschuldigen Lakaien auslassen. Ihr seid die Beute, die sie jagen werden. Ich hoffe, das ist Euch klar.«

Augustas Blick glitt zu dem Leichnam des Chevaliers. »Das verstehe ich, Capitain. Darf ich Euch noch um einen weiteren Gefallen bitten ...?«

»Madame?«

»Falls es mir nicht gelingt, Euch zu entkommen, und Ihr mich gefangen nehmt, könnt Ihr dann …? Erweist Ihr mir dann die Gnade, meinem Leben und dem meiner Tochter selbst ein Ende zu setzen?«

D'Arthane blieb einen Moment stumm, und Augusta hatte schon Angst, seine Großzügigkeit überstrapaziert zu haben. Doch da hob der Mann zu ihrer Überraschung den Degen, den er die ganze Zeit in der Hand gehalten hatte, und hob die Klinge vor sein Gesicht, ein alter Gruß, mit dem ein Krieger einem anderen seinen Respekt zollt. »Ihr seid eine mutige Frau, Madame von Villesen. Ich verspreche es Euch.« Er machte eine kleine Pause. »Und solltet Ihr nicht selbst dazu kommen, werde ich dafür sorgen, dass Euch ein schneller Tod vergönnt ist.«

Oh, mein Geliebter, jetzt bräuchte ich dich mehr als je. Ich wünschte so sehr, du wärst bei mir. Dann wäre all das nicht geschehen, dachte sie, als der Capitain das Bad verließ, nachdem er vorsichtig einen Blick durch den Türspalt geworfen hatte, um sich zu vergewissern, dass niemand im Flur lauerte. *Nein,* dachte sie dann. *Wahrscheinlich wäre alles noch viel schlimmer gekommen.* Denn eines war ihr klar: Eik hätte niemals zugelassen, dass der Chevalier Hand an sie legte. *Nein,* dachte sie erneut. *Wenn du hier gewesen wärst, wärst du jetzt tot und Adele und ich wahrscheinlich ebenfalls.* Sie seufzte. *So kann ich mich wenigstens an die Hoffnung klammern, dass es dir gut geht und wir uns irgendwann und irgendwo wiedersehen.* Sie schloss die Augen, um sich Eiks Gesicht in Erinnerung zu rufen. Das schenkte ihr Trost, und sie genoss dieses Gefühl einen Augenblick lang. Dann öffnete sie die Augen wieder, und die grausame Realität war wieder da und drängte alle ihre Wünsche und Sehnsüchte in den kleinen Winkel ihres Gefühls zurück, den sie so sorgfältig hütete, als hinge ihr Leben davon ab.

TEIL DREI

Löwenjagd

14. KAPITEL

Nürnberg, Alte Veste

»Ich verstehe das nicht! Wir sind kurz davor, in Wallensteins Lager einzudringen!«, schrie Eik. Er stand auf dem Rosenberg, nördlich der Alten Veste, einer Burgruine vor Fürth, und schäumte vor Wut. »Wieso dieser verdammte Rückzugsbefehl? Das ist ein Riesenfehler! Wir liegen jetzt seit zwei Monaten hier und rennen gegen die Befestigungen an! Wallenstein hat uns umzingelt und verhindert, dass wir ihm ausweichen konnten. Und jetzt, da sich endlich etwas tut, sollen wir einfach aufgeben und uns zurückziehen?« Er starrte seinen Freund und ehemaligen Vorgesetzten an, der ihm die Mitteilung überbracht hatte, über die Eik so in Wut geraten war.

De Vries sah sich um, aber die Söldner in ihrer Nähe, vorwiegend Angehörige der finnischen Panzerreiter, die auf Gustav Adolfs Seite kämpften, achteten nicht auf die beiden protestantischen Offiziere, sondern starrten nur nach vorn, wo Pulverschwaden von einer neuen Salve der leichten Feldschlangen aufstiegen. Die schwedische Artillerie beschoss seit dem frühen Morgen die Lagerbefestigung Wallensteins und die verschanzte und mit Kanonen bestückte Bastion der Alten Veste, die außerhalb des Lagers lag. Bis jetzt hatten

Wallensteins Truppen sämtliche Versuche der Schweden vereitelt, die Burgruine zu nehmen. Eik war in seiner Rolle als Lieutenant der Leibwache Gustav Adolfs zum tatenlosen Zusehen verdammt und hatte miterleben müssen, wie fast ein ganzes schottisches Regiment unter der Fahne des Königs in den Salven von Kartätschen und Hagelmunition sprichwörtlich in Stücke gerissen wurde.

»Das geht dich nichts an, Lieutenant«, entgegnete der Obrist ruhig. »Hier oben an der Kampflinie hast du ohnehin nichts zu suchen. Musst du dich nicht bei deiner Kompanie melden oder deinen König beschützen?«

Eik hatte mittlerweile ein Fernrohr ans Auge gesetzt und schwenkte es über das feindliche Lager. »Er ist nicht *mein* König«, knurrte er. »Jedenfalls noch nicht, aber wenn er so weitermacht, kann sich das ja noch ändern.« Er warf De Vries einen missmutigen Blick zu. »Und außerdem ist er auch *dein* König! Vielleicht will er ja sogar der erste protestantische Kaiser des Heiligen *katholischen* Römischen Reiches werden!«, spottete er. *Zuzutrauen wäre es ihm jedenfalls,* setzte er in Gedanken hinzu. Er ließ das Fernrohr sinken und streifte mit seinem Blick kurz die finnischen Panzerreiter in der Nähe. Aber die beachteten ihn immer noch nicht, und er bezweifelte, dass sie Deutsch verstanden. *Aber man kann ja nie wissen,* dachte er.

Ohne zu bemerken, dass das Gesicht von De Vries bei diesen unbotmäßigen, ja, anmaßenden Worten einen gequälten Ausdruck annahm, richtete er dann das Fernrohr auf die andere Seite des Rosenbergs. Wegen der Regenschleier konnte er auf der anderen Seite des Berges, vor den Lagertoren, nur undeutlich eine Ansammlung von Soldaten und eine große Fahne mit blau-gelben Quadraten sehen. Obwohl er in dem Dunst keine Einzelheiten erkennen konnte, wusste er, dass die Felder dieser Fahne vier blaue und gelbe, einander zugewandte Löwen zeigten. *Wallenstein,* dachte er. *Er steht tatsächlich dort.*

Die Kundschafter hatten ihnen berichtet, dass Wallenstein mit einem großen Teil seiner Armee auf der anderen Lagerseite bei Oberasbach auf den schwedischen Angriff wartete.

»Das ist die Gelegenheit«, hatte General Graf Horn bei der Lagebesprechung verkündet. »Während der Friedländer hinter dem Lager wartet, werden wir einfach durch die Vordertür einmarschieren und ihn überrumpeln!«

Leichter gesagt als getan, hatte Eik sich gedacht, der als Lieutenant der Leibgarde Gustav Adolfs bei der Besprechung anwesend war. Allerdings hatte er sich gehütet, dem hohen Offizier ungefragt zu widersprechen. Und zunächst schien die Strategie Horns auch aufzugehen. Gustav Adolf selbst hatte den Angriff angeführt, zusammen mit seiner Leibwache und Eik sowie den finnischen Panzerreitern und dem Dragonerregiment von Obrist De Vries. Sie hatten sich über den Rosenberg gekämpft, und es war ihnen sogar gelungen, eine Artillerieschanze einzunehmen. Dann hatten sie sich darangemacht, ihre eigenen Artilleriestellungen vorzubereiten.

In der Zwischenzeit hatten De Vries mit seinen Dragonern und finnische Panzerreiter eine Abteilung Fugger-Kürassiere unter Obrist Fugger zurückgedrängt. Dabei war der kaiserliche Kommandeur schwer verletzt und gefangen genommen worden. Er hatte sein Leben in den Armen von Gustav Adolf ausgehaucht, der dem Offizier noch einen Schluck Wein eingeflößt hatte, bevor er starb.

Eik hatte gehört, es wäre den finnischen Panzerreitern gelungen, die vorgeschobene und mit Kanonen bestückte Sternschanze zu nehmen. Umso weniger verstand er, dass der weitere Angriff und das Eindringen in Wallensteins Lager abgeblasen worden oder vielmehr zum Erliegen gekommen waren.

Andererseits war der gesamte schwedische Generalangriff auf den anderen Abschnitten der Linie zum Stehen gekommen. Wallenstein schien ständig weitere Truppenteile und Artillerie seiner Armee aus der Schlachtaufstellung bei Oberasbach zurückbeordert zu haben, um die Grenzen des Lagers zu verstärken. Den Angreifern flogen unablässig Musketenkugeln um die Ohren, die Kugeln der leichten schwedischen Feldschlangen hingegen richteten so gut wie keinen Schaden an, wenn sie es überhaupt schafften, die Befestigungen zu erreichen.

Das Lager ist wirklich riesig!, dachte Eik, während er das Fernrohr weiter über das Gelände gleiten ließ. *Und dabei sehe ich von hier aus nur einen winzigen Teil!*

Er konnte es kaum ertragen, nicht in die Kampfhandlungen eingreifen zu können, weil er als Lieutenant der Leibwache des schwedischen Königs nur die Aufgabe hatte, Gustav Adolf zu beschützen. Der ritt derweil scheinbar ziellos von einem Flügel seiner Schlachtordnung zum anderen, in dem bislang vergeblichen Versuch, eine Stelle zu finden, wo er in Wallensteins Lager eindringen konnte. Immerhin hatten sie dank der finnischen Panzerreiter zumindest den Rand von Wallensteins Lager erreicht und dabei mehrere seiner Geschützstellungen erobert. Weiter jedoch schienen sie nicht zu kommen.

Eik beschlich ein ungutes Gefühl. Er hatte zwar keinen Blick auf die Karten werfen können, deren Studium die Offiziere zu ihrer Strategie veranlasst hatte, aber er hatte den Eindruck, als wäre die Seite des Lagers, die sie gerade angriffen, die am stärksten befestigte. Er runzelte die Stirn. *Wenn das stimmt, ist das eine ziemlich große Dummheit,* dachte er. Wieder donnerten Geschütze, aber diesmal klang es tiefer als das Knallen der Feldschlangen und Lederkanonen der Schweden. Im nächsten Moment ertönte ein lautes Pfeifen, und Eik zog unwillkürlich den Kopf ein, genauso wie De Vries neben ihm.

»Jetzt nehmen sie uns so richtig unter Feuer, verflucht!«, schrie Obrist De Vries. Er schüttelte den Kopf. »Es ist sinnlos zu versuchen, von hier aus in das Lager einzudringen!« Er sah sich um, konnte aber in den allgegenwärtigen Regenschleiern nichts erkennen. »Jedenfalls nicht ohne schwere Artillerie! Der General hat recht. Wir müssen uns zurückziehen!«

Wieder ertönte eine Salve, und Eik verfolgte die Wirkung des Feuers der Feldschlangen mit dem Fernrohr. Das Einzige, was er sah, waren aufspritzender Sand und graue Schwaden vom Pulverdampf. Mit einem frustrierten Knurren ließ er das Fernrohr erneut sinken, knirschte mit den Zähnen und nickte dann.

»Ich gebe es nicht gern zu, Obrist, aber du hast recht!« Er sah sich ebenfalls um, aber ebenso wenig wie De Vries konnte er in dem Nebel aus Regen und Rauch etwas erkennen. »Es sei denn, diese verfluchten

Artilleristen schaffen es endlich, ihre Stücke über diesen vermaledeiten Berg zu schleppen!«

»Das ist bei diesem Wetter nahezu ausgeschlossen. Außerdem«, De Vries deutete mit der Hand auf die Artilleriestellungen Wallensteins vor ihnen, »seine Stückmeister haben sich mittlerweile auf uns eingeschossen!«

Wie um seine Worte zu bestätigen, ertönte die nächste Salve auf Wallensteins Seite, und diesmal hatten die Kanoniere besser gezielt: Etliche Geschosse trafen die Stellungen der Schweden und zerschmetterten zwei Feldschlangen samt den sie bedienenden Soldaten, und Kettenkugeln mähten eine kleine Schneise in die finnischen Panzerreiter. Gebrüll und schrilles Wiehern verletzter Pferde mischten sich in die lauten Flüche der Reiter und ihrer Offiziere. Eik verstand zwar kein Finnisch, aber er konnte sich vorstellen, was die Männer brüllten.

»Es ist sinnlos!«, schrie De Vries erneut. »Wir rennen jetzt seit Tagen gegen das Lager an, und was hat es gebracht?« Er spuckte aus, als die nächste Salve losdonnerte. »Wir haben uns blutige Köpfe geholt, das ist alles.« Er blickte in den grauen Himmel, aus dem es wie aus Eimern goss. »Wir schaffen es einfach nicht, diese vermaledeiten Kanonen in Stellung zu bringen, und selbst wenn ...« Er deutete auf die Kanoniere mit den Feldschlangen, die vergeblich versuchten, ihre Lunten am Glimmen zu halten. »Wenn es so weiterregnet, werden unsere Musketiere ebenfalls Probleme bekommen, ihre Lunten zu zünden. Es ist einfach zu feucht hier!«

»Aber dieses Problem müssten Wallensteins Musketiere doch auch haben, oder?« Eik streckte trotzig das Kinn vor, als wieder das Knattern einer Salve von Wallensteins Musketieren auf der Lagerbefestigung ertönte.

Vereinzelte Schreie gellten, aber insgesamt hatte die Salve keine durchschlagende Wirkung.

Aber es genügt, um uns daran zu hindern, dieses verdammte Lager zu erstürmen. Wo bleiben die Kanonen? Aber noch während Eik sich diese Frage stellte, wurde ihm klar, dass sie in der anbrechenden Dämmerung keinerlei Fortschritte mehr erzielen würden.

Er schob das Fernrohr zusammen und steckte es in die Tasche seiner gelben Uniformjacke.

De Vries hatte mit einem seiner Lieutenants gesprochen und drehte sich zu Eik herum. Er grinste trotz ihrer widrigen Lage. »Jedenfalls fühle ich mich sehr sicher in deiner Nähe«, spottete er. »Deine gelbe Jacke gibt eine hervorragende Zielscheibe ab, sodass man neben dir keine Angst zu haben braucht, jemand könnte auf einen schießen.«

Eik schnaubte verächtlich, aber der Humor seines Freundes tat ihm gut und riss ihn aus seinen düsteren Gedanken. »Doch nur, wenn du glaubst, dass die Musketiere von Wallenstein erheblich besser zielen als unsere Leute!« Er schüttelte den Kopf. »Und darauf würde ich mich an deiner Stelle nicht verlassen.«

De Vries wollte darauf etwas erwidern, aber in dem Moment ertönten laute Rufe, und eine Gruppe von hohen Offizieren mit einem Mann in einer ebenfalls gelben Jacke in der Mitte donnerte heran. »Dein Oberbefehlshaber und Mündel«, knurrte De Vries rasch und packte Eiks Arm. »Viel Glück, und pass auf dich auf. So Gott und die kurzsichtigen Musketiere wollen, sehen wir uns morgen wieder.«

Eik packte den Arm seines Freundes und drückte ihn kurz. »Das werde ich, und das werden wir!«, versprach er. *Und das umso mehr, als ich meine Tochter immer noch nicht gesehen, geschweige denn sie in den Armen gehalten habe. Ich will verflucht sein, wenn ich mich umbringen lasse, bevor das geschehen ist.*

In dem Moment galoppierte der König mitsamt seinem Gefolge an Eik vorbei und machte ihm ein Zeichen, sich mit seinen Leibgardisten der Gruppe anzuschließen. Eik warf dem Fähnrich der kleinen Abteilung, die er kommandierte, einen kurzen Blick zu, dann stieg er auf sein Pferd. Im nächsten Moment donnerten die etwa vierzig Männer in ihren gelben Jacken hinter ihm und dem König her.

Zu seiner Überraschung nahm Gustav Adolf jedoch keineswegs Kurs auf seine Unterkunft in Nürnberg, sondern ritt zur Dambacher Brücke.

Eik sah, wie der König von einem Obristen der finnischen Panzerreiter empfangen wurde. Die beiden Männer unterhielten sich kurz, dann befahl der König seinem Gefolge abzusitzen. »Wir lagern hier«, bedeutete er dem Obristlieutenant seiner Leibgarde und verschwand dann mit dem finnischen Obristen in einem Feldwagen, der offenbar als Unterkunft für den König hierhergeschafft worden war.

»Absitzen und fertig machen zum Lagern!«, befahl der Obristlieutenant seinen Männern.

Ziemlich dicht an Wallensteins Lager, dachte Eik, behielt das aber für sich. Es hätte ohnehin wenig Sinn gehabt, den Offizieren des Königs Vorschläge zu machen, das hatte er bereits gemerkt, obwohl er noch nicht lange in der Leibwache diente.

In den wenigen Wochen hatte er sich jedoch den Respekt der anderen Offiziere verdient, durch seine überlegte Art, seine Männer zu führen, seine besonnenen Befehle und nicht zuletzt durch seinen Mut im Kampf. Er verlangte von seinen Leuten nichts, was er nicht selbst auch getan hätte, und allein dadurch unterschied er sich von vielen anderen Offizieren, besonders von denen der Leibgarde des Königs.

Eik hatte schnell begriffen, dass sich diese Männer für etwas Besonderes hielten und ihm wegen seiner einfachen Herkunft und seiner Verbundenheit mit seinen Leuten ablehnend gegenüberstanden. *Verbrüderung nennen sie das,* dachte er. Das schwedische Wort dafür hatte er rasch gelernt. Dabei biederte er sich keineswegs bei den einfachen Söldnern an. Aber er behandelte sie auch nicht wie Dreck. Schließlich war er im Kampf auf sie angewiesen, und er verstand einfach nicht, dass die dünkelhaften Offiziere das nicht begriffen.

»Hoffen wir, dass Wallensteins Kartaunen genauso feuchte Lunten haben wie unsere Lederkanonen«, murmelte einer der Leibgardisten, als er an Eik vorbeiging, als dieser absaß. »Sonst kann es uns blühen, dass der König heute Nacht Besuch von einer Kartätsche in seinem Wagen bekommt!« Mit einem Nicken deutete der Mann auf die Lagerbefestigungen, die tatsächlich nicht allzu weit von dem Feldwagen Gustav Adolfs entfernt waren.

Eik lachte. »Um solch ungebetenen Besuch zu verhindern, sind wir da«, erwiderte er gelassen. Aber insgeheim warf er einen Blick auf die Befestigungen von Wallensteins Lager und musste zugeben, dass der Mann nicht ganz unrecht hatte. Ein besonders fähiger Stückmeister an einer besonders guten Kartaune mochte vielleicht mit etwas Glück bei ausgezeichnetem Wetter und hervorragender Sicht einen Schuss landen können, der dem König gefährlich werden konnte. *Aber wir haben weder gutes Wetter noch eine hervorragende Sicht,* dachte Eik. *Und nach der bisherigen Kanonade zu urteilen, verfügt Wallenstein auch nicht über herausragende Artilleristen. Von einer Kanone mit einer derartigen Reichweite ganz zu schweigen. Dennoch ist es leichtsinnig vom König, sein Leben ohne Grund in Gefahr zu bringen.*

Er überlegte einen Moment, ob er sich mit seinen Bedenken doch an den schwedischen Obristlieutenant wenden sollte, entschied sich aber dagegen. Der Mann war ohnehin nicht gut auf ihn zu sprechen, und wahrscheinlich würde er den ängstlichen Müllersburschen einfach nur verspotten. So nannten die schwedischen Offiziere Eik, nachdem sich seine einfache Herkunft, die einem Rang als Lieutenant so wenig angemessen schien, herumgesprochen hatte. Die schwedischen Soldaten der Leibgarde dagegen behandelten Eik erheblich respektvoller, seit sie wussten, dass er sich seinen Rang durch Tapferkeit und Klugheit im Kampf verdient und nicht mit dem Vermögen eines wohlhabenden Vaters erkauft hatte.

Noch ein Punkt, der meinen Vorgesetzten missfällt, dachte Eik. *Ich bin beliebt bei den einfachen Soldaten. Doch in der Schlacht ist es gut zu wissen, dass die Männer um einen herum für einen einstehen und sich nicht einfach beim ersten Anzeichen von Gefahr aus dem Staub machen oder, schlimmer noch, sich gegen einen wenden und möglicherweise zum Feind überlaufen.*

Bevor er sich zur Nacht fertig machte, inspizierte er noch einmal die Wachposten seiner Abteilung, wie er es sich schon lange zur Gewohnheit gemacht hatte. Das hatte ihm anfangs scheele Blicke von Seiten der Soldaten eingebracht, aber schon bald hatten sie begriffen, dass er sie nicht nur kontrollieren wollte, sondern dass es ihm auch darum ging, ihnen das Gefühl zu geben, jemand kümmerte sich um sie.

Zufrieden, dass man seine Befehle allesamt korrekt ausgeführt hatte, ging er zurück zu der Zeltplane, mit der er zwischen zwei Bäumen einen behelfsmäßigen Regenschutz errichtet hatte. Doch ehe er sich auf seine feuchte Decke legen konnte, näherte sich ihm eine Gestalt aus der Dunkelheit.

»Heda, Lieutenant! Lass deine Eisen stecken, hier kommt ein Freund!«

Eik grinste, als er die Stimme erkannte. »Herr Obrist. Gut, dass du mich gewarnt hast. Andererseits brauchst du bei dem Wetter keine Angst zu haben, von einer Kugel getroffen zu werden.« Eik lachte freudlos, als er sich aufrichtete. »Selbst das Pulver in meiner Radschlosspistole ist zu feucht zum Feuern.«

De Vries knurrte. »Du bist nicht der Einzige, der darüber lamentiert.« Der Obrist setzte sich neben Eik auf die Decke und zog einen Flakon mit einer bernsteinfarbenen Flüssigkeit aus seinem feuchten Wollmantel. »Hier, das hilft gegen die Nässe.«

Eik nahm den Flakon und zog den Stöpsel heraus. »Ein Dach über dem Kopf und trockene Klamotten wären mir lieber … Oho!«, stieß er dann hervor, als er an der Flüssigkeit roch. »Ist das Branntwein?«

»In der Tat.« De Vries nickte. »Und zwar feinster Branntwein. Die Schweden nennen es *Aqua vitae,* oder Akvavit, Wasser des Lebens.«

»Aber es riecht nach ...«

»Ja, sie brennen ihn aus Kartoffeln, und bei der zweiten Destillation setzen sie Wacholderbeeren, Malz und Kümmel hinzu.« Er deutete mit einem Nicken auf die Flasche. »Trink einen Schluck. Wie gesagt, das hilft gegen die Nässe.«

»Die äußere Nässe mit der inneren bekämpfen?« Eik lachte. »Das nenne ich den Satan mit dem Beelzebub austreiben.«

»Nenn es, wie du willst«, entgegnete De Vries, »aber ich sag dir, wenn du davon erst einmal gekostet hast, willst du so schnell nichts anderes mehr trinken.«

»Na dann.«

»Worauf trinkst du?«

Eik hatte den Flakon schon angesetzt, ließ ihn aber wieder sinken und sah De Vries ernst an. »Darauf, dass ich bald meiner Frau unsere Tochter aus den Armen nehmen kann.«

De Vries' Gesicht war im Dunkeln kaum zu erkennen. »Ein frommer Wunsch«, sagte er, während Eik einen großen Schluck nahm.

Dann war es an ihm zu trinken.

»Und du?«, wollte Eik wissen, während er genüsslich mit den Lippen schnalzte. *Dieser Akvavit ist wirklich ein gutes Gebräu,* dachte er, während ihm der Schnaps den Magen wärmte. Eine Wärme, die sich rasch in seinem Körper verteilte.

De Vries hatte innegehalten und tat, als müsste er überlegen. »Ich trinke darauf, dass ich dir dabei zusehen kann, wie du deine Tochter herzt.« Er zwinkerte Eik zu. »Ich hoffe allerdings sehr, dass sie nach ihrer Mutter kommt, nicht nach ihrem hässlichen Vater.«

»Ganz gleich, nach wem sie kommt, alter Mann«, erwiderte Eik lachend, »eines ist sicher: Auf keinen Fall kann sie so hässlich sein wie du.«

De Vries lachte ebenfalls und hob den Flakon. »Auf diese Wahrheit wollen wir trinken!«

Das Geräusch stach wie ein Dolch in Eiks Gehirn.

»Was, in drei Teufels Namen …?«

Er fuhr hoch und stieß einen weiteren Fluch aus, als er mit dem Kopf gegen etwas Hartes stieß. Stöhnend ließ er sich wieder zurücksinken. Ihm war schwindlig, und er hatte das Gefühl, in seinem Schädel steckte ein Schmied, der mit einem Schmiedehammer auf sein Gehirn wie auf einen Amboss einschlug.

Er hatte die Augen fest zugepresst, was den Schwindel nur verstärkte. Und außerdem drang ihm ein sonderbarer Geruch in die Nase, ein sehr unangenehmer Geruch nach Moder und Schimmel. Er öffnete die Augen und erwartete fast, von irgendeinem gleißenden Licht geblendet zu werden. Stattdessen sah er … *Nichts?* Er runzelte die Stirn. *Nein, nicht nichts.* Sondern eine Dunkelheit, die seinen brennenden Augen und dem Schmerz in seinem Kopf wohltat.

»Verflucht! Wo …?« Die Stimme kam Eik irgendwie bekannt vor.

»De Vries?«, fragte Eik. Jedenfalls hatte er den Namen aussprechen wollen, aber seine Stimme war nur ein unverständliches Krächzen. Er räusperte sich und versuchte es erneut. »De Vries? Bist du das, Obrist?«

»Schmalens?« Die Stimme von Hans De Vries klang genauso wie die von Eik. Während sich dessen Augen allmählich an die Dunkelheit gewöhnten, versuchte sein Verstand gleichzeitig, sich zu orientieren. Wie war er hierhergekommen, und wo war dieses *Hier* eigentlich?

In dem Moment zerriss ein weiteres Trompetensignal in unmittelbarer Nähe die Luft, und Eik fuhr auf. Dabei stieß er sich erneut den Kopf, wieder an derselben Stelle.

Er fluchte ausgiebig, dann spuckte er, weil körniger Dreck in seinen geöffneten Mund gerieselt war. Gleichzeitig gab es über ihm ein verdächtig lautes Knarren, und jemand, zweifellos De Vries, schwang die Beine über den Rand eines Brettes oder Balkens, auf dem er offenbar unmittelbar über ihm gelegen hatte. Im nächsten Moment drang ein übler Geruch in Eiks Nase. Es waren menschliche Ausdünstungen, unverkennbar, aber bevor Eik sich entscheiden konnte, ob er selbst so stank oder ob De Vries für diesen bestialischen Geruch verantwortlich war, ertönte das Hornsignal ein drittes Mal, und diesmal hörte er auch andere Stimmen, die irgendetwas riefen. In einer Sprache, die er nicht verstand.

Die Finnen! Das Wasser des Lebens! Eik spürte plötzlich, wie sein Magen rebellierte, und er rollte sich hastig von dem harten Untergrund weg, auf dem er lag. Er landete im Matsch, achtete jedoch nicht weiter darauf, sondern packte mit der Linken das Brett über sich, auf dem der Obrist gelegen hatte, zog sich hoch und machte ein paar Schritte von dem improvisierten Nachtlager weg, bevor er sich vornüberbeugte und seinen Mageninhalt in den Schlamm spuckte.

Das beschäftigte ihn eine Weile, und während er würgte, kehrte allmählich die Erinnerung an die letzte

Nacht zurück. An das Gelage mit De Vries, an den Schnaps, *Akvavit,* wie die Finnen ihn nannten. Offenbar hatten sie unerschöpfliche Vorräte davon, ganz bestimmt jedoch hatten sie widerstandsfähigere Mägen. Oder waren vielleicht einfach mehr daran gewöhnt als er. Nachdem Eik durchgeatmet und sich aufgerichtet hatte und davon überzeugt war, dass sich nichts mehr in seinem Magen befand, was er hätte ausspucken können, tippte ihm jemand auf die Schulter.

Eik wendete erschöpft den Kopf. Es war De Vries. Der Obrist war ebenfalls bleich und sah so elend aus, wie Eik sich fühlte. Er hielt ihm eine Feldflasche hin.

Eiks Magen krampfte sich bei dem Anblick zusammen, und er hob abwehrend die Hand. »Kein Wasser des Lebens mehr für mich! Das ist kein Lebenswasser, sondern Höllengebräu!«

De Vries verzog knurrend das Gesicht zu einem Lächeln. »Ich stimme dir zu, jedenfalls was diesen *Akvavit* angeht.« Er hob erneut die Feldflasche. »Aber das hier ist wirkliches Lebenswasser.« Er deutete mit dem Kopf über die Schulter. »Aus der Rednitz. Das ist der Fluss«, setzte er erklärend hinzu.

»Dachte ich mir.« Eik nahm zögernd die Flasche. Er wusste nicht, ob er trinken sollte, denn er bezweifelte, dass sein Magen irgendetwas behalten wollte, und sei es auch nur einfaches Wasser. Vorsichtig nahm er ein, zwei Schlucke von der kalten Flüssigkeit und wartete. Sein Magen rumpelte zwar, krampfte aber nicht mehr. Eik seufzte erleichtert.

»Sie blasen zum Sammeln«, erklärte De Vries. »Ich sollte mich wohl besser zu meinem Regiment begeben.« Er grinste. »Mein Bursche ist bestimmt schon vollkommen außer sich, weil ich nicht in meinem Zelt bin.« Er schlug Eik mit der Hand auf die Schulter. »Du hast es ja nicht allzu weit«, meinte er und sah zu dem Feldwagen hinüber, der in der Nähe ihres improvisierten Unterschlupfes in einem halb zerstörten Schafstall neben der Dambacher Brücke stand. Finnische Panzerreiter hatten einen engen Ring um den Schlafplatz des Königs gezogen, und ihr Trompeter hatte auch das Signal gegeben.

Eik nickte und reichte seinem Freund die Flasche. Dann sah er an sich herab. »Ich bin mir nur nicht sicher, ob Seine Majestät besonders erfreut sein wird, wenn sein Lieutenant in diesem Aufzug vor ihn tritt.« Er rümpfte die Nase, als er feststellte, dass der Gestank, den er zuvor bemerkt hatte, nur teilweise von De Vries stammte. Er selber roch auch nicht besser.

De Vries lachte. »Wahrscheinlich hat nur der König das Privileg, heute Morgen in trockener Garderobe vor seine Truppen treten zu dürfen.« Er kniff die Augen zusammen, als sein Blick auf eine Gestalt fiel, die sich ihnen auf einem Apfelschimmel näherte. »Der König und natürlich dein Kommandierender Offizier«, zischte er.

Eik drehte sich um. Richtig, sein Befehlshaber, Obrist von Griebholm, kam auf ihn zu. Seine Miene wirkte mürrisch, und Eik rechnete bereits damit, dass der Mann ihn für seinen Aufzug tadeln würde.

»Du führst die Abteilung der Leibgarde, die den König zur Einsatzbesprechung mit seinen Generälen und Obristen begleitet, Schmalens!«, schnauzte der Obrist Eik ohne Begrüßung an, nachdem er sein Pferd vor Eik gezügelt hatte. Er würdigte seinen durchnässten und nicht eben stolz wirkenden Lieutenant kaum eines Blickes. Offenbar hatte er Befehle erhalten, die ihm überhaupt nicht gefielen, aber zu Eiks Erleichterung schienen sie den Mann so zu beschäftigen, dass er nicht einmal, wie sonst üblich, die Zeit fand, seinen Groll an Eik auszulassen.

»Danke für Euer Vertrauen, Herr Obrist«, erwiderte dieser und nahm Haltung an. »Wo ...?«

»Das hat nichts mit Vertrauen zu tun, Lieutenant!«, knurrte der Obrist, der wütend am Zügel zog, um das Pferd zu wenden. »Rittmeister Holm und ich haben von Seiner Majestät wichtigere Aufgaben erhalten.« Jetzt musterte er Eik doch, und zwar von Kopf bis Fuß. »Säubert Euch vorher aber, so gut es geht, Lieutenant.« Er deutete vage in Richtung des Feldwagens. »Fähnrich Rantzau wartet mit Korporal Jansen und den Pferden dort auf Euch.« Er schnüffelte und rümpfte die Nase. »Am besten reibt Ihr Euch mit Pferdemist ein, wenn es gar nicht anders geht, damit Ihr diesen widerlichen Gestank loswerdet.« Ohne auf eine Antwort zu warten, galoppierte der Obrist auf seinem Pferd davon.

Eik sah ihm einen Moment lang grimmig nach. *Was soll's,* dachte er. *Ich werde schon noch erfahren, welche Laus ihm über die Leber gelaufen ist, wenn Gustav Adolf die Lagebesprechung abhält.*

»Da bin ich aber mal gespannt«, verkündete De Vries, der sich abseitsgehalten hatte, bis der Obrist verschwunden war. »Seiner Miene nach dürfte die Lagebesprechung ziemlich interessant werden.« Er warf Eik einen vielsagenden Blick zu. »Vielleicht hat Gustav Adolf ja keine Lust, weitere Soldaten bei dem Versuch zu opfern, dieses verfluchte Lager einzunehmen. Eins ist jedenfalls klar, Wallenstein wird uns nicht den Gefallen tun, sein Lager zu verlassen und eine offene

Feldschlacht mit uns zu suchen. Und bei der Masse von Musketieren und Geschützen, über die er verfügt, können wir gegen seine Stellungen bis zum Jüngsten Tag anrennen, ohne eine Entscheidung zu erzwingen.« Er blickte zum Himmel hoch. »Wie es aussieht, sind die Asengötter unserem schwedischen König nicht wohlgesinnt. Dank des Regens hat Wallenstein jedenfalls die Trümpfe in der Hand.« Er nickte Eik zu. »Wie dem auch sei, ich muss zu meinem Regiment.«

Eik erwiderte den Gruß und verabschiedete sich mit einem gemurmelten »Gott sei mit dir« von seinem Freund, bevor er sich auf den Weg machte, um sein eigenes Kommando zu übernehmen. Als er seine vollkommen durchnässte und mürrische Leibgarde sah, die zum größten Teil bereits aufgesessen war und auf ihren Lieutenant wartete, musste er De Vries recht geben. *Bei diesem Regen gibt es für uns hier nichts zu gewinnen,* dachte er. *Ich kann nur hoffen, dass der König das auch so sieht.*

Wie sich herausstellte, sah Gustav Adolf das keineswegs so, jedenfalls nicht am frühen Morgen. Im Gegenteil, er befahl erneut den Angriff auf die Lagerbefestigungen und schrie den Obristen Torstenson wutentbrannt zusammen, weil es ihm und seinen Artilleristen trotz des ausdrücklichen Befehls des Königs nicht gelungen war, das Unmögliche möglich zu machen und in dem immer stärker werdenden Regen die schweren Geschütze über den Rosenberg zu schaffen. Dabei wurden sie von den Kanonen auf den Redouten der Lagerbefestigung beschossen, sodass etliche Artilleristen den Tod fanden und zwei Stücke zerstört wurden.

Schließlich zündeten aufgrund des Regens und der

Feuchtigkeit die Salpeterlunten der schwedischen Musketiere fast überhaupt nicht mehr. An gezielte Salven, mit denen sie die Artilleristen hätten decken können, war nicht zu denken, und ebenso wenig an die Fortsetzung des Angriffs auf die Stellungen Wallensteins unmittelbar am Lager, die finnische Panzerreiter am Abend zuvor erobert hatten.

Wütend brach der König den Angriff ab und befahl eine neue Lagebesprechung in seiner Unterkunft in Nürnberg.

Eik war alles andere als betrübt über die Aussicht, endlich aus diesem verfluchten Regen herauszukommen und sich, wenn auch vielleicht nur kurz, in einem trockenen Raum aufwärmen zu können. Vielleicht bekam er sogar Gelegenheit, seine nasse Garderobe zu wechseln.

Kurz vor Nürnberg kamen ihnen Obrist von Griebholm und Rittmeister Holm mit den restlichen Leibgardisten entgegen. Eik registrierte mit Genugtuung, dass die Offiziere und Gardisten ebenso nass und mitgenommen waren wie seine eigenen Leute und er selbst.

»Das Quartier ist vorbereitet, Euer Majestät«, sagte Griebholm, der an Gustav Adolfs Seite geritten war, und salutierte. »Und an die einzelnen Regimenter und Kompanien wurden Botenreiter geschickt.«

»Gut, Griebholm«, erwiderte Gustav Adolf mürrisch. »Reiten wir weiter.«

Als sich Eik unter die Leibgardisten mischte, wurde ihm klar, dass Gustav Adolf trotz seines Befehls, erneut das Lager anzugreifen, mit diesem Ausgang gerechnet und schon vorab eine Lagebesprechung mit seinen Kommandierenden Offizieren anberaumt hatte.

Eik hatte das Gefühl, dass die Besprechung ziemlich kurz werden würde.

Er sollte sich nicht täuschen.

»Wir werden den Angriff auf Wallensteins Lager einstellen und abziehen«, verkündete der König ohne Umschweife, nachdem sich die Kommandierenden Offiziere in dem kleinen Saal eines Lustschlösschens am Rande von Nürnberg eingefunden hatten. Er musterte die Reihen seiner Offiziere, von denen die meisten die Köpfe gesenkt hielten und bewegungslos dastanden. Nur einige wenige, unter ihnen Obrist De Vries, wie Eik bemerkte, und General Holm sowie General Bernhard von Sachsen-Weimar erwiderten den gereizten Blick des Königs. »Wir haben hohe Verluste erlitten, ohne auch nur einen Schritt weitergekommen zu sein!« Der König mahlte mit den Kiefern. »Zweifellos werden Unsere Gegner Unseren Abzug als einen Sieg des Kaisers werten, aber das ist er nicht.« Er kniff die Augen zusammen und stemmte die Fäuste auf den Kartentisch vor sich. »Und um Wallenstein, dem Kaiser und der Welt zu zeigen, dass Wir nicht als Geschlagene dieses Schlachtfeld verlassen, werden Wir nach Abbruch des Lagers noch einmal in Schlachtordnung aufmarschieren und dem Friedländer eine offene Feldschlacht anbieten.« Er lachte barsch. »Ich bin mir sicher, dass er dies als eine Geste des Respekts betrachten, sich aber hüten wird, den Schutz seines Lagers zu verlassen.« Wieder glitt sein Blick über die Kommandeure, und seine Miene verfinsterte sich.

Eik wusste, warum. Er selbst betrachtete ebenfalls verstohlen die anwesenden Offiziere. Sehr viele Gesichter fehlten, bekannte Gesichter, sowohl bei den Schweden als auch bei den protestantischen und sächsischen Truppen. *Offenbar hat diese Schlacht vor allem unter den Offizieren viele Opfer gefordert,* dachte er. *Ich glaube nicht, dass der König das so schnell ausgleichen kann.* Von daher war ein Rückzug eine kluge Maßnahme, das musste auch Eik zugeben. Die nächsten Worte Gustav Adolfs bestätigten seine Vermutung.

»Wie ihr alle seht, haben Wir große Verluste unter Unseren Offizieren und Kommandeuren zu beklagen. Wir werden Uns nach Sachsen zurückziehen, um zu verhindern, dass die Kaiserlichen Unsere Verbündeten dort noch weiter unter Druck setzen. Außerdem hat Uns der französische König durch einen Emissär Kardinal Richelieus die zugesicherten Subsidien nach Hamburg überbringen lassen. Marquis de Berny hat Uns über Unseren Residenten in Hamburg diesbezüglich informiert. Auf dem Weg nach Norden werden Wir Gesandte nach Hamburg schicken, die uns den dringend benötigten Nachschub an Munition, Waffen und möglichst auch an Offizieren beschaffen werden. Jedenfalls ist der Norden zu wichtig, um ihn den Kaiserlichen zu überlassen. Allein schon wegen der Nachschubwege. Auf keinen Fall dürfen wir zulassen, dass wir von Schweden abgeschnitten werden.«

Er warf seinem Stellvertreter und treuesten Bundesgenossen General Bernhard von Weimar einen vielsagenden Blick zu. »Und Wir haben gehört, dass General Georg von Arnim dort einen schweren Stand hat. Offenbar wurde er von einer Armee Wallensteins unter dem Kommando eines jungen Obristen, einem Freiherrn von Willisin oder so ähnlich, aus dem für Uns eroberten Prag vertrieben.«

Der König sprach weiter, aber Eik hörte nicht mehr hin. Die letzten Worte Gustav Adolfs hatten ihn alarmiert. Er hörte nicht, wie Bernhard von Weimar seinen König leise verbesserte und den richtigen Namen des Obristen nannte, der Prag erobert hatte.

Es kann sich nur um Valerian handeln, dachte Eik. *Obrist bei Wallenstein?* Er runzelte die Stirn. *Und der Marquis ist in Prag?* Plötzlich beschlich ihn ein sonderbares Gefühl, als er an Augustas letzte Briefe dachte und an den Tod von Maria von Villesen. Eine unerwartete Unruhe packte ihn, und er blickte unwillkürlich zu De Vries hinüber.

Der Obrist hatte ihn offenbar aufmerksam gemustert, denn er hob seine verbrannte Augenwulst, als er Eiks besorgten Blick bemerkte. Dann schüttelte er den Kopf, als wollte er den jungen Lieutenant beruhigen, was ihm allerdings misslang.

Die nächsten Worte des Königs trugen auch nicht zu Eiks Wohlbefinden bei.

»Trotzdem, Wir trauen dem Friedländer nicht!« Er wandte sich um und blickte Eik direkt an.

Der schob jeden Gedanken an Valerian, den Marquis und Augusta beiseite und straffte sich unwillkürlich unter dem Blick des Königs. Das entlockte dem Monarchen ein schwaches Lächeln. Doch als er weitersprach, wurde er sofort wieder ernst.

»Nach dem Truppenaufmarsch ziehen Wir ab, aber Wir wollen über jeden Schritt Wallensteins genauestens informiert werden. Lieutenant Schmalens ...!«

»Majestät.« Eik trat vor.

»Ihr werdet Euch mit einer Teil-Esquadron Unserer Leibgarde und einer Abteilung Dragoner aus dem Regiment von Obrist De Vries zurückfallen lassen, sobald Wir abgerückt sind, und zum Lager zurückkehren. Den Generalissimus des Kaisers werdet Ihr nicht aus den Augen lassen. Wir erwarten jeden Abend einen berittenen Boten mit einer Meldung über Wallensteins weiteres Vorgehen. Wir glauben nicht, dass er sich damit zufriedengeben wird, uns einfach abziehen zu sehen.«

Einige Offiziere rund um den Kartentisch nickten beifällig, andere dagegen warfen Eik unverhohlen missbilligende Blicke zu. Offenbar ahnten sie, welche Aufgabe ihr König Eik übertragen wollte, und hielten ihn, den unerfahrenen protestantischen Lieutenant und Emporkömmling, für ungeeignet, eine so heikle Aufgabe zu übernehmen. Aber als der König mit der flachen Hand auf den Tisch schlug, wurde es totenstill im Raum.

»Wie gesagt, Wir erwarten tägliche Meldung, Lieutenant. Ihr könnt Euch mit Obrist De Vries über die genaue Zahl der Dragoner beratschlagen, die Ihr als Botenreiter braucht.«

Eik salutierte. »Es ist mir eine Ehre, Majestät.«

»Davon gehen Wir aus, Lieutenant.« Gustav Adolfs Miene blieb unbewegt, aber seine Augen schienen zu funkeln. »Wir hoffen sehr, dass es keine *zu* große Ehre für Euch ist.«

»Majestät.« Eik salutierte erneut und streckte sein Kinn vor. »Ich werde Euch nicht enttäuschen.«

»Das hoffen Wir.« Der König zögerte kurz. »Euch sollte klar sein, dass Wir Euch diese Aufgabe nur deshalb übertragen, weil dieser verdammte Friedländer Uns die Hälfte Unserer Offiziere weggeschossen hat!« Er ließ den Blick durch den Raum schweifen. »Die, die noch hier sind, brauchen Wir dringender bei Unserer

Armee.« Er sah Eik wieder an und gab ihm ein Zeichen mit der Hand. »Geht und beratet Euch mit Eurem Obristen.« Gustav Adolf wandte sich an die restlichen Offiziere. »Und jetzt zu den Einzelheiten unseres Abzugs, meine Herren!«

Als Eik mit Korporal Jansen und Fähnrich Rantzau den Raum verließ, fühlte er die Blicke von Obrist von Griebholm und Rittmeister Holm in seinem Rücken. Er ahnte, dass die beiden Offiziere dafür gesorgt hatten, dass er diesen Auftrag bekam und nicht einer von ihnen. Aber wenn sie glaubten, ihm damit zu schaden, waren sie im Irrtum.

Natürlich ist es riskant, hinter der Armee des Königs zurückzubleiben, weil man Gefahr läuft, von Wallensteins Truppen umzingelt zu werden, wo er uns doch schon in Nürnberg in die Zange genommen hat. Aber diese Aufgabe ist mir lieber, als mich einfach nur mit dem Heereswurm durch Thüringen zu wälzen und darauf zu warten, dass Wallenstein überraschend über uns herfällt. Falls er es überhaupt tut. Jedenfalls sehe ich auf diese Weise den Feind, bevor er zuschlagen kann.

Während Eik draußen vor der Kammer auf De Vries wartete, ging ihm noch ein anderer Gedanke durch den Kopf. *Was ist mit Augusta?* Als er erfahren hatte, dass Valerian Prag eingenommen hatte, war ihm unwillkürlich ihr Brief eingefallen. Sie hatte ihm geschrieben, dass Maria nach Prag gewollt hatte, um dort Valerian zu treffen und ihm endlich die Wahrheit über seine Herkunft zu gestehen. Die Freifrau war auf dieser Reise gestorben, aber Eik konnte eine dunkle Ahnung nicht abschütteln, dass Augusta, ihre Tochter, auf die Idee gekommen sein könnte, die Reise an ihrer Mutter statt zu unternehmen.

Aber das würde sie doch niemals tun, nicht mit der kleinen Adele. Und die kann sie nicht in Villesen zurücklassen.

»Nun, ich glaube, für diesen Auftrag darfst du dich bei deinem Obristen bedanken«, sagte De Vries, als er zu Eik trat.

Eik wurde aus seinen Gedanken gerissen und sah seinen Freund einen Moment verständnislos an. Dann runzelte er die Stirn und nickte. »Sicher, Obrist von Griebholm ist nicht gut auf mich zu sprechen. Aber er hatte keine Ahnung, dass er mir damit einen Gefallen tut.«

»Einen Gefallen?« De Vries sprach mit gesenkter Stimme und blickte zu den beiden schwedischen Unteroffizieren hinüber, die in gebührendem Abstand zu ihm und Eik warteten. Sie beobachteten die beiden Offiziere, aber sie machten nicht den Eindruck, als hätten sie die Worte verstanden.

»Ja, einen Gefallen«, wiederholte Eik. »Wenn ich noch länger in der Nähe dieses arroganten und speichelleckerischen Kerls hätte aushalten müssen, hätte ich mich zweifellos beim König unbeliebt gemacht. Denn entweder hätte ich ihn bitten müssen, mich zu versetzen, oder ich hätte seinen verdammten Obristen zum Duell gefordert.«

»Nicht so laut!«, warnte De Vries.

Aber Eik wischte seinen Einwand beiseite. »Keine Sorge, Rantzau und Jansen mögen von Griebholm noch weniger als mich.«

»Jedenfalls ist das keine besonders angenehme Aufgabe«, sagte De Vries und konzentrierte sich auf das Naheliegende. »Ich gebe dir so viele Dragoner mit, wie du willst, aber je mehr Leute du hast, desto mehr wird deine Abteilung auffallen und damit auch leichter aufzuspüren sein. Auch wenn ich nicht glaube, dass du sie brauchen wirst. Ich bin mir sicher, dass Wallenstein zwar überprüfen wird, ob die Schweden wirklich abgezogen sind, aber er wird sich nicht sofort auf den Weg machen, um uns zu verfolgen. Wie der König schon sagte, Wallenstein wird annehmen, dass Gustav Adolf wieder nach München zurückkehrt. Bis er merkt, dass wir nach Norden ziehen, um den Kurfürsten von Sachsen zu unterstützen, dürfte es schon zu spät sein. Und wenn nicht«, er lächelte, »hat Gustav Adolf ja einen fähigen Bluthund auf seine Fährte gesetzt.«

»Sehr gut möglich«, gestand Eik ein. »Trotzdem, wenn ich Wallenstein wäre, würde ich auf Nummer sicher gehen und das Gleiche machen wie der König.«

»Und das wäre?« De Vries sah ihn neugierig an.

»Ich würde eine Abteilung leichte Reiterei ausschicken, die den Schweden nicht aus den Augen lässt. Und sollten wir zufällig auf diese Aufklärungsabteilung stoßen, wäre es mir durchaus recht, wenn ich genügend Dragoner bei mir hätte, die mit ihren Arkebusen dafür sorgen können, dass diese Abteilung leichte Reiterei nicht zu Wallenstein zurückkehrt.«

De Vries nickte. »Gut, du bekommst so viele Leute, wie du brauchst. Aber wenn dieser Auftrag dir kein Kopfzerbrechen bereitet, wieso bist du dann so schlecht gelaunt?«

»Du hast gehört, was mit Prag passiert ist?«

De Vries blieb einen Moment stumm und nickte dann. »Du meinst …?«

»Ich bin mir sicher, dass es sich bei diesem Willisen

um niemand anders als um Valerian von Villesen handeln kann.«

»Und du bist neidisch, weil er es bis zum Obristen geschafft hat?«

»Bestimmt nicht. Aber ich mache mir Sorgen, dass Augusta auf die Idee gekommen sein könnte, nach Prag zu reisen, um mit ihrem Bruder ein schon lange überfälliges Gespräch zu führen.«

»Du meinst, sie hätte eine solch riskante Reise mit eurer gerade erst geborenen Tochter unternommen?« De Vries schüttelte den Kopf. »Das glaube ich ebenso wenig, wie ich glaube, dass wir vor Einbruch dieses Winters noch einmal irgendetwas von Wallenstein zu sehen bekommen.«

»Dein Wort in Gottes Ohr«, murmelte Eik.

Keiner der beiden Männer ahnte, wie sehr sich De Vries irren sollte.

»Dort, Herr Lieutenant, seht Ihr?« Der Dragoner streckte den Arm aus und lenkte Eiks Aufmerksamkeit auf den tiefen Einschnitt unterhalb der Anhöhe, auf der sie Position bezogen hatten. »In der Schlucht!«

Mittlerweile befanden sie sich gut drei Tagesreisen von Nürnberg entfernt, doch es war schon mehr als eine Woche vergangen, seit Gustav Adolf mit seiner Armee von Wallensteins Lager bei Fürth abgerückt war.

Unmittelbar danach war nicht viel passiert, und Eik hatte sich mehr und mehr gefragt, ob de Vries nicht vielleicht doch recht gehabt haben könnte. Vielleicht wollte Wallenstein seine Armee nicht durch das von Schweden verseuchte Gebiet nach Sachsen und weiter nach Friedland ins Winterquartier führen. Aber Eik mochte einfach nicht glauben, dass der Friedländer tatsächlich so dicht bei Nürnberg sein Winterlager beziehen und dem Schwedenkönig einfach den Norden Deutschlands überlassen würde.

Nürnberg selbst und die ganze Gegend darum waren von den Schweden leer gefressen worden, und der Kampf um das Lager hatte einen hohen Blutzoll gekostet, auch an Tieren; sehr viele Pferde waren verendet, und der Gestank von Aas hing schwer in der Luft. Der Stadtrat hatte bereits ernste Gesundheitswarnungen ausgegeben, und noch während Wallenstein sein Lager abbrach, hatte es die ersten Fälle von Pest gegeben.

Eik, der selbst Schwierigkeiten hatte, genügend Proviant für seine Männer zu finden, wusste, dass es nur eine Frage der Zeit war, bis sich diese schreckliche Seuche zu einer Epidemie auswachsen würde.

Doch bevor es dazu kam, hatte Wallenstein reagiert. Er hatte das Lager, das größte Feldlager, das Eik jemals gesehen hatte und jemals sehen würde, abgebrochen und war mit seinem gewaltigen Heer losmarschiert, Richtung Norden. Eik war ihm in sicherer Entfernung gefolgt und hatte durch Gefangene, die seine Dragoner gemacht hatten, herausgefunden, was der Grund für Wallensteins Zögern gewesen war.

Wallenstein hatte offenbar geglaubt, Gustav Adolf würde versuchen, nach München zu marschieren. Die Späher, die er dem schwedischen Heer nachgeschickt und von denen Eik einige abgefangen hatte, hatten ihm jedoch berichtet, dass der Schwedenkönig in Naumburg ein Lager bezogen hatte und weiter nach Sachsen wollte, wohl um den Kurfürsten dort im Kampf gegen die Kaiserlichen zu unterstützen.

Das und die ausbrechende Pestilenz in Nürnberg waren für Wallenstein Grund gewesen, sein Lager abzubrechen. Allerdings war er erst ausgerückt, nachdem seine Soldaten noch einmal sämtliche Dörfer rund um Nürnberg überfallen und geplündert hatten. Eik und seine Dragoner und Leibgardisten waren nur mit knapper Mühe einer Kompanie Kürassiere entkommen, als die in ein Dorf eingefallen waren, in dem Eik gerade selbst fouragiert hatte.

Dann waren sie dem Heereskoloss zwei Tage lang nach Norden gefolgt. Am vergangenen Abend, als Wallensteins Heer das Nachtlager aufgeschlagen hatte, musste irgendetwas geschehen sein, aber Eik hatte nicht herausfinden können, was es gewesen war.

Er holte das Fernrohr aus der Tasche und richtete es auf die Stelle, auf die der Dragoner deutete.

»Was ...?« Er drehte an dem Rohr, um es schärfer einzustellen, nahm es dann vom Auge und überlegte kurz. Dann setzte er es wieder an und stieß einen leisen Fluch aus.

»Herr Lieutenant?«, fragte der Dragoner.

»Das ist Reiterei!«, zischte Eik. »Und wenn mich nicht alles täuscht und ich die Banner richtig erkenne, dann handelt es sich um General Pappenheims Kavallerie! Und ich glaube, ich sehe sogar die persönliche Standarte des Generals. Pappenheim selbst führt die Regimenter.« Er ließ das Fernrohr sinken und starrte ohne ins Tal. Man konnte zwar nicht sehr viel erkennen, aber immer wieder blitzte unter den Laubbäumen Metall auf. »Wie es aussieht, ist es nicht nur Reiterei, sondern es kommen auch Fußsoldaten, Infanterie, sowie Musketiere und Pikeniere. Das ist Pappenheim, aber er hat eine ganze Heeresgruppe von Wallensteins Armee bei sich, und wenn ich das richtig sehe, dann wollen sie zur Hauptstraße, die nach Halle führt.« Er drehte sich zu dem Soldaten herum. »Und du sagst, der Rest von Wallensteins Truppen hat sich bisher nicht gerührt?«

Der Dragoner zuckte mit den Schultern. »Jedenfalls waren sie vor einer guten Stunde noch dabei, das Lager abzubrechen.«

»Das hast du gut gemacht, Soldat«, sagte Eik. *Wenn Wallenstein ebenfalls nach Halle wollte, hätte er Pappenheim nicht mit einem Teil seiner Armee vorausgeschickt. Also wird er vermutlich einen anderen Weg nehmen. Aber wohin kann er wollen, wenn nicht nach Sachsen, um zu verhindern, dass sich die Schweden dort festsetzen? Es ist sicher noch zu früh, irgendwelche Schlüsse zu ziehen, aber ich muss De Vries unbedingt darüber in Kenntnis setzen, dass Wallenstein sein Heer geteilt hat.* Er fasste einen Entschluss. »Wir reiten zurück zum Lager. Ich setze eine Nachricht an deinen Kommandeur auf, Obrist De Vries, die du ihm persönlich übergibst. Und er soll ihren Wortlaut Gustav Adolf überbringen.«

»Selbstverständlich, Herr Lieutenant.« Der Mann salutierte. »Es ist mir eine Ehre.«

Eik warf ihm einen kühlen Blick zu. »Ob es das ist, wird sich noch herausstellen«, sagte er. Sie gingen durch den Wald zu der Stelle zurück, wo die drei anderen Dragoner mit ihren Pferden warteten, während Eik sich bereits die Formulierung der Nachricht überlegte. Dann stieg er in den Sattel, und im gestreckten Galopp ritten die fünf Männer zu dem improvisierten Lager zurück.

Dort angekommen schrieb er die Zeilen nur noch rasch nieder, streute Löschsand auf das Pergament, rollte es zusammen und schob es in ein ledernes Etui. Er fertigte noch drei weitere Abschriften an und verschloss sie auf die gleiche Weise. Nachdem er die Lederröhren mit Wachs versiegelt hatte, rief er den Dragoner zu sich herein und überreichte ihm vier Lederetuis.

»Also, du übergibst diese Nachricht Obrist De Vries persönlich, hast du verstanden?«

»Selbstverständlich, Herr Lieutenant.«

Eik nickte. »Nimm noch drei Reiter mit, als Verstärkung, und gib ihnen jeweils eine Rolle. Die Nachricht ist sehr wichtig und muss unbedingt De Vries und den Schwedenkönig erreichen. Also lasst euch nicht auf irgendwelche Scharmützel ein und reitet, als wäre der Teufel hinter euch her. Verstanden?«

Der Mann nickte. »Ihr könnt Euch auf mich verlassen, Herr Lieutenant.« Damit drehte er sich um und verließ das Zelt.

Eik seufzte und verschloss das Tintenfass. *Habe ich alles richtig gemacht?*, dachte er. Irgendwie hatte er das Gefühl, dass er gerade einen bedeutenden Moment erlebte, und er ging noch einmal den kurzen Text durch, den er an De Vries und Gustav Adolf geschrieben hatte.

Wallenstein hat seine Armee aufgeteilt und Pappenheim mit einem großen Heeresteil nach Norden auf die Straße nach Halle geschickt. Wallenstein selbst setzt wahrscheinlich seinen Marsch in Richtung Leipzig fort.

Schmalens

Er nickte. Diese Nachricht enthielt alles, was im Augenblick wichtig war. Er beschloss, keine Dragoner hinter Pappenheim herzuschicken, um den General im Auge zu behalten, denn das war nicht sein Auftrag. Er sollte Wallenstein beobachten, und das würde er auch tun. Jedenfalls waren die Chancen gestiegen, dass Eik seinen Freund De Vries nicht erst im nächsten Frühjahr wiedersah, denn der Obrist hatte sich mit seiner Vermutung geirrt, dass Wallenstein in Süddeutschland bleiben würde.

Vielleicht hätte ich noch dazuschreiben sollen, wo wir uns gerade befinden, dachte Eik. *Aber welchen Sinn sollte das haben? Der Vorsprung von Gustav Adolf ist so groß, dass er Leipzig erreicht, bevor Wallenstein ihn einholen kann. Und wenn er sich dort mit den Truppen des Kurfürsten zusammenschließt, hat der Friedländer keine andere Wahl, als sich mit seinen Truppen ins Winterlager zurückzuziehen. Andererseits …*

Er winkte einen seiner Dragoner zu sich.

»Heda, Kerl, komm her!« Als der Mann zu ihm trat, stand Eik auf. »Weißt du, wie die nächstgrößere Stadt hier in der Nähe heißt?«

Der Mann überlegte einen Moment. »Ich komme nicht von hier, aber einer meiner Kameraden stammt aus Leipzig.«

»Gut, dann geh und frag ihn.«

Als der Mann verschwunden war, sagte sich Eik: *Du machst dir viel zu viele Gedanken. Wallenstein wird ins Winterquartier marschieren und Gustav Adolf Leipzig einnehmen. De Vries hatte recht, in diesem Herbst und Winter wird nicht mehr allzu viel passieren. Und ich kann die Zeit nutzen, um herauszufinden, was mit Augusta und Adele ist.*

Der Gedanke hob seine Stimmung, und er lächelte sogar. Er konnte nicht ahnen, welche Folgen seine kurze Nachricht an Gustav Adolf haben sollte.

Der Dragoner, den er losgeschickt hatte, kam zurück und salutierte vor ihm.

»Und, Bursche?« Eik sah den Mann neugierig an.

»Er ist sich nicht ganz sicher, Lieutenant, aber er glaubt, die nächstgrößere Stadt auf unserem Weg ist Lützen.«

15. KAPITEL

Prag

Valerian erhob sich von dem prachtvoll geschnitzten Stuhl, den, wie ihm der Verwalter des Palais erzählt hatte, Wallenstein zu benutzen pflegte, wenn er irgendwelche Würdenträger, Stadträte, Honoratioren oder, wie der Mann mit einem Zwinkern hinzugesetzt hatte, Abgesandte des Kaisers beeindrucken wollte.

Als Valerian diese Bemerkung mit versteinerter Miene zur Kenntnis genommen hatte, war das Grinsen auf dem Gesicht des Verwalters schlagartig erloschen.

Aber insgeheim hatte Valerian zugeben müssen, dass der Thron und auch der Große Saal, in dem dieser Thron stand, seinen Zweck erfüllten. Beide hatten wohl die Gesprächspartner des Herzogs eingeschüchtert. Die Decken waren mit Goldstuck übersät und zeigten wunderbar gearbeitete Reliefs. Gegenüber dem Thron in der Mitte zwischen den beiden zweiflügligen Türportalen befand sich ein riesiger Kamin, in dessen Aufsatz, umrahmt von Engeln, das Wappen derer von Waldstein eingefasst war, wie man Wallenstein hier schrieb. Der Boden bestand aus erlesenem Parkett, und durch die hohen Fenster fiel helles Licht in den Saal. Die Besucher, die von den Wachen durch die beiden Portale geführt wurden, mussten eine nicht unbeträchtliche Strecke zurücklegen, bevor sie den Thron erreichten.

Valerian kam sich fast vor, als wäre er in der Hofburg und gewährte eine Audienz. Er lächelte unwillkürlich. *Du übertreibst,* dachte er. *Du bist kein Herrscher, und das ist nicht dein Palast. Du bist einfach nur ein Obrist, der eine Schlacht gewonnen hat und die Kapitulation der Besiegten entgegennimmt.* Und die Art und Weise, wie er mit seinen Männern Prag von dem schwedischen Besatzer General Georg von Arnim zurückerobert hatte, erfüllte ihn mit Stolz. Das Ganze hatte nicht einmal eine Stunde gedauert. Die Bevölkerung hatte Valerian die Tore geöffnet, und bevor die beiden protestantischen Kompanien und die kleine Esquadron Reiterei, mit denen sich von Arnim als Garnison begnügt hatte, wussten, wie ihnen geschah, waren sie umzingelt, und der schwache und zögerliche Widerstand war gebrochen. Es hatte nur wenig Tote gegeben, zumindest auf kaiserlicher Seite. Noch etwas, worauf Valerian stolz war.

Offenbar war von Arnim irrigerweise der Auffassung gewesen, dass ihm vorläufig keine Gefahr aus Friedland drohe, und hatte deshalb den größten Teil seiner Regimenter nach Süden geschickt, um sich Gustav Adolf anzuschließen. Valerian hatte von seinen Informanten erfahren, dass sich der Schwedenkönig in Nürnberg verschanzt hatte und dort von Wallensteins Heer eingekesselt worden war. Über diese Nachricht hatte er sich sehr gefreut, obwohl er nicht mit Sicherheit wusste, ob sie wirklich stimmte. Wenn aber doch und wenn es Wallenstein gelang, den Schweden dort festzuhalten, bis der zur Aufgabe gezwungen war, dann konnte dieser Krieg sehr schnell zu Ende sein.

Er sah sich noch einmal in dem Saal um und bedeutete dann dem Lieutenant seiner Leibgarde, der an den Türen Wache hielt, sie zu öffnen und die davor Wartenden hereinzubitten.

Jedenfalls ist das hier ein angemessener Ort, um eine Kapitulation entgegenzunehmen und über einen Truppenabzug zu verhandeln, sagte er sich, während er neugierig der Gruppe von Männern entgegenblickte, die mit knallenden Schritten und blank geputzten Reitstiefeln auf ihn zumarschierten.

Valerian stand gelassen vor dem Thron und schob unter der Uniformjacke eine Hand in seine Hosentasche, während er den hochgewachsenen Offizier mit dem langen Kinnbart und dem Hut mit den buschigen Federn musterte, offenbar der Kommandeur der kleinen Gruppe von Offizieren.

Das muss ich ihm lassen, dachte Valerian. *Das prächtige Ambiente scheint ihn nicht sonderlich zu beeindrucken.*

Andererseits war Johann Georg von Arnim nicht nur Generalfeldmarschall und Feldherr der kursächsischen Armee, sondern auch ein Politiker und Diplomat mit großer Erfahrung auf höfischem Parkett. Wallenstein hatte Valerian einiges über den Feldherrn erzählt, bevor sie sich getrennt hatten. Valerian war mit seinen Regimentern nach Prag aufgebrochen, während sich der Generalissimus auf den Weg nach Süddeutschland gemacht hatte, um dort Gustav Adolf zu stellen.

Von Arnim hat sogar unter Wallenstein gedient, rief sich Valerian ins Gedächtnis, *bevor er wegen des Restitutionsedikt in den Dienst des Kurfürsten getreten ist.* Er erinnerte sich an die Schlacht bei Breitenfeld, wo sich die Sachsen nicht gerade mit Ruhm bekleckert hatten. Allerdings war die Kavallerie von Arnims nicht geflohen – im Gegensatz zum Hauptheer, das der Kurfürst selbst befehligt hatte.

Und außerdem hat er von Tiefenbach geschlagen, dachte Valerian und straffte sich unwillkürlich. *Vielleicht habe ich einfach nur Glück gehabt, dass ich den Feldmarschall in einem für ihn äußerst ungünstigen Moment überrumpelt habe. Aber wie dem auch sei, ich habe gesiegt, und er hat verloren.*

»Herr Obrist!« Der Feldmarschall trat vor Valerian und blieb dann regungslos stehen.

»Herr Feldmarschall von Arnim.« Valerian nickte und bemühte sich, so kühl wie möglich zu wirken. »Ihr seid gekommen, um Pardon zu erbitten.«

Das war keine Frage, sondern eine Feststellung, und Valerian sah, wie sich die Miene des Feldmarschalls verfinsterte. Offenbar gefiel es ihm nicht, dass ihm ein so weit unter ihm stehender Offizier die Bedingungen einer Kapitulation diktierte, aber er wusste, dass er keine Wahl hatte.

Valerian seinerseits war klar, dass von Arnim von Glück sagen konnte, wenn er Prag lebend und als freier Mann verließ. Dessen war sich der Feldmarschall wohl ebenfalls bewusst, denn er räusperte sich und nahm den Hut ab.

»Allerdings, Herr Obrist!« Er presste das Wort förmlich zwischen den Zähnen hervor, während er Kopf und Oberkörper ein wenig neigte, sehr wenig nur, so als hätte er einen Stock verschluckt, der es ihm unmöglich machte, sich tiefer zu verbeugen. »Ich erbitte Pardon und das Recht auf freien Abzug für meine Offiziere und mich.« Nach einer kleinen Pause fügte er hinzu: »Und für meine Soldaten, die sich Euren Kürassieren ergeben haben und noch am Leben sind.«

Valerian nickte. »Das sind nicht mehr allzu viele, wie ich gehört habe, Herr Generalfeldmarschall.«

Von Arnims Kopf ruckte hoch, und er starrte Valerian wütend an. »Habt Ihr etwa …?«

Valerian hob rasch die Hand. »Bitte keine voreiligen Schlussfolgerungen.« Er musterte sein Gegenüber scharf. »Ihr solltet Euch von Eurer Dienstzeit bei Generalissimus Wallenstein her noch erinnern, dass der solche Gräueltaten stets abgelehnt hat. Und daran hat sich nichts geändert.«

»Was meint Ihr dann?«

»Der größte Teil Eurer Söldner hat nicht nur kapituliert, sondern ist zu unseren Fahnen übergelaufen, Herr Generalfeldmarschall.« Valerian deutete auf einen Rittmeister und einen Lieutenant, die im Hintergrund gewartet hatten und nun vortraten. Offensichtlich war ihnen die Situation unangenehm. »Und wie Ihr seht, haben sich auch etliche Eurer Offiziere der Stimme der Vernunft angeschlossen.«

»Der Stimme der Vernunft?«, schnaubte der Feldmarschall verächtlich. »Einem Kaiser zu dienen, der sich über alle Gesetze und jedes Recht hinwegsetzt, um den machtgierigen und anmaßenden Wünschen seines Beichtvaters nachzugeben? Das hat nichts mit Vernunft zu tun, Herr Obrist.« Von Arnim starrte Valerian wütend an. »Dass Ihr so denkt, kann ich nur Eurer offensichtlichen Jugend und Unerfahrenheit zuschreiben, Freiherr von Villesen. Hättet Ihr …«

»Ferdinand II. ist auch Euer Kaiser, Herr Feldmarschall

von Arnim!«, fiel Valerian dem ranghöheren und älteren Offizier kalt ins Wort. »Und nachdem er dem Herzog von Friedland wieder das Generalat übertragen hat, werdet Ihr das sehr bald zu spüren bekommen, wenn Ihr Euch weiterhin zu einem Werkzeug des schwedischen Königs machen lasst!«

»Etwas, das nicht nötig wäre, wenn der Kaiser Vernunft annehmen würde!« Von Arnim gab keinen Fingerbreit nach. »Und zwar genau die Art von Vernunft, von der Ihr hier so großspurig redet, Herr Obrist.«

Valerian sah den Mann unbewegt an, aber seine Gedanken überschlugen sich. Das waren fast dieselben Argumente, die Wallenstein bei ihrem Gespräch in Gitschin gegen den Kaiser vorgebracht hatte, und er fragte sich, wie gut von Arnim, was das Restitutionsedikt anging, Wallensteins Haltung kannte. Hatte der Herzog vielleicht sogar heimlich mit den protestantischen Anführern verhandelt? Und auch ein weiterer unerwünschter Gedanke ließ sich nicht unterdrücken: War dieses Edikt des Kaisers vielleicht tatsächlich eine so anmaßende und politisch unkluge Idee und am Ende wirklich der Machtgier einiger katholischer Kirchenhäupter entsprungen, wie nicht nur Wallenstein und von Arnim, sondern auch etliche andere Feldherren und Fürsten hinter vorgehaltener Hand oder auch ganz offen äußerten? Und zwar nicht nur protestantische, sondern sogar katholische, wie eben sogar Wallenstein. *Immerhin unterstützen ja sogar der französische König und sein Kardinal Richelieu Gustav Adolf und stellen sich offen gegen den Kaiser. Selbst wenn die Franzosen dafür andere Gründe haben als religiöse.* Er erinnerte sich an seine Gespräche mit Wallenstein und

Tuchy über Richelieu. Obwohl die beiden in den meisten politischen Fragen unterschiedlicher Meinung waren, schienen sie sich in diesem Punkt bemerkenswert einig zu sein: dass es Richelieu darum ging, die Macht der Habsburger zu brechen und Frankreich aus der Umklammerung der spanischen und deutschen Linie der Habsburger zu befreien. Religion war für den Kardinal nur ein Vehikel, um sein eigentliches Ziel zu erreichen. Ein Gedanke, der Valerian damals in Anbetracht dessen, dass dieser Mann eins der höchsten katholischen Ämter innehatte, fast schon grotesk erschienen war.

Jedenfalls spürte Valerian in diesem Großen Saal des Palais Waldstein, dass dem sächsischen Offizier so nicht beizukommen war, und er beschloss, das Thema zu wechseln. Letztendlich hatte er von Arnim auf jenem Feld besiegt, auf das es ankam, dem Schlachtfeld. Es ging nicht um Politik, sondern um die Übergabe einer Stadt und das Ersuchen des Generalfeldmarschalls um freies Geleit für sich und die ihm verbliebenen Offiziere und Soldaten. Und das würde er von Arnim gewähren, auch wenn er dessen Haltung seinem Kaiser gegenüber nicht billigte. Doch einen letzten Versuch, den Mann in die Knie zu zwingen, mochte er sich nicht verkneifen.

»Sagt mir, Herr Generalfeldmarschall, was sollte mich daran hindern, Euch in Haft zu nehmen und in den Kerker des Hradschin zu werfen? Schließlich könnte mein Generalissimus selbst über Euch zu Gericht sitzen, sobald er nach der Unterwerfung Eures neuen Königs aus Nürnberg zurückgekehrt ist.«

»Seid Ihr Euch da so sicher, dass Euer Generalissimus noch dazu imstande ist, Gustav Adolf zu bezwingen?«, entgegnete von Arnim. »General Lieutenant Graf

Tilly jedenfalls hat seinen Versuch, es mit dem Schweden aufzunehmen, mit dem Leben bezahlt.«

Valerian lächelte. »Nun, immerhin ist es Euch ja ebenfalls schon gelungen, Gustav Adolf eine Niederlage zuzufügen, 1629 in Stuhm, als Ihr noch unter denselben Fahnen dientet wie ich. Haltet Ihr Euch für einen so viel besseren Strategen als Wallenstein?«

»Als ich unter dem Herzog von Friedland, Mecklenburg und Brandenburg diente«, zählte von Arnim genüsslich die Herzogtümer Wallensteins auf, von denen dieser die beiden Letzteren bereits an den Schweden verloren hatte, »hatte ich einen ehrgeizigen und zu allem entschlossenen Generalissimus als Kommandeur, der fest zum Kaiser stand, so wie wir alle. Dann kamen dieses verwünschte Edikt Seiner Majestät, das mich veranlasste, meinem Gewissen zu folgen, und kurz darauf Wallensteins Demission.« Er hob die Hand, als Valerian etwas erwidern wollte. »Ich will nicht behaupten, dass die kritische Haltung Eures verehrten Helden Wallenstein für seine Ablösung verantwortlich war, aber sie hat zweifellos einen Teil dazu beigetragen.« Er verkniff die Augen zu schmalen Schlitzen. »Ihr seid ein guter Offizier, Obrist von Villesen. Vielleicht solltet Ihr Euch ebenfalls Gedanken machen, wofür Ihr da eigentlich eintretet!« Er machte eine winzige Pause, dann sprach er weiter. »Jedenfalls war der Herzog von Friedland ein kranker Mann, als ich ihn das letzte Mal gesehen habe. Das macht ihn nicht unbedingt zu einem schlechteren Strategen, aber man darf schon bezweifeln, ob er sich den Strapazen eines derartigen Feldzugs noch lange aussetzen kann. Oder mag. Und nach allem, was ich gehört habe, hat Gustav Adolfs Armee Nürnberg längst verlassen und nähert sich Prag. Außerdem hat er einen beträchtlichen Vorsprung vor der Armee Eures Generalissimus. Mir scheint es recht gewagt von Euch, mich in der Prager Burg einzukerkern, wenn mein Oberbefehlshaber mit seiner Armee bereits kurz vor Prag steht, wie mir meine Kundschafter berichtet haben.«

Das Gespräch lief überhaupt nicht so, wie Valerian es sich vorgestellt hatte. Er hatte es nicht geschafft, den Generalfeldmarschall unter Druck zu setzen; im Gegenteil war es von Arnim gelungen, Zweifel in ihm zu säen. *Als Offizier tauge ich gewiss etwas, aber als Diplomat muss ich noch viel lernen.*

»Ich an Eurer Stelle würde nicht allzu viel auf die Nachrichten Eurer Kundschafter geben, verehrter Herr Generalfeldmarschall«, erwiderte Valerian so gelassen, wie er konnte. »Denn wenn sie verlässlich wären, hätten sie Euch gewiss von meinem Kommen berichtet, und dann hättet Ihr genügend Zeit gehabt, den Befehl Eures Königs zu befolgen und Prag zu verteidigen.«

Das schien den Generalfeldmarschall getroffen zu haben. »Ihr wisst genau, dass Prag mit so wenig Truppen nicht zu verteidigen ist, Obrist!« Der Ton des Offiziers wurde schärfer, was Valerian durchaus befriedigte. »Das werdet Ihr zweifellos selbst feststellen, wenn die Schweden oder mein Kurfürst mit seinen sächsischen Truppen vor Euren Toren stehen.«

»Warten wir ab, ob es dazu kommt, Herr Generalfeldmarschall. Ich werde Euch trotzdem Euren Wunsch auf freies Geleit erfüllen. Aber nicht aus Angst vor Eurem König und schon gar nicht vor Eurem Kurfürsten.« Valerian erlaubte sich ein spöttisches Lächeln. »Ich war in Breitenfeld dabei, Herr Generalfeldmarschall, und habe von Euren hochgelobten sächsischen Kriegern vor allem die Hacken gesehen, als sie Eurem Kurfürsten hinterherliefen.« Von Arnims Gesicht lief rot an, und Valerian genoss seinen kleinen Triumph, auch wenn er wusste, wie kindisch das war. »Nein, ich gewähre Euch freies Geleit aus Respekt eines Soldaten einem anderen gegenüber. Ich erwarte Euer Ehrenwort, dass Ihr unverzüglich mit Euren Euch verbliebenen Truppen abzieht, ohne Prag und die Umgebung der Stadt weiter zu plündern.«

»Meine Soldaten müssen essen und trinken …«, begann von Arnim, aber Valerian hob die Hand und brachte ihn zum Verstummen.

»Ihr könnt aus Euren Quartieren mitnehmen, was Ihr dort vorfindet, aber mehr nicht! Entweder gebt Ihr mir Euer Ehrenwort, oder wir lassen es darauf ankommen, ob tatsächlich Euer König oder mein Generalissimus als Erster an die Tür Eurer Zelle im Kerker des Hradschin klopft. Dann aber werden sämtliche Offiziere und Söldner, die meiner Fahne keine Treue schwören, hingerichtet.«

Von Arnim starrte Valerian mit einem Ausdruck unverhüllter Abscheu an. Die Offiziere in seiner Begleitung waren blass geworden. Offensichtlich nahmen sie die Drohung Valerians ebenso ernst, wie von Arnim das tat. Valerian aber war froh, als von Arnim schließlich nickte. Denn er hatte nicht das geringste Interesse daran, als der *Schlächter von Prag* in die Geschichtsbücher einzugehen, der wehrlose Gefangene gemeuchelt hatte. Außerdem wusste er nicht, ob er wirklich in der Lage gewesen wäre, diesen Befehl zu erteilen.

»Also gut, Herr Obrist!« Von Arnim setzte zwar diesmal die höfliche Anrede vor Valerians militärischen Titel, aber seine Stimme troff förmlich vor Verachtung. »Ihr habt mein Ehrenwort, dass meine Offiziere und meine Truppen abziehen, ohne zu marodieren oder zu brandschatzen. Und ich verspreche Euch ebenfalls, dass ich mich bei Euch für Eure Ritterlichkeit«, wieder ätzte seine Stimme, »revanchieren werde, wenn wir uns wiedersehen.«

»Nichts anderes habe ich von Euch erwartet«, antwortete Valerian gelassen und winkte den Schreiber zu sich. Der Mann eilte mit einem vorgefertigten Pergament zu ihm, das Valerian mit einem Schnörkel unterzeichnete. »Euer Passierschein, Herr Feldmarschall. Ach, noch etwas ... Eure Söldner müssen sämtliche Stichwaffen und Musketen abgeben.« Von Arnim wollte aufbegehren, aber dazu ließ es Valerian nicht kommen. »Diese Bedingung ist nicht verhandelbar! Entweder Ihr erfüllt sie, oder Ihr landet im Kerker und Eure Männer vor den Musketen meiner Soldaten!«

Als von Arnim wutentbrannt und mit dem Passierschein in der Hand den Saal mit langen Schritten verließ, wusste Valerian, dass er sich einen erbitterten Feind gemacht hatte. Aber er hatte sich bei seiner ersten großen militärischen Aufgabe behauptet, und dieses Gefühl erfüllte ihn mit Stolz.

»Beten wir, dass Ihr dem Mann nicht mehr auf dem Schlachtfeld begegnet, junger Herr«, murmelte Bossel neben ihm, als Valerian die anderen Offiziere entlassen hatte und in sein Quartier zurückging. »Ich hatte schon Angst, er würde Euch auf der Stelle mit Haut, Haar und Stiefeln fressen!«

»Dann hätte er sich aber ganz schön den Magen verdorben, Bossel«, erwiderte Valerian. An der Tür seiner Gemächer zögerte er. Es war noch früher Vormittag, und er hatte plötzlich den Drang, frische Luft zu schnappen und sich die Beine zu vertreten. »Hol mir meinen Mantel. Ich will mir ein bisschen Prag ansehen.«

Bossel war offensichtlich von der Idee eines Spaziergangs durch eine eben erst von ihnen besetzte Stadt wenig angetan. Er wollte schon nach einer Eskorte rufen, aber Valerian hinderte ihn daran.

»Ich bin hier nicht in Gefahr«, sagte er. »Prag liebt Wallenstein, und du hast gesehen, wie uns die Bevölkerung empfangen hat!«

»Das schon, junger Herr, aber ein einziger verrückter Anhänger des Schweden genügt, um Euch das Lebenslicht auszublasen. Und ich bin dafür zuständig, dass das nicht geschieht!«

Valerian sah seinen Offiziersburschen und ehemaligen Burghauptmann amüsiert an. »Seit wann bist du denn Kommandant meiner Leibwache?«

»Welcher Leibwache?«, fragte Bossel zurück. »Bis jetzt habt Ihr Euch ja immer geweigert, eine Leibwache zu akzeptieren.«

Valerian lächelte. »Glaubst du wirklich, ich hätte nicht gemerkt, dass du hinter meinem Rücken heimlich einen Haufen von treuen Kürassieren um dich geschart hast, die mir auf Schritt und Tritt folgen?«

Bossel fühlte sich ertappt und errötete. »Was blieb mir denn anderes übrig, Herr von Villesen? Schließlich habt Ihr mir verboten, meine Aufgabe ordnungsgemäß zu erfüllen, so wie es sein sollte.« Er zögerte.

Valerian kannte seinen Burschen gut und wusste,

dass der Mann noch etwas auf dem Herzen hatte. »Was gibt es noch, Bossel? Nur heraus damit.«

Der ältere Mann presste die Lippen aufeinander und griff in sein Wams. Als er die Hand herauszog, hielt er einen Umschlag aus gelblichem Papier darin, das Valerian sofort erkannte.

Er schloss die Augen. *Nicht schon wieder!* Aber sein stilles Flehen wurde nicht erhört.

»Eure Schwester hat …«

»Her damit!« Valerian riss seinem Burschen den Brief fast aus der Hand. »Ich werde ihn später zu den anderen legen!«

»Herr, ich glaube wirklich, Ihr solltet *diesen* Brief lesen!« Bossels Miene wirkte plötzlich noch bedrückter als sonst, wenn er Valerian einen Brief von Augusta überbrachte. »Es geht um …«

»Ich weiß, worum es geht!« Valerian war wütend und wollte nicht länger über das Thema reden. Als der Lakai, den Bossel losgeschickt hatte, Valerians Mantel zu holen, auftauchte, riss Valerian ihm das Kleidungsstück aus der Hand und warf es sich über. Er drückte den breitkrempigen Hut tiefer in die Stirn und unterband Bossels Einwände mit erhobener Hand. »Wir werden später darüber reden, wenn ich zurückkomme. Jetzt brauche ich frische Luft, und ich werde allein gehen!«

Als Bossel protestierte, pochte Valerian mit ausgestrecktem Zeigefinger auf die breite Brust des massigen Mannes. »Das ist ein verdammter Befehl, Bursche!«

Bossel trat mit gesenktem Kopf zurück. »Selbstverständlich, junger Herr.«

Valerian starrte ihn noch einen Moment erbost an und nickte dann. »Genau, selbstverständlich, Bursche.«

Dann wirbelte er herum und marschierte wütend durch die Korridore zum Haupteingang des Palais. Den Brief von Augusta hatte er in eine der großen aufgesetzten Taschen seiner Jacke geschoben.

Nachdem er ein paar Minuten in den belebten Straßen auf der Kleinseite unter dem Hradschin herumgelaufen war, hatte sich sein Zorn gelegt, und er konnte das trotz der kalten Luft schöne Wetter und den strahlenden Sonnenschein genießen. Er achtete nicht darauf, wohin er ging, sondern schlenderte ziellos durch die Gassen, überquerte die Karlsbrücke und befand sich bald im Gewühl der kleinen Gassen der Prager Altstadt.

Es dauerte eine Weile, bis er auf das Prickeln auf seinem Nacken reagierte, das er bereits seit einer Weile verspürte. Anfangs hatte er es seinem Zorn zugeschrieben und dann vermutet, dass Bossel ihm doch ein paar Kürassiere hinterhergeschickt hatte. Denn er hatte sich einmal kurz umgedreht und ein paar Söldner gesehen, ansonsten aber nur Händler, Kaufleute und Hausfrauen, eben die Sorte Menschen, die an einem normalen Tag auf den Straßen der Stadt unterwegs waren.

Schließlich fand sich Valerian in einem Teil von Prag wieder, den er zuvor noch nie betreten hatte. Die Männer, die ihm begegneten, hatten zumeist langes Haar, das an den Schläfen zu Locken gedreht war, trugen schwarze Kleidung und hatten Hüte oder Käppis auf dem Kopf. Vor allem aber musterten sie den als Offizier erkenntlichen, gut gekleideten Mann, der so unbesorgt und allein durch ihr kleines Viertel marschierte, mit verstohlenen und zumeist feindseligen Blicken.

Er war im Judenviertel von Prag gelandet.

Als das Prickeln immer stärker wurde und ihm über den ganzen Rücken lief, wollte er umdrehen und zurückkehren. Aber im selben Moment legte sich eine schwere Hand auf seine Schulter.

»Kein Aufsehen, Villesen!«, zischte eine heisere Stimme. »Ich habe eine Pistole und schieße dir ein Loch in den Rücken, wenn du nicht tust, was ich sage!« Der Mann lachte, und der Gestank von fauligem Atem, Schweiß und Urin drang in Valerians Nase. »Glaub mir, hier in diesem Viertel feiern sie mich dafür, wenn ich einen der verhassten Söldner umbringe, die den Leuten ihr elendes Leben noch mehr zur Hölle machen.«

»Was willst du?«, fragte Valerian, wehrte sich aber nicht gegen den Griff des Mannes.

»Ich bringe dich zu jemandem, der sozusagen ein Wörtchen mit dir reden will!« Der Mann lachte.

»Sozusagen?« Valerian runzelte die Stirn. »Was soll das heißen?«

»Das wirst du schon sehen!« Der Bandit stieß Valerian etwas Hartes in die Nieren. »Und jetzt geh! Schön langsam!«

Valerian wusste zwar nicht genau, ob ihm der Mann wirklich eine Pistole und nicht nur ein Stück Holz oder ein Eisen in den Rücken rammte, aber er wollte es nicht darauf ankommen lassen. Außerdem bezweifelte er, dass der Halunke allein war. Und der Mann hatte gewiss recht: Hier im Judenviertel würde man keine Träne vergießen, wenn ein Offizier der Katholischen Liga des Kaisers sein Leben verlor.

Er knirschte mit den Zähnen und ging in die Richtung, in die ihn der Mann schob. Jetzt bereute er, nicht auf Bossel gehört zu haben und ohne Begleitung weggegangen zu sein. Er hatte nur seinen Degen und in der Tasche seiner Jacke eine Radschlosspistole. Aber sie war nicht gespannt und schussbereit, und er bezweifelte, dass diese beiden Waffen genügen würden, um es mit dem aufzunehmen, der ihn am Ende dieses »Spaziergangs« erwartete.

Ich frage mich nur, wer hier in Prag mit mir unter vier Augen reden will, dachte er. *Was auch immer dieser Kerl ist, er ist bestimmt kein schwedischer Spion. Und wieso will er sich sozusagen mit mir unterhalten?*

Aber da er wusste, dass er die Antworten auf seine Fragen schon sehr bald bekommen würde, schob Valerian diese Gedanken beiseite und konzentrierte sich stattdessen auf den Weg, um ihn sich einzuprägen, damit er im Zweifelsfall zurückfand. *Falls diese sogenannte Unterredung nicht darin besteht, meinem Dasein ein Ende zu machen …*

»Veit?«

Valerian hatte sich auf dem Weg durch die schmalen Gassen des Judenviertels alles Mögliche ausgemalt, aber keinesfalls hatte er erwartet, ausgerechnet hier in Prag dem Stillen Veit zu begegnen. *Wie lange ist das her?* Der Kampf auf der Lichtung zwischen Bruchhausen und Villesen fiel ihm ein.Veit hatte damals Eik Schmalens und den jüdischen Bankier mit seiner Tochter vor den ligistischen Reitern des Rittmeisters von Straaten gerettet. Eine Ewigkeit schien das her zu sein. *Und doch war es der Anfang von alldem hier,* dachte Valerian, während er den ehemaligen Bader und jetzigen Strauchdieb und Räuberhauptmann anstarrte. An jenem Tag war er in die kaiserliche Armee eingetreten und hatte einen Pfad eingeschlagen, der ihn immer wieder an einen Scheideweg geführt hatte.

Er spürte, dass er erneut an so einer Weggabelung angekommen war. *Nur dass es diesmal um Leben und Tod geht.*

Der Räuberhauptmann seinerseits musterte Valerian ebenso aufmerksam. Offenbar war der Stille Veit zufrieden mit dem, was er da sah, denn er nickte und zog eine schmutzige, mit Bändern zusammengehaltene Kladde aus der Tasche.

Valerian runzelte die Stirn, als sein Blick darauffiel. Dann überlief es ihn kalt, denn in der Kladde klemmte ein Umschlag aus einem ähnlichen Papier wie das, was Augusta verwendete. Der Umschlag ragte ein Stückchen hervor, und er konnte die Buchstaben lesen, die darauf geschrieben waren. *Zu Händen Freiherrn von Vill…* Der Rest wurde von der Kladde verdeckt. Es war nicht schwer zu erraten, um welchen Namen es sich handelte, aber nicht das war es, was Valerian erschreckte.

Das war nicht die Handschrift von Augusta, sondern die seiner Mutter, Maria von Villesen! Sein Blick zuckte zu Veit zurück.

Wie kommt dieser Strauchdieb an einen Brief meiner Mutter, der an mich gerichtet ist?

Eine böse Vorahnung beschlich Valerian, und Veit öffnete seinen gruseligen Mund, als er das bemerkte. Der Freiherr starrte in das zungenlose Maul mit den bräunlichen Zähnen und senkte den Kopf, und Veit lallte etwas, das Valerian nicht verstand.

Er sah auf und deutete auf den Brief.

»Wo hast du das her?«, verlangte er zu wissen. Es kümmerte ihn nicht, dass sich in der kleinen Stube des baufälligen Hauses, in das Veits Männer ihn geführt hatten, etliche bis an die Zähne bewaffnete Banditen drängten. Sie konnten es offenbar kaum erwarten, dass ihr Anführer ihnen endlich erlaubte, diesen verhassten Edelmann umzubringen. »Du redest erst, wenn du gefragt wirst!«, sagte einer der Strauchdiebe und schlug Valerian mit der Faust in die Nieren.

Der taumelte kurz, blieb aber auf den Beinen und starrte den Mann, seinen Entführer, kalt an. »War das etwa keine Frage, die er mir da gestellt hat?« Mit einem Nicken deutete er auf Veit. »Vielleicht sollte er sich dann ein bisschen deutlicher ausdrücken, meinst du nicht auch?« Er ignorierte den wütenden Ausdruck auf dem Gesicht des Banditen und sah Veit an. »Ach ja, das kannst du ja nicht, dafür hat mein Vater gesorgt, ich erinnere mich!«

Valerian wusste zwar, dass es nicht besonders klug war, in seiner Lage den Räuberhauptmann auch noch zu provozieren, aber er bezweifelte ohnehin, dass die Banditen ihn laufen lassen würden. Weshalb sonst hatten sie ihn entführt und hierhergeschleppt, wenn nicht, um ihn umzubringen?

Veit klappte den Mund wieder zu, und seine dunklen Augen glühten vor Hass. Er blähte die Nasenflügel und umklammerte den Griff seines Dolches. Aber er ließ ihn in der Scheide und hob abwehrend die Hand, als einer der anderen Strauchdiebe vortrat und Valerian mit dem Kolben seiner Arkebuse schlagen wollte.

Der Anführer der Wegelagerer lallte etwas Unverständliches, trat vor und spuckte Valerian ins Gesicht.

Der war davon so überrascht, dass er im ersten Moment nicht reagieren konnte, während ihm warmer

Schleim über die Wange lief. Das war vielleicht sein Glück, denn Veit nickte zufrieden, als Valerian wie erstarrt dastand, und trat dann wieder zwei Schritte zurück. Er gab seinen Leuten einen Wink, und zwei besonders große Männer traten vor und packten Valerian an den Schultern.

Veit öffnete die Kladde und blätterte bis zu einer bestimmten Seite, die er Valerian vor die Nase hielt.

Der überflog den Text und wollte sich dann auf Veit stürzen, aber die beiden Hünen rechts und links neben ihm hinderten ihn daran.

»Was heißt das, meine Mutter ist tot?«, schrie er. »Hast du sie umgebracht, du verfluchter Mistkerl? Wie feige bist du, dass du dich an einer wehrlosen Frau rächen musst!« Er versuchte sich aus dem Griff der Männer zu befreien, aber vergeblich.

Veit beobachtete ihn, den Kopf auf die Seite gelegt, fast wie ein Biologe ein besonders seltenes Exemplar seiner Schmetterlingssammlung, das er gerade bei lebendigem Leibe auf eine Nadel gespießt hat.

Dann schüttelte er den Kopf. Er kritzelte etwas in die Kladde und hielt sie Valerian erneut vors Gesicht.

Tod ein Unfall. Mutter auf dem Weg zu dir.

Valerian erstarrte. Er bezweifelte zwar, dass seine Mutter wirklich einem Unfall zum Opfer gefallen war, aber konnte es stimmen, dass sie unterwegs zu ihm gewesen war? Er konnte sich keinen Grund dafür vorstellen.

»Wie? Warum?«

Veit kniff die Augen zusammen und grinste. Dann schrieb er erneut etwas in die Kladde und hob sie ein drittes Mal hoch.

»Meine Vergeltung«, las Valerian laut und schüttelte dann verständnislos den Kopf. »Was soll das heißen?«, fragte er. »Ich weiß nicht, was du mir damit sagen willst!«

Veit deutete auf seinen verstümmelten Mund und danach auf den Brief in seiner Hand. Dann schrieb er erneut etwas in die Kladde.

Lies das, dann verstehst du.

Er hob den Brief vor Valerians Augen, damit der ihn lesen konnte. Er stammte von seiner Mutter, Maria von Villesen, das erkannte er zweifelsfrei an dem Siegel, mit dem sie diesen Brief verschlossen hatte. Und es war ein langer Brief, der Dicke des Couverts nach zu urteilen.

Der Stille Veit schob den Brief in Valerians Wams und trat zurück.

Valerian sah, wie es in dem Gesicht des Mannes arbeitete. Zweifel und Hass zeigten sich in seiner Miene, und Valerian ahnte, dass sich der Räuberhauptmann noch nicht entschieden hatte, ob er ihn töten oder am Leben lassen sollte.

Vielleicht bereitet es ihm ja schon Genugtuung, wenn ich diesen Brief lese, dachte Valerian.

»Ich werde ihn lesen«, sagte er, »aber erst, wenn ich dich deiner gerechten Strafe zugeführt habe!«

Die Strauchdiebe in der Stube murrten wütend, und einer seiner beiden Häscher schlug ihm mit der Faust gegen den Kopf, sodass schwarze Sterne vor seinen Augen tanzten. Veits Miene verzerrte sich noch mehr vor Wut, und Valerian vermutete, dass der Mann überlegte, ob er ihn an Ort und Stelle töten sollte. Aber in diesem Moment erklang lautes Geschrei vor dem Haus, und die Tür zur Stube wurde aufgestoßen.

»Kürassiere! Wir müssen hier weg! Sofort!«

Bossel!, dachte Valerian erleichtert. *Ich werde dich nie wieder tadeln, wenn du dich mir gegenüber wie eine Glucke aufführst!*

Veit lallte etwas und deutete mit der Hand auf eine Tür am Ende des Raums. Die Männer stürmten sofort hindurch, bis auf die beiden, die Valerian hielten, und Veit selbst.

Während die Stimmen draußen immer lauter wurden und Eisen klirrte, trat Veit dichter an Valerian heran. Er starrte dem jungen Offizier in die Augen, aber Valerian erwiderte den Blick unerschrocken. Schließlich trat Veit erneut zurück und kritzelte noch einmal etwas in die Kladde, bevor er sie ihm ein letztes Mal vor die Nase hielt.

Meine Schuld ist beglichen, und ich habe mein Versprechen gehalten. Das nächste Mal töte ich dich.

»Versprechen? Welches Versprechen?«, fragte Valerian, aber Veit hatte sich schon an ihm vorbeigedrängt und war zur Tür gelaufen.

Valerian drehte den Kopf und wand sich im Griff der beiden Strauchdiebe, um dem Räuberhauptmann hinterherzublicken. »Das nächste Mal werde ich *dich* töten! Das verspreche ich *dir*!«

Veit starrte ihn an und nickte den beiden Männern dann zu.

Bevor Valerian reagieren konnte, holte einer der beiden Hünen aus und schmetterte seine Faust so hart wie ein Schmiedehammer gegen Valerians Schläfe. Daraufhin verlor er das Bewusstsein.

16. KAPITEL

Hamburg

»Nein, Frau, wir lassen heute niemanden mehr in die Stadt, adlig oder nicht! Selbst wenn du die Königin von Saba wärst, würden wir dich nicht einlassen.« Der Wachoffizier spähte durch das Gitter in dem schweren, doppelflügeligen Stadttor zum Himmel. »Die Tore werden nach Sonnenuntergang geschlossen, und das bleiben sie auch! Es treibt sich ohnehin schon viel zu viel Gesindel in der Stadt herum.« Er musterte sie noch einmal von Kopf bis Fuß, und seine Miene machte deutlich, dass er Augusta angesichts ihres Aufzugs weniger für eine Freifrau hielt als vielmehr für eine freizügige Frau, eine sogenannte Hübscherin, die es vorzog, ihrem Geschäft im sicheren Hamburg nachzugehen statt in irgendeinem Heerestross. »Also scher dich weg!«

Regentropfen vermischten sich mit den Tränen auf Augustas Gesicht, die ihr über die schmutzigen Wangen liefen.

Es regnete in Strömen, und das schon seit ihrer nächtlichen Flucht aus Villesen. Augusta, Lisette und Elsi waren erschöpft, hungrig und übermüdet. Nur die kleine Adele hatte dieses strapaziöse Abenteuer überraschend gut überstanden. Die drei Frauen hatten sich im Wechsel um die Kleine gekümmert und dafür gesorgt, dass das kleine Mädchen in der Kutsche trocken lag.

Allerdings war nach zwei Tagen die Deichsel gebrochen, und kurz vor Hamburg hatte eine kleine Bande verwahrloster Jungen ihnen das Pferd gestohlen, als sie für die Nacht in einem kleinen verfallenen Schuppen Schutz vor dem Regen gesucht hatten.

Augusta war froh, dass die Burschen ihnen nicht mehr weggenommen oder sogar etwas angetan hatten. Denn die Mitglieder der Bande, von denen der Jüngste höchstens zehn und der Älteste nicht mehr als vierzehn Jahre zählen mochte, hatten Anstalten gemacht, in den Schuppen einzudringen. Daraufhin hatte sie ihre Pistole aus ihrer Tasche geholt und sich mit Lisette, die ein Langmesser hielt, in die Tür gestellt.

Zum Glück hatten sich die Jungen von den entschlossenen Mienen der beiden Frauen abschrecken lassen, vielleicht auch von dem leisen Gejammer Adeles. Denn Augusta war sich nicht sicher, ob das Pulver in der Radschlosspistole gezündet hätte.

Für die restliche Strecke nach Hamburg hatten sie den ganzen Tag gebraucht, und mittlerweile war bereits die Dämmerung angebrochen. Sie sehnten sich nach einem trockenen Plätzchen an einem Ofen, wo sie ihre feuchten Kleider trocknen konnten, nach etwas zu essen und einem Platz zum Schlafen. Selbst Adele, die bis dahin so geduldig gewesen war, weinte.

»Bitte, Herr Korporal, ich muss wirklich dringend zu Seiner Gnaden dem schwedischen Residenten, Herrn Adler Salvius. Es geht um Leben und Tod.«

»Zum schwedischen Residenten? Ach tatsächlich?«

Der Wachsoldat musterte sie erneut mit einem abschätzenden Blick und kratzte sich dann den Bart, der vom Regen ebenso durchnässt war wie sein Wams unter dem eisernen Kürass. Dann gab er ein gereiztes Knurren von sich, wegen des Wetters oder weil Augusta sich nicht so schnell abweisen ließ. »Immerhin ist das zur Abwechslung mal eine neue Geschichte«, murrte er schlecht gelaunt. »Dumm nur, dass ich sie dir nicht glaube, Weib. Selbst wenn sie stimmt, ist morgen früh immer noch Zeit, ihm deine Dienste auf Leben und Tod anzubieten. Bei Sonnenaufgang wird das Tor wieder geöffnet. Dein Resident wird schon nicht ausgerechnet heute Nacht sterben, wenn er wirklich so sehnsüchtig auf dich wartet.« Sein Blick machte deutlich, dass er bezweifelte, dass jemand so Bedeutendes wie der schwedische Resident auch nur einen Lidschlag lang auf eine so abgerissene und schmutzige Person wie Augusta warten würde.

Die kleine Adele weinte lauter, und Augusta sah zu Elsi hinüber, die versuchte, das Kind zu beruhigen.

»Sie hat Hunger, Herrin«, murmelte Elsi. »Und sie braucht dringend etwas Trockenes zum Anziehen.«

»Wenn Ihr mir nicht glaubt, dann schickt doch jemanden zu Eurem Zweiten Worthaltenden Bürgermeister Ulrich Winckel. Er wird Euch bestätigen, dass ich die bin, die zu sein ich vorgebe.« Sie überlegte kurz, ob es vielleicht etwas brachte, dem Mann zu drohen, entschied sich aber dagegen.

»Was du so alles weißt, ist wirklich beeindruckend«, erwiderte der Korporal der Wache spöttisch. »Aber du bist nicht mehr auf dem Laufenden, Weib.« Er grinste, offenbar weil er glaubte, Augusta bei einer Lüge ertappt zu haben. »Ulrich Winckel ist nicht mehr Zweiter Bürgermeister. Er ist vor mehr als zwei Monaten gestorben. Genauer gesagt, jemand hat ihn recht unsanft vom Leben in den Tod befördert.«

»Das ist ja schrecklich«, sagte sie erschrocken. »Aber dann fragt den Herrn Alaves da Silva. Er kann ebenfalls bestätigen …«

»Den Juden?« Der Mann am Tor zog die Brauen zusammen. »Wenn du Jüdin bist, kann ich dich hier sowieso nicht reinlassen!« Er schlug die Klappe zu, und Augusta hörte, wie ein Riegel vorgeschoben wurde.

»He!«, schrie sie und schlug mit den Fäusten gegen das Holz. »He, ich bitte Euch! Habt doch wenigstens Mitleid mit dem Kind!«

Aber die Pforte blieb verschlossen.

Eine der Wachen in dem kleinen Wachhaus neben dem Tor, die bisher damit beschäftigt gewesen war, anderen Reisenden, die noch unbedingt nach Hamburg hereinwollten, zu erklären, wo sie einigermaßen trocken auf den Sonnenaufgang warten könnten, hatte das Gespräch zwischen Augusta und seinem Korporal mit halbem Ohr vernommen. Als Augusta sich weinend mit dem Rücken an dem Tor herabsinken ließ und die Hände vor ihr schmutziges Gesicht schlug, ging er langsam auf sie zu.

»Du«, sagte er und stupste sie behutsam mit dem Schaft seiner Hellebarde an. Als Augusta zu ihm hochsah, schüttelte er den Kopf. »Du kannst hier nicht hocken bleiben«, erklärte er. Dann sah er zu Elsi, die verzweifelt versuchte, die mittlerweile aus vollem Hals schreiende Adele zu beruhigen. »Du bist wirklich keine Hübscherin?«

Augusta kannte dieses Wort, mit dem Söldner üblicherweise Dirnen bezeichneten, aus den Schilderungen Eiks. Sie schüttelte den Kopf. »Nein. Ich weiß, dass wir nicht so aussehen, aber ich bin wirklich …«

Der Mann schien enttäuscht. Vielleicht hatte er auf eine kleine Abwechslung von seinem bei diesem Wetter wenig angenehmen Dienst gehofft. Er warf Adele wieder einen kurzen Seitenblick zu und verzog das Gesicht. »Ich habe auch Kinder, drei Mädchen und einen Sohn!« Ein breites Lächeln huschte über sein hageres Gesicht. Dann wurde er wieder ernst. »Wenn du dich beeilst, schaffst du es mit deinen Leuten vielleicht noch rechtzeitig zum Millerntor! Nur dort dürfen Aschkenasen die Stadt betreten.« Er musterte Augusta von Kopf bis Fuß. »Vielleicht lassen sie dich dort rein. Auch wenn du nicht gerade wie eine Jüdin aussiehst.«

Es lag Augusta auf der Zunge zu wiederholen, wer sie wirklich war, aber es machte wohl wenig Sinn, diesem Soldaten ihre Herkunft zu erklären. Im Moment war für sie nur eins wichtig, nämlich in die Stadt zu gelangen und zum Haus des schwedischen Residenten.

»Das Millerntor?« Sie erinnerte sich daran, dass bei dem damaligen Essen im Haus von Salvius, an dem noch der Zweite Worthaltende Bürgermeister Winckel, die beiden Bankiers und ihr damaliger Ehemann, der Marquis de Berny, teilgenommen hatten, auch über die Stadttore Hamburgs geredet worden war. Aber damals war sie zu sehr abgelenkt gewesen, um dem Gespräch aufmerksam zu folgen. Sie hatte nur an Eik gedacht und daran, welches Interesse die Tochter des Bankiers de Lemos wohl an Eik haben mochte.

Es kommt mir vor, als wäre das schon eine Ewigkeit her, dachte sie, konzentrierte sich dann aber rasch wieder auf den Wachsoldaten, der nun den Arm ausstreckte.

»Ja, genau. Wenn ihr dem Glacis ein gutes Stück nach Westen folgt, kommt ihr zum Millerntor.« Er blickte zum Himmel. »Unser Korporal ist schlecht gelaunt, weil das Wetter seinen Knochen zusetzt.« Er grinste, warf aber einen verstohlenen Blick zu der Klappe im Tor, ob sein Vorgesetzter ihn nicht vielleicht belauschte. »Wir können die Sonne zwar nicht sehen, aber ich glaube nicht, dass sie schon untergegangen ist. Überhaupt ist das Millerntor meist ein bisschen länger geöffnet. Aber halt dich nicht lange auf, sondern beeil dich. Mehr kann ich nicht für dich tun.« Er warf erneut einen Blick auf Adele. »Und ich tu's auch nur für dein Kind.«

Augusta murmelte einen Dank und trat hastig zu den beiden Frauen. Unter den abfälligen Blicken der anderen Wachsoldaten sammelten sie ihr Gepäck auf und setzten sich in die Richtung in Bewegung, in die der mitleidige Wachsoldat sie geschickt hatte.

Der Regen hatte den Weg vor dem Glacis, einem Erdwall rund um die Stadt, in einen Schlammpfad verwandelt, aber die Aussicht, die Nacht möglicherweise ungeschützt im Regen vor der Stadt verbringen zu müssen, mobilisierte noch einmal die letzten Reserven bei den Frauen.

Kurz darauf hatten sie das Millerntor erreicht, durch das etliche elend wirkende, schäbig gekleidete Menschen die Stadt verließen, aber diesmal wandte Augusta eine andere Taktik an. Sie mischte sich mit Lisette und Elsi in einen Pulk von Aschkenasen, die offenbar in die Stadt hineindurften und selbst viel zu müde und erschöpft waren, um gegen die Neuankömmlinge in ihrer Mitte zu protestieren.

Die Wachsoldaten am Millerntor waren weit weniger gewissenhaft als am Dammtor. Offenbar glaubten sie nicht, dass von diesen Ostjuden eine Gefahr ausging, und soweit sich Augusta von ihrem letzten Besuch in der Hansestadt her noch erinnerte, wurden diese Handwerker und Händler auch erbarmungslos von den Stadtbütteln mit Prügeln aus der Stadt getrieben, wenn sie sich ohne Erlaubnis dort aufhielten. Die schlechten Erfahrungen der Aschkenasen mit der Obrigkeit hatten sich herumgesprochen und sorgten dafür, dass sich für gewöhnlich kein Jude in die Stadt schlich, wenn er nicht das Recht hatte, dort zu sein.

Augusta hielt den Kopf gesenkt und betete leise, dass sie niemand aufhalten möge, aber vergeblich.

»Du da!« Einer der Wachsoldaten trat aus seinem trockenen Häuschen und streckte die Hellebarde quer vor Augusta über den kleinen, gepflasterten Weg, der durch das Tor führte. »Wo willst du denn hin, mein Täubchen?«

Einer seiner Kameraden trat an die Tür des Wachhauses. »Beeil dich, Claas!«, schrie er. »Wir schließen die Tore gleich!« Er deutete zum Himmel. »Es wird höchste Zeit, und ich will nicht, dass der Hauptmann der Wache uns wieder einen Rüffel erteilt wie letzte Woche!«

Der Wachsoldat reagierte mit einem unflätigen Fluch und wandte sich dann mürrisch wieder Augusta zu. »Also, wohin, Frau?«

Augusta reagierte instinktiv. »Ich habe mich verspätet, Herr!«, stieß sie hervor. »Der Bankier da Silva wird schon wütend sein, weil wir längst unseren Dienst bei ihm hätten antreten sollen! Aber die Reise war mühsam, und wegen des Kindes sind wir nicht so schnell vorangekommen, wie wir dachten.«

Alaves da Silva war ein bekannter Bankier in Hamburg und dazu ein Sepharde und ehemaliger Jude, der offiziell zum Christentum übergetreten war. Er war einer der wenigen Juden in Hamburg, die das Recht auf einen eigenen Herd hatten, und ging bei den Residenten und den eingesessenen Kaufleuten ein und aus.

Augusta hoffte, dass der Wachsoldat den Namen des Bankiers kannte und nicht weiter nachfragen würde.

»Da Silva?«, fragte der Wachsoldat und runzelte die Stirn.

»Das ist doch dieser Jude, dem sie alle in den Arsch kriechen! Ein Bankier, der die Hamburger Bank mitbegründet hat! Ein wichtiger Mann!«, rief sein Kamerad vom Wachhaus aus und verzog das Gesicht. »Lass sie durch. Wenn du sie lange kontrollierst, wird sie nur noch nasser, und das Ergebnis ist dasselbe. Vielleicht kann sie ja bei da Silva ein gutes Wort für dich einlegen, wenn du mal wieder beim Würfeln verloren hast!«, fügte er spöttisch hinzu.

Der erste Wachsoldat musterte Augusta und die beiden anderen Frauen misstrauisch. Dann fiel sein Blick auf Adele, der Elsi die Brust gegeben hatte und die gesättigt eingeschlafen war. Jedoch war sie durch die Stimmen geweckt worden. Sie holte tief Luft und fing an zu schreien.

»Geht schon!«, sagte der Soldat und winkte Augusta und die beiden anderen Frauen durch. »Bevor das Balg noch die ganze Besatzung zusammenschreit!«

»Wahrscheinlich hat es dein hässliches Gesicht gesehen und sich zu Tode erschreckt!«, prustete ein anderer Soldat, der ebenfalls in der Tür des Wachhauses aufgetaucht war. »Nun geh schon, Frau. Wir schließen jetzt die Tore.«

Augusta, Lisette und Elsi beeilten sich, dieser Aufforderung nachzukommen, und verlangsamten ihre Schritte erst, als sie in den Gassen hinter dem Torhaus in Sicherheit waren.

Augusta ließ sich keuchend auf einem Steinpoller nieder, der den Toreingang zu einem Lagerhaus schützte. Lisette stellte die schwere Reisetasche neben ihr auf den Boden und setzte sich erschöpft auf den mit Holz verstärkten Koffer, in den Elsi und sie ihre Ersatzgarderobe geworfen hatten.

»Das war aber ganz schön knapp!«, stieß Lisette hervor. »Mon Dieu! Wenn ich mir vorstelle, dass wir die Nacht draußen vor den Toren hätten verbringen müssen!«

Augusta nickte, wischte sich den Regen und den Schweiß aus dem Gesicht und stand auf. »Es war in der Tat knapp«, antwortete sie. »Aber noch ist nichts gewonnen! Wir haben noch ein ziemliches Stück Weg vor uns, bis wir das Haus des Residenten erreichen. Und dann ist noch die Frage, ob er uns überhaupt empfängt!«

»Aber er kennt Euch doch, Herrin! Wir waren doch mit Eurem früheren Gemahl bei ihm!«

Augusta nickte. »Das schon«, erwiderte sie. »Aber ich weiß nicht, ob uns das zum Vorteil gereicht oder zum Nachteil.«

Als sie nach einer Stunde Fußmarsch durch die überfüllten, stinkenden Straßen der Hansestadt endlich das Haus von Johan Adler Salvius am Klosterfleet erreichten, sah es zunächst ganz so aus, als wären Augustas Bedenken mehr als berechtigt gewesen.

Der Bedienstete, der nach mehrmaligem Klopfen missmutig die Tür öffnete, musterte die drei erschöpften und wenig herrschaftlich aussehenden Frauen mit verächtlichen Blicken und wollte die Tür schon mit einem gemurmelten »Wir geben nichts, ihr Gesindel!« zuschlagen, als Augusta gedankenschnell ihre Reisetasche in den Spalt schob.

»Wir wollen auch nichts erbetteln, Kerl!«, fuhr sie den Bediensteten an und schlug ihre Kapuze zurück. »Was erlaubst du dir?«

Der Mann zuckte zusammen, überrumpelt von ihrem scharfen Tonfall, fasste sich aber rasch wieder und versuchte, die Tasche aus dem Spalt zu treten. Dabei brummte er etwas von »unverschämter Metze« und noch andere Beleidigungen, die Augusta jedoch ignorierte.

»Du solltest deinen Herrn holen, wenn dir an deiner Stellung gelegen ist!«, fuhr Augusta ihn an. »Ich bin Augusta Freifrau von Villesen und eine Verwandte des Marquis de Berny.«

Der Mann hielt verblüfft inne und musterte sie genauer. Dann zuckte Erkennen über sein Gesicht. »Ich kenne Euch«, räumte er ein und ließ von seinen Versuchen ab, die Tür zuzudrücken. »Ihr wart vor drei Jahren mit dem Marquis hier.« Er kniff die Augen zusammen. »Als seine Gemahlin, wenn ich mich recht entsinne.« Sein Blick fiel auf Adele, die Augusta Elsi abgenommen hatte und selbst trug. »Ist das …?«

»Das reicht!« Augusta richtete sich so stolz auf, wie das in ihrem jämmerlichen Zustand möglich war. »Ich habe nicht vor, mit einem Bediensteten über derlei Dinge zu sprechen. Hol deinen Herrn oder Sören, den Kammerdiener des Residenten.« Sie war froh, dass ihr der Name des Mannes gerade noch rechtzeitig eingefallen war.

Jedenfalls schien sowohl ihre Haltung als auch die Erwähnung von Sören Wirkung zu zeigen.

»Sicher … Madame.« Der Bedienstete zögerte einen Moment, dann öffnete er die Tür weiter und machte eine einladende Handbewegung. »Vielleicht wollt Ihr ja mit Eurer Begleitung in der Diele warten?« Er blickte hinauf in den Himmel und dann wieder auf die drei klatschnassen Frauen. »In diesem Wetter lässt man nicht einmal seine Hunde draußen!«, setzte er hinzu, sicherlich in dem Versuch, freundlich zu sein.

Augusta verzichtete auf den Hinweis, dass dieser Vergleich ihm weder zustand noch angemessen war. Dafür war sie viel zu froh, endlich raus aus dem Regen zu sein. Sie genoss die Wärme der Diele, auf deren Boden Lisette, Elsi und sie selbst kleine Pfützen hinterließen.

Sie mussten nicht lange warten. Kaum eine Minute, nachdem der Bedienstete verschwunden war, ertönten Schritte, und er kehrte mit einem weiteren Mann im Gefolge zurück.

Augusta kannte Johan Adler Salvius und straffte sich.

»Verzeiht mein …«, begann sie. Aber sie kam nicht dazu weiterzusprechen.

Bestürzung malte sich auf Salvius' Gesicht ab, als sein Blick auf Augusta fiel. »Madame!« Sein Blick glitt von Augusta zu ihren Begleiterinnen und dann wieder zu der Freifrau zurück. »Was um Gottes willen ist Euch denn widerfahren?« Sein Blick streifte Adele, die Augusta immer noch an sich drückte, dann breitete er die Arme aus und machte einen Schritt auf sie zu. »Aber kommt, kommt herein! Ich werde veranlassen, dass man Euch ein Bad bereitet und trockene Gewänder herauslegt. Außerdem seid Ihr zweifellos hungrig.« Wieder fiel sein Blick auf Adele, und er schüttelte den Kopf. »Das arme Kind!« Er musterte Augusta, und ihm kam ein Gedanke. »Das ist nicht das Kind des Marquis ...?«

»Nein.« Augusta schüttelte den Kopf, während sie spürte, wie ihr Tränen in die Augen traten ob der Herzlichkeit und Gastfreundschaft dieses Mannes. »Nein, Euer Gnaden. Es ist ... alles nicht so einfach.«

Salvius beugte sich vor und betrachtete Adele. Dann richtete er sich wieder auf und lächelte. »Nein, natürlich kann es nicht das Kind des Marquis sein. Dafür ist es viel zu entzückend.«

Augusta erinnerte sich daran, dass Salvius schon bei ihrem ersten Besuch vor fast drei Jahren keinen Hehl aus seiner Abneigung gegen den Marquis gemacht hatte, ebenso wenig wie er sein Interesse an Augusta verborgen hatte.

Sie folgten dem Residenten in den Salon. Der klatschte in die Hände und befahl seinen Bediensteten, sich des Gepäcks der Frauen anzunehmen, das Bad zu richten und in der Küche Anweisung zu geben, ein spätes Nachtmahl zuzubereiten.

Da trat eine freundliche, korpulente Frau mit rosigen Wangen aus einer Nebentür des Salons und kam händeringend auf Augusta zu, während sie irgendetwas auf Schwedisch murmelte, was wie »Armes, kleines Würmchen« klang. Daraufhin löste Salvius die Hand von Augustas Ellbogen, den er fest umklammert hatte, als hätte er Angst, dass sie ihm weglaufen würde, und deutete auf die Frau.

»Madame, ich überlasse Euch jetzt der Fürsorge von Helga. Sie wird sich um Euch kümmern und Euch im Bad und bei allem anderen zur Hand gehen. Und falls Ihr dazu in der Lage seid, würde ich mich über ein gemeinsames Nachtmahl mit Euch freuen. Ihr könnt mir dann berichten, was geschehen ist und was Euch um diese Zeit in diesem Zustand in mein Haus geführt hat.«

Augusta spürte, wie sie den Kampf gegen ihre Tränen verlor, und sie ließ ihnen freien Lauf. Es waren Tränen der Erleichterung, und sie legte den Kopf an Salvius' Schulter, während sie einmal laut schluchzte.

»Ihr könnt Euch nicht vorstellen, Euer Gnaden, wie dankbar ich Euch für Eure Großzügigkeit und Herzlichkeit bin«, brachte sie schließlich hervor.

»Da möchte ich Euch nicht widersprechen, Madame«, erwiderte Salvius. »Und ich muss gestehen, dass Ihr Euch nicht vorstellen könnt, wie neugierig mich Euer Auftauchen hier gemacht hat.« Nach einer kurzen Pause fuhr er fort: »Aber beantwortet mir eine Frage, Madame.« Er wartete, bis Augusta den Kopf gehoben hatte und ihn ansah.

Johan Adler Salvius zog ein Spitzentaschentuch aus seiner Manschette und reichte es Augusta, die damit ihre Augen abtupfen und sich danach ganz undamenhaft die Nase putzen konnte. Er lächelte und nahm Augusta das Taschentuch ab, als sie verlegen nach einer

Möglichkeit suchte, es zu verstauen. »Ist es ein Zufall, dass Ihr mich mit Eurem Besuch beehrt, kurz nachdem ich das Vergnügen hatte, Marquis de Berny und seine neue Gemahlin in meinem Haus als Gäste begrüßen zu dürfen?«

Augusta holte tief Luft. »Nein, Euer Gnaden. Das ist es nicht.«

Salvius nickte. »Ehrlich gesagt, habe ich mir das bereits gedacht, Madame.« Er wehrte ab, als Augusta weiterreden wollte. »Unser Gespräch über den Grund Eures Besuchs kann warten, bis wir Euch wieder in den Kreis der Lebenden zurückgeholt haben.« Er blinzelte Augusta zu. »Und glaubt mir, was das angeht, sind Helga und Frau Svantje, die Herrin meiner Küche und – wie ich manchmal glaube – die eigentliche Herrscherin über mein bescheidenes Heim, wirkliche Zauberkünstler.«

Augusta schob seufzend den Teller zurück und gähnte. Dann schlug sie verlegen die Hand vor den Mund und blickte ihr Gegenüber entschuldigend an.

»Verzeiht, Euer Gnaden. Aber die Erschöpfung …«

»Ich bitte Euch, Madame.« Salvius beugte sich über den mit Damast, kostbarem Porzellan und Kristall gedeckten Tisch, an dem sie, wie Augusta sich erinnerte, auch das letzte Mal zusammen mit ihrem damaligen Gemahl und anderen Gästen diniert hatte. Der schwedische Resident legte ihr die Hand auf den Arm. »Das ist nach den Strapazen Eurer Reise doch selbstverständlich. Aber Ihr versteht sicherlich, dass ich vor Neugier fast platze.« Er machte eine kleine Pause. »Wenn Ihr jetzt bereit seid, dann schildert mir doch bitte, was Euch veranlasst hat, Villesen so überstürzt zu verlassen.«

Augusta nickte. Diesen Moment hatte sie gefürchtet. Sie wollte sich nicht in Erinnerung rufen, was in Villesen geschehen war, aber ihr war klar, dass ihr nichts anderes übrig blieb. Wenn sie Salvius dazu bringen wollte, ihr zu helfen, musste sie ihm die Wahrheit erzählen. *Vielleicht ja nicht die ganze Wahrheit,* dachte sie, als sich die grässliche Erinnerung an den blutigen Leichnam des Chevaliers in ihr Bewusstsein schob. Ducroix war ebenfalls Gast im Hause des Residenten gewesen, aber sie hatte durchaus bemerkt, dass sich Salvius und Ducroix nicht besonders gut verstanden hatten. *Etwas, das ich vielleicht zu meinem Vorteil nutzen kann,* dachte sie. *Vielleicht fragt Salvius ja gar nicht nach, wenn ich es geschickt anstelle.*

»Wir wurden von einer französischen Esquadron …« Sie erinnerte sich gerade noch rechtzeitig daran, dass Resident Salvius mit den Franzosen im Auftrag des schwedischen Königs Geschäfte machte und dass ihr ehemaliger Gemahl der Beauftragte des französischen Königs, vielmehr Kardinal Richelieus war. »Eine französische Esquadron«, verbesserte sie sich, »kam nach Villesen, um dort Quartier zu nehmen …«

Erst stockend, dann immer flüssiger berichtete sie von den Ereignissen, ließ aber den Tod von Ducroix aus.

Doch Salvius war trotz seines eindeutigen Interesses an Augusta ein scharfsinniger und gewiefter Diplomat. Er sah Augusta mit undurchdringlicher Miene an, als sie schließlich ihren Bericht beendet hatte, und trommelte mit den Fingern auf die Tischplatte. Schließlich räusperte er sich.

»Der Chevalier ist Euch also zu nahe getreten, Madame.« Er musterte Augusta scharf, dann sagte er etwas auf Schwedisch, das sie nicht verstand, bis auf den Namen Ducroix. Es hörte sich nicht nach einem Kompliment für den Franzosen an. Dann strich Salvius mit der Hand über seinen sorgfältig gezwirbelten Schnauzbart. »Madame, seid gewiss, dass ich das Verhalten des Chevaliers zutiefst missbillige und Euch jedes Wort Eurer Schilderung glaube. Schließlich habe ich Ducroix bei dem gemeinsamen Essen, an das Ihr Euch zweifellos ebenfalls erinnert, erlebt. Trotzdem kann ich mich des Eindrucks nicht erwehren, dass noch ein oder zwei entscheidende Details in Eurer Erzählung fehlen.«

Augusta spürte, wie sie unter seinem prüfenden Blick errötete. »Ihr seid … ein äußerst kluger Mann, Euer Gnaden.« Sie sammelte sich, bevor sie den Residenten offen ansah. »Wenn Ihr mir erlaubt, würde ich über diese Details lieber Stillschweigen bewahren.«

»Madame, der Chevalier Ducroix ist ein Mann, der eine solche Demütigung von einer Frau niemals erdulden würde, schon gar nicht, wenn er sie praktisch in seiner Gewalt hat.« Salvius sah, wie Augusta blass wurde, dann nickte er langsam. »Ich habe mit Eurem ehemaligen Gemahl lange und recht anstrengende Gespräche geführt, Madame, in denen es vor allen Dingen um die von ihm vollkommen zu Recht vermutete Untreue seiner neuen Gemahlin ging. Sie ist gänzlich anders als Ihr, Madame, und würde ich nicht eine so tiefe Abneigung gegenüber dem Marquis empfinden, könnte er mir fast leidtun.«

Augusta starrte den Residenten an, weil sie nicht wusste, worauf er hinauswollte.

»Wir haben auch über Ducroix gesprochen. Meines Wissens hatte der Chevalier den Auftrag, die Feste Ehrenbreitstein einzunehmen und zu halten.« Er hielt inne, so als würde er sich seine nächsten Worte genau überlegen. »Der Marquis hat keinen Zweifel daran gelassen, dass der Chevalier außer von seiner Machtgier noch von einem anderen sehr starken Gefühl getrieben wird, nämlich von Hass, Hass gegen Euren ... neuen Ehemann.« Er lächelte. »Der ja bereits bei Eurem letzten Aufenthalt hier in meinem Haus für einige Aufregung gesorgt hat. Ich erinnere mich, dass die Tochter des Bankiers Euch mit ihren eifersüchtigen Blicken förmlich durchbohrt hat.« Er runzelte die Stirn. »Wie hieß die junge Dame noch?«

»De Lemos, Leona de Lemos«, sagte Augusta, und ein Schatten flog über ihr Gesicht, als sie sich an das traurige Schicksal der jungen Jüdin erinnerte, dessen Zeugin sie im brennenden Magdeburg geworden war. Eik hatte ihr später erzählt, dass auch Gabriel de Lemos in Magdeburg gestorben war. Aber sie verzichtete darauf, diese Geschichte zu erzählen.

»Richtig. Jedenfalls hat Euer Gemahl dem Chevalier in einem Kampf eine lebensgefährliche Wunde zugefügt ...«

»Das stimmt nicht!«, warf Augusta rasch ein. »Eik musste sich entscheiden, ob er das Leben meines damaligen Gemahls retten wollte oder das des Chevaliers.« Sie erinnerte sich sehr lebhaft an Eiks Schilderung, wie er in der Kutsche Montfine vor dem Dragoner der Katholischen Liga gerettet hatte. Obwohl erst nach kurzem Zögern, immerhin hatte sich damals ganz unerwartet die Gelegenheit für ihn geboten, Augusta ganz für sich zu gewinnen, hätte er den Dragoner sein blutiges Werk zu Ende bringen lassen. Augusta war froh, dass er es nicht gemacht hatte. Den Chevalier hatte Eik bereits für tot gehalten.

»Ah.« Salvius griff nach seinem Weinglas, trank einen Schluck und stellte das Glas dann sorgfältig wieder auf den Tisch. »Nun, ich würde niemals das Wort einer so schönen Frau, wie Ihr es seid, anzweifeln, Madame. Allerdings klang die Geschichte aus dem Mund des Marquis ein wenig anders.« Er hob eine Braue und warf Augusta einen vielsagenden Blick zu. Das sollte heißen: *Ich kenne die Wahrheit, lasse die Sache aber auf sich beruhen.* »Jedenfalls«, fuhr er fort, »scheint der Chevalier keinen Zweifel daran gelassen zu haben, dass er sich an Eurem Gemahl dafür rächen wollte, und sei es nur, indem er sich Eurer Person bemächtigt.« Er tippte mit dem Finger gegen den dünnen Stiel des Weinglases, was die grausige Erinnerung an den Tod Ducroix' so heftig in Augusta wachrief, dass sie zusammenzuckte. »Ich habe den Chevalier als einen Mann kennengelernt, der bei der Verfolgung seiner Ziele auch über Leichen gehen würde. Vor allem dann, wenn er selbst dabei nicht riskiert, Schaden zu erleiden. Wenn Ihr dem Chevalier tatsächlich so knapp entkommen seid, wie Ihr das gerade geschildert habt, dürfte es nicht mehr allzu lange dauern, bis Ducroix ebenfalls hier auftaucht, und das vermutlich mit seiner gesamten Esquadron. Ich werde nicht vermeiden können, ihm von Eurem Besuch zu berichten, Madame. Vergesst nicht, das Interesse meines Königs und meines Landes steht bei mir an erster Stelle. Und die Franzosen sind nun einmal unsere Verbündeten im Kampf gegen den Kaiser.« Er beugte sich vor. »Darum möchte ich Euch einen Vorschlag unterbreiten. Allerdings wäre es dazu vonnöten, dass Ihr mir die vollständige Wahrheit sagt, damit ich weiß, ob ich mit dem baldigen Besuch des Chevaliers zu rechnen habe.«

Augusta schluckte. Von dem liebenswerten, jovialen Mann und Charmeur war plötzlich nichts mehr geblieben. In diesem Augenblick begriff Augusta, warum Gustav Adolf und die schwedische Regierung Johan Adler Salvius als Residenten nach Hamburg geschickt hatten. Er war ebenso scharfsinnig wie gerissen und verstand es ganz hervorragend, diese beiden für einen Politiker so wichtigen Eigenschaften hinter einer vordergründigen Gutmütigkeit und Jovialität zu verbergen.

»Er wird Euch nicht aufsuchen«, erwiderte Augusta.

Salvius sah sie an und schwieg.

Sie holte tief Luft. »Aber es ist nicht auszuschließen, dass sein Capitain, Seigneur d'Arthane, mir gefolgt ist.« Sie verzichtete darauf zu erwähnen, dass ihr der Offizier des Chevaliers bei der Flucht geholfen hatte. Sollte es zu einem Zusammentreffen kommen, wollte sie die Ritterlichkeit des Mannes nicht dadurch vergelten, dass sie ihn als Verräter an den Galgen brachte.

»Und wieso das?« Salvius lehnte sich zurück, aber seine Miene blieb angespannt.

»Weil ich ...«, Augusta schluckte, »weil ich den Chevalier getötet habe«, sagte sie leise. Dann hob sie das Kinn, als die Wut über das ungeheuerliche Verhalten dieses Mannes wieder in ihr aufflammte. »Ich habe Chevalier Ducroix getötet, Euer Gnaden, weil er versucht hat, mir Gewalt anzutun, und mich mitsamt meiner

Tochter ums Leben gebracht hätte, nur um sich an meinem Mann zu rächen.«

Überraschenderweise schien Salvius keineswegs geschockt über ihre Worte. Stattdessen nickte er. »So etwas habe ich mir bereits gedacht, Madame, wenn ich ehrlich bin. Hat er Euch gesagt, dass er Euch töten würde?«

»Nicht mit diesen Worten, aber das war auch nicht nötig. Er hat es angedeutet, aber seine eigentliche Genugtuung bestand wohl in dem, was er mir vorher antun wollte. Mir und Adele.« Sie erhob sich von ihrem Stuhl. »Ich weiß, dass ich Euch in eine unmögliche Situation gebracht habe, Euer Gnaden. Ich werde Euch nicht bitten, mir zu helfen, Prag zu erreichen, wo ich meinen Bruder zu finden hoffe. Aber ich flehe Euch an, mir die Möglichkeit zu geben, mit meiner Tochter und meinen beiden Zofen unbehelligt von hier zu verschwinden. Ich werde eine andere Möglichkeit finden ...«

»Madame!« Salvius hatte sich nicht gerührt, hob aber eine Hand und bedeutete Augusta, sich wieder zu setzen. »Ich bin Politiker, Bankier und Liebhaber schöner Frauen.« Er verbeugte sich knapp. »Und ich bin kein Unmensch. Ich habe nur eine starke und nicht bezwingbare Abneigung dagegen, mich belügen zu lassen. Vor allem, wenn ich spüre, dass ich belogen werde. Also bitte berichtet mir, wie sich dieser Vorfall zugetragen hat. Dann werden wir gemeinsam überlegen, wie wir weiter vorgehen. Ihr wollt nach Prag, und auf keinen Fall werde ich zulassen, dass Ihr möglicherweise ohne meine Hilfe Euer Reiseziel erreicht und sich dort die Kunde verbreitet, Johan Adler Salvius hätte eine vornehme Dame in einer Notsituation einfach abgewiesen.« Es überraschte Augusta, als er aufstand, sich über den Tisch beugte, ihre Hand nahm und formvollendet ihre Finger küsste. »Selbst wenn diese Dame Johan Adler Salvius' Avancen so charmant abweist.«

Augusta wusste nicht, was sie sagen sollte, und konnte nicht verhindern, dass ihr die Tränen in die Augen traten.

Salvius holte erneut ein Taschentuch aus seinem Ärmel und reichte es ihr. »Trinkt einen Schluck Wein, Madame, falls Euch das stärkt, und berichtet mir in allen Einzelheiten, was in Villesen geschehen ist. Dann sehen wir weiter.«

Augusta tat, wie ihr geheißen, und als sie, diesmal ohne irgendetwas auszusparen, ihre Geschichte beendet hatte, versank Salvius in nachdenkliches Schweigen. Sie glaubte schon fast, der Resident hätte seine Meinung geändert, doch dann richtete sich Salvius schlagartig auf und schlug mit beiden Händen auf den Tisch.

»Madame, meine Bewunderung für Euch erreicht wahrhaftig epische Dimensionen! Seid Ihr Euch sicher, dass Ihr meinem Charme nicht erliegen werdet?«

Als Augusta ihn vollkommen fassungslos ansah, lachte er und zuckte mit den Schultern. »Diese Frage müsst Ihr mir verzeihen, aber ich musste sie Euch einfach stellen. Nur um wirklich sicherzugehen.« Er murmelte etwas auf Schwedisch und legte dann einen Finger an sein Kinn. »Nach Prag wollt Ihr, um Euren Bruder dort aufzusuchen. Nun ja, wie ich Euch erzählte, waren der Marquis, Euer ehemaliger Gemahl, und seine neue Gattin erst kürzlich Gast in meinem Hause.

Beide sind sie ebenfalls nach Prag unterwegs, doch bin ich davon überzeugt, dass die neue Frau des Marquis niemals zulassen würde, dass er Euch bis nach Prag mitnimmt. Selbst wenn er das überhaupt tun würde, was ich ernsthaft bezweifle. In den Gesprächen mit dem Marquis und seiner Gemahlin kam auch dieses besagte Abendessen in meinem Haus vor fast drei Jahren zur Sprache, Madame, und weder Ihr noch Euer derzeitiger Gemahl und Vater Eurer Tochter wurden dabei besonders wohlwollend erwähnt. Man könnte sagen, der Marquis ist nach wie vor ergrimmt darüber, dass ein Müllersbursche ihm gegenüber den Vorzug erhalten hat.« Er grinste. »Wenn er wüsste, welche Kriterien seine derzeitige Gemahlin bei der Auswahl ihrer Liebhaber hat … Nun, sei dem, wie es will. Jedenfalls werde ich Euch nicht erlauben, dass Ihr Euch allein bis nach Prag durchschlagt, selbst wenn Euer Bruder noch dort sein sollte. Aber ich habe einen besseren Vorschlag für Euch.«

Augusta sah ihn verwirrt an. »Euer Gnaden, ich habe keine andere Möglichkeit, als zu versuchen, Valerian in Prag zu finden. Er ist verletzt und zweifellos noch dort, jedenfalls habe ich das den Briefen seines Offiziersburschen entnommen. Das war auch der Grund für die Reise meiner Mutter, die …« Die Erinnerung an den Tod von Maria von Villesen schnürte Augusta die Kehle zu. »Valerian muss vom Tod seiner Mutter erfahren, und zudem fürchte ich auch um sein Leben. Dieser Strauchdieb, der meine Mutter getötet hat …«

Salvius hatte bereits von der Tragödie erfahren. Er hob beschwichtigend die Hände. »Ich verstehe Euch vollkommen, Madame. Und ich bewundere Euch für

Euren Mut. Aber gerade wegen all dieser Unwägbarkeiten mache ich Euch ja diesen Vorschlag.« Er strich sich erneut über den Bart und nickte dann bekräftigend. »In drei Tagen wird einer meiner Emissäre mit einer Kutsche und einer Eskorte nach Prag fahren. Ich habe Nachricht erhalten, dass General Georg von Arnim bei Naumburg den kaiserlichen Feldmarschall von Tiefenbach geschlagen hat und nach Prag weitergezogen ist.« Er lächelte beruhigend, als Augusta ihn erschrocken ansah. »Keine Sorge, Euer Bruder ist nicht in Gefahr, solange er nicht auf die Idee kommt, sich dem General ganz allein in den Weg zu stellen. Jedenfalls habe ich den Auftrag, von Arnim mit den notwendigen Mitteln zu versorgen, um frische Truppen anzuwerben sowie Munition und Waffen zu besorgen.«

Augusta schüttelte den Kopf. »Ich verstehe nicht, worauf Ihr hinauswollt, Euer Gnaden.«

»Aber das ist doch ganz einfach, Madame. Ich biete Euch einen Platz in dieser Kutsche an, damit Ihr wohlbehalten nach Prag gelangt. Dort könnt Ihr Euch nach Eurem Bruder erkundigen, und solltet Ihr ihn nicht finden, steht es Euch frei, entweder in Prag zu bleiben oder aber mit meinem Beauftragten zurückzukehren und hier im sicheren Hamburg das Ende des Krieges abzuwarten, das gewiss nicht mehr allzu lange auf sich warten lässt.«

Augusta holte Luft für eine Erwiderung, aber Salvius wehrte ab. »Ihr dürft mir glauben, dass ich keinerlei Hintergedanken bei diesem Vorschlag hege, Madame. Vielleicht gelingt es Euch ja sogar, Kontakt zu Eurem Gemahl aufzunehmen und ihn dazu zu bringen, ebenfalls nach Hamburg zu kommen.« Er lächelte kühl.

»Wie ich hörte, habt Ihr und Euer Gemahl ja recht liebevolle Erinnerungen an die Freie Hanse- und Reichsstadt.«

Als Augusta errötete, lachte er. »Dachte ich mir doch. Ich werde keinerlei Bedingungen an Euch stellen, und ich erwarte auch keine Gegenleistungen, Madame.«

»Euer Gnaden …«, begann Augusta, aber Salvius unterbrach sie rasch.

»Betrachtet mein Entgegenkommen einfach als die Verbeugung eines Genießers vor der Schönheit einer stolzen Frau und als Anerkennung für Euren Mut.« Er stand auf, ging um den Tisch herum und nahm Augustas Hand, um sie erneut an die Lippen zu führen. Diesmal jedoch war sein Gesicht ernst und ohne jede Frivolität. »Ich kann Euch versichern, dass ich sehr viele vornehme Damen kennengelernt habe, aber keine, die mich nicht nur durch ihre Schönheit, sondern auch durch ihren Mut und ihre Haltung so sehr beeindruckt hätte wie Ihr.« Er verbeugte sich kurz. »Es ist mir ein Vergnügen, Euch helfen zu dürfen, Madame.«

Er klatschte in die Hände, und die plötzlich aufgetretene peinliche Spannung zwischen ihnen löste sich auf. »Und jetzt, nehme ich an, möchtet Ihr Euch in Eure Gemächer zurückziehen. Heute Nacht könnt Ihr ohnehin nicht aufbrechen, sodass Ihr genügend Zeit habt, Euch bis zum Frühstück meinen Vorschlag zu überlegen.«

Augusta erhob sich ebenfalls und bedankte sich noch einmal für seine Gastfreundschaft. Dann ging sie zur Tür, blieb jedoch nach drei Schritten stehen, drehte sich um und kehrte zu dem Residenten zurück.

Bevor Salvius reagieren konnte, hatte sie sich vorgebeugt und küsste ihn leicht auf beide Wangen. »Ich danke Euch für Eure Güte. Das werde ich Euch nicht vergessen. Morgen früh werde ich Euch meine Entscheidung mitteilen.«

Doch noch während sie zur Tür ging, an der eine Zofe bereits wartete, um sie zu ihrem Zimmer im Obergeschoss des Hauses zu führen, wurde ihr klar, dass sie diese Entscheidung längst getroffen hatte.

17. KAPITEL

Prag

Valerian saß auf einem gepolsterten Lehnstuhl am Kamin und starrte in die Flammen. Die dicken Scheite aus Birkenholz, die Bossel schweigend aufgelegt hatte, brannten knisternd. Sein Blick glitt erneut zu dem Brief seiner Mutter, der immer noch ungeöffnet auf der mit Intarsien verzierten Platte des Tischchens lag. Sein Bursche hatte das Möbelstück schweigend, aber mit vielsagendem Blick auf den Brief, neben seinen Sessel geschoben und dann die Karaffe Wein und einen neuen Pokal daraufgestellt. Die Scherben des kostbaren böhmischen Trinkpokals, der aus dunkelrotem, mundgeblasenem Glas gefertigt gewesen war, hatte Bossel, ebenfalls schweigend, zusammengefegt.

Valerian hatte daraus getrunken, bevor er ihn wutentbrannt nach Bossel geschleudert hatte, weil der ihm erneut in den Ohren gelegen hatte, doch endlich die Briefe Augustas zu öffnen, zumindest aber den seiner Mutter.

»Vielleicht hat es dann endlich ein Ende mit dieser Fehde zwischen Euch und Eurer Schwester, junger Herr«, hatte Bossel gesagt. Und sein Tonfall hatte keinen Zweifel gelassen, wer seiner Meinung nach für diese Verstimmung zwischen den Geschwistern verantwortlich war. »Vor allem jetzt, nach dem Tod Eurer Mutter, solltet Ihr …«

Das war zu viel für Valerian gewesen. Die Nachricht, dass seine Mutter gestorben war, hatte ihn schon schlimm genug getroffen, aber dass ihm ihr Mörder die Kunde auch noch selbst überbracht und ihn dann bewusstlos geschlagen hatte, machte die Sache noch übler. Die Schmerzen von dem heftigen Schlag gegen seinen Kopf waren längst nicht so schlimm gewesen wie die über den Verlust seiner Mutter. Nach allem, was Veit ihm erzählt hatte, war Valerian zu der Schlussfolgerung gelangt, dass Maria von Villesen diese Reise auf sich genommen hatte, weil sich Augusta nicht getraut hatte, dieses Risiko einzugehen.

Sonst wäre sie jetzt tot, und meine Mutter würde noch leben, dachte Valerian. Er tadelte sich für diesen bösen Gedanken, aber er konnte das Gefühl nicht loswerden, dass ihm diese Variante lieber gewesen wäre. *Zumindest wären dann die Probleme zwischen Augusta und ihrem Halbbruder aus der Welt!* Er schüttelte den Kopf. *Wie kannst du so etwas nur denken,* fragte er sich. Aber Bossels Bemerkung hatte dieses Gefühl von Trauer und Wut wieder neu angefacht, und das hatte Valerian zu seinem Wutausbruch veranlasst.

Wieder glitt sein Blick zu dem Brief auf dem Tisch, dann nahm er ihn, wog ihn in der Hand und schnupperte daran. Er roch nach Schweiß und Leder und Pferd, außerdem modrig, schimmelig. Vermutlich hatte Veit ihn die ganze Zeit mit sich herumgeschleppt, und dabei war er durch den starken Regen nass geworden.

Er drehte den Brief in der Hand. *Meinem Sohn* stand vorn auf dem Umschlag, *Freiherr Valerian von Villesen.*

Er schüttelte den Kopf. *Wieso nur hast du Mutter einfach fahren lassen?*, fragte er sich. *Hattest du wirklich nicht den Mut, dich mir selbst zu stellen?*

Das waren Fragen, die weder Augusta noch seine Mutter würden beantworten können, die Letztere mit endgültiger Sicherheit nicht. Er seufzte. *Irgendwann werde ich mich mit meiner Schwester treffen und mit ihr reden müssen,* sagte er sich. Er legte den Brief wieder auf das Tischchen und griff nach dem Becher mit dem Wein. *Aber jetzt noch nicht!* Sein Blick fiel auf das Kästchen, das Bossel ebenfalls hereingebracht und in Griffweite auf die polierten Bodendielen gestellt hatte. Es enthielt Augustas Briefe, allesamt ungeöffnet. Valerian presste die Lippen zusammen.

Er wusste nicht, was ihn davon abhielt, die Briefe seiner Schwester zu lesen. Konnte es sein, dass er Angst vor dem hatte, was darin stand? Angst vor der Wahrheit? *Unsinn!*, dachte er. *Ich habe keine Angst vor der Wahrheit! Eher davor, dass Augusta irgendwelche Ausflüchte macht oder sich zu absurden Erklärungen versteigt, warum sie trotzdem mit Eik zusammen sein kann.* Seine Miene verfinsterte sich. *Es ist und bleibt Inzucht, ganz gleich, wie sie es dreht und wendet! Und Eik müsste das ebenfalls wissen. Möglicherweise versucht sie ja sogar, aus mir herauszubekommen, wo Eik sein könnte!*

Er erinnerte sich an die kurze Szene in dem Feldlager von Magdeburg, als er Eik freigelassen hatte. Der Müllerssohn hatte es gar nicht abwarten können, nach Magdeburg hineinzukommen. *Wollte er dort wirklich Augusta suchen?* Valerian hatte erhebliche Zweifel. Augusta hatte Magdeburg ja bereits mit ihrem Gemahl,

Marquis de Berny, verlassen, wie Valerian es ihr geraten hatte. Er runzelte die Stirn, während er angestrengt nachdachte. *Aber wenn es nicht um Augusta ging, was wollte Eik dann in Magdeburg? War vielleicht eine andere Frau im Spiel?*

Aber selbst wenn, stand doch fest, dass Eik und Augusta ihre unchristliche und gegen alle guten Sitten verstoßende Liaison nicht beendet hatten, wie er das von seiner Schwester verlangt hatte.

Wieder streifte sein Blick das Kästchen mit den Briefen. *Und ich wüsste nicht, was es dazu zu sagen gäbe,* dachte er. *Die einzige Nachricht, die ich akzeptieren würde, wäre die, dass meine Schwester Vernunft angenommen und diese Beziehung beendet hat.* Aber er ahnte, dass sie ihm genau das nicht mitteilen wollte.

Er leerte den Becher und stellte ihn wieder ab. Dann nahm er erneut den Brief seiner Mutter und zog schließlich den Dolch aus der Scheide an seinem Gürtel. Er schob die Klinge unter das übergeschlagene Papier mit dem Siegel und machte Anstalten, es zu brechen.

Früher oder später muss ich ihn ohnehin lesen, sagte er sich. Er hätte nicht genau sagen können, warum er es bisher immer wieder herausgezögert hatte, den Brief zu öffnen, aber er fürchtete, dass ihm der Inhalt dieses Schreibens ebenso wenig gefallen würde wie das, was Augusta ihm in ihren diversen und bislang ungelesenen Briefen mitzuteilen hatte.

Gerade wollte er das Siegel brechen, da hörte er Schritte im Gang vor der Tür zu seiner Kammer. Fast erleichtert zog er den Dolch wieder zurück, schob ihn in die Scheide und legte den Brief auf den kleinen Tisch. Dann goss er Wein aus der Karaffe in den Pokal und trank gierig. Mit einem Mal merkte er, wie trocken sein Mund geworden war.

»Herein!«, rief er, als es an der Tür klopfte. Er hatte Bossel erwartet, aber zu seiner Überraschung stand Lieutenant Declaes in der offenen Tür.

»Herr Obrist!« Der junge Lieutenant salutierte und machte einen Schritt in die Kammer. Sein Blick flog von dem Kamin zu dem Tischchen mit dem Brief und dann zu Valerian. Dem Gesicht seines Untergebenen war zwar nichts anzumerken, aber Declaes wusste von dem Brief und seiner Geschichte. Schließlich war er einer der Offiziere gewesen, die Valerian nach dem Überfall des Stillen Veit gefunden hatten. Valerian knirschte mit den Zähnen. *Und den Rest hat ihm zweifellos Bossel erzählt! Ich werde wohl mal ein ernstes Wort mit ihm reden müssen!*

»Was gibt es, Lieutenant?«

Declaes räusperte sich. »Ein Bote von General Pappenheim, Herr Obrist.«

Valerian runzelte verblüfft die Stirn. »Von Pappenheim?« Er stand auf und zog seine Uniformjacke glatt. *Was hat das denn zu bedeuten?* »Und?«

»Der Mann wartet draußen, Herr Obrist.« Declaes deutete mit der Hand zur Tür.

Valerians Verwirrung wuchs. Normalerweise war sein Offizier nicht so zurückhaltend mit Informationen. *Was es auch sein mag, es ist sicher nichts Gutes.* Sein Blick streifte den Brief auf dem Tischchen. Wenigstens hatte er nun einen Vorwand, die Lektüre des Briefes noch ein wenig aufzuschieben.

»Dann holt ihn doch herein, um Himmels willen!«, befahl er Declaes barscher, als er beabsichtigt hatte.

Der Lieutenant salutierte erneut und trat in den Flur. Er gab einen kurzen Befehl, und unmittelbar darauf trat ein vollkommen durchnässter und schlammbespritzter Kürassier in die Kammer.

»Rittmeister Falkenberg, Herr Obrist!« Der Mann salutierte.

Valerian hob überrascht die Brauen. Es war, gelinde gesagt, sehr ungewöhnlich, einen so hohen Offizier als Botenreiter einzusetzen. Das hieß, dass die Nachricht von großer Bedeutung war.

Der Rittmeister zog eine Ledermappe aus einer Schultertasche, die er über der Brust trug, entnahm ihr einen Brief und reichte ihn Valerian.

Was soll das nur mit all diesen Briefen?, dachte der und nahm das Schreiben seufzend an sich. *Offenbar ist es eine neue Mode, ständig irgendwelche Briefe zu verfassen!*

»Gibt es etwas, das Ihr mir von Eurem General ausrichten sollt?«, fragte er den Offizier ohne allzu viel Hoffnung, eine befriedigende Antwort zu erhalten.

Deshalb war er umso überraschter, als Falkenberg antwortete: »Ja, Herr Obrist!« Er deutete auf den Brief. »Das ist ein Befehl, den General Pappenheim Euch von Generalissimus Wallenstein überbringen sollte. Aber mein General hat einen weiteren Befehl für Euch, einen von absoluter Dringlichkeit, der diesen Befehl von Wallenstein aufhebt.«

Valerian straffte sich unwillkürlich, als er den gehetzten Tonfall des Mannes vernahm. »Und, Herr Offizier? Was ist das für ein Befehl?«

Falkenberg holte tief Luft. »Nachdem der Schwede Nürnberg verlassen und die Belagerung der Stellungen von Generalissimus Wallenstein aufgegeben hat, wurde Obrist Pappenheim vom Generalissimus mit einem Teil der kaiserlich-ligistischen Armee nach Halle geschickt, um dort gegen den sächsischen Kurfürsten zu Felde zu ziehen. Er soll eins Eurer Regimenter übernehmen.«

Valerian hob die Braue. »Das ist aber nicht der Befehl, den der Generalissimus ...«

»Mit Verlaub, Herr Obrist!«, fiel der Rittmeister ihm ins Wort. »Die Lage hat sich vollkommen verändert, deshalb hat mich mein General zu Euch geschickt!« Er schluckte, weil sein Mund ausgetrocknet war, und Valerian bedeutete Declaes mit einem Wink, dem Mann einen Schluck Wein zu geben.

Der Mann bedankte sich und trank gierig.

»Inwiefern verändert?«, erkundigte sich Valerian, während ihn ein ungutes Gefühl beschlich. Er ahnte, was kam, und die nächsten Worte des Mannes bestätigten seine Befürchtungen.

»Der Schwede hat sich von Nürnberg zurückgezogen und ist nach Sachsen marschiert. Der Generalissimus ist mit dem Rest seiner Truppen ebenfalls abgezogen, um gegen den Kurfürsten von Sachsen zu kämpfen und zu versuchen, den Schweden von seinen Nachschubwegen abzuschneiden. Offenbar hat Gustav Adolf unsere Truppenbewegungen beobachten lassen. Jedenfalls ist er umgekehrt und steht jetzt unmittelbar vor den Truppen des Generalissimus. Wie es scheint, will er Herzog Wallenstein zu einer Schlacht zwingen.«

»Habt Ihr denn Eurerseits die Schweden nicht beobachtet?«

Valerian stellte die Frage, ohne wirklich eine Antwort zu erwarten. Seine Gedanken überschlugen sich. *Wenn Wallenstein Pappenheim mit der gesamten Reiterei und einem Teil seiner Truppen vorausgeschickt hat, ist ihm Gustav Adolf bei weitem überlegen. Und das, wo die Schweden ohnehin schon eine weit bessere Artillerie haben als wir.* Er sah den Rittmeister an und bemerkte, dass sich dessen Lippen bewegten, hörte aber durch das Rauschen in seinen Ohren kaum, was der Mann sagte. *Das kann nur in einer Katastrophe enden!*

»… leider zu spät, Herr Obrist. Jedenfalls hat Generalissimus Wallenstein General Pappenheim *stante pede* zurückbeordert und ihm den Befehl erteilt, unterwegs so viele Truppen wie möglich an sich zu ziehen.« Er deutete auf den Brief, den Valerian immer noch ungeöffnet in der Hand hielt und nun verblüfft ansah.

Lass dir das nur nicht zur Angewohnheit werden, Briefe nicht zu öffnen!, dachte er. Dann sprach der Rittmeister auch schon weiter.

»Der Befehl des Generals lautet, Ihr sollt Euch ihm mit so vielen Truppen anschließen, wie Ihr nur könnt. Er selbst ist bereits umgekehrt und unterwegs zu Generalissimus Wallenstein.«

Valerian nickte. »Ich werde sofort eine Besprechung mit meinen Offizieren ansetzen, damit wir ohne große Verzögerung abrücken können. Aber trotzdem wird es ein wenig dauern.« Er nickte dem Rittmeister zu. »Man wird dafür sorgen, dass Ihr aus der Küche etwas zu essen und zu trinken bekommt, und dann solltet Ihr Euch ausruhen.« Er warf einen Blick aus dem Fenster. »Wir werden sicherlich erst morgen in aller Frühe aufbrechen.«

Der Rittmeister nickte. »Danke, Herr Obrist. Für etwas Warmes zu essen und eine kurze Rast wäre ich Euch sehr dankbar.« Er deutete auf seine verdreckte Kleidung. »Es war ein ziemlicher Gewaltritt, den mein Pferd, fürchte ich, nicht verkraftet hat. Ich würde gern in den Stall gehen und nach ihm sehen, bevor ...«

»Selbstverständlich, Herr Rittmeister. Lieutenant Declaes wird Euch von jemandem dort hinbringen lassen. Aber wir haben auch genug Pferde, sodass Ihr ein frisches Tier bekommt, wenn wir morgen früh losreiten. Ihr könnt Euch Euer Pferd ja wieder hier abholen, wenn wir Gustav Adolf geschlagen haben.«

»Jawohl, Herr Obrist.« Der Rittmeister verzog die Lippen zu einem Lächeln, das jedoch seine Augen nicht erreichte. Er drehte sich um und ging zur Tür, während Declaes einen Soldaten zu sich winkte und ihm den Befehl gab, sich um den Rittmeister zu kümmern.

Kurz bevor der Mann den Raum verließ, fiel Valerian noch etwas ein. »Herr Rittmeister?«

»Herr Obrist?« Falkenberg drehte sich um und sah Valerian müde an.

»Wo erwartet Wallenstein uns denn?«

Der Rittmeister deutete erneut auf den Brief. »Das steht alles in dem Schreiben des Generals«, antwortete er. »Ich selbst weiß es nicht genau, aber soweit ich gehört habe, hat Generalissimus Wallenstein sein Lager an einem Ort nicht allzu weit von Leipzig aufgeschlagen.« Er überlegte angestrengt. Dann erinnerte er sich. »Lützen«, sagte er, nickte und wiederholte den Namen. »Der Schwede ist vorgerückt und will ihm dort eine Feldschlacht aufzwingen.«

»Das ist ja der reine Wahnsinn!«, rief Obristlieutenant Marschner, der eine Kompanie Infanterie befehligte, die erst am gestrigen Tag ihre Positionen an den wichtigsten Stellen von Prag bezogen hatte. »Wie sollen wir das schaffen, bis morgen früh fertig zum Aufbruch zu sein? Und vor allem, was wird aus Prag, wenn wir alle ...?«

Valerian hatte sich dieselbe Frage gestellt, aber an den Befehlen von Pappenheim und dem Generalissimus gab es nichts zu deuteln. *Außerdem können wir Prag ohnehin nicht halten, wenn die Protestanten unter Gustav Adolf Wallenstein und die Kaiserlichen besiegen.* Doch bevor er dem Offizier antworten konnte, ergriff ein anderer das Wort.

»Wenn wir nicht alles tun, um uns Pappenheim anzuschließen, brauchen wir gar nicht erst loszureiten, Herr Obristlieutenant.« Der Mann hieß Legrange, war Obrist und Kommandeur einer Esquadron Dragoner. Er war Flame und ebenso hager, wie Obristlieutenant Marschner korpulent war, und im weiteren Gegensatz zu dem eher cholerischen Infanterieoffizier wirkte er ruhig und besonnen, was Valerian in dieser schwierigen Situation sehr zu schätzen wusste. »Und dann brauchen wir uns auch keine Gedanken darüber zu machen, ob wir Prag halten können und wie wir das anstellen wollen.« Er wandte sich an die restlichen Offiziere im Raum. »Vielleicht darf ich die Herren daran erinnern, dass wir mit nur zwei Infanterieregimentern und einer Esquadron Kürassiere Prag eingenommen und Feldmarschall von Arnim aus ebendiesem Palais hinauskomplimentiert haben. Gewiss, es sind so viele Protestanten zu uns übergelaufen, dass wir mittlerweile noch eine dritte Kompanie zusammenbekommen haben. Aber ihre Verlässlichkeit möchte ich nicht in einer Feldschlacht gegen schwedische Truppen auf die Probe stellen.«

Die anderen Offiziere murmelten zustimmend.

»Ebenso wenig würde ich ihnen allein die Besatzung von Prag überlassen.« Grinsend blickte Legrange zu einem Obristwachtmeister hinüber, der seinen Blick finster erwiderte. Valerian wusste, dass dieser Mann, Hans Mühlbacher, ein Bayer und glühender Anhänger des Kaisers, die Kompanie der protestantischen Überläufer befehligte. Aber er wusste auch, dass die Einwände von Legrange durchaus berechtigt waren.

»Also gut, selbst wenn das stimmt, Herr Obrist«, ergriff Obristlieutenant Marschner wieder das Wort, »was sollen wir dann tun? Wir müssen uns entscheiden …«

Valerian hielt den Moment für gekommen einzuschreiten.

»Keineswegs, meine Herren.« Er hatte seine Stimme nicht gehoben, aber zu seiner Befriedigung bemerkte er, dass das Getuschel unter den restlichen Offizieren schlagartig verstummte, als er aufstand und sich auf der Tischplatte abstützte. Alle sahen ihn an, und er spürte weniger Triumph über seine neu gewonnene Autorität als die Last der Verantwortung, die plötzlich auf ihm ruhte. »Unser Auftrag ist unmissverständlich! An den Befehlen von Generalissimus Wallenstein besteht ebenso wenig Zweifel wie an denen von General Pappenheim.«

»Aber …«, begann Obristlieutenant Marschner, doch Valerian brachte ihn mit erhobener Hand zum Schweigen.

»Es gibt kein Aber. Wir müssen uns Pappenheim anschließen, und wenn wir das schaffen wollen, müssen wir morgen in aller Frühe abrücken. Und damit meine ich alle berittenen Truppen, über die wir hier verfügen.« Er sah zu Legrange hinüber. »Das seid Ihr, Herr Obrist, sowie meine Kürassiere unter dem Befehl von Rittmeister von der Velde.« Nun richtete er den Blick auf den Offizier, der die Esquadron Kürassiere befehligte, die zu Valerians Kommando gehörten.

Die beiden Männer nickten.

Valerian besah sich für einen Moment die Karte, die auf dem Tisch des Besprechungszimmers lag, und deutete schließlich auf eine große Straßenkreuzung. »Dort müssen wir morgen bis zum Einbruch der Dunkelheit sein, meine Herren. Den Schilderungen des Boten nach wird Pappenheim diese Stelle etwa um die gleiche Zeit erreichen. Sollte er weitergeritten sein, wird er dort einen Soldaten mit einer Nachricht für uns zurücklassen. Falls uns kein Bote erwartet, sollen wir auf den General warten.«

Obristlieutenant Marschner runzelte die Stirn. »Und was sollen wir jetzt machen?«

Valerian sah den Offizier scharf an. »Ihr werdet Eure Leute sammeln und dann unverzüglich nach Lützen aufbrechen. Und zwar in einem Gewaltmarsch. Selbst wenn Ihr erst übermorgen dort eintrefft, kann das entscheidend für den Ausgang der Schlacht sein.«

»Und wir?«, ergriff erneut Obristwachtmeister Mühlbacher das Wort. »Soll ich etwa mit diesen protestantischen Überläufern hierbleiben?«

Valerian nickte. »Genau das sollt Ihr, Herr Obristwachtmeister.«

»Aber ...« Der Offizier stammelte verblüfft. »Es sind Protestanten. Wenn ...«

»Falls der schwedische König oder einer seiner Feldherren vor Prag auftauchen, Mühlbacher, habt Ihr andere Sorgen, als Euch um die Treue und Zuverlässigkeit Eurer Kompanie Gedanken zu machen. Wir könnten Prag gegen Gustav Adolf wahrscheinlich nicht einmal halten, wenn wir statt dreier Kompanien drei Regimenter hätten. Also geht es darum, den Schwedenkönig in der Feldschlacht zu bezwingen. Dann stellt sich die Frage eines Angriffs auf Prag erst gar nicht.«

Mühlbacher musterte ihn mit finsterer Miene, aber dann schien der Mann zu begreifen, was Valerian meinte, und schließlich nickte er und knurrte: »Zugegeben.«

Valerian wusste, dass diese Bemerkung das Beste war, was er von diesem Mann an Zustimmung zu erwarten hatte.

»Aber trotzdem ...« Obristlieutenant Marschner wollte sich nicht so leicht geschlagen geben. »Wenn wir in einem Gewaltmarsch nach Lützen marschieren, werden meine Männer müde und erschöpft dort ankommen und kaum in der Lage sein, eine Schlacht zu schlagen. Und Ihr könnt mir schwerlich versprechen ...«

»Wenn sie Lützen erreicht haben, Obristlieutenant«, fiel Valerian dem Mann ins Wort, dessen Sturheit und Aufsässigkeit ihm langsam auf die Nerven gingen, »werden Eure Männer kämpfen, genauso wie Ihr, wenn Ihr überleben wollt.« Er sah Marschner scharf an. »Ihr wisst genauso gut wie ich, was ein Schlachtrausch aus Männern macht. Wenn Ihr hingegen erst eintrefft, wenn die Schlacht geschlagen ist, seid Ihr und Eure Männer entweder so gut wie tot, falls Gustav Adolf Euch in

Empfang nimmt, oder Ihr landet am Galgen, weil Ihr vorsätzlich gezaudert habt. Das Letztere jedenfalls kann ich Euch versprechen!«

Marschner wurde blass, und Valerian hörte ein leises Glucksen aus der Richtung von Legrange und von der Velde.

Bevor Valerian fortfahren konnte, klopfte es an der Tür.

Wütend über die Unterbrechung, fuhr er herum. »Was ist?«, schnauzte er Bossel an, der in der offenen Tür stand.

»Verzeiht, Herr Obrist …«, stammelte Bossel mit hochrotem Kopf. »Da ist …«

»Ich habe dir doch gesagt, ich will nicht gestört werden!«, fuhr Valerian seinen Offiziersburschen an. »Es sei denn, es ginge um Leben und Tod! Und, geht es um Leben und Tod?«

Bossel musterte die verbliebenen Offiziere und schluckte, als sich alle Blicke auf ihn richteten. Keiner wirkte sonderlich freundlich. Dann sah er wieder Valerian an.

Er straffte sich, und so etwas wie Trotz zeigte sich auf seinem Gesicht.

Nanu?, dachte Valerian beeindruckt. *So kenne ich dich gar nicht, Bossel.* Aber er achtete sorgfältig darauf, dass seine Miene weiter finster blieb.

»Das tut es, Herr Obrist!«, erwiderte Bossel, dessen Stimme ganz schwach bebte. »Es ist ein Besucher, vielmehr mehrere …«

»Und deswegen störst du mich? Verflucht, Bossel, darüber werden wir …«

»Es sind Besucher, die Ihr gut kennt, Herr Obrist!«,

unterbrach Bossel seinen Herrn und Vorgesetzten mit ungewohnter Kühnheit.

»Dann schaff sie herein, Kerl!«, ergriff Obristlieutenant Marschner das Wort. »Wenn es um Leben und Tod geht, kann es nicht schaden zu erfahren, worum genau es geht.«

Bossel reagierte nicht, sondern starrte Valerian trotzig an.

Der blickte von seinem Burschen zu dem Obristlieutenant und den anderen Offizieren am Tisch. Alle schienen plötzlich neugierig zu sein, was das wohl für Besucher waren, und sahen zur Tür.

Valerian stieß gereizt die Luft aus und nickte Bossel zu. »Also herein mit ihnen!«

»Aber ...« Bossel schien nicht besonders erfreut zu sein, diesen Besuch auf Leben und Tod in die Kammer zu führen.

Valerian lief rot an. »Sofort!«

Bossel öffnete den Mund, aber kein Laut kam über seine Lippen. Dann senkte er den Kopf vor Valerians wütendem Blick, drehte sich um und gab den Personen, die offenbar an der Tür gewartet hatten, ein Zeichen.

»Ein Weibsbild?« Obristlieutenant Marschner blickte ungläubig von der durchnässten und ziemlich erbärmlich aussehenden Gestalt zu Bossel und dann zu Valerian.

»Ist das etwa Eure ...?« Obristwachtmeister Mühlbacher besann sich gerade noch darauf, wo er sich befand und wer Valerian war, und verschluckte das letzte Wort seiner Frage. Aber allen im Raum war klar, was er hatte sagen wollen.

Lieutenant Declaes runzelte die Stirn, als er den Gesichtsausdruck seines Vorgesetzten sah. Dann starrte er die Frau an, dann Bossel und schließlich wieder Valerian. Unwillkürlich trat er einen Schritt vor, auf die Besucherin zu. »Wer seid Ihr?«, fragte er die Frau, die die Männer im Raum der Reihe nach angesehen hatte und nun stolz den Kopf hob, als sich ihr Blick in den von Valerian bohrte.

Valerian nahm die Kommentare seiner Offiziere nicht wahr, weil das Blut in seinen Ohren rauschte. Sein Blick war wie gebannt auf die Frau gerichtet, die da vor ihm stand und nun den Mund öffnete und sagte:

»Mein Name ist Augusta Freifrau von Villesen.«

Augusta zitterte am ganzen Körper, als sie Valerians eisigem Blick begegnete. Sie wusste nicht, ob es an der Erschöpfung wegen der strapaziösen Reise lag, an der Erleichterung, Valerian gesund und munter zu sehen und sich in Sicherheit zu fühlen, oder an der offenen Feindseligkeit, die in seinen Augen glühte.

Eine Feindseligkeit, die fast an Hass grenzte. Hilfe suchend sah sie sich in dem Raum um, aber die Blicke der Männer rund um den Kartentisch waren bestenfalls neugierig oder leicht verärgert über die Störung. Nur der junge Lieutenant, der auf sie zugetreten war, musterte sie mitfühlend, jedenfalls kam es ihr so vor.

Was ist nur mit Valerian los?, dachte sie. Von Bossel, der sie in Empfang genommen hatte, wusste sie, dass Valerian keinen ihrer Briefe geöffnet hatte. Bossels Einwand, im Moment wäre es vielleicht nicht so günstig, hatte sie nicht davon abgehalten, ihm zu befehlen, sie auf der Stelle zu Valerian zu bringen. Elsi war ihr mit der kleinen Adele auf dem Arm gefolgt, war aber in der offenen Tür stehen geblieben.

Mittlerweile bereute es Augusta, nicht auf Bossel gehört zu haben, der es offenbar nur gut mit ihr gemeint hatte.

Der feindselige Blick ihres Bruders war für sie kaum zu ertragen.

»Ihr seid …?« Der junge Lieutenant sah zu Valerian hinüber.

»Das ist meine Schwester Augusta, in der Tat«, sagte Valerian. Seine Stimme verriet, dass er sich nicht im Geringsten freute, sie zu sehen.

Augusta holte tief Luft. »Es tut mir leid, wenn ich ungelegen komme, Valerian«, begann sie. »Aber glaube mir, ich war gezwungen, Villesen …«

»Was ich dir glaube und was nicht, solltest du mir überlassen!«, fiel Valerian ihr ins Wort. »Und ich kann dir versichern, dass es nicht mehr allzu viel gibt, was ich dir glaube!« Er machte keine Anstalten, sich ihr zu nähern, ihr die Hand zu reichen oder sie gar zu umarmen. Verbitterung zeichnete sich auf seinem Gesicht ab.

Er nickte kurz, als sich die restlichen Offiziere verabschiedeten und, wie es schien, eilig den Raum verließen. Offenbar war selbst diesen hartgesottenen Kämpfern ein Familienstreit zu brisant. Ein Gefühl, das Valerian aus ganzem Herzen mit ihnen teilte. Nur leider konnte er ihm nicht so einfach ausweichen. Dafür kannte er seine Schwester zu gut.

Augusta schüttelte den Kopf. »Aber es hat auch mit dir zu tun! Ducroix ist mit einer Esquadron Reiter gekommen, kurz nachdem Mutter …«

»Sprich nicht von unserer Mutter!«, unterbrach Valerian sie erneut, ohne auf ihre Bemerkung über Ducroix einzugehen.

Blanker Hass!, dachte Augusta und fuhr überrascht zurück. *Das ist blanker Hass in seinen Augen!* Ihr schnürte sich die Kehle zu, und sie fühlte, wie ihr Tränen in die Augen stiegen und sie kaum noch die Kraft hatte, sie zurückzuhalten. »Nicht dass ich mit einem besonders herzlichen Empfang gerechnet hätte, Valerian«, brachte sie schließlich hervor, »aber es ist wirklich wichtig, dass wir reden, wegen Villesen und vor allem um unserer Mutter willen …«

»Schweig!« Wutentbrannt schlug Valerian mit der Faust auf den Tisch, und Augusta zuckte vor Schreck zusammen. »Ich will nicht, dass du Mutter benutzt, um dich bei mir einzuschmeicheln! Sie wäre nicht tot, wenn du sie nicht dazu gebracht hättest, diese gefährliche und überflüssige Reise zu unternehmen, damit sie mich umstimmt, was deine … Verfehlungen angeht!« Er musterte Augusta verächtlich von Kopf bis Fuß. »Eine Reise, zu der du selbst ja erst jetzt den Mut gefunden hast. Du …«

Er unterbrach sich, als ein Adjutant hereinkam und nach einem kurzen Blick auf Augusta zu Valerian trat.

»Was ist?«, fuhr er den jungen Mann an. Der beugte sich vor und flüsterte ihm etwas ins Ohr.

Als Valerian sich wieder aufrichtete, schien der Blick, mit dem er Augusta maß, noch eisiger geworden zu sein, falls das überhaupt möglich war.

»Wie ich gerade erfahre, hast du dich dafür auch noch mit unseren Feinden verbündet!« Speichel flog aus seinem Mund, und seine Stimme überschlug sich.

»Wahrscheinlich war es die Idee deines Halbbruders und Liebhabers, mit dem Emissär des schwedischen Königs herzukommen.« Er schüttelte den Kopf. »Ich frage mich wirklich, wie tief du noch sinken musst, bevor du endlich begreifst, was du da tust!«

Augusta ballte die Hände zu Fäusten. Sie wollte ihn anschreien, ihm sagen, dass er in einem schrecklichen Irrtum befangen war, dass Eik sein Halbbruder war, nicht ihrer, dass sein Leben auf einer Lüge beruhte und dass dies der Grund war, warum Maria von Villesen diese gefahrvolle Reise auf sich genommen hatte. Und dass letztendlich er, Valerian, für den Tod ihrer Mutter verantwortlich war. *Hätte er meine Briefe gelesen, wäre all das nicht geschehen!*

Aber ihr war klar, dass sie das in dieser Umgebung unmöglich aussprechen konnte. Sie war offenbar in einem höchst ungünstigen Zeitpunkt gekommen und hatte eine Art Kriegsrat gestört. Die Männer waren zwar gegangen, aber sie wusste, dass man ihre Stimmen im Gang hören konnte. Hätte sie Valerian jetzt mit der Wahrheit konfrontiert, hätte das möglicherweise für alle Zeit seine Autorität untergraben, wenn das einer seiner Offiziere mitangehört hätte.

»Ich tue, was eine Schwester tut, wenn ihr etwas an ihrer Familie liegt«, begann sie. »Und mir blieb nichts anderes übrig, als Villesen Hals über Kopf zu verlassen. Ich weiß, dass Mutter vom Stillen Veit …«

»Tatsächlich?« Valerian lachte bellend und ignorierte erneut ihre Bemerkung über den Grund ihrer Flucht. »Und weißt du auch, dass er hierher nach Prag gekommen ist, um mir persönlich von seiner Untat zu berichten?« Er fasste sich unwillkürlich an die Schläfe.

»Immerhin hat er darauf verzichtet, mich ebenfalls umzubringen, wahrscheinlich weil er glaubte, ich wäre mit dem Verlust meiner Mutter und einer solchen Schwester wie dir bereits genug gestraft!«

»Du maßt dir ein Urteil über etwas an, worüber du nicht genug weißt«, entgegnete Augusta, »und lehnst es ab, dich eines Besseren belehren zu lassen! Meine Verbindung mit Eik …«

»Ich will davon nichts wissen, aber ich kann dir versprechen, dass dieses Thema ein Ende haben wird, sobald ich …!«

Sein Blick zuckte zur Tür, als dort ein leises Weinen zu hören war. Elsi hatte vergeblich versucht, die kleine Adele zu beruhigen, die, verängstigt von den wütenden Stimmen, zu jammern angefangen hatte.

Valerian blickte von Elsi zu Adele und dann zu Augusta. Die hatte sich unwillkürlich umgedreht und zwei Schritte auf die Amme zugemacht, um ihre Tochter zu beruhigen.

»Du!«

Augusta blieb wie angewurzelt stehen, als sich dieses eine Wort aus Valerians Mund wie ein Messer in ihren Rücken bohrte.

Nicht das auch noch!, dachte sie. *Und nicht jetzt!* »Ich kann dir …«

Sie verstummte, als sie das Gesicht ihres Bruders sah. Es war knallrot, sein Mund war zu einem bösartigen Fletschen verzerrt, und er hatte die Fäuste geballt. Er schwankte, als versuchte er gegen den Drang anzukämpfen, sich auf sie zu stürzen und sie auf der Stelle zu erwürgen.

Ihr Blick hing wie gebannt an den glühenden Augen

ihres Bruders. *Valerian, ich bin es, deine Schwester! Wie kannst du glauben …?*

»Ich verzichte auf deine Erklärungen!« Valerians Stimme war kaum zu verstehen, so sehr bebte und zischte er, als er die Worte zwischen den Zähnen hervorpresste. »Ich habe Wichtigeres zu tun, als mich um dich und deine ungeheuerlichen Verfehlungen und Lügen zu kümmern.« Er blähte die Nasenflügel und atmete mehrmals durch, bis er sich wieder einigermaßen unter Kontrolle hatte. Sein Blick streifte erneut das schreiende Kind, und Augusta erschauerte beim Anblick der Kälte und des Abscheus in seinem Gesicht. »Zu denen jetzt offenbar auch noch *das da* hinzugekommen ist! Kein Wunder, dass du Villesen verlassen musstest!«

Augusta schüttelte hilflos den Kopf, aber Valerian ignorierte sie.

»Du wirst hier im Palais bleiben, bis ich zurückgekehrt bin! Und zwar unter Hausarrest!«

»Aber …!«, protestierte Augusta. »Hausarrest? Was fällt dir …?«

Valerian knirschte mit den Zähnen und deutete auf jemanden hinter ihr. »Komm her!«

Augusta drehte sich um, weil sie fürchtete, er hätte auf Elsi gedeutet, aber in dem Moment trat Bossel vor, streifte Augusta mit einem mitleidigen Blick und straffte sich.

»Wenn ich etwas anmerken …«, begann er.

»Noch ein Wort, Kerl, und du hängst an den Zinnen des Hradschin!« Valerian knurrte, und seine Stimme klang so böse, dass es Augusta kalt überlief. So hatte sie ihn noch nie erlebt. »Ich nehme an, dass du hinter meinem Rücken mit meiner Schwester konferiert hast!«, zischte Valerian und hob die Hand, als Bossel protestieren wollte. »Ich will kein Wort hören! Du wirst hierbleiben und auf meine Schwester aufpassen, bis ich wieder zurück bin! Du haftest mit deinem Kopf dafür, dass sie dann noch hier ist, um mein Urteil anzuhören, was sie und ihre …«, sein Blick zuckte zu Adele, »Missgeburt angeht!«

»Das geht zu weit, Valerian!«, fuhr Augusta auf, doch im nächsten Moment schrie sie auf, als Valerian mit zwei Schritten bei ihr war und grob ihre Hände packte, die sie abwehrend ausgestreckt vor sich hielt.

»Ich werde dir gleich zeigen, was zu weit geht, wenn du mich noch weiter reizt, Schwester!«

»Hör auf, du tust mir weh!« Es gelang Augusta, sich aus seinem Griff zu befreien und von ihm wegzutreten, zu Elsi und Adele hin. Unwillkürlich stellte sie sich schützend vor ihre Tochter. »Ich habe gar nicht vor, irgendwohin zu gehen, und ich wüsste auch nicht, wohin …«

»Das ist mal etwas, das ich dir glaube!« Valerian schnaubte verächtlich. »Doch hoffe nicht darauf, dass dein Liebhaber dir zu Hilfe eilen wird! Wenn ich ihm das nächste Mal begegne, werde ich ihn nicht verschonen, wie ich es vor Magdeburg getan habe!« Einen Moment lang weidete er sich an Augustas Angst, dann fuhr er zu Bossel herum. »Vergiss nicht, du bist mir für sie verantwortlich! Für alle Fälle werde ich dir zwei Soldaten an die Seite stellen, denen ich blind vertrauen kann – im Gegensatz zu dir!«

Damit wandte er sich zur Tür, wo Lieutenant Declaes aufgetaucht war. »Offenbar habt Ihr Mitgefühl mit meiner Schwester, Lieutenant.« Er deutete verächtlich auf

Augusta, ohne sie anzusehen. »Kümmert Euch um sie und bringt sie und ihren Anhang in die Dienstbotengemächer im Ostflügel.« Mit diesen Worten trat er an den Tisch zurück. »Die dürften mehr als genügen und sind außerdem gut zu bewachen.«

Augusta starrte ihren Bruder noch einen Moment ungläubig an, dann drehte sie sich zu Elsi herum, die unwillkürlich zu ihr getreten war, als wollte sie sie vor dem Zorn ihres Bruders beschützen. Sie nahm ihr Adele ab, die sich in den Armen ihrer Mutter sofort beruhigte, und ging zur Tür. Dort drehte sie sich noch einmal herum und warf einen Blick auf Valerian, der am Tisch stand und ihr den Rücken zukehrte.

»Und wenn du nicht zurückkommst?«, fragte sie leise.

Valerian reagierte nicht.

Vielleicht wäre es besser, wenn du es nicht tätest, dachte sie und spürte, wie ihr die Tränen, die sie bislang zurückgehalten hatte, über die Wangen liefen. Sie holte noch einmal Luft, um einen letzten Versuch zu unternehmen, zu Valerian durchzudringen, aber in dem Moment legte sich eine Hand sanft auf ihre Schulter.

»Madame?« Augusta erkannte durch ihren Tränenschleier hindurch den jungen Lieutenant, der sie mitfühlend ansah. »Ich glaube, es ist besser, wenn Ihr jetzt mit mir kommt.«

In dem Moment schien Augustas ganze Kraft von ihr zu weichen, sie ließ die Schultern sinken und sackte förmlich in sich zusammen.

»Ja«, erwiderte sie mit einem letzten Blick auf Valerian, der sich nicht gerührt hatte, »das fürchte ich auch.«

Das Donnern der Kanonen war bereits zu hören, lange bevor sie die Anhöhe überquert hatten.

Valerian begrüßte den Kampflärm, der für ihn die Aussicht auf eine Schlacht verkündete und ihn damit aus seinen trüben Gedanken riss. Seit ihrem Aufbruch von Prag hatte er fast pausenlos an Augusta und ihr Auftauchen denken müssen. Und an ihr Kind.

Sein unbändiger Hass auf Augusta, die ihm und seiner Familie eine derartige Schande angetan und darüber hinaus den Tod seiner Mutter wenn nicht verursacht, so doch mitverschuldet hatte, war im Laufe der Nacht jedoch immer schwächer geworden. Und nun, so kurz vor dem Ziel, war er gänzlich verschwunden und stattdessen nagenden Zweifeln gewichen.

Kann es wirklich sein, dass ich mich in ihr so geirrt habe und sie zu alldem fähig ist?, fragte er sich, als er mit seiner Kompanie Dragoner und der Esquadron Kürassiere hinter Pappenheims Banner hergaloppierte. Unwillkürlich tastete er nach dem Brief seiner Mutter in seinem Wams, aber seine Finger berührten nur das Metall des eisernen Kürasses. Nach der gestrigen Szene mit Augusta hatte er eine kurze und unruhige Nacht verbracht. Am Morgen hatte er sich ohne Bossels Hilfe angekleidet, was ein wenig länger gedauert hatte als üblich und ihm etliche Flüche entlockt hatte. Er hatte den Brief, der auf einer Truhe neben seinem Säbel lag, an sich genommen und ihn in sein Wams geschoben, ohne dass er hätte sagen können, warum er dies getan hatte. Zweifellos hatte Bossel ihn dort hingelegt, aber Valerian hatte darauf verzichtet, seinen Burschen deswegen zur Rede zu stellen. Außerdem hatte er andere Dinge im Kopf gehabt.

Hornsignale erklangen und gaben das Zeichen zum Anhalten. Valerian hob die Hand, und seine Offiziere gaben den Befehl weiter.

»General Pappenheim will Euch vorn neben sich!«, rief ein Botenreiter Valerian zu. Er wartete kurz, bis Valerian mit einem Nicken den Befehl bestätigte, dann galoppierte er an der Kolonne entlang nach hinten.

Valerian sah Obrist Legrange an, den Kommandeur der Dragoner, der neben ihm ritt. »Übernehmt Ihr das Kommando, Legrange!«, befahl er.

Der Flame nickte, und Valerian spornte sein Pferd an. Kurz danach zügelte er es neben Pappenheim. Der General war von seinen hohen Offizieren umgeben und winkte Valerian zu sich, als er seiner ansichtig wurde.

»Ah, von Villesen!« Der General deutete nach vorn. »Wir müssen die linke Flanke Wallensteins stärken!«, erklärte er und deutete auf einen schweißbedeckten und ziemlich erschöpft wirkenden Reiter, der versuchte, sein nervöses Pferd ruhig zu halten, während er neben Pappenheim stand. »Das ist unsere angestammte Position, und der alte Schwede hat sich natürlich genau diese Flanke ausgesucht, um seinen Angriff selbst vorzutragen.«

Valerian blickte in die Richtung, in die der General gezeigt hatte, konnte aber wegen des Nebels, auch wenn der sich allmählich auflöste, nicht allzu viel erkennen. Dennoch nickte er.

Pappenheim grinste. »Schön, dass Ihr mir glaubt, Obrist. Aber ich habe nicht etwa bessere Augen als Ihr, sondern glaube an die Weisheit meiner Kundschafter.«

Valerian erlaubte sich ein Lächeln. Während dieses Gewaltritts hatte er nur zwei-, dreimal mit Pappenheim geredet, aber der General flößte ihm durch seine ruhige, soldatische Art und seine Direktheit großen Respekt ein. »Ein weiser Führer, der weise Entscheidungen trifft«, murmelte er.

Pappenheim lachte. »Mal sehen, ob Ihr das gleich immer noch denkt, wenn Ihr gehört habt, was ich von Euch verlange.«

Valerian wurde ernst und sah den Offizier gespannt an. »Herr General?«

»Der Nebel lichtet sich nur langsam, und bisher haben die Kanoniere auf beiden Seiten sozusagen ins Graue gefeuert.« Er schüttelte den Kopf. »Verschwendung von Munition, wenn Ihr mich fragt. Sei's drum! Manchmal landet man ja auch einen Glückstreffer.« Er verzog den Mund. »Vor allem unsere Artillerie kann es nicht besser, fürchte ich.«

Valerian hütete sich wohlweislich, etwas dazu zu sagen. Die Überlegenheit der schwedischen Artillerie war ein Thema, das bei den Besprechungen des Generalstabs immer wieder für hitzige Diskussionen sorgte. Er wartete einfach ab, welche Befehle Pappenheim ihm erteilen wollte.

»Ihr habt den Befehl über Eure Dragoner und Kürassiere Obrist Legrange übergeben?« Als Valerian nickte, knurrte Pappenheim zufrieden. »Gut. Mir sind Berichte über Eure Kühnheit und Unerschrockenheit zu Ohren gekommen, Obrist von Villesen.« Er lächelte. »Nicht zuletzt durch die Berichte Eurer Widersacher, die Euch damit wohl eher schaden wollten. Aber was vergiftete Worte anrichten, entscheidet letztlich der, in dessen Ohren man dieses Gift träufelt.«

»Herr General.«

»Nur nicht so bescheiden, Obrist.« Pappenheim blickte nach vorn. »Also gut, ich habe folgenden Plan.« Er deutete ein Stück weiter auf eine Stelle seitlich der Kolonne, wo sich eine Schar leichter kroatischer Reiterei versammelt hatte. Die Männer waren fast alle mit kurzen, handlichen Arkebusen bewaffnet und trugen nur leichte Lederharnische.

Valerian betrachtete sie kurz. Sie waren zwar nicht gut geschützt, aber schnell und wendig. Er ahnte, worauf Pappenheim hinauswollte, und als der General schwieg, sagte er: »Wir sollen in einem Bogen um die schwedischen Stellungen herumreiten.«

»Die Berichte über Euch treffen also zu. Kühn und klug.« Pappenheim nickte. »Ganz recht, von Villesen. Der Kommandeur der Kroaten ist bei der Alten Veste gefallen, und ich bin noch nicht dazu gekommen, ihnen einen neuen zu geben. Ihr dürft Euch geehrt fühlen, diese Rolle vorübergehend übernehmen zu dürfen.« Er lachte bellend, um die Ironie in seinen Worten zu betonen.

Valerian senkte den Kopf. »Es ist mir tatsächlich eine Ehre, Herr General. Dass Ihr mich mit einer derart verantwortungsvollen Aufgabe betraut …«

»Ihr meint wohl, mit einem Selbstmordkommando, mehr oder weniger, was?« Pappenheim fuhr mit der Hand durch die Luft. »Ich will, dass Ihr die erste Schlachtordnung der Schweden umgeht, ihre Munitionswagen und die Bagage angreift und das Zweite Treffen der Schweden so gut beschäftigt, wie Ihr könnt, ohne allzu hohe Verluste davonzutragen. Wenn sich die Schweden um Euch kümmern müssen, können sie nicht in die Hauptschlacht eingreifen.«

»Verstehe«, erwiderte Valerian und warf erneut einen Blick auf die Kroaten. Offenbar wussten die Offiziere bereits, worum es ging, denn sie sahen ihn mit teilweise stoischen Gesichtern an. »Verstehen sie Deutsch oder Französisch?«

»Beides«, erwiderte Pappenheim.

»Kann ich meinen Lieutenant mitnehmen?«

»Um wen handelt es sich?«

»Lieutenant Declaes«, antwortete Valerian. »Und vielleicht ein paar meiner Kürassiere.«

»Ihr misstraut den Kroaten, stimmt's? Ich versichere Euch, dass es dafür keinen Grund gibt, aber Ihr könnt eine Leibwache mitnehmen, wenn Ihr Euch dann sicherer fühlt.«

Valerian nickte. »Ehrlich gesagt, Herr General, fühle ich mich tatsächlich sicherer. Außerdem sind es Männer, denen ich zutraue ...« Er zuckte mit den Schultern. »Sollte mich der Blitz treffen, sind Declaes und die beiden Korporale in der Lage, Euren Befehl auch ohne mich durchzuführen.«

Pappenheim musterte Valerian für einen Moment. Dann nickte er noch einmal. »Also gut, Herr Obrist. Ich benachrichtige Legrange, also verschwendet keine Zeit, sondern übernehmt Euer neues Kommando und reitet los!«

Wieder donnerten die Kanonen, und Valerian salutierte vor dem General. »Viel Erfolg und Schlachtenglück, Herr General!«, rief er ihm durch den Lärm zu.

Pappenheim hob die Hand, mit den Gedanken schon ganz woanders. Aber dann drehte er sich noch einmal zu Valerian um. »Seid unverzagt, Herr Obrist. Irgendwann trifft uns alle dieser Blitz, von dem Ihr gesprochen habt.« Er deutete in den Himmel. »Aber nicht heute, denn es sieht nicht nach Gewitter aus.«

Valerian quittierte die Bemerkung mit einem angedeuteten Lächeln und ritt davon. Keiner der beiden Männer ahnte, wie sehr sich General Pappenheim mit seiner hoffnungsvollen Wettervorhersage irren sollte.

18. KAPITEL

Lützen, 16. November 1632

Der Nebel hatte sich gelichtet.

Endlich, dachte Eik. Schon seit dem Morgengrauen wartete er mit den anderen Gelbkitteln des schwedischen Königs darauf, dass der endlich den Befehl zum Angriff gab. Aber in dem dichten Nebel wäre jeder Angriff blanker Wahnsinn gewesen. Man konnte kaum die eigenen Stellungen ausmachen, geschweige denn die des Feindes. Selbst jetzt war ein Angriff mehr als riskant, aber Gustav Adolf, von Natur aus impulsiv, wollte nicht länger warten.

Als die Hörner schmetterten, verspürte Eik so etwas wie Erleichterung. Trotz der bevorstehenden Schrecken der Schlacht empfand er das tatenlose und angespannte Warten darauf fast als noch schlimmer. Wenn er sich erst im Kampfgetümmel befand, konzentrierte er sich nur noch auf den nächsten Gegner, den es zu erledigen galt, die nächste Hürde, die zu nehmen war, die nächste Gefahr, der man ausweichen oder sich stellen musste.

Er sah, wie Gustav Adolf seinen Säbel in die Luft stieß, hörte, wie er etwas schrie, ohne den Wortlaut zu verstehen. Aber er konnte sich vorstellen, was der König da gebrüllt hatte, selbst wenn es vermutlich Schwedisch gewesen war.

Sein Blick zuckte zu seinem Obristen, Melchior von Griebholm, der an der Spitze der Gelbkittel ritt, unmittelbar hinter dem König.

Eik presste die Lippen aufeinander. *Eine sicherlich sehr ehrenvolle Position,* dachte er, *aber ich bin ganz froh, dass nicht ich sie innehabe.*

Er hatte die strategische Genialität des schwedischen Königs während der Feldzüge immer bewundert, doch in der kurzen Zeit, die er bei Gustav Adolfs Leibgarde ritt, hatte er die Impulsivität und Unberechenbarkeit des Monarchen auch fürchten gelernt. Gustav Adolf war herrisch und eigensinnig, was, wie Eik gern zugab, einer der Gründe für seine beeindruckenden Erfolge auf dem Schlachtfeld war. Aber er war auch unbelehrbar bis zum Starrsinn und weigerte sich, auf die Ratschläge seiner Offiziere zu hören und sich mehr um seine eigene Sicherheit zu kümmern. Das machte ihn beliebt bei den einfachen Soldaten und den Damen, aber die Offiziere seiner Leibgarde fluchten hinter vorgehaltener Hand, wenn sie Seine Majestät wieder einmal unter Einsatz ihres eigenen Lebens aus einer prekären Situation befreien mussten. Und obwohl Eik seinen Vorgesetzten in der Leibgarde nicht besonders mochte, musste er einräumen, dass Obrist von Griebholm sein Handwerk verstand.

Vielleicht ist der Leichtsinn Seiner Majestät ja für Griebholms ständig mürrische Laune verantwortlich, räumte Eik ein, als er zusah, wie der Obrist und einige andere hohe Offiziere einen dichten Ring um Gustav Adolf bildeten.

Eik war sich nicht sicher, was der Grund dafür war: Wollten sie auf diese Weise verhindern, dass irgendwelche Feinde zu ihrem Monarchen vordrangen, oder wollten sie Gustav Adolf davon abhalten, einfach wie ein gereizter Löwe blindlings über das Schlachtfeld und in den Tod zu galoppieren?

Die Kurzsichtigkeit des Königs war ebenso legendär wie sein Ruf, und Eik hatte miterlebt, dass der Monarch nichts deutlich erkennen konnte, was weiter als einen Meter von ihm entfernt war.

Geschweige denn, dass er in dieser trüben Suppe Freund und Feind unterscheiden könnte.

Eik trieb sein Pferd dichter an die Reitergruppe um den Schwedenkönig heran. In diesem Moment drehte sich Obrist von Griebholm herum. Er hatte bemerkt, was Eik tat, warf ihm einen prüfenden Blick zu und nickte dann, bevor er sich mit unverändert mürrischer Miene wieder seinem Herrn zuwandte.

Der König galoppierte in Begleitung Herzog Franz Albrechts von Lauenburg, einem seiner Obristen, hinein in die Nebelschwaden, wo die Schweden nach Berichten ihrer Kundschafter den schwächeren linken Flügel von Wallensteins Schlachtordnung vermuteten. Von Pappenheim, der angeblich mit seiner Reiterei und den restlichen Truppen von Wallenstein unterwegs war, um dem Generalissimus zu Hilfe zu eilen, war immer noch nichts zu sehen oder zu hören.

Die Abwesenheit Pappenheims war – abgesehen von seiner berüchtigten Ungeduld – einer der Gründe, warum Gustav Adolf nicht länger mit dem Angriffsbefehl hatte warten wollen. Je länger sie zögerten, desto wahrscheinlicher wurde das Eintreffen Pappenheims, hatte er bei der Morgenbesprechung argumentiert.

In den Nebel mischten sich mittlerweile die Rauchschwaden und der Pulverdampf von den Geschützen, die seit einer Stunde unablässig feuerten. *Der König hat recht,* dachte Eik. *Wenn Pappenheim erst einmal eingetroffen ist und Wallensteins Armee verstärkt, ist unsere Überlegenheit dahin. Mit etwas Glück und der Hilfe unserer besseren Artillerie werden wir hoffentlich eine Entscheidung herbeigeführt haben, bevor der kaiserliche General hier eintrifft.*

Er wusste, dass das schwedische Heer den Kaiserlichen zurzeit zahlenmäßig und vor allem in seiner Bewaffnung überlegen war. Beide Parteien hatten zwar etwa gleich viele schwere Geschütze, aber die Schweden verfügten über mehr als vierzig sogenannte Lederkanonen, leicht bewegliche Feldgeschütze, die von zwei Soldaten getragen werden konnten und Hagelmunition verschossen. Auch wenn sie nach etwa zehn Schuss eine Weile abkühlen mussten, war die Wirkung wegen ihrer breiten Streuung und dank ihrer Beweglichkeit ebenso gefürchtet wie verheerend.

Trotzdem, dachte Eik, als er dicht über den Hals seines Pferdes gebeugt weitergaloppierte und fast zum König aufschloss, *könnte Gustav Adolf sich damit begnügen, die Befehle zu geben und zuzusehen, wie andere sie ausführen. Muss er sich denn unbedingt selbst blindlings ins Getümmel stürzen und sein Leben riskieren? Und das von seinem Gefolge nicht zu vergessen!*

Doch schon bald hatte Eik keine Gelegenheit mehr, seinen Gedanken nachzuhängen, weil Gustav Adolf unter dem tosenden Gebrüll seiner Truppen, vor allem seiner erprobten finnischen Kürassiere, einen geballten Angriff gegen die Kaiserlichen anführte.

Eik blieb dicht beim König und verzichtete darauf, seine Arkebuse feuerbereit zu halten. *In diesem Durcheinander ist mir das viel zu gefährlich,* dachte er, während er den schwedischen Reitern in seiner Nähe bedeutete, ebenfalls nur ihre Eisen hieb- und stichbereit zu halten. Die aus Polen und Kroaten bestehende leichte Reiterei, die den linken Flügel Wallensteins hielt, wurde durch die Wucht der finnischen Panzerreiter fast ohne Gegenwehr zersprengt. *Hier mit Arkebusen zu hantieren würde nur den König und seine Offiziere gefährden.* Er sah zufrieden, dass Obrist von Griebholm den anderen Männern denselben Befehl gab.

Die nächste Stunde flog wie im Rausch an Eik vorbei. In der Leibwache Gustav Adolfs bekam er von dem Hauen und Stechen nicht allzu viel mit, außer wenn eine Abteilung Infanteristen laut brüllend an ihnen vorbeirannte, in die Rauchschwaden und den Nebel rechts und links vor ihnen. Oder wie jetzt, als donnernde Hufe eine Abteilung schwerer Reiterei ankündigten.

Eik ertappte sich dabei, dass er den Griff seines Pallaschs fester umklammerte, als sich das Trommeln der Hufe näherte. Aber dann stieß er erleichtert die Luft aus, weil er erkannte, dass es sich um eine Abteilung protestantischer Dragoner handelte.

Ich wünschte, ich wäre bei De Vries und könnte direkt in den Kampf eingreifen, dachte er.

In dem Moment galoppierte ein Botenreiter heran und verhielt sein schweißbedecktes Pferd vor dem König.

Eik drängte seine Stute dichter an den Ring aus Gelbkitteln, weil er hören wollte, was dort geredet wurde.

Das Strahlen auf den Gesichtern der Offiziere und des Königs sagte ihm jedoch genug.

»Gut gemacht, Euer Gnaden!«, schrie der König auf Deutsch und gab den Befehl voranzustürmen.

Eik wusste, dass Herzog Bernhard von Sachsen-Weimar den mittleren Abschnitt der schwedischen Front kommandierte, und vermutete, dass der Obrist an dieser Stelle der Kampflinie einen Erfolg erzielt hatte, aber seine Annahme bestätigte sich erst, als Gustav Adolf und sein Gefolge die Straße nach Leipzig überquerten und Eik die Geschütze sah, welche die Schweden offenbar von den Kaiserlichen erbeutet hatten.

»Ihr bleibt beim König!«, hörte er plötzlich eine laute Stimme an seiner Seite. Er drehte sich um. Obristlieutenant von Griebholm deutete nach vorn, wo Eik das gelbe Lederwams des Königs gerade noch im Dunst ausmachen konnte. »Lasst ihn auf keinen Fall aus den Augen, verstanden?« Er deutete auf einen Mann neben Gustav Adolf. »Und lasst ihn nicht mit diesem Wendehals allein!«

Eik nickte und kniff die Augen zusammen, um zu erkennen, wen sein Vorgesetzter meinte. *Den Herzog von Lauenburg?* Er drehte noch einmal den Kopf, um sich zu vergewissern, dass von Griebholm tatsächlich Lauenburg gemeint hatte, aber der Obristlieutenant war bereits weitergeritten. Offenbar hatte er von Gustav Adolf einen anderen Auftrag erhalten, als ihn die ganze Zeit im Auge zu behalten.

Na wunderbar, dachte Eik. *Lieber würde ich einen Sack Flöhe hüten!* Er seufzte und trieb sein Pferd an. *Aber leider fragt mich ja niemand, was ich lieber täte!*

Kaum eine Viertelstunde später hatten die Schweden in breiter Front die Straße überrannt und drängten Wallensteins Zentrum immer weiter zurück. Es schien nur noch eine Frage der Zeit, bis die Schlacht entschieden war, und Eik genehmigte sich einen vorsichtigen Optimismus. *Vielleicht gelingt es mir ja wirklich, mich selbst und den König lebend aus diesem Nebelchaos herauszuholen!*

Denn seit etwa einer halben Stunde hatte sich das Gemisch aus Nebel, Pulverschwaden und Rauch wieder verdichtet, und die Sicht wurde von Minute zu Minute schlechter.

Plötzlich kam es Eik vor, als würde ein Brausen durch die Luft gehen, und er blickte unwillkürlich nach oben. *Gibt es etwa Sturm? Das hätte uns gerade noch gefehlt!* Aber die Kronen der Bäume bewegten sich nicht, und er fühlte auch keinen Wind auf seinem Gesicht. *Was ist es dann?,* fragte er sich.

Die Antwort bekam er kurze Zeit später, als das Brausen noch mehr anschwoll, und er begriff, dass es Jubelgeschrei war. Im nächsten Moment ritt ein blutverschmierter Botenreiter auf einem schaumbedeckten Pferd auf die Offiziere zu, die sich immer noch um ihren König scharten.

»Pappenheim!«, keuchte der Mann und deutete hinter sich. »Pappenheim ist da!«

»Zu mir! Zu mir, verflucht!«

Valerians Stimme war heiser, so oft hatte er diesen Befehl schon gebrüllt, aber es schien, als würden die kroatischen Reiter in ihrem Blutrausch einfach nicht mehr auf Befehle reagieren.

Valerian unterdrückte einen Fluch und schlug sich

mit der flachen Hand auf den Schenkel. »Verdammt, Kornett! Blas zum Sammeln, so lange, bis dir die Lunge aus deinem Horn hängt!«

Der Mann sah ihn verblüfft an, gehorchte jedoch. Wieder hallten die Töne des Befehls zum Sammeln durch den Schlachtenlärm, und wieder wurde er von den meisten seiner Reiter ignoriert.

Valerian schüttelte den Kopf. *Wenigstens haben wir unseren Auftrag erfüllt!,* dachte er, während er die brennenden Munitions- und Bagagewagen der Protestanten betrachtete. *Aber es ist kein Wunder, dass wir keinen endgültigen Sieg erringen können, wenn diese verdammten Kerle ihren Offizieren nicht gehorchen, weil sie keine Ahnung von Strategie haben!*

Er wusste, dass die Offiziere der Kroaten seine Befehle verstanden hatten. Aber statt sich zu formieren und geordnet zurückzukehren, bevor sie in die Zange genommen wurden, drangen die Kroaten immer weiter in die Lücke zwischen dem Ersten und Zweiten Treffen der Schweden ein und ignorierten geflissentlich Lieutenant Declaes und seinen Korporal, die unaufhörlich auf die Männer einschrien.

Wenn wir uns nicht sofort zurückziehen, dachte Valerian, *laufen wir Gefahr, in die Zange genommen zu werden – von den Regimentern, die an der Front kämpfen und jetzt kehrtmachen, um sich der neuen Bedrohung durch uns zu stellen, und denen des Zweiten Treffens! Und das, obwohl Pappenheim gerade vorrückt!*

Valerian hatte drei von seinen Kürassieren beauftragt, als Botenreiter ständigen Kontakt zur Kavallerie des Feldmarschalls Pappenheim zu halten. Daher wusste er, dass dessen erster Angriff gegen den rechten Flügel der Schweden Erfolg gezeigt hatte. Sie hatten die Schweden, die dort unter der leichten Kavallerie der Kaiserlichen gewütet hatten, zurückgedrängt und zum Rückzug gezwungen.

Damit war seine Aufgabe, Unruhe unter den schwedischen Truppen zu stiften, hinfällig geworden, und er wollte sich, wie befohlen, zu Pappenheim zurückziehen, um die Reiterei zu verstärken.

Was ich auch tun würde, wenn diese verfluchten Kerle endlich parieren würden!, dachte er wütend. Er sah sich besorgt um.

Die schwedische Infanteriekompanie von der Frontlinie hatte mittlerweile eine lang gezogene Reihe aus Musketenschützen quer über einen breiten Feldweg gebildet, über den die Kroaten unter Valerian zwischen die Treffen galoppiert waren, um die Nachschub- und Munitionswagen anzugreifen.

Wenn wir auf demselben Weg zurückreiten, riskieren wir, von Musketenkugeln niedergestreckt zu werden, bevor wir nah genug an die Infanteristen herangekommen sind, um sie mit Partisanen und Stoßdegen angreifen zu können. Begreifen diese Schwachköpfe das denn nicht?

»Herr Obrist! Herr Obrist!«

Valerian fuhr herum und sah einen zweiten Botenreiter, der auf ihn zugaloppierte. Der Mann gestikulierte wie wild mit den Händen und deutete hinter sich. »Pappenheim …!«

»Ruhig, Mann!«, befahl Valerian gereizt. »Ich weiß, dass Feldmarschall Pappenheim«, er betonte den militärischen Rang des kaiserlichen Generals, »eingetroffen ist und den Schweden zusetzt! Aber ich habe ganz andere ...«

Der Bote beugte sich keuchend im Sattel vor, während er sich die Seite hielt, wo ein dunkler Fleck unter dem Kürass zu sehen war. Blut. Sein Pferd tanzte nervös auf der Stelle und verdrehte die Augen, dass man nur das Weiße sah.

»Pappenheim ist ... niedergeschossen worden!«, stieß der Mann schließlich hervor. »Er lebt noch, und man hat ihn vom Schlachtfeld weggeschafft, aber ...«

»Aber was?«, fuhr Valerian ihn ungewohnt heftig an. Seine Gedanken überschlugen sich. *Ausgerechnet jetzt,* dachte er. *So kurz vor dem Sieg! Dabei fangen die Schweden gerade an, sich zurückzuziehen!*

Der Kürassier wischte sich mit der Hand den Schweiß aus dem Gesicht und sah ihn dann furchtsam an. »Seine Offiziere ...« Er schluckte. »Sie flüchten!«

Valerian brauchte einen Moment, bis er merkte, dass er den Mann ungläubig und mit offenem Mund anglotzte. *Sie flüchten? Aber wieso ...?* »Und unser Regiment?«

Bevor der Mann antworten konnte, hatte sich Valerian bereits umgedreht, um zu überprüfen, wie weit Declaes mit seinen Bemühungen gekommen war, die Kroaten endlich zum Sammeln zu bewegen.

»Obrist Legrange und Rittmeister von der Velde halten ihre Positionen, jedenfalls noch. Aber Obrist Legrange will, dass Ihr sofort umkehrt und wieder zu ihm stoßt, bevor der Nebel zu dicht wird! Die Schweden haben die Straße überrannt und unsere Kartaunen erbeutet!«

Valerian stieß einen Fluch aus. *Wenn das stimmt, ist es nur noch eine Frage der Zeit, bis das Zentrum von*

Wallensteins Schlachtordnung ebenfalls wankt, und dann ...

»Declaes!«, schrie er, so laut er konnte, aber sein Lieutenant hörte ihn nicht, weil er selbst damit beschäftigt war, die Unteroffiziere der Kroaten zusammenzuschreien. Valerian sah sich nach seinem Hornisten um und gab ihm das Zeichen, zum Rückzug zu blasen. Dann wandte er sich wieder dem Botenreiter zu. »Gut gemacht, Kürassier. Du bleibst hier, bis wir von diesem undisziplinierten Haufen jene gesammelt haben, die überleben wollen, dann führst du uns zu Legrange! Verstanden?«

»Jawohl, Herr Obrist.« Der Mann sah sich unbehaglich um, und es war ihm anzumerken, dass er diesen gefährlichen Ort am liebsten so schnell wie möglich verlassen hätte.

Valerian sah wieder zu Declaes und bemerkte erleichtert, dass sein Lieutenant und auch sein Korporal – Brennan, ein Ire, der Name fiel Valerian in dem Moment wieder ein, als er den roten Bart des Mannes sah – offenbar das Hornsignal gehört und richtig gedeutet hatten, ebenso wie etliche Kroaten in ihrer Nähe. Die Männer ließen mit sichtlichem Zögern davon ab, die getöteten Schweden und protestantischen Söldner auszuplündern, und scharten sich hinter Declaes, als der zu Valerian geritten kam. »Pappenheim wurde verwundet und vom Schlachtfeld geschafft!«, rief Valerian seinem Lieutenant zu. »Und seine Regimentskommandeure ziehen es vor, ihre verfluchte Haut zu retten!«

»Und was ist mit von Holk?«, erkundigte sich Declaes.

Generalwachtmeister Heinrich von Holk war Wallensteins rechte Hand. Er war ein Däne und dazu noch Protestant, aber ein ausgesprochen fähiger Offizier. Bis zu Pappenheims Auftauchen hatte er den schwachen linken Flügel von Wallensteins Heer kommandiert.

Valerian sah den Botenreiter an. »Weißt du etwas darüber?«

Der Mann zuckte mit den Schultern. »Obrist Legrange sagte, Generalwachtmeister Holk hätte den Befehl an Feldmarschall Pappenheim abgegeben, als der eingetroffen ist.«

Valerian und Declaes wechselten einen schnellen Blick.

»Wahrscheinlich ist Holk wieder zu seinen eigenen Einheiten zurückgekehrt!«, meinte Valerian und betrachtete die kroatischen Reiter, die sich um sie scharten. »Wir müssen so schnell wie möglich dorthin!«, fuhr er fort, »bevor die Schweden den Flügel ganz überrennen und das Zentrum von der Flanke aus oder von hinten angreifen. Wenn das geschieht, ist die Schlacht verloren!« Er winkte dem Hornisten. »Alle Mann mir nach!«

Er setzte sich mit dem Botenreiter an die Spitze der kleinen Kolonne, die an den immer noch brennenden Munitions- und Bagagewagen vorbeigaloppierte und den heranstürmenden schwedischen Infanteristen das Nachsehen gab.

Das ist gerade eben noch mal gut gegangen, dachte Valerian. Dann blickte er nach vorn in den Nebel. *Hoffen wir, dass unser Glück noch ein bisschen anhält und wir Legrange erreichen, bevor der Nebel zu dicht geworden ist.*

Ein frommer Wunsch, wie er kaum zehn Minuten später feststellen musste. Sie hatten versucht, sich möglichst außerhalb der Reichweite der kaiserlichen und schwedischen Geschütze zu halten, deren Artilleristen, wie Valerian vermutete, offenbar einfach auf gut Glück in Richtung des Feindes feuerten. Aber in dem dichten Nebel war unmöglich zu erkennen, ob sie auf die schwedischen oder kaiserlichen Linien zugaloppierten.

Schließlich zügelte der Botenreiter sein Pferd, und Valerian hob die Hand, um seine Truppe anhalten zu lassen. Declaes wiederholte den Befehl, und beim Zurückblicken sah Valerian, dass seine Abteilung seit ihrem Aufbruch vor zehn Minuten deutlich geschrumpft war. *Deserteure und Plünderer,* dachte er verächtlich. Dann sah er den Kürassier an. »Und?«

Der Mann setzte den Helm ab und sah sich um. Dann zuckte er mit den Schultern. »Ich glaube schon, Herr Obrist, dass wir hier richtig sind, aber das ist nur eine Vermutung, mehr nicht. In dem Nebel sieht alles gleich aus, und eigentlich hätten wir bereits ein Gehöft erreichen müssen, an dem ich auf dem Weg zu Euch vorbeigekommen bin. Es kann gut sein, dass wir es längst passiert haben, aber ich könnte es ums Verrecken nicht genau sagen.« Er blickte zum Himmel. »Und wegen des verdammten Nebels ist die Sonne nicht zu sehen.« Er blickte Valerian an. »Es tut mir leid, Herr Obrist, aber ich kann Euch nicht versprechen, dass wir noch in der richtigen Richtung unterwegs sind.«

Valerian überlegte kurz. »Die Kanonen sind im Zentrum und auf dem rechten Flügel von Wallenstein positioniert, richtig?«

Der Kürassier sah ihn verständnislos an, aber Declaes nickte. »Sowohl die der Schweden als auch die der Kaiserlichen.«

»Dann reiten wir von dem Kanonendonner weg.« Valerian richtete sich an seinen Korporal. »Brennan, du nimmst dir ein paar Reiter, denen du vertraust, und reitest voraus. Wenn du auf Truppen stößt, versuchst du, ihre Identität festzustellen, und kehrst dann sofort zu mir zurück! Verstanden?«

Der Korporal nickte knapp, wendete sein Pferd und winkte fünf Söldnern, ihm zu folgen. Valerian wartete, bis die Männer außer Sicht waren, und gab dann den Befehl, ihnen zu folgen.

Das gefällt mir ganz und gar nicht!, dachte er. *Ich weiß weder, wohin genau wir reiten, noch habe ich die geringste Ahnung, wer uns da im Nebel alles begegnen kann.*

Hätte er das gewusst, wäre er vielleicht ein wenig zuversichtlicher gewesen.

Eik fluchte erneut und trieb sein Pferd schneller voran. *Diese ganze Attacke ist der reine Wahnsinn!,* dachte er, während er sich bemühte, dicht hinter Gustav Adolf und dem Herzog von Lauenburg zu bleiben. *Bei diesem verfluchten Nebel ist das Tempo, das der Schwede vorlegt, reiner Selbstmord!* Eik hielt sich nicht für einen besonders guten Reiter, aber er hatte viel dazugelernt und saß sicher im Sattel. In dieser Situation jedoch wagte er es kaum, den Kopf vom Hals des Pferdes zu heben und sich aufzurichten, um sich zu vergewissern, dass ihm die anderen Gelbkittel noch folgten, denn er versuchte ständig, den Weg im Auge zu behalten. Zum Glück war sein Pferd trittsicher. *Wenn es stürzt, bin ich tot!,* dachte er und riskierte doch einmal einen Blick zurück.

Hinter der Leibgarde Gustav Adolfs folgte ein Regiment von Småländern. Aber die dicht gedrängte Formation, in der sie aufgebrochen waren, hatte sich nach und nach auseinandergezogen, und Eik unterdrückte einen weiteren Fluch, als er sah, dass hinter den letzten Gelbkitteln, die er ausmachen konnte, eine Lücke klaffte. Er blickte wieder nach vorn.

Der Botenreiter, der neben dem König und dem Herzog von Lauenburg ritt, war von Bernhard von Sachsen-Weimar geschickt worden, dem Kommandanten der sächsischen Regimenter, die Wallensteins rechte Seite hatten angreifen sollen. Soweit Eik den vollkommen erschöpften Mann verstanden hatte, war der Angriff im Geschosshagel der Kanonen Wallensteins zum Erliegen gekommen, und die Panzerreiter des Generalissimus trieben den sächsischen Feldherrn zurück. Dadurch drohte das Zentrum der Schweden überrollt zu werden.

Gustav Adolf versuchte, mit seinem Regiment dem Sachsen zu Hilfe zu kommen.

Eik fluchte wieder und starrte verzweifelt zum Himmel. *Ich frage mich, ob der schwedische Löwe wirklich weiß, wohin er reitet! Genauso gut könnten wir geradewegs auf die kaiserlichen Geschützstellungen zugaloppieren.*

Ihm blieb jedoch nichts anderes übrig, als seinem Oberbefehlshaber zu folgen, in der Hoffnung, dass es schon gut gehen würde. *Immerhin scheint wenigstens der Bote zu wissen, wohin er reitet,* dachte er, unmittelbar bevor die ersten Musketenschüsse knallten.

Eik war so dicht hinter Gustav Adolf, dass er den lauten Schmerzensschrei hören konnte. Es dauerte jedoch noch ein paar Herzschläge, bis er begriff, dass der König selbst ihn ausgestoßen hatte. Er merkte es daran, dass Gustav Adolf plötzlich auf seinem Pferd schwankte und aus dem Sattel gestürzt wäre, hätte der Herzog von Lauenburg nicht gedankenschnell reagiert und ihn gestützt.

»Der König ist verwundet!«, schrie der Herzog und sah sich Hilfe suchend um, blanke Panik im Gesicht. Der Bote Bernhard von Sachsen-Weimars hatte sich umgedreht und schrie etwas, wahrscheinlich eine Warnung, und deutete dann nach vorn, aber noch bevor Eik verstand, was der Mann meinte, zuckte der Bote plötzlich zusammen und wurde aus dem Sattel seines Pferdes geschleudert, als hätte ihn die Faust eines Riesen getroffen. Während er durch die Luft flog, sah Eik die blutige Masse, die einmal das Gesicht dieses Mannes gewesen war.

Eik verdrängte den Gedanken an den unglücklichen Mann rasch, und im nächsten Moment galt seine Aufmerksamkeit ganz und gar Gustav Adolf. Er versuchte, sich zu dem König vorzudrängen. Der Herzog vermochte es nur mithilfe von zwei anderen Gelbkitteln, den Monarchen im Sattel zu halten. Dabei blickte er sich unablässig um und schrie lauthals um Hilfe.

Eik wusste nicht, ob der Herzog die für sich selbst wollte oder für Gustav Adolf, aber das spielte keine Rolle, denn im Augenblick war keinerlei Hilfe zu erwarten. Im Gegenteil! Aus den Augenwinkeln sah Eik, dass aus dem Nebel Gestalten auftauchten, die beim Anblick der kleinen Gruppe stehen blieben und …

»Zu mir!«, brüllte Eik. Er trieb sein Pferd rücksichtslos mit den Sporen voran, bis er den König erreicht hatte. »Wir müssen hier weg, Majestät!«, schrie er. »Das sind Musketiere! Und Dragoner. Aber keine von unseren!«

Das Gesicht des Königs war schmerzverzerrt, und er hielt sich den linken Arm, der schlaff an seinem Körper herunterhing. Aus einem Loch in dem gelben Lederwams drang Blut. Eik wusste nicht, ob der Monarch ihn verstanden hatte, aber er bedeutete dem Herzog von Lauenburg mit wilden Armbewegungen, den Zügel des Pferdes von Gustav Adolf zu packen und ihm zu folgen.

Dann trieb er sein Pferd zwischen den König und die Musketiere und wendete es, um in die Richtung zurückzureiten, in der er die Småländer vermutete. »Los! Reitet los!«, schrie er und duckte sich wieder tief über den Hals seines Pferdes, als er sah, wie die Musketiere ihre Waffen auf die Gabeln legten und sich anschickten zu feuern.

Die Salve knallte, und eine Kugel streifte den Hals von Eiks Pferd unmittelbar vor seinem Gesicht. Das Tier wieherte erschrocken und ging durch. Eik musste sich an der Mähne festkrallen, um nicht abgeworfen zu werden.

Nach etlichen Galoppsprüngen wagte er es, sich umzusehen. Sein Blick suchte Gustav Adolf und den Herzog.

Aber er sah nur, wie der Herzog von Lauenburg davonpreschte, genau in die andere Richtung. Das Pferd Gustav Adolfs stand mit gespreizten Vorderbeinen da und taumelte, bevor es langsam umkippte. Eik stieß einen unartikulierten Schrei aus, als er neben dem Pferdeleib etwas Gelbes im Gras liegen sah. Dann waren die Dragoner auch schon heran und zügelten ihre Reittiere, um ihre Arkebusen zu laden und zu feuern.

Eik duckte sich noch tiefer über den Hals des Pferdes und gab ihm die Sporen. Er spürte nicht, wie ihm die Tränen in die Augen traten, als er weitergaloppierte, ohne auf den tückischen Boden zu achten.

Nach einer Weile, die ihm wie eine Ewigkeit vorkam, sah er Berittene vor sich und hielt auf sie zu. Er dachte keinen Moment daran, dass es vielleicht Kürassiere der Kaiserlichen sein konnten. Dann sah er die Wämser der Gelbkittel und hinter ihnen die dunkle Masse der Kompanie Småländer im Nebel auftauchen.

Er zügelte sein Pferd und stieß seinen Pallasch in die Luft.

»Hierher!« Seine Stimme war so erstickt, dass er das Wort kaum herausbrachte. Er holte tief Luft und schrie noch einmal. »Hierher! Der König ist in Gefahr!«

Aber noch während er diese Worte schrie, die Soldaten ihre Pferde antrieben und zu ihm galoppierten, wusste er, dass sie zu spät kommen würden.

Eik ritt mit den Småländern zu der Stelle zurück, wo Gustav Adolf vom Pferd gefallen war. Die kleine Gruppe von Dragonern, kaum zwanzig Reiter, die um den Mann im gelben Wams am Boden herumstanden, preschte nach einem Blick auf die Kompanie von Småländern sofort davon. Einer von ihnen schwang dabei eine Fahne, wie Eik zunächst vermutete. Eine gelbe Fahne. Sein Verstand weigerte sich zu akzeptieren, was er da sah.

Die Musketiere, die den Fehler machten, neben dem am Boden liegenden König stehen zu bleiben, waren im Nu von der Welle der Gelbkittel und Småländer niedergemacht.

Erst als Eik den Mann auf dem Boden betrachtete, der nur noch mit einem blutigen Leinenhemd sowie Hose und Stiefeln bekleidet war, begriff er, dass der Dragoner keine Fahne geschwungen hatte, sondern das gelbe Lederwams von Gustav Adolf.

Nun, der Löwe aus Mitternacht brauchte sein gelbes Fell nicht mehr. Der Retter des protestantischen Glaubens war tot. Und mit ihm war in Eik die Hoffnung gestorben, dass dieser Krieg bald ein Ende nehmen könnte.

Er sah zu, wie die Gelbkittel ihren Monarchen behutsam auf ein Pferd legten und, umringt von den Småländern, zurückritten. Er selbst ließ sich zurückfallen, bis er im Nebel den Anschluss an die Schweden verlor, zog das gelbe Wams aus und warf es achtlos auf den Boden. Dann wendete er sein Pferd und galoppierte in den Nebel.

Die Szenerie kam ihm fast unwirklich vor. Er hörte die Salven der Musketen, das Donnern der Kanonen und immer wieder Geschrei, Trommeln und Hornsignale.

Dabei ritt er unbehelligt über das Schlachtfeld, fast als wäre er in einer Geisterwelt, die nur aus Nebel und Geräuschen bestand. *Es ist fast so,* dachte er, *als wäre diese Schlacht eine Geisterschlacht und ich das einzige lebende Wesen darin.* Es grauste ihn bei diesem Gedanken. *Vielleicht bin ich ja auch schon tot und habe es nur noch nicht begriffen. Vielleicht ist das hier das Schicksal von Soldaten, die in der Schlacht sterben: Sie reiten als Geister für alle Ewigkeit über das Schlachtfeld, auf dem sie zuletzt gekämpft haben.*

Er wusste nicht, wie lange er ziellos umherritt, aber

wie durch eine unsichtbare Hand gelenkt, hielt er sich stets zwischen den Fronten, immer in Hörweite der Kämpfe, aber ohne in einen zu geraten.

Immer wieder trug der Wind das laute Geschrei von Männern und das Knallen von Musketen zu ihm, aber die Kugeln flogen nie in seine Richtung. Dann sah er im Nebel vor sich undeutlich etwas Buntes, fast wie ein Banner.

Er verhielt sein Pferd und lauschte, während er dem Tier den Hals tätschelte. Die Haut der Stute fühlte sich heiß und feucht an, und er lachte unwillkürlich, fast erleichtert trotz seiner heiklen Lage.

»Du bist jedenfalls nicht tot«, sagte er leise zu dem Tier. Das Pferd zuckte beim Klang seiner Stimme mit den Ohren und schnaubte. Eik lachte. »Ja, genau, und ich auch nicht.« Kanonendonner rollte über das Schlachtfeld, gefolgt von lautem Gebrüll. »Jedenfalls noch nicht.«

Er ritt weiter, und seine Gedanken kreisten wieder um den toten König und was das für den Krieg bedeuten mochte. Und dann dachte er an Augusta und seine Tochter Adele und fragte sich, ob sie wohl in Sicherheit waren. Schließlich schweiften seine Gedanken zu Augustas Bruder Valerian ab. *Ob er wohl hier ist und auf der anderen Seite kämpft? Ist es möglich, dass wir uns unwissentlich begegnet sind?* Er war sich ziemlich sicher, dass der kaiserliche Kürassier in der Schlacht von Breitenfeld, der von seinen Kameraden geborgen worden war, Valerian gewesen war. *Ich habe ihn zwar nicht erkennen können, aber er war es, ich weiß es irgendwie!*

Schließlich fiel ihm De Vries ein, und ein plötzliches

Bedauern überkam ihn, als er an den Obristen dachte, an seinen Gefährten so vieler Kämpfe und an ihre erste Begegnung in Bruchhausen. *So viel Zeit ist seitdem vergangen. Und so viele Menschen sind gestorben. Meine Eltern … Leona …* Er schüttelte den Kopf. *De Vries war ein guter Kamerad. Und ein Freund.* Dann wurde ihm klar, warum er bei dem Gedanken an den Mann so wehmütig wurde. *Ich werde nicht mehr in diesen Krieg zurückkehren.* Mit Gustav Adolfs Tod war auch etwas in ihm gestorben, die Hoffnung auf einen baldigen Frieden, die die Erfolge des Feldherrn in ihm geweckt hatten. *Dieser Krieg kann noch Jahrhunderte weitergehen, ohne dass irgendeine Partei die Oberhand gewinnt. Aber ich will Frieden, ich will zu meiner Familie, zu meiner Tochter! Gustav Adolf hatte dafür die beste Aussicht geboten …*

Eine erneute Kanonensalve wurde abgefeuert, und als die Kugeln ihr Ziel fanden, gab es eine mächtige Explosion in seiner Nähe, kaum dreihundert Schritt vor ihm, hinter einer kleinen Ansammlung von Birken. Gequälte Schreie folgten dem Prasseln der Trümmer. Dann herrschte Ruhe.

Eine Ruhe, die Eik gut kannte. Die Ruhe des Todes. Er spähte nach vorn in den Nebel, konnte aber außer unbestimmbaren dunklen Formen nichts erkennen. Dann sah er das Lodern von Flammen.

Obwohl sein Instinkt ihm riet, das Pferd zu wenden und so schnell wie möglich in die andere Richtung davonzupreschen, überwog die Überzeugung, dass eine Flucht Feigheit wäre, und vor allem das Gefühl, dass er nicht ewig in diesem Niemandsland zwischen den Fronten umherschweifen konnte.

Er spornte das widerstrebende Pferd an, und die Stute gehorchte, nachdem sie mehrmals den Kopf heftig hochgerissen hatte. Eik schaffte es, sie mit straffen Zügeln und guten Worten einigermaßen zu beruhigen. Schließlich sah er Gestalten auf der Erde liegen, Soldaten. Dann sah er die Trümmer einer Kanone, daneben zerfetzte Leiber und die Leiche eines prachtvollen Pferdes, aus dessen aufgerissenem Leib Blut strömte.

Das alles muss gerade erst passiert sein, dachte Eik. Er sah das Banner, das in der Erde neben einer der zerstörten Kanonen steckte und dessen Stange in den Speichen des in die Luft ragenden Rades klemmte.

Kaiserliche!, dachte er, als er das Banner erkannte. Es war zerfetzt und schmutzig und zeigte die vier Löwen derer von Wallenstein auf blau-gelbem Grund. Sein Blick glitt ein Stück weiter den schmalen Karrenweg entlang. Kaum zwanzig Schritte von der ersten Kanone entfernt lag eine zweite, ebenfalls in Trümmern, und davor tote Pferde und daneben die Leichen von Artilleristen.

Aber das da … Das sind keine Stückmeister! Er zog seinen Pallasch, während er das Pferd behutsam in Richtung der ersten Kanone lenkte. *Offenbar haben sie versucht, die Kanonen zu verlegen, um sie vor den Schweden in Sicherheit zu bringen.* Dann fiel sein Blick auf drei Tote unmittelbar neben der Kartaune. Ihre prachtvollen Jacken verrieten, dass es sich um wichtige Leute oder hohe Offiziere der Kaiserlichen gehandelt hatte.

Eik sah sich um. *Was machst du hier eigentlich?,* fragte er sich. *Offenbar befindest du dich auf dem Territorium der kaiserlichen Armee. Wenn jetzt jemand kommt, dann* ... Er blickte an sich hinab, und seine aufkeimende Furcht legte sich wieder. Er trug Reitstiefel und eine Lederhose, dazu ein Leinenhemd und eine ärmellose Weste, aber die gelbe Jacke der Leibgarde des Königs hatte er auf dem Schlachtfeld zurückgelassen. *Ich könnte alles Mögliche sein, auch ein Kaiserlicher!* Mit dem Pallasch in der Hand ritt er vorsichtig zurück zu der Kartaune und der Leiche des prachtvollen Streitrosses. Seine Stute tänzelte nervös, und er hatte alle Mühe, sie im Zaum zu halten. Dann erfuhr er den Grund für ihre Nervosität.

Ein Stöhnen ertönte.

»Verflucht!« Eik sah sich hastig um und hob den Pallasch. Aber es war niemand zu sehen. Er wartete, und richtig, einen Herzschlag später hörte er das Stöhnen erneut und dann eine Stimme rufen: »Heda, zu Hilfe, Mann, wenn du ein Christ bist.«

Eik erstarrte für einen Moment. Die Stimme kam aus einem kleinen Gebüsch hinter dem toten Streitross. *Das kann auch eine Falle sein!,* warnte ihn eine innere Stimme. Aber noch während sie ihm zuflüsterte, vorsichtig zu sein, trieb er das Pferd in Richtung der Stimme.

»Ein Christ bin ich, und ich werde dir helfen«, rief er zurück, »deinem Gott gegenüberzutreten!«

Als er sich dem Gebüsch näherte, sah er eine Gestalt, die auf dem Boden saß, mit dem Rücken an einen Baum gelehnt.

»Tatsächlich!« Der Mann lachte freudlos und hustete dann. »Ich fürchte nur, dafür werde ich deine Hilfe nicht benötigen! Wer bist du, Kerl?«

Eik zügelte sein Pferd, sah sich noch einmal um und überzeugte sich davon, dass niemand sonst in der Nähe war. Dann stieg er ab, trat rasch zu dem Verwundeten und wollte das zu Ende führen, was die Kanonenkugeln nicht geschafft hatten, als er wie angewurzelt zwei Schritte vor dem Mann stehen blieb.

Das ... Das kann doch nicht wahr sein! Er musterte den am Boden Sitzenden, ohne den Pallasch sinken zu lassen. Die hohe Stirn, der Knebelbart, die dicke Jacke über dem prachtvollen Kürass, die hohen, glänzenden Stiefel ...

»Ich habe dich gefragt, wer du bist, Kerl!« Der Mann litt sichtlich Schmerzen, musterte Eik aber ohne Furcht von Kopf bis Fuß. Sein Blick streifte den Pallasch. »Und was willst du mit diesem Schweinestecher?«

Eik hatte Radierungen von dem Mann gesehen, und die vage Erinnerung daran sowie die prachtvolle Kleidung des vor ihm Sitzenden taten ein Übriges.

»Er sticht nicht nur Schweine, Herr Generalissimus«, erwiderte Eik. Er war sich sicher, Wallenstein persönlich vor sich zu haben. Die Reaktion des Verwundeten bestätigte das.

»Das kann ich mir denken, Soldat!« Trotz der ausweglosen Situation schien der mächtigste Mann im Kaiserreich keine Angst vor Eik zu haben. »Du weißt also, wer ich bin.« Er nickte. »Schön. Vielleicht erweist du mir ja auch die Ehre«, er stöhnte kurz und verzog die Lippen, »dich vorzustellen?«

Eik zögerte einen Moment. *Soll ich ihm die Wahrheit sagen?* Er starrte Wallenstein ins Gesicht. Der Blick des Feldherrn war klar und durchdringend.

»Eik Schmalens, Herr Generalissimus«, antwortete er. »Zuletzt Lieutenant bei den Gelbröcken Gustav Adolfs.«

Ein Moment lang herrschte Schweigen. Dann lachte Wallenstein erneut. Es war ein rasselndes Lachen. »Ein Schwede also?« Der durchdringende Blick schien sich in Eik hineinzubohren. »Nun, Lieutenant, jetzt hast du die Gelegenheit, für deinen toten König Rache zu nehmen.« Er schüttelte den Kopf. »Was für eine absurde Laune Gottes! Im Moment des Triumphes die größte Niederlage zu erleiden!«

»Ich bin kein Schwede, Herr Generalissimus. Ich bin nicht einmal ein Protestant, sondern ein Katholik wie Ihr«, erklärte Eik. »Meine Eltern waren Protestanten, bevor unser Landherr, Freiherr von Villesen, beschloss, katholisch zu werden. Vermutlich wegen des Dragonerregiments, das eines Abends in seinem Schlosshof aufgetaucht ist.«

Das erregte Wallensteins Aufmerksamkeit. Er musterte Eik schärfer. »Von Villesen?« Er schien noch etwas sagen zu wollen, schwieg dann aber.

Eik trat einen Schritt näher, immer noch den Pallasch stoßbereit in der Hand. »Ja.« Er folgte einer Eingebung. »Vielleicht kennt Ihr den Namen ja. Valerian von Villesen dient in Eurer Armee. Er ist mein Halbbruder.«

Wallenstein starrte Eik mit unverhohlener Verblüffung an. »Euer Halbbruder ...« Er murmelte etwas, das wie »Wege des Schicksals« klang, aber Eik war sich nicht sicher, ob er richtig verstanden hatte.

»Ja«, knurrte Eik. »Er hat zugesehen, wie katholische Dragoner auf der Suche nach Personen, die sie verfolgten, meine Eltern massakrierten.«

Wallenstein schwieg daraufhin und beobachtete Eik einfach nur. Der fühlte sich von diesem Blick fast hypnotisiert und gezwungen weiterzureden.

»Sie haben die Gesuchten nicht erwischt.« Er hockte sich vor den Feldherrn und legte den Pallasch über seine Knie. »Dank meiner Hilfe ... und der von Augusta. Ich habe sie in Sicherheit gebracht, weg von meinem Dorf, und Augusta hat mir die Zeit verschafft, die ich brauchte, um das zu bewerkstelligen.«

Wallenstein blickte von dem Stoßdegen zu Eiks Gesicht und wieder zurück zu der Waffe. »Augusta ...«, sagte er schwach, und es war offensichtlich, dass ihm dieser Name nicht das Geringste sagte.

»Ja, sie ist ...« Eik unterbrach sich abrupt und stand auf. »Aber warum erzähle ich Euch das?« Er fuhr einmal mit dem Pallasch durch die Luft. »Wie Ihr schon richtig sagtet, ich werde meinen toten König rächen.«

Noch während er das sprach, wusste er, dass das nicht stimmte. Und Wallenstein wusste es offensichtlich ebenfalls.

»Werdet Ihr das, Lieutenant?« Er schüttelte den Kopf. »Das glaube ich nicht. Erstens ist ... war Gustav Adolf nicht Euer König ...«

Das stimmt, räumte Eik ein, dem nicht entgangen war, dass Wallenstein ihn höflicher ansprach. *Aber das heißt nicht, dass ich dich nicht trotzdem umbringe, Generalissimus.*

»... und zweitens hättet Ihr das längst getan, wenn Ihr das wirklich wolltet, Lieutenant.«

»Und was hindert mich daran, es jetzt noch zu tun, Herr Generalissimus?«

Wallenstein versuchte sich aufzurichten, sank dann jedoch mit einem Stöhnen gegen den Baum zurück und verzog mürrisch das Gesicht. »Ihr seid ein Soldat, kein Schlächter, Lieutenant. Und vielleicht ... vielleicht seid

Ihr ebenso kriegsmüde wie ich. Ein toter Soldat mehr oder weniger macht keinen Unterschied. Ein toter oder lebender Wallenstein dagegen vielleicht schon.«

Eik wich unwillkürlich einen Schritt zurück. *Kann der Mann Gedanken lesen?* »Wie meint Ihr das?«, fragte er nach einer Weile.

»Ihr gehört zu Gustav Adolfs Leibregiment, zu seiner Leibgarde sogar, und doch habt Ihr Euren Rock ausgezogen und ihn auf dem Schlachtfeld gelassen, vermute ich. Warum solltet Ihr so etwas tun, wenn nicht, weil Ihr keine Lust mehr aufs Kämpfen und Töten habt?«

Eik starrte den Mann nur schweigend an.

»Also habe ich recht.« Wallenstein fuhr sich mit der Hand über das Gesicht. »Und doch, jetzt, da Gustav Adolf tot ist und obwohl mir trotzdem der Sieg in dieser Schlacht nicht vergönnt war, ist ein großes Hindernis für einen Frieden zwischen Kaiser und Protestantischer Union aus dem Weg geräumt.« Er beobachtete Eik scharf, wohl um herauszufinden, ob der seinen Überlegungen folgen konnte.

Eik nickte und war gegen seinen Willen fasziniert.

»Und wenn Ihr jetzt das da«, Wallenstein deutete auf den Pallasch, »in das hier rammt«, er deutete auf die Stelle seiner Brust, unter der sein Herz schlug, »dann beendet Ihr mein elendes Leben und begrabt gleichzeitig alle Hoffnung auf einen baldigen Frieden!« Er hob die Hand, als Eik etwas sagen wollte. »Es spielt keine Rolle, ob Ihr mir glaubt oder nicht, Lieutenant. Es ist die Wahrheit. Es war schon die Wahrheit, bevor ich dieses verdammte zweite Generalat angenommen habe, und es wird auch die Wahrheit sein, wenn es mir nicht vergönnt sein sollte, diesen Feldzug zu Ende zu führen. Das Schlachten und Morden auf deutschem Boden muss ein Ende haben, je früher, desto besser. Selbst wenn diese Narren in Wien das nicht einsehen wollen und Seiner Majestät ständig Gift in die Ohren träufeln! Jetzt, nachdem der größte Feldherr der Protestanten gefallen ist, besteht die einmalige Gelegenheit dazu. Doch wenn Ihr mich tötet, haben wir eine kaiserliche Armee ohne Führung, die den Schweden bei ihrem Versuch, ein schwedisches Großreich in Deutschland zu errichten, nichts entgegenzusetzen hat.« Er hustete. »Etwas, das auch die Protestanten rasch begreifen werden.«

Eik runzelte die Stirn. »Aber die Schweden sind ebenfalls führerlos …«

Wallenstein nickte. »Das stimmt, deshalb ist jetzt entschlossenes und überlegtes Handeln gefragt, Lieutenant. Wenn wir nicht rasch reagieren, wachsen dieser Schlange sehr schnell neue Häupter, und glaubt mir, wie bei der Hydra wird es nur noch schlimmer werden. Immerhin haben die Schweden diese Schlacht nicht verloren, sondern mit dem Herzog von Sachsen-Weimar sogar das Feld behauptet.«

»Was also schlagt Ihr vor, Herr Generalissimus …?«

Wallenstein warf wieder einen Blick auf den Pallasch, bevor er antwortete. »Zunächst einmal, Lieutenant, dass Ihr mir aufhelft, nachdem Ihr Euren Stoßdegen weggesteckt habt. Es wird langsam ungemütlich hier unten auf dem feuchten Boden! Und dass Ihr mich zu meinen Stabsoffizieren in mein Lager begleitet. Wir müssen uns zurückziehen, und zwar sofort. Bevor die Dunkelheit uns zwingt, hierzubleiben und die

Schweden sich morgen früh entschließen, erneut anzugreifen. Es sei denn natürlich, Ihr wollt mich lieber doch umbringen und meinen Kopf als Trophäe dem Herzog von Sachsen-Weimar übergeben!«

Eik zögerte einen Moment, dann seufzte er und schob den Pallasch in die Scheide an seiner Seite. Als er dem Generalissimus der kaiserlichen Armeen und Herzog von Friedland die Hand reichte, ahnte er, dass das seinen endgültigen Abschied von De Vries und seiner eigenen Vergangenheit als protestantischer Söldner im Dienste der Schweden bedeutete.

Valerian trat aus dem Kreis seiner Offiziere, als lautes Geschrei am Eingang des Lagers erklang. In das Brüllen der Männer mischten sich vereinzelte Jubelrufe, und schon bald wurde auch der Grund für den Jubel sichtbar.

»Er lebt!«, rief Legrange und schlug Valerian begeistert auf die Schulter. »Wallenstein ist am Leben!«

Valerian nickte. »Das sehe ich.« *Wenigstens etwas,* dachte er, mochte aber in den lauten Jubel der anderen Offiziere nicht einstimmen. Er warf einen Blick auf das gelbe Lederwams, das er dem toten König abgenommen hatte und mit sich herumtrug, seit ihnen die Flucht vor den Småländern gelungen war. *Gustav Adolf mag tot sein, aber die Schlacht ist dennoch verloren.* Er war davon überzeugt, dass auch Wallenstein das wusste. *Wir müssen uns zurückziehen, und zwar unverzüglich.* Jetzt, da der Generalissimus wieder da war, würde sich die Lage bald klären. Die Offiziere hatten sich schlichtweg geweigert, Valerians Vorschlag zu akzeptieren, das Lager abzubrechen, um bereit zum

Aufbruch zu sein, sobald der Generalissimus wieder auftauchte. Irgendwie hatte Valerian nicht an die Möglichkeit glauben wollen, dass auch Wallenstein gefallen sein konnte. *Zwei Feldherrn in einer Schlacht, das wäre einfach zu viel des Schicksals.*

Er trat neben Obrist Legrange und stand damit hinter General Heinrich von Holk, Wallensteins Stellvertreter, und Obristlieutenant von Gidéau, während die Söldner eine Gasse bildeten, durch die Wallenstein auf sie zuritt.

Valerian runzelte die Stirn. *Das ist nicht Wallensteins Pferd,* dachte er. Er streifte die Begleiter des Generalissimus mit einem flüchtigen Blick, konzentrierte sich dann aber auf Wallensteins Gesicht. Es war schmutzig und schmerzverzerrt, und der Generalissimus konnte sich nur mit Mühe im Sattel halten.

»Das kann nicht nur an der Gicht liegen«, murmelte Lieutenant Declaes dicht neben ihm. »Offensichtlich ist er verletzt.«

Valerian nickte. »Umso mehr müssen wir dankbar sein, dass er noch am Leben ist«, erwiderte er ebenso leise. »Was für ein Hohn wäre das, hätte er im Moment des Sieges über seinen größten Widersacher sein Leben verloren.«

Declaes sah Valerian überrascht an. »Aber sagtet Ihr nicht eben noch, dass die Schlacht verloren sei?«

»*Diese* Schlacht hier, mehr oder weniger jedenfalls, ja. Aber das ist nicht entscheidend. Außerdem haben wir sie nicht verloren, sondern konnten lediglich keinen Sieg erringen. Das ist ein Unterschied.«

»Bei allem Respekt, Herr Obrist, ist das nicht Haarspalterei?«

»Das wäre es, Herr Lieutenant, wenn ich nicht die Jacke eines toten Feldherrn in den Händen hielte.«

Declaes überlegte kurz und nickte. »Ja, ich verstehe.«

Valerian trat vor, weil sich Wallenstein der Gruppe von Stabsoffizieren genähert hatte und sein Pferd verhielt. Zwei Korporals eilten hastig zu ihm und halfen ihm aus dem Sattel. Doch dann schob Wallenstein ihre helfenden Hände weg und straffte sich, während er sich am Sattel festhielt. Schließlich ging er langsam auf seine Stabsoffiziere zu.

»Herr Generalissimus!« Heinrich von Holk trat vor. »Wir haben uns schon Sorgen gemacht und ...«

»Nicht zu Unrecht, Generalwachtmeister.« Wallensteins Stimme klang heiser und gepresst.

Er muss höllische Schmerzen haben, dachte Valerian, rührte sich aber nicht.

»Wenn mich mein verdammtes Pferd nicht abgeworfen hätte, wäre ich jetzt tot, so wie die anderen.« Wallenstein verzog das Gesicht zu einer Grimasse, die wohl ein Grinsen sein sollte. »So aber musste ich nur eine gewisse Zeit in der Hölle schmoren, bevor mich dieser junge Mann hier gefunden und gerettet hat.«

Er deutete auf einen verdreckten und nur mit Stiefeln, Hose und Hemd bekleideten Reiter neben sich.

Valerian musterte ihn flüchtig, dann lenkte ihn Heinrich von Holk ab, der zu Wallenstein sagte: »Ich hoffe, Euer Gnaden, dass ich Euch dafür entschädigen kann.«

»Tatsächlich?« Wallensteins Miene verfinsterte sich. »Und wie wollt Ihr das anstellen?«

»Ich weiß nicht, ob Ihr schon davon gehört habt, aber Gustav Adolf ist gefallen.« Er winkte Valerian zu sich. »Und dieser vielversprechende Obrist hier ...«

»Das weiß ich. Ich habe es von meinem Retter erfahren.«

»... hat als Beweis dafür eine Trophäe vom Schlachtfeld mitgebracht. Tretet näher, von Villesen!«

Valerian tat, wie ihm geheißen, und reichte von Holk die Jacke des Schwedenkönigs, aber sein Vorgesetzter bedeutete ihm, sie persönlich Wallenstein zu übergeben.

»Das ist die Haut des Löwen aus Mitternacht, Euer Gnaden.« Valerian spürte so etwas wie Stolz, als er Wallenstein die Jacke reichte. Mit Gustav Adolfs Tod war zwar der Krieg nicht entschieden, aber die Kaiserlichen hatten dadurch den Schweden und Protestanten einen kaum abzuschätzenden Verlust zugefügt.

Der Generalissimus sah erst Valerian an, dann die Jacke.

Valerian war überrascht, dass Wallenstein keine Anstalten machte, das Kleidungsstück zu ergreifen. Und irgendetwas in Wallensteins Blick verursachte ihm ein sonderbares Kribbeln auf der Haut. Er spürte, wie sich seine Nackenhaare aufrichteten.

»Ist das tatsächlich die Jacke des Schweden?«, fragte der Generalissimus.

Valerian holte schon Luft, um zu antworten, sammelte sich aber kurz, damit ihm seine Empörung nicht anzuhören war. Erst dann bemerkte er, dass Wallenstein die Frage gar nicht an ihn gerichtet hatte.

Der Reiter, den der Generalissimus als seinen Retter bezeichnet hatte, war ebenfalls abgesessen und trat vor.

»Das ist sie«, sagte er leise, ohne die Jacke auch nur zu berühren. »Ich kenne sie, und ich war dabei, als er starb.«

Valerian überlief es heiß und kalt beim Klang der Stimme, und er starrte den Sprecher an. Er war sprachlos vor Verblüffung und ließ widerstandslos zu, dass ihm der Mann die Jacke aus der Hand nahm.

»Du gestattest doch sicherlich, Bruder?«

TEIL VIER

Verratene Ehre

19. KAPITEL

Pilsen, 1633

»Herein!«

Valerian stand mit mürrischer Miene am Fenster seiner Stube im »Kaiserlichen Haus« und drehte sich zur Tür herum. Seit der Schlacht bei Lützen waren etliche Monate vergangen, Monate, in denen Valerian auf Befehl von Generalissimus Wallenstein die Organisation und Versorgung des kaiserlichen Heeres überwacht hatte.

Monate, in denen er aber auch immer wieder über diese Schlacht und Gustav Adolfs Tod nachgedacht hatte. Und über die enttäuschten Hoffnungen, die er und viele andere nach diesem Triumph gehegt hatten. Eine Weile hatte es so ausgesehen, als würden die Schweden und Protestanten verzagen, weil ihr charismatischer Anführer gefallen war. Aber das war eine trügerische Annahme gewesen.

Im Gegenteil, Bernhard von Sachsen-Weimar hatte die Niederlage der Schweden in Lützen nach dem Tod von Gustav Adolf verhindert, und Axel Oxenstierna, der schwedische Reichskanzler, hatte nicht nur den Oberbefehl über die schwedisch-protestantische Armee übernommen, sondern in Heilbronn auch den sogenannten Heilbronner Bund begründet, einen Zusammenschluss von Schweden und Vertretern der protestantischen Stände der fränkischen, schwäbischen, kurrheinischen und oberrheinischen Reichskreise.

Und jetzt marschieren die Schweden gegen Regensburg!, dachte Valerian kopfschüttelnd. *Ohne dass Wallenstein etwas dagegen unternimmt!* Er sah Declaes, der die Tür geöffnet hatte, abwartend an, während die Gedanken in seinem Kopf durcheinanderwirbelten.

»Herr Obrist? Ein Bote aus Wien!« Der Lieutenant blieb in der offenen Tür stehen.

»Schon wieder? Was gibt es denn diesmal?«, fragte Valerian abgelenkt. Erst vor zwei Tagen war ein Bote Wallensteins in Pilsen eingetroffen und hatte ihm den Befehl des Generalissimus überbracht, sofort nach Prag zu kommen, um die dortige Garnison zu übernehmen. Wallenstein selbst wollte sich nach Pilsen zurückziehen, um über das weitere Vorgehen gegen die Schweden nachzudenken.

Der Gedanke, nach Prag zurückzukehren, erfüllte Valerian mit Abscheu. Er hatte nicht die geringste Lust dazu, wusste aber nicht, wie er sich dem Befehl seines Feldherrn ohne ernste Folgen für seine Karriere widersetzen konnte. Denn dort, in Prag, würde er zweifellos nicht nur Augusta mit ihrem Bastardkind begegnen, sondern auch noch der Person, an die er seit Lützen – abgesehen von Gustav Adolf – am meisten denken musste.

Mein verdammter Halbbruder! Das unerwartete Wiedersehen mit Eik in Lützen war der eigentliche Grund für seine ständig schlechte Laune. Es war schon schlimm genug, sich vorzustellen, wie Augusta und er in Prag ihre unheilige Liaison weiterführten, aber dass sie auch noch ein Kind gezeugt hatten, war für Valerian unfassbar.

Und jetzt muss ich auf Befehl meines Feldherrn genau dorthin und habe die beiden ständig vor meiner Nase. Er konnte nur hoffen, dass Wallenstein Eik mit nach Pilsen nahm. *Offenbar hat der Generalissimus an diesem Müllerinnen-Bastard ja einen Narren gefressen!* Erneut verfluchte er seinen Vater dafür, dass der seine Begierden nicht besser unter Kontrolle gehabt hatte.

Er registrierte, dass Declaes noch nicht auf seine Frage geantwortet hatte, und sah den Lieutenant an. Bei dem verblüfften Ausdruck auf dem Gesicht des Offiziers wurde ihm bewusst, was der tatsächlich gesagt hatte.

»Wien?« Er runzelte die Stirn. »Also kommt der Bote nicht von Wallenstein?« *Alberne Frage!,* tadelte er sich. *Natürlich nicht, wenn er aus Wien kommt!* Er unterdrückte einen ungeduldigen Seufzer. Nach dem Bekanntwerden von Gustav Adolfs Tod waren sehr viele Nachrichten aus Wien, Regensburg und den kurfürstlichen Residenzen, die sich dem Kaiser und der Liga angeschlossen hatten, eingetroffen. Zumeist überschwängliche Glückwünsche über diesen historischen Sieg. *Überschwänglich und verfrüht,* dachte Valerian. *Es ist genau das geschehen, wovor Wallenstein gewarnt hat: Die Schweden sind stärker als zuvor!* Aber um eine solche Gratulation konnte es sich bei dieser Botschaft schwerlich handeln. Außerdem schien sie ja an ihn selbst gerichtet zu sein. Und er kannte nur eine Person in Wien, die ihm Nachrichten schickte.

Plötzlich glomm ein Funke Hoffnung in ihm auf. *Vielleicht muss ich ja doch nicht nach Prag!*

»Hat der Bote gesagt, wer ihn geschickt hat?«

Declaes schüttelte den Kopf. »Nein, Herr Obrist. Und er verlangte ausdrücklich, mit Euch zu sprechen, mit niemandem sonst.«

Warum so geheimnisvoll, Tuchy?, dachte Valerian. *Das ist doch sonst nicht deine Art?* Er winkte ungeduldig. »Worauf wartet Ihr noch, Lieutenant? Führt den Mann herein!«

Declaes machte eine knappe Verbeugung, drehte sich zur Tür herum und gab jemandem, der im Korridor stand, ein Zeichen. Der Bote trat in die Kammer und blieb unmittelbar an der Tür stehen.

Er sah Valerian an und warf dann einen vielsagenden Blick auf Declaes.

»Danke, Lieutenant«, sagte Valerian, der erriet, was der Mann mit diesem Blick hatte sagen wollen. Er wartete, bis Declaes zögernd die Tür geschlossen hatte, dann wendete er sich dem Boten zu. Der trug keinen Wappenrock, und auch auf seiner Botentasche war kein Wappen zu sehen. Valerian hätte gewettet, dass auch den Sattel seines Pferdes kein Wappen zierte.

»Graf Tuchy scheint eine sehr wichtige Mitteilung für mich zu haben, wenn er auf die üblichen Insignien ...«

»Darüber weiß ich nichts, Herr Obrist!«, unterbrach ihn der Mann, griff in seine lederne Botentasche und wühlte darin herum. Valerian wurde schon ungeduldig, bis er begriff, dass der Mann ein Geheimfach öffnete. »Er hat mir nur gesagt, es wäre im Interesse Eures Feldherrn, sofort nach Wien zu kommen.« Endlich hatte er gefunden, was er suchte, und überreichte Valerian ein kleines Kuvert. »Und er hat mich gebeten, Euch auszurichten, dass Ihr den Brief verbrennen sollt, nachdem Ihr ihn gelesen habt.«

Valerian brach das Siegel und klappte das sorgfältig gefaltete Briefchen auseinander.

Glaubt dem Boten! T

»Ist das alles?«, fragte er verblüfft und drehte das Schreiben um. Die Rückseite war unbeschrieben. Er überlegte kurz, ob Tuchy vielleicht mit Geheimtinte etwas auf das Papier geschrieben hatte, aber das war mehr als unwahrscheinlich.

Glaubt dem Boten? Was soll das heißen, verdammt noch mal?

»Ja, Herr Obrist.«

»Wie denkt Seine Gnaden sich das?« Valerian schüttelte den Kopf. »Ich habe gerade den Befehl des Generalissimus erhalten, mich nach Prag zu begeben, um dort das Kommando über die Garnison ...«

»Verstehe, Herr Obrist.«

Valerians Miene verfinsterte sich. Er war nicht gewohnt, dass man ihn unterbrach, und dieser Mann hatte das bereits zum zweiten Mal gewagt.

»Jedenfalls kann ich mich dem Wunsch des Herzogs ...«

»Für diesen Fall, Herr Obrist ...«

»Verdammt, Kerl! Weißt du eigentlich, wer ich ...?«

Der Mann hatte in sein Wams gegriffen, hielt aber inne und sah Valerian verblüfft an. »Seid Ihr *nicht* Obrist von Villesen?« Er trat auf Valerian zu. »In diesem Fall muss ich Euch darum bitten ...«

»Fahr zum Teufel, Kerl! Natürlich bin ich Obrist von Villesen! Aber ich bin es nicht gewohnt ...«

»Gut, Herr.« Der Mann trat wieder einen Schritt zurück und wühlte in seiner Tasche.

Valerian stieß ein gereiztes Knurren aus, riss sich

aber zusammen. Offenbar merkte dieser Bursche nicht einmal, was er da tat, und es war wohl besser, sich nicht darüber aufzuregen.

»Für diesen Fall hat mein Herr mir diesen Brief mitgegeben!«

»Für *diesen* Fall?«, fragte Valerian skeptisch, während er das zweite, größere Kuvert entgegennahm. »Was für ein Fall soll das sein?«

»Für den Fall, dass Ihr andere Befehle habt, die Euch an dieser Reise hindern könnten.«

Valerian riss erstaunt die Augen auf, als er das Wappen im Siegel sah. »Dieser Brief kommt von ...«

»Von Seiner Majestät, jawohl, Herr Obrist! Er berechtigt Euch, sämtliche anderslautenden Befehle zu missachten und Euch unverzüglich auf die Reise nach Wien zu begeben!«

Valerian war viel zu verblüfft, um sich über diese neuerliche Unterbrechung aufzuregen. *Der Kaiser? Wenn dieser Brief echt ist,* und daran hatte Valerian keinen Zweifel, *dann bedeutet das, dass der Kaiser selbst hinter dieser Aufforderung steht. Aber warum hat Tuchy dann überhaupt diesen ersten Brief verfasst? Natürlich wiegt das Wort des Kaisers schwerer als das seines Generalissimus. Das heißt aber auch, dass diesmal nicht Maximilian, sondern der Kaiser selbst etwas von mir will.*

Das schmeichelte natürlich Valerians Eitelkeit, und außerdem war er froh, auf diese Weise den ersehnten Grund gefunden zu haben, die Reise nach Prag nicht antreten zu müssen. Dennoch beschlich ihn ein ungutes Gefühl.

Im Interesse meines Feldherrn ...? Er erinnerte sich an die Worte Tuchys, die der Bote übermittelt hatte, und ihm fiel der letzte große Sieg Wallensteins ein, nämlich der gegen Christian IV. von Dänemark. Auch damals hatte man ihm zunächst gratuliert, um ihn danach abzuberufen.

Und jetzt, dachte er, *nachdem der Löwe aus Mitternacht zur Strecke gebracht wurde, versucht man ja vielleicht, sich auch des Jägers zu entledigen.*

Er sah den Boten an. »Also gut, Kerl. Ich …«

»Ich gehe jetzt in die Küche und hole mir dort etwas zu essen, wenn es Euch …«

»Nein!«, unterbrach Valerian den Mann barsch. »Geh nur.« *Wenn du mich noch einmal unterbrichst, stopfe ich dir deine verdammte Botentasche ins Maul, das schwöre ich!* »Ich nehme nicht an, dass der Graf auf eine Antwort wartet.«

Der Mann öffnete den Mund, um etwas zu sagen, aber diesmal kam Valerian ihm zuvor.

»Nein, natürlich nicht. Er erwartet zweifellos, dass ich seinem Wunsch sofort nachkomme.« Er nickte. »Wenn du hinausgehst«, fuhr er dann rasch fort, als er bemerkte, dass der Bote etwas erwidern wollte, »schick den Lieutenant wieder herein. Er wartet gewiss im Flur.«

Dann drehte er sich um, ohne auf eine weitere Reaktion des Boten zu warten, in fast kindlicher Freude darüber, dass der Mann ihn diesmal nicht hatte unterbrechen können.

Kurz nachdem der Bote das Zimmer verlassen hatte, kündigten forsche Schritte Lieutenant Declaes an.

Valerian unterdrückte ein erleichtertes Seufzen und drehte sich um. »Änderung unseres Reiseziels, Herr Lieutenant«, erklärte er. »Wir reisen nicht nach Prag.«

Declaes sah ihn verblüfft an. »Nicht? Aber der Generalissimus …«

»Wallensteins Befehl ist mir bekannt, Herr Lieutenant«, unterbrach Valerian seinen Untergebenen. »Aber der Wunsch des Kaisers hat wohl Vorrang, meint Ihr nicht auch?«

Declaes blickte auf den Brief. »Er kommt vom Kaiser?«

»Jedenfalls trägt er das kaiserliche Siegel«, erwiderte Valerian, dem erst jetzt auffiel, dass der Brief nicht unterschrieben war. Er runzelte die Stirn.

Declaes spürte sein Unbehagen. »Glaubt Ihr, dass es etwas mit Regensburg zu tun hat?«

Plötzlich fühlte sich Valerian nicht mehr ganz so selbstsicher. Natürlich war er froh, Augusta und Eik nicht begegnen zu müssen, aber trotzdem schürte Declaes' Zweifel auch bei ihm Bedenken wegen der wahren Absichten Tuchys. *Ist es wirklich zu Wallensteins Bestem, dass er mich nach Wien beordert, oder steckt etwas ganz anderes dahinter?*

Er wusste, dass man in Wien das Zögern Wallensteins, die Belagerung von Regensburg durch Bernhard von Sachsen-Weimar aufzuheben, nicht gerade wohlwollend aufnahm. Er selbst hatte dem Generalissimus geraten, eine Armee nach Süddeutschland zu schicken, aber Wallenstein hatte sich mit dem Hinweis geweigert, dass er keinen Winterfeldzug führen wollte. Ein vernünftiges Argument, das wusste Valerian, obwohl man das in Wien vermutlich anders sah.

»Nun, Declaes, wir haben ja bereits für die Reise nach Prag gepackt. Also können wir morgen früh aufbrechen, allerdings nach Wien, und dann wird es nicht mehr lange dauern, bis wir beide eine Antwort auf Eure Frage bekommen.«

Nachdem Declaes die Kammer verlassen hatte, um alles Notwendige zu veranlassen, blieb Valerian noch eine Weile vor dem Kamin stehen und verbrannte den kleinen Brief von Tuchy, wie dieser es verlangt hatte.

Ganz sicher werden wir eine Antwort bekommen, dachte er, und seine Miene verdüsterte sich. *Aber irgendetwas sagt mir, dass sie mir ganz und gar nicht gefallen wird.*

Prag, Palais Waldstein

»Bitte geh nicht!«

Augusta streckte die Arme aus und schlang sie um Eiks nackten Oberkörper. »Jedenfalls noch nicht!« Sie blickte zum Fenster. Draußen wurde es allmählich hell. »Wir haben doch noch Zeit!«

Eik drehte sich zu ihr um, beugte sich über sie und nahm ihren Kopf zwischen die Hände. Dann küsste er sie zärtlich auf den Mund.

»Das geht leider nicht, Liebste.« Er strich ihr durchs Haar und seufzte leise. »Auch wenn ich lieber bei dir bleiben würde. Aber der Generalissimus ist ein Frühaufsteher …«

»Aber unsere Tochter nicht«, erwiderte sie und legte seine Hand auf ihre Brust. »Und wir könnten ihren gesunden Schlaf noch ein wenig nutzen. Wallenstein wird sicherlich Verständnis haben …«

Eik küsste sie erneut, leidenschaftlicher diesmal, und drückte ihre Brust unter dem dünnen Nachthemd. Augusta bog sich ihm entgegen, aber er löste sich von ihr. Als er ihren enttäuschten Blick sah, hob er bedauernd die Schultern.

»Ich fürchte, dass Verständnis nicht unbedingt zu den größten Tugenden des Feldherrn zählt, Liebste. Ebenso wenig wie Geduld. Ich würde darauf wetten, dass er bereits im Kartenzimmer steht und ungeduldig auf das Eintreffen seiner Offiziere wartet. Immerhin besprechen wir heute unseren Abzug nach Pilsen. Da gibt es viel zu regeln.«

Augusta runzelte die Stirn. »Ich will nicht, dass du nach Pilsen gehst und mich hier zurücklässt.« Sie hob rasch die Hände, als sie sah, wie sich seine Miene verfinsterte. »Ja, ich weiß, wir haben das ausführlich besprochen. Hier in Prag ist es sicherer für mich und unsere Tochter, und noch so eine Reise wie die von Villesen hierher möchte ich Adele auf keinen Fall zumuten. Jedenfalls nicht ohne dich. Ich will ja auch nicht versuchen, dich von deiner Reise nach Pilsen abzuhalten – ich weiß ja, dass das keinen Sinn hätte. Ich sage nur, dass es mir nicht gefällt. Und außerdem bist du doch nur sein Ordonnanzoffizier! Musst du denn wirklich immer bei jeder Besprechung dabei sein? Selbst heute, an unserem letzten Morgen?«

Eik trat an die kleine Kommode und goss ein wenig Wasser aus dem Krug in das Becken. Er nahm die Seife, rieb etwas davon in einen Lappen und wusch sich rasch Gesicht und Oberkörper.

Augusta beobachtete ihn derweil und rekelte sich auf dem Bett, auf das sie sich wieder gelegt hatte. Dabei war ihr Nachthemd hochgerutscht und zeigte viel von ihren Beinen. Sie musste grinsen, als sie sah, wie Eik innehielt und scharf die Luft einsog, während sein Blick über ihren Körper glitt. Dann wurde sie wieder ernst. »Und überhaupt, wieso kämpfst du eigentlich immer noch in diesem Krieg mit? Jetzt, da Gustav Adolf tot ist, ist es doch nur eine Frage der Zeit, bis die Schweden aus Deutschland vertrieben sind und Frieden einkehrt. Wir könnten zurück nach Villesen reisen. Dort gibt es genug zu tun. Den Berichten von Egbert zufolge haben die Franzosen ziemlich gewütet, bevor sie abgerückt sind. Ich würde gern sehen, was von dem Schloss noch steht, und die Schäden ausbessern. Doch dafür brauche ich dich!« Sie setzte sich auf und sah ihn flehentlich an. »Und denk doch an Adele! Du willst doch nicht, dass sie ihren Vater verliert, jetzt, da sie ihn gerade erst kennengelernt hat?«

Eik trocknete sich ab, warf dann das Handtuch achtlos auf den Waschtisch und kam zum Bett zurück. Er setzte sich auf die Matratze des großen Himmelbettes und nahm Augustas Hände.

»Aber genau das tue ich ja, Liebste. Ich denke an Adele, und ich denke an dich. Doch ich glaube, du irrst dich. Sicherlich, Wallenstein will Frieden, und ohne Zweifel braucht Deutschland diesen Frieden. Aber auch wenn sich die Verhandlungen mit einigen Protestanten ganz gut anlassen, dürfen wir die Schweden nicht unterschätzen. Der Heilbronner Bund hat das ja gezeigt. Viele Kurfürsten und Vertreter der Reichsstände haben sich Oxenstierna angeschlossen. Und die Franzosen haben jetzt nicht nur Geld, sondern auch Truppen geschickt.«

Augusta schüttelte den Kopf. »Ich hätte niemals gedacht, dass sich Richelieu so offen in diesen Krieg einmischt.«

»Soweit ich das verstanden habe, ist es wohl so, dass die Franzosen sich zwischen dem Kaiser und seinen Verwandten in Spanien in die Zange genommen fühlen«, sagte Eik. »Um das zu ändern, ist ihnen jedes Mittel recht.«

»Aber dann ist es umso wichtiger, dass der Kaiser endlich mit den Protestanten Frieden schließt!«

»Das sagt Wallenstein auch. Aber offenbar sieht man das in Wien anders.« Er zögerte und überlegte, ob er Augusta alles erzählen sollte, was er bei den Besprechungen Wallensteins mit seinen Offizieren und den Abgesandten der friedenswilligen protestantischen Kurfürsten mitbekommen hatte. *Es wird sie nur beunruhigen,* dachte er. *Andererseits versteht sie dann vielleicht, warum ich jetzt nicht einfach ausscheiden kann.*

»Aber der Kaiser muss doch ...«, begann sie.

»Solange der Kaiser an diesem Restitutionsedikt festhält, wird es keinen Frieden mit den Protestanten geben, glaubt Wallenstein. Und außerdem mehren sich jetzt, da Gustav Adolf tot ist, wieder die kritischen Stimmen in Wien.« Grimmig schüttelte Eik den Kopf. »Kaum hat er seine Schuldigkeit getan, gehen Gerüchte um, er würde sich gegen den Kaiser wenden.«

»Das tut er doch gar nicht!« Augusta sah ihn besorgt an.

»Nein, das tut er nicht«, gab Eik zu. »Aber es könnte der Eindruck entstehen. Immerhin verhandelt er mit den Feinden des Reichs.«

»Du meinst mit diesem Wendehals, dem Herzog von Lauenburg?«

Eik lächelte, als er den Abscheu in Augustas Stimme hörte. Sie waren dem ehemaligen Vertrauten Gustav

Adolfs nur einmal kurz begegnet, und Augusta war von der hündischen Unterwürfigkeit und hinterhältigen Art des Mannes angewidert gewesen. Eik hielt ebenfalls nicht viel von dem neuen Abgesandten des sächsischen Kurfürsten, aber offenbar hatte es Franz Albrecht von Sachsen-Lauenburg mit seinen Schmeicheleien geschafft, in der Gunst des Generalissimus aufzusteigen.

Doch man muss zugeben, dass die Faszination des Herzogs für Wallenstein echt ist. Genauso wie meine.

In den Monaten, die Eik schon in Diensten des Generalissimus stand, hatte sich seine zunächst zögerliche Haltung dem Feldherrn der kaiserlichen Armee gegenüber gewandelt. War er am Anfang noch ein privilegierter Gefangener gewesen, hatte Wallenstein ihn als seinen Ordonnanzoffizier schon bald mit wichtigen Aufgaben betraut und ihm sein Vertrauen geschenkt.

Eik seinerseits war von dem Weitblick und der Entschlossenheit dieses Mannes, der trotz seiner Gicht und seiner anderen Gebrechen nicht müde wurde, für seine Vision von einem Frieden in Deutschland zu kämpfen, zunehmend beeindruckt. Auch wenn er vielleicht seine Mittel nicht immer guthieß.

Ich werde heute noch einmal versuchen, das Thema Regensburg zur Sprache zu bringen, dachte Eik. *Ich glaube nicht, dass es gut ist, die Stadt einfach den Schweden zu überlassen.*

»Stimmt«, antwortete er auf Augustas Frage, »aber der Herzog von Lauenburg ist nur einer von vielen. Wallenstein verhandelt auch mit Hans Georg von Arnim und Wilhelm Graf Kinsky, beides Heerführer der Protestanten beziehungsweise der Schweden. Ich glaube, er möchte die katholischen und protestantischen Stände und letztendlich auch die Schweden für seine Idee eines Friedens gewinnen.«

Eik war völlig in Gedanken versunken und sprach einfach nur seine Gedanken laut aus. Er schien Augustas Gegenwart fast vergessen zu haben. Deshalb schrak er richtig zusammen, als sie ihn am Arm packte.

»Aber das ist doch Hochverrat!«, rief sie. »Wenn der Kaiser das erfährt ...!«

Eik nickte und bemühte sich, seine aufgeregte Frau wieder zu beruhigen. »Ganz recht, Augusta. Und aus diesem Grund muss ich nach Pilsen. Wallenstein braucht mich.« Er nahm erneut ihre Hände und küsste sie. Dann stand er auf, um sich anzuziehen, und nahm sein Hemd.

»Wofür braucht er denn gerade dich? Du hast weder Macht noch Einfluss, noch bist du ein Diplomat! Und auch wenn ich dich liebe, würde ich nicht behaupten, dass du politisch besonders versiert bist!«

»Das bin ich auch nicht«, erwiderte Eik und stand auf, schnappte sich sein Hemd. »Aber ich behaupte auch nicht, dass ich ihm als politischer Berater diene, sondern als Soldat.« Er zog sich das Hemd über den Kopf und schlüpfte mit den Armen hinein, dann stopfte er es in seine Hose. »Ich bin zwar nur Lieutenant, aber als sein Ordonnanzoffizier habe ich fast überall freien Zutritt. Zudem höre ich eine ganze Menge, denn die hohen Offiziere äußern sich in Gegenwart eines einfachen Lieutenants meist recht ungeniert. Und es kann nur nützlich für Wallenstein sein, wenn er weiß, wie die Stimmung in seinem Generalstab tatsächlich ist.« Er ging zum Stuhl und nahm die Uniformjacke. »Das ist einer der Gründe, warum ich den Generalissimus nach Pilsen begleiten muss. Und ein anderer ist, dass mich Wallenstein wahrscheinlich auch gar nicht so ohne Weiteres gehen lassen dürfte, selbst wenn ich ihn um meine Demission bitten würde.« Er zog sich die Jacke über und drehte sich dann zum Bett herum. »Und bevor du noch etwas sagst, ich werde mich nicht gegen seinen Willen ...«

Eiks Blick fiel auf Augustas nackte Brust, und er knurrte leise. »Andererseits mag ich vielleicht ein politisch nicht besonders versierter Mann sein, aber ich bin ein Mann, und wenn du weiter deine Reize so großzügig darbietest, könnte ich versucht sein, meinen Generalissimus tatsächlich noch ein wenig warten zu lassen.«

Augusta seufzte und hob mit gespielter Unschuld eine Achsel. Das Nachthemd rutschte auch von der anderen Schulter. »O Liebster, dann solltest du vielleicht keine Zeit mehr verlieren.«

20. KAPITEL

Wien, Hofburg

»Graf Tuchy lassen bitten, Herr von Villesen.«

Als die Stimme plötzlich hinter ihm ertönte, fuhr Valerian so heftig herum, dass ein paar Tropfen Wein aus seinem Glas auf den makellos weißen Marmorboden spritzten. Er hatte den Adjutanten des Grafen nicht kommen hören. Gerade war ein Bediensteter, der in einer Ecke gestanden hatte, als gehörte er zur Möblierung, zu ihm geeilt und hatte ihm Wein eingeschenkt. Dabei hatte Valerian gar nicht darum gebeten, sondern die Getränke auf dem kleinen Tisch in der Ecke des Raums nur wortlos angestarrt.

Anscheinend muss man Gedanken lesen können, wenn man am kaiserlichen Hof in Diensten steht. Das sollte ich mir merken, dachte Valerian, während er dem Adjutanten so herablassend, wie er nur konnte, antwortete: »Gut.«

Der Mann verneigte sich ungerührt, und Valerian wusste nicht, ob er seine Nervosität bemerkt hatte. Dann drehte er sich um und ging zu der Tür des prachtvollen Salons, in dem Valerian gewartet hatte.

Was für ein Leisetreter, dachte Valerian unbehaglich und straffte sich. *Wahrscheinlich ist es eine weitere Bedingung für eine solche Position, dass man zwar nicht bemerkt wird, aber immer auftaucht, wenn man gebraucht wird. Gedankenleser und Unsichtbare als Bedienstete. Das erklärt, warum sich alle hier im Palast argwöhnisch umsehen, bevor sie einem auch nur einen guten Tag wünschen.*

Er folgte dem Lakaien durch die Gänge des Palastes. Überrascht stellte er fest, dass man ihn keineswegs in einem Vorzimmer des Grafen hatte warten lassen. Er fragte sich, ob Graf Tuchy überhaupt Gemächer hier im Palast unterhielt oder nur gelegentlich einen Raum nutzte, um Gäste zu empfangen.

Vielleicht will er ja auch nicht mit mir im Palast reden, wo die Wände Ohren haben, dachte Valerian, als der Adjutant in einen weiteren, endlosen Korridor einbog. *Falls Graf Tuchy meine Neugier steigern will, hat er damit Erfolg, das muss ich zugeben.*

Seit er vor zwei Tagen in Wien angekommen war, hatte er ungeduldig auf das Gespräch mit dem Grafen gewartet, war jedoch immer wieder vertröstet worden. Immerhin war die Unterkunft in der Herberge, die der Graf für ihn gemietet hatte, sehr luxuriös und das Essen ausgezeichnet. Valerian hatte es nicht gewagt, die Herberge zu verlassen und sich Wien anzusehen, aus Angst, den Boten des Grafen zu verpassen, wenn der ihn endlich zu sich bestellte.

Am Morgen war es dann so weit gewesen. Er war gerade mit seinem Frühstück fertig, das er auf seinem Zimmer eingenommen hatte, mit Blick auf die Hofburg und den Josefsplatz, als der Bote vom Wirt persönlich heraufgeführt worden war. Valerian hatte die Kutsche des Grafen nicht kommen sehen, und die Erklärung dafür gab ihm der Bote, als Valerian mit ihm vor die Tür trat.

»Wir werden den Weg zu Fuß zurücklegen, Herr Obrist von Villesen«, hatte der Mann gesagt. »Graf Tuchy hält es für besser, wenn wir nicht allzu viel Aufsehen erregen.«

Das hatte Valerians Neugier natürlich noch mehr angefacht, und während er nun dem Adjutanten des Grafen durch die Hofburg folgte, brannte er förmlich darauf, endlich zu erfahren, was es mit dieser ganzen Geheimniskrämerei auf sich hatte.

Als der Mann schließlich vor einer Tür stehen blieb und sich umdrehte, hatte Valerian einen nervösen Knoten im Magen.

Endlich!, dachte er. *Das wurde auch Zeit.*

»Wartet bitte kurz.« Der Adjutant öffnete die äußere Tür und zog sie sogleich hinter sich zu, während er die innere Tür aufstieß. Valerian konnte nur einen kurzen Blick erhaschen, aber er sah, dass es sich um einen großen Raum handelte, in dem sich offenbar mehr als nur eine Person aufhielt. Dann schloss sich die Tür, und das Warten begann aufs Neue.

Aber noch bevor Valerian sich entschließen konnte, sich auf das kleine Sofa zu setzen, das ein Stück von der Tür entfernt stand, öffnete sich die Tür wieder.

Valerian runzelte überrascht die Stirn, als Graf Tuchy persönlich vor ihm stand.

»Euer Gnaden.«

»Von Villesen. Willkommen.« Der Graf packte seine Hand und zog ihn dann zur Tür. »Nur ein Wort. Überlegt genau, was Ihr sagt. Es könnte mehr davon abhängen als nur Eure Karriere. Er ist heute nicht besonders gut gelaunt.«

»Er?«, fragte Valerian verblüfft. »Wen meint …?«

Aber der Graf legte nur verschwörerisch einen Finger auf die Lippen. Dann öffnete er die innere Tür und führte Valerian in den Raum.

Als sein Blick über die Anwesenden glitt, wusste Valerian, warum Tuchy so viel Wert auf Verschwiegenheit gelegt hatte. Ein Mann saß auf dem Thron am Ende des langen, auf Hochglanz polierten Tisches. Ihm war klar, dass dieser Mann Tuchys geheimnisvoller »Er« sein musste.

Er verneigte sich tief. »Majestät.«

»Aber das ist doch vollkommen irrwitzig!«

Tuchy sah sich um und packte Valerians Arm mit einem überraschend kräftigen Griff. »Ich beschwöre Euch, redet gefälligst leiser!«

»Aber Ihr selbst habt mich doch hergeholt, um den Generalissimus gegen seine Feinde zu verteidigen!« Valerian war noch so aufgebracht von dem, was er eben gehört hatte, dass er vor Wut fast zitterte. Aber auf Tuchys Ermahnung hin senkte er seine Stimme. »Und nichts anderes habe ich versucht. Ich konnte ja nicht ahnen, dass das Urteil über Wallenstein längst …«

Der Graf trat dichter an Valerian heran. »Ich habe Euch herbestellt, das stimmt, von Villesen.« Der Mann zischte wie eine Schlange, und Valerian empfand plötzlich einen Ekel vor ihm, wie er ihn noch nie einem Menschen gegenüber empfunden hatte, nicht einmal für seine sittenlose Schwester. Doch unter dieser Abscheu regte sich auch Furcht. »Aber nicht, damit Ihr Euch durch unbedachte Äußerungen in eine höchst gefährliche Situation hineinmanövriert, Obrist! Der Sieg über Gustav Adolf und der Tod des Schwedenkönigs waren ein großer Triumph für Euren Generalissimus. Er hat nicht nur vom Kaiser und vom Kurfürsten Maximilian, meinem Herrn, Glückwunschschreiben erhalten; alle katholischen und kaisertreuen Kurfürsten haben ihm Respekt gezollt!«

Er starrte Valerian in die Augen, um sich zu vergewissern, dass der junge Freiherr ihm aufmerksam zuhörte.

»Aber diesen Kredit hat Wallenstein verspielt! Und zwar durch seine Tatenlosigkeit. Wie kann er sich weigern, Regensburg zu Hilfe zu eilen, wo es doch von den Schweden belagert wird?« Tuchy schnaubte. »Und wie sollten die Kurfürsten nicht zu der Meinung gelangen, dass dieses Zögern Eures Feldherren aus taktischen Gründen geschieht, nämlich um seine Position als Befehlshaber der größten Armee in Deutschland nicht zu gefährden? Und darüber hinaus aus Rachsucht gegenüber den Kurfürsten – und dem Kaiser, möchte ich hinzufügen –, die ihm zugegebenermaßen das letzte Mal möglicherweise unrecht getan haben? Eure Aufgabe ist es nicht, den Kaiser und seine Berater zu maßregeln, Obrist! Sondern Ihr solltet dem Kaiser und den Kurfürsten versichern, dass Wallenstein keineswegs vorhat abzuwarten, bis die Schweden vor Wien stehen, um sich dann selbst die Krone des Heiligen Römischen Reiches aufzusetzen! Verdammt, er muss endlich seine Treue zum Kaiser und dem Reich zeigen, indem er gegen die Schweden marschiert!« Er machte eine Pause und trat einen halben Schritt zurück. »Ich muss Euch wohl nicht sagen, dass es auch für Euch schlimme Konsequenzen haben sollte, wenn Ihr bei diesem Auftrag versagt. Von Eurem Generalissimus ganz zu schweigen!«

Valerian erinnerte sich noch sehr gut an das letzte

Mal, als man Wallenstein abberufen hatte. Daran, wie sehr man Gustav Adolf und die Schweden unterschätzt hatte. Und nun hatte er sich bei der Audienz beim Kaiser anhören müssen, wie dieselben Vorwürfe von denselben Männern erneut gegen den Generalissimus erhoben wurden. Und wiederum schien der Kaiser ein offenes Ohr dafür zu haben. Maximilian von Bayern hatte sogar angedeutet, dass Wallenstein ja vielleicht auf die Krone von Ferdinand II. selbst spekulierte.

In dem Moment hatte Valerian nicht an sich halten können, sondern ungläubig gelacht. Es hätte nicht viel gefehlt, und Maximilian hätte ihn wegen dieser Respektlosigkeit inhaftieren lassen. In letzter Sekunde hatte sich Graf Tuchy in die Bresche geworfen und ihn mit einem eher fadenscheinigen Hinweis auf die lange Reise und eine fiebrige Erkrankung vor dem Zorn des Kurfürsten gerettet.

»Aber Ihr wollt mir doch nicht weismachen, Herr Graf, dass Ihr wirklich glaubt, Wallenstein strebe nach der Kaiserkrone?« Valerian schüttelte fassungslos den Kopf. »Dass er Regensburg nicht angreift, jetzt mitten im Winter, hat zweifellos etwas mit seiner bekannten Abneigung gegen Winterfeldzüge zu tun, bei denen er seine Armee schwächt, ohne dass es auch nur ein einziges Scharmützel gegeben hat. Wer diese Umsicht für perfide Machtpolitik hält, verrät meines Erachtens eher seine eigenen undurchsichtigen Pläne!«

Tuchy sah sich wieder um und riss in gespielter Empörung die Augen auf. »Wollt Ihr wohl schweigen, von Villesen! Ihr bringt uns beide noch an den Galgen, wenn Ihr so weiterredet! Ihr solltet doch gemerkt haben, dass Seine Majestät …«

»Der Kaiser scheint vollkommen unter der Fuchtel seiner religiösen Berater zu stehen, wenn Ihr mich fragt!« Valerian hatte das Gefühl, als wäre ein Damm in ihm gebrochen, als müsste all das, was ihn schon seit Wochen und Monaten beschäftigte, endlich heraus. »Ich sage nicht, dass Wallenstein nicht nach Macht und Reichtum gieren würde«, fuhr er fort, bevor der Graf antworten konnte. »Aber ich bin derselben Meinung wie der Herzog, dass dieses Restitutionsedikt des Kaisers den größten, wenn nicht sogar den einzigen Hinderungsgrund für einen Frieden darstellt, den wir doch so dringend brauchen! Um gemeinsam, Protestanten und Katholiken, gegen Schweden und Frankreich vorzugehen!«

Tuchy wurde bleich, dann jedoch röteten sich seine Wangen, und er verkniff die Augen zu Schlitzen. »Ich bitte Euch ein letztes Mal, Obrist von Villesen! Besinnt Euch auf Eure Aufgabe und hütet Euch, von solchen Dingen zu reden, wenn wir gleich wieder in den Saal treten!« Er schüttelte den Kopf. »Solltet Ihr nicht auf mich hören, werde ich nichts mehr für Euch tun können! Und auch nicht für Euren Generalissimus!«

Damit drehte er sich um und ging zu der Tür des Thronsaals zurück. Die beiden Kürassiere, die dort Wache standen, öffneten die äußere Tür. Tuchy sah auffordernd zu Valerian zurück, bevor er sich auch die innere Tür öffnen ließ.

Mag sein, dass ich mich irre, dachte Valerian und erwiderte kühl den Blick des Grafen. *Aber wenigstens bin ich kein rückgratloser, wankelmütiger Höfling, der sich um seiner eigenen Macht willen dem Richtigen verschließt und sehenden Auges das Falsche tut. Wieder mal bist du an einem Scheideweg angelangt, Valerian,* dachte er. Und dieses Mal wusste er nicht, ob er den richtigen Weg beschreiten würde, obwohl er ihn vor sich sah. *Es ist so wichtig, dass Wallenstein im Amt bleibt, bis die Schweden ganz und gar aus Deutschland vertrieben sind! Es gibt keinen anderen Heerführer, der dazu imstande wäre!*

Und er ahnte, dass er etliche Kröten würde schlucken müssen, um dieses Ziel zu erreichen. Mit einem Seufzer folgte er dem Grafen in den Thronsaal.

»... beschlossene Sache!«, sagte Kurfürst Maximilian von Bayern gerade und musterte die Versammelten. Dann fiel sein Blick auf Tuchy und Valerian, die sich dem langen Ratstisch näherten. »Ich hoffe, es geht Euch wieder besser, Obrist!«, sagte der Kurfürst. Sein spöttisches Lächeln und der scharfe Blick, den er Valerian zuwarf, verrieten, dass er Tuchys Ausrede keine Sekunde geglaubt hatte. »Bedauerlich, dass Ihr eben nicht anwesend wart. Ihr habt eine wichtige Entscheidung versäumt.«

Sein Blick glitt zum Kaiser, der seinerseits Valerian unter seinen buschigen Augen mürrisch musterte.

Ich habe die kaiserliche Gunst wohl verspielt, dachte dieser und bemerkte zu seiner Überraschung, dass ihn das weit weniger kümmerte, als er erwartet hätte.

Dann sah er wieder zu Maximilian von Bayern zurück. »Verzeiht, Euer Gnaden, aber es geht mir jetzt etwas besser. Graf Tuchy war so freundlich, sich meiner anzunehmen.«

Maximilians Blick richtete sich auf seinen Vertrauten. »Ich könnte Euch fragen, verehrter Graf, was Ihr Eurem Schützling verordnet habt, aber ich glaube, ich will die Antwort gar nicht wissen.« Er ließ seine Worte ein paar Herzschläge lang wirken, dann verbeugte er sich in Richtung des Throns, auf dem Ferdinand II. saß. »Mit Eurer gütigen Erlaubnis, Majestät …«

»Ja, ja, fahrt fort, Euer Gnaden.« Ferdinand winkte schlaff, ohne seinen missmutigen Blick von Valerian zu nehmen.

»Seine Majestät hat beschlossen, die Generäle Gallas und Piccolomini von ihrer Loyalität Wallenstein gegenüber zu entbinden.« Maximilian strich sich über den Knebelbart. »Das ist eine mehr als angemessene Reaktion auf die Weigerung des Herzogs von Friedland, dem Befehl des Kaisers Folge zu leisten und Regensburg zu Hilfe zu eilen.«

Valerian wurde bleich, biss sich aber auf die Zunge, um nicht mit einer Bemerkung herauszuplatzen, die ihn zweifellos sofort in den Kerker gebracht hätte.

»Damit wird Wallenstein als Generalissimus des Kaiserlichen Heeres abberufen.« Maximilian machte eine kleine Pause. »Er bleibt allerdings Feldherr und in Amt und Würden, jedenfalls solange es den vorhin erwähnten Generälen ratsam erscheint.« Er zuckte mit den Schultern. »Sie können selbst entscheiden, wann sie von ihrer kaiserlichen Vollmacht Gebrauch machen und den Friedländer absetzen.«

Valerian blickte zu Ferdinand, der sich nicht gerührt hatte und ihn immer noch durchdringend musterte.

»Eure Aufgabe, von Villesen«, Maximilian würdigte Valerian keines Blickes, als er weitersprach, »ist es, den Generälen dieses kaiserliche Edikt zu überbringen. Ich hoffe, dass Ihr Euch dieser Aufgabe gewachsen fühlt.« Endlich hob er den Blick und sah Valerian an. »Tut Ihr das?«

Valerian fürchtete, dass sein Mund zu trocken war, als dass er hätte antworten können. Deshalb befeuchtete er sich die Lippen mit der Zunge, bevor er sprach. »Selbstverständlich, Euer Gnaden«, erwiderte er. »Ich möchte nur gern, mit Eurer Zustimmung …«

»Was Obrist von Villesen sagen will«, fiel ihm Graf Tuchy rasch ins Wort, »ist, dass er darum bittet, erst morgen nach Pilsen aufbrechen zu müssen!«

Das hatte Valerian zwar ganz und gar nicht sagen wollen, aber er hatte gespürt, wie sich sowohl Maximilian als auch Ferdinand II. aufgerichtet hatten, als er angefangen hatte zu sprechen. Und ihm war klar, dass er nichts für Wallenstein tun konnte, was auch immer er sagte. Der Kaiser und Maximilian von Bayern hatten ihre Entscheidung getroffen, und vermutlich hatte man es noch als eine Gnade angesehen, den Generalissimus nicht augenblicklich abzuberufen.

Vielleicht sind wenigstens Piccolomini und Gallas klug genug, um zu erkennen, dass wir Wallenstein brauchen, solange die Schweden in Deutschland stehen, dachte er. *Selbst wenn die Kurfürsten und der Kaiser es nicht sind!* Sein Blick streifte die versammelten Adligen am Tisch, und er musste sich Mühe geben, sich seine Verachtung für diese Leute nicht anmerken zu lassen.

»… Herr von Villesen?«

Valerian fuhr zusammen und richtete seinen Blick auf den Grafen. »Euer Gnaden?«

»Geht es Euch wirklich gut?«, erkundigte sich Tuchy. Seine Stimme klang besorgt, sein Blick aber schien Valerian zu durchbohren.

»Verzeiht, Euer Gnaden. Ich …«

»Ihr seid entlassen, Herr Obrist«, unterbrach ihn Graf

Tuchy, »und könnt Euch in Euer Quartier zurückziehen. Morgen früh wird ein Bote Euch den Befehl Seiner Majestät überbringen, und dann könnt Ihr Euch auf den Weg zurück nach Pilsen machen, vorausgesetzt, dass Ihr dazu in der Lage seid!«

Valerian nickte. »Das bin ich, Euer Gnaden.« Er drehte sich zu dem Thron herum, von dem aus Ferdinand ihn immer noch musterte. Das Gesicht des Kaisers war undurchdringlich, ebenso wie seine dunklen Augen, aber Valerian konnte die Skepsis und den Argwohn ihm gegenüber in diesem Blick förmlich spüren.

Er verbeugte sich tief vor dem Kaiser, dann drehte er sich um und verbeugte sich vor den versammelten Kurfürsten und Adligen ebenfalls, von denen die meisten seinen Blick mieden.

Wahrscheinlich kann ich von Glück sagen, dass ich überhaupt noch in Diensten Seiner Majestät stehe. Es hätte auch schlimmer kommen können.

In dem Moment, in dem er das dachte, öffnete sich die Tür zum Korridor, und ein Adjutant trat ein. Maximilian blickte auf und winkte ihn zu sich. Der Mann eilte rasch durch den Raum, trat neben den Kurfürsten und überreichte ihm eine lederne Mappe. Er verbeugte sich erneut und verließ rückwärtsgehend den Raum.

Valerian wollte ihm schon folgen, aber Maximilians Stimme hielt ihn auf.

»Wartet noch, Herr Obrist!«, befahl der Kurfürst, während er die Mappe öffnete. »Ich glaube, wir haben hier neue Informationen, die Euren Generalissimus betreffen.« Er lächelte, aber seine Augen blieben kalt. »Und Ihr wollt doch sicherlich wissen, worum es sich handelt, oder?«

Valerians Blick zuckte zu der Mappe, aus der der Kurfürst einen versiegelten Brief nahm. Er konnte das Siegel nicht erkennen, ebenso wenig die Handschrift, und die Mappe selbst trug keinerlei Insignien.

»Mit Eurer Erlaubnis, Euer Gnaden.« Valerian verbeugte sich und blieb vor der Tür stehen.

»Majestät?« Der Kurfürst sah Ferdinand an.

Der riss endlich seinen Blick von Valerian los und nickte. »Nur zu, Euer Gnaden. Vielleicht sind es ja Nachrichten, die den Optimismus Unseres jungen Freundes hier stützen, dass Uns Wallenstein doch treu ergeben ist und sich nach Regensburg aufgemacht hat.«

Der Kurfürst hatte das Siegel erbrochen und faltete den Brief auseinander.

Valerian fühlte sich unangenehm an seine Zeit in Memmingen erinnert, wo er selbst Briefe, Wallenstein betreffend, an Tuchy und damit an den Kurfürsten verfasst und abgeschickt hatte. Briefe, die zur Entlassung von Wallenstein mit beigetragen hatten. Er fragte sich, wer wohl der neue Spitzel im Lager Wallensteins war.

»Das ist …!« Der Kurfürst hatte die Nachricht überflogen und war blass geworden. Nach einem kurzen, schnellen Blick auf Valerian trat er zum Thron. »Majestät, mit Eurer gütigen Erlaubnis …«

Ferdinand nickte und winkte seinen Hofkriegsrat zu sich.

Valerian stand zu weit entfernt, um das leise Gespräch der beiden Männer verstehen zu können, aber der Blick, den Maximilian von Bayern ihm zuwarf, sprach Bände.

Es kann noch immer schlimmer kommen, dachte Valerian, den eine ungute Vorahnung beschlich. *Und wenn es schlimmer kommen kann, dann kommt es für gewöhnlich auch schlimmer!*

Sein Unbehagen verstärkte sich noch, als Ferdinand II. den Brief überflog, ihn dann an Maximilian zurückgab und sich von seinem Thron erhob.

»Meine Herren«, sagte er mit finsterer Miene. »Es gibt eine neue Entwicklung, über die Wir sprechen müssen. Offenbar haben die Offiziere des Herzogs von Friedland beschlossen, ihm die Treue zu schwören statt Uns, ihrem obersten Lehnsherrn und Kaiser.« Er trat an den Tisch, hob das Papier hoch und warf es dann mit einer angewiderten Geste auf die Platte. »Unser Freund in Wallensteins Lager schreibt von einem Revers in Pilsen, bei dem sich insgesamt neunundvierzig Generäle und Obristen des Heeres Seiner Majestät des Kaisers dem Herzog von Friedland verpflichtet haben!«

Valerian überlief es eiskalt. *Das wird ihm als Verrat ausgelegt werden!*, dachte er. Er bezweifelte, dass es Wallensteins Idee gewesen war, sich von seinen Offizieren die Treue schwören zu lassen. *Er muss doch gewusst haben, wie man das hier in Wien aufnehmen würde!*

»Weiter berichtet Obristwachtmeister Feld...« Sein Blick fiel auf Valerian, und er unterbrach sich. »Herr Obrist, wenn ich Euch bitten dürfte, Euch in Euer Quartier zurückzuziehen. Wir senden morgen nach Euch.«

Valerian verbeugte sich und ging hinaus. Dabei kam er an Graf Tuchy vorbei. Er nickte ihm zu, aber der Graf ignorierte ihn vollkommen. Seine Aufmerksamkeit war von dem Brief und Maximilian von Bayern vollkommen in Anspruch genommen.

Ich habe mich geirrt, dachte Valerian. *Es ist nicht ein-*

fach nur schlimmer gekommen. Das hier ist eine Katastrophe! Und ich frage mich wirklich, welcher Idiot auf diese wahnwitzige Idee gekommen ist! Wer auch immer es war, er hat Wallenstein einen Bärendienst erwiesen.

Pilsen

»Ich gratuliere, Schmalens.« Rittmeister Neumann hob seinen Bierhumpen und klopfte mit der Faust auf den Tisch. »Entschuldigung, ich meine natürlich Rittmeister Schmalens.«

Eik strahlte über das ganze Gesicht und hob seinen Humpen ebenfalls, um den Toast zu erwidern. Dabei stellte er fest, dass fast kein Bier mehr darin war.

Er stand auf und winkte der Schankmagd. »Heda, mehr Bier!«, schrie er durch den Lärm der Schänke. Dann setzte er sich wieder und hob seinen fast leeren Humpen. »Danke, Herr Rittmeister!« Er sah sich an dem Tisch um und grinste die versammelten Offiziere an, die ihre Becher und Humpen ebenfalls erhoben hatten. »Danke, meine Herren!« Er leerte den Krug und knallte ihn dann auf den Tisch. »Die nächste Runde geht auch auf mich!«

Die Männer lachten, und Rittmeister Neumann schlug Eik kameradschaftlich auf die Schulter. »Und, Schmalens, wie fühlt man sich als frischgebackenes Mitglied des Stabes?«

Eik strahlte. »Danke, Herr Rittmeister, ich …«

»Kamerad«, unterbrach Rittmeister Neumann ihn. »Oder einfach Neumann.« Er deutete mit dem Humpen auf zwei Lieutenants, die ihnen schräg gegenübersaßen. »Die beiden da sagen ›Herr Rittmeister‹ zu mir.

Und zu Euch auch.« Er trank einen Schluck. »Aber wir vom inneren Kreis um Wallenstein …«

In dem Moment brandete wütendes Geschrei in einer anderen Ecke der Schänke auf. Neumann verzog das Gesicht und bemühte sich, trotz des Qualms und des dämmrigen Lichts zu erkennen, wer da brüllte.

»Und ich sage, er hat nicht mehr den Mumm in sich!«

»Wenn du das noch mal sagst, werde ich deinen Mumm aus dir herausprügeln!«

Stühle wurden zurückgeschoben und fielen polternd zu Boden. »Sieh dich vor, sonst nehme ich dich beim Wort!«

»Was soll das?«, mischte sich ein anderer mit gebieterischer, befehlsgewohnter Stimme ein. Es handelte sich um Obrist Gidéau, den Kommandeur der Schwadron Friedland, der persönlichen Leibschwadron Wallensteins. »Habt ihr nicht im Feld bereits genug Blut vergossen, dass ihr euch jetzt, wo wir endlich Ruhe haben, auch noch an die Kehle gehen müsst?«

Eik hatte ebenfalls versucht zu erkennen, wer die Streithähne waren, und als er einen davon erkannte, zischte er leise. »Feldbrück!«

Neumann neben ihm knurrte. »Dieser hinterhältige Schleimer!« Er schüttelte den Kopf. »Zu schade, dass Generalwachtmeister von Holk nicht da ist. Der würde ihn ungespitzt in den Boden rammen!«

Eiks Miene hatte sich beim Anblick des Offiziers verfinstert, nun jedoch lachte er und setzte sich wieder hin. »Da wäre ich gern dabei«, sagte er und stieß dann einen anerkennenden Pfiff aus, als die Schankmagd mit etlichen Humpen Bier auftauchte, die sie geschickt mit den Armen fest an ihren großen Busen drückte. Beim

Absetzen der Krüge gab sie einen großzügigen Blick in ihr Dekolleté frei, was zweifellos beabsichtigt war, denn die Lieutenants und einige andere Offiziere am Tisch bekamen Stielaugen und schoben ihr Münzen in den Ausschnitt.

»Keine schlechte Investition«, meinte Neumann und stieß Eik den Ellbogen in die Seite. »Und du? Willst du nicht auch eine Münze hineinstecken? Oder etwas anderes vielleicht?«

Eik lachte, schüttelte aber den Kopf. »Nein danke«, sagte er. »Nichts für ungut, aber ich halte mich an meine Frau.«

»Die muss ja wirklich etwas Besonderes sein«, sagte Neumann und nahm sich einen der frischen Krüge.

»Das ist sie tatsächlich«, antwortete Eik. »Und ich bin froh, wenn ich ...«

Sie wurden wieder unterbrochen, als der Streit erneut aufflammte. Eik wollte aufstehen, aber Neumann hielt ihn fest. »Lass das lieber, Schmalens.« Er deutete mit einem Nicken auf die Tür der Schänke. »Gidéau ist bereits gegangen, und jetzt ist Feldbrück der ranghöchste Offizier hier im Raum. Und glaub mir, er wird seinen Rang auch ausnutzen, anders als der Obrist.« Er spuckte auf den mit Binsen ausgelegten Boden. »Es ist besser, sich diesen Kerl nicht zum Feind zu machen. Er kämpft nur, wenn er gewinnt, und er gewinnt immer, weil er keine Ehre hat.«

Eik nickte. »Aber er redet schlecht über den Generalissimus.«

»Da ist er nicht der Einzige«, erwiderte Neumann bedächtig und musterte Eik aufmerksam. »Es gibt viele hier, die nicht verstehen, warum wir nicht nach Regensburg marschieren. Oder warum wir Matthias von Thurn haben laufen lassen, statt ihn zu köpfen, nachdem wir sein Korps in Steinau besiegt haben.«

Eik nickte. Er hatte selbst nicht verstanden, warum Wallenstein gegenüber dem Anführer des böhmischen Aufstands so gnädig gewesen war. Hatte der Kaiser ihn noch wegen des Sieges beglückwünscht, waren die Reaktionen der kaiserlichen Gesandten ziemlich eindeutig gewesen, als sie von Thurns Freilassung erfahren hatten.

»Es sieht so aus, als wäre der Generalissimus in Wien zurzeit nicht gut gelitten«, sagte er vorsichtig und betrachtete Neumann aus den Augenwinkeln. Er wusste, dass der Rittmeister ein Freund, Vertrauter und glühender Anhänger von Wallenstein war. Eik hatte schon bei anderen Gelegenheiten versucht, mit dem Mann ins Gespräch zu kommen, aber Neumann hatte sich dem einfachen Lieutenant und ehemaligen Offizier von Gustav Adolfs Leibwache gegenüber immer ziemlich reserviert gezeigt.

Erst nach Steinau, wo Eik seine Tapferkeit vor Neumanns Augen unter Beweis gestellt hatte, war der Rittmeister aufgetaut und hatte sich sogar für dessen Beförderung eingesetzt. Eik überlegte, ob er mit dem Rittmeister über die Idee reden sollte, die ihm schon seit Längerem durch den Kopf ging.

Neumann lachte barsch und setzte den Humpen so heftig auf den Tisch, dass das Bier überschwappte. »Nicht gut gelitten ist wohl leicht untertrieben, Herr Rittmeister! Es gibt Gerüchte, dass einige hohe Generäle …« Er brach ab und schüttelte stumm den Kopf.

»Was für Gerüchte?« Eik kniff die Augen zusammen.

Er ahnte, worauf Neumann anspielte, wollte aber Gewissheit haben. Ihm selbst war ebenfalls zu Ohren gekommen, dass Piccolomini und Gallas nach Wien gereist waren, um sich dort über die heimlichen Verhandlungen ihres Oberkommandierenden mit den Protestanten zu beschweren. Allerdings misstraute Eik solchem Gerede in der Regel. Das gab es immer unter Soldaten, vor allem, wenn sie tatenlos im Winterlager herumsaßen und nicht wussten, was sie mit ihrer Zeit sonst anfangen sollten. Aber diese Gerüchte musste man ernst nehmen.

Neumann sah Eik scharf an, dann betrachtete er die Offiziere am Tisch und zuckte mit den Schultern. »Gerüchte eben«, sagte er und leerte seinen Humpen.

Eik nickte. »Ich weiß, was du meinst.« Er machte eine Pause und überlegte kurz, ob er sich dem Rittmeister anvertrauen konnte. »Ich frage mich …«

Neumann stellte den Krug auf den Tisch und sah ihn an. Aber er sagte nichts, sondern wartete nur.

Eik räusperte sich. »Ich frage mich, ob es nicht möglicherweise die Wogen glätten würde, wenn man in Wien erführe, dass die Offiziere der kaiserlichen Armee ihren Generalissimus bedingungslos unterstützen.« Er zuckte mit den Schultern. »Ich meine ja nur, man hört so viel von Intrigen und Ränken gegen Seine Gnaden, und es werden auch immer wieder Stimmen laut, die offen von Untreue reden … Selbst hohe Offiziere sind darunter. Wenn man Seiner Majestät klarmachen würde, dass der Herzog nach wie vor das Vertrauen seiner Männer genießt …« Eik verstummte, weil ihn der Rittmeister einfach nur schweigend beobachtete. »Eine dumme Idee, vergiss es«, sagte er dann rasch und griff nach dem Humpen. »Wahrscheinlich ist mir das Bier zu Kopf gestiegen.«

Rittmeister Neumann beobachtete Eik noch ein paar Herzschläge lang scharf, dann warf er einen Blick in die Richtung, wo Feldbrück immer noch lautstark seine Meinung zum Besten gab.

Er sah wieder Eik an und schlug ihm kameradschaftlich auf die Schulter. »Ich denke, ich werde mich zurückziehen und noch ein bisschen über den Unterlagen des Quartiermeisters brüten. Eine Armee im Winterlager kostet verdammt viel mehr als eine Armee im Feld, die plündern kann!« Er stand auf. »Und du, Rittmeister, rede und trink nicht zu viel, sonst steigt dir das Bier noch zu Kopf, und du weißt nicht mehr, was du zu wem sagst!« Er sah kurz zu der Ecke hinüber, in der Feldbrück endlich seine Widersacher zum Schweigen gebracht hatte und selbstgefällig grinsend am Kopfende eines langen Tisches saß wie ein Fürst und etwas mit einem untersetzten, rothaarigen Mann an seiner Seite besprach. Neumann beugte sich zu Eik hinunter. »Das kann unangenehme Folgen haben. Und noch ein Rat: Halt dich von dem da lieber fern!«

Eik musterte den Mann an der Seite von Feldbrück. »Wer ist das?«

»Ein Gesandter des Kaisers. Er hat dem Generalissimus gestern einen Befehl Seiner Majestät überbracht.«

Eik blickte überrascht hoch. »Was für einen Befehl?«

Neumann schüttelte den Kopf. »Nicht hier.« Er richtete sich auf, grüßte noch einmal die Offiziere am Tisch und verließ mit einem verächtlichen Blick in Richtung Feldbrück die Schänke.

Eik trank sein Bier aus und folgte den Gesprächen

am Tisch nur noch mit halber Aufmerksamkeit. Unter gesenkten Lidern beobachtete er Obristwachtmeister Feldbrück, der Neumann mit hasserfüllter Miene hinterhergeblickt hatte, und versuchte sich nicht anmerken zu lassen, dass er den Mann beobachtete. Doch dann drehte sich Feldbrück um und musterte mit einem scharfen Blick die Offiziere, die mit Neumann am Tisch gesessen hatten. Als er Eik bemerkte, kniff er kurz die Augen zusammen, als würde er ihn erkennen, aber dann sagte der Gesandte des Kaisers neben ihm etwas, und der Obristwachtmeister drehte sich wieder zu ihm herum.

Eik wartete eine Weile, obwohl er seinen Humpen Bier längst geleert hatte, dann verabschiedete er sich ebenfalls von seinen Kameraden, wobei er laut verkündete, dass er zu viel Bier getrunken habe und seinen Rausch ausschlafen wolle. Er hatte das Gefühl, dass Feldbrück ihm nachsah, wagte aber nicht, sich umzudrehen und sich davon zu überzeugen.

Du siehst schon Gespenster, dachte er. *Aber Neumann wird Feldbrück besser kennen als du. Es kann nicht schaden, vorsichtig zu sein …*

»Herr Rittmeister!«

Die Stimme drang durch das Gemurmel und den Lärm der Schänke, aber Eik ging weiter, ohne sich darum zu kümmern.

»Heda, Rittmeister, sagte ich!«

Es dauerte noch zwei, drei Herzschläge, bis Eik begriff, dass er gemeint war. Fast hätte er gelächelt, als ihm klar wurde, dass er sich erst noch an seinen neuen Rang gewöhnen musste. Doch als er sich umdrehte, war ihm nicht mehr nach Lächeln zumute.

Obristwachtmeister Feldbrück kam durch die Schänke auf ihn zu, wobei er sich rücksichtslos an den Gästen vorbeidrängte. Sein Gesicht war gerötet, und Eik vermutete, dass die Färbung nicht nur dem Genuss von zu viel Bier zuzuschreiben war. *Er ist wütend,* dachte er, und ihm fiel der Rat von Neumann wieder ein, sich von dem Mann fernzuhalten. *Das würde ich ja liebend gern tun, Herr Rittmeister, aber was soll ich machen, wenn er sich nicht von mir fernhalten will?*

Als Feldbrück nur noch wenige Schritte von ihm entfernt war, straffte sich Eik, ging auf den höhergestellten Offizier zu und verneigte sich kurz vor ihm. »Herr Obristwachtmeister, Verzeihung, Ihr meintet mich?«

»Selbstverständlich meinte ich dich, Rittmeister. Bist du taub?« Der Mann trat dicht an Eik heran und kniff böse die Augen zusammen, als er merkte, dass er gut zwei Handbreit kleiner war als Eik.

Eik dachte gar nicht daran, seine gerade Haltung aufzugeben, sondern hob den Kopf noch ein kleines Stück, ohne darauf zu achten, ob Feldbrück das bemerkte.

»Nein, Herr Obristwachtmeister«, antwortete er. »Taub bin ich nicht.« Dann biss er sich rasch auf die Zunge, um nicht noch mehr zu sagen.

»Du bist doch dieser Kerl, der nach dem Tod von Gustav Adolf nichts Eiligeres zu tun hatte, als zur glorreichen Armee des Kaisers überzulaufen, hab ich recht?« Feldbrück sprach überlaut und deutlich, und es war klar, dass er wollte, dass man ihr Gespräch in der ganzen Schänke hörte. »Und der wegen dieser ›mutigen‹ Tat gleich von den Hofschranzen das Generalissimus zum Rittmeister gemacht wurde, stimmt's?«

Eik zwang sich zu einem Lächeln. »Ja, Herr Obristwachtmeister.« Er verneigte sich vor dem Offizier. »Und nochmals ja, Herr Obristwachtmeister.«

Die Röte in Feldbrücks Gesicht verstärkte sich, als einige Gäste, vorwiegend Wallenstein treu ergebene Offiziere, leise lachten. Offenkundig war der Obristwachtmeister nicht sonderlich beliebt.

Eik hütete sich jedoch, auch nur die geringste Reaktion zu zeigen, sondern sah den Obristwachtmeister vollkommen gelassen, ja, fast freundlich an. Obwohl er ihm wegen seiner beleidigenden Äußerungen am liebsten die Faust ins Gesicht geschlagen hätte.

Aber das darfst du nicht!, ermahnte er sich innerlich. *Feldbrück gehört zum Generalstab. Du darfst ihn nicht schlagen. Und du darfst ihn auch nicht umbringen. Und schon gar nicht darfst du ihm die Eier abschneiden. Falls er überhaupt welche hat.*

Aber auch wenn sich in seinem Gesicht kein Muskel regte, schien Feldbrück in Eiks Augen dessen Gedanken lesen zu können, denn er blähte die Nasenflügel und knirschte mit den Zähnen. Seine Lippen bewegten sich, aber Eiks Verhalten hatte ihn überrumpelt. Er hatte mit Wut oder zumindest Empörung gerechnet, mit irgendetwas, das ihm einen Vorwand gab, seinen höheren Rang zu nutzen, um Eik zu demütigen. Dass Eik einfach die Beleidigungen hinnahm und freundlich blieb, entwaffnete Feldbrück, was dem ganz und gar nicht gefiel.

»Ich warne dich, Rittmeister!«, stieß er schließlich hervor. »Unser Generalissimus umgibt sich mit viel zu vielen fragwürdigen Gestalten, aber dich werde ich im Auge behalten, das verspreche ich dir.«

Eik musste seine ganze Willenskraft aufbieten, um sich zu beherrschen.

»Jetzt, wo Ihr das sagt, Herr Obristwachtmeister, kann ich Euch nur zustimmen.« Eik maß den Mann einmal von Kopf bis Fuß. »Als Angehöriger seiner Leibschwadron werde ich dem Herzog Eure Worte weitergeben und ihm empfehlen, sich genau zu überlegen, wen er in seinen Generalstab holt. Er wird sich sicher freuen, wenn er von Eurer Sorge um sein Urteilsvermögen erfährt.«

Feldbrück traten fast die Augen aus den Höhlen, und er streckte wütend den Kopf vor. »Willst du mir etwa drohen, Rittmeister? Ich ...«

»Rittmeister Schmalens!«, rief plötzlich jemand.

Eik fuhr herum, als die befehlsgewohnte Stimme hinter ihm ertönte, und sagte erstaunt: »Herr Feldmarschall!«

»Habt Ihr nichts Besseres zu tun?«

Christian von Illow hatte die Ratsschänke mit einem seiner Adjutanten, einem Obristlieutenant, betreten, ohne dass irgendjemand ihn bemerkt hätte, da die Aufmerksamkeit der Gäste ausschließlich auf den Wortwechsel zwischen Feldbrück und Eik gerichtet gewesen war.

Eik warf Feldbrück einen kurzen Blick zu, dessen aufgeblasene Haltung schlagartig in sich zusammengefallen war, als der hohe Offizier Wallensteins vor ihm stand.

»Doch, Herr Feldmarschall«, erwiderte Eik und konnte sich ein schwaches Grinsen nicht verkneifen. »Aber ich wollte nicht unhöflich sein und mir die Ratschläge anhören, die Obristwachtmeister Feldbrück für unseren Generalissimus ...«

Eik hörte ein ersticktes Keuchen hinter sich und sah sich rasch um. Feldbrücks Gesicht war mittlerweile puterrot geworden, und der Mann sah aus, als würde er kurz vor einem Schlaganfall stehen.

»Schon gut, Herr Rittmeister.« Der Feldmarschall nickte, musterte Feldbrück verächtlich und deutete dann zur Tür. »Ihr wolltet gerade gehen, nehme ich an.« Er wedelte mit der Hand in Richtung des stammelnden Feldbrück. »Der Obristwachtmeister wird Euch sicherlich entschuldigen. Ich habe doch recht, Feldbrück?«

Ohne die Antwort des Obristwachtmeisters abzuwarten, ging von Illow auf den Tisch zu, an dem Eik eben noch gesessen hatte, und setzte sich auf die Bank. »Rittmeister Neumann hat mir gesagt, dass man hier das beste Bier in ganz Pilsen ausschenkt.« Er grinste und schlug mit der flachen Hand auf den Tisch. »Davon will ich mich selbst überzeugen.« Sein Blick streifte Eik, der die stumme Aufforderung verstand und zur Tür ging. Als er noch einmal zurückblickte, sah er, wie Feldbrück ihn mit einem bösartigen Blick musterte.

Herzlichen Glückwunsch zur Beförderung, Herr Rittmeister, dachte er. Er erinnerte sich an etwas, das ihm sein alter Vorgesetzter und Freund De Vries oft genug eingetrichtert und das er dennoch fast vergessen hatte: *Mit einem neuen Rang kommen nicht nur neue Freunde, sondern auch neue Feinde hinzu.*

Beim Verlassen der Schänke fragte er sich, was wohl aus seinem alten Freund De Vries geworden war.

Aber er war kaum zehn Meter gegangen, als eine Gestalt aus einem dunklen Torweg auf die Straße trat und sich ihm in den Weg stellte.

»Das wurde aber auch Zeit, Schmalens! Ich habe schon fast geglaubt, du hättest meinen kleinen Hinweis nicht verstanden.«

Eik runzelte die Stirn. »Herr Rittmeister … Ich meine, Neumann?«

Der Rittmeister und Vertraute von Wallenstein lachte und schlug Eik auf die Schulter. »Du hast doch nicht wirklich geglaubt, ich wollte mich jetzt noch um irgendwelche Zahlenkolonnen von irgendwelchen Quartiermeistern kümmern, oder?«

»Nein, aber …« Eik musste zugeben, dass er einfach nur angenommen hatte, dass der Rittmeister Feldbrück aus dem Weg gehen wollte. Aber er wäre niemals auf die Idee gekommen, Neumann könne auf ihn warten, und er hatte auch keine Ahnung, was der Mann von ihm wollte.

»Unser Gespräch hat mich auf eine Idee gebracht, Schmalens. Und ich habe eben kurz mit Feldmarschall Illow darüber gesprochen. Wir müssen uns unterhalten.«

21. KAPITEL

Wien, Hofburg

Valerian überprüfte noch einmal den Sitz seiner Uniformjacke und strich sich über das Haar, bevor er dem Adjutanten in den Thronsaal folgte. Er hatte eine unruhige Nacht verbracht und kaum Schlaf gefunden. Beim Blick in den Metallspiegel über seinem Waschtisch sah er die dunklen Ringe unter seinen Augen, aber daran war nichts zu ändern. Er hatte die ganze Nacht darüber gegrübelt, wie der Kaiser wohl auf diesen Revers der Offiziere Wallensteins reagieren würde, doch ganz gleich, in welche Richtung seine Gedanken auch gegangen waren, nie hatten sie ein gutes Ende gefunden.

In der inneren Tür blieb er einen kurzen Moment stehen, straffte sich und betrat dann den Saal mit zügigen Schritten. Während er auf das Kopfende der langen Tafel zuging, glitt sein Blick über die anwesenden Personen.

Es sind weniger als gestern, dachte er. Und er bemerkte auch, dass zwei Hofkriegsräte, die sich am Abend zuvor für Wallenstein eingesetzt hatten, fehlten. *Das ist kein gutes Omen. Offenbar ist eine Entscheidung gefallen.* Er hob kurz die Brauen, als er ein bekanntes Gesicht an der Tafel entdeckte, das am Tag zuvor noch nicht dort gewesen war. *Von Corpes?* Der Obrist war in der Schlacht von Breitenfeld verletzt worden, und Valerian hatte ihn seitdem nicht mehr gesehen.

»Obrist von Villesen. Tretet vor.« Ferdinand II. saß in seinem Thronstuhl am Kopfende der Tafel und winkte Valerian zu sich. Seine Miene war immer noch so mürrisch wie am Abend zuvor.

»Majestät.« Valerian sank auf ein Knie.

»Erhebt Euch, von Villesen.« Der Kaiser deutete auf einen Stuhl an der Tafel zwischen zwei Hofkriegsräten. »Nehmt Platz. Wir nehmen an, dass Ihr Euch erholt habt?«

Die anderen Anwesenden waren Maximilian von Bayern, Graf Tuchy und dazu einige Hofräte und hohe geistliche Würdenträger, unter anderem auch der Beichtvater des Kaisers. *Allesamt Feinde Wallensteins,* dachte Valerian.

Er verneigte sich vor Ferdinand. »Danke Eurer gütigen Nachfrage, Majestät. Es geht mir besser, ja.«

»Ausgezeichnet.« Ferdinand deutete auf einen der Hofkriegsräte. »Euer Gnaden, wenn Ihr bitte fortfahren würdet.« Dann verschränkte er die Hände unter dem Kinn und starrte über seine Finger hinweg abwechselnd Valerian und Tuchy an.

Valerian versuchte Blickkontakt mit dem Grafen herzustellen, aber vergeblich. Es dauerte einen Moment, bis er begriff, dass der andere ihm auswich. Er spürte, wie er erbleichte, und ihn fröstelte.

Aber er bekam keine Gelegenheit, lange darüber nachzudenken, was das Verhalten des Grafen wohl bedeuten mochte, denn der Hofkriegsrat hatte sich erhoben und begann zu dozieren. Offenbar tagte dieser Rat schon länger und hatte eine Entscheidung getroffen, die dieser Mann für Valerians Ohren noch einmal wiederholte.

»Seine Kaiserliche Majestät hat nach reiflicher Prüfung des Für und Wider beschlossen, den Herzog von Friedland und Generalissimus der kaiserlichen Armeen, Albrecht von Wallenstein, mit sofortiger Wirkung seines Amtes als Oberbefehlshaber der Armee zu entheben.«

Das ist keine große Überraschung, dachte Valerian und richtete den Blick auf den Hofkriegsrat, versuchte jedoch gleichzeitig, aus den Augenwinkeln Tuchys Reaktion zu beobachten. Der Graf hatte den Kopf gesenkt und die Hände vor sich auf dem Tisch gefaltet. Wie versteinert saß er auf seinem Stuhl. Valerian ahnte, dass sich Tuchy nicht wegen Wallensteins Ablösung so verhielt. Und die nächsten Worte des Hofkriegsrates bestätigten seine Vermutung.

»Weiterhin bleibt Seiner Kaiserlichen Majestät nichts anderes übrig, als die Treuebekundung der Offiziere dem Feldherrn Wallenstein gegenüber als Verrat an Reich und Kaiser aufzufassen!«

Valerian schluckte. Er hatte damit gerechnet, dass Ferdinand II. wütend darüber sein würde, dass sich die Offiziere zu Wallenstein bekannt hatten, aber dass er dies als Verrat an ihrem Treueschwur dem Reich gegenüber auffasste, wog zusammen mit der Entlassung Wallensteins schwer. Wieder blickte er zu Tuchy hinüber, und endlich regte sich der Graf. Er hob den Kopf ein wenig und warf Valerian einen scharfen Blick zu.

Darin lag eine unmissverständliche Warnung. *Wenn Euch Euer Leben lieb ist, dann spielt mit und haltet den Mund!*

Jedenfalls interpretierte Valerian diesen Blick so, und als der Hofkriegsrat fortfuhr, wusste er, dass er mit seiner Einschätzung genau richtiggelegen hatte.

»Seine Majestät der Kaiser lässt allerdings seinen Offizieren trotz ihres unverzeihlichen Fehlverhaltens die Wahl«, fuhr der Mann fort. »Wenn sie sich, ohne zu zögern und bedingungslos, dem Kaiser gegenüber treu erklären, wird Seine Majestät Milde walten lassen und die erneute Versicherung ihrer Loyalität akzeptieren.« Der Mann machte eine kleine Pause und sah zu den beiden Geistlichen hinüber, die seinen Worten bislang teilnahmslos gefolgt waren und stattdessen Valerian neugierig gemustert hatten.

Der runzelte unwillkürlich die Stirn, als sich einer der beiden zu dem anderen beugte und etwas sagte. Er verstand nicht, was gesprochen wurde, aber er war sich sicher, dass der Mann spanisch sprach. In diesem Moment wurde ihm klar, um wen es sich bei diesen beiden Männern handelte. Um Abgesandte des spanischen Königs Philipp IV. *Der König der Welt, wie er auch genannt wird,* dachte Valerian, dessen Blick zu Ferdinand zuckte. *Und wie unser Kaiser ein Habsburger. Kann es sein, dass sich Philipp in diese Sache mit Wallenstein eingemischt hat?*

Dann konzentrierte er sich wieder auf die Worte des Hofkriegsrates.

»Alle anderen, die nicht von diesem verräterischen Treueschwur des Reverses ablassen wollen, machen sich des Hochverrats gegen das Reich und den Kaiser schuldig.« Der Mann machte eine Pause. Sein Blick glitt über die beiden Spanier, die ihn mit Gleichmut musterten, und dann zu Ferdinand II. Der Kaiser rührte sich nicht, sondern schien auf einen Punkt jenseits der Mauern dieses Raumes zu starren.

Der Hofkriegsrat ergriff wieder das Wort: »Sie werden für vogelfrei erklärt, und Seine Majestät fordert jeden auf, sie zu ergreifen und tot oder lebendig auszuliefern. Was den Herzog von Friedland selbst angeht …«

Tuchy hob den Kopf und sah zum Kaiser. Maximilian von Bayern hatte bislang auf seinem Stuhl gesessen und war den Ausführungen des Hofkriegsrates schweigend gefolgt. Nun richtete auch er sich auf und sah zu Ferdinand II. hinüber.

»Majestät …«

»Das genügt, Euer Gnaden.« Ferdinands Stimme klang seltsam leblos, als kostete es ihn große Mühe, überhaupt zu sprechen. »Was mit Wallenstein geschieht …«

»Majestät!«, wiederholte einer der beiden spanischen Geistlichen und stand auf.

Valerian musterte den Mann neugierig. *Das ist kein Geistlicher,* dachte er, als er die Gewänder des Mannes genauer betrachtete. *Ich habe mich von dem Kreuz auf seiner Brust und seiner schwarzen Kleidung in die Irre führen lassen.*

Der Mann sagte etwas auf Spanisch zu Ferdinand, aber er sprach so schnell, dass Valerian ihm nicht folgen konnte. Er verstand nur die Worte *Hochverrat, Frankreich, Schweden, Verhandlung* und *Tod.* Und den Namen von Wallenstein, den der Mann wiederholt aussprach. Allerdings klang er aus seinem Mund wie *Waldstein.*

Ferdinand schüttelte den Kopf und antwortete kurz, ebenfalls auf Spanisch. Der Mann setzte sich wieder hin, offensichtlich nicht glücklich über die Antwort. »Wir haben darüber hinlänglich gesprochen, Euer Gnaden«, fuhr der Kaiser dann auf Deutsch fort. »Zu gegebener Zeit werden Wir geeignete Schritte unternehmen, das versichern Wir Euch.«

Der Spanier wollte noch etwas sagen, aber Ferdinand II. unterbrach ihn mit einer schroffen Handbewegung. Dann wandte er sich an Valerian.

»Herr Obrist, Wir haben eine sehr wichtige und vertrauliche Aufgabe für Euch.« Sein Blick zuckte zu Tuchy und glitt dann wieder zu Valerian zurück. »Der Kurfürst von Bayern und der Graf von Tuchy haben Uns versichert, dass Ihr treu und loyal zu Uns und dem Reich steht, trotz Eures Dienstes und Eurer soldatischen Treue zu Unserem ehemaligen Generalissimus.« Er beugte sich vor und sah Valerian scharf an. »Trifft das zu, Herr Freiherr von Villesen?«

Valerian musste sich zusammenreißen, als er den scharfen Blick des Kaisers auf sich fühlte. Der Mann mochte müde und von dem langen Krieg und der Last seines Amtes erschöpft sein, aber Valerian wusste, dass es töricht gewesen wäre, sich gegen ihn zu stellen. Er hob das Kinn und erwiderte den Blick des Monarchen.

»Bei meiner Ehre, Majestät. Ich stehe loyal zu Reich und Krone.«

Ferdinand antwortete nicht sofort, sondern musterte Valerian unverwandt, so lange, dass der schon das Gefühl bekam, er hätte vor diesem prüfenden Blick nicht bestanden.

»Wohlan denn.« Der Kaiser lehnte sich auf seinem Thronstuhl zurück und legte die Hände flach auf den Tisch.

Valerian atmete langsam aus, und es war ihm, als hätte er die ganze Zeit die Luft angehalten.

»Dann habe ich folgende Aufgabe für Euch, Herr Obrist.« Ferdinand hob die Hand, und ein Adjutant, der bis dahin scheinbar unsichtbar im Hintergrund gewartet hatte, trat vor. Er hielt mit beiden Händen ein schwarzes Samttuch, auf dem zwei Umschläge lagen.

Der Kaiser nahm den größeren Umschlag und wog ihn prüfend in der Hand. Dann winkte er erneut, und ein zweiter Adjutant trat mit einer ledernen Tasche vor, auf die das kaiserliche Wappen in Gold geprägt war.

»Dieser Brief ist für die Generäle, Obristen und andere Stabsoffiziere bestimmt, die es gewagt haben, gegen Uns aufzubegehren, und den Revers unterzeichneten, in dem sie ihre Treue Wallenstein gegenüber bekundeten. In dem Schreiben fordern Wir sie auf, sich zu Reich und Kaiser zu bekennen, und zwar vorbehaltlos! Oder aber sich für Wallenstein zu entscheiden, einen von Uns zum Hochverräter erklärten Abtrünnigen.« Er schob den Brief in die Tasche und sah dabei Valerian an. »Wir wollen, Herr Obrist, dass Ihr den Brief diesen Offizieren auf einer Stabssitzung verlest.« Er machte eine Pause, um Valerians Reaktion abzuschätzen. »Ihr gehört doch zu Wallensteins Generalstab, das stimmt doch?«

Valerian nickte. »Ja, Majestät«, sagte er rasch. Seine Gedanken überschlugen sich. *Das ist Wallensteins Ende,* dachte er. *Diesen Revers hätte es niemals geben dürfen!*

»Gut. Könnt Ihr auch eine Sitzung des Stabes einberufen, ohne dass der Herzog von Friedland daran teilnimmt?«

Noch nie war Valerian so deutlich gewesen, dass er

an einem Scheideweg stand, wie in diesem Moment. Er hatte Wallenstein die Treue gelobt, aber zuvor hatte er einen Eid auf Reich und Kaiser abgelegt. Er war der Meinung, dass Wallenstein recht mit seiner Forderung hatte, es müsse endlich Frieden geben, und er war ebenfalls der Meinung, dass die Einschätzung des Herzogs zutraf, dass das Restitutionsedikt von Ferdinand II. der größte Hinderungsgrund für diesen Frieden war. *Und doch bedeutet dieser Brief das Ende von Wallenstein.* Sein Blick glitt zu den beiden Abgesandten des spanischen Königs hinüber, die ihn aufmerksam betrachteten. Er konnte sich vorstellen, welches Interesse sie an einer Absetzung Wallensteins hatten. *Sie wollen keinen Frieden mit den Protestanten. Spanien will keinen Frieden in Deutschland. Denn dann ist es in seinem Krieg gegen die Niederlande und Frankreich isoliert.* Er sah den Kaiser an. *Wenn ich jetzt Ja sage, begrabe ich jede Hoffnung auf einen baldigen Frieden in Deutschland, denn Wallenstein ist anscheinend der Einzige, der ihn wirklich will. Und seine Offiziere werden nicht zu ihm halten, wenn der Kaiser sie dafür als Hochverräter anklagen lässt.*

»Ja, Majestät«, sagte er und räusperte sich, weil seine Stimme so belegt klang, dass er die Worte kaum selbst verstand. *Reiß dich zusammen!,* dachte er. *Sonst landest du selbst vor einem Tribunal.* »Jawohl, Majestät!«, wiederholte er laut und straffte sich. »Das kann ich, und das werde ich, wenn Ihr es von mir verlangt.«

Ferdinand hatte ihn die ganze Zeit beobachtet, und zum ersten Mal, seit Valerian den Raum betreten hatte, stahl sich so etwas wie ein Lächeln auf seine Lippen. »Gut, von Villesen. Sehr gut.« Er lehnte sich auf seinem Thronstuhl zurück und betrachtete Valerian unter gesenkten Lidern. »Seine Gnaden der Kurfürst von Bayern, Maximilian, und Graf Tuchy haben mir außerdem versichert, dass Ihr der richtige Mann für delikate Missionen seid.«

Delikate Missionen?, dachte Valerian. *Welche Mission kann denn noch delikater sein als die, den Offizieren Wallensteins das Verdikt des Kaisers zu überbringen und sie aufzufordern, ihr Treuegelöbnis dem Generalissimus gegenüber zu brechen.*

»Das Vertrauen Seiner Gnaden«, sein Blick zuckte zu Maximilian, der ihn unverwandt musterte, »und des Herrn Grafen ehrt mich. Ich werde mich bemühen, dieses Vertrauen nicht …«

»Das reicht nicht, von Villesen!« Der Kaiser beugte sich wieder vor und nahm den anderen, kleineren Brief von dem Samttuch, das der Adjutant immer noch hielt. »Wir wollen Euer Wort, dass Ihr Unser Vertrauen rechtfertigt. Wir müssen Euch ja wohl nicht sagen, wie Wir mit Verrätern verfahren, nachdem Ihr jetzt Zeuge geworden seid, wie Wir uns dieses hochverräterischen Friedländers entledigen werden.«

Wallenstein ein Hochverräter? Valerian presste die Lippen zusammen, damit ihm kein Wort gegen seinen Willen entfloh. *Niemals.* Ein Name schoss ihm durch den Kopf, und er hätte fast mit den Zähnen geknirscht. *Ich frage mich wirklich, welches Gift dieser verfluchte Feldbrück in die Ohren des Kaisers geträufelt hat, um eine solche Reaktion zu bewirken! Genau die Frage werde ich diesem hinterhältigen Hundsfott stellen, wenn ich ihn auf der Stabssitzung treffe. Und zwar vor allen Offizieren!*

Es herrschte eine bleierne Stille im Raum, und Valerian wurde klar, dass Ferdinand II. immer noch auf seine Antwort wartete.

»Ich werde Euer Vertrauen nicht enttäuschen, Majestät.« Valerian spürte, dass eine große Geste angesagt war. Er stand auf, schob den Stuhl zurück und ging wieder auf ein Knie, legte die rechte Hand aufs Herz und senkte den Kopf. »Das schwöre ich bei meinem Leben.«

Die Stille hielt an, und Valerian rührte sich nicht. Dann hörte er, wie jemand einen schweren Stuhl zurückzog, und sah, wie der Kaiser aufstand. Er trat zu Valerian und legte ihm eine Hand auf die Schulter.

»Ich akzeptiere Euren Schwur, Freiherr von Villesen. Erfüllt erfolgreich Euren Auftrag, dann werdet Ihr als Reichsgraf zu Uns nach Wien zurückkehren.«

Reichsgraf? Das war mehr, als Valerian sich jemals erhofft hatte. *Obrist und Reichsgraf?* Doch trotz dieser betörenden Aussichten wollte sich keine Freude in ihm regen. Er wusste, dass er die richtige Abzweigung des Scheidewegs genommen und seinen Ehrgeiz befriedigt hatte, aber er ahnte, dass seine Entscheidung Konsequenzen haben würde, die nicht nur sein Schicksal, sondern auch das des ganzen Reiches beeinflussen würden.

»Majestät, Ihr seid …«

»Dieser Brief, Obrist, ist von größter Bedeutung«, unterbrach ihn Ferdinand, als hätte er Valerian nicht gehört. »Gerät er in die falschen Hände, ist Euer Leben verwirkt.« Er hielt Valerian den kleineren der beiden Briefe hin, der mit Siegelwachs zwar verschlossen, in das aber kein Siegel gestempelt worden war. »Und jetzt hört Uns genau zu, Obrist von Villesen. Dieser Brief darf nur General Piccolomini, Feldmarschall Matthias Graf Gallas oder Feldmarschall Johann von Aldringen ausgehändigt werden. Habt Ihr das verstanden, und seid Ihr in der Lage, das zu bewerkstelligen?«

Valerian streckte die Hand nach dem Brief aus. Er sah, dass seine Finger ein wenig zitterten, aber er riss sich zusammen und hob den Kopf. »Ja, Majestät, das bin ich. Bei meiner Ehre«, wiederholte er seinen Schwur von vorhin.

Er ergriff den Brief, und für einen Moment schien es, als wolle Ferdinand II. ihn nicht loslassen. Doch dann hielt Valerian das Schreiben in der Hand, und der Kaiser drehte sich mit einem Schnauben um und klatschte in die Hände.

»Gut«, rief er und klang plötzlich wie erlöst. »Damit wäre das erledigt.« Er winkte einen Adjutanten herbei. »Bring Wein, Kerl, und zwar reichlich.« Er breitete die Arme aus, als wollte er die Männer am Tisch allesamt umarmen. »Wir nehmen an, dass Eure Kehlen mindestens so trocken sind wie Unsere.«

Valerian merkte, dass er immer noch kniete und auf den kleinen Brief in seiner Hand starrte. Er schrak zusammen, als sich erneut eine Hand auf seine Schulter legte.

»Gut gemacht, von Villesen.«

Graf Tuchy stand neben ihm und blickte ernst auf ihn hinab. Dann deutete er auf den Brief. »Und achtet gut auf dieses Schreiben«, sagte er leise. »Ihr haltet das Schicksal des Reichs in der Hand.«

Valerian nickte wortlos und stand auf. *Ja,* dachte er, während er den Brief in sein Wams schob, wo er gegen einen anderen, immer noch verschlossenen Brief stieß, den er bereits seit Wochen mit sich herumtrug. *Genauso fühlt es sich an.*

22. KAPITEL

Pilsen

»Wie kann er es wagen? Er hat mir Treue ...!«

Ein heftiger Hustenanfall unterbrach Wallensteins Tirade, und bevor Eik etwas unternehmen konnte, war bereits sein Leibarzt und Astrologe Seni zu ihm geeilt und stützte den kränkelnden Herzog.

»Ihr dürft Euch nicht so aufregen, Euer Gnaden! Euer Herz ist von der langen Erkrankung geschwächt ...!«

Wallenstein schob den Mann wütend von sich. »Ich werde nicht an meinem schwachen Herzen sterben, wenn ich das, was mir mein Rittmeister gerade erzählt hat, richtig verstanden habe!« Sein Blick zuckte von Neumann, der mit besorgter Miene in der Tür von Wallensteins Privatgemächern im von Rudolf II. erbauten Kaiserlichen Haus in Pilsen stand, zu Eik. »Meine beiden Rittmeister!«

Nein, das werdet Ihr ganz gewiss nicht, Euer Gnaden, dachte Eik, während er den Generalissimus ängstlich musterte.

Wallenstein hustete wieder und spuckte aus. Dann hob er den Kopf und starrte Neumann, seinen Vertrauten und Freund, und Eik scharf an. Letzterer schüttelte den Kopf. »Euer Gnaden! Bitte erlaubt mir, meine Meinung freiheraus zu sagen!«

Aber Wallenstein hörte ihm nicht zu. Er saß in sich zusammengesackt auf seinem Stuhl und murmelte vor sich hin. »Welch ein Undank! Und das, nachdem ich … Der Friede war so greifbar nah … Wir müssen weiterverhandeln, wir dürfen nicht weichen, nicht jetzt! Selbst wenn uns alle …«

Eik wechselte einen kurzen Blick mit Neumann, und der Rittmeister zuckte mit den Schultern. *Wenn er so ist, dringt niemand zu ihm vor,* sollte das wohl heißen.

Offenbar war auch der Leibarzt dieser Meinung, denn er versuchte, Neumann und Eik aus dem Zimmer zu drängen. »Seine Gnaden brauchen Ruhe!«, zischte Seni mit einem vorwurfsvollen Blick auf Eik. »Die Sterne haben …«

Eik stieß die Hand des Arztes und Astrologen wütend weg. Er trat an dem empört blickenden Mann vorbei auf Wallenstein zu und ging zwei Meter vor dessen Lehnstuhl auf ein Knie.

»Euer Gnaden! Erlaubt mir ein offenes Wort!«

Wallenstein hob den Kopf und starrte Eik an, als würde er ihn zum ersten Mal sehen. »Wer hat Euch geschickt …?«, murmelte er. »Die Sterne sagen …«

»Euer Gnaden!« Eik sah zu Rittmeister Neumann zurück und senkte den Kopf, um Wallenstein in die Augen blicken zu können. »Es braucht keine Sterne oder Sterndeuter«, er hörte, wie Seni missbilligend zischte, »um Euer Schicksal vorherzusagen, wenn Ihr hierbleibt!«

»Rittmeister Schmalens!« Wallenstein hob die Hand und ließ sich von Seni einen Becher mit Wasser reichen. Er trank gierig und wischte sich dann mit der Hand ein paar Tropfen vom Mund. »Ich erinnere mich an Euch! Er hat mich verschont, in Lützen!« Letzteres war an Neumann gerichtet. »Obwohl es ein Einfaches für ihn gewesen wäre, mich zu töten. Aber er will den Frieden, genau wie ich, das stimmt doch, Rittmeister?«

Eik musste sich zusammenreißen, um nicht mit den Zähnen zu knirschen. *Ist er jetzt völlig wahnsinnig geworden, oder redet er im Fieber?*

»Ja, Euer Gnaden. Selbstverständlich will ich den Frieden, so wie Ihr und alle hier. Aber wenn Ihr diesen Frieden wirklich wollt, müsst Ihr diesen Ort verlassen, und zwar sofort!«

Wallenstein schüttelte den Kopf. »Ich habe ihm vertraut, ihn zu meinem Obristen gemacht, zum Unterhändler mit dem Kaiser, zum Befehlshaber von Prag! Und wie dankt er es mir?«

Eik ballte die Faust. *Noch etwas, wofür ich dir Rechenschaft abverlangen werde, Valerian, mein Bruder!* »Er tut das, was sein Kaiser ihm aufgetragen hat, Euer Gnaden. Er verliest den Befehl des Kaisers, nicht mehr und nicht weniger.« Eik schüttelte den Kopf. *Aber er hätte vorher damit zu Wallenstein gehen können,* dachte er. *Du hättest es jedenfalls getan. Oder nicht?* »Und dieser Befehl ...«

Die Erwähnung des Kaisers schien Wallenstein zu beleben. Er packte die Lehne des Stuhls und stemmte sich hoch. »Dieser Befehl zeugt nur von dem Irrsinn, der sich in Wien breitgemacht hat!« Seine Stimme klang krächzend, aber etwas von dem alten Feuer war zurückgekehrt. »Ich habe immer gesagt, dass dieses Restitutionsedikt das größte Hindernis für den Frieden ist. Nun, ich habe recht behalten!« Er schüttelte den Kopf. »Und jetzt will man mir vorwerfen – wirft der *Kaiser* mir vor! –, dass ich versuche, von Deutschland zu retten, was davon noch übrig ist! Das ist der blanke Hohn! Begreift denn niemand, dass ich nur im Interesse des Kaisers gehandelt habe, im Interesse des Reichs?« Wütend schlug er mit der Faust auf die Rückenlehne des Stuhls. »Und da spricht man von Hochverrat? Und hat es gewagt …?«

»Feldbrück, Euer Gnaden«, unterbrach ihn Rittmeister Neumann. »Er hat zugegeben, dass er Wien über unsere Schritte informiert und auch über die Unterschrift der Offiziere unter den Revers berichtet hat.«

»Er hat es zugegeben?« Wallenstein schien überrascht.

»Ja«, erwiderte Eik. Er konnte sich immer noch nicht damit abfinden, dass seine Idee, die Offiziere aus Wallensteins Heer dazu zu bringen, ihm schriftlich ihre Treue zu bekunden, letztendlich zur Absetzung des Generalissimus geführt hatte. Dabei hatte er genau das Gegenteil bezwecken wollen. Er hatte Wallensteins Position stärken und dem Kaiser damit klarmachen wollen, dass Wallenstein immer noch der Einzige war, der das Reich vor den Schweden retten konnte.

Wallensteins Blick zuckte zu Eik.

»Aber erst, nachdem er sich in die Obhut der Offiziere begeben hat, die ihr Treuegelöbnis Euch gegenüber zurückgenommen haben, Euer Gnaden«, fuhr der fort. »Und das ist …«

»Und der Lauenburger?«, erkundigte sich Wallenstein, scheinbar zusammenhanglos.

Die Frage überraschte Eik. »Verzeiht, Euer Gnaden. Ich verstehe nicht …«

Rittmeister Neumann sprang ihm bei. »Es tut mir

leid, Euer Gnaden. Bernhard von Sachsen-Weimar will anscheinend Regensburg nicht verlassen. Allerdings wissen wir das nicht genau, denn bis jetzt ist Herzog Albrecht noch nicht zurückgekehrt. Wir nehmen an, dass er weiterhin versucht, Euren Cousin zu überreden, sich aus der Stadt zurückzuziehen.«

Bevor Wallenstein etwas sagen konnte, ergriff Eik erneut das Wort. »Aber selbst wenn es ihm gelänge, Euer Gnaden, käme er mit Sicherheit zu spät.«

Wallenstein sah Eik an. »Zu spät wofür?«

»Zu spät, um Euch aus Eurer Lage hier zu befreien.«

Wallenstein schüttelte erneut den Kopf. »Ich wüsste nicht, wieso ich ...«

»Euer Gnaden!«, unterbrach ihn Rittmeister Neumann.

»Herzog, die Sterne raten Euch ...«, rief Seni beschwörend.

»Weil es nicht nur um Eure Absetzung geht, Euer Gnaden!« Eik nahm allen Mut zusammen, stand auf und trat dichter an Wallenstein heran. »Der Kaiser wird Euch zur Rechenschaft ziehen wollen!«

»Ihr meint, er will meinen Tod?«

Eik trat zurück und nahm Haltung an. »Ich werde alles in meiner Macht Stehende tun, Euer Gnaden, um das zu verhindern. Aber ich bitte Euch, gebt mir die Möglichkeit dazu!«

Wallenstein starrte Eik völlig fassungslos an. »Seine Majestät will meinen Tod?«, wiederholte er.

»Ich weiß es nicht genau, Euer Gnaden. Aber ich weiß, dass wir keine Möglichkeit haben, Eure Gefangennahme zu verhindern, wenn wir hierbleiben. Und sollte der Kaiser Euren Tod wollen, wäre es zu riskant, sich von den Offizieren, die sich von Euch abgewandt haben, gefangen nehmen zu lassen.«

Wallenstein blickte Neumann an. »Alter Freund, was sagt Ihr dazu?«

Rittmeister Neumann war blass geworden, aber er straffte sich ebenfalls und trat neben Eik. »Ich schließe mich den Worten des Rittmeisters an, Euer Gnaden. Wir müssen fliehen. Sofort! Am besten nach Eger. Der dortige Stadtkommandant John Gordon ist ein Bekannter von Feldmarschall von Illow. Dort sind wir in Sicherheit, zumindest vor irgendwelchen Meutereien Eurer abtrünnigen Offiziere.«

»Euer Gnaden, die Sterne raten Euch davon ab …«, mischte sich Seni ein.

»Die Sterne …!«, fuhr Eik den Astrologen an.

»Schweigt, Quacksalber!«, zischte auch Rittmeister Neumann. »Hättet Ihr die Sterne richtig gedeutet, wäre Seine Gnaden gar nicht in diese Lage gekommen.«

»Euer Gnaden …«, versuchte Seni es noch einmal, aber Wallenstein winkte ab.

»Schon gut, mein Freund.« Er sah sich in dem Raum um, in dem alles kunterbunt durcheinanderlag. »Sagt mir lieber, wo meine Gewänder sind, und helft mir beim Ankleiden.« Sein Blick richtete sich auf Eik. »Ich stehe in Eurer Schuld, Rittmeister. Vielleicht hat ja ein gütiges Schicksal Euch in Lützen zu mir geführt.« Er nickte Eik zu und ließ sich dann von seinem Leibarzt den Hausmantel abnehmen. Im nächsten Moment sprach er leise mit dem Leibarzt auf Italienisch und schien die beiden Rittmeister völlig vergessen zu haben.

Die sahen sich mit besorgter Miene an.

»Ich gehe und kümmere mich um eine Kutsche, Pferde und die Eskorte«, sagte Eik zu Neumann, der in so kurzer Zeit so etwas wie sein Freund geworden war. *Auch wenn er kein Ersatz für De Vries ist,* dachte er, schämte sich aber im nächsten Moment für diesen Gedanken.

»Ja, tu das, Kamerad«, erwiderte Neumann und sagte dann leise: »Ich bin ganz seiner Meinung.«

»Was meinst du damit?«

»Dass dich ein guter Stern in Lützen zu ihm geführt hat.« Neumann lächelte.

»Sicher«, erwiderte Eik mit einem gezwungenen Lächeln und ging hinaus. *Ein guter Stern? Entweder hat Gott einen unergründlichen Humor, oder der Teufel selbst hatte dabei die Hand im Spiel,* dachte er, während er die breite Treppe des Kaiserlichen Hauses hinablief und in den Hof trat. *Aber du hast es gut gemeint und konntest nicht ahnen, dass genau das Gegenteil von dem eintreffen wird, was du wolltest.*

Aber während er über den Hof ging und nach Obrist von Corpes suchte, einem der wenigen Offiziere, denen er noch vertraute, flüsterte eine kleine Stimme in seinem Hinterkopf ihm etwas ganz anderes zu, und diese Stimme ließ sich nicht zum Schweigen bringen.

Er betrat das Nebengebäude, in dem Christian von Illow und Adam Erdmann Graf Trĉka ihre Quartiere hatten, zwei treue Anhänger von Wallenstein. Eik wusste, dass sie gerade eine Unterredung mit Wilhelm Graf Kinsky hatten, einem Vertreter der protestantischen Union, der mit Wallenstein über einen möglichen Frieden verhandelte.

Wenn wir unverzüglich von hier verschwinden, laufe ich wenigstens Valerian nicht mehr über den Weg, dachte Eik. Er hatte seinen ungeliebten Halbbruder gesehen, als der an diesem Morgen mit einer Eskorte direkt aus Wien in Pilsen eingetroffen war. Und er hatte bereits das Schlimmste befürchtet, als Valerian sich nicht bei Wallenstein gemeldet hatte, sondern direkt zu den Generälen Piccolomini und Gallas gegangen war.

Zwei weitere Verräter, abgesehen von meinem Bruder, dachte Eik. *Die Rechnung wird immer länger, Freiherr von Villesen. Es wird Zeit, sie endlich zu begleichen.*

»Nun, ich würde sagen, Seine Majestät hat einen vollen Erfolg erzielt, was denkt Ihr, von Villesen?«

General Octavio Piccolomini lehnte sich auf seinem Stuhl zurück und schlug die Beine übereinander. Seine schwarzen Stiefel waren makellos poliert. Er ließ sich von einem Lakaien einen Pokal mit Wein geben und hob ihn zum Toast in Valerians Richtung.

Der nickte und hob sein Glas ebenfalls. *Ich weiß nicht, ob ich das wirklich einen Erfolg nennen würde,* dachte er, hütete sich aber, den Gedanken auszusprechen. Und doch musste er zugeben, dass Piccolomini nicht ganz unrecht hatte.

»Nur keine falsche Bescheidenheit«, mischte sich Feldmarschall Gallas ein. Der Stellvertreter Wallensteins und der erste hohe Offizier, der seine Unterschrift unter den Revers zurückgezogen hatte, prostete Valerian ebenfalls zu. »Ihr habt eine wirklich flammende Rede für Seine Majestät gehalten«, sagte er und trank einen Schluck. Piccolomini folgte seinem Beispiel, und nur Valerian stellte sein Glas auf den kleinen Tisch, ohne getrunken zu haben.

Sie saßen in Piccolominis Stube im Rathaus von Pilsen. Es war die Idee des Generals gewesen, die Stabsbesprechung nicht im Kaiserlichen Haus, sondern im Rathaus abzuhalten. Die meisten Offiziere hatten sich zwar gewundert, aber Valerian musste zugeben, dass die Entscheidung des Generals richtig gewesen war.

Jedenfalls hatte Wallenstein sich nicht blicken lassen, und vielleicht hatte auch der einschüchternde, eher düstere Raum geholfen, die Männer dazu zu bringen, ihr Verhalten zu revidieren.

Ganz sicher jedenfalls haben die drakonischen Strafen, die der Kaiser angedroht hat, dafür gesorgt, dass die Offiziere sich besonnen haben. Valerian verzog die Lippen. *Andererseits, wie soll man Offizieren vertrauen, die beim kleinsten Anzeichen von Gefahr den Schwanz einziehen?*

»Ihr sagtet, Ihr hättet noch eine besondere Nachricht von Seiner Majestät für uns?«

Der Brief, erinnerte sich Valerian. *Fast hätte ich den Grund vergessen, warum wir hier sind.*

»Ja, Herr General. Verzeiht, ich war in Gedanken …«

»Wahrscheinlich habt Ihr schon überlegt, wie Ihr Euch vom Kaiser Eure Loyalität und Euren Erfolg entlohnen lasst, was, von Villesen? Wie ich aus verlässlicher Quelle hörte«, Piccolomini warf Gallas einen vielsagenden Blick zu, »wurde Euch der Titel eines Reichsgrafen in Aussicht gestellt.« Der Mann machte eine fast verächtliche Miene. »Dafür kann man schon mal seinen Generalissimus verraten, hab ich recht?«

Valerian durchströmte es eiskalt. Der General sprach das laut aus, was er sich selbst fragte, seit er Wien verlassen hatte. Aber er wäre lieber gestorben, als seine

Selbstzweifel diesem arroganten Militär gegenüber zuzugeben.

»Ich habe nicht vor, diesen Titel anzunehmen, Herr General. Und bei allem gebührenden Respekt, der Herzog von Friedland und Generalissimus der kaiserlichen Armee …«

»Der seines Amtes enthobene Generalissimus der kaiserlichen Armee«, verbesserte ihn Feldmarschall Matthias Gallas leidenschaftslos und musterte Valerian kühl.

»… ist auch Euer Generalissimus.«

Gallas leerte sein Glas und lachte. »Jedenfalls ist er es gewesen, Obrist. Und seid vorsichtig mit dem, was Ihr sagt. In dieser Atmosphäre des Verrats und der Rachsucht kann man schnell auf die falsche Seite der Klinge geraten.«

Valerian wandte Gallas das Gesicht zu und musterte den Feldmarschall unbewegt. Dann lächelte er und neigte den Kopf. »Wahr gesprochen, Herr Feldmarschall. Aber das gilt, bei allem gebotenen Respekt, für uns alle!«

Gallas hielt dem Blick von Valerian einige Augenblicke stand, und seine dunklen Augen glühten. Dann lehnte er sich zurück, legte den Kopf in den Nacken und lachte schallend. »Keine Sorge, Obrist. Ich wollte Euch nicht drohen. Ich wollte nur wissen, aus welchem Holz Ihr geschnitzt seid.«

»Deutsche Eiche, zweifellos!«, sagte Piccolomini. »Jedenfalls auf keinen Fall italienische Pinie.« Er lachte ebenfalls, aber seine Augen waren kalt wie Stein. »Und jetzt genug der Komplimente, Obrist. Ihr habt also einen Brief von Seiner Majestät für uns?«

Valerian stand auf und griff in seine Jacke, zog den Brief von Ferdinand II. mit dem nicht gestempelten Siegel heraus und warf einen kurzen Blick darauf. *Ein Königreich dafür zu wissen, was darin steht,* dachte er. Dann gab er den Brief dem General.

Gallas stand ebenfalls auf, als Piccolomini das Siegel brach, und stellte sich neben den General. Gemeinsam überflogen sie den Inhalt.

Valerian sah, wie Gallas erbleichte. Auch Piccolominis Miene war ernst geworden. Er hob den Blick von dem Brief und sah Valerian durchdringend an.

»Wisst Ihr vom Inhalt dieses Briefes?«

Valerian spürte, wie ihm ein Schauer über den Rücken lief, als er die Stimme des Mannes hörte. Sie war ebenso eisig wie sein Bick.

»Nein, Herr General.«

Wieder wechselten Piccolomini und Gallas einen kurzen Blick. Dann faltete Piccolomini den Brief langsam zusammen und schob ihn in seine Jacke.

»Ein Glück für Euch, Obrist.« Er stand auf. »Wo ist Wallenstein?«

Valerian wusste, dass er dabei war, Zeuge von etwas sehr Bedeutsamem zu werden, und er überlegte, inwieweit sein Handeln dazu beitrug, dass dieses Bedeutsame auch tatsächlich eintrat.

Aber bevor er antworten konnte, klopfte es nachdrücklich an die Tür, und noch ehe Piccolomini oder Gallas etwas sagen konnten, flog die Tür auf, und Feldmarschall Johann Graf von Aldringen stürmte herein.

Valerian hatte sich schon gefragt, wo der Mann steckte. Die drei hohen Offiziere waren miteinander befreundet, und von Aldringen war der Dritte, den ihm der

Kaiser als vertraulichen Empfänger dieses Briefes genannt hatte.

»Er ist weg!«

Piccolomini runzelte die Stirn. »Bei allem Respekt, Kamerad, aber …«

»Von wem redet Ihr, Graf?«, fragte Gallas.

»Wann?« Valerian ballte die Hände zu Fäusten und machte einen Schritt auf von Aldringen zu. »Und wohin ist er geflohen?«

Von Aldringen musterte Valerian von Kopf bis Fuß. »Geflohen?« Er runzelte die Stirn. »Wie kommt Ihr darauf, dass Wallenstein …?« Er verstummte und sah Gallas und Piccolomini an. »Ich kann mich nicht erinnern, dass dieser Bursche mir bereits vorgestellt …«

»Dieser Bursche ist Obrist Freiherr von Villesen!«, unterbrach ihn Feldmarschall Gallas ungeduldig. Er war Wallensteins Stellvertreter und folglich der ranghöchste Offizier im Raum. »Der Kaiser hat ihn mit einem vertraulichen Brief zu uns geschickt, in dem er uns auffordert, Wallenstein zu ergreifen und ihn nach Wien zu schaffen, tot oder …« Gallas unterbrach sich unvermittelt, als ihm klar wurde, dass er den Inhalt des Briefes vor Ohren verkündete, für die er nicht bestimmt war.

Er fuhr zu Valerian herum und griff nach seinem Degen. »Bei meiner Ehre, Obrist, wenn Ihr …!«

»Herr Feldmarschall, dafür haben wir jetzt keine Zeit!« Valerian deutete auf von Aldringen. »Ich nehme an, Ihr wolltet uns melden, dass Wallenstein Pilsen verlassen hat!«

»Woher wisst Ihr das?« Von Aldringen griff ebenfalls nach seiner Waffe. »Habt Ihr ihm vielleicht zur Flucht geraten?«

»Das habe ich nicht«, erwiderte Valerian ungerührt, während sich seine Gedanken überschlugen. »Aber selbst wenn ich das getan hätte, würde das nichts daran ändern, dass ich den Befehl des Kaisers ausführen würde«, er deutete auf den Brief in der Hand von Piccolomini, »jetzt, da ich ihn kenne! Aber nicht hier.«

Der General trat langsam auf Valerian zu. »Warum nicht?«

Valerian drehte sich zu ihm herum. »In seinem Heerlager, hier in Pilsen? Wo mehr als die Hälfte der Offiziere und fast alle Soldaten ihm folgen würden?« Er schüttelte den Kopf. »Wir würden diesen Versuch nicht überleben.«

Gallas starrte Valerian scharf an, dann ließ er die Klinge mit einem metallischen Klacken in die Scheide zurückfallen und nickte. »Ihr habt recht, und ich verstehe jetzt, warum Seine Majestät Euch ausgewählt hat.« Er grinste plötzlich. »Seid Ihr sicher, dass Ihr den Grafentitel wirklich ausschlagen wollt? Vielleicht möchtet Ihr ja lieber ein Herzogtum? Wenn ich mich nicht sehr irre, dürfte Friedland in Bälde neu verliehen werden.«

Von Aldringen blickte verständnislos zwischen den Männern hin und her. »Würde mich vielleicht mal jemand einweihen?«, knurrte er.

»Gleich, Kamerad Feldmarschall«, erwiderte Gallas. »Aber zuerst sagt uns, wohin sich der Friedländer geflüchtet hat.«

Von Aldringen trat an den kleinen Tisch mit der Weinkaraffe und dem Wasser. Er schenkte sich eine großzügige Portion Wein in einen Pokal, setzte ihn an die Lippen und leerte ihn in einem Zug. Dann stellte er das Glas wieder auf den Tisch zurück.

»Nach Eger«, sagte er dann und deutete auf den Brief. »Und jetzt seid Ihr dran. Was steht da drin?«

Gallas und Piccolomini wechselten einen vielsagenden Blick. »Unser Marschbefehl«, antwortete Gallas schließlich.

Von wegen Marschbefehl, dachte Valerian. *Eher eine Aufforderung zur Jagd. Tot oder lebendig … Kein Wunder, dass mir der Kaiser einen Reichsgrafentitel versprochen hat. Er benutzt mich als seinen persönlichen Henkersknecht.* Aber noch schlimmer als dieses Gefühl war das Eingeständnis, dass er sich nicht sicher war, ob er anders gehandelt hätte, wenn er den Inhalt des Briefes gekannt hätte.

Von Aldringen musterte derweil Gallas verständnislos. »Ein Marschbefehl? Wohin?«

»Nach Eger.«

23. KAPITEL

Eger

Eik marschierte mit einer kleinen Eskorte von Wallensteins Leibregiment durch die verlassenen Straßen von Eger. Nur vereinzelt brannten Laternen auf den Straßen, und selbst die Fackeln, die seine Männer trugen, konnten die Dunkelheit um sie herum nicht durchdringen. Zu der unheimlichen Stimmung trug bei, dass sich kaum Menschen aus ihren Häusern trauten.

Die Ankunft von Wallenstein hatte sich wie ein Lauffeuer in der Festungsstadt herumgesprochen. Aber statt den Herzog von Friedland willkommen zu heißen, schienen die Menschen darauf bedacht zu sein, ihm und seinen Soldaten tunlichst aus dem Weg zu gehen.

Eine Haltung, die Eik angesichts des Elends und der Gräuel, die die einfache Bevölkerung durch die Söldner des Feldherrn hatte ertragen müssen, normalerweise nachvollziehen konnte. In diesem Fall jedoch fragte er sich, ob ihnen möglicherweise die Nachricht von Wallensteins Absetzung vorausgeeilt war. Jedenfalls hatte er ein ungutes Gefühl, seit sie hier angekommen waren. Er vermutete, dass hinter der abweisenden, ja fast feindseligen Begrüßung mehr steckte als die Angst vor Übergriffen der Soldaten. Nur was genau es war, hätte er nicht zu sagen vermocht.

Immerhin hatte John Gordon, der Stadtkommandant von Eger, ihnen eine Einladung zu einem Festbankett in der Egerer Burg überbringen lassen, das er zu Wallensteins Ehren geben wollte.

Der von Gicht geplagte Wallenstein war mit einer Sänfte in die Stadt getragen worden und wieder im Pachelbel-Haus direkt am Markt von Eger abgestiegen. Dort hatte er acht Jahre zuvor das erste Mal eine Armee für den Kaiser zusammengestellt und seinen unvergleichlichen Siegeszug begonnen. Aufgrund seiner Erschöpfung hatte er die Einladung zu dem Bankett ausgeschlagen und war früh zu Bett gegangen. Eik und Rittmeister Neumann hatte er freigestellt, an dem Bankett teilzunehmen. Neumann hatte die Einladung angenommen, aber Eik hatte Wallenstein nicht allein lassen wollen.

Doch je weiter der Abend fortschritt, desto stärker war Eiks Unruhe gewachsen. Er konnte einfach das Gefühl nicht abschütteln, dass sich eine dunkle Wolke über ihren Häuptern zusammenbraute. Und er glaubte auch nicht, dass der Feind, wie der Herzog annahm, von außen kommen würde. Der Bürgermeister, der sie in seinem Haus aufgenommen hatte, war auffällig bedrückt und schweigsam gewesen und hatte sich bei der erstbesten Gelegenheit davongemacht. Und auch der katholische Ire Walter Deveroux, ein Hauptmann der Garnison, hatte sie eher kühl begrüßt.

Nachdem Wallenstein eingeschlafen war, entschloss sich Eik, ebenfalls zur Burg zu gehen, um zumindest seinen Freund Neumann zu holen, damit sie ihren Herzog gemeinsam bewachen konnten.

Du siehst wirklich Gespenster, schalt er sich, als er

mit einer Abteilung Leibkürassiere durch die schmalen Gassen der Stadt marschierte. Sie hatten auf Pferde verzichtet, weil der schottische Soldat, der ihnen als Führer diente, ihnen versichert hatte, dass es nur ein kurzer Fußweg wäre und sie sich deshalb nicht die Mühe machen müssten, ihre Pferde zu satteln, und sie stattdessen lieber schonen sollten. *Wir sind ein Regiment von fast zweitausend Mann, und die Besatzung von Eger zählt wie viele Köpfe?* Das Regiment Walter Butler, das in Eger stationiert war, war kaum größer als die Abteilung, die Wallenstein mitgebracht hatte. *Trotzdem,* sagte sich Eik, während er durch die Straßen zur Burg ging, *man braucht kein Regiment, um einen Mann zu töten.*

»Du weißt genau, dass wir in die richtige Richtung gehen?«, erkundigte sich Eik bei ihrem Führer. Deveroux hatte ihnen eine Handvoll seiner Männer als »Verstärkung«, wie er sich ausgedrückt hatte, überlassen. Eik fragte sich allerdings, ob diese Männer ihnen helfen oder sie bewachen sollten, aber er hatte das Angebot nicht ausschlagen können, ohne Deveroux zu beleidigen.

»Sicher«, gab der Mann über die Schulter verächtlich zurück. »Was glaubt Ihr denn?«

Eik lag eine scharfe Entgegnung auf der Zunge, aber er riss sich zusammen und schwieg. *Was ich glaube, werde ich dir ganz bestimmt nicht auf die Nase binden.*

Als sie das nächste Mal um eine Ecke bogen, erhob sich der dunkle Schatten der Burg vor ihnen. Eik atmete erleichtert auf. Auf dem imposanten schwarzen Turm der Burganlage blakten Fackeln, und auch das Portal und die Brücke, die dorthin führte, wurden von brennenden Fackeln einigermaßen erleuchtet. Das Tor wurde von vier Soldaten mit Hellebarden bewacht.

Wenigstens scheint hier alles in Ordnung zu sein, dachte Eik und trat auf die Brücke, die zu dem Tor führte. *Kein Zeichen von Feindseligkeit oder Aufruhr.*

»Wo liegt der Festsaal?«, fragte er den schottischen Soldaten.

Als der Mann nicht antwortete, drehte sich Eik zu ihm herum. Der Kerl war verschwunden. Eik runzelte die Stirn. *Was soll das?,* fragte er sich und blickte wieder zum Tor hinüber. Die Soldaten standen in einer lockeren Reihe davor und sahen der Abteilung Kürassiere, die sich zu Fuß der Burg näherten, aufmerksam entgegen.

Eik sah hinter ihnen im Torweg etwas Dunkles schimmern. *Eisen?* Er legte unwillkürlich die Hand auf seinen Pallasch und blickte hoch. Auf den Zinnen über dem Torhaus sah er ebenfalls ein vereinzeltes Schimmern in der Dunkelheit. *Soldaten,* dachte er. An und für sich war es nicht ungewöhnlich, dass die Bastionen und Zinnen einer Burg in diesen Zeiten besetzt waren. Aber dieses Tor und die Befestigungen darüber blickten auf die Stadt, nicht hinaus aufs Land, von wo, wenn überhaupt, ein Feind zu erwarten war. *Es sei denn,* dachte Eik, *sie hätten den ausdrücklichen Befehl erhalten, nach Feinden Ausschau zu halten, die aus der Stadt zur Burg kommen. Und wer dieser Feind sein soll, ist vollkommen klar: Das sind wir!*

Er wollte sich gerade umdrehen, um seinen Männern den Befehl zu geben, sich zu wappnen, als Lärm im Burghof ertönte. Schreie und das Klirren von Eisen. Eik beschleunigte seine Schritte, näherte sich dem offenen Portal. Plötzlich strömten etliche Landsknechte heraus und stellten sich mit ihren Hellebarden neben ihre Kameraden. Ein Offizier tauchte mit gezücktem Säbel hinter ihnen auf.

»Halt, wer da?«, rief er.

Bevor Eik antworten konnte, ertönten erneut Schreie aus dem Burghof, und eine Gestalt rannte von hinten auf die Kette aus Landsknechten zu. Einige Männer jagten ihm nach und schrien Befehle, die Eik genau verstand, denn sie riefen auf Irisch oder Schottisch. Der Offizier wirbelte herum und hob seinen Säbel, als der Mann auf ihn zurannte.

»Nein! Ich bin …!« In dem Moment sah der Flüchtende die Kürassiere vor dem Tor. Sein Blick fiel auf Eik, der im Licht der Fackel, die ein Soldat neben ihm hielt, gut zu erkennen war.

»Schmalens!«, brüllte der Mann. »Verrat! Wir wurden …!« Sein Ruf wurde zu einem Schrei und verstummte dann schlagartig. Eik sah, wie die Spitze einer Partisane aus der Brust des Mannes drang, und er stieß einen entsetzten Schrei aus, als die Fackeln neben dem Portal das Gesicht des hinterrücks Gemeuchelten beleuchteten.

Es war niemand anders als Rittmeister Neumann, sein Kamerad, Freund und der Vertraute von Wallenstein.

Die Gestalt trat hinter Neumann ins Licht und zog mit einem heftigen Ruck die Partisane aus dem Rücken der Leiche. Es war Hauptmann Geraldin, einer der Hauptleute des schottischen Regiments, das die Besatzung der Burg stellte, und unmittelbar neben ihm tauchte ein blutverschmierter John Gordon auf. In der Hand hielt er ein Schwert, dessen Klinge mit dunklen Flecken übersät war.

Die beiden Männer starrten Eik an. Ein paar Herzschläge lang schien diese schreckliche Szene wie eingefroren, dann riss sich Eik aus seiner Erstarrung. Er fuhr zu seinen Männern herum.

»Zurück zum Markt!«, schrie er. »Wir wurden verraten! Schützt den Herzog!«

Die Kürassiere standen noch einen Moment wie erstarrt da, dann kam Bewegung in die kleine Abteilung. Sie drehten sich um und stürmten die Brücke zurück, die sie gerade überquert waren.

Eik rannte mit ihnen und packte im Laufen einen Korporal am Arm.

»Lauf zu Gidéau und schlag Alarm! Wir werden überfallen!« Er bedeutete zwei Kürassieren der Abteilung, dem Mann zu folgen. Hinter sich hörte er, wie John Gordon laut Befehle brüllte, und auch wenn er so gut wie kein Englisch verstand, wusste er doch, was der Mann tat.

Er hetzt uns eine Abteilung Dragoner hinterher! Gebe Gott, dass wir noch rechtzeitig bei Wallenstein eintreffen!

Der Korporal war kreidebleich, nickte jedoch und beschleunigte seine Schritte. Während Eik und die restlichen Kürassiere dieselben Straßen zurückliefen, die sie gekommen waren, bog der Korporal mit seinen beiden Begleitern in eine schmale Seitenstraße ein, die, wie sie hofften, zu dem Quartier des Regimentskommandeurs führte. Unterwegs schickte Eik zwei weitere Kürassiere zum Rathaus, um vom Turm aus Alarm zu schlagen.

Während er hastig mit den beiden letzten Männern seiner Begleitung zum Pachelbel-Haus am Markt rannte, hoffte er, dass es ihnen gelang, ihre Soldaten schnell genug zu sammeln. Sie waren in der ganzen Stadt verteilt, und zweifellos waren die meisten von ihnen bereits betrunken oder schliefen schon.

Doch als er sich dem Haus näherte, sah er, dass er zu spät gekommen war. Vor dem Eingang kämpften Dragoner des schottischen Regiments und einige Kürassiere von Wallensteins Leibregiment erbittert miteinander. Es war klar, dass dieser Kampf nicht allzu lange dauern würde.

Eik sah, dass der Anführer der Männer, die sich gewaltsam Zutritt zum Haus verschaffen wollten, ebenjener Walter Deveraux war, der Wallenstein und Eik noch vor wenigen Stunden in ebendiesem Haus willkommen geheißen hatte.

Eik zog seinen Pallasch aus der Scheide und wollte den Befehl zum Angriff geben, als sein Blick in eine kleine Gasse neben dem Haus fiel. Dort drangen gerade ein paar Männer durch ein Fenster ein. Aber nicht das war es, was Eik wie angewurzelt stehen bleiben ließ, sondern der Zopf rotblonder Haare, der im Licht der Fackeln glänzte. Noch bevor sich der Mann umdrehte, um seine Leute in das Haus zu scheuchen, wusste Eik, um wen es sich handelte.

Er blieb stehen, als wäre er gegen eine Wand geprallt, dann rannte er los und bedeutete seinen Männern, ihm zu folgen, als er in die Gasse einbog.

Er lief mit den beiden Kürassieren zu dem Fenster, durch das der Offizier, der Verräter, gerade geklettert war.

Der Offizier und Scherge des Kaisers, Obrist Valerian Freiherr von Villesen, mein Bruder.

Valerian sah sich in der dunklen Stube um. »Weiter!«, befahl er Declaes leise. »Schnell!«

Declaes nickte und gab den Befehl ebenso leise an seine Leute weiter.

Wir müssen vor den Schotten bei Wallenstein sein!, dachte Valerian, während er Declaes und seinen Kürassieren folgte und sich dabei umsah. Er glaubte, Geräusche draußen in der Gasse zu hören, aber das war wahrscheinlich nur der Kampflärm vor der Tür des Pachelbel-Hauses, der in der schmalen Gasse widerhallte.

Er war mit seinen engsten Vertrauten wie der Teufel von Pilsen hierher nach Eger geritten, als Gallas ihm aus Versehen den Inhalt des Briefes, den der Kaiser ihm mitgegeben hatte, verraten hatte.

Valerian presste die Lippen zusammen. Offenbar hatten Gallas und Piccolomini – und sicherlich auch von Aldringen – bereits gewusst, dass der Kaiser Wallenstein absetzen wollte. *Vermutlich haben Erstere in Wien mit Freuden das Misstrauen gegen Wallenstein geschürt, nachdem Gustav Adolf gefallen ist,* dachte er, während er den Männern in einen schmalen Flur folgte, von dem eine ebenso schmale Treppe ins Obergeschoss führte.

Declaes sah sich fragend zu Valerian um, und der nickte und deutete mit seinem Säbel auf die Treppe. »Nach oben!«

Es gelang ihm nicht, die Gedanken an die Unterredung mit Gallas, Piccolomini und von Aldringen aus seinem Kopf zu verdrängen, während er hochstieg. Gewiss, Wallensteins Verhalten war mehr als zwiespältig. Er verhandelte praktisch im Alleingang mit den

Feinden des Kaisers, und niemand wusste, was genau seine Absicht war. *Wäre er nicht so geheimniskrämerisch,* dachte Valerian, *würde man ihm in Wien vielleicht eher vertrauen. Aber so? Hinter dem Rücken des Kaisers mit den Schweden zu verhandeln …* Valerian biss die Zähne zusammen, als Declaes auf dem oberen Treppenabsatz eine Tür zu einem Korridor öffnete und gedämpfte Schreie und Getrampel an Valerians Ohren drangen. *Trotzdem ist das kein Grund, sich dieses Mannes einfach zu entledigen wie eines abgetragenen Mantels,* dachte er. *Selbst wenn Wallenstein immer nur seinen eigenen Machtgewinn im Sinn hatte, hat er dabei den Kaiser vor dem Untergang bewahrt. Diesen Mann einfach wie ein Stück Vieh abzuschlachten, ist einfach nicht recht! Und wenn es nach mir ginge …*

»Hier ist er!«, hörte Valerian eine heisere Stimme. Sie hatte einen schwer erkennbaren Akzent. *Vermutlich schottisch,* dachte Valerian und hob seinen Säbel. *Sie haben Wallenstein gefunden!* »Declaes! Los!«, rief er.

Declaes war durch die Tür in den Korridor dahinter getreten, gefolgt von den Kürassieren. Doch noch bevor Valerian ihm folgen konnte, hörte er, wie jemand seinen Namen rief.

Jemand, der unten an der Treppe stand.

Jemand, dessen Stimme ihm bekannt vorkam!

Dann brach die Hölle los, als sich Declaes und seine Kürassiere auf die Männer stürzten, die sich im Flur vor Wallensteins Gemach drängten.

»Valerian, bleib stehen und kämpf mit mir!«

Valerian sah, wie Eik, zwei Stufen auf einmal nehmend, die Treppe hinaufstürmte. »Du kommst zu spät, Bruder! Wir können nichts mehr für Wallenstein tun!«

Damit lief er in den Flur, zu Declaes und den anderen Kürassieren, die in den beengten Räumlichkeiten ihre Schwerter eingesteckt hatten und mit ihren Langmessern gegen die Widersacher kämpften. Die Schotten waren aus Wallensteins Kammer geflohen und ließen sich von den Kürassieren den Gang entlangtreiben, auf die breite Haupttreppe am anderen Ende zu.

Valerian war mit zwei Schritten an Wallensteins Gemach und warf einen Blick hinein.

Wallenstein lag in seinem Blut halb auf dem Bett, halb auf dem Boden. Die Partisane, die in seinem Bauch steckte, hielt er mit beiden Händen umklammert. Auf seinem hageren Gesicht malte sich fassungsloses Entsetzen ab, Augen und Mund waren weit aufgerissen. Aus Letzterem sickerte Blut.

Valerian war zwar kein Arzt, aber es war offensichtlich, dass der Herzog von Friedland und ruhmreiche Generalissimus des Kaisers tot war.

Er wollte sich gerade umdrehen, um wieder in den Gang zu treten, als ihn ein heftiger Schlag in den Rücken traf. Er flog förmlich in den Raum hinein, strauchelte und landete mit dem Kopf vor Wallensteins Füßen.

Hastig rappelte er sich auf, hob das Schwert und wirbelte herum.

Eik stand in der Tür. Sein Gesicht war eine Fratze der Wut, als er das Bild erfasste, das sich ihm bot. »Ist das dein Werk, du elender Verräter?«

Bevor Valerian antworten konnte, stürzte sich Eik auf ihn und ließ mit seinem Pallasch einen Hagel von Schlägen auf ihn niedergehen.

Nur mit Mühe gelang es Valerian, sich des Angriffs

zu erwehren. Der kürzere und leichtere Pallasch war in diesem überfüllten, niedrigen Raum eine bessere Waffe als der große, schwere Kavalleriesäbel, den Valerian führte.

Aber die Wut auf Eik und seine unmoralische Schwester, die sich in ihm aufgestaut hatte, brach sich in diesem Moment Bahn, und er schwang die Waffe mit einer Leichtigkeit, als wäre sie nur eine Weidenrute.

»Es ist auch das deine, du Missgeburt!«

Er biss die Zähne zusammen, als die Spitze des Pallaschs seinen Oberarm ritzte. *Verdammt, ist er schnell!*, dachte er, verkniff sich aber ein Stöhnen. Diese Genugtuung wollte er Eik nicht gönnen. Dann sah er eine Öffnung in dessen Verteidigung und sprang vor, während er ausholte und mit voller Wucht zuschlug.

Eik fing den Schlag ab. »Was meinst du damit, mein Werk?«

»Ich habe nur die Briefe des Kaisers überbracht und zu spät erfahren, dass er Wallensteins Tod wollte!«, schrie Valerian, der hastig zurücksprang, sodass die Spitze des Pallaschs eine Handbreit an seiner Nase vorbeizischte. »Aber du hast …« Er trat vor und stieß mit dem Säbel nach Eiks Bauch.

Der wehrte den Schlag ab, aber die Spitze bohrte sich etwa einen Daumennagel tief in seinen Oberschenkel. Er knurrte, sprang vor und hämmerte Valerian den Knauf seines Pallaschs ins Gesicht.

»Ich habe was?«, fragte er keuchend, während er sich wieder zurückzog, auf den toten Wallenstein zu.

»Ich habe gehört, was in Pilsen passiert ist«, antwortete Valerian. »Feldbrück hat dem Kaiser alles verraten. Und du hast mit deinem Revers die Sache noch viel schlimmer gemacht. Sonst hätte sich der Kaiser vielleicht darauf beschränkt, Wallenstein einfach nur abzuberufen. Aber so …« Er schlug langsam einen Bogen um Eik, um ihn von Wallenstein wegzulocken. Vielmehr von der Partisane, die immer noch im Bauch des Toten steckte.

Aber Eik durchschaute seinen Bruder, sprang zu der Leiche und riss die Partisane mit einem gewaltigen Ruck heraus. Dann trat er hastig zur Seite, weil Valerian einen Wasserkrug nach ihm schleuderte. Der flog an Eik vorbei und zersplitterte krachend an der Wand.

»Du hast verdammt viel gelernt, Bruder, seit wir in Villesen am Fluss mit Stöcken geübt haben!«, stieß Valerian hervor. »Und du bist mittlerweile Rittmeister, wie ich sehe.« Während er redete, suchte er nach einer Lücke in Eiks Deckung, fand aber keine. »Für einen Müllerssohn eine beachtliche Karriere.«

»Müllerssohn?« Zu Valerians Überraschung lachte Eik. »Nun, Bruder, ich bin ebenfalls beeindruckt. Offenbar ist es das Blut deiner Mutter, das dafür gesorgt hat, dass du es sogar bis zum Obristen geschafft hast! Denn das meines Vaters war es bestimmt nicht.«

Valerian duckte sich zum Angriff. Seine Stimme war ein heiseres Knurren. »Sprich nicht so von meiner Mutter, du Mistkerl! Sie ist gestorben, als sie im Auftrag meiner feigen Schwester zu mir unterwegs war, zweifellos, um mich um Verzeihung für Augustas und deine Verfehlung zu bitten! Und was unseren Vater angeht …!«

»Um Verzeihung bitten? Ich wüsste nicht, wofür sie dich um Verzeihung bitten sollte! Du bist es, der seine Schwester um Verzeihung anflehen müsste!«

»Jetzt übertreibst du, Bastard! Ich habe dich in Magdeburg verschont, aber damit ist meine Schuld dir gegenüber beglichen! Dein Vater hat sein Schicksal selbst herausgefordert, so grausam sein Tod auch gewesen sein mag. Also lass es gut sein und verschwinde, bevor ich dich töte. Was ich tun sollte, nach allem, was du Augusta angetan hast. Wie konntest du deiner Schwester auch noch ein Kind machen? Wage nicht, dich Augusta noch einmal zu nähern, wenn das hier vorbei ist! Ich werde sie …«

»Du weißt es wirklich nicht, hab ich recht?« Eik starrte Valerian an und ließ den Pallasch sinken.

Der hatte auf eine solche Gelegenheit nur gewartet, und getrieben von seiner Erbitterung, dass er Wallenstein nicht hatte retten können, und seiner Wut auf die Ungeheuerlichkeit, die Eik seiner Meinung nach begangen hatte, stürzte er sich auf seinen Halbbruder.

Aber dabei strauchelte er über einen Mantel; der hatte auf einem Stuhl gelegen, der bei ihrem Kampf umgestürzt war. Sein Hieb, der Eiks Schwertarm hatte treffen sollen, verfehlte sein Ziel. Stattdessen spürte er einen scharfen Schmerz auf seiner Brust, als Eik zur Seite sprang und mit seinem Pallasch zuschlug.

»Was weiß ich nicht?«, fragte Valerian keuchend, während er die Stelle an seiner Brust untersuchte. Eik hatte mit seinem Pallasch sein Wams bis auf seine Haut aufgeschlitzt, und etwas Weißes lugte heraus. *Der Brief meiner Mutter,* dachte Valerian, zog ihn heraus und warf ihn auf den Tisch.

»Ich nehme an«, Eik deutete mit der Spitze seines Pallaschs auf den Brief, »das ist der Brief, den deine Mutter bei sich hatte, als sie starb?«

»Woher weißt du …?«

»Ich habe Augusta in Prag getroffen. Kurz nachdem du beleidigt abgereist bist, statt mit ihr zu reden.« Eik hob abwehrend eine Hand, als Valerian Anstalten machte, sich wieder auf ihn zu stürzen, während er mit der anderen den Stoßdegen ausstreckte. »Hättest du diesen Brief gelesen, wäre das hier vollkommen überflüssig!« Er schüttelte den Kopf. »Wenn ich mir vorstelle, dass deine Mutter gestorben ist, nur weil du zu dumm und zu eingebildet bist, dich der Wahrheit zu stellen …!«

Valerian gab es nicht gern zu, aber ihm war die kleine Kampfpause ganz recht. Er stützte den Säbel auf den Boden und wischte sich mit seinem Hemdsärmel den Schweiß vom Gesicht. Als er die Hand sinken ließ, war der Stoff des Ärmels rot.

»Welcher Wahrheit? Dass meine Schwester und der Bastard meines Vaters und einer Müllersfrau …!«

Eik knurrte. »Als du in Bruchhausen gestanden und zugesehen hast, wie dieser Rittmeister meinen Vater ermordet hat, bist du Zeuge gewesen, wie auch dein Vater starb! Unwissentlich, das gestehe ich dir zu, aber dennoch …«

»Was redest du da für einen …?« Die Worte erstarben Valerian auf den Lippen. *Was? Kann das sein? Nein, das ist vollkommen unmöglich!* Doch der Gedanke wollte sich nicht vertreiben lassen. *Meine Mutter und …?* Er starrte Eik an, der ihn schwer atmend musterte, den Pallasch stoßbereit in der Faust.

»Ich rede keinen Unsinn, *Bruder*!«, entgegnete Eik und betonte das letzte Wort spöttisch. »Wenn du mir nicht glaubst, lies endlich die Briefe, die Augusta dir geschickt hat. Hältst du deine Schwester tatsächlich für eine Hure, die mit ihrem eigenen Bruder ein Kind zeugt?« Er schüttelte den Kopf. »Welche Verblendung, nur um nicht zugeben zu müssen, dass nicht ich der Bastard bin, wie du immer geglaubt hast, sondern du selbst!«

Valerian stand wie angewurzelt da und hatte das Gefühl, als würde Eis durch seinen Körper strömen. Er sah, wie Eik den Brief aufhob, ohne dabei den Blick von ihm zu nehmen, und ihm das Papier hinhielt. »Öffne den Brief deiner Mutter und lies, dann wirst du sehen, dass ich die Wahrheit sage.«

Valerian konnte sich nicht rühren. Er schüttelte nur den Kopf, als wolle er die Wahrheit dieser Worte leugnen, die sich wie eine Faust in seine Brust bohrten.

»Na gut, dann eben nicht. Beenden wir die Sache zwischen uns, wie Soldaten es tun!« Eik wollte den Brief schon wieder weglegen, als Valerian vorsprang und ihm das Pergament aus der Hand riss.

»Wenn dieser Brief beweist, dass du mich belogen hast …!« Er konnte kaum sprechen, so sehr schnürten die Gefühle ihm die Kehle zu.

»Das wird er nicht … Bruder.« Eik blieb ruhig stehen und ließ den Pallasch sinken.

Valerian brach das Siegel, faltete den Brief auf und überflog ihn hastig. Die Farbe wich aus seinem Gesicht, als er die Zeilen las, die seine Mutter in ihrer Verzweiflung niedergeschrieben hatte. Als er fertig war, las er die entscheidenden Stellen noch einmal.

… muss ich Dich um Verzeihung bitten. Denn ich habe Dich belogen, Dein ganzes Leben lang. Aber nur, um

Dich zu schonen, meinen Sohn und sehnlichst erwarteten Erben unseres Namens, den ich so liebe …

Valerian ließ den Brief sinken und starrte Eik an. »Du bist …«

»Ich bin dein Halbbruder, nur nicht so, wie du es geglaubt hast.«

»Pieter Schmalens …«

Eiks Augen verdunkelten sich, als er an seinen Vater und dessen Schicksal dachte. »Er war *unser* Vater, ja. Und Augusta, *deine* Halbschwester«, er betonte das Wort, »war die Tochter von Tanno von Villesen und deiner Mutter. Sie und ich sind nicht miteinander verwandt. Es gibt keine Blutschande, die du rächen müsstest.«

Valerian taumelte, als die Ungeheuerlichkeit dieser Erkenntnis ihn übermannte. »Ich habe …« Er schüttelte den Kopf. »Augusta hat versucht …«

»Ja, immer und immer wieder.« Eik spürte, wie sich seine Wut und sein Hass auf Valerian verflüchtigten. Er war nur noch müde und empfand Mitgefühl mit dem jungen Adligen. Er konnte sich noch gut daran erinnern, wie wütend er selbst auf Augusta gewesen war, als er demselben Irrtum erlegen war wie Valerian.

»Am Anfang ging es mir genauso«, sagte er. »Ich bin nach Villesen gegangen, um sie zur Rede zu stellen. Deine Mutter hat mir gesagt, wie es sich wirklich verhielt …«

»Und …«

»Ergreift sie!«, ertönte plötzlich eine Stimme an der Tür.

Die beiden Brüder fuhren herum.

»Feldbrück!«

»Obrist von Feldbrück, wenn ich bitten darf!«, erwiderte der Mann und winkte einen Offizier in die Kammer. »Das sind die beiden Verräter!«, erklärte er. »Sie sind glühende Anhänger von Wallenstein und haben sich gegen Kaiser und Reich …!«

»Obrist von Villesen!« Rittmeister von der Velde betrat die Kammer und salutierte. Dann drehte er sich zu Feldbrück herum. »Ihr müsst Euch irren, Herr Obrist. Ich kenne Obrist von Villesen und kann für seine Treue zu Kaiser und Reich bürgen. Und was den anderen Herrn betrifft …«

»Ich habe Euch einen Befehl erteilt, Rittmeister!«, schrie von Feldbrück. Speichel flog aus seinem Mund und landete auf der Uniformjacke des Rittmeisters. »Mir nicht zu gehorchen ist Insubordination …!«

»Obrist von Villesen ist mein Vorgesetzter, Herr Obrist von Feldbrück!«, entgegnete von der Velde ungerührt. »Und wie es aussieht«, er sah zu Wallensteins Leiche, »scheint er nur den Auftrag Seiner Majestät ausgeführt zu haben. Daran kann ich nichts Verräterisches finden. Wenn Ihr ihn verhaften wollt, müsst Ihr das selbst tun. Und dafür die Verantwortung übernehmen.« Sein Blick zuckte zu Eik. »Und was den anderen Offizier angeht …«

Valerian trat vor. »Für den bürge ich, Rittmeister.«

Von der Velde salutierte, drehte sich auf dem Absatz herum und verließ die Kammer.

»Das ist ungeheuerlich!«, schrie von Feldbrück und trat auf Eik zu. »Aber Ihr, Ihr seid …« Er hob seinen Säbel, als wollte er Eik damit schlagen.

Es gab einen Knall, als Valerian die Tür zutrat.

Eiks Wut auf diesen Mann, der Wallenstein ans Messer geliefert hatte, überkam ihn und wurde von der Anspannung noch angestachelt, unter der er während des Streits mit Valerian gestanden hatte. Er sprang vor …

… und bohrte von Feldbrück die Spitze seines Pallaschs in die Kehle!

Der Mann gurgelte, riss im Todeskampf die Augen weit auf und ließ seinen Säbel fallen. Dann sackte er auf die Knie, während Blut aus seinem Mund quoll. Er versuchte noch, nach der Waffe in seiner Kehle zu greifen, dann sank er zusammen, gurgelte noch einmal und rührte sich nicht mehr.

»Wie ich schon sagte, du hast einiges gelernt, seit ich dich das letzte Mal gesehen habe«, erklärte Valerian und trat neben den Toten. »Natürlich kann ich nicht billigen, dass du einfach einen Vertrauten des Kaisers tötest, der in seinem Auftrag Wallenstein bespitzelt hat.« Er zuckte mit den Schultern. »Auch wenn ich ihn auf den Tod nicht leiden konnte. Aber da Wallenstein jetzt aufgrund der Berichte dieses Spitzels tot ist, hat er wohl seine Schuldigkeit getan. Und ich glaube kaum, dass der Kaiser den Herrn von Feldbrück sonderlich vermissen wird.« Er sah Eik an, der seine Waffe aus der Kehle des Toten gezogen hatte und sie an einem Kleidungsstück abwischte. »Doch wenn bei den Verrätern der erste Rausch über ihren Sieg verflogen ist, werden sie Feldbrück suchen. Sollten sie dich hier finden …«

»… dann bringen sie mich ebenfalls um«, vollendete Eik. »So wie sie bereits Rittmeister Neumann, Feldmarschall von Illow, Graf Kinsky und Graf Trĉka ermordet haben.«

Valerian runzelte die Stirn. »Ich habe von einem Kampf in der Burg von Eger gehört. Illow und Kinsky sind tot?«

Eik nickte. »Wir konnten gerade noch entkommen.« Er legte den Kopf auf die Seite und lauschte. »Etwas, das mir, fürchte ich, diesmal nicht gelingen wird. Sie fangen bereits an, die Räume zu durchsuchen.«

»Dann wird es Zeit, dass du von hier verschwindest. Komm, hilf mir.«

Eik sah verblüfft, wie sich Valerian an dem toten Feldbrück zu schaffen machte.

»Was hast du ...?« Dann begriff er, was sein Bruder vorhatte. Er lächelte. »Ein Glück, dass Feldbrück nicht nur ein Verräter, sondern auch ein eitler Geck gewesen ist, stimmt's?«, fragte er, während er Valerian half, dem Mann seinen reich bestickten, dunklen Uniformrock auszuziehen, auf dem das kaiserliche Wappen prangte.

»Er ist zwar etwas blutig, aber dennoch ist er hilfreich, vermute ich«, sagte Valerian. »Beeil dich.«

Kurz darauf stand Eik in der Uniformjacke des toten Feldbrück da, und Valerian musterte ihn kurz. »Das dürfte genügen, um zumindest die einfachen Soldaten zu täuschen. Aber du solltest dieses Haus und auch Eger verlassen, bevor Gallas und Piccolomini hier eintreffen. Sie kennen Feldbrück und seine Uniform. Und sie werden sicherlich nicht mehr allzu lange auf sich warten lassen, wenn sie erst einmal erfahren haben, dass Wallenstein tot ist.«

Eik nickte, schob seinen Pallasch in die Scheide und trat auf Valerian zu.

Der schnallte den Schwertgurt von Feldbrücks Hüfte

und gab ihn Eik. »Hier, die Waffe ist zwar im Feld nicht zu gebrauchen, aber sie sieht im Salon sehr gut aus. Und sie passt zu Feldbrück.« Er deutete auf den Pallasch. »Das da ist die Waffe eines richtigen Soldaten.« Er schüttelte den Kopf. »Damit kauft man dir den eingebildeten Hofschranzen ganz sicher nicht ab.«

Die beiden Brüder standen einen Augenblick voreinander, ohne etwas zu sagen. Dann trat Eik auf Valerian zu, und sie umarmten sich. Fest und lange.

Als Valerian zurücktrat, schimmerten seine Augen verdächtig. »Jetzt geh. Und was Augusta angeht ...«

»Sie wartet in Prag auf mich, im Palais von Wallenstein. So haben wir es verabredet.«

Valerian nickte. »Eine kluge Entscheidung. Zumindest so lange, bis sich die Nachricht von Wallensteins Absetzung und seinem Tod herumgesprochen hat. Ich bin mir sicher, dass der Kaiser das Vermögen Wallensteins unter seinen Mördern aufteilen wird. Dazu gehört auch das Palais. Bleiben könnt ihr dort nicht. Wohin wollt ihr euch wenden?«

»Zurück nach Villesen, wohin sonst?«, sagte Eik. »Wahrscheinlich haben die Franzosen das Schloss verwüstet, aber wir werden es wiederaufbauen.« Er packte Valerians Hand. »Sofern du damit einverstanden bist, natürlich. Es ist letztlich dein Schloss und dein Titel.«

Valerian sah sich in dem Raum um. Sein Blick glitt über Feldbrück und dann zum toten Wallenstein. »Ich glaube nicht, dass es noch etwas gibt, das mich hier in Deutschland hält, Bruder. Ich will mich mit Augusta aussöhnen, und ...« Er sah Eik in die Augen. »Ich habe noch etwas bei meiner Nichte gutzumachen, glaube ich. Aber jetzt solltest du besser gehen.«

»Und du? Was machst du jetzt? Wovon willst du leben, wenn du aus den Diensten des Kaisers ausscheidest?«

»Was ich jetzt mache?« Valerian lächelte freudlos. »Ich nehme die Dienstbotentreppe hinaus, durch die ich auch hereingekommen bin. Mir kann nichts geschehen. Immerhin kann ich Gallas und Piccolomini melden, dass es gelungen ist, den angeblichen Hochverräter Wallenstein zu töten. Falls sie das nicht schon längst gehört haben. Und dann ...« Er schüttelte den Kopf. »Ich werde jedenfalls nicht nach Wien zurückkehren. Ich habe vor einiger Zeit in Hamburg bei der Hamburger Bank ein Depot eingerichtet. Für Notzeiten sozusagen. Das sollte mir zumindest helfen, dem allen hier den Rücken zu kehren und woanders einen Neuanfang zu versuchen. Wo das sein wird, kann ich noch nicht sagen.«

Eik spürte, wie ein schweres Gewicht von seinen Schultern fiel. *Kann es sein, dass am Ende doch alles gut wird?*

Valerian wurde wieder ernst. »Jedenfalls werde ich das Land verlassen.« Er deutete auf Wallenstein. »Denn in einem Punkt hast du recht. Er war vermutlich der Einzige, der diesen Krieg hätte beenden können.«

Eik runzelte die Stirn. »Glaubst du denn nicht, dass er jetzt vorbei ist?«

Valerian betrachtete gedankenverloren Wallensteins Leiche, dann drehte er sich um und ging zur Tür. »Meiner Meinung nach, Bruder, steht Deutschland das Schlimmste erst noch bevor.«

EPILOG

Villesen

Eik runzelte die Stirn, als die Kutsche langsamer wurde, und warf Augusta einen besorgten Blick zu. Sie saß ihm gegenüber auf der gepolsterten Bank und hatte Adele auf dem Schoß, die fröhlich gurgelnd nach den schwarzen Locken ihrer Mutter griff.

»Was ist denn, Liebster?«, erkundigte sich Augusta.

Eik sog vernehmlich die Luft durch die Nase. »Es riecht nach …«

Da roch es auch Augusta. »Asche«, sagte sie und streckte die Hand aus, um den Vorhang vor dem Fenster im Kutschenschlag zurückzuziehen. »Nasse Asche.«

»Tu's nicht, Augusta«, sagte er. Dann stand er auf und steckte selbst den Kopf durch die Öffnung auf der anderen Seite. »Was ist das, Bossel?«, erkundigte er sich bei dem ehemaligen Burghauptmann, der von Valerian in Prag großzügig verabschiedet und mit Augusta, Adele und Eik zurück nach Villesen geschickt worden war. Gegen seinen ausdrücklichen Wunsch. Eik hatte lachen müssen, als Bossel Valerian förmlich angefleht hatte, ihn mitzunehmen, wohin auch immer. *»Wer soll denn auf Euch aufpassen, junger Herr, wenn ich nicht bei Euch bin?«*

»Wir haben Villesen erreicht, Schma… junger Herr«,

erwiderte Bossel, dem es immer noch schwerfiel, Eik so anzusprechen, wie es ihm als Ehemann von Augusta gebührte.

Eik sah es selbst. Er erinnerte sich noch an die Allee, die zum Schlosshof führte und über die er damals gekommen war, um Augusta zur Rede zu stellen.

Das kommt mir vor, als wäre seither eine Ewigkeit vergangen, dachte er. *Damals hat mich Maria von Villesen begrüßt.* Der tragische Tod von Augustas und Valerians Mutter hatte Eik ebenfalls getroffen, aber in diesem Moment wollte er nicht länger darüber nachdenken. Sein Blick wurde wie magisch von dem angezogen, was da vor ihm lag. Er betrachtete das einst so stolze Herrenhaus, das in großen Teilen abgebrannt war und in dessen Trümmern Gestalten herumliefen, die aufblickten, als die Kutsche auf den mit Holzbalken und Steinen übersäten ehemaligen Schlosshof fuhr.

»Mein Gott!« Augusta schlug die Hand vor den Mund, als sie ausstieg, und drückte unwillkürlich Adele fester an sich. »Barmherziger Gott! Was ist hier nur geschehen?«

Eik näherte sich neugierig den Menschen, die in den Trümmern herumgewühlt hatten, offenbar, weil sie nach etwas von Wert suchten. Ein gebeugter, weißhaarige Mann hatte sich aufgerichtet und blickte ihm entgegen.

»Egbert?« Eik beschleunigte seine Schritte und ging auf den alten Kammerdiener des verstorbenen Vaters von Augusta zu. »Egbert, bist du das?«

Der Mann hatte Eik zunächst mit müdem Blick verständnislos angesehen, dann jedoch hellten sich seine Züge auf, und die Lippen in seinem schmutzigen Gesicht verzogen sich zu einem Lächeln.

»Der Müllerssohn! Eik, Eik Schmalens!« Als er Augustas ansichtig wurde, traten ihm Tränen in die Augen. »Edles Fräulein!« Er wäre fast gestolpert, so hastig ging er auf Augusta zu, dann schluchzte er, als sie den zerbrechlichen Mann in die Arme nahm. »Ihr lebt, Gott sei Dank, Ihr seid am Leben.« Sein Blick glitt zu Adele. »Und Euer Kind auch!«

»Was ist passiert, Egbert?«, fragte Augusta, obwohl sie es sich denken konnte. »Die Franzosen …?« Sie schluckte. »Capitain d'Arthane hatte mir versprochen, das Schloss und Euch zu verschonen …«

Egbert sah sie verständnislos an. Dann dämmerte es ihm. »O Madame, das hat er auch.« Er nickte. »Er hat Wort gehalten und ist mit seinen Musketieren abgerückt, nachdem …« Er unterbrach sich, und sein Blick glitt zu Eik.

»Keine Sorge, Egbert.« Augusta schob ihren Arm unter den von Eik. »Ich habe ihm alles erzählt, und er weiß genauestens Bescheid.«

Egbert nickte und sah dann wieder seine Herrin an. »Nein, Madame, es war nicht *dieser* Franzose.« Er schien noch etwas sagen zu wollen, verstummte dann aber.

Augusta runzelte die Stirn. »Was meinst du damit, Egbert?«

»Nicht dieser Franzose?«, fragte auch Eik. »Also war es ein anderer Franzose?«

Egbert nickte. »Ja, junger Herr.«

»Lass dir nicht jedes einzelne Wort aus der Nase ziehen, Egbert. Wer war es?« Eik hätte auf Ducroix getippt, hätte er nicht gewusst, dass der tot war. Durch Augustas Hand. *Und der einzige andere Franzose …* Er sog tief die Luft ein, als auch Augusta begriff, was Egbert nicht auszusprechen wagte.

»Nein!«, stieß sie hervor. »Das hat er nicht getan! Das würde er niemals wagen!«

»Ich fürchte, doch, Madame.« Egbert rang die Hände, dann sackten seine Schultern nach unten, und er drehte sich zu den Ruinen des Schlosses herum. »Er sagte, es wäre die Strafe für den Tod von Ducroix und für Eure Verfehlungen ihm gegenüber!« Er schüttelte den Kopf. »Außerdem meinte der Marquis, er wäre jetzt fertig mit seiner Familie und wollte nichts mehr mit Euch zu tun haben!«

»Albert de Montfine, mein ehemaliger Gemahl, ist dafür verantwortlich?« Augusta deutete auf die Trümmer, und ihre Trauer und ihr Entsetzen wichen Empörung und Wut.

»Schon gut, Liebste.« Eik trat dicht neben sie und zog sie und Adele in seine Arme. Das kleine Mädchen hatte sein Näschen bei dem Gestank gerümpft, aber dann gurgelte es fröhlich und schnappte nach Eiks Knebelbart, als er den Kopf senkte, um seine Tochter zu küssen.

»Es ist nur ein Haus, und …« Er hob die Hand, als Augusta energisch protestieren wollte. »Und wir werden es wieder aufbauen.« Lächelnd sah er Augusta in die Augen. »Es wird mir eine Freude sein, nach dieser schrecklichen Zeit etwas Neues zu errichten und wachsen und gedeihen zu sehen, statt mich immer nur damit zu beschäftigen, wie ich irgendetwas zerstören oder töten kann.«

Augusta wollte protestieren, weil er ihr Schloss als Haus bezeichnete, aber bei seinen Worten spürte sie eine Wärme in ihrem Inneren, und sie strich sich eine

Strähne ihres schwarzen Haares aus dem Gesicht, bevor sie sich ihm entgegenbeugte und ihn zu einem Kuss einlud.

»Ja, Liebster, das werden wir«, flüsterte sie an seinen Lippen und genoss dieses Gefühl, das sie immer verspürte, wenn sie in seinen Armen lag. Dass ihr niemand etwas anhaben konnte und dass es nichts gab, was sie nicht gemeinsam bewerkstelligen konnten.

Flüchtig dachte sie an Valerian, ihren Bruder, mit dem sie sich in Prag versöhnt hatte, und fragte sich, wo er wohl sein mochte. Er hatte ihnen nicht verraten, wo er hingehen würde.

Doch dann spürte sie den sanften Druck von Eiks Lippen auf den ihren und hörte auf zu denken.

Plymouth, England

Das laute Kreischen der Möwen wetteiferte mit den rauen Rufen der Seeleute und Hafenarbeiter, die Kisten und Koffer auf ihren Rücken die Gangway hinaufschleppten, über die kurz zuvor noch die Passagiere an Bord der *New Pelican* gegangen waren. Einer davon stand an Deck und umklammerte mit beiden Händen die Reling. Sein Blick glitt über die Pier der berühmten Hafenstadt und über die Gesichter derer, die zurückblieben und ihren Angehörigen und Freunden Lebewohl sagten und alles Gute für die lange Reise nach Neuengland wünschten.

Die Neue Welt. Valerian holte tief Luft und straffte sich, während sich sein Blick vom Hafen und den Häusern löste und zum Himmel wanderte. *Unbekanntes Terrain und schier unbegrenzte Möglichkeiten. Genau der richtige Ort für jemanden wie mich.* Er drehte sich um und ging quer über das Deck auf die andere Seite des Schiffs, von wo aus er das Hafenbecken betrachten konnte.

Die Entscheidung, nicht nur Deutschland, sondern auch die alte, von Blut getränkte Welt hinter sich zu lassen, war ihm gekommen, als er fast ziellos in Hamburg herumgelaufen war, nachdem er sein Gold aus dem Depot geholt hatte. Schließlich war er im Hafen gelandet, wo gerade ein Schiff beladen worden war, das mit Salpeter und Gewürzen nach Plymouth segeln sollte, wie er auf Nachfrage erfahren hatte.

Obwohl es riskant war, auf ein Schiff zu steigen, das mit Kriegsmaterial beladen war – Salpeter wurde zur Herstellung von Schießpulver benötigt –, war es gerade das, was ihn reizte und ihm einen kostenlosen Platz für diese Überfahrt einbrachte.

Als der Kapitän erfahren hatte, dass Valerian Obrist im Krieg gewesen war, und er die Arkebuse und die anderen Waffen gesehen hatte, die Valerian in seinem Gepäck mitführte, hatte er ihm kurzerhand das Angebot gemacht, sich die Überfahrt als bewaffneter Schutz für die Ladung und das Schiff zu verdienen. Valerian war nicht der Einzige an Bord gewesen, der Waffen mit sich führte, aber nach einer kurzen Inspektion der anderen »Bewaffneten« war ihm rasch klar geworden, dass er wahrscheinlich derjenige war, auf den es im Falle eines Überfalls ankommen würde.

Als sie an der Festung von Christian IV. vorbeisegelten, die dieser errichtet hatte, um den Schiffsverkehr über die Elbe nach Hamburg zu kontrollieren, schien die Besatzung der Dänen in Glücksburg gerade etwas Besseres zu tun zu haben. Sie wurden weder aufgehalten noch beschossen. Und auch der Rest der Überfahrt verlief ohne Zwischenfälle.

Als Valerian in Plymouth das Schiff verließ, suchte er nach einer Möglichkeit, nach London zu gelangen. Mit einem Gepäckträger, der seine Koffer schleppte, schlenderte er am Dock vorbei, da war sein Blick auf die *New Pelican* gefallen. Es war eine wunderbare

Fleute, ein Dreimaster, stolz und hochseetüchtig, und aus einer Laune heraus war Valerian über die Gangway an Bord gegangen. Er hatte mit dem Kapitän geredet, der ihm das Ziel ihrer Reise genannt hatte.

Es war nicht schwer gewesen, für einen Golddukaten einen Platz in einer der Kabinen zu ergattern. Und nun stand Valerian an Bord und konnte es kaum erwarten, bis sie endlich die Anker lichteten.

»Seigneur, verzeiht meine Kühnheit, dass ich Euch anspreche.«

»Selbstverständlich«, antwortete Valerian, den die weibliche Stimme aus seinen Gedanken riss. Er antwortete ebenfalls auf Französisch und drehte sich um. »Madame ...« Ihm stockte kurz der Atem, als er die Frau vor sich sah. Sie war rothaarig, hochgewachsen, hatte einen makellosen Teint und ... Er sah sich nach ihrem Ehemann um, konnte aber keinen entdecken.

»Madame Floris.« Sie hielt ihm ihre behandschuhte Rechte hin. »Jedenfalls bin ich das, sobald wir Neuengland erreicht haben.« Sie lächelte strahlend. »Bis dahin bin ich Mademoiselle d'Hiver.«

Valerian riss sich zusammen, verbeugte sich und berührte mit seinen Lippen kaum ihre Finger. »Es ist mir ein Vergnügen, Madame.« Als er sich wieder aufrichtete, sah er ihren fragenden Blick. »Verzeihung.« Er verbeugte sich erneut. »Mein Name ist ...« Er zögerte. Als er an Bord des Schiffes gegangen war, hatte er sich geschworen, den Namen, dessen Ehre so besudelt worden war, in der Alten Welt zurückzulassen. Bedauerlicherweise hatte er sich noch keine Gedanken darüber gemacht, wie er sich stattdessen nennen wollte.

Das perlende Lachen der jungen Frau riss ihn aus seinen Gedanken. »Ich fühle mich geschmeichelt, dass Ihr bei meinem Anblick Euren Namen vergesst, Seigneur. Ich hoffe, meinem Gemahl ergeht es ähnlich, wenn er mich in Neuengland zum ersten Mal sieht.« Sie hob eine Braue, und ein mutwilliges Funkeln trat in ihre Augen. »Vielleicht erfindet Ihr einfach einen, mit dem ich Euch während der Überfahrt ansprechen darf.« Dann deutete sie auf einen großen Koffer hinter sich. »Doch bis Ihr Euch einen überlegt habt, wärt Ihr vielleicht so freundlich, mir mein Gepäck in die Kabine zu tragen? Bedauerlicherweise weigert sich der Träger, dieses Ungetüm den schmalen Kabinengang hinabzubugsieren.« Sie musterte Valerian. »Ich nehme an, das ist kein Problem für Euch, oder irre ich mich?«

»Nein, Madame, ganz gewiss nicht.«

Mademoiselle d'Hiver hatte die Kabine neben Valerian gebucht. *Es gibt keine Zufälle,* dachte er, als er aus ihrer Kabine trat und sich umdrehte.

Die junge Frau blieb in der offenen Tür ihrer Kabine stehen und sah Valerian auffordernd an. »Nun, Seigneur, ist Euch mittlerweile ein Name eingefallen?« Sie deutete auf die Tür nebenan. »Denn ich nehme an, dass wir uns als Nachbarn häufiger begegnen werden.«

Valerian hatte sich noch keinen Namen überlegt, weil er vollkommen damit beschäftigt gewesen war, den schweren Überseekoffer der jungen Dame die schmalen Stufen nach unten zu wuchten, ohne zu stolpern und peinlicherweise die Treppe hinunterzupoltern.

Er sah Mademoiselle d'Hiver an und wusste plötzlich, wie er sich nennen würde.

»Selbstverständlich, Madame. Mein Name ist Schmalens. Valerian Schmalens.«

EPILOG ZWEI

Paris, Palais du Louvre
etliche Monate später

»Der Gesandte des schwedischen Kanzlers ist eingetroffen, Eminenz.«

Richelieu blickte von seinen Papieren auf und nickte seinem Adjutanten zu. »Gut. Führ ihn herein.«

Er streute etwas Löschsand auf das Dokument, das er gerade unterzeichnet hatte, und stand auf, als der Adjutant die hohe Tür öffnete.

Ein Mann kam herein und ging mit langen, schnellen Schritten auf Richelieu zu. Kurz vor ihm blieb er stehen, verbeugte sich knapp und nahm seinen schlichten, breitkrempigen Hut ab. »Eminenz.« Der Blick seiner dunklen Augen wirkte kalt und ausdruckslos, und sein Lächeln hatte etwas von dem Zähnefletschen eines Raubtiers.

Richelieu war vorgewarnt worden und warf nur einen kurzen Blick auf das entstellte Gesicht des Mannes vor ihm. Der blieb regungslos stehen, während Richelieu ihm die Hand hinhielt und darauf wartete, dass er seinen Kardinalsring küsste. Als der Mann das nicht tat, lächelte Richelieu kalt. »Für gewöhnlich beugen die Leute ihr Haupt und küssen den Ring.«

»Tatsächlich? Soweit ich weiß, symbolisiert dieser

Ring die Treue zur Kirche, Eminenz.« Der Mann verzog spöttisch den Mund. »Aber wir wissen beide, dass ich keiner Kirche treu bin. Und das ist der Grund, aus dem ich heute hier bin, hab ich recht?«

Richelieu kniff die Augen zusammen. »Nun, Herr Obrist ...«

»Pardon, Eminenz. Mittlerweile heißt es General.«

Richelieu hob eine Braue. »Oh. Das wusste ich nicht, *Herr General*. Gratuliere.«

»Danke.« Der Mann neigte unmerklich den Kopf. »Ich fürchte, das liegt weniger an meinen Verdiensten als daran, dass die Kaiserlichen uns in letzter Zeit so viele fähige Offiziere weggeschossen haben.«

»Ehrliche Worte, General.«

»Bei dem, was wir vorhaben, Eminenz, scheint mir Ehrlichkeit angeraten zu sein.« Der kühle Ton des Offiziers stand in seiner Arroganz dem des Kardinals in nichts nach.

Was Letzteren beeindruckte, auch wenn er es sich nicht anmerken ließ. Richelieu holte tief Luft. »Also, General. Wie lautet Eure Botschaft?«

»Meine Kehle ist trocken, Eminenz. Habt Ihr vielleicht etwas, um dem Abhilfe zu schaffen?«

»Wie gedankenlos von mir.« Richelieu klatschte in die Hände, und es erschien ein Lakai mit einem Tablett. Darauf standen eine Karaffe und zwei Gläser. Der Mann stellte beides auf ein Tischchen, schenkte ein und verschwand ebenso lautlos, wie er gekommen war.

Richelieu war aufgestanden, nahm ein Glas und gab es dem Gesandten. Dann nahm er das andere und hob es zum Toast. Richelieu nippte an seinem, während der andere Mann sein Glas in einem einzigen Zug leerte.

Dann fuhr er sich genüsslich mit der Zunge über die Lippen, nickte und stellte es wieder auf das Tablett.

»Bislang habt Ihr Schweden großzügig mit Geldmitteln versorgt, um diesen Krieg weiterzuführen, Eminenz.« Der Mann kratzte sich den Stumpf seines Ohres. »Das genügt nicht mehr. Die Kaiserlichen haben uns hart zugesetzt, obwohl Wallenstein tot ist. Und nachdem der Kaiser jetzt in Prag Frieden mit den protestantischen Kurfürsten geschlossen hat ...«

»Genau darüber wollte ich mit Eurem Kanzler reden, General.« Richelieu bedeutete dem Mann, ihm an einen Tisch zu folgen, auf dem eine Karte ausgerollt lag. »Die Zeit der Zurückhaltung ist zu Ende«, erklärte Richelieu und deutete auf die Karte. »Ich habe mit Seiner Majestät gesprochen. Frankreich akzeptiert diesen Frieden ebenso wenig wie Schweden und wird darüber hinaus Spanien den Krieg erklären. Glaubt Ihr, dass diese Entscheidung Euren Kanzler ermutigen wird, den Krieg in Deutschland fortzusetzen, General?« Er schlug auf die Karte. »In der Zange zwischen Frankreich und Schweden sollte der Kaiser sehr schnell gezwungen sein, seine Machtpläne aufzugeben, sodass wir diesem Krieg schon bald ein Ende bereiten werden.«

Der schwedische Gesandte verbeugte sich vor Richelieu. »Ich bin mir sicher, dass diese Nachricht den Kanzler erfreuen wird, Euer Eminenz.«

»Und Euch, General?« Richelieu betrachtete den Mann. »Ihr seid ein hochrangiger Offizier und ein erfahrener Kämpfer in diesem Krieg. Freut es Euch auch?«

Der Mann achtete sorgfältig darauf, dass auf seinem Gesicht keine Regung zu erkennen war.

»Bei meinem Handwerk, Euer Eminenz, wäre Freude über Frieden wohl verfehlt.« Er hob die Wulst, die einmal seine Augenbraue gewesen war. »Ich bin Soldat und begnüge mich damit, die Befehle meines Herrn auszuführen.«

Dennoch konnte General Hans De Vries nicht verhindern, dass seine Lippen zuckten, als er das sagte. Denn er wusste sehr wohl, was diese Entscheidung, die an diesem Tag hier, im Palais du Louvre, getroffen worden war, für sein Deutschland bedeutete.

NACHBEMERKUNG

Trotzdem ahnte keiner der Beteiligten in diesem Moment, wie sehr sich Kardinal Richelieu mit seiner Prognose von einem raschen Ende des Krieges irrte. Erst dreizehn Jahre später würde es nach langem und zähem Ringen aller beteiligten Parteien zum Westfälischen Frieden kommen. Mit einem jedoch lag Hans De Vries richtig: Der Krieg würde erst jetzt sein schrecklichstes Gesicht zeigen und eine Spur von bis dahin nicht vorstellbarer Verwüstung und Entvölkerung und von namenlosem Elend durch Deutschland ziehen.

MEIN DANK

gilt wie immer Hartmut, meinem kritischen Erstleser, Holger Kappel, meinem Lektor bei Blanvalet, der nicht aufhört, daran zu glauben, dass diese Bücher euch, meinen Lesern, ebenso gefallen wie ihm. Und Peter Thannisch, meinem Redakteur, der sich trotz seiner Freude über meine Bücher nicht davon abhalten lässt, jede Schwäche darin gnadenlos zu massakrieren ... na gut, zugegeben, er streicht sie einfach nur raus. Und natürlich und selbstverständlich euch, meinen LeserInnen.

Wir alle hoffen, dass sich unsere Mühe und Hingabe gelohnt haben und wir euch, meinen geneigten LeserInnen, eine unterhaltsame Lektüre bieten konnten.

Wenn nicht und wenn ihr Lust auf ein Feedback habt, schreibt's mir unter Facebook – Wolfgang Thon.

Wolfgang Thon, im August 2017